大观红楼 ③

（上卷）

欧丽娟讲红楼梦

欧丽娟 著

著作权合同登记 图字：01-2018-0979

图书在版编目（CIP）数据

大观红楼.3，欧丽娟讲红楼梦（全2卷）/欧丽娟著.—北京：北京大学出版社，2018.8

ISBN 978-7-301-29644-8

Ⅰ.①大… Ⅱ.①欧… Ⅲ.①《红楼梦》研究 Ⅳ.① I207.411

中国版本图书馆 CIP 数据核字（2018）第 128142 号

本书简体中文版由台湾大学出版中心授权出版

书　　名	大观红楼3：欧丽娟讲红楼梦 DA GUAN HONGLOU 3
著作责任者	欧丽娟 著
责任编辑	吴　敏
标准书号	ISBN 978-7-301-29644-8
出版发行	北京大学出版社
地　　址	北京市海淀区成府路 205 号　100871
网　　址	http://www.pup.cn　　新浪微博：@ 北京大学出版社
电子信箱	pkuwsz@126.com
电　　话	邮购部 62752015　发行部 62750672　编辑部 62757065
印刷者	北京中科印刷有限公司
经销者	新华书店
	880 毫米×1230 毫米　A5　31.125 印张　667 千字 2018 年 8 月第 1 版　2023 年 3 月第 8 次印刷
定　　价	129.00 元（全二卷）

未经许可，不得以任何方式复制或抄袭本书之部分或全部内容。
版权所有，侵权必究
举报电话：010-62752024　电子信箱：fd@pup.pku.edu.cn
图书如有印装质量问题，请与出版部联系，电话：010-62756370

开卷语

歌德（Johann Wolfgang von Goethe, 1749—1832）早已提醒道："人是一个整体，一个多方面的内在联系着的能力的统一体。艺术作品必须向人的这个整体说话，必须适应人的这种丰富的统一体，这种单一的杂多。"

因此，纪德（André Paul Guillaume Gide, 1869—1951）谆谆警示："我们慎勿以他人一生的一瞬间来判断他们。"（《窄门》）瞬间的一瞥只是雪泥鸿爪，既无来龙去脉，更不见全豹，据此而下定论，便容易断章取义。

若要尽量达到这一点，哲学的客观理性是有效的助力，乔斯坦·贾德（Jostein Gaarder）说："哲学的目的之一就是教人们不要妄下定论。因为，妄下定论可能会导致许多迷信。"（《苏菲的世界》）

客观理性让人超越意见，锻造知识，并且，犹如休斯顿·史密斯（Huston Smith）所言："知识之岛的面积愈大，惊奇的海岸线就越长。"（《永恒的哲学》）当知识之岛的海岸线长到一定程度时，就能体会到黑塞（Hermann Hesse, 1877—1962）所领悟的："每一种真理的相反面也是同样真实。"（《流浪者之歌》）

从而也能如同《礼记·曲礼》所期望的："爱而知其恶，憎而知其善。"进而达到"通作者之意，开览者之心"（袁无涯《忠义水浒传发凡》）的境界。

且听黎巴嫩作家纪伯伦（Kahlil Gibran, 1883—1931）的呼吁吧：

让你的灵魂以理性来引导热情，如此，你的热情就能够在每一天的生活中更新，犹如从灰烬中振翅而起的浴火凤凰。（《先知·理性与热情》）

编辑体例

一、本书的分析乃以《红楼梦》前八十回为主要范围,相关之引文皆依据台北里仁书局出版、由冯其庸等学者撰定的《红楼梦校注》。此书前八十回以甲戌本、庚辰本为底本,后四十回以程甲本补足,是学界公认为最接近曹雪芹创作原貌的最佳版本。而考证、索隐、探佚等论题,与本书专注于文本之路径有别,为免枝节歧出造成失焦,故论述时多不涉及。

二、各处所引述的脂砚斋批语,都出自陈庆浩《新编石头记脂砚斋评语辑校(增订本)》(台北:联经出版公司,1986),行文时仅标示回数,以清版面,读者可自行覆按版本与页码。

三、凡引述唐诗者,皆出自《全唐诗》(北京:中华书局,1990),书中仅随文标示卷数,不逐一注明页码。

四、全书中黑体及楷体加粗者,皆为笔者所强调。

目录

开卷语   i
编辑体例   iii

上 卷

第一章　总论：人物的诠释原则　001
　　一、"意见"：另一种谣言　003
　　二、独特的个体：具体经验上的人　012
　　三、"滑疑之耀"：复调的平等　021

第二章　"一字定评"与代表花　030
　　一、人／花互喻与象征寓意　031
　　二、一字定评　056

第三章　"重像"或"替身"设计　065
　　一、人物关系的特殊建构方式　065
　　二、贾宝玉的重像人物　070
　　三、薛宝钗的重像人物　077
　　四、林黛玉的重像人物　089

第四章　林黛玉论　　114

一、神话：感伤性格的先天解释　　116

二、贵族少女：林姑娘不是"灰姑娘"　　137

三、宠儿/孤儿：单边主义的自我中心　　157

四、人格特质与生活习性　　170

五、由"个人"到"合群"的转化　　185

六、宝、黛之间的裂变　　220

七、黛玉之死　　243

第五章　薛宝钗论　　250

一、"君子"之难写与难解　　252

二、成长背景与人格特质　　260

三、性格成因与生命哲学　　285

四、"冷香丸"新解　　325

五、立体突破的多元面貌　　343

六、争议事件的厘清　　360

七、相关诗词的寓意重估　　404

八、真正的佳人　　426

第六章　贾探春论　　432

一、一种灵苗异　　433

二、大观精神：宰相器识　　443

三、入世干才：才志兼备　　457

四、血与心：君子的追求 　　　　　　　　471

五、出走意识：超时代的性别突破 　　　507

六、远嫁的心理创伤 　　　　　　　　520

七、末世的光辉 　　　　　　　　　　527

下　卷

第七章　贾迎春论 　　　　　　　　　　533

一、木头："没有个性"的个性 　　　　534

二、基本焦虑与"病态的依顺"心理 　　539

三、生命哲学与思想根据 　　　　　　551

四、幸福的片刻 　　　　　　　　　　561

五、信仰的崩溃：唯一的抗议 　　　　566

六、角落里的青苔 　　　　　　　　　573

第八章　贾惜春论 　　　　　　　　　　576

一、前言："苗而不秀" 　　　　　　　576

二、基本焦虑与"病态的逃避"心理 　　581

三、生命哲学与思想依据 　　　　　　595

四、"吝惜"春天：拒绝人生 　　　　　607

第九章　史湘云论 　　　　　　　　　　613

一、序言 　　　　　　　　　　　　　613

二、天赋与性格特质　　615

　　三、心直口快："直而温，率而无虐"　　622

　　四、一半风流一半娇：双性的均衡　　633

　　五、婚姻与命运　　651

　　六、没有阴影的心灵　　658

第十章　王熙凤论　　662

　　一、序言　　662

　　二、名门出身与特殊教育　　666

　　三、大家小姐的正统风范　　679

　　四、孝敬爱怜的真情诚意　　695

　　五、观其所使：平儿论　　700

　　六、逸才逾蹈的出轨与反思　　715

　　七、人命公案的平议　　734

　　八、牺牲奉献与悲愤灰心　　744

　　九、对脂粉英雄的礼赞与哀挽　　757

第十一章　李纨论　　761

　　一、成长背景与性格基调　　761

　　二、白梅：心如止水的年轻寡妇　　768

　　三、红杏：灰烬中的余火残光　　782

　　四、沉默的大财主　　796

　　五、"投射心理"与"同类比较"　　809

六、在缺憾中自足　　　　　　　　　　　　　　820

第十二章　妙玉论　　　　　　　　　　　　　　826

　　一、生命史的轨迹：五个阶段　　　　　　　　827

　　二、先天禀赋：冰霜之下的善良柔软　　　　　834

　　三、太高、过洁：性格的极端化发展　　　　　841

　　四、白雪红梅：道姑／名流的综合体　　　　　861

　　五、淖泥的下场：自我的单薄狭隘　　　　　　874

　　六、高傲的小鸟　　　　　　　　　　　　　　881

第十三章　秦可卿论　　　　　　　　　　　　　885

　　一、另类的海棠花　　　　　　　　　　　　　885

　　二、低微的出身与优异的天赋　　　　　　　　887

　　三、爱欲女神：春睡的海棠　　　　　　　　　906

　　四、情、欲的复合　　　　　　　　　　　　　922

　　五、暧昧的死亡　　　　　　　　　　　　　　941

　　六、殿后的批判　　　　　　　　　　　　　　953

第十四章　总结：性格、环境、命运及其反思　960

　　一、人格养成的先天性　　　　　　　　　　　961

　　二、家庭、环境的关键性　　　　　　　　　　967

　　三、人性样貌的复杂变异　　　　　　　　　　977

林黛玉,改琦绘:《红楼梦图咏》,风俗绘卷图画刊行会重刊本,1916。

第一章
总论：人物的诠释原则

《红楼梦》人物众多，却又个个鲜明突出，既特别且精彩，成为小说的一大特色，更是一大成就。

其中，单单在贾府的生活世界里，上上下下便有"上千的人"（第五十二回麝月语），其他相关的各方人等更是林林总总。当然，这"上千的人"只是支撑小说叙事的潜在背景，在小说舞台上无须也不应——涉及，否则便会沦为令人眼花缭乱的大杂烩，只有必要的、重要的人物才会进入文本，但即使如此，依然为数可观。《红楼梦》到底写了多少人物，各家说法不一，清代的评点家们已经开始进行统计，诸联写道："总核书中人数，除无姓名及古人不算外，共男子二百三十二人，女子一百八十九人，亦云夥矣。"[①] 姜季南的批语云："男子二百三十五人，女子二百十三人。"共448人，[②] 姚燮的计算为："总计男二百八十二人，女二百三十七人，合

[①] （清）诸联：《红楼评梦》，一粟编：《红楼梦资料汇编》（北京：中华书局，2008），卷3，页119。

[②] （清）蛟川大某山民加评本：《增评补图石头记》（北京：中国书店影印，1988），《明斋主人总评》眉批。

共五百一十九人。"① 至近代学者,所见越来越多,如吴新雷主张:"上上下下的人物有六百二十多个。"② 从一百二十回本的索引来看,香港中文大学用电脑检索,共得人物493人;③ 最多的则是:"本书人物实得720名,其中男421名,女294名。"④ 无论是哪一个数字,都显示曹雪芹对人的观察入微与刻画入骨,男女老少、贵贱贤愚排列而成的人物画廊诚属缤纷耀眼,令人叹为观止。

当然,每一部作品都必须有主角,以统整叙事主轴。基于主题与情节所需,经过剪裁组织之后,《红楼梦》的主要角色除贾宝玉之外,便属各式各样年轻美丽的金钗们了。曹雪芹写在卷首的创作宣言已经清楚剖白:

> 今风尘碌碌,一事无成,忽念及当日所有之女子,一一细考较去,觉其行止见识,皆出于我之上。何我堂堂须眉,诚不若彼裙钗哉?实愧则有余,悔又无益之大无可如何之日也!当此,则自欲将已往所赖天恩祖德,锦衣纨袴之时,饫甘餍肥之日,背父兄教育之恩,负师友规谈之德,以至今日一技无成、半生潦倒之罪,编述一集,以告天下人:我之罪固不免,然闺阁中本自历历有人,万不可因我之不肖,自护己短,一并使其

---

① (清)姚燮:《读红楼梦纲领》,即魏友棐、洪荆山校订:《红楼梦类索》(上海:珠林书店,1940),卷1《人索》,页50。
② 吴新雷:《曹雪芹》(南京:江苏人民出版社,1983),页74。
③ 潘铭燊编:《红楼梦索引》(香港:龙门书店,1983)。
④ 何锦阶、邢颂恩编写:《百二十回红楼梦人名索引》(香港:集贤社,1984)。

泯灭也。……虽我未学，下笔无文，又何妨用假语村言，敷演出一段故事来，亦可使闺阁昭传，复可悦世之目，破人愁闷，不亦宜乎？

这是作者对其一生所见"闺阁中本自历历有人"的深情礼赞，也是《红楼梦》的核心精神所在。换句话说，如果没有这些女子，也就没有《红楼梦》的诞生。这确确实实是一部以女性为主体的小说，其中为须眉所不及的裙钗，固然包括累积了年龄、经验、资历、智慧、品德的母神级人物，如贾母、王夫人、刘姥姥等；更主要的，自属淋漓演绎青春悲喜的玉字辈这一代少女了，她们是母神们的过去式，是小说时间的现在式，将人生中成长变化的关键阶段充分展现。

一、"意见"：另一种谣言

只不过，对于这些活色生香、艺术魅力十足的人物，经过近代历史巨大的甚至彻底的断层之后，现代读者往往忽略了不同时代文化、不同阶层意识的特定内涵，架空地给予一般的理解与评价。我们在《大观红楼 1》中，已经思考了《红楼梦》阅读上影响到客观诠释的几个问题，包括同情弱者（失败者）、阅读认同现象、心理补偿作用、个人主义取向，因而倾向于认可书中不受束缚的角色，寻找和发现敌人、创造坏人，在反封建礼教的成见下形成离心式的感性意见。

黑格尔（Georg W. F. Hegel, 1770—1831）曾提醒道："一个意

见是一个主观的观念,一个任意的思想,一个想象,我可以这样想,别人可以那样想;—— 一个意见是我私有的,它本身不是一个有普遍性的自在自为地存在着的思想。"而这和对真理的客观追求(如哲学)是不同的,可惜"每一个意见都错误地自诩为具有真理"。① 至于"意见"之所以大行其道的原因,便是因为比起"知识"之必须千锤百炼要容易得多,"趋逸避劳"总是人性之常,如 M. J. 艾德勒清楚地指出:

> 我们较喜欢那些建立在情绪而非理性基础之上的意见。我们给意见建立情绪的基础,是任意的与随意的——随我们自己的意思,而不论它的成因为何。因为我们可能任意地采纳相反的观点,所以这种没有根基的意见乃落在怀疑领域的最低一层。②

就此说来,一个人只要满足于"意见",无论是自觉或不自觉的,就等于是对"知识"的摒绝,只能落在情绪性的、缺乏根基的低层次上,没有进展与提升的可能。

但是,诚如苏联学者伊·谢·科恩(Igor S. Kon, 1928—2011)所言:

---

① [德]黑格尔著,贺麟、王太庆译:《哲学史讲演录(第一卷)》(北京:商务印书馆,1995),"导言",页 17、20。
② [美]M. J. 艾德勒(Mortimer J. Adler)著,蔡坤鸿译:《六大观念:真、善、美——我们据以作判断的观念;自由、平等、正义——我们据以行动的观念》(台北:联经出版事业公司,1999),第 7 章"怀疑的领域",页 51。

一知半解者读古代希腊悲剧，天真地以为古代希腊人的思想感受方式和我们完全一样，放心大胆地议论着俄狄浦斯王的良心折磨和"悲剧过失"等等。可是专家们知道，这样做是不行的，古人回答的不是我们的问题，而是**自己的**问题。专家通过精密分析原文、词源学和语义学来寻找理解这些问题的钥匙。这确实很重要。①

同样，《红楼梦》的读者以为生活于传统儒家文化之贵族世家中的人，其思想感受方式和现代的我们大致一样，恐怕也是太天真了；若是因此认定世家子弟的曹雪芹及其笔下的主要人物所思考的是我们关心的问题，所追求的是我们的价值观，以此来作为诠释的基准与目标，那更是行不通的做法。诸如反封建礼教、婚恋自主、平等自由、个人解放等等，都是我们以自己的现代意识形态赋加于《红楼梦》的异质物，如黑格尔所说：

> 人们总是很容易把我们所熟悉的东西加到古人身上去，改变了古人。②

其结果便难免流于选择性的取材，以迁就我们自己早已预设的

---

① [苏联]伊·谢·科恩著，佟景韩等译：《自我论：个人与个人自我意识》（北京：三联书店，1987），页54—55。
② [德]黑格尔著，贺麟、王太庆译：《哲学史讲演录（第一卷）》，"导言"，页112。

见解，而所得的也非时人之原貌。但实际上，《红楼梦》所要回答的是它自己的问题，也就是百年贵族世家何以没落而丧败的痛苦；其中的人物都存在于相关的环境之中，在这个背景下同时面对着属于他们自己的人生困局。就此而言，若非从**贵族世家的思想感受方式**作为切入的坐标，便难免胶柱鼓瑟、刻舟求剑了。

若想要摆脱概念先行的预设与一知半解的诠释，那就必须采取科恩所指出的"精密分析原文、词源学和语义学来寻找理解这些问题的钥匙"，如此才能建立全面性的文本基础，给予精密的分析推理；并且最重要的，是回到当时的时空脉络与社会环境，以"他们的"而非"我们的"思想感受方式来贴近其心灵现场，并在每一个具体的情境脉络（situational context）下仔细检验其心思感受，由此，对他们的认识才不会是架空的、离心的，只是用来证明"我们"的价值观，让《红楼梦》的意义变成现代意识的注脚而已。

正因为人文现象及其意义是丰富多元而充满各种可能，在类似的表象下隐藏了千殊万别的独特性，不应化约地一概而论，因此更需要透过精密的分析与全面的证据，以深入理解并掌握到个别的差异。举例言之：何谓"封建礼教"？"礼教"是否必然吃人？而"反映了封建礼教下的压抑与痛苦"是否就等于"反对封建礼教"？"宗法制度"就一定是戕害天然人性的恶规吗？《葬花吟》里"一年三百六十日，风刀霜剑严相逼"的咏叹，是诗词修辞手法中主观抒情时的夸大表现，还是诗人客观处境的如实反映？《临江仙》中"好风频借力，送我上青云"的"青云"，是否只有"平步青云"这个成语里所指的"富贵利禄"之意？

这些提问所涉及的，只是讨论《红楼梦》时常见的推论中的几个而已，其余类似的问题所在多有，在长期的累积之下被视为理所当然的常识，成为良好地理解小说的无形障壁，也引起许多不必要的纷争。

以"精密的分析"而言，试看上述的第一个提问，即"反映了封建礼教下的压抑与痛苦"是否就等于"反对封建礼教"，乃现代《红楼梦》的研读者最容易忽略，但却也是问题最严重的逻辑推论谬误。在此只要举一个最容易理解的例子，就可以厘清其谬误所在：假设"反映了封建礼教下的压抑与痛苦"就等于"反对封建礼教"，那么，现代许多反思民主乱象的文化评论，例如"民主就是一群会投票的驴"的著名嘲讽，岂不就是等于反对民主制度？但很显然，那些评论者本身的价值观并非如此，他们根本上仍然是选择或支持民主制度的，只是并没有天真地以为民主就是完美的万灵丹，可以解决人类群居时的所有问题，因此不断地省思以避免其弊病；同样地，曹雪芹在其所处的传统帝制时代中，当然也亲历目睹若干来自宗法制度的弊病，作为当时人们生活与生命的一部分，完全不必要刻意回避，以展示形塑出这些人与那些人、这样或那样的种种心灵纠葛，既真实而复杂。这不正是小说家的拿手任务，也就是米兰·昆德拉（Milan Kundera, 1929— ）视为小说唯一的永恒真理的"复杂"？

其次，每一个社会都必须在其历史条件下发展出一套自己的秩序，以维持其运作的稳定，而古今中外的哪一种制度没有缺陷？哪一个社会中没有弱势者与受害者？甚且可以说："群伙之间的界线，原都是重迭的。我们不能以草率的二分法,来断定谁是天使,谁是恶魔。……世界上有——且只有——两种人:正人君子与卑鄙小人。两种人处处都有,散见于社会的各阶层。任一阶层任一团体的人,都不会是清一色君子或清一色小人。"① 因此,现代人所自豪、甚至自以为是人类文明最高成就的自由平等的民主社会中,仍然有权力霸凌、分配不公,更有党同伐异、成见杀人,所谓的"平等"在许多运作机制下仍然只是形式上的假象,阶级也并没有消失不见,本质上仍然是金钱权力与人脉关系在主导,这都是无可粉饰的铁的事实。一个优秀的小说家同样可以在其创作中触及这些层面,但绝不能说触及这些面相者就是反对民主平等。

更何况,既然每一种社会制度都各有其优点又有其缺陷,在弱势者与受害者之外同时存在着优势者与既得利益者,则小说家在刻画贵族阶层中的若干负面之余,也同样可以描绘对某些人所带来的美好正面。以贾宝玉为例,第一回石头之所以打动凡心,原因就是"想要到人间去享一享这荣华富贵""那人世间荣耀繁华,心切慕之",因而在"受享"的前提下,先天所指定的即为"在那富贵场中、温柔乡里受享几年",贾府正是一僧一道为了完成他的梦想所携往投胎入世之处,以充分尽享"富贵场""温柔乡"的欢乐富足。如此说来,"荣华富贵""荣耀繁华"的簪缨世族非但不是他所反对的,反倒是让他满足愿望的理想世界,单单如此,就足以证明不能

---

① [奥地利] 弗兰克著,赵可式、沈锦惠合译:《活出意义来:从集中营说到存在主义》(台北:光启文化事业公司,2006),第一部"集中营历劫",页110。

简单地说他是反对封建礼教。再进一步来说,"宗法制度"就一定是戕害天然人性的恶规吗?从贾探春的例子可知,正是因为受到宗法制度的庇荫,她才能合法合理地摆脱亲生庶母的血缘勒索,在拒绝同流合污的同时,给自己一条向上的、自我实践的道路。就此来说,除"精密的分析"之外还需要"全面的证据",才能正确地把握每一个人物的独特与复杂。

可惜的是,读者对于文本的态度正如谣言的传播般,不仅忽视了"全面的证据",还出现了"逐级减少"的"锐化"现象。尼古拉斯·迪方佐(Nicholas DiFonzo)指出:

> 对一般人来说,在没有辅助之下,记忆确实是有限的。所以,在这个方式里,造成谣言在传播中发生变化的第一类型是,失落了许多细节,或者如同奥尔波特与波斯特曼所形容的,在描述中"逐级减少"。……当然,在逐级减少的另一面是,残余的细节存活了下来——不断被传播——而且甚至有时候被强调或夸大。奥尔波特与波斯特曼称这个为"锐化"。①

同样地,当读者不愿意听从弗斯特(Edward M. Forster, 1879—1970)的建议,通过严格锻炼与自我要求以获得"记忆"(memory)与"智慧"(intelligence),以之充分掌握小说内容以及情节发展的

---

① [美]尼古拉斯·迪方佐著,林铮顗译:《茶水间的八卦效应:透视谣言背后的心理学》(台北:博雅书屋,2011),第 7 章"事实终归是事实",页 160。

因果关系①，则此种"逐级减少"的"锐化"现象也会发生，而往往在小说的阅读诠释上选择性地集中于特定情节，并以直觉或常识加以断言。以宝钗的《临江仙》为例，这阕词被严重地断章取义：无视"几曾随逝水，岂必委芳尘"的明朗向上与"万缕千丝终不改，任他随聚随分"的豁达稳定，只偏执在"好风频借力，送我上青云"这两句，并给予不符传统诗学的负面解释，可以说是这类常见现象的代表。

在文本锐化、扭曲后所产生的意见，却成为人物论述的主流，其心理机制与谣言的形成与传播同样具有异曲同工之妙。尼古拉斯·迪方佐指出：

> 或许人们相信谣言的主要原因是，因为谣言和听闻者的感觉、思想、态度、刻板印象、成见、意见或行为一致。一致的谣言，因此感觉可信——听闻者是处在一个他想去接受这个流言的心理位置。②

在此，"共鸣"可以用来作为恰当的比喻。换言之，现代读者大多缺乏传统意识形态与文化知识，本身就是接受这类意见的沃土；当众多的人采信了这些说法而形成主流的意见后，这些意见又可以继

---

① ［英］弗斯特著，李文彬译：《小说面面观》（台北：志文出版社，1973），第5章"情节"，页75—77。
② ［美］尼古拉斯·迪方佐著，林铮顗译：《茶水间的八卦效应：透视谣言背后的心理学》，第6章"相信或不信"，页132。

续获得更多的支持者,因为:"重复听闻一个谣言可以增加信赖感的第二个理由则更有趣——而且应该让我们有所顾虑。重复聆听导致听者对此叙述感到熟悉,而熟悉是会增加信赖感的。这个想法乃基于所谓虚幻性事实的效应:熟悉一项陈述导致对此陈述更多的信赖。"① 亦即在人性的本能反应下,人们很容易地倾向于某些已成主流的意见,在"共享的意义结构"下祛除面对世界的不确定感,以获得一种安全的、稳定的感受;进而重复聆听,更加熟悉与信赖。于是构成了一种循环,越来越巩固并扩大像谣言般的主流意见。

根据心理学家奥尔波特(Gordon W. Allport, 1897—1967)等的归纳,"谣言公式"可以总结如下:

> 谣言的产生并在同源社会媒介中流传是由于传播者的强烈兴趣造成的。这些兴趣的有力影响要求谣言主要成为一种文过饰非的手段,为正在起作用的情绪作解释、辩解,并提供含义。**有时候兴趣与谣言之间的关系是如此密切,我们可以把谣言简单地概括为一种完全的主观情感状态的投射。**②

据此而言,再度令人省思红学中人物论述所隐含的心理特性,是否很大的比例是在"主观情感状态的投射"下,受一种类似于谣言本

---

① [美]尼古拉斯·迪方佐著,林铮顗译:《茶水间的八卦效应:透视谣言背后的心理学》,第6章"相信或不信",页142。
② [美]奥尔波特等著,刘水平、梁元元、黄鹂译,赵元村审校:《谣言心理学》(沈阳:辽宁教育出版社,2003),页24。

质的强烈兴趣所驱动，以满足某种"正在起作用的情绪"，导致文本锐化、离心解读而不自知？

有感于这一点，尽可能地通过"精密分析原文、词源学和语义学来寻找理解这些问题的钥匙"后，我们必须指出，曹雪芹借由《红楼梦》所表述的，完全不是我们现代人所感兴趣的课题，而是处于当时既有的历史文化框架下，这些人与那些人在其有血有肉的生命史中各自演绎的欢乐、痛苦、悲伤、失落、渴求，由光明与黑暗交织、飞升与下坠拉锯的复杂处境与丰富人性，所形成的各式各样动人的故事。不是为了替历史的兴衰做见证，也不负担进步的使命，以讨伐前人、反抗时人、迎合后人，而是全神贯注地为了自己的存在而存在。

二、独特的个体：具体经验上的人

一般地说，"中国传统小说，不仅几乎毫无例外地是包罗万象或'百科全书'式的（encyclopedic，语见 N. Frye, *Anatomy of Criticism*），而且略为长一点的，其主要角色（hero 或 heroine），几乎都是集体或许多人"[①]。也有学者认为："'角色'是我国戏剧构成中特有的事物，它既是班社一群演员各有所司又互补相成的分工，又是剧中众多相互关系的人物的分类。……所以中国传统戏剧

---

① 引自侯健：《野叟曝言的变态心理》，《中国古典文学论丛·神话与小说之部》（台北：中外文学月刊社，1976），页101。

（剧本）以'角色'登场并不以'人物'登场。"① 但是，《红楼梦》早已打破这种"脸谱式"的塑造方式，小说中所出现的绝大多数都是"人物"，而不是"角色"，一个个彼此殊异、各有不同的优缺点，并透过绝无仅有的个人履历而产生了与众不同的独特生命史。由此，"人物"是立体的，其塑造是为了让人理解生命的丰富与人性的奥妙，所以值得探索与不断的再发现；而"角色"是扁平的，其存在只是为了让人获得情绪的发泄与感性的满足，所以往往只成为主观投射的对象。若作者早已揭露人物的多元与奥妙，读者也应该打破成见，切莫将多元而立体的"人物"限缩为忠奸判分、善恶二元的单一"角色"，妨碍了对人生景观的拓宽与加深。

其实，深知曹雪芹创作底蕴的脂砚斋早已提示，曹雪芹所塑造的人物独特性，是"各人各式""女儿各有机变，个个不同""各人是各人伎俩，一丝不乱，一毫不遗"②，于是众姝诗作也随之"一人是一人口气""自与别人不同"，因此，"最恨近日小说中，一百美人诗词语气，只得一个艳稿"（第三十七回批语），并提醒这些逼真的人物都是立体的，优缺点互见：

> 可笑近之野史中，满纸羞花闭月，莺啼燕语，除不知真正美人方有一陋处。（第二十回批语）

---

① 洛地：《中国传统戏剧研究的缺憾》，《社会科学研究》2000 年 3 期，页 133。
② 三段引文分见己卯本第三十八回批语，页 590；庚辰本第七十三回批语，页 692；王府本第十一回夹批，页 222。

又谓：

> 尤氏亦可谓有才矣。论有德比阿凤高十倍，惜乎不能谏夫治家，所谓人各有当也。此方是至理至情。最恨近之野史中，恶则无往不恶，美则无一不美，何不近情理之如是耶！（第四十三回批语）

这不但意味着有不完美甚至是人格缺失的"陋处"，才能成就出"真正美人"，故云"太史公列传每于人纰漏处刻画不肯休，盖纰漏处即本人之真精神，所以别于诸人也"；[①] 更重要的是，这是从"人"的角度来衡量小说人物的真实感，却并非对该"陋处""纰漏处"及其所可能衍生之哲理价值的褒贬。

从这个角度来说，我们更应该把握到对"个人"的不同认识，有助于厘清如何看待小说人物的问题。法国哲学家路易·杜蒙（Louis Dumont, 1911—1998）于《阶序人》一书的开头，曾对有关"个人"这个字的两种意义作区别：一为"**特定的、经验上面的个人**"，另一种则"**把人视为价值之拥有者**"，且引了一段牟斯（Marcel Mauss）的话为例，来说明这种区别的必要性。[②] 同样地，欲厘清对《红楼梦》中人物应该如何理解、如何评价的问题，此一区别也有

---

① 此乃明代顾天埈所言，见（明）董复亨：《程中权诗序》，（清）黄宗羲编：《明文海》（北京：中华书局，清涵芬楼钞本，1987），卷251"补遗"，页5280。

② ［法］路易·杜蒙著，黄柏棋译：《个人主义论集》（台北：联经出版公司，2003），页24—25。

其根本上的必要性。

亦即，《红楼梦》中的人物乃是小说家以"特定的、经验上面的个人"进行刻画的具体产物，而不是以"价值之拥有者"作为褒贬的理念化身。小说家的伟大处，便是将每一个人物的特定经验与复杂内涵给予生动传神而深刻微妙的揭示现露，并经由各种"特定的、经验上面的个人"所构成的整体，以编织出丰富而全面的大观世界。也正因为这些小说人物都是"特定的、经验上面的个人"，故其身上不但会有种种人性缺失，所具备的优缺点也不是抽象化的、一般性的概念，而是具体地与其他的人格素质糅杂混合，始形塑出各式各样的面貌形态。

如此一来，小说家便能成功地塑造出可以延伸、深不可测并足以作悲剧性的表现的圆形人物。弗斯特分析小说艺术时，曾依照小说人物在小说情节发展过程中的表现，将之分类为"扁平人物""圆形人物"两种形态：

1. 扁平人物（flat character）：意指"在最纯粹的形式中，他们依循着一个单纯的理念或性质而被创造出来"，因此他们总是只代表一种观念或功能，在整个故事中只表现出公式化的言行，仿佛在他们身上牢牢挂着"理智""傲慢""敏感""偏见"等固定的标帜，给我们的主要印象可以用一句话完全描绘，从而也易于辨认、易为读者所记忆。

2. 圆形人物（round character）：此类便有所不同，所有属于"三度空间"的圆形人物都可以随时延伸，不为书本的篇幅内容以及单一的观念标帜所限，可以活跃于小说的每一页，而不受限制地延伸或隐藏，这就是为什么这些人物显得自然逼真的原因。

弗斯特并且提出如何区分两种人物类型的方法，认为："要检验一个圆形人物，只要看看他是否能以令人信服的方式给人以新奇之感。如果他无法给人新奇感，他就是扁平人物；如果他无法令人信服，他只是扁平人物伪装的圆形人物。圆形人物的生命深不可测——他活在书本的字里行间"，并且只有圆形人物才能短期或长期地作悲剧性的表现。① 就此来说，当被套入某些简单而抽象的价值形容词之中时，圆形人物就不幸地被削减了，限缩成为干瘪没有活力的扁平人物，伟大的经典也随之沦为普通的浪漫史。

进一步来看，这些传神写照的人物由于独特而鲜明，甚至展现出某种性格类型的代表性，由此产生了关于"典型人物"或"典型性格"的问题。

就经典的"永恒"这一性质而言，亚里士多德（Aristotle，前384—前322）已提出著名的"诗比历史更哲学"② 这个命题，意思是：诗（原指希腊史诗）之类带有虚构性的叙事文学比实录的历史

---

① ［英］弗斯特著，李文彬译：《小说面面观》，第4章"人物（下）"，页59—68。
② 语出［希腊］亚里士多德：《诗学》第九章，英译如下："The poet, unlike the historian, describes not what happened, but what might happen. Hence, poetry is more philosophical and worthy of serious attentions than history. History deals with particular facts; poetry with universal truths." 姚一苇译注云："诗比历史更哲学。其次，诗所显示的为一种更高的真实（a higher reality），所谓更高的真实，不是已有的真实，而是可能的真实，亚氏指出不是已属如此，而是应系如此。(第二十五章)" 见《诗学笺注》（台北：编译馆出版、台湾中华书局印行，1986），页89。一般多采"诗比历史更真实"的翻译。

更有真实感,更能触及人性的深层规律与世事的发展逻辑;历史事件反倒比较常被偶然因素所影响,因各种随机性的意外、混乱而无理可循。就此,美学家朱光潜解说道:

> 诗不能只摹仿偶然性的现象而是要揭示现象的本质和规律,要在个别人物事迹中见出必然性与普遍性。这就是普遍与特殊的统一。这正是"典型人物"的最精微的意义,也正是现实主义的最精微的意义。①

换言之,文学作品虽然是描写个别的现象,但确实不能只是单一的、孤立的偶发事件,其中必须掌握到人事物的存在本质和运作规律,由此便具有必然性与普遍性:"必然性"有如弗斯特所说的"因果关系",让事件的发展有理可循;而有了必然性便能具备"普遍性",因为事理是相通的。既然人物作为现象中一切事件的主要核心,其性格特质是推动事件的动力来源,于是产生了"典型性格"与"典型人物"的说法。

一般地说,体现出"典型性格"(typical characteristics)者可称为"典型人物"(typical character),然而必须注意到,"典型性格"并不能涵盖"典型人物"全部的性格内涵,并且当典型性格展现出来时,也会因人、因事、因时、因地而有各种微调甚至巨变,产生

---

① 朱光潜:《西方美学史(上卷)》(北京:人民文学出版社,1979),第3章"亚理士多德",页72。

程度上或本质上的差异，不能一概而论。其次，"典型性格"未必是"典型人物"的专利，也可以是其他"非典型人物"的一部分，在某些特定时刻活跃起来，并不构成冲突矛盾，反倒增加了人物的立体性。例如，林黛玉的典型性格之一是多愁善感、口齿伶俐，故为这一类性格的典型人物，但林黛玉并不是只有这个性格表现，甚且当她表现出这一典型性格时，也会因对方是宝玉还是长辈、是私底下还是礼制场合，而多少有所不同，甚至完全不同，必须一一审辨，分别对待；同样地，各个人物都不乏所谓"非典型"的情况，当黛玉口出逢迎的应酬话、宝钗被激活了几分妒意、宝玉因为畏罪而扯谎撇清，也就是圆形人物在散发讯息，召唤读者深入探索人性花园幽径的时候。

此外还应该理解到，"典型性格"不是仅存于"典型人物"身上，而是从各式各样"非典型人物"中提炼出来的总结晶，可以见诸历史、传说、现实中之识与不识者，无待于亲眼所见的特定对象才能创造。犹如清初的杰出评点家张竹坡所说：

> 作《金瓶梅》，若果必待色色历遍，才有此书，则《金瓶梅》又必做不成也。何则？即如诸淫妇偷汉，种种不同，若必待身亲历而后知之，将何以经历哉？故知才子无所不通，专在一心也。①

---

① （清）张竹坡：《批评第一奇书金瓶梅读法》，第60则，黄霖编：《金瓶梅资料汇编》（北京：中华书局，2004），卷2，页81。

鲁迅以其丰富的学识与创作经验，也认为：

> 作家的取人为模特儿，有两法。一是专用一个人，……二是杂取种种人，合成一个，从和作者相关的人们里去找，是不能发现切合的了。……我是一向取后一法的，……况且这方法也和中国人的习惯相合，例如画家的画人物，也是静观默察，烂熟于心，然后凝神结想，一挥而就，向来不用一个单独的模特儿的。①

则以曹雪芹之学养以及生活见识，由历史与现实中提炼出《红楼梦》的众多人物典型，从此成为各式人物特征的代言人，正恰恰证明他的伟大创造力。如此一来，这些典型人物"从和作者相关的人们里去找，是不能发现切合的"，已经明确告诉读者，考察这些金钗的现实原型注定是徒劳无功的，何况，艺术的本质必然包含虚构，R. 维列克（René Wellek）与 A. 华伦（Austin Waren）便指出：

> - 即使是在一件艺术作品中，也会具有可以确切判断出传记体的成分，但是这些成分会被特别地安排和改头换面以致完全失去了它们个人的意义，而变成只是一件作品的人为材料和不可分割的部分。

---

① 鲁迅：《〈出关〉的"关"》，《且介亭杂文末编》，《鲁迅全集》第 6 卷（北京：人民文学出版社，2005），页 537—538。

> 所有这些作品,都指示出一个虚构的、想象的世界。一部小说、一首诗,或者一出戏剧中的陈述,实际上都不是真实的,不是合乎逻辑的。一段即使是在历史小说或巴尔扎克似乎颇能传达"真象"的小说的陈述,和出现在一本历史或社会学书籍中的同样的真象,两者之间都会有一种主要而且重大的分别。即使是在主观的抒情诗当中,那诗人自称的"我",也是一个虚构的和戏剧性的"我"。一个小说中的人物和历史上或真正生活里的人物,是完全不同的。……一本小说里面的时间和空间也和真实生活不同。即使是一本显然最真实的小说,像自然主义者所谓的"生活的断片",也是依照某些艺术的惯例所写成的。①

因此,讨论人物时无须从曹雪芹的家族传记去索隐真人实事,那些就和历史、传说中的众多人物事件一样,都是小说家驱遣运用、融会贯通的创作素材,它们已经被艺术法则重新整合在一个有着自己完整生命的小说世界里,成为虚构性情节内容的一部分,服从的是小说世界这个有机体的运作法则。即使知道现实的蓝本在哪里,也无助于理解小说人物的内涵,何况虚构人物与真实人物之间的对应关系只存在于小说家的脑海中,读者永远都只

---

① [美]维列克(René Wellek)、华伦(Austin Waren)合著,王梦鸥、许国衡译:《文学论——文学研究方法论》(台北:志文出版社,1976),第7章"文学与传记",页120;第2章"文学的性质",页36—37。

能是揣测而无法确定。

可以说，关于典型人物的判定与其现实来源，乃是人物分析时最不重要的一环。一切以文本为依归，实为避免舍本逐末、歧路亡羊的不二法门。

三、"滑疑之耀"：复调的平等

从创作者的角度而言，一个伟大的小说家本不应该把自己的作品当作传声筒，借以宣扬自己的价值理念与好恶感受；相反地，他所负担的任务，是深刻而客观地认识多元化的人性内涵以及复杂的社会万象，并经由高度的美学原理加以艺术地表现。于是，小说中的各个人物也就此获得了平等的价值。

犹如米兰·昆德拉依其创作经验所坦言的：

- 小说不是作者的告白，而是在这已然成为陷阱的世界里探索人类的生活。
- 我小说中的人物是我自己没有意识到的诸种可能性。正因为如此，我对他们都一样地喜爱，他们也都同样的让我感到惊讶。①

---

① [法]米兰·昆德拉著，尉迟秀译：《小说的艺术》（台北：皇冠文化出版公司，2004），第2部分"关于小说艺术的对话"，页36、45。

这才是真正触及曹雪芹创作心态的一针见血之说。事实上，曹雪芹对这一点本就已经表示得很清楚，第一回坦言其书所描写的是"几个异样女子，或情或痴，或小才微善"，而第五回太虚幻境中列入薄命司的所有女子，乃都是"择其紧要者录之"的"紧要者"，故透过为她们量身打造的十二支《红楼梦曲》，来"演出这怀金悼玉的《红楼梦》"。很显然，书中众金钗都是"紧要"的"异样女子"，作者面对她们每一个人时，都是抱持"怀金悼玉"的感念悲悯之情，何尝有优劣褒贬之意？

也正是这一点，使得《红楼梦》绝非巴赫金（Mikhail M. Bakhtin, 1895—1975）所说的"一般独白型的浪漫主义小说"，作品与角色仅仅是作者的代言人，以至于"人的意识和思想只不过是作者的激情和作者的结论；主人公则不过是作者激情的实现者，或是作者结论的对象。正是浪漫主义作家，才在他所描绘的现实中，直接表现出自己的艺术同情和褒贬"；而是一种更值得推崇的、更高层次的"复调小说"，其中"不是众多性格和命运构成一个统一的客观世界，在作者统一的意识支配下层层展开；这里恰是众多的地位平等的意识连同它们各自的世界，结合在某个统一的事件之中，而互相间不发生融合"。① 亦即叙事中同时有很多条主旋律，以不同的曲调和音色演奏着生命之歌，彼此平等而一样重要，在互补并存的情况下构成一个和谐多元的整体，于众声喧哗中呈现出不被黑白所

---

① ［俄］巴赫金著，白春仁、顾亚铃译：《诗学与访谈》，《巴赫金全集》第 5 卷（石家庄：河北教育出版社，1998），页 4—5。

垄断的彩色光谱。这就是所谓的"复调小说"(roman polyphonique)的崭新概念。

米兰·昆德拉承接了"复调"这个观念，也用以阐述他对小说的认识与追求，认为：

> 事实上，所有主张复调曲式的伟大音乐家，都有一个基本原则，那就是**声部之间的平等**：没有任何一个声部应该突出于其他声部，没有任何一个声部应该只是单纯的伴奏。①

音乐如此，小说亦然，伟大的小说家更清楚地认识到"真理是无从掌握的"，而每一个人又都是复杂立体的，在不断的变化中发展自己，并且虽然每一个人都是自己人生中的主角，却注定只能是别人生命中的配角与偶然的过客；即使在必须有主从剪裁的小说中，人物出场的机会与篇幅不免或多或少，但没有一个人物只是用来烘托主角的单纯的伴奏，当他在小说中出场时，就是一个带着他自己的整个世界来到叙事主轴，展现其全部心理意涵与完整自我的主角，以他自己的性情、感受、需要、能力、立场等等展开活动，通过他们自身毫不逊色的存在意识创造更多的价值丰富性与更深沉的哲理辩证。故出场次数寥寥无几的刘姥姥，却以其乡野的韧性与老年的智慧引发了极其强烈的戏剧效果，以及耐人寻味的生命能量，谁又

---

① ［法］米兰·昆德拉著，尉迟秀译：《小说的艺术》，第4章"关于结构艺术的对话"，页93。

能说她只是一个无关紧要的配角?刘姥姥如此,其他面目各异的众多人物,又何尝不是如此?

更进一步来说,这不仅是专属于小说艺术的创作概念,其实更是一种崇高的观世视野与深奥的人生哲学,在中国传统文化中早已获得深刻阐明。《庄子·齐物论》中说得好:

> 凡物无成与毁,复通为一。唯达者知通为一,为是不用而寓诸庸。……是以圣人和之以是非而休乎天钧,是之谓两行。……是故滑疑之耀,圣人之所图也。为是不用而寓诸庸,此之谓以明。[1]

所谓"滑疑之耀",现代的一般解读多持批判的态度而采为负面的意义,指各种迷乱人心的巧说辩言的炫耀,还有一种说法认为"滑疑"即滑稽的意思。但这类解释完全不合文本脉络,反倒显得扞格矛盾,其实是错误的。从《齐物论》的基本精神而言,即应该作正面解,尤其"滑疑之耀"既是"圣人之所图","图"者为"尚""务也",作为圣人所追求的境界,岂能是负面之义?何况从整段话的上下文来看,庄子始终在说一种宽广的、多元的、齐物的心胸与方式,其中的"天钧""两行""以明",都是强调一种不落入绝对化、单一化的全面观照的智慧——"滑疑之耀"便是在"天钧"的超越

---

[1] (战国)庄子著,(清)郭庆藩撰,王孝鱼点校:《庄子集释》第1册(北京:中华书局,1961),卷2,页70—75。

高度上,"以两行之明"所散发出来的漫射光,是"不明中之明"[①],即"智慧"的具体象喻;而其做法即是"和之以是非""为是不用而寓诸庸",达到这个境界的人便称为"达者""圣人"。

类似地,中国传统绘画中常见的"散点透视",有别于西方单一角度的定点透视,将人在山水中移步观览时所采取的各种角度,包括平远(平角)、高远(仰角)、深远(俯角)等"三远"所看到的多种景致并存于同一幅画面,如苏轼《题西林壁》一诗所说:

> 横看成岭侧成峰,远近高低总不同。[②]

这正是同一精神在艺术上的体现。伟大的小说家对人性观察入微、对事理洞若烛火,了解世间的复杂奥妙与种种无奈,因此,同样可以在其创作中展现此类不为单一视线所囿的"滑疑之耀",而得以将别人的个性客观地发现、艺术地表现,晋身为远远高于"独白型的浪漫主义小说家"的"复调小说家"。

从而,复调小说家在透过"天钧""两行""以明"的"滑疑之耀"下,其笔下人物的塑造,便一如张竹坡所言:

---

① 清代的注庄家宣颖认为:"滑疑"为"不明貌","耀"为"不明中之明","图"为"尚"之义,(清)宣颖:《庄子南华经解》(台北:广文书局,1978,据清康熙六十年怀义堂藏版影印),页38。陈寿昌的解释亦然,云:"滑疑,不明貌。耀者,不明中之明也。""图"为"务也",(清)陈寿昌辑:《南华真经正义》(台北:新天地书局,1977,影光绪十九年怡颜斋本),"内篇",页28—29。

② (宋)苏轼著,(清)王文诰辑注,孔凡礼点校:《苏轼诗集》第4册(北京:中华书局,1982),卷23,页1219。

做文章不过是情理二字。今做此一篇百回长文，亦只是情理二字。**于一个人心中，讨出一个人的情理，则一个人的传得矣**。虽前后夹杂众人的话，而此人一开口，是此一人的情理。非其开口便得情理，**由于讨出这一人的情理，方开口耳**。[①]

所谓"声部之间的平等"应该就此来理解，而这也才符合人生的真相。由"声部之间的平等"所构成的复调世界，毋宁更合乎《红楼梦》的文本真实，以此衡诸《红楼梦》中形形色色的人物群像，也更能让读者掌握到"复杂"的智慧，不致沦为"简化"的白蚁大军中的一名工蚁。

据此，衡量一个人物的心灵内涵与存在价值，便必须由其个人的生命史、精神史为基准，并且耐心地倾听、仔细地斟酌，以训练有素的知识学养给予同情的理解，绝不是拿一把既有的量尺削足适履。如此一来，在读者方面，也应该意识到要以客观心态平等面对书中的各个虚构人物，当然这并不容易。评点家二知道人有一段话十分发人深省：

一日，众友峰居，评骘《红楼》女子。有取宝钗之稳重者，有取黛玉之聪颖者。或爱熙凤之才能，湘云之爽直；或爱袭人之和顺，晴雯之袅娜。又有憎黛玉之乖僻，厌凤姐之擅权，恨

[①] （清）张竹坡：《批评第一奇书金瓶梅读法》，第43则，黄霖编：《金瓶梅资料汇编》，页77。

袭人之柔奸,恶晴雯之利口者。议论沸腾,爱憎不一。予时默无一语。客诘之,予曰:"此曹雪芹纸上婵娟也。设诸君真遇其人,未必不变憎为爱也。"言毕,众皆粲然。①

这段话指出,读者的爱憎往往缺乏真切的设身处地,只停留在审美距离之外,以感性直觉与本能反应混淆了虚构与真实;更忽略她们再如何地具有真实感,也都是特定的、经验上面的人,不应以化约后的概念把人物抽象化、简单化,以至于只在若干具有强烈好恶的词汇上,诸如封建礼教、反抗精神、虚伪作假、真诚直率等等,用直觉的语感进行思考,结果所得到的不仅只是既有成见的延伸与巩固,由此所产生的爱憎好恶,其实都不具备太大的意义,也无法启发对人性的深刻认识。

不只如此,近现代的"线性进步历史观"配合反传统的现实政治需求,往往又将宝、黛这类较多地表现个人主义的人物推崇为超时代的"新人",是曹雪芹的进步表现。但以直线进步观所诠释的人性价值,往往都是虚拟的投射,如伊·谢·科恩所指出:

> 人类有各种不同的个人范式,不能把这些范式纳入"从简单到复杂,从低级到高级"这样一个统一的发生学系列。复杂的东西总是多层次、多型态和必须从多方面探讨的。……文化

---

① (清)二知道人:《红楼梦说梦》,一粟编:《红楼梦资料汇编》,卷3,页101—102。

的镜子就是历史，它不仅映照出各种不同的主体，而且还造就着各种不同的主体，……因此，个人文化学必然应当是历史的。①

据此，所谓的"新人"说便不得不给予保留——就深受个人主义洗礼而对此种人格价值观深信不疑的现代人来说，宝玉的所谓"叛逆"是超越传统的"新"；但回到当时的历史时空而言，却很可能只是《红楼梦》开卷第一回所自忏的"背父兄教育之恩，负师友规谈之德"的"不肖子"。至于黛玉的率直也只是缺乏母教之下宠儿的任性，属于人类不分新旧的常见状况，何况随着年龄心智的成熟，黛玉中途便逐渐回归传统闺秀的应有教养，此一过程谈不上是由新返旧。必须说，人格的意义不是从历史发生学的新/旧、进步/保守等对立角度来定位，而是有待于从多方面探讨的多层次、多形态的复杂内涵。《红楼梦》正是透过历史文化的这面镜子，映照与造就了各种不同的主体，既展现出个别性的鲜明独特，又企及放诸四海而皆准的普遍性，其经典价值便来自于对人情世态刻画描绘的深入、复杂与宽广。在认识这些人物时，更必须避免过于简化与俗化。

由于篇幅所限，本书所选的金钗，是以第五回宝玉神游太虚幻境时，所见簿册中有所介绍的正册十二位人物为范围，又因其中的贾元春已见诸《大观红楼2》，无须重复；巧姐儿过于年幼，无传

---

① ［苏联］科恩著，佟景韩等译：《自我论：个人与个人自我意识》，页93。

可写，因此两人必须去除。据此，本书所论及者共十位，遗珠者当另书弥补。至于这十个金钗的排序，主要是以太虚幻境册簿中的先后关系为依据，唯因为个别人物的重要性与人物之间的关联性，而对先后次序有些微调整，幸祈读者谅察焉。

第二章
"一字定评"与代表花

如果《金瓶梅》的做法是"于一个人心中,讨出一个人的情理,则一个人的传得矣",《水浒传》的人物刻画也堪称"写一百八个人性格,真是一百八样。若别一部书,任他写一千个人,也只是一样,便只写得两个人,也只是一样"①,则后来居上的《红楼梦》更为炉火纯青,书中所描绘的众多人物个个活色生香,呼之欲出。对这些各式各样的殊异之士,除在情节铺陈中细腻描绘之外,曹雪芹更以两种方式传神写照,加强各个人物的特点,促进了画龙点睛的效果:

其一是以具体的代表花给予美感造型与生命形象,甚至将人物的人生遭遇具象化,达到人、花合一的境界。

其二则是以抽象的概念给予指引,透过一字定评传示人物的心灵特质与精神核心,具有盖棺论定的意味。

这两种方式可以整合而系统地呈现,有如总纲般,让读者一览

---

① (清)金圣叹:《读第五才子书法》,曹方人、周锡山标点:《金圣叹全集》第 1 册(南京:江苏古籍出版社,1985),页 19。

之下具有整体的、简要的把握,故辟专章以说明之。

一、人／花互喻与象征寓意

花与女性之比配关涉,是中国抒情传统中一种显要的表现手法,自从《诗经·国风·桃夭篇》以睹物起兴的方式,透过"桃之夭夭,灼灼其华。之子于归,宜其室家"的叙写而将新嫁娘类比于春天盛丽之桃花,已然初步奠定其间形神皆似之联系;直到唐代,更可谓洋洋大观地蔚为诗歌创作的普遍风气,因此宋人才会指出:"前辈作花诗,多用美女比其状。"① 而由诗歌旁及小说,诸如《镜花缘》《聊斋志异》等作品亦都可见花与美人互喻为说之现象,可见女性(尤其是美人)与花朵相提并论的孪生现象已牢不可破。到了《红楼梦》一书,其中所刻画的诸多女性,也在这样悠久的抒情传统下被纳入到"人花一体"的表述系统中。

然而,花与女性的关系乃随着文学家观物拟人的心态与角度而出现迥然的差异,一般男性作家往往将花与女性框定为审美对象,两者的比拟关系源于男性的视觉快感;但《红楼梦》作为一部以女性为主体的小说,所谓"人花一体"获得了真正属于女性自身的寓托关系,而不再只是"用美女比其状"的外貌牵附而已。其次,对人花如此一体之"花文本","诗化"甚深的《红楼梦》又作了更进

---

① (宋)释惠洪:《日本五山版冷斋夜话》,张伯伟编校:《稀见本宋人诗话四种》(南京:江苏古籍出版社,2002),卷4,页38。

一步的发展与扩延。

一方面，它与其他小说不同，让"女儿—花—水"进一步连结成一组同义相关的复合意象结构群，在彼此交涉互渗的情况下，其中的每一个组成单元都取得更多的表意内容，因此于大观园这座女儿王国中各处脉脉流动的，便是名为"沁芳溪"的小河，其所谓"沁芳"也者，乃绾结"水"与"花"而综合为言，取意于清澄之水气沁润着香美之花朵，而芬芳之花香也熏染了洁净之流水，两者融合为一而相依相存，正是女儿之美的最高呈现；则"花"与"水"皆为女儿的代名词，取花之美丽与水之洁净，将书中蕴含的少女崇拜意识进行象喻的表达。同样地，当女儿面临悲剧命运时，也是由花的凋零与水的污染作为象征，如黛玉之所以选择葬花，而不像宝玉将落花撂入水中随波流去，理由正是因为"撂在水里不好。你看这里的水干净，只一流出去，有人家的地方脏的臭的混倒，仍旧把花遭塌了"（第二十三回）。既然《红楼梦》是一阕女性集体悲剧交响曲，花的凋零与水的污染便势在必然，因此，"沁芳"的真正意涵乃是黛玉所悲恸的"水流花谢两无情""流水落花春去也""花落水流红"（第二十三回），并体现于女儿们的各种不幸遭遇上。可见水、花、女儿已复合为三位一体的生命同构，共同享有园里圣洁、园外俗浊的不同命运。

另一方面，《红楼梦》对人花一体之"花文本"所作的发展与扩延，则表现在女儿与花一体映衬的紧密关系上，让各个金钗皆就其性格特点、遭际命运、最终结局，而类同于一种花品取得各自的代表，达到《华严经》所云："一花一世界，一木一浮生，一草一天堂,一叶一如来"的境界。就此,《红楼梦》中首先是数度以"花神""花魂"二词作为暗示。

(一) 花神、花魂的整体概念

少女与花相结合,花又随着大自然的四时迁转而盛衰生灭,也根植于各地不同的温度土壤孕育赋形,与月令季候息息相关;一旦与超现实的想象联结,将支配花卉开落的力量神格化,便会出现种种花卉神话。早在晚唐时期,诗歌中就已经出现"花神"一词,陆龟蒙《和袭美扬州看辛夷花次韵》道:"柳疏梅堕少春丛,天遣花神别致功。"(《全唐诗》卷624)此后花神的想象便逐渐普遍起来,到了传统民俗中,还发展出一年十二个月各有其代表花与花神,是为季节风候与神话想象结合的产物,连带产生了形形色色的民俗活动,如:"吴俗以六月二十四为荷花生日,士女出游。"① 尤其是花被拟人化、神格化以后,又更与少女的形象相契合,《红楼梦》中便数度以文学史中先后产生的"花神""花魂"这两个词汇作为暗示。

其一,"花神"者,花之神灵也。小说中出现的"花神"一词共有四处,首先是第二十七回写到"饯祭花神"的闺中风俗:

> 至次日乃是四月二十六日,原来这日未时交芒种节。尚古风俗:凡交芒种节的这日,都要设摆各色礼物,祭饯花神,言芒种一过,便是夏日了,众花皆卸,花神退位,须要饯行。

---

① (清) 袁枚:《随园诗话》(台北:汉京文化公司,1984),卷7,第103则,页247。

> 然闺中更兴这件风俗,所以大观园中之人都早起来了。那些女孩子们,或用花瓣柳枝编成轿马的,或用绫锦纱罗叠成干旄旌幢的,都用彩线系了。每一颗树上,每一枝花上,都系了这些物事。满园里绣带飘飘,花枝招展,更兼这些人打扮得桃羞杏让,燕妒莺惭,一时也道不尽。

可见这是"荷花生日,士女出游"之类的民俗活动的反映,只是闺阁更加热中,因此成为大观园中的年度盛事。第二次是第四十二回刘姥姥逛大观园之后,陪游的贾母、巧姐儿都生病了,刘姥姥指点可能的原因,道:

> "一则风扑了也是有的;二则只怕他身上干净,眼睛又净,或是遇见什么神了。依我说,给他瞧瞧祟书本子,仔细撞客着了。"一语提醒了凤姐儿,便叫平儿拿出《玉匣记》着彩明来念。彩明翻了一回念道:"八月二十五日,病者在东南方得遇花神。用五色纸钱四十张,向东南方四十步送之,大吉。"凤姐儿笑道:"果然不错,园子里头可不是花神!只怕老太太也是遇见了。"一面命人请两分纸钱来,着两个人来,一个与贾母送祟,一个与大姐儿送祟。果见大姐儿安稳睡了。

第三次则是第五十八回写藕官在园里烧纸钱,触犯了禁忌,宝玉为了救她,便向捉住把柄的婆子说道:

> 实告诉你:我昨夜作了一个梦,梦见杏花神和我要一挂白纸钱,不可叫本房人烧,要一个生人替我烧了,我的病就好的快。所以我请了这白钱,巴巴儿的和林姑娘烦了他来,替我烧了祝赞。原不许一个人知道的,所以我今日才能起来,偏你看见了。我这会子又不好了,都是你冲了!你还要告他去。藕官,只管去,见了他们你就照依我这话说。等老太太回来,我就说他故意来冲神祇,保佑我早死。

由此威逼对方,才为藕官解危。最后一次是第七十八回写小丫头胡诌晴雯临死前说:

> "你们还不知道。我不是死,如今天上少了一位花神,玉皇敕命我去司主。"……宝玉忙道:"你不识字看书,所以不知道。这原是有的,不但花有一个神,一样花有一位神之外还有总花神。但他不知是作总花神去了,还是单管一样花的神?"这丫头听了,一时诌不出来。恰好这是八月时节,园中池上芙蓉正开,这丫头便见景生情,忙答道:"……他就告诉我说,他就是专管这芙蓉花的。"宝玉听了这话,不但不为怪,亦且去悲而生喜,乃指芙蓉笑道:"此花也须得这样一个人去司掌。"

随后宝玉被贾政唤去,作完《姽婳词》后,"一心凄楚,回至园中,猛然见池上芙蓉,想起小丫鬟说晴雯作了芙蓉之神,不觉又喜欢起来,乃看着芙蓉嗟叹了一会"。接着不拘凡礼,别出心裁地写出悼祭晴雯的《芙蓉女儿诔》。

其二,"花魂"者,花之精魂也,是一个比"花神"更新颖警人的词汇。从目前的文献考察可知,最早是出现于宋代的诗词中,诸如:

- 花魂入诗韵,属和愧非才。(胡寅《和信仲酴醾》)①
- 花魂未歇,似追惜、芳消艳灭。(蒋捷《瑞鹤仙·红叶》)②
- 一自昭君向北迁,花魂千载却南旋。(李石《蛮王妻俗呼县君来黎州锦领乌毡自跨马而至》)③
- 彩扇何人,妙笔丹青,招得花魂住。歌声暮。梦入锦江,香里归路。(李宏模《庆清朝·木芙蓉》)④

至明朝,叶绍袁的《午梦堂集》中更出现了"葬花魂"一词⑤,到了清代,与曹雪芹约略同时的当代知名书法家张文敏,其《春莺啭》一诗中有云:

---

① (宋)胡寅著,容肇祖点校:《斐然集》(北京:中华书局,1993),卷1,页17。
② (宋)蒋捷著,黄明校点:《竹山词》(上海:上海古籍出版社,1985),页13。
③ (宋)李石:《方舟集》,卷4,《景印文渊阁四库全书》第1149册(台北:台湾商务印书馆,1983),页561。
④ (宋)赵闻礼选:《阳春白雪》(台北:台湾商务印书馆,《宛委别藏》本,1981),卷6,页243。
⑤ 《午梦堂集·续窈闻》载:叶绍袁幼女叶小鸾之鬼魂受戒时,禅师问云:"'曾犯痴否?'女云:'曾犯。勉弃珠环收汉玉,戏捐粉盒葬花魂。'师大赞。"(明)叶绍袁编,冀勤辑校:《午梦堂集》(北京:中华书局,1998),页522。

绸压香筒坠宿云，花魂愁杀月如银。独听鱼钥西风冷，又是深秋一夜人。①

可见虽然神、魂都是抽象的、看不见的超现实存在，但比起"花神"一词比较着重于神圣的、生机盎然的，展现丽花盛开的芳艳，"花魂"一词到了明代以后则倾向于幽冥的、死亡气息浓厚的，是秋花枯萎后的幽灵。这种区别也适用于《红楼梦》，其中出现"花魂"一词的情节共三处，包括：第二十六回的心情描写诗"花魂默默无情绪，鸟梦痴痴何处惊"，第二十七回林黛玉《葬花吟》中的"昨宵庭外悲歌发，知是花魂与鸟魂？花魂鸟魂总难留，鸟自无言花自羞"，以及第七十六回湘、黛联句时，黛玉为了力敌湘云的"寒塘渡鹤影"而对以"冷月葬花魂"，湘云拍手赞道："果然好极！非此不能对。好个'葬花魂'！"因又叹道："诗固新奇，只是太颓丧了些。你现病着，不该作此过于清奇诡谲之语。"

　　由上述的七段情节，还可以注意到几个特点：其一，就如同民俗传说中的花神可男可女，不完全都是女神而可以是男神，《红楼梦》中所提到的"花神""花魂"也大多并没有明确的性别，因而所谓的"总花神"由宝玉来担任，完全是合情合理的。但因为女性的性别特质，包括美丽、柔弱等，本就更容易与自然界的刹那芳华产生密切的联想，由小丫头所诌的晴雯死后升天作了司管芙蓉的花神，即反映出这一点。因此民俗文化中的各种花神也以女神为多，这也

---

① （清）袁枚：《随园诗话》，卷5，第8则，页136。

为个别女性角色的"人／花比配"奠立了基础。

其二，全部的"花神"与"花魂"都出现在大观园里，更是明显地将园中诸钗等同于各色名花，凤姐所谓的"园子里头可不是花神"最为清楚了然。而应注意的是，"花魂"虽为"花神"的同义词，但若仔细观察，实则同中有别："花神"一词是一般性地涵括女性与花卉的关联，但三处的"花魂"则都全数与林黛玉有关，或者是周遭环境景物对她的情绪共鸣，或者是她的作品用词，并且都与缥缈无形的"梦"字、"影"字相对，充满了虚幻感，可以说是较限定的个人化用法，而这也与黛玉的感伤性格与悲剧气质十分相符。

（二）单一代表花

大观园中注定要随水流逝的芳菲之花，并不仅止于一般的、集体的概念，也远远超出传统诗词中以花开类比红颜盛美、以花落绾合女儿命薄的泛泛手法。在曹雪芹的笔下，对人花一体之"花文本"所作的发展与扩延，主要是在女儿与花一体映衬的紧密关系上，基于人物众多、彼此有别的既定背景，依照"人花一体"之观念进行象征比附的设计时，不同的女性人物便取得其专属的代表花，各自与一个花神相对应，则每一位金钗所对应的花内涵也势必有所区隔，依据各种花朵之生态属性、生长状况、物类特质，以彰显其独特而不容相混的性格特点、遭际命运、最终结局，彼此互相衬托，形成人／花比配的多元系统。因此可以说，这些少女们的形象塑造方式更为新颖,她们都根源于一种季节想象①,并且在个别化原则的处理之下,使"人花一体"具备更丰富的人文意涵,形成更深刻的象喻体系。

由于赏心悦目的美人、名花自古相连,清代后期以来,《红楼梦》的读者便乐于从事金钗与花卉的类比,评点家也兴好此道。至迟自道光元年(1821)起,评点家就开始从事人/花比配的做法,如诸联云:

> 园中诸女,皆有如花之貌。即以花论:黛玉如兰,宝钗如牡丹,李纨如古梅,熙凤如海棠,湘云如水仙,迎春如梨,探春如杏,惜春如菊。②

接着,道光十二年(1832)刊行的"王希廉本",于卷首所绘六十四个女性的肖像亦分别附带相应的花卉,包括:

> 警幻仙姑(凌霄)、贾宝玉(紫薇)、林黛玉(灵芝)、薛宝钗(玉兰)、秦可卿(海棠)、元春(牡丹)、迎春(女儿花)、探春(荷花)、惜春(曼陀罗)

---

① [美]艾梅兰(Maram Epstein)著,罗琳译:《竞争的话语——明清小说中的正统性、本真性及所生成之意义》(南京:江苏人民出版社,2005),页125—126。另可参 Andrew H. Plaks, *Archetype and Allegory in the Dream of the Red Chamber* (Princeton, N.J.: Princeton University Press, 1976), pp. 66-69。

② (清)诸联:《红楼评梦》,一粟编:《红楼梦资料汇编》,卷3,页119。

另外，生于嘉庆十五年（1810）的张盘绘有《红楼梦十二钗花卉图》[①]，十二钗与各自相应的花卉如下：

秦可卿（梨花）、林黛玉（兰花）、薛宝钗（玉兰花）、王熙凤（栀子花）、元春（牡丹）、探春（杏花）、史湘云（芍药花）、李纨（菊花）、妙玉（白蘋、红蓼）、宝琴（梅花）、迎春（荷花）、惜春（水仙花）

此后类似的人、花配对仍迭有所出，迄今犹见[②]，可见"名花倾国两相欢"不只是视觉上的双重愉悦，更形成一种思考、联想上的惯性制约，让读者一面对美人时自然启动花卉的双关结合，以突显对象的美感特质。不过，核究上述的种种比配成果，却大多并不合乎《红楼梦》本身的设定，属于脱离文本的自行揣摩：一种是任意联结，例如说湘云如水仙、黛玉比灵芝、宝钗为玉兰、探春配荷花等等，都与文本内容明显不符；另一种则是无稽之谈，包括宝玉、熙凤、迎春、惜春等，其实小说家并没有给予特定的花品作为搭配，不少读者历历比附为说，不免流于想当然尔。

就信而有征的要求来看，关于群钗们的代表花主要集中于第六十三回"寿怡红群芳开夜宴"一回，其中"掣花名签"一段情节

---

① 霍钊鹤、王钧、傅学培：《清张盘绘〈红楼梦十二钗花卉图〉的新发现》，《红楼梦研究集刊》第10辑（上海：上海古籍出版社，1983），页465—467。

② 如陈诏（文）、戴敦邦（图）：《红楼梦群芳图谱》（台北：万卷楼图书公司，2000）。

表现得最为直接明确，也是比配关系的证据所在。基于花朵之生态属性、生长状况、物类特质与人物之性格特点、遭际命运、最终结局的关联较为复杂，且可见诸各章人物论的详细阐述，故此处仅简要地概述其用意，必要处始详加解说。

掣花签的方式是以签主掷骰子所得的点数推算下一位掣签者，依此周流，兹就先后之别依序说明如下。

1. 占魁的是宝钗。文中描述道：

> 宝钗便笑道："我先抓，不知抓出个什么来。"说着，将筒摇了一摇，伸手掣出一根，大家一看，只见签上画着一支牡丹，题着"艳冠群芳"四字，下面又有镌的小字一句唐诗，道是：
> 任是无情也动人。
> 又注着："在席共贺一杯，此为群芳之冠，随意命人，不拘诗词雅谑，道一则以侑酒。"众人看了，都笑说："巧的很，你也原配牡丹花。"说着，大家共贺了一杯。……宝玉却只管拿着那签，口内颠来倒去念"任是无情也动人"，听了这曲子，眼看着芳官不语。

牡丹造型雍容华贵的丰艳成为唐朝的国色天香，被称为"花王"，与称为"花相"的芍药"俱花中贵裔"①，也公认为宝钗的最

---

① （明）文震亨：《长物志》，卷2，中国古籍整理研究会：《明清笔记史料丛刊》第87册（北京：中国书店，2000），页251。

佳代表,"艳冠群芳"与"群芳之冠"都说明这两位女性的美丽突出。至于"任是无情也动人"这一句来自唐诗的签词更是加强性的用法,以充分显扬其美丽动人的程度,因此宝玉才会把该签紧握于自己的手中,"只管拿着那签,口内颠来倒去念'任是无情也动人'",到了神魂颠倒的忘情地步。如果说此句有丝毫的贬损之意,则那"群芳之冠"的注解、在场众人的笑认共贺以及宝玉的颠倒忘情,都会变得矛盾难解。

2. 接着数到探春。文中描述道:

> 探春笑道:"我还不知得个什么呢。"伸手掣了一根出来,……众人看上面是一枝杏花,那红字写着"瑶池仙品"四字,诗云:
>
> 日边红杏倚云栽。
>
> 注云:"得此签者,必得贵婿,大家恭贺一杯,共同饮一杯。"众人笑道:"……我们家已有了个王妃,难道你也是王妃不成。大喜,大喜。"说着,大家来敬。

由此可见,这支签是用来暗示探春将来会"必得贵婿"而嫁作王妃,"瑶池""日边""倚云"都是对皇室高高在上之地位的空间性比喻,这与小说中的其他安排,如第七十七回探春的凤凰风筝与另一家的凤凰风筝被一个喜字风筝绞在一处的情节,都是呼应一致的。

但探春的代表花另外还有玫瑰。第六十五回透过兴儿向尤二姐介绍家中女眷时,说道:"三姑娘的浑名是'玫瑰花'。……玫瑰花又红又香,无人不爱的,只是刺戳手。"而这明显是就性格特色所作的比喻。探春以一人而同时拥有两种代表花,以红杏暗示命运,以玫瑰象喻性格,在小说中可以说是绝无仅有。就此而言,小说家对探春的欣赏实不亚于钗、黛二人。

3. 此后该李纨。文中描述道:

  李氏摇了一摇,掣出一根来一看,笑道:"好极。你们瞧瞧,这劳什子竟有些意思。"众人瞧那签上,画着一枝老梅,是写着"霜晓寒姿"四字,那一面旧诗是:
    竹篱茅舍自甘心。
  注云:"自饮一杯,下家掷骰。"李纨笑道:"真有趣,你们掷去罢。我只自吃一杯,不问你们的废与兴。"说着,便吃酒。

老梅不仅遗世独立、清静度日,其"霜晓寒姿"也被赋予高度的道德节操,无论是生活形态或精神意境,都足以为李纨守节寡居的写照。第四回说"这李纨虽青春丧偶,居家处膏粱锦绣之中,竟如槁木死灰一般,一概无见无闻",第六十五回兴儿向尤二姐介绍家中女眷时,也说道:"我们家这位寡妇奶奶,他的浑名叫作'大菩萨',第一个善德人。我们家的规矩又大,寡妇奶奶们不管事,只宜清净守节。妙在姑娘又多,只把姑娘们交给他,看书写字,学针线,学道理,这是他的责任。除此问事不知,说事不管。"而从李纨掣得此签之后的反应是"真有趣,你们掷去罢。我只自吃一杯，不问你们的废与兴"，在在显示李纨并不是被压抑的婚姻陪葬品，而是以高度的情操、充实的内蕴，安然自得地安顿残缺的人生，达到"竹篱茅舍自甘心"的自在平和，故能始终如一、不改其志，由此才能比配得起历尽风霜而依然挺拔苍劲的老梅。

4. 再来是湘云。文中描述道：

> 湘云笑着，揎拳掳袖的伸手掣了一根出来。大家看时，一面画着一枝海棠，题着"香梦沉酣"四字，那面诗道是：
> 只恐夜深花睡去。
> ……注云："既云'香梦沉酣'，掣此签者不便饮酒，只令上下二家各饮一杯。"

从题字到签诗，都与酣睡有关，以致黛玉立刻想到先前"憨湘云醉眠芍药裀"（第六十二回）一段情节，借以调侃道："'夜深'两个字，改'石凉'两个字。"引得众人都笑了。而湘云既无女儿的拘束矜持，随遇而安地连庭院石头上都可以恬然入梦，其睡姿睡态应如第二十一回所描述："那林黛玉严严密密裹着一幅杏子红绫被，安稳合目而睡。那史湘云却一把青丝拖于枕畔，被只齐胸，一弯雪白的膀子撂于被外。"与黛玉相比，更突显其超然奔放的性情。由此种种可见，这是小说家所想要强调的人物肖像，其中所隐含的人格特质必是潇洒不羁、豪迈旷达，如同第五回《红楼梦曲·乐中悲》所说的："幸生来，英豪阔大宽宏量，……好一似，霁月光风耀玉堂。"参照海棠花在唐人贾耽《百花谱》中被评为"花中神仙",①则湘云自应是自由自在、磊落坦荡的谪仙人,她那"醉眠芍药裀"的景致乃脱化自李白《自遣》一诗:"对酒不觉暝,落花盈我衣。"(《全唐诗》卷182)②两人诚然是血脉相通的。

5. 次则轮到麝月。文中描述道:

> 麝月便掣了一根出来。大家看时,这面上一枝荼蘼花,题着"韶华胜极"四字,那边写着一句旧诗,道是:
> 　　开到荼蘼花事了。
> 注云:"在席各饮三杯送春。"

这句"开到荼蘼花事了"的签诗,指繁华消散、诸芳已尽的寓意十分明显,传统文学中众多相关的咏物诗都是就此发挥,如苏轼《杜沂游武昌以酴醾花菩萨泉见饷二首》之一便云:"酴醾不争春,寂寞开最晚。"③因此宝玉看了之后才会不愿对麝月解释,而"愁眉忙把签藏了"。

此句诗签既是麝月所抽中,自亦与其未来之命运有关。书中第二十回描写麝月表现得顾全大体、沉稳周详,"公然又是一个袭人"

---

① 见(宋)温革著,(宋)陈晔续补:《琐碎后录》,引自(宋)陈思:《海棠谱》,卷上,《景印文渊阁四库全书》第845册,页138。
② 参欧丽娟:《诗论红楼梦》(台北:里仁书局,2001),第7章"《红楼梦》使用旧诗之情形与用意"第4节,页379—380。
③ (宋)苏轼著,(清)王文诰辑注,孔凡礼点校:《苏轼诗集》第4册,卷20,页1044。

之后,脂砚斋评道:

> 闲上一段儿女口舌,却写麝月一人。有袭人出嫁之后,宝玉宝钗身边还有一人,虽不及袭人周到,亦可免微嫌小敝等患,方不负宝钗之为人也。故袭人出嫁后云"好歹留着麝月"一语,宝玉便依从此话。可见袭人虽去实未去也。

又第二十一回批云:

> 宝玉之情,今古无人可比固矣。然宝玉有情极之毒,亦世人莫忍为者,看至后半部,则洞明矣。此是宝玉三大病也。宝玉看此世人莫忍为之毒,故后文方能"悬崖撒手"一回。若他人得宝钗之妻,麝月之婢,岂能弃而为僧哉。玉一生偏僻处。

则麝月乃为大观园中遗留下来的最后一位女性,在诸艳如飞花般或离世、或离去之后,独守在宝玉身边收拾残棋败局,正是荼蘼在春尽花谢之际,以晚芳独秀的姿态为春天画下句点的写照。

6. 后续者为香菱。文中描述道:

> 香菱便掣了一根并蒂花,题着"联春绕瑞",那面写着一句诗,道是:
>
> 连理枝头花正开。

注云:"共贺擎者三杯,大家陪饮一杯。"

虽然花签中并未说明是哪一种花卉,但参照香菱原名甄英莲,太虚幻境中的人物图谶也以莲花为造型,其代表花为水中莲荷,自无可疑。从"并蒂花"与"连理枝"这两个用以表示夫妻恩爱的词汇来看,香菱对薛蟠是存有真爱的,只是后来为妒悍残暴的正妻所欺,才导致最终的薄命而死。

7. 随后掣签的是黛玉。文中描述道:

黛玉默默的想道:"不知还有什么好的被我掣着方好。"一面伸手取了一根,只见上面画着一枝芙蓉,题着"风露清愁"四字,那面一句旧诗,道是:
　　莫怨东风当自嗟。
　　注云:"自饮一杯,牡丹陪饮一杯。"众人笑说:"这个好极。除了他,别人不配作芙蓉。"黛玉也自笑了。

所谓的"莫怨东风当自嗟",自是作茧自缚、无端觅闲愁之意,如宝玉对黛玉所劝说的:"你又自寻烦恼了。……每天好好的,你必是自寻烦恼,哭一会子,才算完了这一天的事。"(第四十九回)其风露清愁并非外界所致,性格导致命运,而应该是反求诸己,因此,原本就意识到"我自己每每好哭,想来也无味,又令我可愧"(第三十四回)的黛玉,看到签词之后也自笑了。

由于芙蓉花又分陆生的木芙蓉与水芙蓉两种,水芙蓉即水生的

莲荷,黛玉与晴雯的芙蓉花属于哪一种,也成为一个问题。对此,学界大致有三种看法:

  一、文本中提到芙蓉者皆为木芙蓉。[①]
  二、黛玉花名签上之花为水芙蓉及木芙蓉之结合体。[②]
  三、黛玉的芙蓉是水芙蓉,而晴雯主管的芙蓉则为木芙蓉。[③]

晴雯的代表花能不能确定为木芙蓉,请参下文;黛玉的部分,从"莫怨东风当自嗟"这句花签词所出的欧阳修《明妃曲·再和王介甫》来看,其中并无明显迹证,难以判别属于何者。至于与此句雷同的"芙蓉生在秋江上,不向东风怨未开"一联,其实是探春的花签诗之所本,见晚唐高蟾《下第后上永崇高侍郎》,据此证明黛玉之花为荷花[④],实为张冠李戴,不能成立。由于莲荷是香菱的代表花,第五回的人物图谶已经表示得很明确,若黛玉以莲荷为代表花,不

---

① 包括陈平:《"红楼"芙蓉辨》,《红楼梦学刊》1983年第1辑,页36—38;张若兰:《"嘉名偶自同"——〈红楼梦〉"芙蓉"辨疑》,《红楼梦学刊》2005年第1辑,页331—342。
② 如袁茹:《林黛玉的花名签》,《邯郸学院学报》第15卷第2期(2005年6月),页49—53。
③ 诸如张庆善:《说芙蓉》,《红楼梦学刊》1984年第4辑,页322—324;杨真真:《文学作品里荷花的审美意象》,《华夏艺谭》2009年第1期,页32—36。
④ 俞香顺:《林黛玉"芙蓉"花签考辨》,《明清小说研究》2011年第1期,页141—148。

仅重复而缺乏创意，也与黛玉身份不称。如此一来，黛玉与晴雯的代表花应该皆是木芙蓉。

8. 最后压轴的是袭人。文中描述道：

> 袭人便伸手取了一支出来，却是一枝桃花，题着"武陵别景"四字，那一面旧诗写着道是：
>
> 桃红又是一年春。
>
> 注云："杏花陪一盏，坐中同庚者陪一盏，同辰者陪一盏，同姓者陪一盏。"众人笑道："这一回热闹有趣。"

就"武陵别景"的指引与限定，此处的桃花是采陶渊明《桃花源记》的象征含义，意指袭人获得人生的避难所；再加上"一年春"所回应的《诗经·桃夭》，以"桃之夭夭，灼灼其华。之子于归，宜其室家"言及女性婚嫁之喜，因此这一签诗乃暗示袭人会有两度的幸福婚姻，而且都刚好避开了悲惨的绝境，可算是诸钗中最幸运的一位。其陪饮者最多，囊括了杏花签主、同庚者、同辰者、同姓者，共多达六人，所受到的祝福也最多，小说家对她的厚爱不言可喻。

除上述八人之外，还有四位金钗也拥有个人专属的代表花，一是元春，一是秦可卿，一是妙玉，一是晴雯。

1. 元春因早已入宫并且封妃，自不可能参与这类的家庭活动，因此无法透过掣花名签给予对应的花卉；但小说家却借由其他的情节安排，明确地为她设计了石榴花以为比配。第五回太虚幻境中的人物判词清楚说道：

　　榴花开处照宫闱。

石榴花之红艳夺目，本来也具有"百花王"（白居易《山石榴花十二韵》）之称，足以和元妃的地位相称；尤其是曹雪芹还刻意在大观园中安排了"楼子上起楼子"的石榴台阁花（第三十一回），更是极力烘托元春封妃的富贵显赫，为荣国府带来"鲜花着锦，烈火烹油"的空前繁盛。但石榴花独自开在夏天的寂寞、楼子花的沉重难持，也都双关了元妃的特殊悲剧，请参《大观红楼2》。

　　2. 道光十二年（1832）刊行的"王希廉本"，于卷首所绘六十四个女性的肖像分别附带相应的花卉，搭配秦可卿的是"海棠"，这应该是从秦氏房中墙壁上挂着唐伯虎画的《海棠春睡图》所得来的灵感。如此一来，便与湘云重迭。而从确切可稽的文本记述来说，"海棠春睡"的画面也诚然是湘云最动人的造型之一，第六十二回《憨湘云醉眠芍药裀》一段，就是湘云的醉态特写：

　　湘云卧于山石僻处一个凳子上，业经香梦沉酣，四面芍药花飞了一身，满头脸衣襟上皆是红香散乱，手中的扇子在地下，也半被落花埋了。

到了第六十三回众钗掣花签一段情节，则明示海棠是湘云的代表花，整体呈现正是一幅"海棠春睡图"，据此而言，秦可卿应该是与史湘云共用了同一种代表花。只是基于秦可卿人物的复杂性与情节的不完整性，两人之间是否能确立重像关系，还需谨慎保留，属于一花二用的特殊手法。

3. 妙玉作为一位世外女尼，本应无花可言，但小说家给予一个特殊的安排，以具现其模糊社会界限的暧昧性，于第四十九回描写道："妙玉门前栊翠庵中有十数枝红梅如胭脂一般，映着雪色，分外显得精神。"胭脂红梅既然根生于妙玉庵中，即与庵主具有人格上的一体性，如同老梅之于李纨、竹子之于黛玉、女儿棠之于宝玉等等；因此，虽然后来还出现宝琴立雪、与宝玉共构双艳图的情节，但宝琴只是暂时折枝在抱，与其他人一样，花与人的相关性孰轻孰重，不言可喻。故论及代表花时，红梅花仍应归诸妙玉。

4. 至于晴雯，虽然也和袭人、麝月等怡红院的丫鬟们一同参加了庆生宴，但掣花签时却没有关于她的描写。这一则是囿于现场掷骰子算点数的随机性，刚好没有轮到；二则小说是由作者所编造，所谓的随机性其实是来自创作上的必然性，因此关键是作者的设计巧思，属于刻意不加安排的结果。

晴雯的代表花是芙蓉花，从第七十八回说晴雯升天司任芙蓉花神，且宝玉也为此写了一篇血泪交织的《芙蓉女儿诔》，足见证据确凿。再加上第七十九回脂批云：《芙蓉女儿诔》"明是为与阿颦作谶。"两人之共用芙蓉花已无可疑。唯当场的酒令中芙蓉花签只有一支，黛玉自是当仁不让的首选，晴雯身为丫鬟且属黛玉的重像，无论是身分的贵贱之别或角色的重要程度都必须拱手让人。因此晴雯虽然人在现场，却无签可抽，乃势必成为刚好没有轮到的那一位。

有关晴雯所属的芙蓉花是哪一种，此处也应加以辨析。从小说中的描写是小丫头听了宝玉的询问，一时诌不出来，恰好这是八月时节，园中池上芙蓉正开，这丫头便见景生情，忙答道："他就是专管这芙蓉花的。"随后宝玉"一心凄楚，回至园中，猛然见池上芙蓉，想起小丫鬟说晴雯作了芙蓉之神，不觉又喜欢起来，乃看着芙蓉嗟叹了一会"，可见两处前后一贯，说的都是"池上芙蓉"。而"池上芙蓉"可以有两种解释，一种是荷花、莲花之类的水生植物，若此，则晴雯又与香菱的代表花重迭；一般以为此际乃八月时节，岁属仲秋，莲荷之花不仅早已凋谢，连枝梗也都即将枯残，不可能是两人见到的"池上芙蓉"，因此，"池上芙蓉"应采另一种解释，亦即仍然还是陆生的木芙蓉。

但是，据明代对北京风土地理的记载，确实都中仍可以看到八月荷花的盛景，明朝前期王士性描述道：

> 玉河源自玉泉山，流经大内，出都城东南注大通河。……西湖在玉泉山下，泉水所汇。环湖十余里，皆荷蒲菱芡，故沙禽水鸟尽从而出没焉。出湖以舴艋入玉河，两岸树阴掩映，远望城阙在返照间。每驾幸西山，必由此回銮。[①]

明吏部尚书王直《西湖诗》则歌咏道：

---

① （明）王士性著，吕景琳点校：《广志绎》（北京：中华书局，1981），卷2"两都"，页16—17。

> 玉泉东浸漫平沙,八月芙蓉尚有花。……堤下连云杭稻熟,江南风物未宜夸。①

所谓"西湖"即今颐和园中的昆明湖,因风光可以媲美江南西湖而得此名。既然湖上"八月芙蓉尚有花",则贾府大观园中的池上芙蓉自亦可以仍是荷花。

此外,从诗词典籍来看,以"池上芙蓉"叙写木芙蓉,也是有所稽考的创作手法,如宋朝杨公远正有一首题为《池上芙蓉》的诗:

> 小池孥雨已无荷,池上芙蓉映碧波。初试晨妆铜镜净,未醒卯醉玉颜酡。
> 一秋造化全钟此,十月风光尚属他。除却篱边丛菊伴,别谁能奈晓霜何。②

第一句便说"已无荷",然而则次句还写"池上芙蓉映碧波",则只能是池畔的木芙蓉花,疏影横斜、临水照花,因此称为"池上芙蓉";并且木芙蓉从中秋开到晚秋,因此腹联所说的"十月风光尚属他"也很合理,参照宋代范成大《窗前木芙蓉》所说的"辛苦孤花破小寒"③,

---

① (明)沈榜:《宛署杂记》(北京:北京古籍出版社,1980),卷20,页246。
② (宋)杨公远:《野趣有声画》,卷上,《文津阁四库全书》第1197册(北京:商务印书馆,2006),页722。
③ (宋)范成大著,富寿荪标校:《范石湖集》(上海:上海古籍出版社,2006),卷1,页5。

以及吕本中《木芙蓉》歌咏的"小池南畔木芙蓉,雨后霜前着意红"①,可见秋寒之际仍然绽放的,确实为木芙蓉。另外明朝徐贲的《雨后慰池上芙蓉》,所描写的也是木芙蓉:

> 池上新晴偶独过,芙蓉寂寞照寒波。相看莫厌秋情薄,若在春风怨更多。②

既然背景是"照寒波"又"秋情薄",那就不会是盛夏吐蕊的荷花了。则"池上"实为"池畔"或"池边"之意,第七十八回的池上芙蓉即木芙蓉③,不仅合乎时节,亦有传统的典故依据,是为一解。

5. 最后,薛宝琴作为最后压轴出场的贵族千金,其代表花虽不明显,但仍然可以推敲出应为水仙。详参《大观红楼4》中"薛宝琴"一章的说明。

(三)无花的特殊意义

有趣的是,除以上十一位金钗之外,还有宝玉、熙凤、迎春、惜春等重要人物,小说家并没有给予专属的代表花。这类没有代表花的情况,又可以分为两类:一类是缺乏证据也寓意不明,王熙凤

---

① (宋)吕本中撰,沈晖点校:《东莱诗词集》(合肥:黄山书社,1991),卷10,页153。
② (明)徐贲:《北郭集》,卷9,《四部丛刊广编》第46册(台北:台湾商务印书馆,1981),页50。
③ 参潘富俊:《红楼梦植物图鉴》(台北:猫头鹰出版社,2004),页210。

即属之,原因仍待考察,不宜妄断。另一类则是别有寓意,包括宝玉、迎春、惜春。

1. 宝玉。由第七十八回宝玉与小丫鬟那一段关于"一样花有一位神"以及"总花神"的对话,就已经暗示了宝玉便是那位不受限于单一花卉的总花神,而明显呼应了贾宝玉身为"绛洞花主"(第三十七回)、"诸艳之贯"(第十七回回前总批)、"情榜之首",以至"通部情案,皆必从石兄挂号"(第四十六回脂批)的统领地位,因此并无特定对应的单一花品。若欲勉强而言,则怡红院中所植的西府海棠庶几近之,第十七回描写道:

> 院中点衬几块山石,一边种着数本芭蕉;那一边乃是一棵西府海棠,其势若伞,丝垂翠缕,葩吐丹砂。众人赞道:"好花,好花!从来也见过许多海棠,那里有这样妙的。"贾政道:"这叫作'女儿棠',乃是外国之种。俗传系出'女儿国'中,云彼国此种最盛,亦荒唐不经之说罢了。"

此花既来自女儿国,金钗群集的大观园亦堪称为宝玉之女儿国,则其院中栽植一株盛开的女儿棠,其隐喻亦昭然可感。

2. 迎春。作为一个几乎完全没有个性的少女,本就不容易找到与之相配的花卉,从第六十五回兴儿向尤二姐介绍家中女眷时,所说道:"二姑娘的浑名是'二木头',戳一针也不知嗳哟一声。"更可见迎春的没有个性几近于丧失生命力,而死亡的植物如何能开出花来?木头不生春,迎春自不应有代表花。

3. 惜春。惜春虽然也没有代表花，但原因与迎春完全不同：出于对春天的反感与排斥，使她极力抗拒成长、进入青春期，自幼便一心想要脱离尘世人间。其"惜春"之"惜"字并非珍惜而是吝惜之义，既然不接受春天，也就没有随之而来的花开，因此一无所属，形成一种"苗而不秀"的特殊情况。

二、一字定评

曹雪芹除了以代表花具体鲜明的形象为女性传神写照，此外，他还运用另一种迥然不同的抽象方式，对这些女性的内在核心与主要特质提供精要的索引，称之为"定评"。虽然每一个人物都是立体复杂的，任何单一评论都难免以偏概全或削足适履，但就其特殊或鲜明的主要性格特质而言，未尝不能藉助精要的简短描述甚至一字春秋把握到核心精髓，曹雪芹正是这么做的。

"定评"一词在脂批中共提出五次，可以视为曹雪芹的创作心法。首先是第三回宝、黛初会时，透过宝玉眼中所见，对黛玉有一段传神写照的绝佳形容："两弯似蹙非蹙罥烟眉，一双似喜非喜含情目。态生两靥之愁，娇袭一身之病。泪光点点，娇喘微微。闲静时如姣花照水，行动处似弱柳扶风。心较比干多一窍，病如西子胜三分。"脂砚斋于此夹批云：

　　此十句定评，直抵一赋。

可见精要的形容抵得过传统大赋数百字、乃至数千言的铺陈，十句话便足以达到效果，成为人物的"定评"。而足以为定评者，还可以更简约一些，一句即可，如第五回写宝钗"年岁虽不大多，然品格端方，容貌丰美，人多谓黛玉所不及"，脂砚斋于"人多谓黛玉所不及"夹批云：

  此句定评，想世人目中各有所取也。

接着于二玉"既亲密，则不免一时有求全之毁，不虞之隙"又夹批道：

  八字定评，有趣，不独黛玉宝玉二人，亦可为古今天下亲密人当头一喝。

然后在秦可卿安顿宝玉去睡中觉一段，对"贾母素知秦氏是个极妥当的人"复夹批曰：

  借贾母心中定评。

上述的三处定评都是一句话或几个字，若进一步将一句话浓缩为一个字，自当是艰巨的挑战，毕竟独立的"一个字"失去了其他依附、规范的相关联结，在缺乏其他语词的补充、修正之下，容易模糊不定，再加上人物的立体复杂性，便更提高削足适履的风险。不过，曹雪芹接受了挑战并履险如夷，提出了诸多的"一字师"，引领读者探测到人物的精髓，这个字便是人物肖像的灵魂之窗，别具一番光辉。

脂砚斋也明确提到了"一字定评"，赞美道：

> 今以呆字为香菱定评，何等妩媚之至也。（第四十八回批语）

而此一成为香菱之定评的"呆"字，虽然是来自第四十八回宝钗所调侃的"你本来呆头呆脑的，再添上这个，越发弄成个呆子了"，但也出现在第四十九回的"呆香菱之心苦，疯湘云之话多"，以及第六十二回"呆香菱情解石榴裙"的回目上，可见其寓意良深。尤其是在回目上出现的用语，构成了一字定评的大宗，这些在回目中安插的形容词，堪称微言大义，有如该人物的总评或定论，清代评点家姚燮已经注意到：

> 红楼之制题，如曰俊袭人、俏平儿、痴女儿（小红也）、情哥哥（宝玉也）、冷郎君（湘莲也）、勇晴雯、敏探春、贤宝钗、慧紫鹃、慈姨妈、呆香菱、憨湘云、幽淑女（黛玉也）、浪荡子（贾琏也）、情小妹（尤三姐）、苦尤娘（尤二姐）、酸凤姐、痴丫头（傻大姐）、懦小姐（迎春）、苦绛珠（黛）、病神瑛之类，皆能因事立宜，如锡美谥。①

---

① （清）姚燮：《读红楼梦纲领》，一粟编：《红楼梦资料汇编》，卷3，页171。

其中,固然有缺漏者,也有因版本或范围不同所导致的出入,但已足以显示这些人物的一字定评都是出于作者所赋予,并且全系表里如一的据实反映,因此客观性与权威性兼备,诚足以称为"美谥",正道出一字定评的重要性。兹将完整的出处与用语整理如下:

第二十一回"贤袭人娇嗔箴宝玉"的"贤"①,"俏平儿软语救贾琏"的"俏"。

第四十七回"呆霸王调情遭苦打"的"呆","冷郎君惧祸走他乡"的"冷"。②

第五十二回"俏平儿情掩虾须镯"的"俏","勇晴雯病补雀金裘"的"勇"。

第五十五回"辱亲女愚妾争闲气"的"愚","欺幼主刁奴蓄险心"的"刁"。

第五十六回"敏探春兴利除宿弊"的"敏","时宝钗小惠全大体"的"时"。

第五十七回"慧紫鹃情辞试忙玉"的"慧"与"忙","慈姨妈爱语慰痴颦"的"慈"与"痴"。

第六十二回"憨湘云醉眠芍药裀"的"憨","呆香菱情解石榴裙"的"呆"。

---

① 第七十七回不断提到袭人是"头一个出了名的至善至贤之人""原是久已出了名的贤人",与此一致。
② 第六十六回贾琏也说柳湘莲"最是冷面冷心的,差不多的人,都无情无义",因此该回的回目便作"冷二郎一冷入空门",与此呼应。

第六十八回"酸凤姐大闹宁国府"的"酸"。

第七十三回"痴丫头误拾绣春囊"的"痴","懦小姐不问累金凤"的"懦"。

但可以注意到,一则回目上的用字有的是迁就当回的情节,不足以涵盖人物的整体,如凤姐在"酸"之外还更具有"辣"的特色,故称"凤辣子"(第三回);平儿最重要的人格特质,是像天平一样的公道、均衡,比起"俏"这个字来,她名字中的"平"字反倒更为贴切;至于湘云,虽然回目上给她一个"憨"字,但她性情光风霁月、坦荡爽朗,《红楼梦曲》中的"英豪阔大宽宏量"最能传神,因此不如用"豪"字较佳。二则,回目中并未涵盖所有的重要女性,如林黛玉、贾元春、贾惜春、妙玉、李纨、秦可卿、麝月等,皆无相关的设定,黛玉的部分更不易有共识,皆须另予斟酌,故补述如下。

以贾元春而言,考虑到元春最高的家族贡献、最佳的品德行谊、最深的痛苦悲剧都与封妃有关,因此就其贵妃的身份地位暂拟一"贵"字作为定评。

至于贾惜春的性格,直到第七十四回抄检大观园以后才比较显明,从作者说惜春"天生成一种百折不回的廉介孤独僻性",可见她具有一种与生俱来、无论如何也改变不了的精神洁癖,故第七十五回探春道:"这是他的僻性,孤介太过,我们再傲不过他的。"这两段话中都出现的"僻"字很足以传达惜春那股廉介孤独以致一心出家弃世的情性,可以之为定评。

在妙玉的部分，虽然表面上与惜春似乎雷同，但其实大异其趣，她的冷僻并不是与世俗的彻底决裂，反倒是与世俗若即若离、彼此暗通，虽然睥睨世俗却完全脱离不了世俗，甚至由世俗来垫高自己的姿态，因此与惜春的僻性截然不同。就第五回人物判词所说的"欲洁何曾洁"来说，"洁"是她所采取的外显姿态，"何曾洁"则是她内在牵缠未断的人性纠葛，终于在出世与入世的拉扯中构成了特定的悲剧，因此可以"洁"字作为指标。

再看李纨，其"槁木死灰，一概无见无闻"的寡妇处境与心如止水的心境，"静"字似可双重涵括；麝月作为袭人的重像，所谓"公然又是一个袭人"（第二十回），则应该可以共用袭人的"贤"字为定评。

有关黛玉、宝钗这两大女主角，二人的一字定评更属一字千金，应多加说明。就黛玉而言，其眼泪、早逝都来自于多愁善感，第三回"心较比干多一窍"脂批云："多一窍固是好事，然未免偏僻了，所谓过犹不及也。"而其所多的一窍，并未使她灵透于人情世态而优游自在，反倒使她钻尽牛角尖而自困愁城，试看同一回宝、黛初会时，透过宝玉眼中所见的十句定评中，所描述的蹙眉、泪光、娇喘、多心、多病等等，实质上都是来自于"愁"，多愁导致善感多心，也因此更加体弱多病，连第六十三回黛玉所掣得的花名签上题的都是"风露清愁"，所以可用"愁"作为黛玉的一字定评。

就宝钗的部分，一般的直觉会想到"德"字、"贤"字，并非无据，如第五回太虚幻境的人物判词有"可叹停机德"之句，"德"字出于此；"贤"字则为宝钗之重像袭人的定评，未尝不可共用。若据脂砚斋于第五十六回回末总评所言：

探春看得透，拿得定，说得出，办得来，是有才干者，故赠以"敏"字。宝钗认的真，用的当，责的专，待的厚，是善知人者，故赠以"识"字。"敏"与"识"合，何事不济。

则"识"字也堪当此任。不过，曹雪芹自己给了更明确、更恰当的答案，第五十六回回目"时宝钗小惠全大体"中的"时"字见于庚辰本，比程高本该回的用字以及前述三者都更为精准，也深刻得多，具有高度的儒家意涵，典出《孟子·万章下》：

伯夷，圣之清者也；伊尹，圣之任者也；柳下惠，圣之和者也；孔子，圣之时者也。孔子之谓集大成。集大成也者，金声而玉振之也。

可见孟子对"圣"的理解，绝非刻板僵化的单一定型，而是各种人格类型达到极致的境界，是每一个人都可以就自己的性向进行努力的，"四圣说"便显示出人格样态的多元观；但最重要的是，孔子的"圣之时者"是超越三圣之上的更高层次，意指当清则清、当任则任、当和则和，所以称为"集大成"，后来杜甫被视为诗歌的集大成者，又获得诗圣的称号，并非偶然巧合。而宝钗之"时"正直承此一源远流长的经典用法，故脂砚斋即表示曹雪芹之写宝钗，乃是将宝玉、黛玉、湘云等"三人之长并归于一身"（第二十二回批语），正是集大成之义。就此来说，宝钗的才德品格绝非僵化死板的迂腐女夫子，其具体表现都在诸多情节中处处可证，请详见本书

第五章,此处不加赘言。

至于秦可卿,作为一个汇集极端矛盾于一身的金钗,一直是争议性极大的人物,约略说来,构成其人的两个重要特点即是"才情"与"情色",顾此失彼,更难以找到适切的一个用字加以涵盖。不过,"才情"与"情色"这两个特点恰恰交集于一个"情"字,最重要的是,秦可卿之所以获得"秦"这个姓氏,也完全是为了谐音于"情",脂砚斋的批语便一再提醒这一点,请见本书第十三章。

兹将本节所论的代表花与一字定评统整为下列表格,以醒眉目:

贾元春 —— 贵(第十八回)　　　—— 石榴花(第五回)
贾迎春 —— 懦(第七十三回)　　—— (木头无花)
贾探春 —— 敏(第五十六回)　　—— 红杏:命运(第六十三回)
　　　　　　　　　　　　　　　　　玫瑰:性格(第六十五回)
贾惜春 —— 僻(第七十四回)　　—— (苗而不秀)
林黛玉 —— 愁(第六十三回)　　—— 芙蓉(第六十三回)
薛宝钗 —— 时(第五十六回)　　—— 牡丹(第六十三回)
史湘云 —— 豪/憨(第五、六十二回)—— 海棠(第六十三回)
李纨　 —— 静(第十七回)　　　—— 老梅(第六十三回)
　　　　　　　　　　　　　　　　　(红杏,第十七回)
妙玉　 —— 洁(第五回)　　　　—— 红梅(第四十九回)
王熙凤 —— 辣(第三回)
秦可卿 —— 情(脂批)　　　　　—— 海棠(第五回)
香菱　 —— 呆/苦(第四十八回)　—— 莲荷(第五回)
袭人　 —— 贤(第二十一回)　　—— 桃花(第六十三回)

晴雯　　——勇（第五十二回）　　——芙蓉（第七十八回）
麝月　　——贤（第二十回）　　——荼䕆（第六十三回）
平儿　　——平
莺儿　　——巧（第三十五、五十九回）
紫鹃　　——慧（第五十七回）

其中，各代表花与一字定评的奥妙精微，幸祈于各章的人物专论以观焉，此处不赘。

第三章
"重像"或"替身"设计

在前一单元中所表列的人物,以及表格中未及包括进来者之间,往往又存在着彼此直接重迭或两相互补的特殊对应关系,中国传统评点学称之为"影";而西方的学术语词"重像"或称"替身"(the double),也算是类似的概念,但比起中国小说评点中偏向直觉的影子说,却有着更精密的判断方式,以此了解小说中人物之间的重像关系,可以有助于对个别人物之命运与性格的更深掌握。

一、人物关系的特殊建构方式

(一)传统的"影子"说

有关《红楼梦》"影子"说的最早来源,应起始于脂砚斋的评语。在脂批中可以看出一些平行对映的人物,如第二回所点出的"甄/贾宝玉"之重影:

> 甄家之宝玉乃上半部不写者,故此处极力表明以遥照贾家之宝玉。凡写贾宝玉之文,则正为真宝玉传影。(第二回夹批)

除此之外,"林黛玉/晴雯""薛宝钗/袭人"这两组人物可以说是《红楼梦》中最著名的迭映安排,不仅脂砚斋一再评说:

- 余谓晴有林风,袭乃钗副,真真不错。(第八回批语)
- 观此知虽诔晴雯,实乃诔黛玉也。试观"证前缘"回黛玉逝后诸文便知。(第七十九回眉批)

其他的评点家也不断重复这个认识,诸如:

- 袭人,宝钗之影子也。写袭人,所以写宝钗也。……晴雯,黛玉之影子也。写晴雯,所以写黛玉也。①
- 是书叙钗、黛为比肩,袭人、晴雯乃二人影子也。②

解庵居士更举出具体的依据,论证道:

> 晴雯一小黛玉也。黛玉来贾府正兴,黛玉亡贾府即败,晴雯至园中正盛,晴雯死园中即衰,正是一样文字。芙蓉花神非真指晴雯也。试观寿怡红之夕,黛玉掣得酒筹乃芙蓉花,众人云:"除了他,别人不配做芙蓉",明明言之矣。又宝玉祭芙蓉神时,黛玉实生受之,诔文中眉黛一联已明点黛玉二字,所改

---

① (清)涂瀛:《红楼梦问答》,一粟编:《红楼梦资料汇编》,卷3,页143—144。
② (清)张新之:《红楼梦读法》,一粟编:《红楼梦资料汇编》,卷3,页155。

茜纱一联，黛玉闻之色变，更显着矣。①

在上述的种种说法中，虽然对两组人物的重像关系都言之凿凿，但却也都没有提到重像关系的建构原则，只是隐隐然以性格相近、命运雷同为依据，脂批所谓的"晴有林风"以及解盦居士那段"兴败盛衰"的平行观察，便足以为证。

如此一来，因为缺乏客观一致的判断依据，有时便不免于穿凿附会，而流于过度诠释。如解庵居士认为：

> 微特晴雯为颦颦小影，即香菱、龄官、柳五儿，亦无非为颦颦写照。盖菱龄皆与林同音也，柳亦可成林也，香菱原名英莲，亦谓颦颦之应怜也。英莲、颦颦幼时均有和尚欲化去出家，其旨可知矣。②

其中，柳五儿在前八十回中并无任何文本迹证，应该是出自高鹗续书的误导，且"柳亦可成林"的逻辑也过分勉强，失之穿凿；至于香菱，在小说中同样并无确据，以"菱龄皆与林同音"与"均有和尚欲化去出家"建立重像关系，稍嫌宽泛，皆可置不论。此外，张新之也指出：

---

① （清）解庵居士：《石头臆说》，一粟编：《红楼梦资料汇编》，卷3，页188。
② （清）解庵居士：《石头臆说》，一粟编：《红楼梦资料汇编》，卷3，页189。

> 小红，黛玉第三影身也，为绛珠，为海棠，是为红，故此曰小红。曰姓林，则明说矣。……盖是书写情、写淫、写意淫，钗、黛并为之主，于本人必不能处处实写，故必多设影身以写之。在黛玉影身五：一晴雯，二湘云，三即小红，四四儿，五五儿。①

把小红、湘云、四儿都视为黛玉的影子，诚为过度附会，堪称其中之尤。不过，张新之所谓"于本人必不能处处实写，故必多设影身以写之"，则仍为极精辟之见，虽然小说中"多设影身"的主角并不只有钗、黛二人，贾宝玉亦是其中之一。

在上述评点家的传统影子说中，都没有强调"影子"或"重像"之建构更主要的一个关联，那就是外表的相似，这可以说是既浅显又深刻的原则。说其浅显，是因为容貌的相似为作者最容易设计的，也是读者最容易发现的；而说其深刻，则是犹如马林诺夫斯基（Bronislaw K. Malinowski, 1884—1942）所提示的：外表的相似可以说是两个人的一种强烈联系。当然，"影子"或"重像"的建构并不只是外表相似的单一法则而已，若再加上传统评点中所依据的"性格相近""命运雷同"，已约略达到西方重像（the double）说之认识内涵与建构规模。

---

① （清）张新之：《红楼梦》第二十四回评，参冯其庸纂校订定，陈其欣助纂：《八家评批红楼梦》（北京：文化艺术出版社，1991），上册，卷3，页555。

（二）西方的"替身"说

罗杰士（Robert Rogers）在其《文学中之替身》一书中，以弗洛伊德解析梦中象征符号时所用的区分方式，将文学作品中的替身手法分为两种形式：

1. 显性替身（manifest double）：两个**形貌相似**却独立存在的角色，其身世或相似或对立。

2. 隐性替身（latent double）：两个**外貌不同**的角色，但**身份处境相似，命运个性相似**，书中随时将此二人对照比较，以衬托彼此。

可见外在明显可见的"形貌"视是判别显性或隐性的关键，而形貌不同的人处处皆是，要能具有替身关系，则必须依赖**身份处境、命运个性相似**上。至于这些替身的复制原则基本上有两种：

1. 重迭复制（doubling of multiplication）：亦即同一种性质或特色的反复重现。

2. 分割复制（doubling of division）：也就是同一整体由二个对立的部分呈现，如理智对情感，精神对肉欲。[1]

---

[1] Robert Rogers, *A Psychoanalytic Study of the Double in Literature* (Detroit: Wayne State University Press, 1970). 参刘纪蕙：《女性的复制：男性作家笔下二元化的象征符号》，《中外文学》第 18 卷第 1 期（1989 年 6 月），页 118。私意以为（转下页）

据此以衡量《红楼梦》中的主要人物，我们可以先整理出以下的表格，对小说中的重像关系给予整体掌握（括号中的数字为相关回数）：

贾宝玉	显性：甄宝玉（2、56）、薛宝钗（3、8、28、29、30）、荣国公贾源（29）、史湘云（31）、芳官（63） 隐性：贾政、北静王水溶
薛宝钗	显性：贾宝玉（3、8、28、29、30）、兼美（5） 隐性：薛宝琴、袭人（麝月，第20回"公然又是一个袭人"） 历史人物：杨贵妃（27、30）
林黛玉	显性：小旦（22）、龄官（30）、尤三姐（65）、晴雯（74）、兼美（5） 隐性：妙玉（18）、茗玉（40）、慧娘（53） 历史人物：娥皇女英（37）、西施（3、65）、赵飞燕（27）

以下即分别一一深入阐述之。

二、贾宝玉的重像人物

贾宝玉是全书的叙事主轴，自当先行说明之。

（一）甄宝玉

甄宝玉可以说是贾宝玉的第一个也是最重要的一个重像，彼

（接上页）在探讨《红楼梦》时，亦可将"double"一词译为"重像"，似乎比较传神达意而减少误解；而就罗杰士之区分原则以观之，与贾宝玉"形貌相似却独立存在"的甄宝玉即属显性替身一类。

此的替身关系可以说是建立于"形貌相似、身份处境相似、命运个性相似"的全面一致:两人都是公侯富贵之家的王孙公子,"其暴虐浮躁,顽劣憨痴,种种异常。只一放了学,进去见了那些女儿们,其温厚和平,聪敏文雅,竟又变了一个"(第二回)的特殊癖性也如出一辙。双方的翻版关联更见诸第五十六回,其中描述甄府的四个女人来京后特地到贾府请安,与贾母之间有一番对话,说道:

贾母又问:"你这哥儿也跟着你们老太太?"四人回说:"也是跟着老太太。"贾母道:"几岁了?"又问:"上学不曾?"四人笑说:"今年十三岁。因长得齐整,老太太很疼。自幼淘气异常,天天逃学,老爷太太也不便十分管教。"贾母笑道:"也不成了我们家的了!你这哥儿叫什么名字?"四人道:"因老太太当作宝贝一样,他又生的白,老太太便叫作宝玉。"贾母便向李纨等道:"偏也叫作个宝玉。"李纨忙欠身笑道:"从古至今,同时隔代重名的很多。"四人也笑道:"起了这小名儿之后,我们上下都疑惑,不知那位亲友家也倒似曾有一个的。只是这十来年没进京来,却记不得真了。"贾母笑道:"岂敢,就是我的孙子。人来。"众媳妇丫头答应了一声,走近几步。贾母笑道:"园里把咱们的宝玉叫了来,给这四个管家娘子瞧瞧,比他们的宝玉如何?"众媳妇听了,忙去了,半刻围了宝玉进来。四人一见,忙起身笑道:"唬了我们一跳。若是我们不进府来,倘若别处遇见,还只当我们的宝玉后赶着也进了京了呢。"一面说,一面都上来拉他的手,问长问短。宝玉忙也笑问好。贾母笑道:"比你们的长的如何?"李纨等笑道:"四位妈妈才一说,可知是模样相仿了。"……四人笑道:"如今看来,模样是一样。据老太太说,淘气也一样。"

不过,甄、贾二人的重像关系却并不是始终一贯的,若单看前八十回的情况,其塑造手法可以说是"重迭复制",以致全然的贴合,如出一辙;但到了后四十回,在续书者的笔下则有了大幅变化,彼时甄宝玉不但"惟有念书为事"(第九十三回),且谈话内容"不过说些什么文章经济,又说什么为忠为孝",遂使贾宝玉憬然有悟:"我想来,有了他,我竟要连我这个相貌都不要了。"(第一一五回)可见甄宝玉与贾宝玉的关系呈现出"同途殊归"的对比性,在形貌、身世、审美观与价值取向皆极度雷同的状况下,其个性与人生发展却由早期的相似急转一百八十度而为最终的对立,如此一来,两人之间显性替身的复制手法则是从先前的重迭模式变成了分割模式,也就是同一整体由二个对立的部分呈现。这可以说是《红楼梦》的重像关系中,复制手法最为复杂多变的一组。

(二)薛宝钗

就贾宝玉与薛宝钗的重像关系,可谓出人意外却发人深省,是重新理解金玉良姻的重要线索。此处暂且不论,留待下文的薛宝钗部分再加详述。

（三）荣国公

贾宝玉与荣国公贾源的重像关系，其实才是至关紧要，却又往往最为人所忽略。第二十九回有一段极重要的描述，透露了贾宝玉身为贾家男性继承人的宿命式关联：

> 这张道士虽然是当日荣国府国公的替身，曾经先皇御口亲呼为"大幻仙人"，如今现掌"道录司"印，又是当今封为"终了真人"，现今王公藩镇都称他为"神仙"。……张道士又叹道："我看见哥儿的这个形容身段，言谈举动，怎么就同当日国公爷一个稿子！"说着两眼流下泪来。贾母听说，也由不得满脸泪痕，说道："正是呢，我养这些儿子孙子，也没一个像他爷爷的，就只这玉儿像他爷爷。"那张道士又向贾珍道："当日国公爷的模样儿，爷们一辈的不用说，自然没赶上，大约连大老爷、二老爷也记不清楚了。"说毕呵呵又一大笑。

这段对话中的荣国公指涉其实颇为含混，由贾母一听便"满脸泪痕"的情绪反应，以及"就只这玉儿像他爷爷"的感叹，张道士所谓的"当日国公爷"应该是其夫婿贾代善；参照第十六回宝玉也是以"荣国公的孙子"身份而"运旺时盛"，让拘拿秦钟魂魄的鬼差为之唬慌，暂时放过秦钟而延后其死期，诚然两处的"国公爷"都是指贾代善。

但另一方面，从随后张道士又向贾珍所说："当日国公爷的模样儿，爷们一辈的不用说，自然没赶上，大约连大老爷、二老爷也记不清楚了。"如此一来，则只有贾代善早死，身为二子的贾赦、贾政才有可能记不清楚其长相，但根据第二回"冷子兴演说荣国府"所描述，"代善临终时遗本一上，皇上因恤先臣，即时令长子袭官外，问还有几子，立刻引见，遂额外赐了这政老爹一个主事之衔，令其入部习学"，则贾代善死时贾政已非黄口小儿，怎会记不清楚父亲的模样？就此，则所指的又应该是第一代的荣国公贾源，毕竟，贾政、贾赦以孙子辈的两代距离记不清楚其模样，比起以儿子辈的身份记不清楚父亲贾代善的模样，似乎更近情理。尤其是从年龄上来看，比照宁府焦大，其出身乃是"从小儿跟着太爷们出过三四回兵，从死人堆里把太爷背了出来，得了命"，见证"你祖宗九死一生挣下这家业"以迄于今，而与当下的宝玉、贾蓉共存，则八十多岁的张道士所替身者若为贾源，也不无可能。如果再考虑到清代贵族世家的世袭制度是随代降等承爵，第二代的贾代善实际上应该是比"国公"的爵位再降一等（参《大观红楼1》），而并不能称为"荣国公"。则这些线索又使得"当日国公爷"指向了第一代的贾源。

究竟与宝玉相像的荣国公是贾源还是贾代善，实难断定，或者是混淆两代笼统而言，将贾源与贾代善一体并论，若此，则颇有涵括两位初祖的意味，贾源与贾代善两位初祖之间应该也具有相像的容貌，都是借此以强化宝玉与开宗肇基之祖宗的传承关系。比照第五回宁荣二公之灵所说的：

> 故遗之子孙虽多，竟无可以继业。其中惟嫡孙宝玉一人，……聪明灵慧，略可望成。

与贾母所谓的"这些儿子孙子,也没一个像他爷爷的,就只这玉儿像他爷爷",可见容貌相似与家族责任的连带关系,甚至是一体两面,更加突显出宝玉为贾府可赖以中兴继祧之人选的唯一性。也因此,透过宝玉的不肖所展现的,便是一种愧恨自咎的忏悔意识,呜咽之声遍及于书中各处,都是对祖宗的沉痛告解。

(四)史湘云

接着出现的史湘云是一般不容易注意到的宝玉重像,第三十一回透过宝钗一旁笑道:"姨娘不知道,他穿衣裳还更爱穿别人的衣裳。可记得旧年三四月里,他在这里住着,把宝兄弟的袍子穿上,靴子也穿上,额子也勒上,猛一瞧倒像是宝兄弟,就是多两个坠子。他站在那椅子后边,哄的老太太只是叫'宝玉,你过来,仔细那上头挂的灯穗子招下灰来迷了眼。'"据此可知,湘云的形貌也与宝玉有着相当的近似,以致男装之下更让贾母迷惑难辨,足以成立重像关系。

(五)芳官

第五位出现的宝玉的重像,乃是芳官。第六十三回清楚描述道:

> 当时芳官满口嚷热,只穿着一件玉色红青酡绒三色缎子斗的水田小夹袄,束着一条柳绿汗巾,底下是水红撒花夹裤,也

散着裤腿。头上眉额编着一圈小辫,总归至顶心,结一根鹅卵粗细的总辫,拖在脑后。右耳眼内只塞着米粒大小的一个小玉塞子,左耳上单带着一个白果大小的硬红镶金大坠子,越显的**面如满月犹白,眼如秋水还清**。引的众人笑说:"**他两个倒像是双生的弟兄两个**。"

所谓"倒像是双生的弟兄两个",已清楚道出宝玉与芳官的复本性,再加上"面如满月犹白,眼如秋水还清"的五官特征,与第三回写宝玉的"面若中秋之月,……目若秋波"也形同翻版,连带地雷同于宝钗的"脸若银盆,眼似水杏",故为贾宝玉造型系列中的显性重像之一。

(六)贾政、北静王水溶

最值得注意的是,宝玉还有两位隐性重像,历来却多受忽略。其一是北静王水溶,小说中一再赞美这位年轻俊美、贵而好礼的王爷,谓:"北静王水溶年未弱冠,生得形容秀美,情性谦和,……才貌双全,风流潇洒,每不以官俗国体所缚"(第十四回),"头上戴着洁白簪缨银翅王帽,穿着江牙海水五爪坐龙白蟒袍,系着碧玉红鞋带,面如美玉,目似明星,真好秀丽人物"(第十五回),而其眼中所见的宝玉,也是"戴着束发银冠,勒着双龙出海抹额,穿着白蟒箭袖,围着攒珠银带,面若春花,目如点漆",两人实属同类,因此一见如故。

再者,北静王水溶对贾政的建议中提到:"只是一件,令郎如是资质,想老太夫人、夫人辈自然钟爱极矣;但吾辈后生,甚不宜钟溺，钟溺则未免荒失学业。昔小王曾蹈此辙，想令郎亦未必不如是也。"因此邀约宝玉到自家与众名士谈会谈会，以助学问日进，可见宝玉正走在他往日的覆辙上，于是以过来人的经验给予一臂之力。这便构成了两人之间遭遇雷同、命运近似的隐性关系，可以说，甄宝玉更是水溶的翻版。

同样地，贾政与宝玉的关系并非一般人所以为的截然对立，父子之间也具有遭遇雷同、命运近似的隐性关系。试看贾政的早年阶段原与宝玉相去不远，"起初天性也是个诗酒放诞之人，因在子侄辈中，少不得规以正路"（第七十八回），正是宝玉的先行者；即使到了"规以正路"之后，在案牍劳形、公私冗杂之下，依然保有这份性灵："素性潇洒，不以俗务为要，每公暇之时，不过看书着棋而已，余事多不介意。"（第四回）如此说来，宝玉的天赋性灵、规引入正的家族使命，实为贾政的后继者，这和北静王水溶又有异曲同工之妙。可见作为足以承担家族使命的秀异子弟，贾政、宝玉这两代与水溶等三人的隐性重像关系，诚发人深省，由此也才足以体认到，唯一最终没有走上正路的宝玉是如何地悔恨自忏，构成了"无材可去补苍天"的自挽哀歌。

三、薛宝钗的重像人物

身为《红楼梦》中的三大主角之一，宝钗的重像人物必然也是精心设计的。然而经过缜密的考察之后，我们获得一个极为令人意外的发现，即宝钗的生活世界中唯一的显性替身，竟是一般人以为具有对立关系的贾宝玉。

（一）贾宝玉

前述芳官的"面如满月犹白，眼如秋水还清"的五官特征，既是构成她与贾宝玉之显性替身的依据，更是宝玉与宝钗互为显性替身的重要关键之一。

就容貌上的五官特征而言，第三回写宝玉是"面若中秋之月，色如春晓之花，鬓若刀裁，眉如墨画，面如桃瓣，目若秋波"，对照第八回宝钗的"唇不点而红，眉不画而翠，脸若银盆，眼如水杏"，以及第二十八回的"脸若银盆，眼似水杏，唇不点而红，眉不画而翠，比林黛玉另具一种妩媚风流"，可见其雷同程度有如复制翻版的孪生品；至于体态上，宝玉的"越发发福"（第二十九回），也与宝钗的"体丰怯热""他们拿姐姐比杨妃"（第三十回）相当。

兹将各个描述重点的对应关系表列如下：

贾宝玉	薛宝钗
面若中秋之月	脸若银盆
色如春晓之花　面如桃瓣	唇不点而红
眉如墨画	眉不画而翠
目若秋波	眼如水杏
越发发福	体丰怯热

不仅如此，两人的近似性还表现在"声音"的相仿上。第三十回写端阳节前夕，小生宝官、正旦玉官等两个女孩子，正在怡红院和袭人玩笑，被大雨阻住，于是大家将院门关了，捉赶了一些鸟禽放在积水的院内玩耍。偏偏此时宝玉淋雨回来，见关着门，便以手扣门，里面诸人只顾笑，那里听得见，宝玉叫了半日，拍得门山响，里面方听见了，宝玉道："是我。"麝月道："是宝姑娘的声音。"连麝月这位贴身大丫头都将宝玉的声音误认为宝钗，可见两人说话的声音确实是很接近，由此更提高了显性相关的程度。

整体而言，两人都是白皙圆脸、浓眉大眼而气色红润，可谓轮廓鲜明的健康少年；再配合第四回称宝钗"生得肌骨莹润"，以及第五回比较钗、黛之别时，对宝钗有"容貌丰美"之说，后来太虚幻境中的兼美也是"鲜艳妩媚，有似乎宝钗"，据此实可以用"鲜艳妩媚"的"丰美"概括此种美感类型。而这类金玉般的仪表正是上层阶级富贵文化所欣赏的①，因此小说中先是宣称宝钗"品格端方，容貌丰美，人多谓黛玉所不及"（第五回），又借宝玉之口传达舆论公评，说"你们成日家只说宝姐姐是绝色的人物"（第四十九回），牡丹花签上"艳冠群芳"与"群芳之冠"的赞美实至名归。这也呼应了书中一再提到宝玉的长相乃是他得宠的重要原因，所谓："宝玉形容出众，举止不凡……怨不得人溺爱他"（第七回），

---

① 传统的骨相学也认为："面如满月，家道兴隆；唇若红莲，衣食丰足。注云：面色光润而无缺陷，唇若抹丹而不尖露者，富贵之相。"（宋）著者不详：《校正麻衣相法》，卷2，刘永明主编：《增补四库未收术数类古籍大全》第7集《命相集成》（扬州：江苏广陵古籍刻印社，1997），页1294。

"生的花朵儿一般的模样"（第九回），"长的得人意儿，大人偏疼他些"（第二十五回），"就是大人溺爱的，是他一则生的得人意"（第五十六回），"好清俊模样儿"（第六十六回），其"神彩飘逸，秀色夺人"甚至足以使严父贾政"素日嫌恶处分宝玉之心不觉减了八九"（第二十三回）。堂堂相貌自有一种富贵气派，正与两人名字中的"宝"字相呼应，也构成了门当户对之"金玉良姻"的隐形力量，借此所传达出的"两个人的一种强烈联系"，便是"二宝联姻"的再强化。

然而，所谓的"金玉良姻"并非全然由外力所致，其中还具有两人之间特殊的亲近关系。与一般人所以为的大为不同，脂砚斋曾针对宝玉、黛玉、宝钗三人的不同性格、由此所产生的日常互动方式以及其中的深意，提出迥别于一般人的看法，指出：

> 奇文。写得钗玉（案：指宝钗、宝玉）二人形景较诸人皆近，何也。宝玉心，凡女子前不论贵贱皆亲密之至，岂于宝钗前反生远心哉。盖宝钗之行止端肃恭严，不可轻犯，宝玉欲近之而恐一时有渎，故不敢狎犯也。宝钗待下愚尚且和平亲密，何及于兄弟前有远心哉。盖宝玉之形景已泥于闺阁，近之则恐不逊，反成远离之端也。故二人之远，**实相近之至也**。**至颦儿于宝玉实近之至矣，却远之至也**。不然，后文如何反（凡）较胜角口诸事皆出于颦哉。以及宝玉砸玉，颦儿之泪枯，种种孽障，种种忧岔（忿），皆情之所陷，更可（何）辩哉。
>
> **钗与玉远中近，颦与玉近中远**，是要紧两大船（股），不

可粗心看过。（第二十一回夹批）

则二宝之间"远中近"而"实相近之至"的密切关系，也恰恰体现于容貌近似上。

（二）兼美

第五回宝玉神游太虚幻境时，警幻仙姑引领他到了一香闺绣阁之中，"早有一位女子在内，其鲜艳妩媚，有似乎宝钗，风流袅娜，则又如黛玉。……将吾妹一人，乳名兼美字可卿者，许配于汝。今夕良时，即可成姻"，这便是钗、黛合一的原型。既然"兼美"是兼钗、黛之美，融合了宝钗的"鲜艳妩媚"，则当然是宝钗的仙界重像，也可以说宝钗是兼美在人间的分化与投影。

不仅如此，由警幻仙子对宝玉所说的"许配于汝"所构成的夫妻关系，其实也符合二宝之间的金玉良姻。尤其是作为天定宿命，不仅仙界中宝玉与兼美的成姻是警幻的安排，到了俗界的"金玉良姻"也是高僧的神圣命令，第八回清楚说明了通灵宝玉上所刻的"莫失莫忘，仙寿恒昌"这两句是"癞僧所镌的篆文"，而宝钗所戴金锁上錾的"不离不弃，芳龄永继"八个字也"是个癞头和尚送的，他说必须錾在金器上"，不仅不识字的莺儿感觉到恰恰是一对，连宝玉各自念了两遍以后，也认为"姊姊这八个字倒真与我的是一对"。足见金玉良姻完全是由癞头和尚扮演月下老人的角色，所一手促成的。二宝的婚姻根本就是酝酿自神界的超现实规范，在神谕强烈的暗示与引导下，俗世的发展只不过是听命行事而已，谈不上是人谋不臧。宝玉兼美的仙界姻缘,便可视为二宝之金玉良姻的提前完成与高度升华。

从容貌到命运的重迭,兼美确然是宝钗的显性替身。

(三)薛宝琴

宝琴之为"宝"字辈人物,并不只是遵行堂姊妹之间同辈排行的命名习惯而已,在《红楼梦》全书的布局中,她最大的功能是作为"金玉良姻"之俗界姻缘的补足、加强、巩固与彰显。

当宝琴刚刚来到贾府,立刻便让贾母惊艳不已,而获得非凡的宠爱,甚至超过了宝玉与黛玉。由第四十九回的一大段描述中,我们可以注意到贾母将"这样疼宝玉,也没给他穿"的凫靥裘给了宝琴,此一做法岂不是先前第四十回时,将其"梯己两件,收到如今,没给宝玉看见过"的石头盆景儿、纱桌屏、墨烟冻石鼎这三样东西为宝钗的住处布置此一情节的再现!两段情节上前后类比和互相映带的表现,无疑正是因为宝钗、宝琴乃同属"如宝之贵"的关系而来的,就在这样的近似关系中,作者很巧妙地将"金玉良姻"中属于"宝"的一边加以代换,而由"宝钗"移位到"宝琴"。并且宝琴也确实和宝玉具有潜在的夫妻关联,最明显的是,宝玉与宝琴是同一天生日,试比观以下的两段说法:

- 当下又值宝玉生日已到,原来宝琴也是这日,二人相同。(第六十二回)
- 老嬷嬷指道:"这一个蕙香,又叫作四儿的,是同宝玉一日生

日的。"……王夫人冷笑道:"这也是个不怕臊的。他背地里说的,同日生日就是夫妻,这可是你说的?"(第七十七回)

"同日生日就是夫妻"固然是丫头无所避忌之时的玩笑话,然而置诸《红楼梦》谶语式的表达方法中来看,又何尝不是一种隐微的暗示?果然贾母唯一一次表达出求配之意,便是向薛姨妈细问宝琴的年庚八字并家内景况,其内心之意向不言可喻。也因此,贾母把一件珍贵无比的氅衣给了宝玉,说:"这叫作'雀金呢',这是哦啰斯国拿孔雀毛拈了线织的。前儿把那一件野鸭子的给了你小妹妹,这件给你罢。"(第五十二回)如此一来,宝琴"金翠辉煌"的凫靥裘和宝玉"金翠辉煌,碧彩闪灼"的雀金呢恰恰彼此成对、相互辉映,这岂非是"金玉相对"的另一种形式的表现?

由于文本中并没有描绘宝琴的形貌,无法判断她的长相是否与宝钗有相似之处,据此,从潜在的二宝联姻而言,宝琴自为宝钗的隐性替身。

(四)袭人

在整部小说中,曹雪芹未曾提及宝钗和袭人之间有容貌近似之处,但众多评点家与读者都一致公认袭人为宝钗的传影之人,脂砚斋所谓的"晴有林风,袭乃钗副,真真不错"(第八回批语),可见两人的替身关系主要是建立在性格特质及妻妾的共同身份上。

就性格特质而言,第五回人物图谶所说的"枉自温柔和顺,空云似桂如兰",意谓袭人的人品性情是"温柔和顺,似桂如兰",可惜这样的美好女子宝玉却无缘消受，因此加上"枉自""空云"二语，这是从宝玉的角度加以感叹，与下面所说的"堪羡优伶有福，谁知公子无缘"相一致，其中完全没有负面批评的含义。而"温柔和顺，似桂如兰"，也正是宝钗的人格特质，尤其是"似桂如兰"，不仅呼应了"花气袭人"的命名，以"蕙香兰气"被宝玉视为"好名好姓"（第二十一回），并且与宝钗多所映射：其一是宝钗所住的蘅芜苑，该居所就是因种植许多带有道德象征的香草而得名的，"进了蘅芜苑，只觉异香扑鼻"（第四十回）；其次是宝钗所服用的冷香丸，脂砚斋在冷香丸散发出"一阵阵凉森森甜丝丝的幽香"这句之下评道："这方是花香袭人正意。"（第八回）显然此一芬芳宜人的花香都是"温柔和顺，似桂如兰"的体现，具有品德高尚宜人的寓意，更加强了两人的重像关系。

不仅如此，袭人与宝钗的重迭性又更以一种非常独特的方式建构而成。第十九回"情切切良宵花解语"的一段情节，乃是由袭人担纲演出，表面上，"花解语"一词从字面与情节的对应来看，"花"符应袭人的本姓，"解语"则是指袭人的善解人意与善作解人；此外，更深的另一层意涵，则是与宝钗直接相关：一则是其"解语"在于对宝玉的规引入正，与"宝钗辈有时见机导劝"（第三十六回）同步并行，可见小说家完全认可并赞赏袭人的苦口婆心，与宝玉的反应恰恰背道而驰。二则最重要的是，"解语花"一词的历史渊源正是宝钗的代表花牡丹与另一重像杨玉环。唐朝罗隐《牡丹花》一诗中歌咏道："若教解语应倾国"，而比起"若教解语应倾国"的牡丹花，真正的解语花乃是唐玄宗心爱的杨贵妃。中唐文人陈鸿《长恨歌传》中，对于杨贵妃之所以能"使天子无顾眄意，自是六宫无复进幸者"，提出了以下的解释："非徒殊艳尤态致是，盖才智明慧，善巧便佞，先意希旨，有不可形容者。"这正是善解人意的极致，因此才足以掌握到明皇这位绝世英雄的心，成为帝王专宠的"解语花"。五代王仁裕记述道：

> 明皇秋八月，太液池有千叶白莲数枝盛开，帝与贵戚宴赏焉，左右皆叹羡久之。帝指贵妃示于左右曰："争如我解语花！"①

如此一来，便形成了"花袭人＝解语花＝牡丹＝杨贵妃＝薛宝钗"的等同关联，再参考唐代也流传有"牡丹＝花袭人＝扑蝶"的逸事：

> 穆宗皇帝殿前种千叶牡丹，花始开，香气袭人，一朵千叶，大而且红。上每睹芳盛，叹曰："人间未有。"自是宫禁中常夜即有黄白蝴蝶，计万数，飞集于花间，辉光照耀，达晓方去。宫人竞以罗巾扑之，无有获者。②

由此又更进一步形成"花袭人＝解语花＝牡丹＝杨贵妃＝薛宝钗＝扑蝶"的相关联想。而小说家对传统文化之娴熟以致运用自如，对

---

① （五代）王仁裕纂：《开元天宝遗事》（北京：中华书局，1985），卷下，"解语花"条，页23。
② （唐）苏鹗：《杜阳杂编》（台北：台湾商务印书馆，1979），页14—15。

情节构思之巧妙以致灵动绵密，都令人叹为观止。

另则，身为宝钗重像的袭人极为重要，于是在小说中又有其个人之替身，即怡红院的大丫头麝月。第二十回描述道：

> 彼时晴雯、绮霞、秋纹、碧痕都寻热闹，找鸳鸯琥珀等耍戏去了，独见麝月一个人在外间房里灯下抹骨牌。宝玉笑问道："你怎不同他们顽去？"麝月道："没有钱。"宝玉道："床底下堆着那么些，还不够你输的？"麝月道："都顽去了，这屋里交给谁呢？那一个又病了。满屋里上头是灯，地下是火。那些老妈妈子们，老天拔地，伏侍一天，也该叫他们歇歇；小丫头子们也是伏侍了一天，这会子还不叫他们顽顽去。所以让他们都去罢，我在这里看着。"宝玉听了这话，公然又是一个袭人。

脂砚斋夹批云："全是袭人口气，所以后来代任。"就此而言，麝月作为袭人的重像，也间接地成为宝钗的重像，并且不仅是性格的相近，在婚配关系上麝月更取代了袭人的位置，据脂砚斋接着所说：

> 闲上一段儿女口舌，却写麝月一人。有袭人出嫁之后，宝玉宝钗身边还有一人，虽不及袭人周到，亦可免微嫌小敝等患，方不负宝钗之为人也。故袭人出嫁后云"好歹留着麝月"一语，宝玉便依从此话。可见袭人虽去实未去也。

如此一来，麝月才是最后与宝钗留在宝玉身边的女子，在袭人不得不离开后成为继任者,代为照顾宝玉而延续了夫妻情缘,是为宝钗之重像的重像。

(五)杨贵妃

除书中所活动的人物之外,宝钗还有一位历史重像杨贵妃。此一类比于小说中两度清楚明示,其一是第二十七回的回目"滴翠亭杨妃戏彩蝶",其次则见诸第三十回的情节描述:

> 宝玉……道:"姐姐怎么不看戏去?"宝钗道:"我怕热,看了两出,热的很。要走,客又不散。我少不得推身上不好,就来了。"宝玉听说,自己由不得脸上没意思,只得又搭讪笑道:"怪不得他们拿姐姐比杨妃,原也体丰怯热。"

显然在贾府上下的眼中,一致公认宝钗类同于盛唐时的杨贵妃,而与小说家所拟的回目"滴翠亭杨妃戏彩蝶"相呼应。但这个类比是建立在怎样的条件上,实值得多加推敲。

首先必须了解古人在创作时,对某一历史典故的运用自有不同的取舍与别出心裁的运用,在不同的地方突显出不同的侧面,甚至酌予增减改换以创造新的寓意,不同的作家、甚至是同一作家的不同作品,对同一典故的应用都可能迥然有别,因此其取义所在,应该也只能从上下文来判断,绝不能直接想当然尔地采用一般常识来解释。第二十七回回目中的另一句"埋香冢飞燕泣残红",恰好提供了一个绝佳示例:赵飞燕作为历史上声名狼藉的淫荡女性,此处却用以喻示冰清玉洁的黛玉，可见小说家仅仅只是取用"身轻似燕"这一点，与该历史人物的其他行为作风完全无关；同样地，第五回中小说家清楚表示薛宝钗"品格端方"，若是附会于安史之乱以污蔑宝钗的人格，便属过分穿凿。

毋宁说，第二十七回的回目由"滴翠亭杨妃戏彩蝶"与"埋香冢飞燕泣残红"对仗共构而成，两者属于具有对照性质的同位关系。就"同位关系"而言，与两位历史知名女子相类比的宝钗、黛玉两人，都具有以下的两个特点：

  1."**地位尊贵**"：一是"实同皇后"的杨贵妃，一是真正的皇后赵飞燕，可谓势均力敌，符合两大女主角的重要性；并且实质上两人也都诚为大家出身的贵族少女，具有"**地位尊贵**"的条件。

  2."**美丽绝伦**"：宝钗、黛玉两人都具有非凡之美貌，如第六十五回兴儿所说的，这两位姑娘"真是天上少有，地下无双"，因此合成为太虚幻境的仙女兼美。

进一步地看，两人在同位关系中仍呈现出不同的差异。就其"对照性"而言，宝钗之美自与黛玉大大有别，所谓环肥燕瘦，小说中对宝钗的容态描写确属杨妃的丰艳类型[①]，诸如："肌骨莹润"

---

①（后晋）刘昫等：《旧唐书》（北京：中华书局，1977），卷51《后妃传》，页2178。

(第四回)、"容貌丰美"与"鲜艳妩媚"(第五回)、"肌肤丰泽，……比林黛玉另具一种妩媚风流"(第二十八回)，其"雪白一段酥臂"映入宝玉眼中，还产生了触摸的诱惑力。根据第五回所言："如今忽然来了一个薛宝钗，年岁虽大不多，然品格端方，容貌丰美，人多谓黛玉所不及。"则宝钗的美丽甚至高于黛玉一筹，衡诸其重像宝玉的"神彩飘逸，秀色夺人"(第二十三回)，以致被称为"长的得人意儿，大人偏疼他些"(第二十五回)，也完全符合。

此外，这两种美又与性格有关：宝钗的健康是体态的，也是心灵的，因此展现出扑蝶为乐的活泼，其善体人意也吻合"解语花"的比喻；黛玉的病态美源自体弱多病与多愁善感，因此沉浸于落花残红的悲泣。同样是暮春时节，宝钗看到的是蝶影双双、翩翩飞舞，处处洋溢着生机盎然；黛玉则注目于花谢花飞、零落成尘，天地间弥漫了死亡阴影。于是黛玉的历史重像便非西施、娥皇女英之类的悲剧女性莫属了。

四、林黛玉的重像人物

黛玉的重像人数最多，相关特征也最多元而充分，并且无论是显性替身或隐性替身，都是以重迭复制手法加以完成的。

（一）显性替身
先以形貌相似的显性替身来看，相关人物依序说明如下。
1. 兼美

第五回宝玉神游太虚幻境时,警幻仙姑引领他到了一香闺绣阁之中,"早有一位女子在内,其鲜艳妩媚,有似乎宝钗,风流袅娜,则又如黛玉。……将吾妹一人,乳名兼美字可卿者,许配于汝。今夕良时,即可成姻",这便是钗、黛合一的原型。既然"兼美"是兼钗、黛之美,融合了黛玉的"风流袅娜",则当然是黛玉的仙界重像,也可以说黛玉是兼美在人间的分化与投影。而黛玉与兼美的重像关系,便如同宝钗与兼美的重像关系一样,都隐含一种比配仙女的尊贵地位,以及不同程度的夫妻关系,二玉之间潜在的婚姻暗示多处可见,诚不可忽略。

2. 小旦

第二十二回宝钗生日宴上安排了戏班演出,其中,

> 贾母深爱那作小旦的与一个作小丑的,因命人带进来,细看时益发可怜见。因问年纪,那小旦才十一岁,小丑才九岁,大家叹息一回。贾母令人另拿些肉果与他两个,又另外赏钱两串。凤姐笑道:"这个孩子扮上活像一个人,你们再看不出来。"宝钗心里也知道,便只一笑不肯说。宝玉也猜着了,亦不敢说。史湘云接着笑道:"倒像林妹妹的模样儿。"

这位年仅十一岁的小旦,与黛玉雷同的扮相除五官容貌之外,应该也包括那"益发可怜见"的纤弱仪态;而贾母所以特别深爱之,除本来就具有护惜弱势的慈悲心肠之外,或许也是因小旦犹如黛

玉的楚楚可怜，不自觉地产生了移情作用，将对黛玉的疼爱转移到她身上。

3. 龄官

第三十回透过宝玉眼中所见，将龄官的容貌、性情作了极为生动传神的描绘：

> 再留神细看，只见这女孩子眉蹙春山，眼颦秋水，面薄腰纤，袅袅婷婷，大有林黛玉之态。宝玉早又不忍弃他而去，只管痴看。只见他虽然用金簪划地，并不是掘土埋花，竟是向土上画字。宝玉用眼随着簪子的起落，一直一画一点一勾的看了去，数一数，十八笔。自己又在手心里用指头按着他方才下笔的规矩写了，猜是个什么字。写成一想，原来就是个蔷薇花的"蔷"字。……只见那女孩子还在那里画呢，画来画去，还是个"蔷"字。再看，还是个"蔷"字。里面的原是早已痴了，画完一个又画一个，已经画了有几千个"蔷"。外面的不觉也看痴了。

可见不仅眉眼容态，痴情苦恋的影姿也犹如黛玉的翻版，故清人涂瀛即云："龄官忧思焦劳，抑郁愤懑，直于林黛玉脱其影形，所少者眼泪一副耳。"[①]

---

① （清）涂瀛：《红楼梦论赞·龄官赞》，一粟编：《红楼梦资料汇编》，卷3，页138。

4. 尤三姐

第六十五回中，兴儿对尤二姐等描述府中的一干人等时，提到："一个是咱们姑太太的女儿，姓林，小名儿叫什么黛玉，面庞身段和三姨不差什么。"据此，黛玉与尤三姐之间也透过"面庞身段不差什么"而构成显性重像关系。

只是，黛玉与尤三姐在家世教养、人品心性等许多方面都相去甚远，若细究小说家将两人设定为重像关系的原因，应在于对爱情的坚贞如一，以及婚恋的最终失败。试看尤三姐所宣称的："只要我拣一个素日可心如意的人方跟他去。若凭你们拣择，虽是富比石崇，才过子建，貌比潘安的，我心里进不去，也白过了一世"（第六十五回），"这人一年不来，他等一年；十年不来，等十年；若这人死了再不来了，他情愿剃了头当姑子去，吃长斋念佛，以了今生"（第六十六回），此一生死以之的终身坚持以及最后幻灭的悲剧结果，诚与黛玉的木石前盟同其感人。

5. 晴雯

脂砚斋早已指出"晴有林风，袭乃钗副，真真不错"（第八回批语），晴雯与黛玉的重像关系毋庸置疑，可以说是再确切不过。

首先，两人容貌仿佛，如第七十四回透过王夫人之眼，亲口挑明道："上次我们跟了老太太进园逛去，有一个水蛇腰、削肩膀、眉眼又有些像你林妹妹的，正在那里骂小丫头。"其中，晴、黛有些相像的地方是眉眼，也确实，第二十三回写黛玉听了宝玉的不伦类比，含嗔带怒地"登时直竖起两道似蹙非蹙的眉，瞪了两只似睁非睁的眼"，而第五十二回写宝玉转述坠儿偷金之事，"晴雯听了，果然气的蛾眉倒蹙，凤眼圆睁"，可见两人都是狭长如线的凤眼、细长如烟的蛾眉。眉眼是面貌的灵魂，晴雯的眉眼之间既有些像黛玉，可见也是绝世美人，因此王善保家的说"他生的模样儿比别人标致些"，随后凤姐亦认可道："若论这些丫头们，共总比起来，都没晴雯生得好。"贾母更是因为"这些丫头的模样爽利言谈针线多不及他"（第七十八回），不但特别宠爱晴雯，还打算日后留给宝玉作妾，这都和第二十六回说"这林黛玉秉绝代姿容，具希世俊美"相一致。而这样的美貌是属于西施一型的，故不仅王善保家的说她"天天打扮的像个西施的样子"，后来王夫人看到被唤来跟前的晴雯，也冷笑道："好个美人！真像个病西施了。"西施作为黛玉的历史重像，也构成了与晴雯联结为一的强化因子，请参下文。

其次，晴、黛两人的性格、才性更多方相似。从前面所引述的文本来看，晴雯超越其他丫鬟的不只是美貌，还包括高傲率直的性情、聪慧灵巧的才艺和伶俐尖锐的口才，构成了一种罕见的强势作风，所谓："满屋里就只是他磨牙"（第二十回），一张巧嘴"在人跟前能说惯道，掐尖要强，一句话不投机，他就立起两个骚眼睛来骂人"（第七十四回），以及"千伶百俐，嘴尖性大""性情爽利，口角锋芒"（第七十七回），以致其平日说话往往"夹枪带棒"（第三十一回），这也和黛玉的"会说话"（第三十五回）、"说出一句话来，比刀子还尖"（第八回）、"嘴里又爱刻薄人"（第二十七回）、"忙中使巧话来骂人"（第三十七回）雷同，差别仅在于黛玉即便率直失礼，仍因深厚的文明教养而不失雅致，没有受过教育的晴雯则不免流于刚烈粗豪，带有一种原始的野性。

但以上所言两人的相似点，却都是使她们深受贾母宠爱的原因，甚且因此也构成了潜在的妻妾关系，与宝钗、袭人之为显性的妻妾关系相对应。贾母所谓"我的意思这些丫头的模样爽利言谈针线多不及他，将来只他还可以给宝玉使唤得"，即表示其属意晴雯作为宝玉的妾，至于贾母有心将黛玉许配给宝玉为妻，小说中更是多处反映，为免于重复，请参书中这两位人物的专论部分，此处不赘。

此外最特别的是，晴雯与黛玉的替身关系还建构在同以芙蓉为代表花上，并且在以晴雯为主的《芙蓉女儿诔》这篇祭文中巧妙双关，形成二人一命的暗示，故脂砚斋在"黄土陇中，卿何薄命"句旁评曰："如此我亦为（谓）妥极，但试问当面用尔我是（字）样，究竟不知是为谁之谶，一笑一叹。一篇诔问（文）总因此二句而有，又当知虽来（诔）晴雯，而又实诔黛玉也，奇纫（幻）至此。"又眉批云："观此知虽诔晴雯，实乃诔黛玉也。"（第七十九回）评点家解庵居士也指出："晴雯一小黛玉也。……又宝玉祭芙蓉神时，黛玉实生受之，诔文中眉黛一联已明点黛玉二字，所改茜纱一联，黛玉闻之色变，更显着矣。"①

不仅如此，当晴雯与黛玉以芙蓉花建构替身关系时，还运用了一种设计极为巧妙，逼近于现代的电影手法，令人赞叹。第七十八回写宝玉一心凄楚，回至园中，猛然见池上芙蓉，想起小丫鬟说晴雯作了芙蓉之神，不觉又喜欢起来，乃看着芙蓉嗟叹了

---

① （清）解庵居士：《石头臆说》，一粟编：《红楼梦资料汇编》，卷3，页188。

一会；接着不拘凡礼，别出心裁地写出悼祭晴雯的《芙蓉女儿诔》。当仪式已毕，

> 忽听山石之后有一人笑道："且请留步。"二人听了，不免一惊。那小鬟回头一看，却是个人影从芙蓉花中走出来，他便大叫："不好，有鬼。晴雯真来显魂了！"唬得宝玉也忙看时，……只听花影中有人声，倒唬了一跳。走出来细看，不是别人，却是林黛玉。（第七十八至七十九回）

可以见到，当祭礼已到尾声，晴雯的影像随着魂灵逐渐远去而消翳淡化之际，林黛玉却即时现身填补，完美承接了晴雯的音容余响，两人之间巧妙地发生重迭与置换，正合乎"蒙太奇"的构成原则。

法文"蒙太奇"（montage）的原意是"装配"，为法文建筑学上的一个术语，大意是指结构、组合的方法。苏联电影界借用了这个名词，最初就是指镜头组接的技巧而言[1]，可以用来包含电影摄制技术中的"剪辑"做法，剪辑者按照预定的顺序把许多镜头联接起来，结果就使这些画格通过顺序本身而产生某种预期的效果，当上下镜头一经联接，原来潜藏在各个镜头里的异常丰富的含义便像电火花似的发射出来。[2] 也就是在镜头与镜头承接、更换的过程

---

[1] 冀志枫：《蒙太奇技巧浅探》（北京：中国电影出版社，1997），页1—2。
[2] （匈）贝拉·巴拉兹：《电影美学》（北京：中国电影出版社，1986），页103。

中,由于形象间相互的呼应、对比、譬喻、暗示,往往能创造性地揭示出形象间的有机联系,这种现象称之为形象的"对列"作用。就在场面或段落的转换处,前一个画面逐渐隐没,直到完全消失,称为渐隐或淡出(fade out);后一个画面由完全空白或完全黑暗中逐渐现出,称为渐显或淡入(fade in)。渐隐和渐显连在一起,表现一个完整段落的结束,和另一个完整段落的开始。而上下两个画面联接的方式又可分为两种,一种是转换出一个"空画面",以没有人物或极端单纯易懂的景物,甚至完全接近完全空白的场景,以发挥间歇的作用;一种则是让上一个镜头画面的"渐隐"与下一个镜头画面的"渐显"互相重迭起来,造成一幅画面在逐渐模糊中转化为另一幅画面的印象,称为"化"。"化"是作为两个段落间的过渡阶段的,其前后两个镜头的画面往往有意识地采取相似的构图,首先是主体位置上的一致,使画面的转换显得柔和而不着痕迹。①

由此可见,透过主体位置上的一致,以及晴雯渐隐淡出、黛玉渐显淡入的转化,两人彼此置换也完成了呼应,蒙太奇的技巧运用使得重像的暗示手法更为巧妙动人。

(二)隐性替身

至于小说中黛玉的隐性替身,也至少有四个,依出现的时间顺序,可分述如下。

---

① 冀志枫:《蒙太奇技巧浅探》,页26、36—41。

1. 妙玉

第十八回对妙玉的描述十分详尽：

> 外有一个带发修行的，本是苏州人氏，祖上也是读书仕宦之家。因生了这位姑娘自小多病，买了许多替身儿皆不中用，到底这位姑娘亲自入了空门，方才好了，所以带发修行，今年才十八岁，法名妙玉。如今父母俱已亡故，身边只有两个老嬷嬷、一个小丫头伏侍。文墨也极通，经文也不用学了，模样儿又极好。

种种描述与黛玉的身世背景、生存处境完全出乎一辙，如黛玉是"本贯姑苏人氏"，"系钟鼎之家，却亦是书香之族"（第二回），二姝皆为大家闺秀；黛玉自幼怯弱多病，在三岁时和尚欲化她出家，说："既舍不得他，只怕他的病一生也不能好的了"，与妙玉仅有出家与否之别，多病的体质与疗救的方式则都如出一辙；黛玉于母亲亡逝后依命到贾府依亲时，"只带了两个人来：一个是自幼奶娘王嬷嬷，一个是十岁的小丫头，亦是自幼随身的，名唤作雪雁"（第三回），可见人丁之单薄也完全一致；至于黛玉自幼读书识字，模样被形容为"秉绝代姿容，具希世俊美"（第二十六回），也与妙玉的特点相叠合。可见两人是以性格、命运、籍贯等等构成替身关系。

2. 茗玉

第三十九回刘姥姥游大观园之时，向宝玉杜撰了一则乡野传奇，说道："这老爷没有儿子，只有一位小姐，名叫茗玉。小姐知书识字，老爷太太爱如珍宝。可惜这茗玉小姐生到十七岁，一病死了。"这段描述完全可以移用于黛玉身上，并且其芳名也归属于"玉"字辈人物，唯独"十七岁一病死了"是黛玉尚未发生的未来式，可谓小说家幕后安排的一个命运预告。

3. 慧娘

另外，第五十三回贾府欢庆除夕夜，当场摆设了一副极为珍贵、贾母也非常宝爱的紫檀刺绣品，作者记述道：

> 绣这璎珞的也是个姑苏女子，名唤慧娘。因他亦是书香宦门之家，他原精于书画，不过偶然绣一两件针线作耍，并非市卖之物。凡这屏上所绣之花卉，皆仿的是唐、宋、元、明各名家的折枝花卉，故其格式配色皆从雅，本来非一味浓艳匠工可比。每一枝花侧皆用古人题此花之旧句，或诗词歌赋不一，皆用黑绒绣出草字来，且字迹勾踢、转折、轻重、连断皆与笔草无异，亦不比市绣字迹板强可恨。他不仗此技获利，所以天下虽知，得者甚少，凡世宦富贵之家，无此物者甚多，当今便称为"慧绣"。……偏这慧娘命夭，十八岁便死了，如今竟不能再得一件的了。凡所有之家，纵有一两件，皆珍藏不用。

其中，"姑苏"的籍贯、"亦是书香宦门之家"的家世、"精于书画"的非凡才艺、"十八岁便死了"的短命夭亡，处处都折射出黛玉的影子。

4. 袭人

另外，在考察林黛玉的重像人物时，可发现一个极为特殊的建构方式，所连结的人物也让人意外，那就是与黛玉同一天生日的袭人。

首先必须注意到，"生日"就像姓名一样，在小说家笔下最适合成为寄托深意的象征，《红楼梦》更把这项技巧发展得出神入化，小说中具有同日出生关系的人物，都具有特殊的关联。例如：宝琴与宝玉之间，乃透过同一天生日而强化了"二宝"的连姻关系，已见诸前文；于第六十二回中，众人在谈到家人的生日时，又一连提到两组成员的这层现象：

> 探春笑道："倒有些意思，一年十二个月，月月有几个生日。人多了，便这等巧，也有三个一日、两个一日的。大年初一日也不白过，大姐姐占了去。怨不得他福大，生日比别人就占先。又是太祖太爷的生日。过了灯节，就是老太太和宝姐姐，他们娘儿两个遇的巧。三月初一日是太太，初九日是琏二哥哥。二月没人。"袭人道："二月十二是林姑娘，怎么没人？就只不是咱家的人。"探春笑道："我这个记性是怎么了！"宝玉笑指袭人道："他和林妹妹是一日，所以他记的。"探春笑道："原来你两个倒是一日。每年连头也不给我们磕一个。"（第六十二回）

其中，元春和第一代荣国公贾源的关系，是百年家族命运的薪火相传，一个封爵、一个封妃，其同天生日的寓意是建立在对家族的巨大贡献上；至于袭人与黛玉之间，从表面上来看，似乎很难想象会有任何同质性的关系，但小说家既已如此设定，其深意便值得细加推敲。

可以说，袭人固然是宝钗的隐性替身，诚属毋庸置疑；但奥妙的是，小说家并不愿意停留在刻板的人性认知上，他洞察人性的复杂多元，因此虽然每一个人都必然以某些特质形成主要风貌，但却也仍然潜伏着另外的一种人或多种人。如果考虑到黛玉在第四十二至四十五回所展开的后期转变，使她往宝钗的主调趋近而符合"钗、黛合一"的预言，则黛玉与袭人双方也存在着若干重迭，再加上两人也具有宝玉的"妻、妾"身份，那么黛玉和袭人的重像关系便不难理解了。

就此必须注意到，黛玉是贾府一致默认的宝玉的潜在新娘，袭人则是王夫人所认可的实质的妾，连黛玉都当面以"好嫂子"称呼袭人，笑道："你说你是丫头，我只拿你当嫂子待。"（第三十一回）可见两人的妻妾关系早就隐隐成形。据此而言，再度证明了"钗、黛二元对立"是读者所偏执的成见，因之所延伸的相关论述实不免削足适履。

（三）历史重像

有别于宝钗的历史重像仅有杨贵妃一人，曹雪芹用以类比黛玉的历史重像为数较多，因此必须另外划归一类加以说明。

1. 西施

西施可以说是小说家最常取譬的历史人物，包括："病如西子胜三分"（第三回），以及第六十五回兴儿说：黛玉"一肚子文章，只是一身多病，这样的天，还穿夹的，出来风儿一吹就倒了。我们这起没王法的嘴都悄悄的叫他'多病西施'"。尤其是，身为黛玉重像的晴雯也被王善保家的说是"天天打扮的像个西施的样子"，王夫人亦形容为"好个美人！真像个病西施了"（第七十四回），可见其形似的关系也借由西施的形影而获得进一步加强。

2. 赵飞燕

第二十七回回目中的"埋香冢飞燕泣残红"，正是黛玉的美感造型，而与宝钗的"滴翠亭杨妃戏彩蝶"相对照。而此一类比取重于赵飞燕"掌上舞"的轻盈体态，以呈现黛玉纤弱多病的身姿，并无其他讽喻之可能，毋庸赘言。

3. 娥皇、女英

比历史更古远的是神话，小说家更透过凄美的神话以双关黛玉泪尽而逝的宿命。第三十七回提供了一段明显的寓言：

> 探春因笑道："你别忙中使巧话来骂人，我已替你想了个极当的美号了。"又向众人道："当日娥皇、女英洒泪在竹上成斑，故今斑竹又名湘妃竹。如今他住的是潇湘馆，他又爱哭，将来他想林姐夫，那些竹子也是要变成斑竹的。以后都叫他作'潇湘妃子'就完了。"大家听说，都拍手叫妙。林黛玉低了头方不言语。

这一段由小说家幕后安排的谶语，乃是就黛玉的眼泪不断与相思之苦而挪借于神话人物，属于命运的投影，丝丝入扣。该别称也延续到第四十二回"潇湘子雅谑补余香"的回目上，一以贯之。

此外应特别提醒的是，一般所以为的崔莺莺、杜丽娘等，在《红楼梦》其实是反对才子佳人浪漫故事的立场上，尤其是第三十五回中林黛玉触景思及《西厢记》中的崔莺莺时，所感叹者乃是"我又非佳人"，已明确地界定了彼此异类的性质，[1] 应不宜附会重像关系。

（四）重像之共通特点

若将上述与林黛玉具有重像关系的众多人物加以比较分析，可以发现彼此之间不同程度地重迭着若干特色，往往呈现出美丽绝伦、才华出众、备受爱宠、口齿伶俐、个性鲜明、深情执着、家世单薄、纤弱多病、青春夭逝的特征。

1. 美丽绝伦

林黛玉的美已达"秉绝代姿容，具希世俊美"（第二十六回）的程度，因此提供了仙界女神的美感摹本，其以容颜相似所形成的显性替身自当属此类，无须赘言；至于其他的隐性重像，也多不乏这一特点，如妙玉是"模样儿又极好"（第十八回），至于唱戏的小旦，也必有相当的美貌与出色的扮相，否则不能在以视觉效果为主

---

[1] 详参欧丽娟：《论〈红楼梦〉的"佳人观"——对"才子佳人叙事"之超越及其意义》，《文与哲》第 24 期（2014 年 6 月），页 113—152。

的舞台上入选此一角色。而小说中对尤三姐的描绘更是极力夸示，一再称道："品貌是古今有一无二""难得这个标致人，果然是个古今绝色""这样标致"（第六十六回），"据珍、琏评去，所见过的上下贵贱若干女子，皆未有此绰约风流者。……仗着自己风流标致，偏要打扮的出色"（第六十五回）。如是种种，都是女主角或重要女性的必要条件，也是小说创作的必然而然。

2. 姑苏人氏

女性的美丽形形色色，甚至与风土地域的自然人文条件有着若干关联，尤其是明清时期，"江南"以其优美的山水景致与人文风光跃升为特定的审美想象，导致叙写浪漫爱情的才子佳人故事多将男女主角的籍贯设定于江南，而大致"生于江苏或浙江"，双方在形貌与举止间体现着江南特有的灵性与气韵。[①] 同样地，林黛玉及其重像的家世背景也常属江南籍贯，尤以苏州人氏为多，包括龄官、妙玉、慧娘等皆是。龄官与慧娘的姑苏出身，从前文的引述中已可见到；由第十八回所言"贾蔷已从姑苏采买了十二个女孩子，并聘了教习"，可见包括龄官在内，唱戏的十二个女孩子也都是苏州人。

而苏州本身就是景色秀丽、文化发达的天下名城，流传最广的便属"上有天堂，下有苏杭"此一风土谣谚了，宋代范成大《吴郡志》、元朝奥敦周卿《蟾宫》曲、明时《水浒传》第一一四回、清末《孽海花》第七回等等，皆曾引以为誉，迄今不衰。特别是《红楼梦》

[①] 郭昌鹤：《佳人才子小说研究》（上、下），《文学季刊》创刊号、第 2 期（北京：立达书局，1934），页 194—215、303—323。

第一回描写石头幻形入世后的富贵叙事,也是从此处开始的:"当日地陷东南,这东南一隅有处曰姑苏,有城曰阊门者,最是红尘中一二等富贵风流之地。"可见除金陵之外,苏州可以说是曹雪芹所独钟的另一名城。

在历史文化与山水自然的钟灵毓秀之下,所孕育的人物也别具风采,直接影响到艺术表现,其美感品味甚至左右了天下的好尚。明朝前期的王士性早已指出:

> 姑苏人聪慧好古,亦善仿古法为之,书画之临摹,鼎彝之冶淬,能令真赝不辨。又善操海内上下进退之权,苏人以为雅者,则四方随而雅之;俗者,则随而俗之,其赏识品第本精,故物莫能违。[1]

这种地灵人杰的"聪慧"就直接表现在才华出众上,苏州所发源之刺绣产品天下第一,以细腻逼真闻名,称为"苏绣",正是慧娘之"慧绣"的脱胎之处。

3. 才华出众

第五十三回写慧娘所绣之璎珞雅致非凡,天下第一,以至于:

> 有那一干翰林文魔先生们,因深惜"慧绣"之佳,便说这"绣"字不能尽其妙,这样笔迹说一"绣"字,反似乎唐突了,便大家商议了,将"绣"字便隐去,换了一个"纹"字,所以

---

[1] (明)王士性著,吕景琳点校:《广志绎》,卷2《两都》,页33。

如今都称为"慧纹"。若有一件真"慧纹"之物，价则无限。贾府之荣，也只有两三件，上年将那两件已进了上，目下只剩这一副璎珞，一共十六扇，贾母爱如珍宝，不入在请客各色陈设之内，只留在自己这边，高兴摆酒时赏玩。

同样地，林黛玉也具备了"堪怜咏絮才"（第五回），于诗社的竞技活动中往往夺魁，堪称为大观园的桂冠诗人之一。妙玉亦是"气质美如兰，才华阜比仙"（第五回《红楼梦曲·世难容》），"文墨也极通，经文也不用学了"（第十八回），于湘、黛联诗时，妙玉的续诗便被二姝赞为诗仙（第七十六回），这三人都得力于官宦读书人家的文化资源。

　　至于寒薄出身的重像们，正如贾雨村所代言的正邪两赋说："生于薄祚寒门，断不能为走卒健仆，甘遭庸人驱制驾驭，必为奇优名倡。"（第二回）果然，第三十六回说"梨香院的十二个女孩子中有小旦龄官最是唱的好"，早在第十八回元妃省亲时，便获得御言肯定，下谕说："龄官极好，再作两出戏，不拘那两出就是了。"晴雯则是"这些丫头的模样爽利言谈针线多不及他"，针黹手艺之巧夺天工，尤其表现在第五十二回宝玉的孔雀裘被火星烧破一个小洞，亟需缝补以应次日之急用时，"不但能干织补匠人，就连裁缝绣匠并作女工的问了，都不认得这是什么，都不敢揽"，只有晴雯认出材质并提出解决之道："这是孔雀金线织的，如今咱们也拿孔雀金线，就像界线似的界密了，只怕还可混得过去。"麝月笑道："孔雀线现成的，但这里除了你，还有谁会界线？"于是晴雯抱病挣命补完，效果是几乎天衣无缝，其技艺之精湛令人叹为观止。

4. 备受爱宠

一般而言，美丽绝伦又才华出众的女子，比起平庸之辈更容易受到注目与宠爱，出身良好者往往是父母的掌上明珠。果然虚构的茗玉是"老爷太太爱如珍宝"，黛玉与妙玉同为自幼集诸方宠爱于一身。黛玉因父亲林如海"夫妻无子，故爱如珍宝"（第二回），虽然五岁时母亲亡故，但"自在荣府以来，贾母万般怜爱，寝食起居，一如宝玉，迎春、探春、惜春三个亲孙女倒且靠后"（第五回），因此一直到十五岁都是"禁不得一些委屈"（第四十五回）。妙玉的情况也不遑多让，由第十八回所说："祖上也是读书仕宦之家。因生了这位姑娘自小多病，买了许多替身儿皆不中用，到底这位姑娘亲自入了空门，方才好了。"可见父母必定疼爱至极，否则怎舍得花费巨额买替身，只为了将她留在身边？而最后为求保命不得不出家时，还让妙玉带发修行，此中理应也包含双亲的不舍之情，才以此作为尘缘的联系、未断的血脉，日后辗转到了贾府时，仍继续受到王夫人、贾母的礼遇尊重，都是让她发展个性的必要助缘。

至于龄官，一则是在第十八回元妃省亲时，以其精湛演出与高傲性格深获元妃额外宠幸，不仅在刚刚演完时，获得额外的糕点赏赐，并且谕令说："龄官极好，再作两出戏，不拘那两出就是了。"待贾蔷命龄官作《游园》《惊梦》二出，龄官却因此二出原非本角之戏，执意不作，定要作《相约》《相骂》二出，贾蔷扭她不过，只得依她，贾妃的反应更是："甚喜，命'不可难为了这女孩子，好生教习'，额外赏了两匹宫缎、两个荷包并金银锞子、食物之类。"

等于是鼓励龄官保有这分傲然的个性,因此之后于第三十六回中,还出现了"前儿娘娘传进我们去,我还没有唱呢"的特权之举。在皇妃至高无上的圣旨之下,势必无人敢为难她,自是娇宠无比。

此外,晴雯具备了特属于贾母、宝玉庇荫而来的威势,"自幼上来娇生惯养,何尝受过一日委屈",尤其在宝玉的放任及众人的容忍之下,过着"那样好茶,他尚有不如意之处"(第七十七回)的娇贵生活,第三十一回"撕扇子作千金一笑"的恣意作乐,尤为其最。

5. 个性鲜明

一般人在备受宠爱的环境下,本就容易助长自我而养成鲜明的个性,黛玉自是"孤高自许,目无下尘"(第五回),"懒与人共,原不肯多语"(第二十二回),妙玉则更有过之,由"天生成孤癖人皆罕"(第五回《红楼梦曲·世难容》)逐渐发展到"竟是生成这等放诞诡僻",达到宝玉所说"为人孤僻,不合时宜,万人不入他目"(第六十三回)的地步,以至于"黛玉知他天性怪僻,不好多话,亦不好多坐,吃完茶,便约着宝钗走了出来"(第四十一回),可谓甘拜下风。

龄官的高傲先是表现在贵妃省亲时违抗主管贾蔷的指令,已见前述,唯这很可能是因为当时已与贾蔷产生男女情愫,彼此的爱侣关系强过于主仆关系所致;次则表现在宝玉央她唱戏时,正色拒绝道:"嗓子哑了。前儿娘娘传进我们去,我还没有唱呢。"(第三十六回)此番一反众人对宝玉逢迎亲近的向心力,固然是因为另有意中人,情归于贾蔷,但对于炙手可热的当权派丝毫不假辞色,主要便是来自傲岸的性格特质，最能显示其高度的自我意识。故脂砚斋也说：

> 大抵一班之中，此一人技业稍优出众，此一人则拿腔作势辖众悖能，种种可恶，使主人逐之不舍，责之不可，虽不欲不怜而实不能不怜，虽欲不爱而实不能不爱。……其悖能压众，乔酸姣妒，淋漓满纸矣。（第十八回批语）

对比之下，晴雯的强烈自我更是鲜明突出，第五回说她是"心比天高"，加上身为"副小姐"（第七十七回）或"二层主子"（第六十一回）的半主地位，具备了特属于贾母、宝玉庇荫而来的威势，在贾母、宝玉的放任及众人的容忍之下，"性子越发惯娇了"（第三十一回），因此恣意率性地横冲直撞，"在人跟前能说惯道，掐尖要强。一句话不投机，他就立起两个骚眼睛来骂人"（第七十四回），展现出唯我独尊的态势。

尤三姐的性格特质则表现为另一类型，第六十五回中，她以独特的"这等无耻老辣"耍弄贾珍，虽然母姊二人十分相劝，却自有一套想法，依然"另式作出许多万人不及的淫情浪态来"，尽兴快意地作践取乐；而一旦认真考虑起终身大事，对于择偶一事又自有主张，坚持"只要我拣一个素日可心如意的人方跟他去"，斩钉截铁完全不打折扣，也不容他人置喙。表面上前后矛盾似乎判若二人，实质上则都出于一种不受他人控制、由自己主宰人生的意志，破格不羁的个性虽与众不同，却鲜明已极，令人印象深刻，竖立了迥然另类的裙钗形象。

6. 口齿伶俐

尤三姐的游戏人间，因伶俐的口齿而更增凌厉的力道，贾珍、贾琏"弟兄两个本是风月场中耍惯的，不想今日反被这闺女一席话说住。……自己高谈阔论，任意挥霍洒落一阵，拿他弟兄二人嘲笑取乐，……自此后，或略有丫鬟婆娘不到之处，便将贾琏、贾珍、贾蓉三个泼声厉言痛骂"（第六十五回），高超的言语能力已经成为她愤世自弃的武器。

黛玉的口齿自不遑多让，第三十五回宝玉便笑道："若是单是会说话的可疼，这些姊妹里头也只是凤姐姐和林妹妹可疼了。"当然，以黛玉身为世家之女的优雅高贵，自不可能像尤三姐一般泼辣低俗，而是如宝钗所言："更有颦儿这促狭嘴，他用'春秋'的法子，将市俗的粗话，撮其要，删其繁，再加润色比方出来，一句是一句。"（第四十二回）其精妙实非常人所能及。

这样的言语特征，还可见诸晴雯的"嘴尖性大"（第七十七回），"生了一张巧嘴"（第七十四回），"性情爽利，口角锋芒"（第七十七回），"满屋里就只是他磨牙"（第二十回），其平日说话往往"夹枪带棒"（第三十一回），"在人跟前能说惯道，掐尖要强，一句话不投机，他就立起两个骚眼睛来骂人"（第七十四回），恰恰可与黛玉的"说出一句话来，比刀子还尖"（第八回），"嘴里又爱刻薄人"（第二十七回），"忙中使巧话来骂人"（第三十七回）互参。

至于第三十六回龄官那一段歪派贾蔷的情节，既自虐又弹压的话语，简直与黛玉对宝玉的作风如出一辙。两位少女对意中人的反言若正,既是出于不健全的性格使然,却也和苦恋的自我折磨密不可分,由此便显出相关女子深情执着的共通面。

7. 深情执着

第三十回"龄官划蔷痴及局外"一段,透过宝玉眼中所见,龄官用金簪划地,一直一画一点一勾,十八笔划出了贾蔷的"蔷"字,画完一个又画一个,里面的原是早已痴了,已经画了有几千个"蔷"。一腔痴爱都化作一个又一个的字迹,刻骨铭心不可自拔,深情执着就在"几千个"的数字中得到量化的证明。连与黛玉性情南辕北辙的尤三姐,都可以为了意中人柳湘莲而咬牙改悔,从泼辣无耻一夕之间立地成佛,先是在姊姊尤二姐的盘问下剖白心迹,由尤二姐转述道:

> 这人一年不来,他等一年;十年不来,等十年;若这人死了再不来了,他情愿剃了头当姑子去,吃长斋念佛,以了今生。

紧接着索性自己现身,当面直接对贾琏宣称:

> "若有了姓柳的来,我便嫁他。从今日起,我吃斋念佛,只伏侍母亲,等他来了,嫁了他去,若一百年不来,我自己修行去了。"说着,将一根玉簪,击作两段,"一句不真,就如这簪子!"说着,回房去了,真个竟非礼不动,非礼不言起来。……虽是夜晚间孤衾独枕,不惯寂寞,奈一心丢了众人,

只念柳湘莲早早回来完了终身大事。(第六十六回)

能够顷刻间扭转积习已久的惯性，极力忍受戒断时最痛苦的不适应，其毅力之卓绝、决心之刚强，连最虔诚的修道者都难以企及，若非情痴之极，何能至此。

至于妙玉以其倨傲至极的出世高人身份，却打动凡心，独独钟情于宝玉，以己杯斟茶借饮（第四十一回），以粉笺庆生贺寿（第六十三回），一再地独向宝玉微妙传情，其中自亦有一段幽情在。

8. 家世单薄

小旦、龄官都出身梨园，必是贫寒子弟，被买卖的少女当然更是因为失去家庭的保护所致，第七十七回写"这晴雯当日系赖大家用银子买的，那时晴雯才得十岁，尚未留头。……这晴雯进来时，也不记得家乡父母，只知有个姑舅哥哥，专能庖宰，也沦落在外，故又求了赖家的收买进来吃工食"，情况与香菱类似。

然而，除一般平民之外，即使是荣华富贵的簪缨世家，仍然会有陷入家世单薄的可能，也就是世代传承到了人口稀少、无以扶持互助的萧条景况，而这对家族的发展自是极为不利的，往往面对的就是"末世"的衰落下场，即使是黛玉、妙玉等出身于高贵的"读书仕宦之家"，也同样都面临了这个问题。第五十七回紫鹃道："林家实没了人口，纵有也是极远的。族中也都不在苏州住，各省流寓不定。"参照第十八回说妙玉"如今父母俱已亡故，身边只有两个老嬷嬷、一个小丫头服侍"，可见两家再如何尊荣显赫，也都因为只生了一个独生女儿，注定是一门将绝，无以为继，这也间接提高了薄命的可能性。

9. 纤弱多病

黛玉的多病可以说是最显著的人物特征，小说一开场便描述道："身体面庞虽怯弱不胜，却有一段自然的风流态度，便知他有不足之症""态生两靥之愁，娇袭一身之病。泪光点点，娇喘微微。闲静时如姣花照水，行动处似弱柳扶风。心较比干多一窍，病如西子胜三分"（第三回），并且随着情节的进展与黛玉的成长，疾病不减反重，已达病入膏肓的程度，第四十五回写宝钗来望候黛玉，因说起其病症，黛玉道："不中用。我知道我这样病是不能好的了。……今年比往年反觉又重了些似的。"说话之间，已咳嗽了两三次。再后到了第七十九回，宝玉祭完了晴雯后，与恰巧现身的黛玉对改祭文，整个过程中黛玉也是"一面说话，一面咳嗽起来"，距离命若游丝已相去不远。多病促进了敏感多疑、悲观消极的心理状态，也合情合理地创造出一种极具典型意义的病态美。

黛玉的重像们也不乏此一特征，如第十八回说妙玉是："自小多病，买了许多替身儿皆不中用，到底这位姑娘亲自入了空门，方才好了。"痴情划蔷的龄官在苦恋中也"咳嗽出两口血来"（第三十六回），连体魄健壮的晴雯后来都死于女儿痨，可见薄命之一端。

10. 青春夭逝

纤弱多病的体质，最直接的结果就是青春夭亡的早逝命运。这些人一病而终的年龄，可考的分别是：茗玉十七岁、慧娘十八岁、晴雯十六岁，尤三姐自刎而死时，以其未婚待嫁的闺女身份，年龄也应是不相上下。

至于黛玉在前八十回中,以其越来越沉重的病势,有学者根据脂批推论黛玉应该是在八十回后不久即病逝,而她在第四十五回时既自称"今年十五岁",则届时享年也不会超过二十岁。

第四章
林黛玉论

第二十六回脂砚斋评曰:

> 每阅此本,掩卷者十有八九,不忍下阅看完,想作者此时泪下如豆矣。

说的是"独立墙角边花阴之下,悲悲戚戚呜咽起来"的林黛玉。这位从神话中诞生的少女,从出世前就已经被灵光所围绕,在"还泪"的浪漫宿命下,降临于尘世后更仿佛携带了一分脱俗的基因,纤细柔弱、楚楚动人,让她的孤傲凄清笼罩着神圣的氛围。学者曾比喻道:"你是眼泪的化身,你是多愁的别名"①、"花的精魂、诗的化身",②形同由眼泪、花朵、诗歌所打造而成,美丽、纤弱、执着、率真、早夭,所谓:"文士莫辞酒,诗人命属花。"(唐孟郊《招文士饮》)令黛玉成为小说中最受喜爱与同情的金钗,尤其在"人人

---

① 蒋和森:《〈红楼梦〉人物赞·林黛玉》,《红楼梦论稿》(北京:人民文学出版社,1981),页145。
② 吕启祥:《花的精魂 诗的化身——林黛玉形象的文化蕴涵和造型特色》,《红楼梦寻:吕启祥论红楼梦》(北京:文化艺术出版社,2005),页86—105。

皆贾宝玉，故人人爱林黛玉"[1]的阅读心理下，林黛玉之为第一女主角乃是众所公认。

不过应该注意到，在第五回贾宝玉神游太虚幻境时，所见到的人物图谶上，正册的第一幅"钗黛合一"中判词描述的顺序，其实薛宝钗与林黛玉是交错并行、互为领先的，所谓：

可叹停机德，堪怜咏絮才。玉带林中挂，金簪雪里埋。

"叹"与"怜"在中文的用法里恰恰都是兼具正反两种意义，既包括赞叹、怜爱，也有感叹、哀怜的意思，可见两人都是小说家所赞赏、怜惜的人物。并且进一步来说，虽然宝钗主要是以"停机德"为表彰，但比起黛玉被突显的"堪怜咏絮才"其实也毫无逊色，第十八回元妃省亲时的应制诗，贾妃的评价便是："终是薛林二妹之作与众不同，非愚姊妹可同列者。"两人的创作才华并不相上下，甚至在诗社的几场创作竞赛中，宝钗夺冠的次数还略胜一筹。就此而言，若单单以才、德这两项指标进行比较，宝钗的两者兼具似乎还有过之。

但由于种种感性的、本能的阅读心理，林黛玉的人格特质被投射了人格价值，使得小说家所做的丰富乃至复杂的人性刻画被削减成一些扁平的抽象形容词。必须说，就像宝玉的正邪两赋、神瑛侍者一样，曹雪芹对于林黛玉的独特性格，也用神话给予一种先天禀

---

[1] （清）赵之谦：《章安杂说》，一粟编：《红楼梦资料汇编》，卷4，页376。

赋的阐释,意思是说,人的性格必然有先天因素,但却没有人能够理解这些先天性格的来历,只能在后天所呈现的种种人格表现上仔细揣摩:哪些是后天慢慢形成的,哪些又应该是先天就是如此的?至于被判断为与生俱来的先天特质,又是何以产生的,例如是来自遗传,甚至是无法解释的神秘?对林黛玉这个人物的多愁善感与好哭多泪,曹雪芹便运用神话的角度,结合了二玉的爱恋,给予非常浪漫的另类诠释。

一、神话:感伤性格的先天解释

第一回关于林黛玉之来历的一大段描述,是我们了解林黛玉与《红楼梦》之爱情观的重要依据。作者说道:

> 西方灵河岸上三生石畔,有绛珠草一株,时有赤瑕宫神瑛侍者,日以甘露灌溉,这绛珠草始得久延岁月。后来既受天地精华,复得雨露滋养,遂得脱却草胎木质,**得换人形,仅修成个女体**,终日游于离恨天外,饥则食蜜青果为膳,渴则饮灌愁海水为汤。只因尚未酬报灌溉之德,故其五内便郁结着一段缠绵不尽之意。……那绛珠仙子道:"他是甘露之惠,我并无此水可还。他既下世为人,我也去下世为人,但把我一生所有的眼泪还他,也偿还得过他了。"

这可以说是小说家对林黛玉之性格的先天性解释。经过文学的艺术包装，显得特别浪漫动人，脂砚斋便针对"饥则食蜜青果为膳，渴则饮灌愁海水为汤"批云：

> 饮食之名奇甚，出身履历更奇甚，写黛玉来历自与别个不同。（夹批）

就"但把我一生所有的眼泪还他"的偿恩之说，也赞叹道：

> 观者至此，请掩卷思想，历来小说可曾有此句？千古未闻之奇文。（夹批）

若仔细考察，黛玉的前身其实经过了两个阶段的生命转化，最初是一株仙草，修炼后进阶为更高生命等级的人类形式。但不仅"得换人形，仅修成个女体"之后，"离恨""灌愁""秘情"以及还泪的宿命，仍直接延续到了入世后成为其主要的人格特质，即使是最初的植物形态，与黛玉有关的存在处境也都与一种固结深郁、无以超脱的情思缠陷有关。

（一）俗情化的仙境空间

这朵阆苑仙葩，表面上是植根生长在永恒的世外仙境里，所谓"西方灵河岸上三生石畔"，乃是融合了佛教与仙道概念的隐喻空间，但如果进一步探讨，其本质上实际仍是俗世俗情的延伸，甚至可以说，是一个比俗世更加俗情化的存在范畴。

其中,"灵河"的"灵"字,反映出中国本身的仙界概念,代表一种具有神性或能赋予生命灵性的力量所在,因此木石双方就在河边,如万物之"灵"的人类般缔结因缘。但又不仅如此,"西方"的方位本就具有浓厚的佛教色彩,如西方极乐净土、西天取经等等,都显示出这个方位的释家指涉,如《阿弥陀经》云:"从是西方,过十万亿佛土,有世界名曰极乐。……其国众生,无有众苦,但受诸乐。"① 即是称阿弥陀佛居住的西方极乐世界,就此而言,"灵河"一词也很可能来自佛教,《安乐集》云:"附水灵河,世旱无竭。"② 或称神龙居住而不枯竭的河川为灵河,所谓:"譬如龙泉,龙力故水不竭。"③ 除此之外,还可能隐含了佛教中所譬喻的"爱河"之义。所谓"爱河",意指:"爱欲溺人,譬之为河。又贪爱之心,执着于物而不离,如水浸染于物,故以河水譬之。"④ 这种执着不离有如溺水浸透的迷妄,乃是造成人生大苦的根本原因,犹如清代续法《般若心经事观解·序》所云:

众生迷心,受五蕴体。溺于爱河,中随风浪,漂入苦海,不得解脱,徒悲伤也。⑤

---

① 《大藏经》第 23 册,页 346。
② (唐)释道绰:《安乐集》,卷上,《大藏经》第 93 册,页 7。
③ [印度]龙树著,(后秦)鸠摩罗什译:《大智度论》,卷 8,《大藏经》第 49 册,页 114。
④ 丁福保编:《佛学大辞典》(台北:新文丰出版公司,1992),页 2352。
⑤ (清)续法:《般若心经事观解·序》,《频伽大藏经》第 123 册(北京:九州图书出版社,2000),页 722。

众生唯有破除执迷,脱身于爱河,才能超拔而获得解脱,这也就是《楞严经》所说的"爱河干枯,令汝解脱"。① 精妙的是,林黛玉入世后泪尽而逝的生命历程,恰恰可以说是"爱河干枯,令汝解脱"的形象化表现,"爱河"者,可以狭义化为因爱而生的眼泪所漂成的大河,一旦泪尽则河枯,至此乃解离人世而复返仙界。故不但脂砚斋批云:

爱何(河)之深无底,何可泛滥,一溺其中,非死不止。(第三十五回回末总评)

传统评点家亦有"绛珠幻影,黛玉前身,源竭爱河"②之说。仙界的灵河尚且如此,罗网缠陷的人间世就更加解脱无望了。

事实上,所谓的"仅修成个女体"至少包含了儒家、佛教、医学三派的性别思想,儒家认为"唯女子与小人为难养也"(《论语·阳货》),佛教思想则认为女性生命乃是出于"少修五百年而业障较重"③的匮乏不足,因此说道:"若有女人,能如实观女人身过者,

---

① (唐)般剌蜜帝:《楞严经》,卷4,赖永海、杨维中注译:《新译楞严经》(台北:三民书局,2008),页167。
② (清)华阳仙裔:《金玉缘·序》,一粟编:《红楼梦资料汇编》,卷2,页42。
③ 佛典载文殊菩萨问佛:"修何福业,长得男子?"世尊曰:"恭敬三宝,孝养二亲,常行十善,受持五戒,心行公道,志慕贤良。修此善根,常得男身。三劫不修,便堕女身。五百年中,为人一次,或有转身换身。……男身具七宝,女身有五漏,……是名女人五漏之体。"(后赵)天竺僧佛图澄译:《佛说大乘金刚经论》(南投:正觉禅寺,1989),《长得男身第二十六》,页34—35。

生厌离心,速离女身疾成男子。女人身过者,所谓欲瞋痴心并余烦恼,重于男子。"① 此一说法与中医的学理如出一辙:

> 古书治妇人,别著方论者,以其胎妊、生产、崩伤之异,况妇人之病,比之男子十倍难疗。盖女人嗜欲多于丈夫,感病倍于男子,加以慈恋爱憎、嫉妒忧恚,染著坚牢,情不自抑,所以为病根深,疗之难瘥。②

而"欲瞋痴心并余烦恼"果然正都是林黛玉的生命核心,所谓"慈恋爱憎、嫉妒忧恚,染著坚牢,情不自抑,所以为病根深,疗之难瘥"更道中黛玉必须还泪至死的陷执过程。

果不其然,修成女体的仙草还在仙界净土,就因为尚未酬报灌溉之德而"五内便郁结着一段缠绵不尽之意",脂砚斋便点出:

> 妙极。恩怨不清,西方尚如此,况世之人乎?趣甚警甚。(第一回夹批)

---

① (南朝宋)罽宾三藏法师昙摩蜜多译:《佛说转女身经》,《大藏经》第14册,页919。

② (宋)陈自明:《妇人大全良方》(台北:台湾商务印书馆,1977),卷2《产宝方论》,页1—2。其中所引"女人嗜欲多于丈夫"以下一段,见(唐)孙思邈著,(宋)高保衡、林亿等校正:《备急千金要方》,《景印文渊阁四库全书》第735册,《千金方》卷2,《妇人方》,页28。

但不仅如此,事实上,这西方灵河世界除恩怨不清之外,还有荣枯消长、生死无常,否则这绛珠仙草又何需神瑛侍者日以甘露灌溉,始得久延岁月? 路过的神瑛侍者必然是看到仙草即将枯萎的奄奄一息,才会触动怜惜不忍之心而天天施加甘露,若无善心所洒落的这些甘露水,仙草应该是只有寂灭一途。如此说来,仙界也是有死亡的,连仙草都无法永远青翠向荣,则有死亡的仙界又与尘世有何差别? 恩怨死亡使得原应超越的仙境空间俗情化,可见神话其实是现实的延伸与推衍,小说人物的神话来历应该被视为一种象征性的性格诠释而不是神圣表述。

(二)绛珠仙草与娥皇女英的化身

这株柔弱的仙草,最大的特征是"绛珠"。顾名思义,那是对红色圆点的比喻,至于"绛珠"是叶片上的斑点还是果实,是只有一个还是一些,小说家却没有进一步的说明。

关于"绛珠"的名称,在传统文献中运用很广,中医有"绛珠膏",其功用是:"此膏治溃疡诸毒用之,去腐定痛,生肌甚效。"[1] 除此以外大都是用来形象地比喻红色圆珠状的小东西,包括:红色的水珠[2]、

---

[1] (清)吴谦等奉敕撰:《御纂医宗金鉴》,卷62,《景印文渊阁四库全书》第782册,页71。
[2] 见南朝宗教典籍《经律异相卷第四十六阿修罗第一》云:"今大海水赤如绛珠。时阿修罗即大惊怖,走无处入藕孔中。"《大正新修大藏经》N02121《经律异相》卷46—53,页2396。

红色的枸杞子[1]、道教修炼用语[2]、红色的樱桃[3]、红色的西瓜子[4]、红色珠子[5]、红色的枇杷果子[6]、红色的珍珠[7]、红色的罂粟花[8]、红色的薏苡果实[9]、彩灯[10]、红色的石榴果

---

[1] 如(宋)苏轼《小圃五咏·枸杞》云:"青荑春自长,绛珠烂莫摘。"(清)冯应榴辑注:《苏轼诗集合注》第5册(上海:上海古籍出版社,1988),页811。

[2] 如(南宋)曾慥《道枢·卷三十七入药镜中篇》云:"霞光射于神炉,黄婆之心定,而男女浴于绛珠。"《道藏》第20册(天津:天津古籍出版社,1988),页811。

[3] 如曾觌《浣溪沙·樱桃》:"谷雨郊园喜弄晴,满林璀璨缀繁星,筠篮新采绛珠倾。"(南宋)曾觌:《海野集》,《景印文渊阁四库全书》第1488册,页47。

[4] 如吕浦《西瓜》:"剖雪分开碧玉团,绛珠数点水晶寒。"(宋)吕浦:《竹溪稿》,卷上,《续金华丛书》第19册(台北:艺文印书馆,1971),页7。

[5] 如范椁《奉和李监丞醉赠羽人之作》:"眇眇美人绛珠宫,弦白云兮歌清风。"(元)范椁:《范德机诗集》,卷5,《景印文渊阁四库全书》第1208册,页121。

[6] 如林文俊《陛见日随例赐枇杷诗一首》:"君恩似借微臣宠,仙果先颁内府珍。翠筐擎来金弹满,冰盘捧出绛珠匀。"(明)林文俊:《方斋存稿》,卷10,《景印文渊阁四库全书》第1271册,页844。

[7] 如(明)汤显祖《伯父秋园晚宴有述四十韵》云:"竹暗冷苍玉,榴明迥绛珠。"徐朔方笺校:《汤显祖诗文集》(上海:上海古籍出版社,1982),页387。

[8] 如明清之际万寿祺《罂粟花赋并序》云:"纳香信于绛珠,摇玞绶于绀岥。"(清)万寿祺:《隰西草堂文集》,卷1,《续修四库全书》第1394册(上海:上海古籍出版社,2002),页221。

[9] 所谓:"蓬荻中又多薏苡,玉粒绛珠,与葛藟相纠。"见(清)屈大均:《广东新语》(北京:中华书局,1985),卷14《食语》,页375。

[10] 如法若真《正月十日宋子飞招同上官金鉴王金章昆良刘潜夫于岱仙饮石园观灯》:"行向百烛变晓星,斜月光分失半颗。五步一绛珠,十步一珠玑。"(清)法若真:《黄山诗留》,卷7,《清代诗文集汇编》第44册(上海:上海古籍出版社,2010),页215。

实。① 由以上的文献爬梳，可见绛珠是一个运用很广的语汇，只要能符合红色圆珠样貌的形状，都可以用绛珠加以比喻。

就这个关键性的特征而言，不少学者主张"绛珠仙草"即灵芝草，应该是不能成立的。首先，此一看法认为绛珠仙草源自《山海经·中山经·中次七经》的"䔄草"："又东二百里，曰姑媱之山。帝女死焉，其名曰女尸，化为䔄草。其叶胥成，其华黄，其实如菟丘，服之媚于人。"② 再配合《文选·别赋》李善注引宋玉《高唐赋》所云："我帝之季女，名曰瑶姬，未行而亡，封于巫山之台，精神为草，实曰灵芝。"③ 由此断之为炎帝季女瑶姬所化。④ 然而，这两处所描写的帝女在《红楼梦》中都缺乏直接证据，且《山海经》写此草的功能乃是"服之媚于人"，郭璞注云："为人所爱也；一名荒夫草。"⑤ 亦即能取悦讨好别人，与黛玉的性格已大相径庭，何况瑶姬本身更是私奔的神女，据考证，"瑶姬者，佚女也，……瑶女

---

① 如顾图河《奉题钱唐公赐榴图》："绛珠颗颗一房呀，软玉津津醉齿牙。"（清）顾图河：《雄雉斋选集》，卷6，《清代诗文集汇编》第184册，页404。以上的引例，参饶道庆：《"绛珠"之意蕴及其与古代文学的关系》，《红楼梦学刊》2007年第4辑，页74—88。
② 袁珂注：《山海经校注》（台北：里仁书局，1982），卷5《中山经》，页142。
③ （梁）昭明太子萧统撰，（唐）李善等注：《增补六臣注文选》（台北：华正书局，1980），卷16，页306。
④ 如李祁：《林黛玉神话的背景》，《大陆杂志》第30卷第10期（1965年5月），页1—4；朱淡文：《红楼梦研究》（台北：贯雅文化公司，1991），页10—11。
⑤ 袁珂注：《山海经校注》，卷5《中山经》，页142。

亦即佻女滛女游女也。是巫山神女，乃私奔之滛女"。① 在神话中属于爱欲女神，带有上古"处女祭司"的神妓色彩②，这都与林黛玉的性格全然不符，甚至还彼此严重抵牾。整体看来，两者之间仅有"未行而亡"这一般性的雷同（"行"是出嫁的意思），其他则没有必然相关之处；但即使这唯一的雷同，也因为"未行而亡"的"亡"又可以作"亡逃"解，③ 于是更与黛玉的"未嫁而逝"大异其旨，足证所谓的蘦草、灵芝都与绛珠仙草相去甚远，彼此完全无关。

上述的讨论，可以简化说明如下：一般认为，绛珠仙草＝蘦草＝瑶姬＝灵芝，但这个等同是建立在跳跃式的联想上，并非严谨的推论，其中的问题很多，包括：

一、蘦草"服之媚于人"的药效不符合黛玉的性格。

二、无论是蘦草还是灵芝，都没有"绛珠"之类的形象特征。

三、瑶姬的神格与黛玉的形象背道而驰。在上古神话中，瑶姬＝瑶女＝佚女＝佻女＝游女＝滛女（即淫女），因此是带有性爱色彩的巫山神女，近乎"处女祭司"的神妓。则"瑶姬"之名称乃是从"滛女"转化而来，其所化成的蘦草具有"服之媚于人"的药效，就显得十分一致，由此证明了瑶姬所化的草应该就是蘦草。

四、即使是命运类似的"未行而亡"，也不一定是未嫁而逝的

---

① 陈梦家：《高禖郊社祖庙通考》，《清华学报》第12卷第3期（1937年7月），页446。

② 叶舒宪：《高唐神女与维纳斯：中西文化中的爱与美主题》（北京：中国社会科学出版社，1997），第9章"昼寝"，页391—397。

③ 见陈梦家：《高禖郊社祖庙通考》，页446。

意思，更可能是"未嫁而逃"，而合乎封于巫山之台的瑶姬乃是游女、潇女的身份。则蓝草一名"荒夫草"，意谓没有丈夫、抛弃丈夫，也很顺理成章。

五、至于灵芝，其名结合了神灵、芝兰的优雅意象，美则美矣，却来自瑶姬所化，而且也没有近似"绛珠"之处，两者之间并无关联。

总而言之，绛珠仙草＝蓝草＝瑶姬＝灵芝的推论实在不能成立。

另外，晚清赵之谦提供了另一个说法："云西示余珍珠莲，类天竹而细，红艳娇娜。叶一茎七片，有刺；干绿色，而有碧丝如划，插瓶亦耐久。常州人呼珊瑚草，遍考不知其名。疑《红楼梦》中绛珠仙草即是此。野田所有，得亦可奇，却与通灵宝玉的对，家中是宝，外间即废物也。"[1]但此一名为珍珠莲、珊瑚草的植物固然红艳娇娜，却看不出可以对应于"绛珠"的描述，所以必须存疑。而现代学者也有主张绛珠仙草即是人参者[2]，人参的果实正是一颗颗红色的圆珠，丛聚于花茎之顶端，与"绛珠"的特点吻合；且黛玉所服用的丸药正是人参养荣丸，靠人参补气续命，这种联想与黛玉十分贴切，不为无据。

我们则认为，这是作者以一般传说的仙草概念，与娥皇女英洒泪成斑的故事相融合，为黛玉所量身独创的神话，应该直接从小说

---

[1]　（清）赵之谦：《章安杂说》，一粟编：《红楼梦资料汇编》，卷4，页377。
[2]　陈景河：《绛珠草·人参·林黛玉》，《南都学坛（人文社会科学学报）》第24卷第1期（2004年1月），页54。

文本来推敲其意义。首先,"绛珠"之名是指仙草的圆小果实,还是叶子上的斑点,根本并不重要,因为小说中完全没有提到,任何推论都缺乏有力证据,难以确立;所谓"绛珠"的真正重点,其实是在于此一名称所引发的形象联想。脂砚斋于"有绛珠草一株"句夹批云:

> 点红字。细思"绛珠"二字岂非血泪乎。(第一回)

这就清楚告诉我们,"绛珠"正是取意于"血泪",呼应了第八回"一泪化一血珠"的批语,而娥皇女英洒泪沾竹的斑痕恰恰也是血珠点点,如唐代诗人歌咏道:

- 欸乃知从何处生,当时泣舜肠断声。翠华寂寞婵娟没,野筱空余红泪情。(刘言史《潇湘游》,《全唐诗》卷468)
- 拣得林中最细枝,结根石上长身迟。莫嫌滴沥红斑少,恰似湘妃泪尽时。(贾岛《赠梁浦秀才斑竹拄杖》,《全唐诗》卷574)
- 九处烟霞九处昏,一回延首一销魂。因凭直节流红泪,图得千秋见血痕。(汪遵《斑竹祠》,《全唐诗》卷602)

则沾上血泪的仙草正与娥皇女英"泪下沾竹"所形成的斑竹完全一致,"绛珠仙草"就是带着泪斑的"湘妃竹"的平行转化,是同一个概念在不同植物上的形象分化。换言之,绛珠仙草就是湘妃竹在天上仙境的投影，而湘妃竹则为绛珠仙草移植到人间的化身，泪点斑斑构成了两者的共同造型。

第三十七回大观园众钗雅结海棠诗社，在李纨提出"何不大家起个别号，彼此称呼则雅"的建议下，探春对讥讽她的黛玉笑道：

"你别忙中使巧话来骂人，我已替你想了个极当的美号了。"又向众人道："当日娥皇女英洒泪在竹上成斑，故今斑竹又名湘妃竹。如今他住的是潇湘馆，他又爱哭，将来他想林姐夫，那些竹子也是要变成斑竹的。以后都叫他作'潇湘妃子'就完了。"大家听说，都拍手叫妙。林黛玉低了头方不言语。

其中"娥皇女英洒泪在竹上成斑"之说，所根据的典故是比较晚出的神话增订版，见南朝任昉所载：

昔舜南巡而葬于苍梧之野。尧之二女娥皇、女英追之不及，相与恸哭，泪下沾竹，竹文上为之斑斑然。①

投湘水殉死的二妃便成为湘水女神，凌步于烟波间永恒地追悼。后来唐代刘禹锡《潇湘神词二首》也承袭这个内涵：

湘水流，湘水流，九疑云物至今愁。若问二妃何处所，零

---

① （梁）任昉：《述异记》（台北：新文丰出版公司，1985），卷上，页34。

陵芳草露中秋。

斑竹枝,斑竹枝,泪痕点点寄相思。楚客欲听瑶瑟怨,潇湘深夜月明时。(《全唐诗》卷890)

如此一来,眼泪又与死亡相结合,这样的血泪斑斑,并不是来自外在的磨折,而全然是内在的自苦,因为对爱情的执着而血泪交织,最终并以身相殉,于是眼泪与生命同步,正呼应了李白《远别离》所歌咏:

远别离,古有皇英之二女,乃在洞庭之南,潇湘之浦。海水直下万里深,谁人不言此离苦。……帝子泣兮绿云间,随风波兮去无还。恸哭兮远望,见苍梧之深山。苍梧山崩湘水绝,竹上之泪乃可灭!

其中,李白将爱情的执着黏附于长流不息的泪水,被点染成悱恻凄怆的"苍梧山崩湘水绝,竹上之泪乃可灭",而爱情的永恒宣言就成为爱情的万古悲歌;若再参照晚唐李商隐《无题》的"春蚕到死丝方尽,蜡炬成灰泪始干",在在都是林黛玉"泪尽夭亡"(第二十二回脂批)之生命形态的形象化表征:

```
形躯的消亡       ——  泪水的枯竭
苍梧山崩湘水绝   ——  竹上之泪乃可灭
春蚕到死,蜡炬成灰 —— 丝(思)方尽,泪始干
```

同样地,"泪一日不还,黛玉尚在,泪既枯,黛玉亦物化矣"①,第五回太虚幻境所演奏的《红楼梦曲·收尾·飞鸟各投林》一曲中,所谓"欠命的,命已还;欠泪的,泪已尽"正是预告黛玉的命运将步上娥皇女英的后尘,在还完所欠的眼泪时终结了生命。

(三)恩情:"灌溉"的慈悲

但是,如果用一般意义下的爱情来看待宝、黛的情感关系,其实是不正确的。双方之间,即使在前世"木石前盟"的神话设定中,实际上是以儒家范畴的"德惠"提供了"恩义"的伦理前提。

于第一回中,首先应该注意到,绛珠草植根所在之"西方灵河岸上三生石畔",典出唐代袁郊《甘泽谣》中李源与和尚圆观死后化身之牧童重逢的故事,当时牧童口唱山歌云:"三生石上旧精魂,赏月吟风不要论。惭愧情人远相访,此身虽异性长存。"其中,三生石的三生乃佛教所称的"三世":"三世者,谓过去世、未来世、现在世。"②所谓"情人"则并非爱侣,而是指有情义之友人,可见其情涵摄了超越性别的知己同心,原即不限于狭义的男女之爱,这也与宝、黛幼年之初始情感本质乃是"亲密友爱"(第五回)相对应。随着年龄与见闻的增长,此一"亲密友爱"才逐渐转化为男女之爱,

---

① (清)姚燮:《读红楼梦纲领》,一粟编:《红楼梦资料汇编》,卷3,页170。
② 舍利子说,玄奘译:《阿毗达摩集异门足论》,《玄奘法师译撰全集》第211册(南京:金陵刻经处,1960),卷3,页14。

转化之关键即是第二十九回所言：

> （宝玉）如今稍明时事，又看了那些邪书僻传，凡远亲近友之家所见的那些闺英闱秀，皆未有稍及林黛玉者，所以早存了一段心事，只不好说出来。①

可见其情感性质的与时变迁，具备了渐进的、学习的历程，与充分的了解认识甚至比较取舍，并非一般建立于感性直觉上"不知所起"②的一见钟情。故第五十七回紫鹃指出二玉婚恋的理想性，乃是："我们这里就算好人家，别的都容易，最难得的是从小儿一处长大，脾气性情都彼此知道的了。……岂不闻俗语说：'万两黄金容易得，知心一个也难求。'"所谓的知己式爱情，就是从日常生活中长期累积而培养起来的。

再者，就"木石前盟"的建立过程与订定本质而言，从宝玉这一方面来看，其前身神瑛侍者之所以灌溉灵河岸边的绛珠仙草，动机也并非出于对特定对象的情有独钟，本质上不属于男女之爱的范畴，而是一种博爱普施万物的恻隐之心、举手之仁。幻形入世后的宝玉依然保留了这样的人格特质，所谓：

---

① 冥飞等《古今小说评林》也认为，林黛玉自第二十九回"而一变其小孩子气"，"遂结束以上各回小孩子斗气之行动语言"，可见此回乃双方情感质变之关键。一粟编：《红楼梦资料汇编》，卷6，页636—637。

② （明）汤显祖：《牡丹亭记题词》，徐朔方笺校：《汤显祖全集》（北京：古籍出版社，2001），页1153。

> **自天性所禀来的一片愚拙偏僻，视姊妹弟兄皆出一意，并无亲疏远近之别**。其中因与黛玉同随贾母一处坐卧，故略比别个姊妹熟惯些。既熟惯，则更觉亲密。（第五回）

其次，从黛玉这方面来看，因神瑛侍者施予"甘露之惠"，造成了绛珠草"只因尚未酬报灌溉之德"的偿债心理，才直接促成了入世还泪的俗世因缘，同样不是来自男女之间的爱情。因此可以说，宝、黛之关系虽然不免掺杂了佛教的因缘观，带有穿过生命之链（chain of lives）的"业"（karma）报以及轮回的观念，如评点家话石主人所言："化灰不是痴语，是道家玄机；**还泪不是奇文，是佛门因果**。"① 也似乎承袭了道教文学的谪凡神话；但经过曹雪芹的融会改造后，宝、黛的俗世之情爱其实是神界之恩义的延续与完成，所谓：

> 只因尚未酬报灌溉之德，……警幻亦曾问及，灌溉之情未偿，趁此倒可了结的。那绛珠仙子道："他是甘露之惠，我并无此水可还。他既下世为人，我也去下世为人，但把我一生所有的眼泪还他，也偿还得过他了。"

就"酬报灌溉之德""灌溉之情未偿""甘露之惠""偿还得过"等用语与概念，都显然是建立在"报恩"与"德惠"的伦理基础上，

---

① （清）话石主人：《红楼梦精义》，一粟编：《红楼梦资料汇编》，卷3，页175。

本质上更接近儒家精神。

　　如学者所指出：报恩的基本精神，乃《礼记·曲礼》中所言："太上贵德，其次务施报。礼尚往来，往而不来，非礼也；来而不往，亦非礼也。"中国人相信行动的交互性，这种给别人好处的行为通常被视为一种社会投资（social investments），而"实际上每一个社会中这种交互报偿的原则都是被接受的"，只是在中国此一原则有由来久远的历史，高度意识到其存在，广泛地应用于社会制度上，并产生深刻的影响。① 更进一步来说，"恩"是一种泛称，史书中所说的德、惠、赠与、招待、救济等，都可以算是一种恩惠，施恩行为集中于生活救济、挽救生命和照顾事业，而报恩方式则集中于生命、升官、赠与诸方面；且报偿行为多由本人执行，其内容以转换的报偿居多，以同样方式回报的较少。若追踪历史记录，至少自战国以来，知恩报恩便是一种正常的交换行为，不回报才是反常。② 由此可见，神瑛与绛珠的前世因缘完全吻合"报恩"与"德惠"的定义。

　　其中，神瑛侍者面对即将枯死而奄奄一息的绛珠仙草，萌生的乃是儒家对人性所高度肯定的恻隐之心，所给予仙草的是"灌溉之德""甘露之惠"，其施恩行为在于"挽救生命"这一类型；受惠

---

① ［美］杨联陞著，段昌国译：《报——中国社会关系的一个基础》，《中国思想与制度论集》（台北：联经出版公司，1985），页349—372。
② 详参文崇一：《报恩与复仇：交换行为的分析》，杨国枢主编：《中国人的心理》（台北：桂冠图书公司，1988），页347—360；后收入文崇一：《历史社会学》（台北：三民书局，1995），页221—226。

的绛珠则是感恩、知恩并努力报恩,因此整段话中不断出现"酬报""偿还"的说法。至于其报恩的方式确实是由本人执行,偿还的内容也属于转换的方式,"但把我一生所有的眼泪还他,也偿还得过",偏重于生命、赠与等方面。

因此,同样应该注意的是,即使笼罩在还泪的神话宿命中,作为黛玉之生命迹证的"泪水"也并非全为爱情而发,多有纯粹就"父母双亡,无依无靠"的身世范畴发抒孤伶无托之悲感者(见第二十六回、第四十五回、第四十九回、第六十四回、第六十七回、第七十六回),甚至可以说,若无这种家庭伦常的身世之泪,也无法产生情爱所致之泪,因为她与宝玉的关联必须建立在寄寓贾府的环境条件上,这却非父母双亡不可。亲情成分使得爱情性质随之淡化,而灌注了完全合乎儒家的礼教精神,则宝、黛爱情关系中的各个发展阶段,都属于伦理性质:

前生 —— 恩义、德惠的报偿基础
今世 —— 日常生活的伦理情感

就此来说,与其说黛玉的整体生命结构是"为情而生,为情而死",不如说是"受惠而生,报恩而死",只是在恩惠之中裹挟了生活中自幼至长逐日累积的由衷真情,因此比单纯的男女之爱更深厚,又比单纯的偿债关系更感人。

（四）还泪："致命"的爱情

但毕竟这株仙草为了偿还灌溉之恩而来到人间，以泪水作为回报，完成泪尽而亡的宿命。值得深思的是，绛珠仙草神话隐含了几个深层意义，反映出小说家以林黛玉为代表，对女性的存在处境与心灵特质给予次等的定位。

首先，以女性的存在处境而言，绛珠仙草神话属于传统植物崇拜的一种表现，且吸收了传统神话中仙草与玉石往往并出而互相依存的模式，如《海内十洲记》载："瀛洲在东大海中，……上生神芝、仙草。又生玉石，高且千丈。出泉如酒，味甘，名之为玉醴泉。饮之数升辄醉，令人长生。"[1] 此外，同时也反映了明清小说植物类宝物崇拜描写中才增加的、以前少见的男欢女爱的丰富情感内容。[2] 然而，其中却又发生微妙变化，由"三生石畔，有绛珠草一株"之说，可见仙草与玉石之并存模式如旧，但透过"有赤瑕宫神瑛侍者，日以甘露灌溉，这绛珠草始得久延岁月"，可见原本仙草与玉石彼此平等且同具长生效能的地位已然受到调整而有所倾斜，化身为神瑛侍者的玉石独具甘露而能广施生命泉源，仙草则被褫夺长生特权而柔弱待毙，由此变质为一种建立在"施／受"关系上的不平等结构，符合入世为人后男女不同的性气质与性地位。再加上这株仙草仅修成个"女体"，在无论是儒家还是佛家都"以男为贵"

---

[1] （汉）东方朔：《海内十洲记》，《景印文渊阁四库全书》第1042册，页275。

[2] 有关明清小说中的植物类宝物崇拜，详参刘卫英：《明清小说宝物崇拜研究》（北京：中国社会科学出版社，2008），页228。

的性别观念下，可见黛玉的性格设定虽然笼罩着浪漫的灵光，却并非崇高健全、完善自足。

尤其是，就女性的心灵特质而言，与黛玉有关的两个神话中可以清楚看到，"情"直接关联于"眼泪"与"死亡"，成为一体三面的共同表述，同样的元素与组合同时再现，可见小说家认为，爱情对女性而言其实是一种致命的体验，以第二性的社会地位与心灵素质，从爱情中所获得的注定是眼泪与死亡，而不是充盈的生命泉源，最是发人省思。

所以应该注意的是，"还泪"的解释固然新奇浪漫，却不是把黛玉神圣化为完美无瑕的女神，因为神话的真正意义在于提供一种象征性的解释，犹如波兰人类学家马林诺夫斯基（Bronislaw Kaspar Malinowski, 1884—1942）所指出的：

> （神话）乃是合乎实际的保状、证书，而且常是向导。……文化事实是纪念碑，神话便在碑里得到具体表现；神话也是产生道德规律、社会组合、仪式或风俗的真正原因。①

仙草神话正是合乎实际的保状，以向导的姿态给予人物性格的后设解释，到了真实的人世社会中，性格的评价与分析仍都必须以世间法为标准。因此，不仅宝玉的玉石神话隐喻了性格上的缺失与遗

---

① [波兰] 马林诺夫斯基著，李安宅编译：《巫术科学宗教与神话》（上海：上海文艺出版社，1988），页132。

憾，①黛玉的仙草神话也是如此，在现实生活中消解了审美距离之后，或许会产生不同的判断。清代的赵之谦与孙渔生便有一番发人深省的对话：

> 孙渔生亦曰："以黛玉为妻，有不好者数处。终年疾病，孤冷性格，使人左不是，右不是。虽具有妙才，殊令人讨苦。"余笑谓："何尝不是！但如此数者，则我自有林黛玉在，不必悬想《红楼梦》中人也。"渔生曰："怪底君恶黛玉，原来曾吃过黛玉苦头的。"附作一笑。②

从这个角度来看，毋宁说，仙草神话是对于黛玉的感伤性格、多病体质以及致命爱情形态的先天性解释，说明黛玉这个备受宠爱的世间女子何以仍然这般抑郁不快乐，如此自苦自虐以致早夭的原因。毕竟比她不幸的少女到处可见，不仅同一贵宦阶级的湘云、迎春、探春、惜春都更烦忧苦楚，面临生活中的许多压力，其他的丫鬟辈更是终身以服侍别人为责任，自幼被拐卖的香菱尤为其最，但没有一个人像她一样，经年累月陷溺在感伤自苦之中，只愿凝视稀薄的乌云阴霾而对灿烂无边的阳光视而不见，因此连最了解、最体谅包容的宝玉都说她是自寻烦恼。

必须说，黛玉的伤感多愁固然十分浪漫感人，但不免局限于

---

① 详参欧丽娟：《〈红楼梦〉中的神话破译——兼含女性主义的再诠释》，《成大中文学报》第30期（2010年10月），页101—140。

② （清）赵之谦：《章安杂说》，一粟编：《红楼梦资料汇编》，卷4，页377。

"为赋新词强说愁"的层次,并不具备对人生深沉之艰难、困苦的真实体会,实际上带有一种主观偏执的自我陷溺。为了这样一种极端的感伤性格,小说家调动了非凡的想象力而创造出还泪的神话,隐含在浪漫动人的外衣之下实有着深刻的底蕴,值得理性思考。

二、贵族少女:林姑娘不是"灰姑娘"

这株带着斑斑泪点的绛珠仙草随着债主一起入世,降生在苏州林家,成为父母钟爱万分的掌上明珠。

也许,大多数的读者都被林黛玉后来的父母双亡,尤其是她在诗歌中所流露出来的柔弱无依所打动,由此便以为黛玉是一个出身寒微、寄人篱下的孤苦少女。但必须说,黛玉寄居贾府固然是事实,但其客观处境却不能以"寄人篱下"这个成语加以形容;同样地,黛玉虽然面临家族的没落,却绝非家世寒微,也未曾受欺于人。无论从任何一个角度来说,黛玉都是一个不折不扣的贵族少女,始终受到十分的宠爱,也涵养了大家风范。

(一)列侯之家、书香之族

第二回清楚交代黛玉的家世背景道:

> 今岁盐政点的是林如海。这林如海姓林名海,表字如海,乃是前科的探花,今已升至兰台寺大夫,本贯姑苏人氏,今钦点出为巡盐御史,到任方一月有余。原来这林如海之祖,曾袭

过列侯,今到如海,业经五世。起初时,只封袭三世,因当今隆恩盛德,远迈前代,额外加恩,至如海之父,又袭了一代;至如海,便从科第出身。虽系钟鼎之家,却亦是书香之族。

这段描述清楚显示林家与贾府平起平坐的门户地位,所谓的"钟鼎之家",用的是"钟鸣鼎食"的成语,形容贵族击钟传讯、列鼎而食的豪华排场,可见林家的显贵。不仅其祖先具有袭过列侯的爵位,"封袭三世"再额外加恩"又袭了一代"的显赫背景,虽因降等承袭制度的缘故,第五代的林如海已无爵位,但他改从科第出身,以殿试第三名的"探花"身分延续其钟鼎之族的门第家世,更且在"今已升至兰台寺大夫"的情况下"钦点出为巡盐御史",属于深受朝廷宠信倚重,另派至各省巡察盐政税务的钦差大臣,身为临时性的特命官吏,在一定的阶段对具体事务的处理中代表皇帝行使权力,因此是以选贤与能、才廉兼备的标准选派。[①] 尤其所管辖的业务又是攸关国计民生的盐政,属于重要职缺,可见林如海是一个才、德、权皆备的杰出人物,让林家转型成功,兼具了百年列侯世家与朝廷新贵的双重显要,也因此能在贾府最鼎盛的巅峰时联姻结亲,迎娶贾母最疼爱的女儿贾敏。

贾敏不仅是贾府最鼎盛时期的千金小姐,如王夫人对王熙凤所感叹道:"只说如今你林妹妹的母亲,未出阁时,是何等的娇生惯养,

---

① 参张晶晶:《清代钦差大臣研究》(北京:学苑出版社,2011),页32—36、148—157。

是何等的金尊玉贵，那才像个千金小姐的体统。如今这几个姊妹，不过比人家的丫头略强些罢了。通共每人只有两三个丫头像个人样，余者纵有四五个小丫头子，竟是庙里的小鬼。"（第七十四回）可见在随代降等承袭的爵位制度下，看在王夫人眼中，与她自己同辈的小姑贾敏，其尊贵远非下一代的三春之辈所能比拟。而贾敏又是最受贾母娇宠的孩子，贾母初见丧母的外孙女黛玉时，便悲痛说道："我这些儿女，所疼者独有你母，今日一旦先舍我而去，连面也不能一见，今见了你，我怎不伤心！"（第三回）在这样的情况下，贾敏婚配的对象自亦是非同凡响，林家的"钟鼎之家，却亦是书香之族"正与贾府的"钟鸣鼎食之家，翰墨诗书之族"（第二回）平分秋色，在讲究门当户对的上层社会中，贾敏也才可能会嫁入林家为媳。

相较之下，当林如海荣任钦差大臣，又更增加朝廷新贵的权位时，同一代的贾府成员却日趋没落，贾赦是"现袭一等将军"，贾政乃"现任工部员外郎"（第三回），贾珍则代父世袭"三品爵威烈将军"（第十三回），都早已不复一等国公的威势。是故凤姐才会对黛玉笑道："你别作梦！你给我们家作了媳妇，少什么？"又指宝玉道：

> 你瞧瞧，人物儿、门第配不上，根基配不上，家私配不上？那一点还玷辱了谁呢？（第二十五回）

原来这时在门第、根基、家私上可能有配不上对方的疑虑的，竟是贾府而非林家，可见林黛玉虽然孤身寄居贾府，其实同为四代列侯的贵族世家出身，彼此般配。林家之所以没有列在由贾、史、王、薛四大家族所组成的护官符里,是因为林家位在苏州,不属护官符所归纳的金陵地区所致,其贵盛却不遑多让,理应被列在苏州官宦圈子所拟的另一分护官符上。

兹表列两家的传承状况如下:

林家	世袭三代	加袭第四代	第五代	第六代	
			林如海(钦差大臣)	林黛玉	
贾家	第一代	第二代	第三代	第四代	第五代
	宁国公	贾代化	贾敬(贾珍代,"三品爵威烈将军")	贾宝玉	贾兰
	荣国公	贾代善	贾赦"现袭一等将军"		

就在这样一个高贵的家庭中,黛玉于二月十二日诞生了。第六十二回探春一一历数家人生日时,提到"二月没人",袭人补充道:

> 二月十二是林姑娘,怎么没人?就只不是咱家的人。

这个生日固然比不上元春的大年初一,当天也没有宝玉之类的"奇异出生",却也和探春的三月三日一样,具有民俗文化上的特殊意涵,二月十二日正是明清时期的花朝节,也就是百花生日。

根据学者的考察可知,关于古代花朝节的日期,因时因地而异,说法纷纭,但到了宋代,花朝节的日期已经有定在二月十二日者。晋人周处曾对花朝节描写道:"浙间风俗言春序正中,百花竞放,乃游赏之时,花朝月夕,世所常言。"① 清代顾禄也记载着:二月"十二日,为百花生日。闺中女郎剪五色彩缯,黏花枝上,谓之赏红。虎邱花神庙,击牲献药,以祝仙诞,谓之花朝。"② 乾隆年间潘荣陛则谓:二月"十二日传为花王诞日,曰花朝,幽人韵士,赋诗唱和。"③ 可见这是一年中风华最盛的良辰美景,既有幽人韵士赋诗唱和,闺中女郎更是赏红扑蝶,表达对春神花王的赞颂。

在这一天诞生的黛玉,钟灵毓秀、内外兼美,成为父母的掌上明珠。第二回说明道:

> 只可惜这林家支庶不盛,子孙有限,虽有几门,却与如海俱是堂族而已,没甚亲支嫡派的。今如海年已四十,只有一个三岁之子,偏又于去岁死了。虽有几房姬妾,奈他命中无子,亦无可如何之事。今只有嫡妻贾氏,生得一女,乳名黛玉,年方五岁。夫妻无子,故爱如珍宝,且又见他聪明清秀,便也欲使他读书识得几个字,不过假充养子之意,聊解膝下荒凉之叹。

虽然只有"聪明清秀"四个字,实已透露出黛玉天赋不凡、才智出

---

① (晋)周处:《风土记》,引自(明)陈耀文:《天中记》,卷4,《景印文渊阁四库全书》第965册,页179。
② (清)顾禄撰,王迈校点:《清嘉录》(南京:江苏古籍出版社,1999),卷2,页49。
③ (清)潘荣陛:《帝京岁时纪胜》(北京:北京古籍出版社,1981),页14。本段文献参吴侬:《黛玉生日》,《红楼梦研究集刊》第10辑,页244。

众,并且有如花之精魂般娇美清丽。第三回透过凤姐的眼光,对初见的黛玉描写道:

> 这熙凤携着黛玉的手,上下细细打谅了一回,仍送至贾母身边坐下,因笑道:"天下真有这样标致的人物,我今儿才算见了!况且这通身的气派,竟不像老祖宗的外孙女儿,竟是个嫡亲的孙女,怨不得老祖宗天天口头心头一时不忘。"

脂砚斋眉批云:"真有这样标致人物,出自凤口,黛玉丰姿可知。宜作史笔看。"可见这并不是奉承的应酬话,而是堪比史家的客观定论,因此,第二十六回便说道:

> 原来这林黛玉秉绝代姿容,具希世俊美,不期这一哭,那附近柳枝花朵上的宿鸟栖鸦一闻此声,俱忒楞楞飞起远避,不忍再听。……因有一首诗道:
> 颦儿才貌世应希,独抱幽芳出绣闺;
> 呜咽一声犹未了,落花满地鸟惊飞。

这段描写等于是"沉鱼落雁"的意思,但小说家变化出之,避免了熟滥成语的陈腐,再加上哭泣的楚楚可怜,创造出前所未见的凄美动人。既然连宿鸟栖鸦都为之感动不忍,无怪乎薛蟠也"忽一眼瞥见了林黛玉风流婉转,已酥倒在那里"(第二十五回),如此之美貌堪称倾国倾城。

必须说，黛玉之以芙蓉为代表花，也兼取其容态之美，所谓"此花清姿雅质，独殿众芳"①，《清稗类钞》更描述道：芙蓉"秋半开花，大而美艳，有红白黄等色"②，并非寒瑟幽细的小家碧玉。具体来看，黛玉之姿容则纯以神态气韵取胜，第三回借由宝玉的目光给予一番传神写照的描绘：

> 细看形容，与众各别：两弯似蹙非蹙罥烟眉，一双似喜非喜含情目。态生两靥之愁，娇袭一身之病。泪光点点，娇喘微微。闲静时如姣花照水，行动处似弱柳扶风。心较比干多一窍，病如西子胜三分。……宝玉笑道："我送妹妹一妙字，莫若'颦颦'二字极妙。"……"《古今人物通考》上说：'西方有石名黛，可代画眉之墨。'况这林妹妹眉尖若蹙，用取这两个字，岂不两妙！"

其中的"两弯似蹙非蹙罥烟眉，……泪光点点"，反映了传统骨相学所认为："眼不哭而泪汪汪，心无忧而眉缩缩，早无刑克，老见孤单。 注云：……孤独之相也。"③ 正与高傲孤寂的性格相吻合。如果再配合第三十回写龄官是"眉蹙春山，眼颦秋水，面薄腰纤，

---

① （明）王象晋：《广群芳谱》（台北：台湾商务印书馆，1968），卷39，页930。
② （清）徐珂编撰：《清稗类钞》第12册（北京：中华书局，1984），《植物类·芙蓉》，页5933。
③ （宋）著者不详：《校正麻衣相法》，卷4，刘永明主编：《增补四库未收术数类古籍大全》第7集《命相集成》，页1282。

袅袅婷婷，大有林黛玉之态"，则诚如张爱玲所言：作者"写黛玉，就连面貌也几乎纯是神情，唯一具体的是'薄面含嗔'的'薄面'二字。通身没有一点细节，只是一种姿态，一个声音"[①]。或许，这样的美更像是一种幽幽叹息。

（二）男儿教养与正统教育

除了才貌俱全之外，第三回又写"黛玉年貌虽小，其举止言谈不俗"，更说明了黛玉非比一般小家碧玉的闺秀气质，凤姐所谓"这通身的气派，竟不像老祖宗的外孙女儿，竟是个嫡亲的孙女"，尤其显示黛玉的教养仪度完全等同于贾府，有如贾母亲自调教的正根正苗，这就和林家的贵宦背景密不可分。

确实，以林家四代列侯、一代探花的门庭，才有能力培养出拥有高度诗书涵养的才媛。林如海特别聘任塾师专门教导黛玉，贾雨村便是因为如此才来到林府，第二回说林如海"欲聘一西宾，雨村便相托友力，谋了进去，且作安身之计。妙在只一个女学生，并两个伴读丫鬟，这女学生年又小，身体又极怯弱，工课不限多寡，故十分省力。堪堪又是一载的光阴，谁知女学生之母贾氏夫人一疾而终。女学生侍汤奉药，守丧尽哀，遂又将辞馆别图。林如海意欲令女守制读书，故又将他留下。"贾雨村进而透过贾、林两家的姻亲关系受到贾政的关照，重回朝廷。于是年幼的黛玉念了《四书》，获得了正统的教育。

[①] 张爱玲：《红楼梦未完》，《红楼梦魇》（台北：皇冠文化出版公司，1998），页22。

但不仅如此，最应该注意到的是，太虚幻境的正册十二金钗中，只有两个女性是以儿子的方式教育的，除了王熙凤是"自幼假充男儿教养"（第三回），另外唯一的一位便是林黛玉。所谓"见他聪明清秀，便也欲使他读书识得几个字，不过假充养子之意"（第二回），意味着黛玉的学习不纯然是一般的读书识字，而带有若干男性化的成分，王昆仑也说道："作者一开始就指出林如海膝下无儿，对这聪明绝顶的小女孩特别钟爱，请了老师当她儿子一样教书；却又因她体弱，不能严格课读。这是说黛玉自幼就孤独、任性，而没有接受一般标准的闺范教养。"[①] 这种超越性别的教育无形中降低乃至抵销三从四德之类施加在女性身上的驯化力量。果然，黛玉与凤姐在男儿的教育之下，确实都比较远离温柔贞静的闺阁妇德，具有鲜明突出的自我个性，也都比别人更要争强好胜，因此，在所有的贵族小姐身上，便只有凤姐、黛玉二人出现过"蹬着门槛子"此一闺阁不宜的不雅姿势。就在第二十八回中，同时描写到"只见凤姐蹬着门槛子拿耳挖子剔牙，看着十来个小厮们挪花盆呢""只见林黛玉蹬着门槛子，嘴里咬着手帕子笑呢"，差别在于黛玉毕竟文雅一些，"嘴里咬着手帕子笑"比起"拿耳挖子剔牙"多了几分可爱，凤姐则未免粗鲁，但"蹬着门槛子"的闺阁不宜，却是一样的。至于两人都表现出争强好胜的个人意识，更是处处可见，只是黛玉的重心在诗才，凤姐的焦点在干才而已。

另一方面，同样必须认识到这类贵宦家族首重伦常之道，自幼

---

① 王昆仑：《红楼梦人物论》（台北：里仁书局，1990），页188。

习染的儿女完全内化为存在的天职,必然是奉行伦理、恪遵孝道,以此为思想、价值观的核心,黛玉亦然。从第二回"冷子兴演说荣国府"的叙述说明中,可知年仅五六岁的林黛玉,在独宠于父母膝下的幼年时期,即懂得避讳之礼并奉行如仪,为避母亲"贾敏"之名讳,因此念书时凡遇敏字皆念作"密",书写时凡遇敏字皆故意减一二笔(第二回),同时采行了"更读"与"缺笔"这两种源远流长的避讳手法,其心态属于出于尊敬和亲近之感情所产生的"敬讳"类型[1],完全属于正统教育出身的大家闺秀。六岁丧母时,黛玉更是"侍汤奉药,守丧尽哀,……哀痛过伤,本自怯弱多病的,触犯旧症,遂连日不曾上学",比起史书上所记载颂扬的突出孝行,实不遑多让。

即使父母去世多年,黛玉已在贾府安顿如归,但对父母的思念依然浓烈不减。第六十四回写宝玉将过了沁芳桥,只见雪雁领着两个老婆子,手中都拿着菱藕瓜果之类,宝玉忙问雪雁道:"你们姑娘从来不吃这些凉东西的,拿这些瓜果何用?不是要请那位姑娘奶奶么?"据雪雁的说明,"今日饭后,三姑娘来会着要瞧二奶奶去,姑娘也没去。又不知想起了甚么来,自己伤感了一回,提笔写了好些,不知是诗是词。叫我传瓜果去时,又听叫紫鹃将屋内摆着的小琴桌上的陈设搬下来,将桌子挪在外间当地,又叫将那龙文鼐放在桌上,等瓜果来时听用",但这些做法都不像是要请客或点香,因

---

[1] 有关避讳的形态与形式,详参王新华:《避讳研究》(济南:齐鲁书社,2008),页32、180—183、190—191。

此她也不知何故。宝玉听了心内细想,推测是:

> 或者是姑爹姑妈的忌辰,但我记得每年到此日期老太太都吩咐另外整理肴馔送去与林妹妹私祭,此时已过。大约必是七月因为瓜果之节,家家都上秋祭的坟,林妹妹有感于心,所以在私室自己奠祭,取《礼记》:"春秋荐其时食"之意。

这才切中事实,黛玉的郑重其事正是来自对父母的孺慕哀思。由此足见黛玉的孝心之虔与孝道之隆,单单在父母忌辰时私祭仍不足以表达,另外还取《礼记》"春秋荐其时食"之意,增加一次正式对父母倾诉祝祷的机会,虽无法回苏州上坟亲吊,仍特地准备时食在私室自己奠祭,礼教之美何尝稍减于宝钗?

而"避讳"乃是君父伦理架构中阶级权力运作的结果,祭祀礼仪也是人为制度的规范,但林黛玉那沛然难舍的孺慕之情竟完全契合于社会设定的尊卑机制,可见天生自然的亲子情感与后天人为的礼教规范沦浃为一体,而情礼胥合,彼此一无丝毫扞格,甚至进一步达到了情礼相成,互为深化、纯化、强化的境界。如此种种,恰如明末王夫之所指出:

> 礼何为而作也?所以极人情之至而曲尽之也。[1]

---

[1] (明)王夫之:《读通鉴论》,卷25,《船山全书》第10册(湖南:岳麓书社,1988),页946。

清朝沈钦韩亦云：

> 原夫圣人之制礼，因人本有之情而道之。莫可效其爱敬，莫可磬其哀慕，则有事亲敬长之礼、吉凶丧祭之仪，所以厌饫人心，而使之鼓舞浃洽者也。后贤之议礼，则逆揣其非意之事，设以不敢不得之科多方以误之。①

戴震更说得好：

> 后儒不知情之至于纤微无憾是谓理，而其所谓理者，同于酷吏之所谓法。②

因此，如若单单把黛玉当作爱情的化身，以爱情作为生命的全部，实属严重以偏概全的视角，无法掌握她身为贵族少女的全貌与基本精神。

此外，生长于以伦理为天职的贵族世家中，自幼便面对了多重的人际关系，长幼、上下、亲疏、尊卑各有不同的应对进退之道，本就必然培养出察言观色、拿捏取舍的能力。因此，第三回写黛玉前来贾府依亲，初至荣国府时，便处处表现出谨言慎行的

---

① （清）沈钦韩：《妻为夫之兄弟服议》，《幼学堂文稿》（台北：新文丰出版公司，1989），卷1，页3—4。

② （清）戴震著，何文光整理：《与某书》，《孟子字义疏证》（北京：中华书局，1990），页174。

心机眼力：

> 这林黛玉常听得母亲说过，他外祖母家与别家不同。他近日所见的这几个三等仆妇，吃穿用度，已是不凡了，何况今至其家。因此步步留心，时时在意，不肯轻易多说一句话，多行一步路，惟恐被人耻笑了他去。

与大家厮见后，迟到的凤姐反倒声势夺人地驾临现场，这时，

> 黛玉连忙起身接见。贾母笑道："你不认得他，他是我们这里有名的一个泼皮破落户儿，南省俗谓作'辣子'，你只叫他'凤辣子'就是了。"黛玉正不知以何称呼，只见众姊妹都忙告诉他道："这是琏嫂子。"黛玉虽不识，也曾听见母亲说过，……黛玉忙陪笑见礼，以"嫂"呼之。

"忙起身""忙陪笑见礼"，全属合乎礼数的世故。后来到了王夫人房中，见"炕沿上却有两个锦褥对设，黛玉度其位次，便不上炕，只向东边椅子上坐了"；当众人晚饭时，林黛玉见此处饮食不合家中之式，也知"不得不随的，少不得一一改过来"，因此一方面接过饭后立即奉上之茶，一方面见人又捧过漱盂来，立刻心领神会地随众人"照样漱了口。盥手毕，又捧上茶来，这方是吃的茶"。直到当夜入睡前，对于袭人要取来通灵宝玉给她看，更忙止以"此刻夜深，明日再看也不迟"，表现出"总是体贴，不肯多事"（脂批），

在在显示了林黛玉完全具备了入境问俗而与时俯仰、随俗从众的能力，故脂砚斋于这回也处处提点"写黛玉自幼之心机""黛玉之心机眼力""行权达变"，并申论道：

> 今（余）看至此，故想日后以阅（前所闻）王敦初尚公主，登厕时不知塞鼻用枣，敦辄取而啖之，早为宫人鄙诮多矣。今黛玉若不漱此茶，或饮一口，不无荣婢所诮乎。**观此则知黛玉平生之心思过人**。（眉批）

甚至第十九回宝玉胡诌出一只极小极弱的小耗子以影射黛玉时，对于其"法术无边，口齿伶俐，机谋深远"之形容，脂砚斋更评道："凡三句暗为黛玉作评，讽的妙。"

从这些文本事实来看，在进入贾府前、初到贾府时，林黛玉都不是读者所熟悉的样貌，既不率真、更没有叛逆，反倒是一个再正统不过的礼教少女，具备了百分之百的礼法精神，又拥有大家庭生活所孕育的心机世故。因此，后来小说家也再度展现出她对人情世故中机心运作的洞察力，第三十五回描写道：

> 林黛玉还自立于花阴之下，远远的却向怡红院内望着，只见李宫裁、迎春、探春、惜春并各项人等都向怡红院内去过之后，一起一起的散尽了，只不见凤姐儿来，心里自己盘算道："如何他不来瞧宝玉？便是有事缠住了，他必定也是要来打个花胡哨，讨老太太和太太的好才是。今儿这早晚不来，必有原

故。"一面猜疑,一面抬头再看时,只见花花簇簇一群人又向怡红院内来了。定睛看时,只见贾母搭着凤姐儿的手,后头邢夫人王夫人跟着周姨娘并丫鬟媳妇等人都进院去了。黛玉看了不觉点头。

很显然,不但林黛玉心里是有所"盘算"的,其实并非白纸一般地心无城府,而且她所盘算的,正是存在于贾府错综复杂的人际关系中,逢迎取媚、趋炎附势这种攸关利害得失的心计和手腕。而不久事情果然如其所料,王熙凤立刻奉承着贾母前来探病,这就称得上是料事如神地掌握了王熙凤"机关算尽太聪明"(第五回)的心性,可见她虽然率真纯洁,却绝不单纯无知,对于现实人性中机变巧饰的那一部分的认识,她其实是和宝钗一样的玲珑剔透。

由此可见,诚如马克思(Karl Heinrich Marx, 1818—1883)与恩格斯(Friedrich Von Engels, 1820—1895)所言:"在等级中,……贵族总是贵族,roturier〔平民〕总是 roturier,不管他们其他的生活条件如何;这是一种与他们的个性不可分割的品质。"[①]黛玉的守礼与权变,乃是世家环境下人性的应然乃至必然现象,也是小说家深刻把握人性之后合情合理的写实安排。

---

① [德]马克思、恩格斯:《费尔巴哈——唯物主义观点和唯心主义观点的对立》,《德意志意识形态》第1卷,《马克思恩格斯全集》第3卷(北京:人民出版社,1960),页86。

（三）真正的宝二奶奶人选

正因为黛玉具备了这些主、客观的优点，包括贵宦出身的家世背景、秀异出众的天赋、绝色非凡的美貌，以及自幼良好的正统教育，再加上贾母爱屋及乌的加倍移情，因此到了贾府依亲之后便深受长辈宠爱，所谓"老太太疼你，众人爱你伶俐"（第四十二回），甚至进一步被视为宝二奶奶的主要人选。

一般人感受到作者强烈预告的"金玉良姻"，也因此都注意到元妃于端午节赐礼时所透露的暗示，却忽略这只是作者叙事中的一个面相而已，是在整体结构上对于"结局"的安排，属于盖棺定论式的谶说，只不过在"命运暗示"的手法下形成魅影般的预言；但在到达这个终极"结局"之前，情节的发展却可以有各式各样的情况，而这些情况未必是朝向这个结局的直线趋近，反倒可以是意外的果实。就小说中对宝玉的婚姻描述，以贾府人员各方所反映出来的实际心态而言，在宝玉的婚配对象上，其实都只有林黛玉为不二人选。

宝、黛的联姻可能性极高，书中多所暗示，诸如：第二十五回王熙凤以当家理事者的身分，当众对黛玉开了这样的玩笑："你既吃了我们家的茶，怎么还不给我们家作媳妇？"同时指宝玉道："你瞧瞧，人物儿、门第配不上，根基配不上，家私配不上？那一点还玷辱了谁呢？"其中，"吃茶"反映了清代的婚俗：

> 婚礼行聘，以茶叶为币，满汉之俗皆然，且非正室不用。近日八旗纳聘，虽不用茶，而必曰下茶，存其名也。上自朝廷

燕享，下至接见宾客，皆先之以茶，品在酒醴之上。①

如果不是上级长辈心意所趋已经显朗，擅于揣摩上意、谨守分寸大体的王熙凤绝不敢如此露出形迹，拿宝玉的终身大事乱开玩笑②，因而此回脂砚斋更批道：

> 二玉事在贾府上下诸人，即看书人、批书人，皆信定一段好夫妻，书中常常每每道及，岂其不然，叹叹。

果然，信定二玉为一段好夫妻的贾府上下诸人中，还有兴儿认为宝玉的对象"将来准是林姑娘定了的，……再过三二年，老太太便一开言，那是再无不准的了"（第六十六回）；又潇湘馆的婆子们敦促薛姨妈"到闲了时和老太太一商议，姨太太竟做媒保成这门

---

① （清）福格：《听雨丛谈》（北京：中华书局，1959），卷 8《茶》，页 151。
② 正如第五十回记载：贾母说及薛宝琴雪下折梅比画儿上还好，又细问她的年庚八字并家内景况，薛姨妈度其意思大约是要与宝玉求配，却因早已许给梅翰林家，只得半吐半露地予以婉拒；此时王熙凤不待薛姨妈说完，便嗐声跺脚地说："偏不巧，我正要作个媒呢，又经许了人家。"贾母笑道："你要给谁说媒？"凤姐儿说道："老祖宗别管，我心里看准了他们两个是一对，如今已许了人，说也无益，不如不说罢了。"贾母也知凤姐儿之意，然后也就不提了。由这段描述，显然可知王熙凤的作媒完全是"揣摩上意"而来，她察言观色的超凡机智，使她足以在贾母微微露意之初便先发制人，一番言行既使贾母感到知己窝心的体贴入微，又让贾母的求配不遂获得了下台阶，化解了老祖宗碰到软钉子的尴尬。此事足证在宝玉的终身大事上，王熙凤绝对是唯贾母是瞻。

亲事是千妥万妥的"，连薛姨妈也断言"我一出这主意，老太太必喜欢的"（第五十七回），可见府中上下的众望所归。参照高鹗续书第八十二回所描写，一位从薛姨妈处来送蜜饯荔枝的婆子道："怨不得我们太太说这林姑娘和你们宝二爷是一对儿，原来真是天仙似的。"又袭人见香菱受欺于正室，物伤其类，乃至黛玉处探口气，原因即是思及"自己终身本不是宝玉的正配，原是偏房，……只怕娶了一个利害的，自己便是尤二姐香菱的后身。素来看着贾母王夫人光景及凤姐儿往往露出话来，自然是黛玉无疑了"。由此可见，袭人心中也认知黛玉会是宝玉的正室，皆属于前八十回的一贯延续。

客观而言，在贾府生活中，二玉姻缘"书中常常每每道及"的次数，与金玉良姻并不相上下，并且在许多方面都更胜一筹：

1. 道及二玉姻缘的时间涵盖面自始至终，从第二十五回到第六十六回；提到金玉良姻之处，却都集中于前半部的不到十回之内，见诸第二十八回、第二十九回、第三十二回、第三十四回、第三十六回，此外，第八回莺儿只转述了一半，并且只涉及金而未有玉，更没有牵连"姻缘"，其实应该不算。

2. 道及二玉姻缘的一干人等遍见于上上下下，来自各方，包括凤姐、薛姨妈、婆子、兴儿，以及给予这些人此一判断根据的贾母，甚至还有续书中的袭人、王夫人，形成了全面性的、具有客观基础的现实舆论。

金玉良姻之说则不然，包括一次是莺儿转述了一半、一次是宝玉梦中所言，全部都属于两种类型：一种是表达或转述和尚的交代,也因此皆出自薛家成员之口,主要即转述此一神谕的薛姨妈;另一种则是源于黛玉的心魔,在不放心的情况下放大了神谕的阴影,造成自己纠缠不已的执念,以致念兹在兹,不断以此自苦并折磨宝玉,这便占了书中提到金玉良姻的一半次数。因此,提到金玉良姻的人具有身分上的局限性,以及心理上的主观性。相较起来,金玉良姻只不过是一种未来的预言,不是现实上的客观反映。

3. 更何况,早期因为和尚有如神谕般的交代,以至于把金玉良姻放在心上的薛姨妈,后来也转向支持黛玉,连续书者都把握到这一点而朝此方向撰作,于是薛家成员也从转述神谕改为撮合二玉,送荔枝的婆子就是薛姨妈之外的另一个例子。

整体以观之,在前八十回中,"金玉良姻"只不过是一个对未来的抽象预言,并不是叙事过程中现实情况的客观反映,以致"金玉良姻"作为一个要素,所发挥的功能是"情节内容的调剂"而非"情节进展的推动",亦即丰富了单一的、个别的情节表现,但并没有改变整体情节的发展方向,在到达这个终极"结局"之前,故事的编织不仅未曾朝向这个结局直线趋近,甚至逆折其道,反倒都是以二玉姻缘为主轴。上述的统计清楚证明了"金玉良姻"的现实意义,主要是在黛玉的心理、二玉的情感试炼上,并且于第三十六回以后便不再出现这个神谕,因此,就情节发展而言并不具备制约、影响的动力。换句话说,"木石姻缘"是实,"金玉良姻"是虚;"木石姻缘"是主,"金玉良姻"是宾;"木石姻缘"是现在式,"金玉良姻"是未来式;"木石姻缘"始终如一,"金玉良姻"则半途而废。

这是厘清文本事实后的真相。

至于贾母对宝钗的赞美与宝琴的中途插入，乃是小说家高妙至极的神来之笔。第三十五回贾母道："提起姊妹，不是我当着姨太太的面奉承，千真万真，从我们家四个女孩儿算起，全不如宝丫头。"王夫人也证实道："老太太时常背地里和我说宝丫头好，这倒不是假话。"这意味着贾母和元妃一样，都是理性客观之人，即使情感上偏向黛玉、龄官这一类的性情中人，却并不盲目偏私，而给予宝钗应得的更高评价，表现出清明的认识力，乃是曹雪芹用以展现贾母的睿智与胸襟。

当第五十回贾母对初来乍到的宝琴惊艳不已，很快地便对薛姨妈隐隐透露求配之意，这是小说家用以呈现人心之奥妙本来就是弹性的、会变动的，当新的特殊状况出现、也带来强烈的冲击时，当下即产生不同的考虑，这完全合乎正常的人性事理。其次，贾府的伦理关系并非绝对而单一，固然贾府极重孝道，所以贾母具有无上权威，但她并不是一个霸道独裁的长辈，懂得适时尊重当家者的意志，而子女的婚姻本是以父母之命为主，第七十九回贾赦作主将迎春许给孙家时，"亦曾回明贾母"，贾母虽不同意却也没有反对，原因就是"他是亲父主张，何必出头多事"，正是一个好例子。所以这些孙子女们的婚姻，就一直在各种迁就之下没有底定，也因此存在更多的弹性空间，变化的可能性就更高了。换言之，小说家是在呈现一种连当事人都未必能预料的复杂性，既不是意指贾母变心、木石前盟并非那么可靠，为日后的二宝成婚做铺垫；也不是用来暗示王夫人和薛姨妈，她不看好薛宝钗。

由此可以说，黛玉始终都是真正的宝二奶奶人选，最后心事虚化的悲剧是世事无常、造化弄人所致，并不是人谋不臧的结果。从脂批等的考察可知，八十回之后的发展应是贾府抄家、黛玉病故、二宝联姻、宝玉出家的顺序，并且宝玉在藕官的思想启蒙之下，是以成熟的婚恋观平和地迎娶宝钗，共度一段贫苦的生活后才悟道撒手。人生无奈，令人无限感慨。

三、宠儿/孤儿：单边主义的自我中心

林黛玉的出身教养与人品资质优雅动人，又始终备受娇宠钟爱，但基于神话所给予的先天解释，包括绛珠草柔弱将枯的体质，"仅修成个女体"后又以离恨、灌愁为内里，再加上欠恩负债所导致的"五内便郁结着一段缠绵不尽之意"，意味着黛玉禀赋了气血大亏的衰弱之身，以及心理学意义上更多的女性特质。入世后不仅形体娇弱纤瘦，内在更是"心较比干多一窍"（第三回）、"多心"（第二十二回、第三十二回）、"心里又细"（第二十七回），这固然是聪慧敏锐的一种表现，但由于大部分是往猜疑自苦的方向运作，所谓"林黛玉素习猜忌，好弄小性儿"（第二十七回），因此脂砚斋对"心较比干多一窍"评云："多一窍固是好事，然未免偏僻了，所谓过犹不及也。"（第三回眉批）其"过犹不及"处往往便落入"心窄"（第七十六回），形同禀赋了"女子难养"的若干潜质。

这样的性格特质在后天环境的激发、强化之下，便形成了独树一格又极端鲜明的形象，展现于贾府的生活阶段中。

（一）宠儿：客观现实的优渥待遇

首先，来到贾府的黛玉虽然孤身一人，却是不折不扣的宠儿。

黛玉丧母之后年龄尚小，父亲公事繁忙，对内无以贴切照应，因此当本就十分疼爱孙女的贾母"念及小女无人依傍教育"，极力想要收养时，林如海便立刻同意：

> 那女学生黛玉，身体方愈，原不忍弃父而往；无奈他外祖母致意务去，且兼如海说："汝父年将半百，再无续室之意；且汝多病，年又极小，上无亲母教养，下无姊妹兄弟扶持，今依傍外祖母及舅氏姊妹去，正好减我顾盼之忧，何反云不往？"黛玉听了，方洒泪拜别，随了奶娘及荣府几个老妇人登舟而去。……且说黛玉自那日弃舟登岸时，便有荣国府打发了轿子并拉行李的车辆久候了。（第三回）

自扬州行船到北京的水路，即为当时南北交通动脉的京杭大运河，后来薛家由金陵上京，也是走同样的路线，历经一千多公里的旅程，到达北京附近的终点通州后，再接二十公里左右的陆路，始抵达贾府。其图如下：

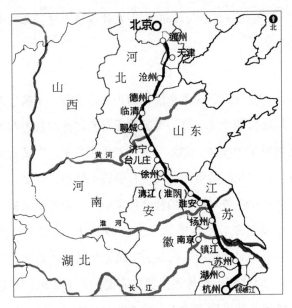

京杭大运河路线图 ①

从神话学的角度而言，船只的接引本身就具有母体回归、进入乐园福地的意义，埃利希·诺伊曼（Erich Neumann, 1905—1960）指出：

> 从被弃英雄婴儿的神话中，我们了解了作为摇篮和小床的船象征②，同保存生命的诺亚方舟象征一样，它属于女性容器象征。下面的话证实了这一点："'船'这个词在较早的用法中也意味着容器或盘碟。安置于火炉或烤箱中的水容器称作

---

① 本图片由台湾大学开放式课程（绘者：张立贤小姐）授权使用，谨表谢忱。
② 原注——参阅兰克《英雄诞生神话》，《意识的起源与历史》，页175。

'船'则是这一用法的遗留。"① 在许多语言里，容器和船是相同的。②

确实，黛玉乘着这艘贾府派来接她的小船，就像一个被母亲抛弃的婴儿又回到摇篮和小床一样，重新领受母亲怀抱的抚慰与照养；一下船又受到轿子的接送，暗示了从此获得了权力。③ 试看黛玉初到荣国府时，首次见面的贾母就两度将她搂入怀中，这个现代司空见惯的肢体动作，在尊卑严明的簪缨世家中，却带有除亲密之外的其他意义，也就是荣宠地位的表征。在小说中，会被贾母搂入怀中的，只有宝玉，另外还有一次是为了逃避贾琏持剑追杀的凤姐（第四十四回），而这两人都是最得贾母宠爱的人中龙凤；并且除搂入怀中，从凤姐"携着黛玉的手，上下细细打谅了一回，仍送至贾母身边坐下"，可见黛玉的座位还直接依偎着贾母，同样地，这在讲究座位伦理的贾府中，更是与贾母平起平坐的尊荣大位。这些细节便等于宣示了初至贾府的黛玉是贾母的宠儿，堪比宝玉与凤姐。

果然，此后黛玉在贾家的安顿就是完全比照宝玉，所谓：

- 如今且说林黛玉自在荣府以来，贾母万般怜爱，寝食起

---

① 原注——克卢格：《德语语源学辞典》。
② ［德］埃利希·诺伊曼著，李以洪译：《大母神：原型分析》（北京：东方出版社，1998），第13章"植物女神"，页264。
③ 详参欧丽娟：《"林黛玉入府"的意义重探——历史与神话学的解读》，《成大中文学报》第56期（2017年3月），页103—140。

居，一如宝玉，迎春、探春、惜春三个亲孙女倒且靠后。
（第五回）
- **近日**贾母说孙女儿们太多了，一处挤着倒不方便，只留宝玉黛玉二人这边解闷，却将迎、探、惜三人移到王夫人这边房后三间小抱厦内居住，令李纨陪伴照管。（第七回）

从此以后，更是处处可见贾母这位大家长以各种行动展示出这位外孙女的与众不同，例如她可以因宝玉生气、黛玉中暑，便执意不去打醮祈福的清虚观，并为了宝、黛不和而抱怨哭了（第二十九回）；又会出于"怕他劳碌着了"的理由，而一直纵容黛玉的懒于针线女红（第三十二回）；当大家凑分子替凤姐庆生时，这位老祖宗除了自己的二十两之外，"又有林妹妹宝兄弟的两分子"（第四十三回），一体怜爱守护的地位不言可喻。当元宵节放炮仗时，还出现"林黛玉禀气柔弱，不禁毕驳之声，贾母便搂他在怀中"（第五十四回）这独钟一人的景象，以致会因为看到黛玉与薛氏母女亲如母子手足的胶漆之情，而感到十分喜悦放心（第五十八回）；用饭时更特别赏赐，指着"这一碗笋和这一盘风腌果子狸给颦儿宝玉两个吃去"（第七十五回）。此外，贾母还将看顾黛玉的责任扩大到身边众人身上，既特别叮嘱史湘云别让宝、黛二人多吃螃蟹，以免影响健康（第三十八回），还千叮万嘱薛姨妈照管黛玉（第五十八回），以致亲自探视疾病，则老早就成为理所当然的例行工作。这样时时与宝玉相提并论，乃至被联名直呼"两个玉儿"（第四十回）的待遇，在一个成长中的少女心灵上烙下或隐或显的优越感或特权意识，似乎是极其必然的。

不仅如此，回到黛玉初至贾府的情景，在拜见贾母之后，接着黛玉依礼分别拜见母舅。当到了王夫人房中，"黛玉便向椅上坐了。王夫人再四携他上炕，他方挨王夫人坐了"（第三回），可见黛玉谨守晚辈的分寸，只敢坐在低一等的椅子上，而王夫人则打破尊卑，再四让她与自己平起平坐，这显然是顺着贾母的心意给予非凡的特权，且隐隐然是一种建立母女关系的表示：参照第二十五回王夫人也让其庶子贾环在其炕上同坐抄写佛经，接着宝玉一放学进门便滚入王夫人怀里，可见座位的亲近一体是亲子之情的具体化，则王夫人也是一开始便以女儿看待黛玉。

一直到了后来，点点滴滴的描述之间都还不断闪耀出这一类的母爱光芒。例如第二十八回描述道：

> 王夫人见了林黛玉，因问道："大姑娘，你吃那鲍太医的药可好些？"林黛玉道："也不过这么着。老太太还叫我吃王大夫的药呢。"宝玉道："太太不知道，林妹妹是内症，先天生的弱，所以禁不住一点风寒，不过吃两剂煎药就好了，散了风寒，还是吃丸药的好。"王夫人道："前儿大夫说了个丸药的名字，我也忘了。"……宝钗抿嘴笑道："想是天王补心丹。"……王夫人又道："既有这个名儿，明日就叫人买些来吃。"

王夫人先是主动关心黛玉的病体，接着又想起另一种丸药，叫人第二天就买来吃，照应程度并不下于贾母。随后宝玉说他有一帖奇特的药方，才是真正对症有效的，但需花费三百六十两银子，并且用到头胎紫河车、人形带叶参、龟大何首乌、千年松根茯苓胆之类罕见的奇特药材，最令人瞠目结舌的主药材竟然是古坟里的珍珠，活人戴过的勉强可以替代，宝玉还说这副怪异的药方给过薛蟠。由于药材太过令人匪夷所思，药价也太过高昂，宝钗因为不知情，未曾听闻哥哥薛蟠的这件事，而不敢当场替宝玉作证，于是宝玉就被众人视为撒谎，还被林黛玉用手指在脸上画着羞他。幸好凤姐出面证实确有此事，为宝玉洗刷了冤屈，此时宝玉冤情昭雪，就向黛玉说道："你听见了没有，难道二姐姐也跟着我撒谎不成？"然而他脸望着黛玉说，却拿眼睛瞟着宝钗，黛玉就变成了替罪羊。于是黛玉便拉王夫人道："舅母听听，宝姐姐不替他圆谎，他支吾着我。"王夫人也道："宝玉很会欺负你妹妹。"这就很明显地是站在林黛玉这一边，因为在宝、黛的互动关系里，实际上不但不是"宝玉很会欺负你妹妹"，而是恰恰相反，如同紫鹃所说的："我看他素日在姑娘身上就好，皆因姑娘小性儿，常要歪派他，才这么样。"（第三十回）如此说来，王夫人便等于是偏袒黛玉了。

  这一点，黛玉自己也有过清楚的表示，当宝钗好意建议她要熬燕窝滋补身体，黛玉的回答是："请大夫，熬药，人参肉桂，已经闹了个天翻地覆，这会子我又兴出新文来熬什么燕窝粥，老太太、太太、凤姐姐这三个人便没话说，那些底下的婆子丫头们，未免不嫌我太多事了。"（第四十五回）可见这三位当家的女主都是呵护黛玉的，不会嫌烦计较，黛玉只是顾虑下人的感受，担心增加他们的工作量而有所反弹，虽然只是背后的闲言闲语或最多是若干言行泄漏的一丝冷淡，总是令人不快，纤细敏感的黛玉又岂能不受影响？故此防范未然，也是客居处境在所难免的苦衷。

黛玉所提到的老太太、太太、凤姐姐这三个人中，凤姐对黛玉确实也是体贴入微，包括面临隆冬时节，特别和贾母、王夫人商议说："天又短又冷，不如以后大嫂子带着姑娘们在园子里吃饭一样。等天长暖和了，再来回的跑也不妨。……小姑娘们冷风朔气的，别人还可，第一林妹妹如何禁得住？就连宝兄弟也禁不住，何况众位姑娘。"（第五十一回）这个分爨而食的提议主要就是考虑到少女们身体柔弱，每天往来园里园外时容易受风寒所欺，这番体恤照应十分周详，不仅让贾母感到深获我心，薛姨妈等也赞同道："实在他是真疼小叔子小姑子。"（第五十二回）而黛玉就是最被挂心的一个，显示由贾母到凤姐的一以贯之。因此脂砚斋说贾府"将黛玉亦算为自己人"（第二十二回批语），乃至抄检大观园时潇湘馆并没有例外，即因此故。

既然长辈至尊的心意趋向一开始就如此显明，故而黛玉受到了全面的礼遇，一如宝钗所说"老太太疼你，众人爱你伶俐"（第四十二回），最有代表性的例子是迁入大观园时，黛玉可以择优先选，住进潇湘馆这所元妃最喜爱的地方之一，作为"第一处行幸之处，必须颂圣方可"（第十七回）的要地，必然十分精致富丽，这类的特权便使得黛玉一直到十五岁都是"禁不得一些委屈"（第四十五回）。即使姊妹之间偶有一些无伤大雅的纷扰是非，其意义也是唇齿相拌的一时风波，不曾造成任何嫌隙，并且多是黛玉太过争强不让人乃至尖刻伤人所引发的不甘反击，犹如黛玉与湘云发生

口角风波时,宝玉对深感受到戏弄而忿忿不平的黛玉所劝说的:

> 谁敢戏弄你!你不打趣他,他焉敢说你。(第二十一回)

"谁敢戏弄你""焉敢说你"正道出黛玉的宠儿地位,连身为史家千金的湘云都如此,其他人便可想而知,无怪乎黛玉可以养成"孤高自许,目无下尘"(第五回)的脾性。从这如许的情节来看,林姑娘不是灰姑娘更属确凿不移的事实,不应曲解。

(二)孤儿:主观偏执的自卑意识

但特殊的是,林黛玉在享有宠儿的种种特权之余,却又将家族沦灭、客居他家的客观事实极力夸大,自我营造一种孤儿的悲戚心境,并深陷其中,构成了自卑感的来源。

确实,林家在没有男丁继承的情况下注定灭绝,第二回早已交代:"只可惜这林家支庶不盛,子孙有限,虽有几门,却与如海俱是堂族而已,没甚亲支嫡派的。今如海年已四十,只有一个三岁之子,偏又于去岁死了。虽有几房姬妾,奈他命中无子,亦无可如何之事。"后来紫鹃也说道:

> 林家实没了人口,纵有也是极远的。族中也都不在苏州住,各省流寓不定。(第五十七回)

在这样的情况下,难怪黛玉对于自己的未来充满了不安全感,而有

"所悲者,父母早逝,虽有铭心刻骨之言,无人为我主张"之"悲"(第三十二回)。但看待事情永远都可以有其他角度,黛玉不仅是受宠程度在众姝之上,比较起来,其运命也较众姝为善,如迎春曾感慨自己"从小儿没了娘,幸而过婶子这边过了几年心净日子"(第八十回),而探春则深受生母赵姨娘的血缘勒索,即使身处大观园之中,仍然"不时有赵姨娘与贾环来嘈聒,甚不方便"(第五十八回),至于惜春所背负的家族淫秽的罪恶感,更是黛玉完全豁免的心理压力。至少,父母留给她的不仅是幸福的童年,还有无限的挚爱与光辉的永恒形象,即使失去了双亲,但美好的记忆永存,缅怀追忆时的苦涩便是来自刻骨铭心的思念;来到贾府之后则拥有贾母的疼惜、宝玉的体贴、众人的包容,除了不确定的未来,黛玉实在一无匮乏,什么也不缺。

然而,不确定的未来其实是所有少女都在所难免的,不独黛玉为然。因此,如同湘云劝慰她时所说的:

> 你是个明白人,何必作此形像自苦。我也和你一样,我就不似你这样心窄。何况你又多病,还不自己保养。(第七十六回)

湘云的处境实际上比黛玉还要不如,除了来到大观园的短暂时光,在家中要看尽叔婶的脸色,每天还得负担女红做到三更半夜,连自怜的余裕都没有;而如果有余裕却用来自怜,恐怕便丧失了生存下去的勇气与力气,或许这就是湘云未曾流于心窄的原因之一。此外,犹如曾住过集中营的奥地利心理学家维克多·弗兰克(Victor E. Frankl, 1905—1997)所认为,人所拥有的"最后的"(last)、也是"最大的"(greatest)自由,是可以选择他的态度。[1] 遭遇同样的打击,有的人选择的是绝望,有的人却选择了希望,湘云正是善用这分自我主宰的自由,选择以阔大的心胸面对厄运,因此超越了心窄的局限,令人激赏。

从这个角度来说,黛玉之所以可以如此充分地耽溺于感伤自苦的情境中,正是因为拥有宠儿的地位所致;但拥有宠儿地位却依然如此悲观自怜,更显示出这分浓郁的感伤性格不是来自客观处境的压迫,而是出于当事人的自我选择,因此也有评点家认为:

> 死黛玉者黛玉也。何则?黛玉……吐弃一切可矣,而辗转在心,又不能决然舍去,如茧之缠,卒卒不能解脱,徒以痴情试探宝玉,欲近而反疏,欲亲而转戚,胸鬲间物,不能掬以示人,此间日以眼泪洗面矣。[2]

就在黛玉执着于孤儿意识之下,结果便是产生一种仰攀他人的自卑

---

[1] "Our greatest freedom is the freedom to choose our attitude." "Everything can be taken from a person but one thing: the last of human freedoms – to choose one's attitudes in any given set of circumstances, to choose one's own way." "人所拥有的任何东西,都可以被剥夺,惟独人性最后的自由——也就是在任何境遇中选择一己态度和生活方式的自由——不能被剥夺。"[奥地利] 弗兰克著,赵可式、沈锦惠合译:《活出意义来:从集中营说到存在主义》,第一部"集中营历劫",页88。
[2] (清)许叶芬:《红楼梦辨》,一粟编:《红楼梦资料汇编》,页228—229。

情结,且由于"自卑情结总是会造成紧张,所以争取优越感的补偿动作必然会同时出现,但其目的却不在于解决问题。争取优越感的动作总是朝向生活中无用的一面"①,导致在争取优越感时,来自紧张的挫折感与悲观的情绪,便扩散为一种生活中弥漫的氛围,时时在脆弱心灵上浸润、笼罩的结果,就逐渐积凝出一种感伤的人格主调。再者,既然"争取优越感的动作总是朝向生活中无用的一面",更说明了黛玉如此之偏爱作诗,甚至欲以诗歌压倒他人的原因,而她的感伤性格也就在篇篇诗稿的墨迹泪痕中显露无遗。

在诗社几次的创作竞赛中,黛玉唯一一次的夺魁,是因为所作的菊花诗"题目新,诗也新,立意更新"(第三十八回),但最能表现其性格特点的,则是《咏白海棠》那"比别人又是一样心肠"的"风流别致"(第三十七回),与《桃花行》的"伤悼"哀音、《唐多令·咏柳絮》的"太作悲"和"缠绵悲戚"(第七十回)之类。其中,对于美好事物的毁灭,诸如:落花、飘絮、夕阳、暮春、残秋的咏叹,深深触动了人们心中的残缺之感,随之油然兴发深沉的无奈与悲怆,因此最能引发读者的同情与爱怜,为她戴上璀璨的艺术桂冠,荣升至浪漫诗人的宝座。

然而,黛玉的诗篇美则美矣,在内容题材上却不免单薄狭隘,主旨与相关意象都局限于自我的感伤悲惋中,所谓:"黛玉做的所有的诗,反覆咏诵的没有什么其他内容,只有悲痛和不幸。她像希

---

① [德]阿德勒(Alfred Adler)著,黄光国译:《自卑与超越》(台北:志文出版社,1990),页42。

腊神话中的那喀索斯（Narcissus）一样，看不见自己以外的世界。"①
更进一步地说：

> 由于她是一个极端的个人主义者；她从不能忘我，一切以自我为中心；在心底她愈想否定外界，便愈感到外界压力之大，病态地觉得自己憔悴可怜。感伤的个人主义者在发现自己纤弱或敏感地觉得自己孤立时，很自然地会向抽象的艺术世界中去寻求灵魂之宁静与人格之稳定。黛玉创作之主要目的即在以哀怨动人的倾诉来增加自己人格的重量，以求和外界维持一平衡关系。这便是她为何一生都在倾诉、在做诗。

终致"她写来写去都只有一个题目，这题目并不是她客观存在的自己，而仅是她所认识的自己"，因而，

> 她的缺点，无疑在于太感伤、太主观，比浪漫派诗人还要自怜，简直令人头痛。她诗中常出现"诉"与"怜"二字（如"花解怜人花也愁"，"红消香断有谁怜"，"满纸自怜题素怨，片言谁解诉秋心"，"醒时幽怨同谁诉"，"娇羞默默同谁诉"等句），证明外界环境对她而言是太强了，……因之她作品里全是一片哀音，像是"无告之民"，又像是受尽委屈的孩子。在诗中她一直以弱者之姿态出现；她虽性傲，实则她的孤傲乃是弱者用

---

① ［美］裔锦声：《红楼梦：爱的寓言》（北京：北京大学出版社，2000），页52。

以自卫的保护色，暗示内心的恐惧与空虚。①

　　这种水仙花式的自恋与自怜，正是小说家刻画入微的精彩之处，让读者具体而生动地认识到这一类性格的艺术版本。

　　值得玩味的是，无论是宠儿还是孤儿，都很容易将其引入自我中心的心理状态，兼具宠儿与孤儿两种身分的黛玉，就更是将自我极端突显。如此一来，黛玉的多愁善感，乃是在过度自我中心主义之下，依违于自恋与自怜之间而耽溺、局部放大的主观造型，并非客观省察的真实处境。若将"一年三百六十日，风刀霜剑严相逼"之类主观抒情的诗性感伤，混淆为客观处境的写实反映，其结果就会是对黛玉的真实状态的错误阐释。

四、人格特质与生活习性

　　必须说，黛玉是在"宠儿"的客观环境下，极力发展她"孤儿"的主观情怀，若非宠儿，应付迫在眉睫的生存难题便已不暇，何来如此多的时间心力纵溺于自我哀怜？来到了贾府的黛玉，享有贾母的宠爱、贵族的优裕生活，在没有外力的压迫下更能够充

---

① 　傅孝先：《漫谈红楼梦及其诗词》，《无花的园地》（台北：九歌出版社，1986），
　　页98—99。

分选择自己的习性偏好,如心理学家简·斯特里劳(Jan Strelau, 1931—)所言:"如果一个人经常不断地选择一定情境或活动,一段时间之后就会产生一定的习惯,一定的行为模式,把它们泛化到一定的情境与行为中,就可以成为人格结构的成分。"① 而最为黛玉所偏好的情境与活动,便非悲凄、哀愁、感伤等残缺之美莫属。第三十一回说道:

> 林黛玉天性喜散不喜聚。他想的也有个道理,他说,"人有聚就有散,聚时欢喜,到散时岂不清冷?既清冷则生伤感,所以不如倒是不聚的好。比如那花开时令人爱慕,谢时则增惆怅,所以倒是不开的好。"

由此也形成一种"本性懒与人共"(第二十二回)的孤僻,因此她在入园进住时,于四大处中所选择的便是潇湘馆:"我心里想着潇湘馆好,爱那几竿竹子隐着一道曲栏,比别处更觉幽静。"(第二十三回)而这一处在修筑时,便突显出隐逸世外的清华气息,小说中描写道:

> 一带粉垣,里面数楹修舍,有千百竿翠竹遮映。……入门便是曲折游廊,阶下石子漫成甬路。上面小小两三间房舍,

---

① [波兰]简·斯特里劳著,阎军译:《气质心理学》(沈阳:辽宁人民出版社,1987),页322。

一明两暗,里面都是合着地步打就的床几椅案。从里间房内又得一小门,出去则是后院,有大株梨花兼着芭蕉。又有两间小小退步。后院墙下忽开一隙,得泉一派,开沟仅尺许,灌入墙内,绕阶缘屋至前院,盘旋竹下而出。贾政笑道:"这一处还罢了。若能月夜坐此窗下读书,不枉虚生一世。"(第十七回)

贾政的品味不同流俗,果然黛玉入住后也将此处布置为"窗下案上设着笔砚,又见书架上磊着满满的书",以致刘姥姥赞叹道:"这那像个小姐的绣房,竟比那上等的书房还好。"(第四十回)黛玉就在此过着月夜窗下读书作诗的诗意生活,聪慧的鹦鹉也成为她的生活友伴,以巧舌回应那分盈溢的诗情:

一进院门,只见满地下竹影参差,苔痕浓淡,……不防廊上的鹦哥见林黛玉来了,嘎的一声扑了下来,倒吓了一跳,因说道:"作死的,又扇了我一头灰。"那鹦哥仍飞上架去,便叫:"雪雁,快掀帘子,姑娘来了。"黛玉便止住步,以手扣架道:"添了食水不曾?"那鹦哥便长叹一声,竟大似林黛玉素日吁嗟音韵,接着念道:"侬今葬花人笑痴,他年葬侬知是谁?试看春尽花渐落,便是红颜老死时。一朝春尽红颜老,花落人亡两不知!"黛玉紫鹃听了都笑起来。紫鹃笑道:"这都是素日姑娘念的,难为他怎么记了。"黛玉便令将架摘下来,另挂在月洞窗外的钩上,于是进了屋子,在月洞窗内坐了。吃毕药,只见窗外竹影映入纱来,满屋内阴阴翠润,几簟生凉。黛玉无可释

闷，便隔着纱窗调逗鹦哥作戏，又将素日所喜的诗词也教与他念。（第三十五回）

诗词是黛玉的心声，孕育于竹影苔痕中的诗句则点染了落花、残春、悲秋的哀愁，外显出来者，则为经年累月、日日不断的泪水，以及越来越严重的咳嗽，由此更反过来助成她的典型性格成分。

（一）多愁：亲情的缺失与爱情的压抑

"多愁"可以说是黛玉形象的一大特色。从前世就已经"终日游于离恨天外，饥则食蜜青果为膳，渴则饮灌愁海水为汤"，注定了"恨"与"愁"的心理主调，入世后更是泪水不断，直有"载不动许多愁"的哀哀无告。黛玉的流泪是频繁而持久的，犹如宝玉对她所劝说的：

你又自寻烦恼了。你瞧瞧，今年比旧年越发瘦了，你还不保养。每天好好的，你必是自寻烦恼，哭一会子，才算完了这一天的事。（第四十九回）

可见"哭"已经是每天的必须功课，标志了一天的里程；并且黛玉的流泪不只是频繁而已，往往还持续到三更半夜，如第二十七回所言：

紫鹃雪雁素日知道林黛玉的情性：无事闷坐，不是愁眉，便是长叹,且好端端的不知为了什么,便常常的便自泪道不干的。先时还有人解劝,怕他思父母,想家乡,受了委曲,只得用话宽慰解劝。谁知后来一年一月的竟常常的如此,把这个样儿看惯,也都不理论了。所以也没人理,由他去闷坐,只管睡觉去了。那林黛玉倚着床栏杆,两手抱着膝,眼睛含着泪,好似木雕泥塑的一般,直坐到二更多天方才睡了。

这样的生活情景也反映在她的诗歌作品里,第四十五回"秋窗风雨夕"的"连宵脉脉复飕飕,灯前似伴离人泣。……不知风雨几时休,已教泪洒窗纱湿",便是绝佳的写照。

1. 亲情的缺失

借莎士比亚(William Shakespeare, 1564—1616)戏剧的台词而言,黛玉的多愁乃是:"我愁的是自己的忧愁,是由多种成分组成的,是从形形色色的事物中提炼出来的。"[①] 组成其忧愁的多种成分之一,乃是源于神界的先天规定,为了偿还灌溉之恩的还泪,到了俗界之后,则多表现为苦恋的不安、嫉妒、自怜等幽怨情绪;但必须精细分辨的是,黛玉的多愁并不单纯是为了爱情所致,小说中处处展现出黛玉对父母的孺慕情深,盈盈的泪水许多时刻是因为思念父母、感慨身世而滴落。这一点其实也是黛玉出身贵族、讲究礼法的合理表现。

---

① [英]莎士比亚著,方平等译:《皆大欢喜》,第四幕第一景,《新莎士比亚全集》第3卷(台北:猫头鹰出版社,2000),页277。

因此当父母双亡、寄居贾府后,即使受到百般宠爱仍然时时眷念父母,就此严格说来,黛玉在"泪尽而逝"的宿命过程中,有很多时候并不是为爱情而是为亲情才流失泪水的。例如:

- 如今父母双亡,无依无靠,……一面想,一面又滚下泪珠来。(第二十六回)
- 黛玉自在枕上感念宝钗,一时又羡他有母兄;……不觉又滴下泪来。(第四十五回)
- 想起众人皆有亲眷,独自己孤单,无个亲眷,不免又去垂泪。……又说起宝琴来,想起自己没有姊妹,不免又哭了。(第四十九回)
- 触物伤情,想起父母双亡,又无兄弟,……不觉的又伤起心来。(第六十七回)

于是在秋祭时"私室自己奠祭"父母而泪痕斑斑(第六十四回),又因宝钗姊妹回家母女兄弟自去赏月而"不觉对景感怀,自去俯栏垂泪"(第七十六回)。薛姨妈对钗、黛二人的成长与现实处境作了一番比较,便对黛玉的孤苦深切同情:

薛姨妈道:"也怨不得他伤心,可怜没父母,到底没个亲人。"又摩挲黛玉笑道:"好孩子别哭。你见我疼你姐姐你伤心了,你不知我心里更疼你呢。你姐姐虽没了父亲,到底有我,有亲哥哥,这就比你强了。"(第五十七回)

这段对话恰好指出有母亲、有哥哥的家庭环境,是宝钗比黛玉强的成长条件,事实上对人格的养成也发挥更成熟的正面作用。

必须说,黛玉因思念父母、感伤身世的哭泣恐怕还多于爱情,她之所以每日泪痕不干的一大原因,乃是父母双亡的死别之悲,让思亲不已的黛玉更加愁断肝肠,也是她的诗作充满"离丧哀音"的关键。因此评点家周春也指出:

> 黛玉幼居母丧,克尽孝道,其心地极明白者。故其死也,……若专以为相思病,亦不谅其苦心也。此书发乎情,止乎礼义,颇得风人之旨,慎勿以《金瓶梅》《玉娇梨》一例视之。[①]

就此而言,确实可以认为《红楼梦》的"大旨谈情"中有强调亲情的指向,而宝玉、黛玉之间因表兄妹关系而日久生情,其描写中对亲情的渲染强调也淡化了"风月事故"与礼法之间的冲突,将"爱情"之"情"是否自由的问题转化为"亲情"之"情"是否真挚的问题[②],并非一般的爱情挂帅。

2. 爱情的压抑

只不过,爱情毕竟也发生了。早在仙界阶段,修成女体的绛珠便"食蜜青果为膳","蜜青"谐音"秘情",已可见其情乃是隐秘压抑的苦涩;入世之后成为一位"钟鼎之家、书香之族"的贵族少

---

① (清)周春:《阅红楼梦随笔》,一粟编:《红楼梦资料汇编》,卷3,页76。
② 薛海燕:《〈红楼梦〉:一个诗性的文本》(北京:中国社会科学出版社,2003),页141。

女,在严格的礼法之下更是不容父母之命、媒妁之言以外的男女私情,何况所钟情的宝玉爱博心劳,在情意初萌的阶段,又往往难免敏感多疑、试探测度的煎熬,以致或赌气、或自弃、或怨尤、或嫉妒,泪水因而盈盈不绝。第五回太虚幻境中所演奏的《红楼梦曲》中,关于黛玉的一阕是:

〔枉凝眉〕一个是阆苑仙葩,一个是美玉无瑕。若说没奇缘,今生偏又遇着他;若说有奇缘,如何心事终虚化?一个枉自嗟呀,一个空劳牵挂。一个是水中月,一个是镜中花。想眼中能有多少泪珠儿,怎经得秋流到冬尽,春流到夏!

"还泪"的宿命便逐渐实行,终至泪尽夭亡。

然而,多愁多病的黛玉不是没有抗逆泪尽夭亡的可能,和尚所提议的"出家"就是一个彻底根治情病的方法。第三回黛玉追述往事道:"那一年我三岁时,听得说来了一个癞头和尚,说要化我去出家,我父母固是不从。他又说:'既舍不得他,只怕他的病一生也不能好的了。若要好时,除非从此以后总不许见哭声;除父母之外,凡有外姓亲友之人,一概不见,方可平安了此一世。'疯疯癫癫,说了这些不经之谈,也没人理他。"但既然不信天启神谕,未曾以出家避开致命的情缘,又来到贾府日夜与宝玉这位外姓男子一起生活,于是终究哭声不息,也导致难以病愈的悲剧。"咳嗽"便是黛玉最主要的病征。

值得注意的是,这样极其类似肺结核(肺痨)的病症,在苏珊·

桑塔格（Susan Sontag, 1933—2004）从文学、文化的角度探讨之后，其本身所蕴含的情感隐喻更得到充分的阐发，所谓：

> （肺结核）被理解或曾经被理解为激情的疾病。肺结核发热是内部燃烧的表征，结核病人是某个被热情"消耗掉"的人，这种热情导致身体熔化。利用从肺结核那里得到的隐喻来描写爱情——一种"有病的"爱情的形象，一种激情"消耗掉"的形象——远在浪漫主义运动之前就已经有了。从浪漫主义诗人开始，这个形象被颠倒，肺结核被想象成为爱情之病的变体。……就像《魔山》一个人物所作的解释："疾病的症状无非是被掩饰起来的爱情力量的宣示；所有的疾病都只是变形的爱情。"……就像肺结核被当成一种激情之病来看待一样，它同样被当成一种压抑的疾病，……以前也曾被解释成为沮丧的恶果。①

由其中的描述，可知肺结核可以被视为一种"内部燃烧"的激情之病，同时也是"一种压抑的疾病"；狭义来说，则是出于那"被掩饰起来的爱情力量"，以隐喻人们在强烈的生活欲望与爱情需求中，因种种个人或外在的因素而被压抑掩饰所形成的"沮丧的恶果"。这些阐释都十分符合黛玉那几近于肺结核而大喘剧咳的病象

---

① ［美］桑塔格著，刁筱华译：《疾病的隐喻》（台北：大田出版社，2000），页30—31。此处的译文，见黄灿然编译：《见证与愉悦》（天津：百花文艺出版社，1999），页160—161。

与原理。

就"内部燃烧"的激情而言，例如宝玉挨打后重创卧床时，黛玉哭得"两个眼睛肿的桃儿一般"（第三十四回），已见情深一往；后来宝玉听信了紫鹃谎称黛玉要回苏州去的骗词，以致震撼失魂有如行尸走肉，奶娘李嬷嬷竟判定不中用了，黛玉一听更"哇的一声，将腹中之药一概呛出，抖肠搜肺、炽胃扇肝的痛声大嗽了几阵，一时面红发乱，目肿筋浮，喘的抬不起头来。紫鹃忙上来捶背，黛玉伏枕喘息半晌，推紫鹃道：'你不用捶，你竟拿绳子来勒死我是正经！'"（第五十七回）其悲恸近乎狂乱，可谓性命交关。因此，当宝玉赠帕以示情意时，黛玉不仅心中"五内沸然炙起"，翻涌的激动更外显为"浑身火热，面上作烧，……腮上通红，自羡压倒桃花，却不知病由此萌"（第三十四回），这正是"内部燃烧"的具体表现。

同时，这种内部燃烧的激情，因礼教的规范而一直唯恐人知，诚然也形成了"一种压抑的疾病"。包括黛玉对宝玉的公然赞美自己，既有"所惊者，他在人前一片私心称扬于我，其亲热厚密，**竟不避嫌疑**"之"惊"（第三十二回），对宝玉的赠帕传情之举，更有"**再想令人私相传递与我，又可惧**"之"惧"（第三十四回）；还有，当"慧紫鹃情辞试忙玉"一段故事发生时，因幼年亲密的掩护，使得进入青春期后生死相许的爱恋未被揭破，故有"幸喜众人都知宝玉原有些呆气，自幼是他二人亲密，如今紫鹃之戏语亦是常情，宝玉之病亦非罕事，因**不疑到别事去**"（第五十七回）之"庆幸"，在在可见黛玉对礼教防嫌之准则，深深唯恐稍有逾越的戒慎小心。在这种时时提防泄漏的情况下，压抑自是必然的现象。

就此而言，黛玉作为众金钗中唯一以咳嗽为疾病者，可以说是小说家十分巧妙的安排。

（二）多病：柔弱的生活样态

除"多愁"之外，"多病"也如影随形。第三回描写道：

> 黛玉年貌虽小，其举止言谈不俗，身体面庞虽怯弱不胜，却有一段自然的风流态度，便知他有不足之症。因问："常服何药，如何不急为疗治？"黛玉道："我自来如此，从会吃饮食时便吃药，到今日未断，请了多少名医修方配药，皆不见效。"……如今还是吃人参养荣丸。

可见药物已经等同于食物，成为支持黛玉生命的必需品，或者说，药就是命，而人参养荣丸的滋补功能①，就成为黛玉一直依赖的药方。因此小说中不断描写"林姑娘生的弱，时常他吃药"（第二十六回）的日常场景，以至于在"一日药吊子不离火"的情况下，所居的潇湘馆也总是"这屋子里一股药香"（第五十二回）。

让先天不足的病况雪上加霜的，是黛玉的饮食又特别少量、减餐，不到正常人的一半，至多只达到维系生命运作的基本所需，无

---

① 医书中有人参养荣汤，其药材是"于十全大补汤内，去川芎，加陈皮、远志、五味子，水煎服"，见（清）吴谦等奉敕撰：《御纂医宗金鉴》，卷62，页59。

法进一步滋养体魄、益气补血。第三十五回提到：

> 林黛玉自不消说，**平素十顿饭只好吃五顿**，众人也不着意了。

并且这减半后的每一顿又和其他姊妹们一样，是"只吃这一点儿就完了"（第四十回）、"不过拣各人爱吃的一两点就罢了"（第四十一回），在如此的节食状态下，其营养不良可想而知。反过来说，即使身处膏粱锦绣之中，黛玉的弱症又使她穿得了锦衣①却咽不下玉食，许多佳肴都在禁忌之列，例如第三十八回盛大的螃蟹宴上，黛玉对此一美馔便无福消受，说道："我吃了一点子螃蟹，觉得心口微微的疼，须得热热的喝口烧酒。"连烧酒也只吃了一口，便放下了。又第四十九回写大观园里升起野炊，湘云领头生烤鹿肉，宝钗鼓励嫌脏的宝琴道："你尝尝去，好吃的。你林姐姐弱，吃了不消化，不然他也爱吃。"如此说来，黛玉"行动处似弱柳扶风"的纤细无力就获得了合理的写实基础。

不仅如此，黛玉所缺少的健康养分还包括足够的睡眠。基于多愁的缘故，心思总在翻腾甚至煎熬中，因此失眠便成为黛玉的生活常态，第二十七回所说的"直坐到二更多天方才睡了"，第五十二

---

① 如第四十九回写黛玉随宝玉踏雪前往稻香村，"黛玉换上掐金挖云红香羊皮小靴，罩了一件大红羽纱面白狐狸里的鹤氅，束一条青金闪绿双环四合如意绦，头上罩了雪帽"，当时湘云所穿的是贾母与她的大褂子，岫烟则"仍是家常旧衣，并无避雪之衣"。

回言及昨儿夜里"只睡了四更一个更次",都并非偶然的特例,第七十六回就有一段总结的说明,道:

> 黛玉又是个心血不足常常失眠的,今日又错过困头,自然也是睡不着。……黛玉叹道:"我这睡不着也并非今日,大约一年之中,通共也只好睡十夜满足的。"

在常常失眠的情况下,一年中竟只有十个晚上是睡眠充足的,对于精神体气的耗损可想而知,本已滋养不足的柔弱身体更是雪上加霜。黛玉因此特别怕冷(见第六十三回),体虚气弱正是主要原因。

于是乎,无须有形的力道,即使较浓的香气、较大的声音所造成的无形波动,都会对黛玉带来伤害。第五十二回黛玉道:

> 我一日**药吊子不离火**,我竟是药培着呢,那里还搁的住花香来熏?越发弱了。

又第五十四回除夕夜放烟火花炮时,"林黛玉禀气柔弱,不禁毕驳之声,贾母便搂他在怀中",连宜人的花香都避之唯恐不及,何况风吹露侵?因此凤姐说她"是美人灯儿,风吹吹就坏了"(第五十五回),兴儿也形容道:

> 我们家的姑娘不算,另外有两个姑娘,真是天上少有,地下无双。一个是咱们姑太太的女儿,姓林,小名儿叫什么黛

玉，面庞身段和三姨不差什么，一肚子文章，只是**一身多病，这样的天，还穿夹的，出来风儿一吹就倒了**。我们这起没王法的嘴都悄悄的叫他"多病西施"。……那正经大礼，自然远远的藏开，自不必说。就藏开了，自己不敢出气，是**生怕这气大了，吹倒了姓林的**；气暖了，吹化了姓薛的。（第六十五回）

这些都是"弱不禁风"的生动表述，而天暖之际还穿两层的夹衣，密不透风，如防大敌，其单弱仿佛温室里的花朵，薄如片纸。

特殊的是，黛玉的病不只是来自宝玉所说的"内症，先天生的弱，所以禁不住一点风寒"（第二十八回），后来还应该又感染了肺结核。小说中第一次提到黛玉咳嗽，是在第三十二回：

近日每觉神思恍惚，病已渐成，医者更云气弱血亏，恐致劳怯之症。你我虽为知己，但恐自不能久待；……两个人怔了半天，林黛玉只咳了一声，两眼不觉滚下泪来，回身便要走。

其中还有医生的诊断，这应该就是黛玉患上肺病的开始。随着年龄的成长，黛玉的咳嗽越来越严重，"每岁至春分秋分之后，必犯嗽疾"（第四十五回），其历程更呈现出"今年比往年反觉又重了些"的每况愈下，乃至到了"说话之间，已咳嗽了两三次"（第四十五回）和"一面说话，一面咳嗽起来"（第七十九回）的地步。因此，连宝玉关切黛玉时，问的都是：

"如今的夜越发长了,你一夜咳嗽几遍?醒几次?"黛玉道:"昨儿夜里好了,只嗽了两遍,却只睡了四更一个更次,就再不能睡了。"(第五十二回)

既然"只嗽了两遍"就算是良好的状况,其他许多夜晚的咳嗽不止便可想而知,这也从另一个角度说明黛玉之所以失眠,除焦心煎虑的心理压力之外,原因还包括咳嗽所带来的睡眠中断,导致竟甚至只能浅眠一个更次(两个小时),更添衰弱。如此种种,黛玉的咳嗽固然来自先天不足的弱症,却确实是在后天的情感处境下被强化与严重化,成为专属于她个人的性格特征,并突显为一种浪漫化了的"爱情疾病","是被掩饰起来的爱情力量的宣示",多愁、多病便紧密地合而为一,互为因果。

从心理层面而言,多愁、多病往往会让一个人更内向地集中于自我,所谓"悲伤是一种把注意力集中在自我的情绪。它是个人(自我)需要协助的一种指标"[1],间接助长了对文学艺术的喜爱,以及自我中心的取向。据心理学的研究,皮亚杰(Jean Paul Piaget, 1896—1980)所发现的儿童自我中心——即儿童把注意力集中在自己观点和自己动作上的现象,这一现象也许和知识贫乏有一点关系,但给予新的知识,并不能使其摆脱自我中心的错觉;处于自我中心状态的成年人,其自我认知表现在认识上主观臆断,行动上为

---

[1] 此乃 Stearns(1993)对于悲伤的探讨,参 K. T. Strongman 著,游恒山译:《情绪心理学——情绪理论的透视》(台北:五南图书公司,2002),页184。

所欲为，作风上独断专行，情绪上喜怒无常，多伤感，人格上浮虚狭隘。现实生活中，有些作家或诗人，或喜爱幻想的人，都是自我中心的范例。①以此衡诸黛玉的性情表现，可谓丝丝入扣。

五、由"个人"到"合群"的转化

但普遍为人所忽略的是，以上所描述的林黛玉固然非常鲜明而强烈，构成了读者印象深刻也根深蒂固的经典造型，然而严格地说，那只是黛玉生命史的早期表现，是小说前半部所呈现的形象风貌，不足以涵盖她的全部内涵。

并且进一步来说，黛玉那被视为带有叛逆意义的率真，不仅只是限于前期的人格特质，其形成原因也不是一种价值层次上的自觉追求，所谓："林黛玉则是由个人的放纵天性和自由恋爱而逸出了封建礼教的轨道，她的叛逆意识是不自觉和无意识的，在很大程度上是由一些偶然的因素造成的。"②换言之，率真是宠儿顺其自然的任性，无意于叛逆；若仔细考察，甚至还可以发现，黛玉其实并不喜欢这样的自己。

（一）林黛玉喜欢自己吗

第一回石头听了那僧要在玉石上再"镌上数字，使人一见便知

---

① 林泳海：《儿童教育心理学》（北京：商务印书馆，2006），页66—67。
② 周蕙：《林黛玉别论》，《文学遗产》1988年第3期，页86。

是奇物方妙",喜不能禁,于是问道:"不知赐了弟子那几件奇处?"此时脂砚斋特别提醒一个道理:

> 可知若果有奇贵之处,自己亦不知者。若自以奇贵而居,究竟是无真奇贵之人。

黛玉亦然,她的高傲被自怜的眼泪所柔化,并且由于聪慧善良的缘故,还产生了客观面对个人缺失的自省能力。第六十三回黛玉抽得的花签词为"莫怨东风当自嗟","当自嗟"即清楚提供了黛玉应反求诸己的暗示,其"怨"无关东风,而是出于自寻烦恼,从芙蓉签主见了这句诗语的当下"也自笑了",可见黛玉领略了这分暗示,也欣然采纳。因此,第三十四回写黛玉洞悟了宝玉赠帕的心意之后,不觉神魂驰荡,五内翻腾,如打翻了调味盘一样地五味杂陈,百感交集中除可喜、可悲、可笑、可惧之外,还又自思:

> 我自己每每好哭,想来也无味,又令我可愧。

可见黛玉对自己的每每好哭,以及导致这个现象的多心敏感是有所自觉省察的,也觉得"无味"而感到惭愧,绝不是把这种性格当成一种价值而自矜自尚;甚且黛玉并不喜欢自己的性格,只是在成长过程中性格已然不自觉地养成,难以照理想形态脱胎换骨,亦无可奈何之事,因此心思不免更添曲折。

至于透露出黛玉之不喜欢自己性格的最奥妙的一段情节,出现在第四十回贾母领着刘姥姥与一众逛大观园的过程中。有一段水路是乘船行舟，秋塘中的残枝败叶无法让船畅行无阻，宝玉便抱怨道："这些破荷叶可恨，怎么还不叫人来拔去。"黛玉却竟然说道：

> 我最不喜欢李义山的诗，只喜他这一句："留得残荷听雨声。"偏你们又不留着残荷了。

然而，令人诧怪的是，林黛玉的性格与诗风却是最接近李商隐的，"春蚕到死丝方尽，蜡炬成灰泪始干"的陷溺执着与缠绵悲凄，都属于同一血脉。如此一来，黛玉最不喜欢一个有如自我影像的诗人与诗歌，就如同最不喜欢自己！而这如何可能呢？事实是：这是可能的，而且合情合理，世间的复杂与人性的奥秘正是令人惊叹的神奇所在。

若加以剖析，黛玉宣称最不喜欢李商隐的诗，原因至少有两个：其一，源于整部小说所持的正统诗学观，在"诗必盛唐"的格调派价值观之下，中晚唐诗都是被贬抑的，例如第七十五回贾政对宝玉、贾环的诗作不悦道："可见是弟兄了。发言吐气总属邪派，将来都是不由规矩准绳，一起下流货。妙在古人中有'二难'，你两个也可以称'二难'了。只是你两个的'难'字，却是作'难以教训'之'难'字讲才好。哥哥是公然以温飞卿自居，如今兄弟又自为曹唐再世了。"温庭筠、曹唐都是晚唐诗人，却被比作难以教训的难兄难弟，同理，李商隐也以同代同气的特质受到排斥，是为晚唐诗人的共同命运。黛玉的宣称乃是统一立场之下的顺势表态。①

其二，在风格、意象、心灵向度等各方面，黛玉又确实是李商隐的知音同调，从心理学而言，黛玉最不喜欢李商隐的这个现象，反映了分析心理学家卡尔·古斯塔夫·荣格（Carl G. Jung, 1875—1961）所提出的"心理投射"理论，亦即：

> 如果人们在他人身上看到自己没意识到的倾向，那就是"投射"。……投射是一种无意识的心理机制，每当我们的某个与意识无关的人格特征被激活之际，投射心理便趋势登场。在无意识投射的作用之下，我们往往从他人身上看到这个未被承认的个人特征，并作出反应。我们在他人身上看到的某些东西。事实上也存在于我们身上，然而我们却没有察觉自己身上也有。②

作为人性底层的"阴影"（shadow），人们投射在他人身上的特征都是负面的，而且属于自己所有，但因为意识上不愿承认而压抑成为无意识中的阴影，并不自觉地借机转移给自己不喜欢的人，如此一来，既保障自我的清高，又合理化自己对某人的厌恶；当这种心理

---

① 详参欧丽娟：《〈红楼梦〉中诗论与诗作的伪形结构——格调派与性灵说的表里纠合》，《清华学报》第 41 卷第 3 期（2011 年 9 月），页 477—521。

② ［美］康妮·茨威格（Connie Zweig）、杰里迈亚·亚伯拉姆斯（Jeremiah Abrams）合编，文衡、廖瑞雯译：《人性阴暗面》（Meeting the Shadow: The Hidden Power of the Dark Side of Human Nature，北京：中央编译出版社，1998），页 39、44。

机制发动时，可供辨识的一个征象是"当投射发生时，我们常常在投射者身上发现强烈的情绪、言语或行为反应"。① 就此以观之，黛玉对一个与她没有直接互动经验和现实利害关系的唐代诗人，竟以强烈的情绪和言语表达出"最不喜欢"的态度，便应该是投射心理所致，恰恰反映出她其实拥有李商隐式的性格倾向，也极不喜欢这样的自己。这和"自己每每好哭，想来也无味"是近似的，只是一个为无意识的不自觉流露，一次则是理性反省的自觉表示。

正因为黛玉具有这种自省的能力，才能在宠儿的处境下高傲而不狂妄、矜持而不自私，虽然自我却不自大，一如宝、黛争执中的一段对话所呈现的：

> 林黛玉啐道："我难道为叫你疏他？我成了个什么人了呢！我为的是我的心。"宝玉道："我也为的是我的心。难道你就知你的心，不知我的心不成？"林黛玉听了，低头一语不发。（第二十回）

由此可知，固然黛玉在性格不够成熟的情况下，往往因为"我为的是我的心"而不免自我中心，但作为一个正派人物，所拥有的是"不叫你疏他"这绝不卑劣自私的正面情操，以及在理解自己的盲点之后"低头一语不发"的间接认错，是故脂砚斋曾就其"自

---

① 杨韶刚：《精神的追求：神秘的荣格》（哈尔滨：黑龙江人民出版社，2002），页71—74。

悔莽撞"特别指出:"若无此悔,便是一庸俗小性之女子矣。"(第十八回批语)

因此,黛玉也会在控制不住自己之后,真诚地道歉求饶。第四十二回写惜春受命绘制大观园图,宝钗替她拟出一长串的画器单子,这时黛玉忍不住淘气,看了一回单子后,笑着拉探春悄悄地道:

"你瞧瞧,画个画儿又要这些水缸箱子来了。想必他糊涂了,把他的嫁妆单子也写上了。"探春"嗳"了一声,笑个不住,说道:"宝姐姐,你还不拧他的嘴?你问问他编排你的话。"宝钗笑道:"不用问,狗嘴里还有象牙不成!"一面说,一面走上来,把黛玉按在炕上,便要拧他的脸。黛玉笑着忙央告:"好姐姐,饶了我罢!颦儿年纪小,只知说,不知道轻重,作姐姐的教导我。姐姐不饶我,还求谁去?"众人不知话内有因,都笑道:"说的好可怜见的,连我们也软了,饶了他罢。"宝钗原是和他顽,忽听他又拉扯前番说他胡看杂书的话,便不好再和他厮闹,放起他来。黛玉笑道:"到底是姐姐,要是我,再不饶人的。"宝钗笑指他道:"怪不得老太太疼你,众人爱你伶俐,今儿我也怪疼你的了。"

由"要是我,再不饶人的"之说,也清楚显示黛玉有着高度的自知之明,深刻了解自己的缺点,只要她不是在赌气任性的情绪下,甚至也会因此赞美别人的优点。唯有如此,才能赢得"老太太疼你,众人爱你伶俐"的宠儿地位。

就此而言,一味美化黛玉的心窄口尖、率性莽撞,既是忽略了也误解了黛玉的优点并不在这里,更把黛玉贬低为一个不知反省自制的"庸俗小性之女子"。何况,黛玉虽然常常表现出心窄口尖、率性莽撞的缺点,但毕竟都是当面为之,固然有失温柔敦厚的大家教养,却总未落入道人长短、背后伤人的小人行径,否则也必定得不到读者的喜爱。小家气而不小人,正是小说中这类真率人物的重要条件。

(二)成长的"过渡仪式"

正因为黛玉具有这种自省的能力,因此拥有自我超越的潜在空间,可以逐渐成长变化。事实上,小说家对这位少女的描绘也是与时俱进的,幼年来到贾府的林黛玉,随着年龄的增长,心灵与性格也逐渐成熟,只要仔细阅读,小说后半部中的黛玉诚然已大非昔比。除了"还泪"作为先天的宿命,以及为了让好哭显得合情合理,还必须"多愁多病",因此这依然是她生活表现的主要特征之一;但在此之外,实际上黛玉的价值观、人际关系都发生了很大的变化,几乎可以说是与前期截然不同。

这一场变化的里程碑,发生于第四十二回"蘅芜君兰言解疑癖",并延续到第四十五回"金兰契互剖金兰语"的相关情节,不但是长期以来钗、黛不和之关系面临根本性调整,而大幅转向的关键点所在,更是区分林黛玉性格前、后期不同发展的分水岭,当时黛玉十五岁,正是标志女性成长的及笄之年。

这一场破冰之旅是由宝钗善意开启的,因而宝钗也成为黛玉成长仪式的启蒙导师。第四十二回"蘅芜君兰言解疑癖"有一大段描述,所有的细节都非常重要:

> 往贾母处问过安,回园至分路之处,宝钗便叫黛玉道:"颦儿跟我来,有一句话问你。"黛玉便同了宝钗,来至蘅芜苑中。进了房,宝钗便坐了笑道:"你跪下,我要审你。"黛玉不解何故,因笑道:"你瞧宝丫头疯了!审问我什么?"宝钗冷笑道:"好个千金小姐!好个不出闺门的女孩儿!满嘴说的是什么?你只实说便罢。"黛玉不解,只管发笑,心里也不免疑惑起来,口里只说:"我何曾说什么?你不过要捏我的错儿罢了。你倒说出来我听听。"宝钗笑道:"你还装憨儿。昨儿行酒令你说的是什么?我竟不知那里来的。"**黛玉一想**,方想起来昨儿**失于检点,那《牡丹亭》《西厢记》说了两句,不觉红了脸,便上来搂着宝钗**,笑道:"好姐姐,原是我不知道随口说的。你教给我,再不说了。"宝钗笑道:"我也不知道,听你说的怪生的,所以请教你。"黛玉道:"好姐姐,你别说与别人,我以后再不说了。"**宝钗见他羞得满脸飞红,满口央告,便不肯再往下追问**,因拉他坐下吃茶,款款的告诉他道:"你当我是谁,我也是个淘气的。从小七八岁上也够个人缠的。……后来大人知道了,打的打,骂的骂,烧的烧,才丢开了。所以咱们女孩儿家不认得字的倒好。男人们读书不明理,尚且不如不读书的好,何况你我。就连作诗写字等事,原不是你我分内之事,究

竟也不是男人分内之事。男人们读书明理，辅国治民，这便好了。……你我只该做些针黹纺织的事才是，偏又认得了字，既认得了字，不过拣那正经的看也罢了，最怕见了些杂书，移了性情，就不可救了。"一席话，说的黛玉垂头吃茶，心下暗伏，只有答应"是"的一字。

从回目上来看，小说家将宝钗的这番晓以大义定为"兰言"，而黛玉误引禁书的心性则被称为"疑癖"，已经清楚作了是非的定位，因此连黛玉都自认这是"失于检点"的行为，一旦被提醒而意识到自己一时不察的犯行，便立刻"满脸飞红，满口央告"，前所未见地上前亲密地搂着宝钗，一再昵称宝钗为好姐姐，同时保证"以后再不说了"，并且对于随后男女有别的正统观念感到心悦诚服，从此，黛玉就步上了回归传统妇德的方向，无不可见礼法才是《红楼梦》的核心坐标。

其次，从黛玉是在宝钗说明之前就以"失于检点"定义自己的行为，并为此"满脸飞红，满口央告"，可见黛玉的价值观本就与宝钗完全一致，只是在率性成习之下偶有脱逸放失的情况；黛玉并不天真无知，宝钗也不是老谋深算，若真有心为敌，放任这个"千金小姐""不出闺门的女孩儿"满嘴说那些邪书自召其祸，岂非更合情合理？若真有意于金玉良姻，收揽这个没有自主能力的少女实属白费力气，皆非真正的阴谋家所为。必须说，宝钗纯然是爱人以德的无私提点，否则对黛玉这个"心较比干多一窍"的聪慧女子，实难以突破多疑、猜忌的坚固心防，遑论由此很快地结成情同姊妹

的"金兰契",因此脂砚斋也说:

> 黛玉因识得宝钗后方吐真情,宝钗亦识得黛玉后方肯戏也。此是大关节大章法,非细心看不出。(第四十五回批语)

也正因宝钗的提点出于真诚护卫之心,又与黛玉既有的意识形态相合,才能在十五岁这个成年的关卡发挥重大的影响力,黛玉的性格从此有了飞跃性的进展。

进一步而言,黛玉的"疑癖"何以致之?"解疑癖"之后又有何转变?这些都是深入了解这个人物所必须解释的问题。

先以"疑癖"来看。黛玉的自省能力使她清楚把握到导因何在,于第四十五回"金兰契互剖金兰语"中提供了中肯的表述,她对宝钗叹道:

> 你素日待人,固然是极好的,然我最是个多心的人,只当你心里藏奸。从前日你说看杂书不好,又劝我那些好话,竟大感激你。往日竟是我错了,实在误到如今。细细算来,我母亲去世的早,又无姊妹兄弟,我长了今年十五岁,竟没一个人像你前日的话教导我。怨不得云丫头说你好。……比如若是你说了那个,我再不轻放过你的;你竟不介意,反劝我那些话,可知我竟自误了。

这一段"金兰语"呼应了第四十二回的"兰言",只是说话主体从宝钗变成了黛玉，双向交流形成了"互剖"的肝胆相照。黛玉清楚地认识到，自己的疑癖来自多心猜忌，因此错失良友、自我耽误，而解除疑癖的这场劝说，最大的意义是让黛玉体认到一种只有亲人才会有的真爱——不是长辈的宠爱纵容、朋辈的友爱宽容，更不是情人的爱恋逢迎，而是以人格的整体成长为责任、以人生的未来幸福为着眼点，因此包含教导、管束、劝谏的苦口婆心乃至忠言逆耳。但是宠儿/孤儿的处境，却使黛玉只能获得宠爱与宽容，所谓"母亲去世的早，又无姊妹兄弟，我长了今年十五岁，竟没一个人像你前日的话教导我"，意谓黛玉不仅因母亲早逝而缺乏母教，并且没有手足的互动经验，丧失了分享、互助、付出的学习机会，以致在孤立中受限于个人世界，这是"孤儿"的处境使然。

但这只是部分的原因。黛玉六岁左右便来到贾府，从此的教养便不是原生家庭的责任，而与贾府有关。则黛玉之所以"长了今年十五岁，竟没一个人像你前日的话教导我"，显然是贾母的过分宠爱所致，以致黛玉在宠儿的光圈下无人胆敢予以指正，以免多心的黛玉气恼以致惹祸上身，遂尔形成了这般的状况：

> （黛玉）有时闷了，又盼个姊妹来说些闲话排遣；及至宝钗等来望候他，说不得三五句话又厌烦了。**众人都体谅他病中，且素日形体娇弱，禁不得一些委屈，所以他接待不周，礼数粗忽，也都不苛责。**（第四十五回）

可见在失去了母教之后，黛玉又获得更多带有补偿性质的宠爱，一般对儿童所应有也必须有的宠爱（coddling）与训诲管束（discipline）的双重力量①，在黛玉身上却是倾斜的、片面的。持续在专宠溺爱的环境中生活，缺乏儿童成长中所需的"管束"范畴，导致了黛玉自幼长到十五岁，竟然都处在无人教导的情况下，于是将她与生俱来的情性以顺其自然的方式率直发展，在个人世界里唯我独尊，才形成了读者所最熟悉的形象。

据此更引人深思的是，受尽宠爱的自然率性固然快意，却不能真正填补心中的空虚，那些多到满溢的宠溺并没有带来内心的稳定与充盈，黛玉依然充满了不安全感；直到宝钗的兰言开解，这才第一次体认到以人格的整体成长为责任、以人生的未来幸福为着眼点的真正的爱，以致蓦然顿悟到今是昨非，黛玉会对宝钗敞开心扉，真正的关键正在于此。也因此黛玉后来会进一步主动希望认薛姨妈作娘，除了以此满足渴望亲情的寂寞心灵，更重要的是获得这一种"亲人式的爱"。

果然，领略到这一种真爱之后的黛玉，从荒寂的心蛹中破茧而出，性情言行也都出现了不同的转变，从整体的宏观角度来看，宝钗的"兰言解疑癖"引领黛玉经历了"通过仪式"（the rites of passage），成为成长的转捩点。根据阿诺尔德·范·热内普（Arnold van Gennep, 1893—1957）的界定，"通过仪式"包含了三个阶段：

---

① 这"两种童年概念"（The Two Concepts of Childhood），见 [法] 菲利浦·阿利埃斯（Phillip Ariés）著，沈坚、朱晓罕译：《儿童的世纪：旧制度下的儿童和家庭生活》（北京：北京大学出版社，2013）。

一、分离：个人从原先的生活脉络中分离出来；

　　二、过渡（转变）：个人发生最戏剧性的身分地位变化；

　　三、再统合（并入）：个人以新身分加入新的地位团体成为其成员。①

据此以对应林黛玉的转变过程，可谓十分相合：她从原先的生活脉络中脱离出来，以新的姿态加入团体成为其成员，中间所经过的"最戏剧性的变化"，就是第四十二回宝钗的"兰言解疑癖"。一如脂砚斋对此回所做的回前总批云："钗、玉名虽二个，人却一身，此幻笔也。今书至三十八回时已过三分之一有余，故写是回，使二人合而为一。"所谓"二人合而为一"的说法，毋宁可以视为钗、黛冰释和好、二人日趋近同的象征性表示。

　　就在这一场戏剧性的变化之后，黛玉的身分地位固然形式上照旧，再加入的也不是新的地位团体，然而，就一个态度迥异、应对模式也大幅调整过的成员而言，她的自我定位与原来相处的团体所具备的意义，实质上都已与过去有别，而不啻是新的团体组合。相关的各种情节历历可见黛玉的转变，值得重新观看。

（三）成熟：后期的大幅转变

　　宝钗以她的善意，不自觉地引领黛玉完成了成年礼。性格成熟

---

① [法]阿诺尔德·范·热内普著，张举文译：《过渡礼仪》（北京：商务印书馆，2010）。亦可参庄英章等编：《文化人类学》（台北：空中大学，1992），下册，页80—81。

之后的黛玉，也出现了诸多言行上的改变，确实与前期为人所熟悉的样态大为不同，可以称为后期阶段。但由于前期所展现的特质过于鲜明，甚至被视为黛玉的"典型性格"，在此一强大成见的遮蔽下往往忽略了情节上的明显讯息，因此，以下将从几个方面举例说明之。

1. 由孤绝的个体到和睦的群体

早期的林黛玉，因为自卑情结所产生的不安全感，使她"从未把他的兴趣扩展至他最熟悉的少数几个人之外"①，因此书中明白说道："黛玉本性懒与人共，原不肯多语。"（第二十二回）但这样自我封闭的孤绝状态，到了后期却明显地破除了，因为克服了自卑情结的林黛玉开始相信：她"能凭自己的努力，在家庭的范围之外，赢取温暖和爱情"②，而其最主要的做法便是破除心防，解消人我之间的敌对意识，进而与周遭环境建立友谊关系乃至拟亲缘关系。于是我们看到："此时黛玉已好了大半，见香菱也进园来住，自是欢喜"（第四十八回），"一时林黛玉又赶着宝琴叫妹妹，并不提名道姓，直是亲姊妹一般"（第四十九回），接着更从姊妹关系扩及亲子关系，在第五十七回"薛姨妈爱语慰痴颦"一段中，黛玉趁着薛姨妈对她摩挲抚爱并同时表示疼惜之情时，提议道："姨妈既这么说，我明日就认姨妈做娘，姨妈若是弃嫌不认，便是假意疼我了。"而从后文所记述，她"也一头伏在薛姨妈身上"，要求打那取

---

① ［德］阿德勒著，黄光国译：《自卑与超越》，页43。
② 同上。

笑她的薛宝钗,以及后来薛姨妈借便"挪至潇湘馆来和黛玉同房,一应药饵饮食十分经心。黛玉感戴不尽,以后便亦如宝钗之呼,连宝钗前亦直以姐姐呼之,宝琴前直以妹妹呼之,俨似同胞共出,较诸人更似亲切"(第五十八回)。乃至当宝钗分赠薛蟠从江南带回来的土仪之后,也以"自家姊妹不必见外"为由,向宝玉说明无须拘礼特意前去道谢(第六十七回),在在可见黛玉已然开始打破血缘上孤绝的疆界,与自我之外的他者勾连扣结,如锁链般从情感上扩大了拟亲族的人际关系,而共同形成和睦的群体。

然后,我们便不免惊讶地发现这样的情节:黛玉竟然会为了"大家热闹些"的理由,而与同住的薛姨妈都往宝钗那里去,连饭也端了那里去吃(第五十九回)。这就显示出在情感上扩大了亲族关系的表现,根本上还是建立在性格质变的基础上的,因为由"大家热闹"一语中所内蕴的群体取向,正是对过去"懒与人共""喜散不喜聚"之个体主义的否定,是悲剧之孤绝感受趋向喜剧之团圆意识的逆转,意味着在"自卑/优越"情结所造成的围篱撤销之后,林黛玉终于能够以平等善意的姿态去追求与"他者"的连结。因此与薛氏姊妹手足相称、同桌而食,只是出于个体封界消融之后一种自然而然的结果,以致当"海棠社"改为"桃花社"时,大家乃议定"林黛玉就为社主,明日饭后,齐集潇湘馆"(第七十回),第二天宝琴就说"在园里林姐姐屋里大家说话的"(第七十一回),意义在此。换句话说,黛玉那只用"才情"与"爱情"所建构的狭小的个人世界,已开始突破而向外打开,以足够的宽广容纳别人的优点,接纳来自宝玉以及贾母之外的他者的情谊,从而与世界握手和解,进入到由"人伦关系"与"世俗价值"所建构的群体世界中,真正与大观园的人际社会融为一体。

2. 由洁癖守净到容污从众

另外,生性好洁的黛玉,不但曾经掷回宝玉珍重转赠的北静王所赐的鹡鸰香串,理由是:"什么臭男人拿过的!我不要他。"(第十六回)后来当宝玉左边脸上被贾环故意以滚热蜡灯油烫出一溜燎泡,而黛玉得知后赶来探视时,宝玉也是连忙把脸遮着,不肯要她看,因为"知道他的癖性喜洁,见不得这些东西。林黛玉自己也知道自己也有这件癖性,知道宝玉的心内怕他嫌脏。"(第二十五回)可见其喜净好洁已到了孤绝不谐的地步,以至于会在幽僻无人之处洒泪歌吟"质本洁来还洁去"之诗句(第二十七回《葬花辞》),而那"过洁世同嫌"(第五回《世难容》)的妙玉正是黛玉的极端化表现。

但林黛玉如此纤尘不容的洁癖,却也随着胸界的开展而逐渐模糊松解,让"好洁"不再成为阻碍人际之间汇流融通的障壁。试看以下这段有关饮茶的描写:

> 袭人便送了那钟去,偏(黛玉)和宝钗在一处,只得一钟茶,便说:"那位渴了那位先接了,我再倒去。"宝钗笑道:"我却不渴,只要一口漱一漱就够了。"说着先拿起来喝了一口,剩下半杯递在黛玉手内。袭人笑说:"我再倒去。"黛玉笑道:"你知道我这病,大夫不许我多吃茶,这半钟尽够了,难为你想的到。"说毕,饮干,将杯放下。(第六十二回)

身为黛玉之重像的妙玉，曾经因为嫌脏而打算将刘姥姥用过的杯子丢弃（第四十一回），这毋宁是好洁太过、孤介骄世的行为，以至于"世同嫌"而"世难容"，终究落入"终陷淖泥中""到头来，依旧是风尘肮脏违心愿"（第五回人物判词）的悲剧收场；相较之下，黛玉能够直接以宝钗喝过的茶杯就口饮干而不以为意，此一做法与其背后所隐藏的心态便随和得多。纵然这是与宝钗尽释前嫌之后的友好表示，但就黛玉的性格而言，毋宁更蕴含了性格转变的一个微妙契机；而袭人对林黛玉的了解显然还停留在前期阶段，为了怕唐突这位敏感多心的小姐，因此在话语中一再表示"我再倒去"，当其目睹眼前奇景之际，心中的惊异意外之情应是可以想见！

3. 由尊傲自持到"明白体下"

在前期孤绝的封闭状态时，林黛玉以"孤高自许，目无下尘"（第五回）的姿态，总是毫不保留地逞露个人自卑自尊而敏感多疑的脾性，所谓"林黛玉素习猜忌，好弄小性儿"（第二十七回），对平辈已然率性而为，对佣仆者流更是无所顾忌。以下人而言，于周瑞家的送来宫花一事，林黛玉在确定宫花的客观美丑与自己的主观好恶之前，首先关心的，乃是潜藏在送花先后顺序中的尊卑关系，因此她只就宝玉手中看了一看，便问道："还是单送我一人的，还是别的姑娘们都有呢？"当她获得的答案是"各位都有了。这两枝是姑娘的了"，随之便当场冷笑道："我就知道，别人不挑剩下的也不给我。"几句话说得周瑞家的一声儿不敢言语（第七回）；后来更因为贾宝玉的奶娘李嬷嬷扫了大家的玩兴，而一面悄推宝玉，使他赌气，一面悄悄的咕哝说道："别理那老货，咱们只管乐咱们的。"

随即更针锋相对地加以尖刻反讽，惹得李嬷嬷又急又笑地说："真真这林姐儿，说出一句话来，比刀子还尖。"（第八回）种种锋芒都莫不是"目无下尘"之性格的显露。

然而，对待下人态度的改变，同样也在林黛玉的成长史上留下了鲜明的一页。试看她如何在同样的一件事情上，从早期的"娇生惯养"转变成后来"明白体下"的姑娘：

- （佳蕙）坐在床上："我好造化！才刚在院子里洗东西，宝玉叫往林姑娘那里送茶叶，花大姊姊交给我送去。可巧老太太那里给林姑娘送钱来，正分给他们的丫头呢。见我去了，林姑娘就抓了两把给我，也不知多少。"（第二十六回）
- 蘅芜苑的一个婆子，也打着伞提着灯，送了一大包上等燕窝来，还有一包子洁粉梅片雪花洋糖。……（黛玉）命他外头坐了吃茶。婆子笑道："不吃茶了，我还有事呢。"黛玉笑道："我也知道你们忙。如今天又凉，夜又长，越发该会个夜局，痛赌两场了。……难为你。误了你发财，冒雨送来。"命人给他几百钱，打些酒吃，避避雨气。（第四十五回）

比较以上两段时间断面不同的叙述，可以看到前者还在黛玉成长的初期阶段，因此只是在凑巧分钱的情况下，见者有份地抓了两把给刚好撞来的丫头；而且除了抓钱分享的举动之外别无余话，可见若非当时正在分钱给丫头，送茶叶过去的佳蕙恐怕也享受不到这一意外巧遇的横财，所谓"可巧老太太那里给林姑娘送钱来"中的"可巧"

一语，恰恰点出此事完全是出于因缘凑巧的机运。而也正因为此事乃非常态的难得之举，突破了过去为林黛玉服务之往例，所以意出望外的丫头佳蕙才会惊喜地呼之为"好造化"。故此一情节所表现的，仅只是直接而不假修饰的单纯善意，而此一直接单纯的施惠做法，主要应该还是出于小姐对下人的一般礼数使然，在"凑巧分钱"的前提之下，一时顺手的无心之举。

但到了后一例则不同了，林黛玉除了特地（而不是凑巧）给送燕窝来的婆子几百钱之外，还外加命茶寒暄，其中所蕴含的刻意招待之迹宛然可见；慰劳婆子的内容则又充满对下人之生活嗜好的理解，与对下人之劳动奔波的体贴，甚至对于贾母都视为罪大恶极而动怒申饬的设局聚赌一事（见第七十三回），都不但能够寄予同情的理解，还更充满包容尊重的顺任之情，所谓"难为你，误了你发财"的说辞，已然直逼生意人的口吻，也只有人情练达、世事洞明之人才能道出。这样的做法，实与宝钗、探春、袭人等较具有俗务经验而世故圆熟的人物已大为趋近。以袭人为例，第三十七回记载下人们送来贾芸所孝敬的两盆海棠花，袭人问明缘故后便即命坐慰劳、赏钱犒奖：

便命他们摆好，让他们在下房里坐了，自己走到自己房内秤了六钱银子封好，又拿了三百钱走来，都递与那两个婆子道："这银子赏那抬花来的小子们，这钱你们打酒吃罢。"那婆子们站起来，眉开眼笑，千恩万谢。

如此描述，比诸宝钗、探春两位正宗主子小姐的做法也是差相仿佛，本质上乃出于同一机杼。第六十一回透过掌管厨房的柳家的说道：

> 前儿三姑娘和宝姑娘偶然商议了要吃个油盐炒枸杞芽儿来，现打发个姐儿拿着五百钱来给我，我倒笑起来了，说："二位姑娘就是大肚子弥勒佛，也吃不了五百钱的去。这三二十个钱的事，还预备的起。"赶着我送回钱去，到底不收，说赏我打酒吃，又说"如今厨房在里头，保不住屋里的人不去叨登，一盐一酱，那不是钱买的。你不给又不好，给了你又没的赔。你拿着这个钱，全当还了他们素日叨登的东西窝儿。"这就是明白体下的姑娘，我们心里只替他念佛。

其中所谓"明白体下的姑娘"，指的是可以理解下人工作处事的辛苦与难处，并能够待之以宽容大方的主子小姐；而除了茶酒之招待、金钱的额外赏赐之外，其宽容大方还表现在言语之体恤、对其生活方式的体认与尊重等方面，这才真正是"明白体下"一词的深义。两两相较比观，黛玉与宝钗、探春、袭人的做法又相去几希？林黛玉所谓的"我也知道你们忙"云云，正是"明白"的同义互文；而接下来的命茶赏钱之举，也完全是"体下"的具体作为，连赏钱给下人时，用的一样都是"数百钱"的定额以及"给你打酒吃"的理由，显然属于口径一致的官方说词，人为之迹宛然可见。这就与先前抓钱给佳蕙时的"可巧"成为鲜明的对比。

从而,当贾母为了下人夜间聚赌之事而动怒申饬时,一同出面为迎春之乳母向贾母讨情的姑娘中,除了宝钗、探春之外,还有一位便是黛玉(第七十三回),三人在此相提并论,异口同声地为下人关说开脱,这样的情节发生在林黛玉性格发展的后期阶段,也就不会那么突兀而顺理成章了。于此,开始称得上是"明白体下的姑娘"的林黛玉,所表现的正是"社会兴趣"中对他人的思想、情感、经验给予理解的能力,以及平时帮助他人的准备状况[①],这岂非也是从孤立之个体突破至外在群体世界的结果?

4. 从口角锋芒到自悔失言

如前文所见,黛玉之原初形象乃是争强好胜、不落人后,是故往往流于言语尖刻、口角锋芒,每每"说出一句话来,比刀子还尖"(第八回),"嘴里又爱刻薄人,心里又细"(第二十七回)、"忙中使巧话来骂人"(第三十七回)。而此一尖言利语又往往如散弹一般扫射身边眼前之众人,正如湘云所不满的:"他再不放人一点儿,专挑人的不好。你自己便比世人好,也不犯着见一个打趣一个。"(第二十回)这种"专挑人的不好"的打趣方式,结果必然是刺激别人的隐痛、提醒别人的自卑感,甚至是在别人的伤口上洒盐,其性质已近乎"虐"而非"谑";而且用比刀子还尖的话打趣(甚至伤害)

[①] "社会兴趣"是个体心理学家阿德勒所认为的人格发展之核心,参王小章、郭本禹:《潜意识的诠释——从弗洛伊德主义到后弗洛伊德主义》(北京:中国社会出版社,1998),第2章,页60—61。

别人之后,黛玉也并不曾自以为有过,往往在口角风波之后,有的只是在受到他人反击时所产生的赌气自伤而已。但自第四十二回开始,我们所看到的黛玉就有了收敛自持的不同风范,虽然一时之间不能完全改掉这"打趣别人"的习惯,如同一回在"蘅芜君兰言解疑癖"之后,黛玉立刻又旧习复发地讥讽刘姥姥是"母蝗虫",并取笑惜春画才迟钝,随后竟嗔赖李纨不务正业地招令大家玩笑,接着再编派宝钗所开的画具单子有如办嫁妆,种种表现都清晰展现人性中的"惯性原理"依然强韧地发挥作用。

但值得留意的是,虽然在惯性原理的强韧作用之下,林黛玉却已懂得自省自制,不继续纵情顺性地放任自己的性格惯性脱缰而去,以致同时伤害了别人与自己。试看以下诸例:

- (宝钗)走上来,把黛玉按在炕上,便要拧他的脸。黛玉笑着忙央告:"好姐姐,饶了我罢!颦儿年纪小,只知说,不知道轻重,作姐姐的教导我。姐姐不饶我,还求谁去?"(第四十二回)
- 黛玉笑道:"他(指湘云)倒有心给你们一瓶子油,又怕挂误着打盗窃的官司。"众人不理论,宝玉却明白,忙低了头。彩云有心病,不觉的红了脸。宝钗忙暗暗的瞅了黛玉一眼。黛玉自悔失言,原是趣宝玉的,就忘了趣着彩云。自悔不及,忙一顿行令划拳岔开了。(第六十二回)

两段情节中,俱见黛玉"见一个打趣一个"的习惯一时之间不能尽去，以偶发的残留状态出现，这正是作者对人性的深刻了解之处。但随着情节的发展，黛玉"打趣嘲讽"和"口角锋芒"的做法不但在次数上已经逐渐稀少，不似前期般令人动辄得咎，甚至可以说是到了完全消失的程度；即便那少数几次的偶然发作，其后也都伴随着认错自悔的心理反应，从"饶了我罢"的软语央告，和"自悔失言""自悔不及"的惭愧心理，在在可见黛玉对自我的调整以及性格的转变，实在是十分用心而颇具成果的。尤其让她"自悔失言""自悔不及"的对象，乃是身为女婢的彩云，这就更加印证了前述"明白体下"的表现，与周全圆融的心态乃是一体同源的本质性关联。

5. 从率性而为到虚礼周旋

因此，这样一种从口角锋芒到自悔失言的改变，不仅仅只是表面上的不逞口舌之快而已，更积极的意义在于：林黛玉对外界之"他者"的态度已经发生了内在质变，因此解消敌对竞争的抗衡心态，而融入更多善意的了解与接纳。例如对于贾府中最昏聩愚贪的赵姨娘，林黛玉原本是视而不见、嫌恶不屑的，而且往往不加掩饰地直接表露，一如赵姨娘所觉察的："若是那林丫头，他把我们娘儿们正眼也不瞧，那里还肯送我们东西？"（第六十七回）但到得后来，却也懂得稍加文饰，改为以礼相待：

只见赵姨娘走了进来瞧黛玉，问："姑娘这两天好？"黛玉便知他是从探春处来，从门前过，顺路的人情。黛玉忙陪笑让坐，说："难得姨娘想着，怪冷的，亲身走来。"又忙命倒茶，

一边又使眼色与宝玉。(第五十二回)

黛玉一向自尊自傲,因而行事往往"也只瞧我高兴罢了"(第十七回),要不便是鼓励同调的宝玉"咱们只管乐咱们的"(第八回),后来却能够在面对愚顽鄙吝、阴微自私的赵姨娘时好言相迎,并在洞识其顺路人情的虚情假意之余,还能顾及陪笑让坐倒茶之类的情面虚礼,其中的周旋之态已大非昔比。

更往后发展,到了大观园生活的晚期,林黛玉应对人情的表现便越加圆熟,例如她对写出《如梦令·柳絮词》而心中得意的史湘云,不但没有任何竞技的较劲心理,反而还谦说:"好,也新鲜有趣。我却不能。"(第七十回)其中"我却不能"的说法,在她缠绵悲戚的《唐多令》写成后便不攻自破,显见为一种社交客套之谦词。正是在这样的基础上,后来她与湘云于中秋夜的凹晶馆联诗,中途随现身止住的妙玉一起前往栊翠庵休息、论诗之时,才会发生以下的情节:

> 妙玉……自取了笔砚纸墨出来,将方才的诗命他二人念着,遂从头写出来。黛玉见他今日十分高兴,便笑道:"从来没见你这样高兴。我也不敢唐突请教,这还可以见教否?若不堪时,便就烧了;若或可改,即请改正改正。"妙玉笑道:"也不敢妄加评赞。只是这才有了二十二韵。我意思想着你二位警句已出,再若续时,恐后力不加。我竟要续貂,又恐有玷。"黛玉从没见妙玉作过诗,今见他高兴如此,忙说:"果然如此,

我们的虽不好,亦可以带好了。"(第七十六回)

细观此一叙述,比诸前述对湘云谦称"我却不能"的一段情节,足见是出以类似的模式而犹有过之。我们清楚看到黛玉已掌握到世俗人际关系中,对不知底蕴的对象先加客套一番的做法,因为她居然会对从未见过作诗的妙玉谦言"唐突请教",并请慧眼评价、或烧或改,已然令人耳目一新;最后那"我们的虽不好,亦可以带好了"的奉承说词,更是让只习惯林黛玉孤僻高傲之性情的读者大感意外。

回顾初来贾府的黛玉乃是"孤高自许,目无下尘"(第五回),尤其在众人逞才竞艳的场合中,往往存心"大展奇才,将众人压倒",更因"未得展其抱负,自是不快"(第十八回),将才情视为自我价值的最大实践,因而丝毫不肯让人。彼时对与之势均力敌的薛宝钗尚且往往拈酸讥刺、不以为然,如今却能对完全不知虚实的妙玉毫不吝惜地倾其美言,两两相较之下,的确落差甚大;而且若非妙玉之续诗果然足可称道,让黛玉、湘云深感相见恨晚,惋惜过去竟错失了这样一位"诗仙",则黛玉这些预先的称扬颂赞岂不都沦为"谬赏"与"过奖"?而如此奉承溢美的说词,正与前述黛玉针对婆子夜间聚赌之事所说的"误了你发财"一样,是连宝钗这种娴熟人情世故者都未曾有过的客套话,这正足以显示黛玉的学习之路走得太过用力,因此产生"过犹不及"的现象。

其次,在这段描写中,我们还可以注意到与妙玉客套往来的整个过程中,一直都只有黛玉一人出声对答,却不见同在的湘云单独发话；只有在妙玉的续诗写成之后，湘云才和黛玉异口同声地赞赏道："可见我们天天是舍近而求远。现有这样诗仙在此，却天天去纸上谈兵。"据此可知，其中玄机实在是大可推敲——很显然，黛玉的虚心客套的确是源于其个人性格改变之后外显的一个面相，尤其是史湘云依然秉持其一贯坦率无伪、实事求是之素性，而心口如一地保持沉默，只在后来有凭有据的情况下才出言推美，这就恰恰与黛玉的言行形成鲜明的对比，而更加突兀地彰示了黛玉已经懂得在人际关系中以退让相接、以虚礼客套的道理。

6. 对传统女性价值观的回归

更特别的是，上述这样一种虚礼谦退的客套做法，并不仅仅只是出于人情世故的考虑而已，其中还蕴涵了黛玉对自我实践之女性价值观的转变。

试看初期的林黛玉，在其孤绝幽独的个人世界里乃是以"才情"与"爱情"为生命价值之所系，因此她往往"安心今夜大展奇才，将众人压倒"，也会因"未得展其抱负，自是不快"（第十八回），诗歌才情可以说是她争取优越感、实践自我价值的重要凭借，因此往往表现得"露才扬己"。但是在第四十二回之后，林黛玉对诗歌创作的看法，明显已非前期那般视之为自我生存价值的指标，试观以下三段情节：

- 黛玉笑道："既要作诗，你就拜我作师，我虽不通，大略也还教得起你。"（第四十八回）
- 探春黛玉都笑道："谁不是顽？难道我们是认真作诗呢！若

说我们认真成了诗,出了这园子,把人的牙还笑倒了呢。"宝玉道:"这也算自暴自弃了。前日我在外头和相公们商议画儿,他们听见咱们起诗社,求我把稿子给他们瞧瞧。我就写了几首给他们看看,谁不真心叹服。他们都抄了刻去了。"探春黛玉忙问道:"这是真话么?"宝玉笑道:"说谎的是那架上的鹦哥。"黛玉探春听说,都道:"你真真胡闹!且别说那不成诗,便是成诗,我们的笔墨也不该传到外头去。"宝玉道:"这怕什么!古来闺阁中的笔墨不要传出去,如今也没有人知道了。"(第四十八回)

- 黛玉说道:"我……才将做了五首,一时困倦起来,撂在那里,不想二爷来了就瞧见了,其实给他看也倒没有什么,但只我嫌他是不是的写给人看去。"宝玉忙道:"我多早晚给人看来呢。昨日那把扇子,原是我爱那几首白海棠的诗,所以我自己用小楷写了,不过为的是拿在手中看着便易。我岂不知闺阁中诗词字迹是轻易往外传诵不得的。自从你说了,我总没拿出园子去。"宝钗道:"林妹妹这虑的也是。你既写在扇子上,偶然忘记了,拿在书房里去被相公们看见了,岂有不问是谁做的呢。倘或传扬开了,反为不美。自古道'女子无才便是德',总以贞静为主,女工还是第二件。其余诗词,不过是闺中游戏,原可以会可以不会。咱们这样人家的姑娘,倒不要这些才华的名誉。"(第六十四回)

我们看到此时的林黛玉,一方面是向香菱自认对作诗"不通",一方面与探春同时发言,视自己的文字书写为"不认真作"而"不成诗"的闺中游戏,从而认定"出了这园子,把人的牙还笑倒了";另一方面则认为这些出于女子之手的笔墨"也不该传到外头去",故而对宝玉在外"写给人看去"以传扬众姝诗才的行为横加责难,乃至斥之为"胡闹"。如此一来,林黛玉对创作的态度已大大趋近于传统"内言不出"[①]的女性价值观,甚至在宝玉拿起案上《秋窗风雨夕》看后叫好之际,竟"忙起来夺在手内,向灯上烧了"(第四十五回),乃近乎明清时代某些观念极度保守的女性不惜焚稿以示此志的作为[②],相较于书中身为正统女性之代表,而一贯奉守"女子无才便是德"之价值观的薛宝钗,则几乎已经是完全叠合。

宝钗曾说:"作诗写字等事,原不是你我分内之事。"(第四十二回)又谓:"一个女孩儿家,只管拿着诗作正经事讲起来,叫有学问的人听了,反笑话说不守本分的。"(第四十九回)既然作诗并非女性分内之事,所谓"究竟这也算不得什么,还是纺绩针黹是你我的本等"(第三十七回),甚至于"自古道'女子无才便是德',总以贞静为主,女工还是第二件。其余诗词,不过是闺中游戏,原

---

① 《礼记·内则篇》(台北:艺文印书馆,1989),页520。
② 如查慎行之母钟韫有《长绣楼诗集》若干卷,却"自以风雅流传非女士所尚,悉焚弃之",仅由查慎行默记而得以留下六十余首诗作;又黄宗羲之夫人叶宝琳"少通经史,有诗三峡,清新雅丽,时越中闺秀有以诗结社者,叶闻之蹙然曰:'此伤风败俗之尤也。'即取己稿焚之。"参姚品文:《是"为文人写照"还是"为闺阁昭传"》,《红楼梦学刊》1985年第4辑,页279、280。

可以会可以不会"(第六十四回),则黛玉与探春同时自承"谁不是顽?难道我们是认真作诗呢",这显然正是传统价值观的反映。而如此之女性价值观也无形中连带渗透到黛玉的生活形态中,试看初期的林黛玉,对于针黹女红之事的态度乃是兴致缺缺,有时偶尔同紫鹃、雪雁做了一回针线,便"更觉烦闷"(第二十五回),阑珊之情溢于言表,因此其整体情态正如袭人所称:"他可不作呢。饶这么着,老太太还怕他劳碌着了。大夫又说好生静养才好,谁还烦他做?旧年好一年的工夫,做了个香袋儿;今年半年,还没见拿针线呢。"(第三十二回)而这用了一年才做成的唯一一个香袋儿,恐怕还是在宝玉的央请之下才动手剪裁的①,可以说是专力于作诗而无意于纺绩女红的反传统价值观。

但后期的林黛玉,却在薛姨妈过生日时,"自贾母起,诸人皆有祝贺之礼。黛玉亦早备了两色针线送去"(第五十七回),如此以两色针线为薛姨妈庆生的做法,正与史湘云"将自己旧日作的两色针线活计取来,为宝钗生辰之仪"(第二十二回)若合符契,显然是回归于传统主流价值观之后的自然表现。由此我们也可以进一步了解,当故事发展到后半期时,林黛玉为何往往谦抑自己的诗才,其原因究竟何在。如第七十回对史湘云所填的《如梦令》笑说:"好,也新鲜有趣,我却不能。"更有甚者,后来于第七十六回与史

---

① 第十八回记载:黛玉误以为宝玉将她给的荷包送了他人,因此"赌气回房,将前日宝玉所烦他作的那个香袋儿—才做了一半—赌气拿过来就铰",引发一阵风波后,宝玉又央求道:"好妹妹,明儿另替我作个香袋儿罢。"本处之猜测即据此而来。

湘云在凹晶馆联诗时，对妙玉中途现身加入的续作，林黛玉居然可以在不明就里的情形下，不断以"我也不敢唐突请教，这还可以见教否？若不堪时，便就烧了；若或可改，即请改正改正"，或者"果然如此，我们的虽不好，亦可以带好了"等说词来加以自我谦抑乃至于贬低，此一做法不单单是虚礼周旋的客套而已，其实也必须在这样回归传统，以致"抑才尚德"的观念转变的背景之下才能成立，并获得更深的理解。换句话说，林黛玉将原本视为自我实践之主要凭借的诗歌横加贬抑的做法，就是受到主观因素（抑才尚德的女教）与客观因素（虚礼周旋的社会规范）的双重影响，因而可以显得那么自然而然、顺理成章。

同时，也就是在这种向传统女教回归的基础上，我们对第五十一回中，紧接着薛宝琴作《怀古绝句》十首之后的一段情节有了新的体认。当时宝钗对题材分别出自《西厢记》与《牡丹亭》的《蒲东寺怀古》《梅花观怀古》这两首诗发出异议，表示："后二首却无考，我们也不大懂得，不如另作两首为是。"随即林黛玉立刻表示反对，认为如此刻意撇清已沦于"胶柱鼓瑟，矫揉造作"，仿佛是宝钗所持传统价值观的对立者，因此才会如此迅速地大唱反调而针锋相对。但进一步综观文本细加分辨的话，从她接下来所申述的说法中，我们可以发现：其实她主张保留那两首诗作的原因并非出于对礼教的反对，而正好相反，其本质恰恰不脱传统女教妇德的立场，完全属于宝钗、探春、李纨之辈的同道。所谓：

咱们虽不曾看这些外传，不知底里，难道咱们连两本戏也没有见过不成？那三岁孩子也知道，何况咱们？

此说明显是以说书唱戏老少咸宜的普及性来维护这类创作题材的正当性，却依然谨守闺训女教中不得看这些"淫辞小说"的分际，由此也才接连获得探春、李纨的赞同，纷纷就此抒发类似之议论。如李纨以同样的逻辑仲裁道："这两首虽无考，凡说书唱戏，甚至于求的签上皆有注批，老小男女，俗语口头，人人皆知皆说的。况且又并不是看了《西厢》《牡丹》的词曲，怕看了邪书。这竟无妨，只管留着。"此说堪称为对黛玉之说的进一步引申，也就是在黛玉所提出的观念基础之上添加了更形充分而具体的论证，终究让建议另做的宝钗让步作罢，而保留住宝琴的原诗。而第五十四回描写荣府元宵夜宴时，贾母在众姊妹都在场的情况下，叫来梨香院的女戏子所搬演的戏曲中，即包括芳官唱一出《牡丹亭》的《寻梦》、葵官唱一出《西厢记》的《惠明下书》，而其随后追忆少女时代也听过史家戏班所弹奏的《西厢记》的《听琴》、《玉簪记》的《琴挑》，更恰恰印证了说书唱戏之为这类题材的合法管道，因此闺中并无禁忌。则在保留与否的表层问题上，钗、黛二人虽是意见相左，然而在根本性的传统价值观的部分，其实当场诸人都具备了本质上的一致性，就此而言，黛玉并非宝钗之对立者，已然明白可见。

更何况在这段话中，另外还蕴含了殊堪玩味的讯息。实际上，林黛玉明明已经读过全本《西厢记》，早在迁入大观园之初，就不但"将十六出俱已看完，自觉辞藻警人，余香满口。虽看完了书，却只管出神，心内还默默记诵"（第二十三回），而且此后更屡次于幽居独处或公开场合中忘情引用①，斑斑皆是其证；然则，此刻她却宣称"咱们不曾看这些外传，不知底里"，显然是违背事实的说法，而与同样声言"我们也不大懂得"（第五十一回）、"我竟不知那里来的"（第四十二回）的宝钗同一旨归。由此亦可见其人随着年龄递增而逐渐迈入成长后期，回归于传统主流价值观之一端。

综合这些"和群认亲""自悔失言""陪笑让坐""虚礼周旋""谦逊自抑""容污从众""明白体下""抑才尚德""经济为务"等等言行表现，再参照前面受教于兰契之诤言，赞同探春之务实做法，与算计贾府家计之入不敷出等等这些情节，其中随着岁月迁变所带来的成长之迹宛然可见。因此有学者把林黛玉称为"封建传统的回归者"②，认为："这是一个介于贾宝玉和薛宝钗之间，具有独特审美价值的'第三种人'，如果以第四十二回为分水岭，就可以看出，在前半段，她是贾宝玉的同路人，在后半段，则成为薛宝钗的同归者"③，大体是不错的；而这里要更进一步指出的是，此乃出于林黛玉对生活意义或人生价值的认知发生变化之后，所带来的直接影响与外在表现，也就是她在生活意义的认知上，从属于个体的"私

---

① 如第二十六回于潇湘馆午睡初醒抒发幽情时，细细长叹的"每日家情思睡昏昏"之句，乃出于《西厢记》杂剧第二本"崔莺莺夜听琴"第一折；另外，于第四十回刘姥姥诸人游宴大观园时，林黛玉则是在大家行酒令取乐之际，随口引述了《牡丹亭·惊梦》中的"良辰美景奈何天"以及改写自《西厢记》第一本第四折的"纱窗也没有红娘报"诸语。

② 马建华：《一个封建传统的回归者——林黛玉性格之我见》，《红楼梦学刊》1999年第1辑，页103—115。

③ 周蕙：《林黛玉别论》，《文学遗产》1988年第3期，页86。

人的意义"——只对个人有价值的意义，逐渐发展到属于群体的"共同的意义"——它们都是别人能够分享的意义，也是能被别人认定为有效的意义。①对应于《红楼梦》的世界来看，所谓"私人的意义"，指的是才情与爱情，乃个人先天禀赋或内在具足而无待于外者；所谓"共同的意义"，则是指用以调节社会、抟和人群的世俗价值与人伦关系，是为薛宝钗之辈所秉持的后天文化教养。由追求"私人的意义"到接受"共同的意义"这一内在价值观的改变，就是林黛玉在岁月的延展中，逐步发生立体化转变的心理机制所在。

由此也正足以进一步说明，何以林黛玉前期总是表现出一夫当关式的特立独行，到了后期阶段却往往与他人异口同声地同时发话的原因。试看她与探春口径一致地对宝玉声称"内言不出"之理（第四十八回），与湘云一起对宝玉所作"寻春问腊到蓬莱"之诗句点头笑道"有些意思"（第五十回），又在薛姨妈讲明当票之原故后，齐声表示："原来为此。人也太会想钱了，姨妈家的当铺也有这个不成？"（第五十七回）更与宝钗、探春一起出面为迎春之乳母说情（第七十三回），复与湘云同时出言赞赏妙玉是"诗仙"（第七十六回）；尤其当宝玉动身往栊翠庵乞红梅之际，黛玉不但与湘云一齐说道："外头冷得很，你且吃杯热酒再去。"且在湘云执起壶时，立即递了一个大杯，满满斟与宝玉（第五十回），展现出彼此配合的绝佳默契，于是更有"黛玉湘云二人斟了一小杯酒，齐贺宝琴"（第五十回）的一体行动。这些都意味着友好的情绪、共同的参与、一

---

① ［德］阿德勒著，黄光国译：《自卑与超越》，页6。

致的信念，绝非"目无下尘""懒与人共"之性格所能做到。

此外，黛玉前期往往在"也只瞧我高兴罢了"（第十七回）的行事原则下，展现出诸般如"啐了一口"（第二十回、第二十五回、第二十八回、第三十回、第五十七回）、摔帘子（第二十五回）、甩手帕（第二十八回、第三十回）、撂剪子（第十七回、第二十八回）、掷香串诗稿（第十六回、第十八回、第三十七回）、"蹬着门槛子"（第二十八回）之举动，以及口出"放屁"之粗话（第十九回），无不可以看到其他姊妹身上极其罕见的质胜于文的粗率；[①] 再考虑到"拨弄鬓发"的天然之举也只见诸前期，如第十九回的"一面理鬓"、第二十六回的"一面抬手整理鬓发"、第四十二回的"两鬓略松了些，……对镜抿了两抿"等等，就"毛发代表的不仅是接近动物性，也代表了所有温血动物的特性。冷血动物如爬虫类，并没有毛发，所以毛发代表了哺乳类动物特有的热烈天性，例如暴怒、冲动、情绪化、凶猛、善妒等等"[②]而言，则显示其自然率性的状态，但到

[①] 小说中除下阶奴婢（如第二十八回）之外，口出"放屁"之粗话者，有王夫人（第二十八回）、王熙凤（第七回、第十六回、第六十七回）、史湘云（第三十一回），前两位女性都出自王氏家族，其中王熙凤亦是以"啐"表厌恶者之最（第七回、第二十三回、第四十四回、第六十八回），又有"蹬着门槛子拿耳挖子剔牙"（第二十八回）之行止，属"流入市俗"之辈；史湘云则与林黛玉恰恰是父母双亡、栖居戚家之属，缺乏及身教导的长辈。至于身为副小姐的高等大丫头中，则仅有晴雯口斥"别放诌屁"（第七十三回），可与林黛玉之例并观。此段详参欧丽娟：《林黛玉前期性格论——"真"与"率"的辨析与"个人主义"的反思》，《台大文史哲学报》第76期（2012年5月），页229—264。

[②] 参[美]罗勃·布莱（Robert Bly）著，谭智华译：《铁约翰：一本关于男性启蒙的书》（台北：张老师文化事业公司，1999），第2章，页69—70。

了后期，此种突显热烈天性的动作已一无所见，如此种种，也隐隐然呼应其收摄自我、合乎群体礼仪的变化。

这些微妙的现象所蕴含的意义，便是无形中呈现出林黛玉已经能够以团体中之一员的身分立场，与其他成员秉持相同理念而一致行动，展示了属于群体的"共同的意义"。如此一来，从第四十九回开始，黛玉所发现到的："近来我只觉心酸，眼泪却像比旧年少了些的。心里只管酸痛，眼泪却不多。"除了象征其还泪的宿命已经逐渐走到终点，还隐含了另一层不同的意义，犹如心理学家所言：

> 眼泪与抱怨——这些方法我称之为"水性的力量"（water power）——是破坏合作并将他人贬为奴仆地位的有效武器。[①]

这样一种"水性的力量"虽然被曹雪芹的"还泪神话"妆点得十分优美动人，但在现实世界里，却实实在在是一种"破坏合作并将他人贬为奴仆地位的有效武器"，它不但是自卑感的表露，其真正意涵与实质效果却又等于是对他人与世界的不满与谴责，足以将众人隔离而造成阻绝。因此，后期的黛玉眼泪变少了，便意味着与生俱来的感伤性格虽然难以根除，但人格的逐渐成熟却已经不再需要太多的眼泪。其间的细腻奥妙之处，真可谓不落言诠！

---

① ［德］阿德勒著，黄光国译：《自卑与超越》，页43。

六、宝、黛之间的裂变

对于黛玉的成长变化，或许有很多人会感到惋惜，认为这就像走出伊甸园一样，是一种人类在社会化过程中所共有的失落纯真的不幸。从某个方面来说，此亦诚然有其见地，以人类成长发展过程中最称为"真"的儿童阶段而言，此时的赤子之心与坦诚无伪，为它赢得"童真"以及"童年的乐园"这样的赞誉，因而"失落纯真"往往被视为乐园之失落的关键因素之一，如在宗教、神话与文学中，与"乐园之创建"形成二元论述的"乐园之失落"，都包含了"失落纯真"的仪式。① 由此以观林黛玉在后期阶段回归封建传统、走向世俗礼教的种种转变，当然可以从"失落纯真"（fall from innocence）的角度来看待。

但"纯真"毕竟难免单薄，因为那仅止于对某一种性格价值或世界成分的理解，故而丰子恺在缅怀儿童纯真之美，并感叹童年乐园必然会在成长后失落的同时，也不否认它具有"贫乏低小"的缺憾，承认道："所谓'儿童的天国'、'儿童的乐园'，其实贫乏而低小得很，只值得颠倒困疲的浮世苦者的艳羡而已，又何足挂齿？"②换句话说，童真之纯美事实上必然也兼具"贫乏低小"的性质，而往往成为那些社会适应不良者的怀乡症候群。只不过，当宝玉还一味地抗拒长大，黛玉却早熟一步，逐渐投向群体而发生变化时，在

---

① ［美］卡萝·皮尔森（Carol S. Pearson）著，张兰馨译：《影响你生命的12原型》（台北：生命潜能文化公司，1998），页66。

② 丰子恺：《阿难》，杨牧编：《丰子恺选集Ⅰ》（台北：洪范书店，1984），页15。

两人彼此互动的关系中，或许还会带来价值观裂变、人生意趣分歧的隐忧。

（一）同途殊归的分歧

首先可以注意到，适逢黛玉突破个人封界而与宝钗亲好如手足，甚至扩及其周边人士而一无芥蒂时，宝玉的反应颇为奇特，第四十九回描述道：

> 宝玉素习深知黛玉有些小性儿，且尚不知近日黛玉和宝钗之事，正恐贾母疼宝琴他心中不自在，今见湘云如此说了，宝钗又如此答，再审度黛玉声色亦不似往时，果然与宝钗之说相符，**心中闷闷不乐。因想："他两个素日不是这样的好，今看来竟更比他人好十倍。"**一时林黛玉又赶着宝琴叫妹妹，并不提名道姓，直是亲姊妹一般。那宝琴年轻心热，且本性聪敏，自幼读书识字，……又见林黛玉是个出类拔萃的，便更与黛玉亲敬异常。**宝玉看着只是暗暗的纳罕**。……宝玉笑道："那《闹简》上有一句说得最好，'是几时孟光接了梁鸿案？'这句最妙。'孟光接了梁鸿案'这五个字，不过是现成的典，难为他这'是几时'三个虚字问的有趣。是几时接了？你说说我听听。"黛玉听了，禁不住也笑起来，因笑道："这原问的好。他也问的好，你也问的好。"宝玉道："先时你只疑我，如今你也没的说，**我反落了单**。"

对于黛玉与薛家姊妹前所未见的亲密友好，习惯了黛玉旧有处世模式的宝玉，感到无比诧异而疑惑，不只是"暗暗的纳罕"，对黛玉之融入人群的改变并未感到欣慰、鼓励之情，反而引发"闷闷不乐"的情绪表现与"落了单"的孤弃之感，此中未尝言喻的微妙心理，正是一种彼此同调合拍之深厚默契发生错歧的失落反应，也是双方生命步伐开始不一致的前兆。

但在分析价值观裂变、人生意趣分歧这个问题之前，首先应该说明的是：早期的黛玉沉浸于个人世界，对外在世界根本上是漠不关心，也不感到兴趣的。而所谓"不关心""不感兴趣"的真正意涵，其实并不是否定或不赞同，而是既不鼓励也没有反对，完全缺乏主观积极的好恶之情，因此严格说来，在"读书功名""经济世务"一事上，她并非宝玉真正的知己与支持者。虽然书中提到：

- 史湘云说经济一事，宝玉又说："林妹妹不说这样混帐话，若说这话，我也和他生分了。"（第三十二回）
- 独有林黛玉自幼不曾劝他去立身扬名等语，所以深敬黛玉。（第三十六回）

两人情意之相投合契固然毫无疑义，不过，在这几段文字中，明明白白指出黛玉对经济功名之事从来只是"不说""不曾劝"，其中并未有反对、排斥之意涵，与宝玉积极反抗、强烈否定的态度，在本质上与程度上都是十分不同的，两者完全不能相提并论。事实上，"不说""不曾劝"乃是一种不置可否、消极被动的反应，其心理上的根源，恐怕还是出自一种漠不关心所致。

因此，早期的黛玉才可以在宝玉初次上学时，对前来辞行的宝玉笑道："好，这一去，可定是要'蟾宫折桂'去了。"（第九回）其中径以"蟾宫折桂"这代表科举及第的成语作为临别赠言，显见对读书功名并无排拒之意。一旦宝玉因不积极追求功名仕宦，在价值取舍上又与父亲贾政发生严重冲突，以致酿造出一场"不肖种种大承笞挞"的风暴而挨打受苦时，黛玉也才会一改原来不说不劝的态度，而带着肿得核桃一般的眼睛，抽抽噎噎地要他"从此可都改了罢"（第三十四回），显见她对读书功名之事毫无特定的坚持。后来听说宦游在外的贾政即将回家时，黛玉和其他担心宝玉被查考功课而吃亏的女儿们一样，不但捉刀代写字帖，并且因为料得"贾政回家，必问宝玉的功课，宝玉肯分心，恐临期吃了亏，因此自己只装作不耐烦，把诗社便不起，也不以外事去勾引他。"（第七十回）此处将"功课"凌驾于诗社之上，又将功课之外包括结社做诗诸事视为"外事"，其间之主从关系或价值取舍更是明显可见。由此诸事以观之，如果说黛玉是宝玉价值观的积极支持者，那么所谓"这一去，可定是要'蟾宫折桂'去了"的笑语，和"从此可都改了罢"的劝说，以及"不以外事去勾引他"的做法无疑都十分突兀，甚且将造成黛玉言行的矛盾而破坏其人性格的统一。

据之我们认为：黛玉对代表了世俗追求之最的读书功名、仕宦经济诸事，其态度之是非可否，完全都是根据宝玉之需要而来，亦即当读书仕宦会造成宝玉之厌恶不喜时，她便不加以劝说；而一旦对读书仕宦之否定所带来的却是宝玉的不幸重创，所谓"恐临期吃了亏"，那么她便反过来祈求他"都改了罢"，以免再度因此而受难。这就清楚显示林黛玉唯一关切的,乃是贾宝玉个人感受的快乐幸福,对于仕途经济一事实在是可有可无,并无主观好恶。由此也再度证明黛玉对于外在群体世界之事,本质上并不是否定与厌恶,而是真正的漠不关心,因此也绝对谈不上积极的支持或强烈的排斥,黛玉先前所谓"不说""不劝"所展现的真正意义,乃是一种不带价值判断的不置可否。

但是,随着年龄的增长与性格的发展,林黛玉的价值观也缓慢却本质地产生变化,即使在率性任情的前期阶段,黛玉其实已不失"自幼之心机""心机眼力""行权达变"的一面,而这一点,其实也得到精明干练的王熙凤金口直断的肯定:

> 我正愁没个膀臂,虽有个宝玉,他又不是这里头的货,纵收伏了他也不中用。大奶奶是个佛爷,也不中用。二姑娘更不中用,亦且不是这屋里的人。四姑娘小呢。兰小子更小。环儿更是个燎毛的小冻猫子。……再者林丫头和宝姑娘他两个倒好,偏又都是亲戚,又不好管咱家务事。况且一个是美人灯儿,风吹吹就坏了;一个是拿定了主意,"不干己事不张口,一问摇头三不知",也难十分去问他。(第五十五回)

在这段完全是以现实俗务能力(所谓"这里头的货")为评准的话语中,相对于宝玉、李纨、迎春、贾环的"不中用",以及惜春、贾兰的稚幼无知,林黛玉和薛宝钗则同时得到了"他两个倒好"的肯定,这就显示了在王熙凤那"穿心透肺"的知人之明中,林黛玉处理俗务的能力完全是可以和宝钗相提并论的。可见黛玉的隔绝于现实俗务之外，乃是"不为也，非不能也"，是因为身体健康的娇弱、外姓亲戚的距离，而不是因为能力的不足。

到了后期阶段，黛玉的心思不再纯然聚焦于个人身上，不仅直接关心现实事务的运作，更明确肯定务实理事的重要性。试观对于探春治理大观园一事，宝、黛二人的对话：

> 黛玉便说道："你家三丫头倒是个乖人，虽然叫他管些事，倒是一步也不肯多走。差不多的人早就作起威福来了。"宝玉道："你不知道呢。你病时，他干了好几件事。这园子也分了人管，如今多掐一草也不能了。又蠲了几件事，单拿我和凤姐姐作筏子禁别人。最是心里有算计的人，岂只乖而已。"黛玉道："要这样才好，咱们家里也太花费了。我虽不管事，心里每常闲了，替你们一算计，出的多，进的少，如今若不省俭，必致后手不接。"（第六十二回）

此处所言"替你们一算计"的"算计"一词，进一步呼应了前述第三十五回她对凤姐处事手腕的"盘算"之说，只是对象改为对整个家族用度收支状况的关心与忧虑；同时，此中所算计的"出的多，进的少，如今若不省俭，必致后手不接"，又恰恰符应于置身权力核心的王熙凤所坦承的："家里出去的多，进来的少，……若不趁早儿料理省俭之计，再几年就都赔尽了。"（第五十五回）比观两段话之一致性，简直是从字句到意义都完全贴合，有如王熙凤出以经管家计者的立场所发之言论的翻版。

黛玉因贾家入不敷出的现实考虑而表示赞同,宝玉却停留在延续乐园的主观理想而横加抗拒,这就开始出现两人不再如先时一般"略无参商"(第五回)而微微错榫的迹象。若果此处两人的不同看法可以说是第一次较隐而不显的价值判断之分歧,则接下来第七十九回所记的一段情节,便是两人之间第二次的价值判断之裂变,而且比诸第一次更鲜明突出,更意义重大。

第二次宝、黛之间严重的价值裂变,发生在第七十九回两人论证修改《芙蓉女儿诔》的几句诔词之后。当诔文中的"红绡帐里,公子多情;黄土垄中,女儿薄命"被反覆修改为"茜纱窗下,我本无缘;黄土垄中,卿何薄命"之际,因敏感察觉其中来自诗谶的不祥意味而不禁怵然变色的林黛玉,一方面是一反常态地在言行上表现出过去所罕见的表里不一,"心中虽有无限的狐疑乱拟,外面却不肯露出,反连忙含笑点头称妙,说:'果然改的好。'"如此对内心澎湃激动之情强加压抑遏制,一变而为表面含笑以对的修养功夫,显然与她过去率直无讳的作风大相径庭;而另一方面,她脸上含笑所说的事,竟是转告他王夫人所吩咐叮嘱的家族往来、世道应酬之类的"正经事",这也与过去她对这类人际酬酢之事不说、不劝的态度迥然有别。作者叙述道:

(黛玉)反连忙含笑点头称妙,说:"果然改的好,再不必乱改了,快去干正经事罢。才刚太太打发人叫你明儿一早快过大舅母那边去。你二姐姐已有人家求准了,想是明儿那家人来拜允,所以叫你们过去呢。"宝玉拍手道:"何必如此忙?我身上也不大好,明儿还未必能去呢。"黛玉道:"又来了。我劝你把脾气改改罢。一年大二年小,……"一面说话,一面咳嗽起来。……便自取路去了。宝玉只得闷闷的转步。

人家前来求亲拜允而加以接待,不过是交际应酬之类的俗世虚礼,黛玉却称之为"正经事",如此岂非与宝玉之厌恶人际酬酢,乃至连手足弟兄之间也只不过是"尽其大概的情理就罢了"(第二十回)的价值观有所悖离?尤其此说又是紧接在宝玉以至情至性、至悲至痛之心,倾其全部才华作一新奇诔文以祭奠爱婢晴雯之后,就更透露出一种比较的意味,亦即与宝玉之私祭作诔相比,前去与上门拜允的亲友见面叙礼乃是一件"正经事",则私祭作诔的"非正经"意涵亦不言可喻。而此一"礼重情轻"的价值判定,岂非又与宝玉"情重礼轻"的取舍标准分驰而对反?尤其微妙的是,将黛玉所称的"正经事",衡诸宝钗诸人曾经规劝宝玉的"正经话"①,不但内容相符,连用语也都一致,共同指涉于人情世道、往来应酬的范畴,则黛玉价值观的转变实已潜露出来,而与宝玉呈现分歧乃至对立的现象。

事实上,先前经过贾政死命笞挞的父子严重冲突之后,在贾母颁布有如圣旨般之护身符的庇荫下,宝玉堪称彻底获得了全面的个

---

① 第三十六回记载:宝玉捱打之后却反倒获得了绝对的自由,天天逍遥度日,宝钗等曾趁机导劝,却惹得宝玉反感斥责,视之为沽名钓誉的国贼禄鬼之流,有负天地钟灵毓秀之德;并由此祸延古人,除四书之外,将其余的书籍尽皆烧了。众人见宝玉如此疯癫,也就不再对他说这些"正经话"了。

性自由。书中清楚点明:

> 那宝玉本就懒与士大夫诸男人接谈,又最厌峨冠礼服贺吊往还等事,……不但将亲戚朋友一概杜绝了,而且连家庭中晨昏定省亦发都随他的便了,日日只在园中游卧。(第三十六回)

后来他也曾在"寿怡红群芳开夜宴"的场合中,针对庆生时穿大衣裳、轮流安席的礼节,再度向众人宣称:"知道我最怕这些俗套子,在外人跟前不得已的,这会子还怄我就不好了。"(第六十三回)而这样极端厌恶与士大夫诸男人接谈,又最厌峨冠礼服贺吊往还的贾宝玉,于此依然积习不改,照旧要依其素昔秉性推病不去时,对"宝玉一生行为,颦知最确"(第二十二回脂批)的林黛玉竟一反以往不置可否、不劝不阻的淡漠态度,不以为然地表示:"又来了。我劝你把脾气改改罢。一年大二年小,……"其说未完,却已充满弹压箴告的意味,若非被一阵咳嗽打断,底下顺理成章的谈话内容,大旨应该是不会偏离袭人、宝钗、湘云等曾经苦劝过的道理罢!①

---

① 除了前述第三十六回宝钗所言之外,第十九回"情切切良宵花解语"中亦记载:袭人对宝玉所下之箴规道:"作出个喜读书的样子来,也教老爷少生些气,在人前也好说嘴。……再不可毁僧谤道,调脂弄粉。还有更要紧的一件,再不许吃人嘴上擦的胭脂了,与那爱红的毛病儿。"至于宝钗、湘云的劝言,则见诸第三十二回,湘云对宝玉说道:"你就不愿读书去考举人进士的,也该常常的会会这些为官做宰的人们,谈谈讲讲些仕途经济的学问,也好将来应酬世务,日后也有个朋友。"由袭人接下来所说的话,可知"上回也是宝姑娘也是说过一回"类似的内容,只是宝玉都视之为"混帐话"而嗤之以鼻。

何况，这番言语又恰恰呼应了第五十七回紫鹃对宝玉所说的：

> 一年大二年小的，……还只管和小时一般行为，如何使得。姑娘常常吩咐我们，不叫和你说笑。你近来瞧他远着你还恐远不及呢。

事略有别，理出一源，而主仆两人异口同声"一年大二年小"的说法，更一字不差地同时指出：人不可能永远活在童年的乐园里抗拒长大，终身过着以自我为中心的任性遂情的生活，"时间岁月"正是促使人们必须成长的关键因素！

为了不至于显得过露、过显，而保有含蓄蕴藉的叙事风格，作者在此特地安排了一阵咳嗽，让黛玉弹压箴告的话语自然而然地中断，实在是煞费苦心的设计。然而，黛玉形象的转变和与宝玉之间价值观的二度分歧，却已然透出玄机：当话未说完的黛玉因风冷咳嗽而紧接着家去歇息后，我们看到的是"宝玉只得闷闷的转步"的后续景象，此一举动所反映的心头的怅闷不顺，主要即是源于与黛玉之扞格不合而来，其中的怅闷苦涩实在无以言宣，遂转而透过肢体动作来表现。而此一现象与以往两人之间"言和意顺，略无参商"（第五回），对方说话"竟比自己肺腑中掏出来的还觉恳切"的水乳交融，甚至达到"有什么可说的，你的话我早知道了"（第三十二回）这样心照不宣而不落言诠的境界，显然是不可同日而语，从而真正落实了第四十五回黛玉于雨夜独处时所依稀感到的不安："宝玉虽素习和睦，终有嫌疑。"原来所谓的"嫌疑"，并不只是来自一般的礼教之防、男女之别，还隐含了彼此在不同的成长速度之下，所导致的价值观上的分歧与裂变！

而与人群团体接了案、通了轨的林黛玉，也就逐渐跨出前期"在幽闺自怜"（第二十三回）的生活方式，顺着这座桥梁不断地向世俗走去，离宝玉越来越远。虽然在大观园生涯的末期，黛玉对于宝玉的真心不改，二玉之间的相契未变，神瑛侍者与绛珠仙草的神界盟约依然两相魂牵梦系，然而这时与真情挚爱并行不悖的，还有双方各自不同的成长速度，以及因不同的成长速度所带来的对现实世界的不同应对方式。至此，透过宝、黛之间的分歧，足见那建立于神界的水石相依之情，在"一年大二年小"之说词所蕴含的时间因素之下，已开始受到俗界的冲击而面临内在质变的考验；而林黛玉的立体化，也几乎触及底线。

我们无法预测，宝玉与黛玉这"二玉"之间在大观园生活的末期所初步展露的分歧，日后将会发展到怎样的地步，而这些分歧又会在一个什么样的程度上造成"神界木石盟约"的裂变，但从曹雪芹对林黛玉的偏爱，以及前八十回如同音乐动机一般不断再现的"还泪"预言，我们大致可以推断：林黛玉的改变应该仅止于呈现人物的立体化，而不致任其无限制地发展到了脱胎换骨的地步，乃至变成了另一个作为对立面而存在的薛宝钗，否则人物的统一律与二元对立的均衡原则势必都将面临破坏的危机；同时，就算林黛玉的改变一直持续下去，其命定夭亡的命运，也会在二玉之间本质性的裂痕发生之前就阻止了问题的发生。

换句话说，为了维系《红楼梦》的神话架构与美学原则，林黛玉的早逝乃是必然而然的,一方面这可以彻底完成贾宝玉那奇特的价值观,也就是透过第五十九回所谓:女子未嫁时乃是无价的宝珠,既嫁之后成为黯淡的死珠,久嫁而老时则沦为枯癟的鱼眼睛,所谕示的"女性价值毁灭三部曲",使宝玉与黛玉终究有缘无分,而得以免除亲手将挚爱的黛玉葬送为"死珠"乃至"鱼眼睛"的美学困境,让黛玉能够永保其无价宝珠的神界形象。另一方面,青春享乐的乐园生涯毕竟短暂有限,在粗糙琐碎、甚至磨难重重的现实因素入侵之前,林黛玉的年少殒落、泪尽而逝,也使得两人之间未来可能产生的价值分歧乃至爱情褪色等问题,在来不及发生时便告结束,使二玉之间动人的爱情冻结在永恒不尽的完美境界里,没有变化,因此也长保美丽。

当然,透过黛玉之丧亡所带来的灵魂之割离,还更是促发宝玉大彻大悟、完成悟道历程的动力之一,因而黛玉的夭亡也是孕育宝玉从幻梦中彻底觉醒之契机的重大助缘,从而让宝玉最后选择了"悬崖撒手"①,实践他弃世绝俗、回归空门的终极命运。而这种由黛玉之死所造成的灵魂之割离,也必定是在黛玉身为宝玉之灵魂伴侣(soul mate)的关系尚存之际才能成立。因而黛玉的青春夭逝,从各个角度来看都成为一种必然,黛玉的夭亡就等于宝、黛之神界爱情无限延续的契机;在这里,死亡成就了一种绝对的美丽。

---

① 语见第一回、第二十一回、第二十五回脂砚斋批语。

（二）续书的如实继承

由于《红楼梦》未完，黛玉的生命史必定是在续书中走到终点的，于是对黛玉的形象刻画便成为衡量续书之是非功过的范畴之一。然而，所谓"是非功过"就意味着有一个正确的标准，一旦将黛玉的转变纳入考虑，原先的评价框架便必然松动甚至瓦解，产生了不同的结果。

以《红楼梦》前八十回曹雪芹自己的手笔为范围，我们看到的是他对林黛玉立体化塑造的诸多侧面，这些面相已足以交织出其全貌。然而，达到极限之后的立体化改变，接下来又会为她带来何种形象表现，毋宁还是永远错失残稿的读者与评论家所关心的问题，而这个问题只有系诸后四十回的续作才能取得解答，或解答的可能性；同时，我们还可以借由对人物发展轨迹的掌握程度，来提出衡量续书者功过成败的新标准。

续书者高鹗对《红楼梦》艺术价值之完成的功过问题，一直是红学界聚讼不休的焦点之一。[①] 如果从林黛玉立体化转变的角度以观之，后四十回中有关林黛玉与前文似乎矛盾歧出的行为表现，或许也可以有另一种理解，而未必像大部分红学家所以为的全然是败

---

① 如何其芳认为："它的作用一方面是帮助了前八十回的流传，另一方面又反过来鲜明地衬托出曹雪芹的原著的不可企及。"参吕启祥：《不可企及的曹雪芹——从美学素质看后四十回》，《红楼梦会心录》（台北：贯雅出版社，1992），页137。而林语堂则持相反意见，认为："《红楼梦》之有今日的地位，普遍的魔力，主要是在后四十回。"见《高本四十回之文学技俩与经营匠心》，收入王国维等：《红楼梦艺术论》，页516。

笔。[1] 续书里主要有两段关于林黛玉之形象变化的描写，但往往被视为续书者塑造人物时最大的缺失所在，其中最受到争议的情节之一，乃发生于第八十二回"老学究讲义警顽心"一段：

> 宝玉接着说道："还提什么念书，我最厌这些道学话。……目下老爷口口声声叫我学这个，我又不敢违拗，你这会子还提念书呢。"黛玉道："我们女孩儿家虽然不要这个，但小时跟着你们雨村先生念书，也曾看过。内中也有近情近理的，也有清微淡远的。那时虽不大懂，也觉得好，不可一概抹倒。况且你要取功名，这个也清贵些。"宝玉听到这里，觉得不甚入耳，因想黛玉从来不是这样人，怎么也这样势欲熏心起来？又不敢在他跟前驳回，只在鼻子眼里笑了一声。

而第二段启人疑讼的情节，则发生于第九十四回"宴海棠贾母赏花妖"之时：

> "怡红院里的海棠本来萎了几棵，也没人去浇灌他。……忽然今日开得很好的海棠花，众人诧异，都争着去看。连老太太、太太都哄动了来瞧花儿呢，……"黛玉也听见了，知道老太太来，便更了衣，叫雪雁去打听，"若是老太太来了，即来

---

[1] 如俞铭衡（即俞平伯）：《后四十回底批评》，收入王国维等：《红楼梦艺术论》，页497—498。

告诉我。"雪雁去不多时,便跑来说:"老太太、太太好些人都来了,请姑娘就去罢。"黛玉略自照了一照镜子,掠了一掠鬓发,便扶着紫鹃到怡红院来。……大家说笑了一回,讲究这花开得古怪。……李纨笑道:"……据我的糊涂想头,必是宝玉有喜事来了,此花先来报信。"……黛玉听说是喜事,心里触动,便高兴说道:"当初田家有荆树一棵,三个弟兄因分了家,那荆树便枯了。后来感动了他弟兄们仍旧归在一处,那荆树也就荣了。可知草木也随人的。如今二哥哥认真念书,舅舅喜欢,那棵树也就发了。"贾母王夫人听了喜欢,便说:"林姑娘比方得有理,很有意思。"

这两段历来饱受挞伐的情节,尤其让爱护黛玉的读者与批评家扼腕叹息,因为两者在表现手法上都失之于粗率露骨,文字浮浅、人物轻薄,不但完全与林黛玉清新的诗人气质与深厚的艺术素养背道而驰,甚至也与《红楼梦》前八十回叙事风格中所特有的含蓄蕴藉大为抵牾。[1]先前就算是薛宝钗、史湘云所说那些被贾宝玉批评为"沽名钓誉,入了国贼禄鬼之流"(第三十六回)的言论,也都还保有一定程度的含蓄美感和苦口婆心的关怀之情,为宝玉未来幸福着想的意义实在远远大于利害得失的考量,未尝如此粗率露骨而令人感到尖锐刺耳。试看前一则黛玉所言"况且你要取功名,这个也清贵些"的说词,已丝毫不见任何对"人"的关心,只留下对"前途"

---

[1] 俞平伯亦有此见,见《后四十回底批评》,页498—500。

的计较，因此被宝玉视为"势欲熏心"而感到"不甚入耳"；至于后一则更完全是趋奉讨好的表现，黛玉不但是特地等到贾母来到才出门，势利之算计已呼之欲出，后来更借"荆树应人"之故典以比喻"宝玉读书，贾政欢喜"的虚情，来向长辈凑趣邀欢，似乎都丧失了与前书之价值观与美学意识的联系统一，更损害了令人品尝玩味的无穷余韵。

不过，表现手法的粗率露骨并不一定等同于表现内容的错误失当，续书者的笔调虽未能克绍曹雪芹的功力，但对人物发展变化的轨迹却很可能有所会心，而掌握得不失大体。平心而论，如果抽离了表达方式上的粗率浅露，林黛玉的表现其实还是与前书顺势发展的性格转变一脉相承的，这并不只是林语堂所说的扭捏害羞，所谓：黛玉"仍是多心，但已是长大模样儿，不肯随便见宝玉"。① 而是一种整体上由变而正、由我而群的性格转向。既然原作者让林黛玉在第四十二回开始对宝钗"女子无才便是德"的观念深相叹服，从而于第四十八回、第六十四回多次表现出"内言不出"的闺阁态度，并于第五十一回做出"咱们虽不曾看这些外传，不知底里"的不实表态，则此处所谓"我们女孩儿家虽然不要这个"之说，岂非顺理成章？既然曹雪芹让林黛玉在第七十回以"读书功课"为重，视诗社诸事为"外事"，在第七十九回又认为宝玉已年纪不小，应该干些"峨冠礼服贺吊往还"之类的"正经事"，则后来何

---

① 林语堂：《高本四十回之文学技俩与经营匠心》，收入王国维等：《红楼梦艺术论》，页531。

以不能发生黛玉规劝宝玉读书应举、以经济为务的情节？既然于第七十六回中原作者让黛玉可以在不明就里的情况下，便先对妙玉的诗才加以揄扬褒美，而不怕言过其实、失之谬奖，又让林黛玉在第五十二回表现出对赵姨娘虚礼周旋之情态，则后来何以不能发生黛玉为了体贴长辈趋吉避凶之心意，而以美言软语稍加安慰承奉的故事？

既然在大观园的后期已经隐微出现了宝、黛的分歧现象，若在此一基础上进一步来看，性格发展至此的林黛玉，不但已经与贾宝玉产生裂变的情况，还会出现另一个更为深远而值得深思的问题，亦即这样一位向传统价值观大为趋近的女性，在进入婚姻关系之后，是否还能长保清新优美的神性样态？尤其在贾宝玉那奇特的审美标准中，由"女子未嫁时乃是无价的宝珠，既嫁之后成为黯淡的死珠，久嫁而老时则沦为枯瘪的鱼眼睛"（第五十九回）所谕示的女性价值毁灭三部曲，可见"婚姻"乃是女性所禀赋的无上之美感与价值沦丧失落的关键所在；则此一定义势必会让进入婚姻的黛玉面临"死珠"乃至"鱼眼睛"的美学困境。

这个困境一方面来自于"定义"本身即是一个无从争议的前提，只要这个定义或前提一被接受，其结论也就成为必然；而除了定义的层面之外，续书者还从实际的层面提供了一段意味深长的情节，足以呈显林黛玉在婚姻中势将化为死珠的可能性。第八十二回记载：薛家因为薛蟠所娶之正室夏金桂十分泼辣无耻，导致阖家上下鸡犬不宁，身为婢妾的香菱首当其冲，尤其遭受到百般的凌辱与折磨，令闻者皆为之骇异不忍，贾府中人亦皆议论纷纷。某日，袭人至黛玉处谈及此事，与香菱同为偏房的袭人不免有物伤其类的忧虑，因此话语中暗示妻妾之间应该和睦相处，何必至于你死我活的惨况，所谓："想来都是一个人，不过名分里头差些，何苦这样毒？外面名声也不好听。"而黛玉听说之后的反应却是不以为然，有别于袭人言外所偏取的道德观点，黛玉采取的乃是十分务实的立场，说道：

> 这也难说。但凡家庭之事，不是东风压了西风，就是西风压了东风。

她将妻妾比拟为东风、西风，认为彼此并非齐心协力、和谐共处的同体股肱，而是互相较劲、敌对颉颃的两股势力，其中一再重复出现的"压"字，便透露了二者之间既不能相容，更无法并存的紧张关系，将那誓不两立、不共戴天的对立性质充分具体化；而"但凡"一词，更显示出一种本质性的、理所当然的判断，使得其认知内容被赋予永恒普遍的意义。

由此可见，对妻妾之间的家庭纷争，黛玉采取的是视竞争为自然常态的世俗立场，属于成王败寇、适者生存的现实主义者，则嫁为人妻的林黛玉在不能阻止丈夫纳妾的状况下，恐怕也不免会卷入妻妾争权夺利的纷扰中，在日复一日勾心斗角、相刃相靡的耗损消磨之后，逐渐沦为失落性灵的凡妻俗妇，步上死珠乃至鱼眼睛的后尘。评点家二知道人也认为：

> 黛玉之醋，心凝为醋也，因身为处女，不肯泼之于外，较熙凤稍为蕴藉耳。设使天假之年，木石成为眷属，则闺中宛若，凤、黛齐名矣。①

而一旦凤、黛齐名，其情况应如钱锺书所推测的：

> 当知木石因缘，徼幸成就，喜将变忧，佳偶始者或以怨偶终；遥闻声而相思相慕，习进前而渐疏渐厌，花红初无几日，月满不得连宵，好事徒成虚话，含饴还同嚼蜡。②

就此，林黛玉以现实主义看待妻妾关系的态度，比观前述向长辈美言邀欢、劝宝玉读书应举等诸般言行，其实都是根源于"世俗化"的一体表现，是以世俗化为核心而辐射出来的同质现象。而林黛玉性格之立体化发展的程度，也就在先前曹雪芹的多方铺垫之下，被善体人意的续书者从极限的底线拉攀到了极限的顶峰。

以下便以第四十二回"蘅芜君兰言解疑癖"所展现的价值观转变作为分水岭，把前八十回林黛玉前后期不同的言行表现暨续书之相关描述列表以观之，俾清楚展现林黛玉立体化的形象设计。

---

① （清）二知道人：《红楼梦说梦》，一粟编：《红楼梦资料汇编》，卷3，页93。
② 钱锺书：《谈艺录（修订本）》（北京：中华书局，1984），页349。

林黛玉立体变化表	
回数	早期形象
第五回	孤高自许，目无下尘；与宝玉之间"言和意顺，略无参商"
第七回	周瑞家的送来宫花，黛玉冷笑道："我就知道，别人不挑剩下的也不给我。"周瑞家的听了，一声儿不言语
第八回	鼓动宝玉赌气抗拒奶母的规劝，叫他"别理那老货，咱们只管乐咱们的"；而"说出一句话来，比刀子还尖"
第十六回	以"臭男人拿过"之故，掷回宝玉珍重转赠的鹡鸰香串
第十七回	行事往往"也只瞧我高兴罢了"
第十八回	大观园作诗时，存心"大展奇才，将众人压倒"；又因"未得展其抱负，自是不快"
第二十回	湘云说："再不放人一点儿，专挑人的不好，见一个打趣一个"
第二十一回	宝玉劝说道："谁敢戏弄你！你不打趣他，他焉敢说你。"
第二十二回	本性懒与人共，原不肯多语
第二十二回	湘云批评黛玉道："小性儿、行动爱恼的人"
第二十三回	对宝玉以《西厢记》比喻两人关系大为嗔怒
第二十五回	宝玉脸上被灯油烫出一溜燎泡，因黛玉癖性喜洁，怕她嫌脏而不叫她瞧；黛玉亦知自己有此癖性
第二十五回	同紫鹃、雪雁做了一回针线，便"更觉烦闷"
第二十五回	王熙凤开了黛玉"你既吃了我们家的茶，怎么还不给我们家作媳妇"的玩笑，被李纨笑赞"诙谐"，林黛玉立刻反驳道："什么诙谐，不过是贫嘴贱舌讨人厌恶罢了。"说着还啐了一口
第二十五回	林黛玉被宝钗嘲笑，乃红了脸啐了一口，道："你们这起人不是好人，不知怎么死！再不跟着好人学，只跟着凤姐贫嘴烂舌的学。"一面说，一面摔帘子出去

第二十六回	分钱时顺便抓两把给凑巧送茶叶来的丫头佳蕙，被视为意外的"好造化"
第二十六回	对宝玉引用《西厢记》的情色试探悲愤交加
第二十七回	宝钗认为："林黛玉素习猜忌，好弄小性儿。"
第二十七回	小红谓："嘴里又爱刻薄人，心里又细。"
第二十九回	拈酸歪派宝玉，掀起砸玉、绞穗的重大事件
第三十回	紫鹃道："因小性儿，常要歪派宝玉，才有这么多争执"
第三十一回	林黛玉天性喜散不喜聚，认为人不如不聚、花不如不开
第三十二回	无意于针线女红，"旧年好一年的工夫，做了个香袋儿；今年半年，还没见拿针线"；且因贾母怕她劳碌着了，"谁还烦他做"
第三十二回	因宝玉指出"总是不放心的原故，才弄了一身病"，而感到此话"竟比自己肺腑中掏出来的还觉恳切"，是故接下来还对有话要说的宝玉表示："有什么可说的，你的话我早知道了。"
第三十四回	刻薄无精打彩、眼上带泪的宝钗
第三十六回	宝玉因黛玉"自幼不曾劝他去立身扬名等语，所以深敬黛玉"
第三十六回	湘云"知道林黛玉不让人，怕他言语之中取笑"宝钗
第三十七回	被探春挑明"忙中使巧话来骂人"的做法
第四十回	贾母笑道："他们姊妹们都不大喜欢人来坐着，怕脏了屋子。……我的这三丫头却好，只有两个玉儿可恶。回来吃醉了，咱们偏往他们屋里闹去。"
成长的"过渡仪式"	
第四十二回	自认"昨儿失于检点，那《牡丹亭》《西厢记》说了两句，不觉红了脸"，并央告宝钗道："好姐姐，你别说与别人，我以后再不说了。"

第四十二回	对宝钗所规劝"女子无才为德"之"兰言"感到心悦诚服
第四十二回	讥讽刘姥姥、嘲笑惜春、嗔赖李纨、打趣宝钗
第四十二回	李纨称黛玉的恶赖指控为"刁话"
第四十二回	向宝钗告饶求情,软语自认"年纪小,不知轻重"
第四十五回	"众人都体谅他病中,且素日形体娇弱,禁不得一些委屈,所以他接待不周,礼数粗忽,也都不苛责"
后期成熟的大幅转变	
第四十五回	自己因"渔翁渔婆"的联想而脸红,透露与宝玉结偶的秘密心理
第四十五回	宝玉见案上所作之诗,看后不禁叫好;黛玉听了,忙起来夺在手内,向灯上烧了
第四十五回	刻意招待送燕窝来的婆子,并理解其聚赌之夜局活动而打赏几百钱,为"误了你发财"作补偿,成为"明白体下的姑娘"
第四十五回	于雨夜独处时,想到"宝玉虽素习和睦,终有嫌疑"
第四十八回	见香菱也进园来住,自是欢喜
第四十八回	声言自己对作诗"不通",又与探春异口同声地表示:自己作诗是"顽"而不是"认真",且那些作品"并不成诗"
第四十九回	宝钗与宝琴、李纨与李纹李绮等各家亲戚团圆于贾府,而"黛玉见了,先是欢喜",次则与新来乍到的薛宝琴亲密非常,以姊妹相称
第四十九回	宝玉对钗、黛二人"今看来竟更比他人好十倍"的情状感到"闷闷不乐",并发出"我反落了单"的孤弃之言
第五十一回	作出"咱们虽不曾看这些外传(指《西厢记》《牡丹亭》等禁书),不知底里"的不实宣称,等同于薛宝钗"我们也不大懂得"的立场

第五十二回	宝钗姊妹与邢岫烟都在潇湘馆,四人围坐在熏笼上叙家常
第五十二回	明知赵姨娘至潇湘馆探望乃是顺路人情,仍以"陪笑让坐、忙命倒茶"之虚礼相周旋,并使眼色支开立场尴尬的宝玉
第五十七回	紫鹃以防嫌之理对宝玉说:"一年大二年小的,……姑娘常常吩咐我们,不叫和你说笑。你近来瞧他远着你还恐远不及呢。"
第五十七回	薛姨妈生日,"早备了两色针线送去"贺寿,并欲认薛姨妈做娘
第五十八回	薛姨妈挪至潇湘馆和黛玉同住,黛玉便与宝钗、宝琴姊妹相称,俨似同胞共出
第五十九回	为了"大家热闹些",因此与同住的薛姨妈都往宝钗那里去,连饭也端了那里去吃
第六十二回	黛玉自悔失言,忘了趣着彩云。自悔不及,忙一顿行令划拳岔开
第六十二回	"算计"家计之入不敷出,认同探春治理大观园时兴利除弊的务实做法,造成与宝玉初步而隐微的观念分歧
第六十二回	直接就宝钗饮过的杯子喝剩茶,不以为意
第六十四回	嫌宝玉将自己的诗作写给人看去
第六十七回	认为宝钗是"自家姊妹",因此不必特意道谢
第七十回	视"读书功课"之外的诗社诸事为"外事"
第七十回	赞美湘云的《如梦令·咏柳絮》新鲜有趣,却自谦"我却不能"
第七十回	当"海棠社"没落而重建"桃花社"时,大家议定"林黛玉就为社主,明日饭后,齐集潇湘馆"
第七十三回	与宝钗、探春一起出面,共同为迎春之乳母讨情

第七十六回	在未明妙玉的就里前，即过度谦抑自己的诗作，而请教妙玉"或烧或改"，并对妙玉的意欲续诗奉承道："我们的虽不好，亦可以带好了。"最后又与湘云同时出言赞美妙玉是"诗仙"
第七十九回	虽然对"茜纱窗下，我本无缘"之讖语而"怵然变色""心中无限的狐疑乱拟"，竟一反过去率直无讳的性格，而"外面却不肯露出，反连忙含笑点头称妙"，呈现昔时罕见的表里不一；接着还以"一年大二年小"的理由劝宝玉改掉脾气，作些"峨冠礼服贺吊往还"的"正经事"，使宝玉"闷闷的转步"，形成二玉之间价值判断上较严重的第二度分歧
续书的继承发展	
第八十二回	明揭"女孩儿无须读书"的传统观念，并以"读书清贵"之言论令宝玉觉得"势欲熏心"而不甚入耳
第八十二回	对薛家妻妾之间争宠较劲的家庭纷争，表示"但凡家庭之事，不是东风压了西风，就是西风压了东风"，显示出成王败寇、适者生存的现实主义态度
第九十四回	以"宝玉读书、舅舅喜欢"比喻海棠花开，讨贾母等欢心

可以说，后期的黛玉符合了晚明出现的才、德、貌合一的新"理想女性"①，也体现了"盛清"才女的典范，即早慧才女（如谢道蕴）与博学"道德训诫师"（如班昭）的合一，如果没有"因才

---

① ［美］高彦颐著，李志生译：《闺塾师：明末清初江南的才女文化》（南京：江苏人民出版社，2005），页170—173。

早夭"，就会成长而担负起道德训诫与家庭管理的职责。[①] 但黛玉之死中断了这一段成长史，留下了一个永恒的少女形象。

七、黛玉之死

在程、高的续书中，黛玉之死无比凄恻惨烈，第九十八回"苦绛珠魂归离恨天　病神瑛泪洒相思地"以对比手法，将黛玉的孤独逝去与二宝的热闹结亲并置，冷热炎凉的极端落差创造出强烈的感染力，令人悲怜怆痛。

但艺术上的成功叙事不等于是原著的如实延续，早在第三十二回黛玉就已经意识到"病已渐成，医者更云气弱血亏，恐致劳怯之症。你我虽为知己，但恐自不能久待；你纵为我知己，奈我薄命何"，果然到了第四十九回，黛玉更发现到：

> 近来我只觉心酸，眼泪却像比旧年少了些的。心里只管酸痛，眼泪却不多。

此一现象便暗示了"泪尽夭亡"的历程已经逐渐地趋向终点，按此泪水干涸的趋势，递减到了第八十回，理应已达近乎枯竭的地步；再加上咳嗽的严重化，"说话之间，已咳嗽了两三次"（第四十五

[①] [美] 曼素恩（Susan Mann）著，杨雅婷译：《兰闺宝录：晚明至盛清时的中国妇女》（台北：左岸文化公司，2005），第4章"书写"。

回),"一面说话,一面咳嗽起来"(第七十九回),此时可以说是命悬一线,等不到第九十八回。依照前八十回的种种预言线索,相关情节的安排应该是在第八十回之后不久,贾府即面临抄家、宝玉被囚禁,因而黛玉禁不住忧思煎熬以致香消玉殒。从狱中回归的宝玉只见人去楼空,无限凄凉寂寞,犹如第二十六回宝玉信步来到潇湘馆,"只见凤尾森森,龙吟细细",于此脂砚斋夹批云:

> 与后文"落叶萧萧,寒烟漠漠"一对,可伤可叹。

二玉的人间因缘就此完结,恩已偿、债已还,绛珠仙草虽然蒙受神瑛侍者的灌溉而延续性命,终究在尘世中真正枯萎,在大观园彻底崩解的前夕走入葬花冢,完成了神界就已经注定的命运。

宝、黛的知己式爱情延续了前世的木石前盟,流转三生的不悔执着令人感动咏叹;黛玉的美感造型也鲜明如绘,穿心炫目,许许多多的赞赏已遍在文籍,此处毋庸赘述。然则若理性地就事论事,从人格的成熟度与价值性而言,评点家赵之谦就提出了一种独特的见解:

> 《红楼梦》,众人所着眼者,一林黛玉。自有此书,自有看此书者,皆若一律,最属怪事。余于此书,窃谓其命意不过讥切一切豪贵纨袴,而尽纳天地间可骇可愕之事,须眉气象出以脂粉精神,笑骂皆妙。**其于黛玉才貌,写到十二分,又写得此种傲骨,而偏痴死于贾宝玉,正是悲咽万分,作无可奈何之**

> 句。乃读者竟痴中生痴,赞叹不绝!试思如此佳人,独倾心一纨袴子弟,充其所至,亦复毫无所取。若认真题思,则全部《红楼梦》第一可杀者即林黛玉。余尝持以示读此书者,皆不为然。尝一质菱甫,菱甫仅言似之。前夜梦中复与一人谈此书,争久不决。余忽大悟曰:"人人皆贾宝玉,故人人爱林黛玉。"谈者俯首遁去,余亦醒。此乃确论也。[1]

这番议论石破天惊,恐怕不易为多数读者所接受。然而,所谓"人人皆贾宝玉,故人人爱林黛玉",诚然超时代地切中读者投射认同的阅读心理,在认同男主角的情况下连带地认同其心上人,于是在"情人眼里出西施"的心态下确立了正面偏向的认识角度。此外,这段意见的价值更在于:固然"第一可杀者即林黛玉"之说委实言之过甚,就像"第一可杀者即薛宝钗"一样流于极端,不足为训,但确实点出了一个普遍的盲点,也就是黛玉对宝玉的爱是否出于盲目,以至于其泪尽而逝成为"痴死"?而小说家之所以安排一段神话作为前世的命定,是否也形同佛教的轮回观一样,取消了今生今世的自主性,以解释黛玉的盲目?如果当事人是探春,在同一处境之下会不会有所不同?如果答案是必然不同,因此探春根本不需要这样的还泪神话,那么是否意味着黛玉的性格才是导致她"痴死"的真正原因?

从这个角度而言,还可以进一步参考夏志清(C. T. Hsia,

---

[1] (清)赵之谦:《章安杂说》,一粟编:《红楼梦资料汇编》,卷4,页376。

1921—2013）的说法：

> 在小说的寓意性的构思里，黛玉应以眼泪还债。但是她的眼泪实际上带有自我怜悯的意味，并非出自感激。在一个完满的悲剧人物身上，人们要求有某种崇高的东西——一种仁慈善良或慷慨大度的特质，以及一种自我认识的探求——不管这种探求用了多少时间才达到目的，但最终还是使他认识自己到底是什么样的人。而这种崇高的东西黛玉显然是缺乏的。从智力上看她是能够获得这种认识的，但是她过分地沉溺于一种不安全感中，使她无法用一种客观的自嘲的眼光来看待自己。因而，她在小说中充当的是一个顽梗固执、凄楚悲哀的角色，以充分展示出自我中心意识对人的生理和心理所造成的摧残，无论它被描写得多么富于诗意，多么生动。①

就此而言，"还泪"其实是小说家对这种性格的美丽包装，虽然发挥了高度美化的浪漫效果，却不等于是崇仰赞扬。也就是说，人格特质不等于人格价值，可爱可怜也不等于可敬可法，林黛玉的人物塑造属于美感造型而不是价值造型。从神界奄奄一息的绛珠仙草到残缺迷离的"仅修成个女体"，再到俗界贵族世家的宠儿兼孤儿，离恨、灌愁填塞了这个女性生命的全部，在偏执中走完短暂的

---

① ［美］夏志清著，胡益民等译：《中国古典小说史论》（南昌：江西人民出版社，2001），页299、288。

一生，即使有后期的成长带来性格上的突破，却没有改变还泪的宿命，于是在这个限制下终究无法担任"完满的悲剧人物"。

但作为一个如此感人的小说人物，林黛玉体现了人们（尤其是女性）心中那个永远没有长大的、受伤的、寂寞的小女孩，次等性别的不公、命运由人的不安、求之不得的遗憾凝结成无尽的酸楚，并未随着年龄增长而化解，固守在内心深处的阴暗角落，不时地需要安慰与呵护。于是林黛玉就等于脆弱自我的化身，读着她的故事也同时安抚了内在的自我，在为黛玉的哭泣而落泪时，也触动了沉睡的痛苦，随着涌出的泪水、批判的话语不自觉地疏导了心中压抑的情绪。

黛玉的眼泪越来越少，读者为她所洒的同情之泪却与时俱增。因为黛玉慢慢长大了，但一代又一代的读者却都得从小女孩开始慢慢长大，甚至终其一生未必跟着长大。

薛宝钗，改琦绘:《红楼梦图咏》，风俗绘卷图画刊行会重刊本，1916。

第五章
薛宝钗论

脂砚斋曾经一再指出，曹雪芹在小说的情节构设中是宝、黛、钗三人"鼎立"（第五回眉批）、"三人一体"（第二十八回眉批），薛宝钗往往与另两人交错地并列出现，其方式是：

> 表过黛玉则紧接上宝钗。前用二玉合传，今用二宝合传，自是书中正眼。（第一回夹批）

由此构成《红楼梦》的叙事主轴，其人其事于此书之重要性自是不言可喻。也因此，小说家透过各式各样的象喻，暗示钗、黛二人各有千秋，合则全璧，早在第五回的神话预演中，太虚幻境里钗、黛合一的人物图谶，以及"鲜艳妩媚，有似乎宝钗，风流袅娜，则又如黛玉"而名为兼美的仙姑，都已经清楚说明了这一点。后来透过各色人等的相提并论更是所在多有，包括：

第十七回宝玉为怡红院命名时，因院中的"蕉棠两植"而题为"红香绿玉"。

第十八回元妃省亲时，"贾妃见宝、林二人亦发比别姊妹不同,真是姣花软玉一般"。

　　第六十五回兴儿对尤二姐描述府中女眷时,笑道:"我们家的姑娘不算,另外有两个姑娘,真是天上少有,地下无双。……我们鬼使神差,见了他两个,不敢出气儿。……自己不敢出气,是生怕这气大了,吹倒了姓林的;气暖了,吹化了姓薛的。"

且不仅小说家均衡地处理钗、黛二人,连批注者脂砚斋本身也公平地对待两位少女,如学者所发现到的:"我在批注中共找到了九十条关于主要人物的评论,其中有三十七条是关于宝玉的,而除宝玉之外最重要的两个人物,黛玉十三条,宝钗十二条。从这里,我们也可以看到批注者的公正无偏。"① 关注次数的一致初步显示了钗、黛二人受到了等量齐观,但更重要的是,批语内容都是对两人的各有千秋多所赞叹,例如:"按黛玉宝钗二人,一如姣花,一如纤柳,各极其妙者。"(第五回批语)因此,在第十八回的批语中细数正十二钗时,便说"以贾家四艳,再加薛林二冠有六",可见宝钗与黛玉同为"正十二钗之冠"。甚且真正说起来,脂砚斋对黛玉尚有"多一窍固是好事,然未免偏僻了,所谓过犹不及也"(第三回批语)之类美中不足的小小批评,对宝钗则推崇备至,视之为真正完美无缺的佳人,请见后文的说明。

---

① [美]C. Y. Wang(王靖宇):《脂砚斋评注与〈红楼梦〉——脂评文学价值的探讨》,《红楼梦学刊》1991年第2辑,页293。

从种种迹象显示，薛宝钗的人物塑造非但是正面的、积极的，更且是崇高的、深刻的，实质上仍略胜黛玉一筹。然而，犹如本书第一章中所提到的，《红楼梦》的人物论述存在着强烈的主观投射，"左钗右黛"的意见产生于许多不自觉的心理本能与知识盲点，而此一直觉反应又长期地形成了主流意见，此中更隐含着一种集体性的谣言效应，尤其在薛宝钗这个人物身上展现得最为明显。

一、"君子"之难写与难解

就不自觉的心理本能与知识盲点而言，第一章中已提到了同情弱者（失败者）、阅读认同现象、心理补偿作用、个人主义取向等等，此外还包括一种普遍存在却不易被发现的人性特质。清末评点家张其信已经注意到阅读心理的偏倚反应：

> 方写黛玉入贾府，便接叙宝钗入贾府，此所谓用双笔，宝、黛用对待写也。不过写黛玉处，贾府诸人即从其眼中看出，宝玉亦从其眼中分两次描出，极详细排场；写宝钗处极简括极闲淡。宜乎人皆视为宝玉与黛玉情深，而与宝钗情淡，而不知作者入手处，即用画家阴阳笔法也。……其组织黛玉处，虽是写意，尚属实写明写，人皆看出，……若宝钗一面，则虚写暗写，比黛玉一面，更觉无迹可寻。其实美人中以宝、黛二人为主，其组织处皆用双笔对待之，故宝钗一面，人以为与宝

玉无情，而为黛玉扼腕，非知《红楼》者也。①

意指读者往往会直觉地认为实写明写、详细排场的黛玉，比起虚写暗写、极简括极闲淡的宝钗更重要，宝玉对黛玉之情深有过于对宝钗之情淡，殊不知这是小说家双笔对待、阴阳笔法的艺术策略，非关人物褒贬。然则，当人性进一步诉诸情绪与本能之后，往往更混淆了评价问题，宝钗人格上、作者笔法上的"极简括极闲淡"就难逃负面批评，这种阅读心理即明代洪应明《菜根谭》所言：

> 淡薄之士，必为浓艳者所疑；检饬之人，多为放肆者所忌。君子处此，固不可少变其操履，亦不可太露其锋芒。②

意谓一般热衷于追求欲望满足、兴好于张扬个性，以为这才是建立真正自我之方式的多数人，并不能了解那些约束自我而不放纵自我、以群体高于个体之辈，其实是看到更高、更广、更深的人格境界，因而通过"克己复礼"对一般层次上停留甚至胶着于喜怒哀乐的初级人性有所超越；在无法理解的情况下却又想要理解并给予解释，以祛除"不确定"所导致的不安，于是在认知不足的限制下，只能以其所理解或偏好的"浓艳""放肆"等一般人性表现作为价值的起点，而将其所不解的"淡薄""检饬"降格以求，解释为表

---

① （清）张其信：《红楼梦偶评》，一粟编：《红楼梦资料汇编》，卷3，页215—217。
② （明）洪应明：《菜根谭》（台北：新文丰出版公司，1993），"概论"，页87。

里不一的"假清高""伪君子"。正是在此一不自觉的人性本能反应之下,清末评点家张新之便认为:"宝钗处处以财帛笼络人,是极有城府、极圆熟之一人。"① 足以代表人物论的主流意见。

但真实情况并非如此。别士(夏曾佑)曾慧眼洞见地指出,"作小说有五难",其首要之难便是"写君子难",理由是:

> 一、写小人易,写君子难。人之用意,必就己所住之本位以为推,**人多中材,仰而测之,以度君子,未必即得君子之品性;俯而察之,以烛小人,未有不见小人之肺腑也**。试观《三国志演义》,竭力写一关羽,乃适成一骄矜灭裂之人。又欲竭力写一诸葛亮,乃适成一刻薄轻狡之人。《儒林外史》竭力写一虞博士,乃适成一迂阔枯寂之人。而各书之写小人无不栩栩欲活。此君子难写,小人易写之征也。……若必欲写,则写野蛮之君子尚易,如《水浒》之写武松、鲁达是,而文明之君子则无写法矣。②

所谓"人之用意,必就己所住之本位以为推",准确地触及人类发展认知的根本模式,即是以己度人、推己及人,以最熟悉、最了解的自己作为推论判断的依据,这本是无可避免的必然现象;然而这

---

① (清)张新之:《红楼梦读法》,一粟编:《红楼梦资料汇编》,卷3,页155。
② 别士:《小说原理》,黄霖编:《金瓶梅资料汇编》(北京:中华书局,2004),卷3,页302。

个自我本位若没有不断地与时俱进，愿意接受艰苦的学习训练以获得成长，甚至好逸恶劳、安于现状，则会流于一般常见的平凡人，形成一种"**中材**"。以这样平庸凡俗的中等见识面对小说中的人物，对于比自己品格低下的小人，当然容易洞穿其心性而无所遁形，故谓"俯而察之，以烛小人，未有不见小人之肺腑也"，同样地，小说家对小人的把握也容易得多，"各书之写小人无不栩栩欲活"；但面对具有高尚人格的君子，基于书写对象远远超出自己的高度，乃形成一种"仰而测之，以度君子"的勉强攀高，实际上并无法真正测度其胸襟内涵，其结果便是"未必即得君子之品性"，导致小说家笔下的君子流于画虎不成反类犬，塑造出"骄矜灭裂"的关羽、"刻薄轻狡"的诸葛亮、"迂阔枯寂"的虞博士，失去了他们真正的人格高度。

但进一步言之，君子虽然难写，"**野蛮之君子**"则尚称容易。从其所举例的《水浒传》之武松、鲁智深，可知这类"**野蛮之君子**"意指人品正派、心术端良，言行举止却往往不假文饰的直率鲁莽之辈。就此而言，《红楼梦》中包括晴雯、黛玉在内的真率之士、性情中人，可谓庶几近之，其顺性所致的恣意痛快之处，不仅作者易于发挥，也较受到读者的喜爱与赞美，因为那是"中材"之辈所能知解，复投合于基本人性的自我层次；至于"**文明之君子**"，则因超越"中材"之性甚多，具有难以仰视观望的辽阔纵深，则不仅只有"中材"的小说家难写，只有"中材"的一般读者也难解，甚且往往流于"**所疑**""**所忌**"的对象。

即使是高明如《儒林外史》，于后半部刻画了一批通晓经史、关心实学、奉守君臣有道的"真儒"，但其中之一的虞博士，于旨在讽刺、也妙在讽刺的吴敬梓笔下，其忠厚朴讷依然不免失于"迂阔枯寂"，丧失了君子的饱满通透；《三国演义》中的关羽、诸葛亮也同样落入此一窘境，分别流于"骄矜灭裂""刻薄轻狡"。就此必须说，在"**写小人易，写君子难**"的创作挑战下，曹雪芹大胆迎接此一高难度的考验，突破"**文明之君子则无写法**"的困局，不仅将人性的多元差异充分展现，更把人性的高低不同如实呈显，身为"淡薄之士""检饬之人"的薛宝钗便是一位典型的"**文明之君子**"，绝不是《儒林外史》竭力去写，却又因中材不足以写好的那一位流于"迂阔枯寂"的虞博士。因此脂砚斋便说：

> **画神鬼易，画人物难。写宝卿正是写人之笔**，若与黛玉并写更难。今作者写得一毫难处不见，且得二人真体实传，非神助而何。（第八回眉批）

这就明揭宝钗这个人物正是出于困难的"写人之笔"，并且比起写率性的黛玉还要更难，而曹雪芹运斤如风、举重若轻，写来如有神助、已臻化境，可见其实在宝钗身上用力最深。

只可惜，由于读者在人性本能上的各种限制，尤其自明清以后的人性价值观又出现崇尚感官本能的思潮，如李贽《为黄安二上人三首》声扬："不必矫情，不必逆性，不必昧心，不必抑志，直心而动，是为真佛。"①袁宏道《识张幼于箴铭后》主张："性之所安，殆不可强，率性而行。"②这类思想只要稍一不慎，便容易落入弗洛姆（Erich Fromm, 1900—1980）所说的本能主义中——强调生而具有的决定因素，混同了"**本能根源的驱使力**"和"**性格根源的驱使力**"；在他们眼中，人类是远古时期的人类，在自己的生活中没有扮演角色，没有责任，是由本能的绳索所牵动控制的傀儡。③以为顺从本能便是具有个性，这当然是错误的，但既然只要直心率性便可以拥有人性价值，这种思想观念对中材之辈最是方便简易，故能大为流行，后来更在现代东渐而来的西方个人主义风潮下愈形强大。人们既对"君子"的认识有限也心存疑忌，于是落入"必为浓艳者所疑""多为放肆者所忌"的世情常态，各种有关宝钗这位"文明之君子"的材料证据便被有意无意地扭曲、穿凿、断章取义，而改变其完整的全貌。夏志清早已指出："除了少数有眼力的人之外，无论是传统的评论家或是当代的评论家都将宝钗与黛玉放在一起进行不利于前者的比较"，透显出一种本能的对于感觉而非对于理智的偏爱。④此种不独一代之读者为然，历代继之累积、延续所形成的一种诠释主流，若探究其形成机制，可以说与"谣言"颇有异曲

---

① （明）李贽：《为黄安二上人三首》，《焚书·续焚书》（北京：中华书局，2009），卷2，页82。
② （明）袁宏道著，钱伯城笺校：《袁宏道集笺校》（上海：上海古籍出版社，2008），上册，卷4，页193。
③ ［美］弗洛姆著，孟祥森译：《人类破坏性的剖析》（台北：水牛出版社，1990），下册，第3章"**本能主义与行为主义的异同**"，页100—102、106。
④ ［美］夏志清著，胡益民等译：《中国古典小说史论》，页299。

同工之处。

就心理学而言，谣言（rumor）之所以产生、尤其是得以大量传布，历久不衰，自有赖于各种心理因素。从"动机因素"来看，任何人类需求都可能给谣言提供推动力，仇恨所产生的就是指责性的谣言与诽谤，[①]然而特殊的是，为何在《红楼梦》的接受过程中，独独在宝钗、袭人、王夫人等人身上引发了读者的仇恨心理，以致产生指责性的谣言与诽谤？最常见的原因，自是源于对黛玉的偏爱，以及对弱势者、失败者的同情，那股为宝玉不忍、为黛玉申诉的不平之气驱动了读者寻找敌人、发现坏人，于是塑造出一些邪恶的稻草人，宝钗与袭人等便被装入这个形象中，成为宣泄仇恨的替罪羊，各种敌意倾泄的箭靶。尼古拉斯·迪方佐从谣言心理学的角度指出：

> 当一个人对某事或某人怀着敌意时，他更可能去相信败坏那件事或那人的无端声明。他会紧抓着能说明他敌意的这个"适当理由"；同时透过相信这个有害的谣言，他便有机会去攻击这个他不喜欢的对象，并把他的反感发泄其上。我们或许会发现，相信贬低种族或宗教团体的谣言，也立基于这个类似的动机上。换句话说，一个敌意的态度可以事先影响某人把错误的谣言推断成有理的、可信的，甚至是可能的。人们相信谣

[①] ［美］奥尔波特等著，刘水平、梁元元、黄鹂译，赵元村审校：《谣言心理学》，页19。

言后便会去散布，同时发泄自己的敌意情绪。①

同样地，预先怀有敌意的读者便容易相信败坏那件事或那个人的无端声明，把错误的意见当成合理可信的，从而散布谣言并发泄情绪。这便充分说明了"左钗右黛"会变成主流的原因。

一如在谣言的传播过程中还会出现"逐级减少"的"锐化"现象，大量的文本讯息被忽略，而若干残余的细节却不断地被传播，而且甚至有时候被强调或夸大②，同样地，人们对宝钗等的理解也是往往建立在一种选择性的少数材料基础上，某几段文本内容情节，诸如嫁祸、金钏儿之死、尤三姐与柳湘莲等争议事件，以及"任是无情也动人""好风频借力，送我上青云"等相关诗词，尤其是金锁、冷香丸等用品，都被过分地断章取义并导向负面解释，以符合预先所怀的敌意。实则，"如果人们仔细检查一下所有被引用来证明宝钗虚伪狡猾的章节，便会发现其中任何一段都有意地被加以错误的解释"③，正道出此一现象的积习已深，诚属不可思议。

如若要避免这样常见的结果，以离开谣言大军的队伍，除心态上必须调整为理性中立之外，于实际阅读小说、诠释文本时，也应该采用本书总论中所引述过的原则，即苏联学者伊·谢·科恩的

---

① [美]尼古拉斯·迪方佐著，林铮顗译：《茶水间的八卦效应：透视谣言背后的心理学》，第6章"相信或不信"，页136。
② [美]尼古拉斯·迪方佐著，林铮顗译：《茶水间的八卦效应：透视谣言背后的心理学》，第7章"事实终归是事实"，页160。
③ [美]夏志清著，胡益民等译：《中国古典小说史论》，页299。

指示：

> 一知半解者读古代希腊悲剧，天真地以为古代希腊人的思想感受方式和我们完全一样，放心大胆地议论着俄狄浦斯王的良心折磨和"悲剧过失"等等。可是专家们知道，这样做是不行的，古人回答的不是我们的问题，而是**自己的**问题。专家通过精密分析原文、词源学和语义学来寻找理解这些问题的钥匙。这确实很重要。

换言之，古人自有其与今人不同的思想感受方式，他们所面对的是他们自己的问题，实践的是他们自己的信念与价值观，使用的是他们自己所熟悉的知识话语，因此必须回到传统文化语境中才能正确理解；而去古已远的今人要做到这一点，精密分析原文、词源学和语义学便是不可或缺的钥匙，其工夫也深，其所见也始能有得。这正是吾人在思考薛宝钗其人其事时，所应采取的方式。

二、成长背景与人格特质

（一）皇商的家世环境

元月二十一日，宝钗诞生于诗书世家兼皇商的簪缨之族。[①] 而

---

① 清代评点家已统计道："书中之生日可证者：元春正月初一日，又为太祖冥寿；宝钗正月二十一日；……"（清）姚燮：《读红楼梦纲领》，一粟编：《红楼梦资料汇编》，卷3，页164。

这是一个与贾府大同小异的家庭：

大同者，即薛家事实上"本是书香继世之家"（第四回），"也算是个读书人家，祖父手里也爱藏书"（第四十二回），都属于诗书名门，具有世代门风，绝非西门庆之类的暴发户。金陵地区所流传的护官符中，对薛家的说明乃是：

丰年好大雪，珍珠如土金如铁。（紫薇舍人薛公之后，现领内府帑银行商，共八房分。）（第四回）

一般人只注意到"珍珠如土金如铁"的"富"的一面，却忽略了"紫薇舍人薛公之后"的"贵"的一面。薛家先祖所担任的紫薇舍人，即中书舍人，专职撰拟诰敕之责，有文学资望者始能充任，地位崇高；因唐玄宗开元六年将中书省改为紫薇省，中书令为紫薇令，故有此一别称。白居易担任中书舍人时，作有《直中书省（一作紫薇花）》一诗云："丝纶阁下文书静，钟鼓楼中刻漏长。独坐黄昏谁是伴，紫薇花对紫薇郎。"丝纶阁即草拟皇帝诏书敕命的地方，任中书舍人的白居易自称紫薇郎，正是此一历史典故的实证。薛家先祖担任中书舍人而称为"薛公"，与其名望地位相符，由此乃与国勋门第的贾府并列为四大家族。

小异者，即薛家以皇商、行商的身分从事买卖营生，与贾府是国公世袭的勋爵，主要财源来自庄田之农牧生产有所不同。参照第七十九回贾赦作主将迎春许婚于孙绍祖时，贾政不表赞同并且一再劝谏的理由，正是孙家"并非诗礼名族之裔"，清楚可见"诗礼名族"的家世条件才是薛家得与贾府联姻,且并列四大家族的原因,也是理解薛宝钗至关紧要的关键。既然"**书香继世之家**"才是贾、薛两家的大同之处,"皇商"则仅是小异之别,则一般只就"皇商"以偏概全,又脱离清代的历史背景,从世俗常识下的"商人"特质对宝钗作扩张性的解释,那便几乎注定了歧路亡羊。

除护官符所说的"现领内府帑银行商",当宝钗第一次出场时,小说家即对其家世给予大致完备的交代,第四回大篇幅地描述道:

> 那买了英莲打死冯渊的薛公子,亦系金陵人氏,本是书香继世之家。只是如今这薛公子幼年丧父,寡母又怜他是个独根孤种,未免溺爱纵容,遂至老大无成;且家中有百万之富,现领着内帑钱粮,采办杂料。这薛公子学名薛蟠,表字文龙,五岁上就性情奢侈,言语傲慢。虽也上过学,不过略识几字,终日惟有斗鸡走马,游山玩水而已。虽是皇商,一应经济世事,全然不知,不过赖祖父之旧情分,户部挂虚名,支领钱粮,其余事体,自有伙计老家人等措办。寡母王氏乃现任京营节度使王子腾之妹,与荣国府贾政的夫人王氏,是一母所生的姊妹,今年方四十上下年纪,只有薛蟠一子。还有一女,比薛蟠小两岁,乳名宝钗,**生得肌骨莹润,举止娴雅**。当日有他父亲在日,酷爱此女,令其读书识字,较之乃兄竟高过十倍。自父亲死后,见哥哥不能依贴母怀,他便不以书字为事,只留心针黹家计等事,好为母亲分忧解劳。近因今上崇诗尚礼,征采才能,降不世出之隆恩,除聘选妃嫔外,凡仕宦名家之女,皆

亲名达部,以备选为公主郡主入学陪侍,充为才人赞善之职。二则自薛蟠父亲死后,各省中所有的买卖承局、总管、伙计人等,见薛蟠年轻不谙世事,便趁时拐骗起来,京都中几处生意,渐亦消耗。薛蟠素闻得都中乃第一繁华之地,正思一游,便趁此机会,一为送妹待选,二为望亲,三因亲自入部销算旧帐,再计新支,——其实则为游览上国风光之意。

于是宝钗便随母兄一起来到贾府。其中,"皇商"绝非社会上的一般商人,而是上通皇室、遍及全国乃至近海的超级企业家,为"行商"中势力最大的魁首①,除户部挂名之外,还包括"**各省中所有的买卖承局**",其具体项目至少有木店(第十三回)、当铺(第五十七回)、常和参行交易的铺子(第七十七回)等各铺面(第四十八回)。因此宝钗的堂妹宝琴,同为薛氏女儿,其父亲也是"各处因有买卖,带着家眷,这一省逛一年,明年又往那一省逛半年,

---

① "行商"并非行脚小贩之意,而是专指广州的十三行而言,这些"行商"在广州专作国际贸易,故又称"洋行"。其中有一两个"行商"是由"内务府员中出领其事",因为与皇帝有关,后来就被称为"皇商",也就是 Hosea B. Morse (1855—1934) 在其 The Chronicles of the East India Company Trading to China 1635—1834 一书中所称的 The Emperor's Merchants,[美] 马士著,中国海关史研究中心组译,区宗华译,林树惠校:《东印度公司对华贸易编年史 (1635—1834 年)》(广州:中山大学出版社,1991)。皇商虽只一二人,但在十三行中势力最大,"欧西对华之全部贸易遂操纵于此种'皇商'一二人手",梁嘉彬:《广东十三行考》(广州:广东人民出版社,1999),页 72。另可参赵冈、陈钟毅:《红楼梦新探》(北京:文化艺术出版社,1991),页 162—163。

所以天下十停走了有五六停了"（第五十回），甚至扩及海外，如宝琴自述"我八岁时节，跟我父亲到西海沿子上买洋货"，于是亲眼见过"海外真真国"的十五岁女孩子（第五十二回），其贸易范围之广、所见世面之大，一如与之联姻的王家。参照第十六回王熙凤所言："那时我爷爷单管各国进贡朝贺的事，凡有的外国人来，都是我们家养活。粤、闽、滇、浙所有的洋船货物都是我们家的。"可见王、薛两家都拥有远洋贸易的家族事业，更是门当户对。

值得注意的是，第十六回赵嬷嬷提到多年前康熙南巡时，"咱们贾府正在姑苏扬州一带监造海舫，修理海塘，只预备接驾一次"，则贾府先前的职任也曾涉及造船、筑港之类的海洋事业，这应该是与薛家、王家发生互动，形成世交亲家的机缘所在。如此一来，贾、薛两家的"小异"之别，恐怕其差异还要更小。

除名列"护官符"上四大家族的王家之外，薛家的其他联姻对象也同样具有类似条件，薛蟠后来所娶的正室夏金桂便属同类。第七十九回经由香菱的描述，指出："这门亲原是老亲，且**又和我们是同在户部挂名行商，也是数一数二的大门户。**前日说起来，你们两府都也知道的。合长安城中，上至王侯，下至买卖人，都称他家是'桂花夏家。'……他家本姓夏，非常的富贵。其余田地不用说，单有几十顷地独种桂花，凡这长安城里城外桂花局俱是他家的，连宫里一应陈设盆景亦是他家贡奉，因此才有这个浑号。"因为门当户对，于是在薛蟠的苦求之下，薛姨妈也就同意了这门亲事。并且，之后因为夏金桂的泼悍无礼而产生婆媳冲突时，薛姨妈气得身战气咽，道："这是谁家的规矩？婆婆这里说话，媳妇隔着窗子拌嘴。亏你是旧家人家的女儿！满嘴里大呼小喊，说的是些什么！"（第八十回）所谓"旧家人家"，正近乎贾家"称了一世的诗书旧族"（第十三回），"旧"字都说明了历史悠久的家世传统，这才是构成相关家族的完整条件。

必须特别说明的是，在薛家这些遍及全国乃至海外的贸易中，包括了被严重污名化的当铺。第五十七回，岫烟被婶母邢夫人与下人们欺榨，不得不典当绵衣以应付需索时，补述薛家也经营了当铺：

> 宝钗道："我到潇湘馆去。你且回去把那当票叫丫头送来，我那里悄悄的取出来，晚上再悄悄的送给你去，早晚好穿，不然风扇了事大。但不知当在那里了？"岫烟道："叫作'恒舒典'，是鼓楼西大街的。"宝钗笑道："这闹在一家去了。伙计们倘或知道了，好说'人没过来，衣裳先过来'了。"岫烟听说，便知是他家的本钱，也不觉红了脸一笑。

就这一项家业而言，一般的直觉反应都是负面的，尤其是第五十七回湘云捡到当票并了解其意涵后，与黛玉二人笑道："原来为此。人也太会想钱了，姨妈家的当铺也有这个不成？"众人笑道："这又呆了。'天下老鸹一般黑'，岂有两样的？"似乎更证实了这是一门"太会想钱"的黑暗行当。于是对薛氏一家怀有敌意的读者便借题发挥，丑化宝钗的人格。

但是，每一个人都有其主体能动性，所谓"虽在父兄，不能以移子弟"(曹丕《典论·论文》),不仅才性能力无法遗传,一个人的品格是否能直接等于他的家庭,本身就已经是一个大哉问,其复杂性牵涉万端,毫不考虑各种情况便一概混同为说,更属于成见与谣言的层次,不足为训;并且经营当铺是否便属于非法悖德的不良事业,也还是一个应该确认的前提,不能以粗略的直觉想当然尔。事实上,从《红楼梦》所奠基的清代旗人文化,以及与皇室密切相关的历史背景而言,薛家的当铺完全是合法的营生项目,并且与皇家及其所属的内务府有关。

历史学的研究指出:"由于清朝禁止皇族及八旗兵丁经营工商业,所以皇族经商记录并不多见,从档案中看到他们在清代初期经营的项目主要是当铺、钱庄。……清代皇帝的内务府开设当铺,在公主下嫁或皇子分府时赏给当铺,如荣安固伦公主下嫁时恩赏当铺一座,每月房租银一百三十两。庄静固伦公主出嫁时恩赏克勤当铺一座"①,可见当铺、钱庄的经营本就是皇族主要的商业活动,甚至成为公主的嫁妆,非但不是邪恶的行当,反倒是光明正大、显贵尊荣的。同时不仅皇帝的内务府开设当铺,内务府的包衣旗人若积存不少财产,也会以变通的方式,"暗地里出资本,请汉族人领东,经营商业。内务府人员出资所经营的商业,主要是两种买卖:一是古玩铺,二是当铺"。②则不仅曹雪芹以其自家的内务府包衣家世,

---

① 赖惠敏:《天潢贵胄——清皇族的阶层结构与经济生活》(台北:"中央研究院"近代史研究所,1997),第 6 章"皇族的经济生活",页 289—290。

② 赖惠敏:《清代的皇权与世家》(北京:北京大学出版社,2010),第 8 章"铁杆庄稼?清末内务府辛者库人的家户与生计",页 288。

应对当铺的经营十分熟悉,移植到小说中的薛家,也符合其"现领内府帑银行商"的背景。足见当铺不仅合法,并且是具有相当资产身分的显荣之业,绝不能以市井泼皮"醉金刚"倪二的放高利贷相提并论。

除清代历史背景下的"合法性"之外,也许还可以思考的是,当铺的存在是否有其"合理性"乃至"合情性"?从本质上来看,在"万法唯识"的东方哲学里,世间万事的意义往往存乎一心,同一件事的做法会因人而异,由此也决定了成败与价值。只要不心存成见,便可以思考:当铺的存在是因社会需要而生,无论贵贱贫富,当财务上出现一时窘迫所产生的金钱缺口,却又求助无门的时候,除非将有价物品直接变卖换取现金,否则当铺便是需钱孔急时唯一的救星。所谓"一文钱逼死好汉",这种末路绝境非亲身经历者不易体悟,然则钱从何处来?世间本无天上掉下银钱的道理,一旦面临山穷水尽之苦,若无亲朋好友慷慨解囊,又欠缺巧遇慈善家的运气,此际便只能向陌生人求助;但陌生人非亲非故,彼此没有情感与信赖的基础,如何可能无条件地以钱相予?并且既然奉茶赈粮、济衣盖屋、铺桥造路等物资的免费提供都已属于慈善的极致,更如何可能要求当铺以超越慈善的极致而直接奉送银两?只要设身处地,便知实为强人所难。即使不将本求利,也至少必须避免亏损,足以维持各种营运,因此,当铺付出银两给上门的陌生人时要以等值物品作为担保,堪称无可厚非,不仅合乎情理,甚至可以说是陌生人的好意——它提供一个让人们继续保有重要物品、无须彻底割舍的希望与机会,所收取的利息实为合理而必须的报酬,是求助者应有的相对的回馈。一味抨击当铺的存在与意义，其实是出于局外人的主观愿望与偏颇认知，并不符合理性客观的要求。

因此，重新评估湘云与黛玉二人并在场众人所批评的"人也太会想钱了""天下老鸹一般黑"的那一段对话，并不是完全公平的评论。湘云、黛玉二人出身于对经济事务、财务难关一无所知的深宅大院，完全缺乏社会经验，属于厨娘柳家的所说的："水来伸手，饭来张口，只知鸡蛋是平常物件，那里知道外头买卖的行市呢。"（第六十一回）这样的千金小姐如何能感受到几文钱所带来的艰难？尤其在不问世事的诗书教养下，难免只要涉及金钱便觉得庸俗，故她们的感叹乃是来自出身背景的自然反应；而婆子们身为奴仆之流的底层人员，出入市井之间，乐于赌钱吃酒，所接触者应是泼皮"醉金刚"倪二之类，所言自属"不拿学问提着，便都流入市俗去了"（第五十六回）的市俗之见。若读者引述这段话以批评薛家，便不自觉地陷入"何不食肉糜"的错误思维。

换句话说，当铺本身是因应社会需要而形成的急难机构，只有在不肖业者收高利贷的情况下才算是趁人之危的吸血鬼，否则便可以成为救助急难的"类慈善团体"。而薛家的营运方式是哪一种呢？小说文本中并没有具体描绘，但若推敲"恒舒典"的铺名，字面上是"永远舒缓、总是舒坦"之义，已经隐隐然意味着至少在经营理念上是救助急难的，那上门求助的邢岫烟，岂不正是在孤立无援之中借以度过难关的一个具体案例？比起自家姑母邢夫人的苛扣、刁奴恶仆的欺榨，迫使无依弱女不得不走上典当之途，"恒舒典"适时伸出援手给予纾困，岂非仁慈得多？若再参照薛家的阶级特性、宝钗的家庭教育及其人品，似乎可以合理地推测，薛家当铺的营运方式应该是"类慈善团体"的这一种。

最重要的是，一般很容易忽略薛家事实上也"本是书香继世之家"，犹如杨懋建所注意到的，与《金瓶梅》"极力摹绘市井小人"迥然不同的是，《红楼梦》一反其意而"极力摹绘阀阅大家"①，笔下展演的"阀阅大家"，即包括：贾府为"世代诗书"（第十八回）、"代代读书"（第十九回）、"从祖宗直到二爷，谁不是寒窗十载"（第六十六回）的"诗书旧族"（第十三回）、"诗礼簪缨之族"（第一回）与"钟鸣鼎食之家，翰墨诗书之族"（第二回），林如海"之祖曾袭过列侯，今到如海，业经五世，……虽系钟鼎之家，却亦是书香之族"（第二回）、"世代书宦之家"（第五十七回），李纨系"金陵名宦之女，……族中男女无有不诵诗读书者"（第四回），王熙凤属"诗书大宦名门之家"（第四十五回）；至于其他与贾府无姻亲关系者，包括妙玉"祖上也是读书仕宦之家"（第十八回），故有贾母断言"世宦书香大家小姐都知礼读书"（第五十四回）的原则性推论。这才是理解薛家最切要的一个角度。

这类诗书与富贵相结合的书香世家（family with a literary reputation），提供了优良的教育资源，以及对心性气质的高雅熏陶。先就"读书学识"而言，既然学问是贵族得以存在的依据，而实际上人格的培养又在于学问②，同样地，薛父因"酷爱此女，令

---

① （清）杨懋建：《梦华琐簿》，一粟编：《红楼梦资料汇编》，卷4，页364—365。
② 详参［日］谷川道雄著，马彪译：《中国中世社会与共同体》（北京：中华书局，2004），页95—100。

其读书识字，较之乃兄竟高过十倍"（第四回），于是对于人格产生了高度的陶冶，小说中所聚焦而不断出现的贾、史、王、薛、李、林等重要人物，也都不外乎此，宝钗能说出"不拿学问提着，便都流入市俗去了"（第五十六回）的深刻体悟，更是其中最了解、也最受益于学问力量的一位女性。因此，一般以商人（即使是儒商）精神解释宝钗的性格内涵，其实是缘木求鱼。

但薛家就和贾府一样，都处在没落的最后阶段，宝钗的成长与转变也与此一过程有所关联。

（二）成长过程及转变

得天独厚的宝钗拥有与生俱来健康的体质与健全的家庭，这些都帮助她在各方面出类拔萃，展现出优雅美丽的非凡容态。小说家对宝钗描写，包括："生得肌骨莹润，举止娴雅"（第四回）、"容貌丰美"（第五回）、"肌肤丰泽"（第二十八回），都与黛玉形成不同的对比，小说中也多处就此一差异加以突显，例如：

宝玉在太虚幻境所遇到的女神兼美，其所兼之美，即包括"鲜艳妩媚，有似乎宝钗，风流袅娜，则又如黛玉"，可见"鲜艳妩媚"和"风流袅娜"是不同的美感类型，宝钗的"鲜艳妩媚"，具体地表现在"唇不点而红，眉不画而翠，脸若银盆，眼如水杏"（第八回），恰恰与宝玉的"面若中秋之月，色如春晓之花，……眉如墨画，面如桃瓣，目若秋波"（第三回）形成复制翻版的孪生品；至于体态上，宝玉的"越发发福"（第二十九回），也与宝钗的"体丰怯热""他们拿姐姐比杨妃"（第三十回）相近，因此成为彼此的显

性重象。再者,透过宝玉的眼光,宝钗之美比黛玉另具一种吸引力,所谓:

> 宝钗生的肌肤丰泽,容易褪不下来。宝玉在旁看着雪白一段酥臂,不觉动了羡慕之心,暗暗想道:"这个膀子要长在林妹妹身上,或者还得摸一摸,偏生长在他身上。"正是恨没福得摸,忽然想起"金玉"一事来,再看看宝钗形容,只见脸若银盆,眼似水杏,唇不点而红,眉不画而翠,比林黛玉另具一种妩媚风流,不觉就呆了,宝钗褪了串子来递与他也忘了接。
> (第二十八回)

这种莹润细腻、肌肤丰泽的美感,便透过"雪"的意象加以具体化。早在白居易《长恨歌》中,已将宝钗之重像杨贵妃形容为"雪肤花貌参差是",此一"雪肤花貌"也移到了宝钗身上,第六十五回中,兴儿对尤二姐描述家中的年轻女眷时说道:

> 我们家的姑娘不算,另外有两个姑娘,真是天上少有,地下无双。……还有一位姨太太的女儿,姓薛,叫什么宝钗,竟是雪堆出来的。每常出门或上车,或一时院子里瞥见一眼,我们鬼使神差,见了他两个,不敢出气儿。……那正经大礼,自然远远的藏开,自不必说。就藏开了,自己不敢出气,是生怕这气大了,吹倒了姓林的;气暖了,吹化了姓薛的。

说得满屋里都笑起来,以致鲍二家的打了兴儿一下子,笑道:"原有些真的,叫你又编了这些混话,越发没了捆儿。你倒不像跟二爷的人,这些混话倒像是宝玉那边的了。"其中,用"雪堆出来的"这个形象形容宝钗,从该段文字的上下文来看,尤其是"气暖了,吹化了姓薛的",乃是比喻她如雪般的白皙柔嫩、吹弹欲破,和林黛玉的楚楚纤弱、弱不禁风,都令人屏气凝神,小心翼翼地唯恐稍有损伤,犹如"含在口里怕化了,捧在手里怕碎了"的另式说法,却更新颖传神地表达出对美丽女子的呵护崇敬之心。可见宝钗、黛玉各有其美,却都绝色无匹,堪称"天上少有,地下无双"。

不过,在钗、黛各有其美之余,若还要强分高下,则宝钗仍是略胜一筹。书中即由众人之口对钗、黛高下给予定论,如第五回道:"如今忽然来了一个薛宝钗,年岁虽大不多,然品格端方,容貌丰美,人多谓黛玉所不及。"脂砚斋亦夹批云:"此句定评,想世人目中各有所取也。"第四十九回又借宝玉之口说"你们成日家只说宝姐姐是绝色的人物",从众家之评论可见,宝钗之美比起黛玉仍犹有过之,如此一来,宝钗所掣得的牡丹花签上题着"艳冠群芳""此为群芳之冠",便是对宝钗的如实描述。

这位少女既"生得肌骨莹润,举止娴雅",除得力于先天的健康体质与优异禀赋,更有赖于后天的教育陶冶,透过"品格端方"始能展现"举止娴雅"的优美风范。如脂砚斋所言:

> 瞧他写宝钗,真是**又曾经严父慈母之明训,又是世府千金,自己又天性从礼合节**,前三人(案:指宝玉、黛玉、湘云)

之长并归于一身。(第二十二回批语)

事实上,当宝钗因朝廷规定而进京待选的时候,依秀女的一般年龄为计,大约是十三岁(见下文),已经是一个身心大体发展的少女;但在来到贾府之前,这位才、德、貌兼备的少女也并非凭空而生,而是经历了一段由女童到少女的成长过程与转变,在"世府千金"的身分下"曾经严父慈母之明训",然后才有读者所熟悉的薛宝钗典型。

关于宝钗的成长过程及其转变,小说中一共有两处涉及,提供了了解宝钗的重要线索。首先,在第四十二回"蘅芜君兰言解疑癖"一段情节中,隐藏了宝钗成长过程的转变关键,她对黛玉说道:

你当我是谁,我也是个淘气的。从小七八岁上也够个人缠的。我们家也算是个读书人家,祖父手里也爱藏书。先时人口多,姊妹弟兄都在一处,都怕看正经书。弟兄们也有爱诗的,也有爱词的,诸如这些《西厢》《琵琶》以及《元人百种》,无所不有。他们是偷背着我们看,我们却也偷背着他们看。后来大人知道了,打的打,骂的骂,烧的烧,才丢开了。所以咱们女孩儿家不认得字的倒好。

这时,林黛玉自承是十五岁,则宝钗大约是十七岁。从她的自述中可知,在七八岁之前,也是一个"够个人缠"的"淘气"女童,会做一些诸如偷看禁书的不守规矩之事。参照清末传教士泰勒·何德兰(Isaac Taylor Headland, 1859—1942)以异国外来者的目光,对所见的中国儿童所作的描述：

> 那些和其他国家的孩子出生时起点是一样的中国孩子，……逐步形成一些中国孩子所特有的特点。他们会变得"淘气"，这意思是说他们有点调皮，或者说他们喜欢惹麻烦，有些难以对付。①

此一说法较诸宝钗的夫子自道，简直是如出一辙，则身为这样的中国儿童之一，幼年的薛宝钗除了与其他玩伴偷看杂书，应该也会玩着当时女童们赶集、转磨、卖花、钻花瓶、找金子、猜谜之类的团体游戏②，也必然包括她长成少女之后偶尔忘情投入的扑蝶玩耍（第二十七回），构成童年淘气的具体情景。直到七八岁受到了大人严厉的管教，才回归闺秀的正轨，迄今大约十年。另外，第五十七回描述道：

> 宝钗又指他裙上一个碧玉佩问道："这是谁给你的？"岫烟道："这是三姐姐给的。"宝钗点头笑道："他见人人皆有，独你一个没有，怕人笑话，故此送你一个。这是他聪明细致之

---

① ［美］泰勒·何德兰著，魏长保、黄一九、宣方译：《中国的男孩和女孩》，收入《孩提时代：两个传教士眼中的中国儿童生活》（北京：群言出版社，2000），页30。
② 有关中国儿童的游戏名目，参前注书，页69—85；［英］坎贝尔·布朗士（K. Blanche）著：《童话中国》（The Chinese Children），收入《孩提时代：两个传教士眼中的中国儿童生活》，页195—199。

处。但还有一句话你也要知道，这些妆饰原出于大官富贵之家的小姐，你看我**从头至脚**可有这些**富丽闲妆**？然七八年之先，我也是这样来的，如今一时比不得一时了，所以我都自己该省的就省了。将来你这一到了我们家，这些没有用的东西，只怕还有一箱子。咱们如今比不得他们了，**总要一色从实守分为主**，不比他们才是。"

由"七八年之先，我也是这样来的"之说，可见宝钗自幼也是和一般大官富贵之家的小姐一样浑身"富丽闲妆"，直到七八年之前才一变而为如今的"总要一色从实守分为主"，推算起来当时大约十岁。将以上两段情节合并以观，清楚显示了宝钗的成长过程是：最早阶段乃和其他人一样的淘气女童，转变关键在于七八岁时大人正式介入的积极教育，自大约十岁以后便诞生了特属于宝钗的典型人格。而这也和宝钗服用冷香丸的年龄相当，可见作者是刻意设计安排，绝非偶然巧合，请参照下文。

不仅如此，宝钗的转变除教育力量的介入之外，让宝钗从"富丽闲妆"到"总要一色从实守分为主"的因素，还包括薛家的实质没落所带来的家庭危机感。所谓"如今一时比不得一时了""咱们如今比不得他们了"，以及"难道我们当日也是这样冷落不成"（第七十八回），这种没落一则是来自当家无人、经营不善，如第四回所说的："自薛蟠父亲死后，各省中所有的买卖承局、总管、伙计人等，见薛蟠年轻不谙世事，便趁时拐骗起来，京都中几处生意，渐亦消耗。"宝钗自己也是"自父亲死后，见哥哥不能依贴母怀，他便不以书字为事，只留心针黹家计等事，好为母亲分忧解劳"，可见薛父的亡故有如支柱倾颓，是家族没落的一大关键。

再则，在清代"随代降等承袭爵位"的朝廷制度之下①，宁荣二公的国公地位世袭势必传承数代即告终绝，也确实宝玉所属的玉字辈这一代已是将面临平民化的存亡关头，财务状况更出现了重大缺口，则"如今一时比不得一时"的薛家应该也步入同样的宿命轨道。由宝钗对王夫人所劝告的：

> 据我看，园里这一项费用也竟可以免的，**说不得当日的话**。姨娘深知我家的，**难道我们当日也是这样冷落不成**。（第七十八回）

可见两家都是在由盛而衰的没落下趋状态，诚然是"一损皆损"的

---

① 即除了"世袭罔替"的八位铁帽子王之外，清朝一般亲王子孙的世袭爵位都是降一等承袭，由"亲王──→郡王──→世子──→贝勒──→贝子──→国公"一路递降，史载："顺治六年，复定为亲、郡王至奉恩将军凡十二等，有功封，有恩封，有考封。惟睿、礼、郑、豫、肃、庄、克勤、顺承八王，以佐命殊勋，世袭罔替。其他亲、郡王，则世降一等，有至镇国公、辅国公而仍延世赏者。若以旁支分封，则降至奉恩将军，追世次已尽，不复承袭。"（清）赵尔巽等撰：《清史稿》（北京：中华书局，1988），卷161"皇子世表一"，页4701。另参金寄水、周沙尘：《王府生活实录》（北京：中国青年出版社，1988），第1章"概述"，页14。而降到底级时，其收入比起王公差距甚大，可谓天壤之别，参赖惠敏：《天潢贵胄──清皇族的阶层结构与经济生活》，"绪言"，页18，第6章"皇族的经济生活"，页267。清廷对非爱新觉罗氏的异姓功臣所封的八旗世爵，更全部都只能降等承袭，贾府之情况可想而知。

共构关系；而在此困境之下，意欲延续家业，保有世族的规模，只有转向科举一途才有可能，林如海及其家族便是可资为鉴的先例。但宝玉作为贾家"无一可以继业"之子孙中唯一的"略可望成"者，尚且面临无材补天的结果，则薛家单脉独传的薛蟠更是全无指望，身为未嫁女儿的宝钗固然心知肚明，在三从四德的社会规范之下却无能为力，只得采取一切反求诸己的消极作为，一方面"不以书字为事，只留心针黹家计等事，好为母亲分忧解劳"，在情感上支持母亲；另一方面则是"都自己该省的就省了"，以为将来预作准备，虽然杯水车薪，却用心良苦。

从前面所引述的相关文本显示，宝钗是从大约十岁开始，就已经展露此一俭朴清省的风范，衣着服饰便是最直接的外显形态。薛姨妈以母亲的贴身观察总结道：

宝丫头古怪着呢，他从来不爱这些花儿粉儿的。（第七回）

脂砚斋亦指出："薛姨妈云，宝丫头不喜这些花儿粉儿的，则谓是宝钗正传。"连带地，宝钗也"最怕熏香，好好的衣服，熏得烟燎火气的"（第八回），这些恰恰都是增添女性魅力的加工品。并且宝钗不仅不喜欢外加的装饰物，连基本的必需品也都是以可用、够用为原则，绝不追新猎奇、夸富炫耀，接下来便透过宝玉的眼光，描绘出一幅勤俭的仕女肖像画：

宝玉听说，忙下了炕来至里间门前，只见**吊着半旧的红**

> **绸软帘**。宝玉掀帘一迈步进去，先就看见薛宝钗坐在炕上作针线，头上挽着漆黑油光的髻儿，蜜合色棉袄，玫瑰紫二色金银鼠比肩褂，葱黄绫棉裙，**一色半新不旧，看去不觉奢华**。（第八回）

"半旧""半新不旧"都说明宝钗的不慕荣华，因此，当满怀内疚的薛蟠努力要讨好深受委屈的妹妹，说道："妹妹如今也该添补些衣裳了。要什么颜色花样，告诉我。"宝钗却加以拒绝："连那些衣服我还没穿遍了，又做什么？"（第三十五回）可见她的衣箱里总躺着不见天日的新装，而那些衣裳应该都是逢年过节按礼节、依规矩裁制的；① 此外，宝钗不仅常穿旧衣，这些上身的旧衣也多半不是鲜艳起眼的色彩，和其他金钗们站在一起，就更显出她的低调风格：

> 只见众姊妹都在那边，都是一色大红猩猩毡与羽毛缎斗篷，独李纨穿一件青哆罗呢对襟褂子，薛宝钗穿一件莲青斗纹锦上添花洋线番羓丝的鹤氅。（第四十九回）

在清一色耀眼的大红对比下，李纨与宝钗两人的青色系显得暗沉许多。而宝钗的素净逼近寡妇李纨的风格，确实是始终一贯的简朴作

---

① 小说中多次写到贾府中的主仆每到年节时都会裁制新衣，如第四十五回凤姐向李纨提到自己忙于各式各样的家务事，其中即包括"还有年下你们添补的衣服，还没打点给他们做去"，又第五十一回袭人笑道："太太就只给了这灰鼠的，还有一件银鼠的。说赶年下再给大毛的，还没有得呢。"贾府之情况如此，薛家同理可推。

风,也反映在个人生活空间的布置经营上。第四十回随着刘姥姥的脚步来到了蘅芜苑,所见的内部场景堪称为极简主义的实践:

> 及进了房屋,雪洞一般,一色玩器全无,案上只有一个土定瓶中供着数枝菊花,并两部书,茶奁茶杯而已。床上只吊着青纱帐幔,衾褥也十分朴素。贾母叹道:"这孩子太老实了。你没有陈设,何妨和你姨娘要些。我也不理论,也没想到,你们的东西自然在家里没带了来。"说着,命鸳鸯去取些古董来,又嗔着凤姐儿:"不送些玩器来与你妹妹,这样小器。"王夫人凤姐儿等都笑回说:"他自己不要的。我们原送了来,他都退回去了。"薛姨妈也笑说:"他在家里也不大弄这些东西的。"贾母摇头道:"使不得。虽然他省事,倘或来一个亲戚,看着不像;二则年轻的姑娘们,房里这样素净,也忌讳。我们这老婆子,越发该住马圈去了。……有现成的东西,为什么不摆?若很爱素净,少几样倒使得。我最会收拾屋子的,……如今让我替你收拾,包管又大方又素净。"

于富贵中力求洗尽铅华、素朴简净,完全符合侯门闺秀的道德涵养,正与庭院中所植的无数香花异草相呼应:包括藤萝薜荔、杜若蘅芜、茝兰清葛、紫芸青芷等等种类,都是出自《楚辞》《文选》的香草之属(第十七回),显然是刻意袭用屈原所创造的"香草美人"之文学象征传统,"香草"者,乃君子贤人之喻,带有人格之高洁与德性之芬芳的寓意。

不仅如此，如此在寒冷中绽放芳香的花草并非华而不实的浮面妆点而已，既呈现出"古之所谓香草，必其花叶皆香，而燥湿不变"[①]的存在特质，还进一步展现强韧的生命意志与崇高的品格节操，在秋寒里依然青翠葳蕤、果实累累，所谓"只觉异香扑鼻，那些奇草仙藤愈冷愈苍翠，都结了实，似珊瑚豆子一般，累垂可爱"（第四十回），意味着那独芳于萧飒中之异香远超过深山幽谷的春兰，那愈加苍翠的绿意也足以与松柏同青；而诸草同时结出的累垂果实，比诸春华秋实的"桃李红梨"以及犯寒傲霜的"橙黄橘绿"更是不遑多让。显然曹雪芹为蘅芜苑所设计的景致，乃是综合了松柏橙橘、梅兰竹菊之各种优点的总体结晶，可以说是对道德气节最全面、最高度的象征性展现，这也是此处得名为蘅芜苑的原因。由此可见，宝钗所居蘅芜苑的整个体性表现是内外一致、身心映衬，正是"富贵不能淫，贫贱不能移"的高节清操。

若进一步参照第三十七回宝钗所写《咏白海棠》一诗，作为抒情主体以主观角度的自我表白，其中以冰雪自喻其清洁贞正之心性情操，正具有个人写照的自传意义，所谓：

> 珍重芳姿昼掩门，自携手瓮灌苔盆。胭脂洗出秋阶影，冰雪招来露砌魂。
> 淡极始知花更艳，愁多焉得玉无痕。欲偿白帝凭清洁，不语婷婷日又昏。

---

① 语出《朱子辨正》，见（明）王象晋：《广群芳谱》，卷44，页1053。

那"胭脂洗出秋阶影,冰雪招来露砌魂""淡极始知花更艳"与"欲偿白帝凭清洁"的诗句,更可见其间一以贯之的精神契合,犹如脂批所云:

- 全是自写身分,讽刺时事,只以品行为先,才技为末。纤巧流荡之词,绮靡秾艳之语,一洗皆尽,非不能也,屑而不为也。
- 看他清洁自厉,终不肯作一轻浮语。
- 好极,高情巨眼能几人哉!

恰恰呼应了第五回《红楼梦曲·终身误》中"山中高士晶莹雪"的曲文。尤其是,这种"清洁自厉"的精神自然外显为从实守分、甘于恬淡,不屑于讨好家长权贵,只依礼而为、不失大体的言行,故《咏白海棠》诗对"纤巧流荡之词,绮靡秾艳之语"的"屑而不为",也同样表现在元妃省亲时奉命所作的应制诗上。脂砚斋便指出:

> 末二首是应制诗。余谓宝林此作未见长,何也,盖后文别有惊人之句也。在宝卿有生不屑为此,在黛卿实不足一为。(第十八回夹批)

对于薛、林二人之手笔都非颂圣之佳作,脂砚斋给了不同的解释:黛玉是能力不足,想做也做不到;宝钗则是游刃有余,却不屑为之。因此必须说,实际上真正不借机以应制诗讨好皇妃的人,是宝钗而不是黛玉,恰恰与一般读者的成见相反。

从情理逻辑而言，连可以当面讨好皇妃的应制诗，宝钗都是"有生不屑为此"，则背后所为，又更何须故作姿态？则在人物论述中常见的，将宝钗腕戴麝香串的做法视为逢迎皇妃之举，就显得不合情理；最多的是视之为希慕金玉良姻的表征，更属粗疏已极的想当然尔。

细究第二十八回"薛宝钗羞笼红麝串"的情节所述，元妃所赐之端午节礼项目是：宝玉的是上等宫扇两柄、红麝香珠二串、凤尾罗二端、芙蓉簟一领，其他人的则如袭人所言："老太太的多着一个香如意，一个玛瑙枕。太太、老爷、姨太太的只多着一个如意。你的同宝姑娘的一样。林姑娘同二姑娘、三姑娘、四姑娘只单有扇子同数珠儿，别人都没了。大奶奶、二奶奶他两个是每人两匹纱、两匹罗、两个香袋、两个锭子药。"兹不论李纨、凤姐等年轻媳妇另有安排，府中人是依伦理辈分而有等差之别，可列表如下以观之：

成　员	礼品项目			
贾　母	一个玛瑙枕	一个香如意	凤尾罗二端 芙蓉簟一领	上等宫扇两柄 红麝香珠二串
贾　政 王夫人 薛姨妈		一个香如意	凤尾罗二端 芙蓉簟一领	上等宫扇两柄 红麝香珠二串
贾宝玉 薛宝钗			凤尾罗二端 芙蓉簟一领	上等宫扇两柄 红麝香珠二串
林黛玉 众姊妹				上等宫扇两柄 红麝香珠二串

从这个表格中，清楚可见伦理辈分是最重要的依据，至于玉字辈的同一代中又区分出差异，则是以"家族继承人"的身分作为标准，众姊妹将来必属他姓，则宝钗之与宝玉同级，便等于是"宝二奶奶"的指派。无怪乎宝玉疑惑道："这是怎么个原故？怎么林姑娘的倒不同我的一样，倒是宝姐姐的同我一样！别是传错了罢？"而敏感的黛玉更领略到其中深意，道："我没这么大福禁受，比不得宝姑娘，什么金什么玉的，我们不过是草木之人！"于是又掀起二玉之间的一段风波。

其中，黛玉被降为姊妹等级，而宝钗被提升为宝玉一级的差序旨意固然十分明确，但考察两个等级的异同，二宝所多出者乃是"凤尾罗二端、芙蓉簟一领"，其余与众姐妹相同者则是"宫扇两柄、红麝香珠二串"，此即袭人所说"只单有扇子同数珠儿"的意思。可见宝钗左腕上所笼戴的红麝串子并不是用以区隔钗、黛之别的重要物件，反而正是等同彼此的共同品项所在。如此一来，将宝钗之笼戴红麝串视为希慕金玉良姻的表示，便是缺乏证据力的说法。

既然迥非承蒙钦点之沾沾心理的外显，而宝钗本性又是如此之不慕容饰，所谓"从来不爱这些花儿粉儿"（第七回），日常生活中也"从头至脚可有这些富丽闲妆"（第五十七回），则其所以特意笼戴红麝串的原因，便只是对贵妃赐礼的一种礼貌性表示。正如对元妃无甚新奇的灯谜诗，宝钗会刻意做出"口中少不得称赞，只说难猜，故意寻思，其实一见就猜着了"（第二十二回）的反应，这对尊重君臣之伦、谨守人际仪节的性格而言，都是顺理成章的自然表现。

至于宝钗颈挂金项圈的道理亦有异曲同工之处。金项圈是癞头和尚"给了两句吉利话儿，所以錾上了，叫天天带着；不然，沉甸甸的有什么趣儿"（第八回），脂砚斋就此说道：

一句骂死天下浓妆艳饰富贵中之脂妖粉怪。（第八回批语）

既感无趣，却又依嘱佩挂身上，乃因癞头和尚所给的冷香丸，是唯一能对其群医束手无策的无名喘嗽之症生效的"海上方"，既已确实展示了神通妙验之超凡能力，其所给予的"两句吉利话儿"也因之获得某种权威性，让薛宝钗在感到"沉甸甸的有什么趣儿"之余，愿意对其"叫天天带着"的嘱咐奉行如仪。则红麝串、金项圈的佩戴，都从文本中获得了比追求金玉良姻更合理的解释，亦足以提供《临江仙》一词非关攀附的佐证，请见下文。

必须说，宝钗的成长与转变，反映了"受得富贵，耐得贫贱"（第一百〇八回）的人品性情，显示出"豪华落尽见真淳"的底蕴。其可贵处一如明代洪应明《菜根谭》所言：

淡泊之守，须从浓艳场中试来；镇定之操，还向纷纭境上勘过。不然，操守未定，应用未圆，恐一临机登坛，而上品禅师，又成一下品俗士矣。①

---

① （明）洪应明：《菜根谭》，"应酬"，页41。

就此，已经和贾母深体时艰，主动省俭用度，实是如出一辙。如第四十七回贾母说道："凡百事情，我如今都自己减了。"又第七十五回贾母也提醒大家"上几次我就吩咐，如今可以把这些蠲了罢，你们还不听。如今比不得在先辐辏的时光了。"这些足证宝钗是一个足以承担家族命脉的"准母神"，是贾母之后的隔代继承人，成为家族败落后的精神支柱。

三、性格成因与生命哲学

此一"从浓艳场中试来"的淡泊之守，当然不可能是"直心而动""率性而行"的本能反应。一般以本能主义的角度批评检饬之人"矫情、逆性、昧心、抑志"，固然是曲解了荀子所说"化性起伪"的深刻意义，更偏离了《红楼梦》对人性价值所真正触及的复杂辩证性。第五回太虚幻境坊联的"假作真时真亦假"，以及第五十八回回目的"杏子阴假凤泣虚凰　茜纱窗真情揆痴理"，早已一再展现"真"固然会沦丧为"假"，"假"却也可以提炼成"真"，真假辩证为一，绝非对立互斥的复杂奥妙。尤其在谈到人性的真诚问题时，更不是"直心而动""率性而行"之类素朴已极的观念或作为就可以简单解决。

即使是从常识而言，"直心而动""率性而行"的"心""性"究竟是什么？这就已经是争论数千年而莫衷一是的大哉问。学者曾提出发人深省的问题：作为与自我（self）密切相关的概念，究竟何谓"真诚"？就其主要是指"公开表示的情感与实际的情感之间的一致性",所谓"对你自己忠实",亦即让社会中的"我"与内在的"自我"相一致,则由此将带来一系列的问题,且其中有些问题始终处于开放状态:第一,我们所要忠实的自我究竟是什么?它在何处藏身?它是随社会的变化、文化的熏陶、制度的规训、自身的努力等的改变而不断改变呢,还是具有某种生命体的坚硬性?第二,我们说我们是真诚的,但这是有待验证的,因此就出现了真实性问题,不仅是真诚是否真实的问题,而且是自我之真实性问题,是"存在的可靠性和个人存在的可靠性"问题。于是我们发现,真诚、真实与自我相互交缠在一起,同时它又与社会、文化、无意识理论等相交织。①

据此可见,连"自我究竟是什么"都是一个变动的、无法确定的、牵涉多端的复杂问题,"真诚"与否更是难以判断,毕竟自欺欺人非常容易,也是常见的情况,于是"问心无愧"绝不能作为判断道德与是非的标准。此处仍可以借心理学对人格结构的掌握,较清楚地说明这个问题,简要来看,所谓的"我"至少包括三个层次:

1. "本我"(id):受快乐原则(pleasure principle)所支配,包含性潜能和其他各种原始欲望、本能冲动在内的生物性部分,甚至包括情绪。

2. "自我"(ego):属于人格结构中的心理组成部分。

---

① 这些问题的提出,见刘佳林:《诚与真的历史文化脉动》,[美]莱昂内尔·特里林著,刘佳林译:《诚与真:诺顿演讲集,1969—1970》(南京:江苏教育出版社,2006),代译序,页2—3。

3. "超我"（super-ego）：遵循的是完美原则，属于人格结构中的道德部分。能够独立出"本我"之外，使人观察自我内心讯息的建立、处理、控制、移转、模式等活动细节成为可能。

如此一来，"对你自己忠实"所可以忠实的对象便至少有三个。以薛蟠为例，他始终也是"直心而动""率性而行"之流，但很明显地，他所忠实的自我是受快乐原则所支配的"本我"（id），因此满纸的食色性也，虽然诚实无伪，却无法令人恭维，属于"直心而动""率性而行"时最明显的流弊，这已经足以推翻将"直心而动""率性而行"当作人性价值的常见谬论。更应该注意的是，如果"我们所要忠实的自我"是遵循完美原则的"超我"（super-ego），则宝钗的努力与成果不仅难得，属于人性更高层次的升华，也同样是真诚的体现，合乎真诚的原则。

换言之，一般以为最表里不一的薛宝钗，其实仍表现出另一种意义的真诚，如莱昂内尔·特里林（Lionel Trilling, 1905—1975）所言："英国人要求一个真诚的人在交流时不要欺骗或误导，此外就是要求**对手头承担的不管什么工作专心致志**。不是按照法国方式认识自己并公开自己的认识，而是在**行为、举止，即马修·阿诺德所谓的'差事'方面与自身保持一致**——这就是英国的真诚。"[①] 而

[①] ［美］莱昂内尔·特里林著，刘佳林译：《诚与真：诺顿演讲集，1969—1970》，页59。

这确实是较费力却也最珍贵的一种真诚,特里林便进一步发人深省地指出:

> 如果真诚是通过忠实于一个人的自我来避免对人狡诈,我们就会发现,不经过最艰苦的努力,人是无法到达这种存在状态的。①

换言之,"真诚"需要最艰苦的努力,它的价值也正在这里。据此,"直心而动""率性而行"只不过是一种人格特质、而非人格价值,并且该特质也以毫不费力的自我中心方式来展现,高下之别,判然可分。

(一)健全的社会意识

首先,宝钗的家庭环境与人伦关系是十分健全的,第四回谓:"当日有他父亲在日,酷爱此女,令其读书识字,较之乃兄竟高过十倍。"虽然父亲早逝,但仍给了宝钗一段美好的父女关系,并且获得了读书识字、开发性灵的机会。至于生母薛姨妈固然溺爱薛蟠,纵容出一个不学无术的"呆霸王",在母女关系上却是值得表彰的模范母亲。第四十五回描写宝钗"至母亲房中商议打点些针线来,……每夜灯下女工必至三更方寝",脂批云:

---

① [美]莱昂内尔·特里林著,刘佳林译:《诚与真:诺顿演讲集,1969—1970》,页7。

"商议"二字,直将**寡母训女多少温存**活现在纸上。

如此亲昵温存的母女关系不仅培养出一个聪慧有礼、举止娴雅的女儿,最重要的是,这个女儿得以拥有均衡的心灵与厚实的人格,在健全的社会意识下和谐稳定地展开动荡无常的人生旅途。

个体心理学家阿尔弗雷德·阿德勒(Alfred Adler, 1870—1937)曾提出这样的观点:一个人要成为正常而健康的人,就必须通过合作和建设性的姿态将自身融于社会之中,借此获得一种社会意识,亦即对他人怀有一种社会兴趣。"社会兴趣"是一种与他人和谐生活、友好相处的内在需要,不仅包括人们对所爱者和朋友的直接感情,还包括对现在和未来的全部感情,而其表现形式是多样化的:

第一,是平时或困难时与他人合作、帮助他人的准备状况;

第二,是在与他人交往时保持着"给多于取"的倾向;

第三,还表现为对他人的思想、情感、经验给予理解的能力。

不过,个体与生俱来的通常只是一种社会兴趣的潜能,要保证这种固有的潜能在个体后天的生活中被认知并获得充分的发展,儿童时期的母亲便发挥了关键性的重要作用。母亲是儿童最初接触到的、最主要的社会环境因素,母子关系是建立以后与他人发生的社会关系的雏型,母子之间早期交往的性质,从根本上决定了儿童今后能否以一种健康坦诚的态度对待他人。①

以如此的观察切入薛宝钗的成长经验,可以确信宝钗的健全人格与高度的社会意识,主要是获益于薛姨妈所给予的良好母教,自始母女之间的互动性质就是温暖的、安全的,小说中也对此多方呈现。试看第五十七回薛姨妈对钗、黛二人提到"千里姻缘一线牵"的道理,说道:

"比如你姊妹两个的婚姻,此刻也不知在眼前,也不知在山南海北呢。"宝钗道:"惟有妈,说动话就拉上我们。"一面说,一面伏在他母亲怀里笑说:"咱们走罢。"黛玉笑道:"你瞧,这么大了,离了姨妈他就是个最老道的,见了姨妈他就撒娇儿。"薛姨妈用手摩弄着宝钗,叹向黛玉道:"你这姐姐就和凤哥儿在老太太跟前一样,有了正经事就和他商量,没了事亏他开开我的心。我见了他这样,有多少愁不散的。"黛玉听说,流泪叹道:"他偏在这里这样,分明是气我没娘的人,故意来刺我的眼。"宝钗笑道:"妈瞧他轻狂,倒说我撒娇儿。"薛姨妈道:"也怨不得他伤心,可怜没父母,到底没个亲人。"又摩娑黛玉笑道:"好孩子别哭。你见我疼你姐姐你伤心了,你不知我心里更疼你呢,你姐姐虽没了父亲,到底有我,有亲哥哥,这就比你强了。"

---

① 以上一段本诸王小章、郭本禹:《潜意识的诠释——从弗洛伊主义到后弗洛伊德主义》,第2章,页60—61。

这段对话不仅显示宝钗母女的舐犊情深，也刚好指出有母亲、有哥哥的家庭环境，是宝钗比黛玉强的成长条件，对人格的养成也发挥更成熟的正面作用。确实必须说，薛氏一家母子三人的关系是十分和乐的，宝钗与兄长薛蟠也是手足情深，这位哥哥虽然粗鲁不文，与优雅细致的妹妹大相径庭，却无损于浓厚的兄妹之情，对妹妹呵护备至。例如第二十五回宝玉被魔法所祟时，举家陷入一片混乱：

> 别人慌张自不必讲，独有薛蟠更比诸人忙到十分去：又恐薛姨妈被人挤倒，又恐薛宝钗被人瞧见，又恐香菱被人臊皮，……因此忙的不堪。

薛蟠对母亲、妹妹、妾室等至亲的疼惜保护之心，实毋庸置疑。因此，当第四十八回薛蟠终于想要脱离母荫以求长大独立，向薛姨妈征得同意出一趟远门作买卖后，启程的那日，"一早，薛姨妈宝钗等直同薛蟠出了仪门，母女两个四只泪眼看他去了，方回来"，可见依依不舍。

等到第六十七回薛蟠游历归来时，特地给母亲、妹妹带回两大箱的各种土产礼物，给宝钗的一箱装的"是些笔、墨、纸、砚，各色笺纸、香袋、香珠、扇子、扇坠、花粉、胭脂等物；外有虎丘带来的自行人、酒令儿，水银灌的打筋斗小小子，沙子灯，一出一出的泥人儿的戏，用青纱罩的匣子装着"，可见各色礼物既实用，又有趣，送礼自用皆宜，是经过用心准备的。其中最特别的是：

又有在虎丘山上泥捏的薛蟠的小像,与薛蟠毫无相差。宝钗见了,别的都不理论,倒是薛蟠的小像,拿着细细看了一看,又看看他哥哥,不禁笑起来了。

这个泥捏的小小人像,作为薛蟠的缩影,既逼真又娇小,产生了一种滑稽可爱的童趣,其中自亦存有薛蟠请人捏塑时那分好玩的赤子之心,因此宝钗才会仔细观赏并不禁笑起来,自幼扶持、相亲相爱的兄妹之情便在此一小小情节中展露无遗。

因而,兄妹之间即使不免在极少数的特殊情况下出现唇齿风波,却也都是更深地呈现这分人伦亲情。先前第三十四至三十五回中,薛蟠因狗急跳墙而口不择言地歪派宝钗对宝玉有私情秘恋之心,单单只是"从先妈和我说,你这金要拣有玉的才可正配,你留了心,见宝玉有那劳什骨子,你自然如今行动护着他"这几句今天看来无关紧要的话,便足以导致当场宝钗气怔而哭、薛姨妈气得乱战,立即以"那孽障说话没道理"对宝钗加以劝慰,而满心委屈气忿的宝钗回到房中后仍整整哭了一夜,次早起来也无心梳洗,去望候薛姨妈时,又由不得哭将起来,薛姨妈也随之哭了一场,一面又劝她:"我的儿,你别委曲了,你等我处分他。你要有个好歹,我指望那一个来!"母女相连的一体性更清楚可见;随后满怀内疚的薛蟠则是百般道歉,不仅自承撞客胡说,甚至借此"发昏"之举发誓痛改前非,宣誓道:

"我若再和他们一处逛,妹妹听见了只管啐我,再叫我畜生,不是人,如何?何苦来,为我一个人,娘儿两个天天操心!妈为我生气还有可恕,若只管叫妹妹为我操心,我更不是人了。如今父亲没了,我不能多孝顺妈多疼妹妹,反教娘生气妹妹烦恼,真连个畜生也不如了。"口里说着,眼睛里禁不起也滚下泪来。

一个自幼"性情奢侈,言语傲慢"(第四回),原本"天不怕地不怕"(第三十四回)的霸王,竟如此之敬母惜妹,唯恐母亲生气、妹妹烦恼,还深自忏悔立誓改过,若非血浓情深,实不足以至此。无怪乎薛蟠接着更极力赔罪弥补过失,又要帮妹妹炸一炸金项圈,又道:"妹妹如今也该添补些衣裳了。要什么颜色花样,告诉我。"可见薛氏兄妹的情谊醇厚感人。

就在这种伦常关系健全、家庭成员亲密互爱的成长环境中,那与所有人天生皆具的与他人和谐生活、友好相处的内在需要,便在宝钗的人格中获得充分满足,因而培养出健康坦诚的态度对待他人。一个内在充盈的人自能乐与他人分享,在日常生活中也确实处处展现了与他人合作、帮助他人的状况,并保持着"给多于取"的倾向,更可贵的是表现为对他人的思想、情感、经验给予理解的能力,达到孔子所说的:"老者安之,朋友信之,少者怀之。"(《论语·公冶长》)从而成为一个深具儒家思想精髓的"世俗人文主义者",获得了曹雪芹给予孔子才享有的"时"字定评。

（二）世俗人文主义者

这种帮助他人的准备状况、保持着"给多于取"的倾向，尤其是对他人的思想、情感、经验给予理解的能力，正是宝钗最鲜明的性格特征。尤其是以如此之出身优越、享有荣华富贵的成长条件，宝钗却没有落入骄奢任性的腐化，反而表现出"饱而知人之饥，温而知人之寒，逸而知人之劳"[1]的体贴，心性之崇高可以想见。

以湘云而言，第三十二回透过宝钗对袭人所说的一番话，表明其居家的辛酸：

> 你这么个明白人，怎么一时半刻的就不会体谅人情。我近来看着云丫头神情，再风里言风里语的听起来，那云丫头在家里竟一点儿作不得主。他们家嫌费用大，竟不用那些针线上的人，差不多的东西多是他们娘儿们动手。为什么这几次他来了，他和我说话儿，见没人在跟前，他就说家里累的很。我再问他两句家常过日子的话，他就连眼圈儿都红了，口里含含糊糊待说不说的。想其形景来，自然从小儿没爹娘的苦。我看着他，也不觉的伤起心来。……上次他就告诉我，在家里做活做到三更天，若是替别人做一点半点，他家的那些奶奶太太们还

---

[1] 《晏子春秋》载："景公之时，雨雪三日而不霁。公被狐白之裘，坐堂侧陛。晏子入见，立有间，公曰：'怪哉！雨雪三日而天不寒。'晏子对曰：'天不寒乎？'公笑。晏子曰：'婴闻古之贤君，饱而知人之饥，温而知人之寒，逸而知人之劳。今君不知也。'公曰：'善！寡人闻命矣。'"《四部丛刊初编》史部（台北：台湾商务印书馆，1979），《内篇·谏上》，页11。

不受用呢。

可见宝钗观察入微也体贴入微,是其他的女儿们都望尘莫及的,连从小服侍过湘云且情感极好的袭人都达不到。于是第三十七回描写湘云参加了海棠诗社后,与宝钗灯下计议如何设东拟题:

> 宝钗听他说了半日,皆不妥当,因向他说道:"既开社,便要作东。……你家里你又作不得主,一个月通共那几串钱,你还不够盘缠呢。这会子又干这没要紧的事,你婶子听见了,越发抱怨你了。况且你就都拿出来,做这个东道也是不够。难道为这个家去要不成?还是往这里要呢?"一席话提醒了湘云,倒踌蹰起来。宝钗道:"这个我已经有个主意。我们当铺里有个伙计,他家田上出的很好的肥螃蟹,前儿送了几斤来。现在这里的人,从老太太起连上园里的人,有多一半都是爱吃螃蟹的。前日姨娘还说要请老太太在园里赏桂花吃螃蟹,因为有事还没有请呢。你如今且把诗社别提起,只管普通一请。等他们散了,咱们有多少诗作不得的。我和我哥哥说,要几篓极肥极大的螃蟹来,再往铺子里取上几坛好酒,再备上四五桌果碟,岂不又省事又大家热闹了。"湘云听了,心中自是感服,极赞他想的周到。宝钗又笑道:"我是一片真心为你的话。你千万别多心,想着我小看了你,咱们两个就白好了。你若不多心,我就好叫他们办去的。"

这种热心助人，却又体贴到受助者的脆弱心理，避免以施舍者的高姿态引起对方的自卑感，正是高贵无比的品格。

尤其对黛玉，宝钗更是不计较她的敌意而真诚以待，先是第四十二回教导她不该看杂书以免败坏情性，有违大家闺秀的教养，从黛玉当场心服口服，感激于宝钗的无私教诲，事后又有感而发，说道：

> 细细算来，我母亲去世的早，又无姊妹兄弟，我长了今年十五岁，竟没一个人像你前日的话教导我。怨不得云丫头说你好，我往日见他赞你，我还不受用，昨儿我亲自经过，才知道了。（第四十五回）

可见宝钗的这一举动也是别人做不到的。府中人或者担心黛玉不悦导致增添病情而不敢说，或者唯恐触怒黛玉引起纷扰而不肯说，于是黛玉固然备受长辈宠爱，身旁也围绕着诸多表姊妹，但却只有宝钗一人愿意如同家人般当面以逆耳忠言指陈缺失，而不是背后批评乃至漠不关心，展现出一种出自至诚的真正的爱，因此才能让黛玉如此之感服。一般将这段情节解释为宝钗以谋略"收服"黛玉，以去除前往宝二奶奶之路的障碍，实为粗疏已极的无知之说，既严重曲解宝钗的人格高度，更不了解当时上流精英家庭必以"父母之命，媒妁之言"为依归的礼教规范，若真有意要争取宝二奶奶，收服黛玉的感情是完全没用的。

也因为是真诚以待，第四十五回宝钗关心黛玉的病情，建议熬燕窝以滋阴补气,黛玉乃倾诉自己多病却不敢劳驾下人熬汤煮药的为难,宝钗笑道:"将来也不过多费得一副嫁妆罢了,如今也愁不到这里。"黛玉听了,不觉红了脸,笑道:"人家才拿你当个正经人,把心里的烦难告诉你听,你反拿我取笑儿。"宝钗笑道:"虽是取笑儿,却也是真话。你放心,我在这里一日,我与你消遣一日。你有什么委屈烦难,只管告诉我,我能解的,自然替你解一日。……你才说的也是,多一事不如省一事。我明日家去和妈妈说了,只怕我们家里还有,与你送几两,每日叫丫头们就熬了,又便宜,又不惊师动众的。"虽然后来宝玉得知此事,认为这不是长久之计而转透露给贾母,由贾府接手赠燕窝熬汤,但宝钗开启了此一善端,用心与义举都令人感佩。

此外,对于薛蟠所纳的爱妾,宝钗也充分把握帮助她的机会。第四十八回写香菱入园,关键在薛蟠出门做买卖后,宝钗便对薛姨妈说道:"妈既有这些人作伴,不如叫菱姐姐和我作伴去。我们园里又空,夜长了,我每夜作活,越多一个人岂不越好。"目的就是为了要满足香菱的心愿,因此香菱感谢宝钗道:

"我原要和奶奶说的,大爷去了,我和姑娘作伴儿去。又恐怕奶奶多心,说我贪着园里来顽;谁知你竟说了。"宝钗笑道:"我知道你心里美慕这园子不是一日两日了,只是没个空儿。就每日来一趟,慌慌张张的,也没趣儿。所以趁着机会,越性住上一年,我也多个作伴的,你也遂了心。"

若非将香菱的渴望看在眼里、放在心上,又如何能主动为之争取,并且合情合理,不节外生枝?香菱也果然顺利入园,开始学诗作诗,获得了一个孤女侍妾所不能妄想的吟咏岁月,以及一生中最风雅幸福的阶段。

同样地,对远房穷亲戚邢岫烟,"宝钗自见他时,见他家业贫寒,二则别人之父母皆年高有德之人,独他父母偏是酒糟透之人,于女儿分中平常;邢夫人也不过是脸面之情,亦非真心疼爱;且岫烟为人雅重,迎春是个有气的死人,连他自己尚未照管齐全,如何能照管到他身上,凡闺阁中家常一应需用之物,或有亏乏,无人照管,他又不与人张口。宝钗倒暗中每相体贴接济",因此,不久后也注意到其衣着不合季节的小小异样,随之理解状况后,还给予深谋远虑的解决方案。书中描述道:

> 二人在半路相遇。宝钗含笑唤他到跟前,二人同走至一块石壁后,宝钗笑问他:"这天还冷的很,你怎么倒全换了夹的?"岫烟见问,低头不答。宝钗便知道又有了原故,……宝钗听了,愁眉叹道:"偏梅家又合家在任上,后年才进来。若是在这里,琴儿过去了,好再商议你这事。离了这里就完了。如今不先完了他妹妹的事,也断不敢先娶亲的。如今倒是一件难事。再迟两年,又怕你熬煎出病来。等我和妈再商议,有人欺负你,你只管耐些烦儿,千万别自己熬煎出病来。不如把那一两银子明儿也越性给了他们,倒都歇心。你以后也不用白给那些人东西吃,他尖刺让他们去尖刺,很听不过了,各人走开。

倘或短了什么，你别存那小家儿女气，只管找我去。并不是作亲后方如此，你一来时咱们就好的。便怕人闲话，你打发小丫头悄悄的和我说去就是了。"岫烟低头答应了。（第五十七回）

其中宝钗并未要求岫烟一味忍让，虽然要她将剩下的一两索性奉送给刁奴恶仆，但目的却是以釜底抽薪之法，杜绝对方永无止尽的贪婪侵逼：既还有一两银子可以觊觎，小人便会借口需索无度，反倒造成更多的赔垫，而永无宁日。同时还劝岫烟各种保护自己的方法，包括心性坚强、适时求助，诚为善解心结的可人儿。

再如第五十二回，宝琴提到她见过海外真真国的十五岁女孩子，除了连绘画都描摹不出的美丽之外，"有人说他通中国的诗书，会讲五经，能作诗填词，因此我父亲央烦了一位通事官，烦他写了一张字，就写的是他作的诗"，众人都称奇道异，宝玉忙笑道：

"好妹妹，你拿出来我瞧瞧。"宝琴笑道："在南京收着呢，此时那里去取来？"宝玉听了，大失所望，便说："没福得见这世面。"黛玉笑拉宝琴道："你别哄我们。我知道你这一来，你的这些东西未必放在家里，自然都是要带了来的，这会子又扯谎说没带来。他们虽信，我是不信的。"宝琴便红了脸，低头微笑不语。宝钗笑道："偏这个颦儿惯说这些白话，把你就伶俐的。"黛玉笑道："若带了来，就给我们见识见识也罢了。"宝钗笑道："箱子笼子一大堆还没理清，知道在那个里头呢！等过日收拾清了，找出来大家再看就是了。"又向宝琴道："你若记得，何不念念我们听听。"

宝琴因为准备发嫁远道而来，在有去无回、不需要再归返薛家的情况下，行李必然众多，犹如搬家，则迭收于庞大杂物中薄薄的一张诗稿何处找去？虽不比大海捞针，一时片刻也很难寻觅踪迹，缓不济急，何况翻箱倒柜极其费事，至少需要多日的清理，眼前又何必节外生枝？宝玉无知于宝琴的远客处境，此一缺乏设身处地的要求实不免轻率，而宝琴碍于情面不好拒绝，只能推托说没有带来，这也是人情之常的轻巧反应。但当大家都被宝琴瞒骗过去，或体谅地不加点破的时候，只有黛玉洞察人性情理，认定宝琴必然将这篇宝贵的外国笔墨随行带来，诚然伶俐剔透，却又因为情分亲近且性格直率，直接将宝琴的谎言当众揭穿，甚至随之重覆宝玉的轻率要求，更加强人所难，于是宝钗立刻出面解围打了圆场，既解除宝琴的为难，也满足了大家的好奇，堪称玲珑之至。

这类的例子很多，以上仅是略举数例以观之，但已足以显示宝钗"老者安之，朋友信之，少者怀之"的心性胸怀与能力智慧。唯其如此，在处理群众的事务时，宝钗所秉持的总原则便是"雅俗共赏"，前引对湘云还席的建议是"虽然是个顽意儿，也要瞻前顾后，又要自己便宜，又要不得罪了人，然后方大家有趣"，接着所提供的具体做法也确实达到"又省事又大家热闹"，而私下给予黛玉燕窝的做法乃是"又便宜，又不惊师动众的"，都已显示出面面俱全的处置之道。至于明确提示雅俗共赏之原则者，包括：

第五十回当贾母叫作灯谜时，宝钗建议大家道："不如作些浅近的物儿，大家**雅俗共赏**才好。"第六十二回庆生行酒令时，平儿用箸拈出"射覆"之戏，宝钗便笑道："这里头倒有一半是不会的，不如毁了，另拈一个**雅俗共赏**的。"由此便照顾到座中不识字的袭人、晴雯等丫鬟们。尤其是第六十七回薛蟠贩货归来，带回一大箱礼物，"宝钗到了自己房中，将那些玩意儿一件一件的过了目，除了自己留用之外，一分一分配合妥当，也有送笔墨纸砚的，也有送香袋扇子香坠的，也有送脂粉头油的，有单送顽意儿的。只有黛玉的比别人不同，且又加厚一倍。——打点完毕，使莺儿同着一个老婆子，跟着送往各处。"隐藏在此一送礼中的大智慧，接着便透过赵姨娘的观察加以概述，其心中想道：

怨不得别人都说那宝丫头好，**会做人**，**很大方**，如今看起来果然不错。他哥哥能带了多少东西来，他挨门儿送到，**并不遗漏一处**，**也不露出谁薄谁厚**。连我们这样没时运的，他都想到了。要是那林丫头，他把我们娘儿们正眼也不瞧，那里还肯送我们东西？

正因为这样讲求事事周详、处处全备的思考方式与处事风格，于是当黛玉收受她所致赠之燕窝，而以"东西事小，难得你多情如此"之说辞道谢时，宝钗的回答才会是："只愁我人人跟前失于应候罢了。"（第四十五回）这并不是宝钗对黛玉不够真诚，只把她当作需要"应候"的一般人，而是对自己真切遵行的一贯原则的如实表白，"应候"也不宜解释为"应酬"，而应该是"回应守候"之意。

基于此一性格，宝钗的所作所为都务求面面俱到，为湘云筹办的螃蟹宴，不仅湘云"极赞他想的周到"（第三十七回），贾母也称赏道："我说这个孩子细致，凡事想的妥当。"（第三十八回）至于薛蟠听了母亲所转述的慰劳员工的建议后，同样甚表同意："倒是妹妹想的周到。"（第六十七回）如是种种，一如《菜根谭》所言：

  贫贱所难，不难在砥节，而难在用情；富贵所难，不难在推恩，而难在好礼。①

宝钗固然善于推恩，却既有情、又好礼，使受恩者感到体贴的温暖而不是生受的屈辱，因此才能碰触到柔软脆弱的人心，湘云便感慨道："我但凡有这么个亲姐姐，就是没了父母也是没妨碍的。"说着，眼睛圈儿就红了。而当面对低下的贫拙之辈时，即使谈不上推恩，至少也绝不嘲讽打趣，以刘姥姥逛大观园为例，她在宴席上的种种洋相与俚俗言语，导致现场如爆炸般的大笑失控：

  上上下下都哈哈的大笑起来。史湘云撑不住，一口饭都喷了出来；林黛玉笑岔了气，伏着桌子嗳哟；宝玉早滚到贾母怀里，贾母笑的搂着宝玉叫"心肝"；王夫人笑的用手指着凤姐儿，只说不出话来；薛姨妈也撑不住，口里茶喷了探春一裙子；探春手里的饭碗都合在迎春身上；惜春离了坐位，拉着他

---

① （明）洪应明：《菜根谭》，"评议"，页 50—51。

奶母叫揉一揉肠子。地下的无一个不弯腰屈背。(第四十回)

连孤僻成性的惜春都被卷入这场盛大澎湃的狂欢笑浪中，唯独宝钗不在其中；并且不仅此一场面，在整个刘姥姥陪游的过程里，宝钗始终没有跟着别人一起嘲笑，既是庄重自持，也是悲悯不忍。

尤其值得注意的是，宝钗的雅俗共赏并不只是为了不得罪人，所谓"又要自己便宜"便指出与应候他人同样重要的一点，也就是不流于乡愿、不委屈求全，务必谨守中道量力而为，在自己的能力范围内做事，没有倾家荡产来帮助别人、牺牲自己以满足他者的道理。这正合乎孔子所说的"直"的标准：

孰谓微生高直！或乞醯焉，乞诸其邻而与之。(《论语·公冶长》)

由此足见一般从世俗市侩的浅层角度来认识薛宝钗，是远远不够的，也势必买椟还珠。例如千云认为，相较而言，"贾宝玉认为凡是女人都是天地灵气钟毓，因而用自己的心灵去关心他们、温暖他们，为他们的命运或喜或悲，这种对于人的同情，具有更高的浪漫的气息；而薛宝钗却是从人的实际处境上去了解人、关怀人，这种善良的同情，则是'世俗'的，朴质的"。[①] 这已经是相关人物论述

[①] 千云：《关于薛宝钗的典型分析问题》，《红楼梦研究论文集》(北京：人民文学出版社，1957)，页134。

中较友善的说法了,但其实仍差以千里。

必须说,薛宝钗"善良的同情"虽然世俗,却绝不质朴,实已达到"极高明而道中庸"的境界。朱子《中庸》诗说得好:

> 过兼不及总非中,离却平常不是庸。二字莫将容易看,只斯为道用无穷。①

凡人之事,皆是可亲乃可久,可久乃可大,欲大、欲久都要从"可亲"做起,而"可亲"就在平常中;在平常中无过与不及,即蕴蓄着行道的无穷奥妙,这才道出其真谛所在。并且与其说宝钗是"世俗",不如称之为"世俗人文主义者"更加切当。

依据恩格尔哈特(H. Tristram Engelhardt, Jr., 1941—)所界说的:所谓"世俗",其意义之一乃是现世化,也就是说人们要回归日常生活这个现实,存在于活生生的社会结构之中,共同分享这个尘世结构(the worldly structures),关心那些属于人生范畴的世俗之事;②至于人文主义,"它表示良好的行为、优雅的风范、经典的知识以及一种特定的哲学"③,则合之成为"世俗人文主义"者,正可以通向传统儒家的生命伦理价值体系,完全符合宝钗的闺秀

---

① (宋)朱熹:《训蒙绝句》,束景南辑定:《朱子佚文辑录》,《朱子全书》第26册(上海:上海古籍出版社,2002),页8。
② [美]恩格尔哈特著,李学钧、喻琳译,石大璞审校:《生命伦理学和世俗人文主义》(西安:陕西人民出版社,1998),页40。
③ 同上书,"序言",页1。

形象。其中，良好的行为、优雅的风范毋庸赘言，诸如"举止娴雅"（第四回）、"品格端方，容貌丰美，人多谓黛玉所不及。而且宝钗行为豁达，随分从时"（第五回），都足以呈现这些特质，其他许多情节也对此多所印证。至于经典的知识以及一种特定的哲学则值得多加说明，以窥传统儒家知识分子不为现代人所知的精神底蕴。

1. 经典的知识

第五十六回宝钗曾有一段至理名言，说道：

> 学问中便是正事。此刻于小事上用学问一提，那小事越发作高一层了。不拿学问提着，便都流入市俗去了。

正是因为有高明的学问提着，以致不仅不会流入庸浅的市俗，更可以由小观大、见微知著，使得任何微琐的小事都能作高一层，处处见机，这其实便是"极高明而道中庸"的力量所在。

但首先必须指出，在"学问"之外，即使是"诗有别材，非关书也；诗有别趣，非关理也"[①]的文学创作，从总成绩来看，宝钗实际上才是大观园的桂冠诗人：虽然表面上钗、黛二人各有千秋，并且黛玉私下的个人吟咏既多且美、质量俱佳，表现了突出的"咏絮才"，但在诗社的三次竞比活动中，《海棠诗》《柳絮词》这两次

---

① （宋）严羽著，郭绍虞校释：《沧浪诗话校释》（台北：里仁书局，1987），《诗辨》，页26。

都是宝钗夺魁,黛玉则只有《菊花诗》一场获胜,可见宝钗是"不为也,非不能也",在"女子无才便有德"的性别价值观之下,才偏重于"停机德"之路,将"咏絮才"拱手让给黛玉,实则不遑多让。

至于宝钗的博学诚然可以说是众钗之最,从第四回的"父亲在日,酷爱此女,令其读书识字,较之乃兄竟高过十倍"可知,宝钗自幼即展现出聪颖的资质与好学的习性,基础深厚;随着年龄的成长,其博学更涵盖经史、诗词、戏曲、绘画、医药、佛学等多方面,无怪乎香菱道:"我们姑娘的学问连我们姨老爷时常还夸呢。"(第七十九回)脂砚斋更是盛赞不已。诸如:第二十二回庆生宴上,宝钗点戏后受到宝玉的央求,而说明其中《寄生草》一支的妙处,"宝玉听了,喜的拍膝画圈,称赏不已,又赞宝钗无书不知"。又第七十六回记述湘、黛二人联句时,湘云以"庭烟敛夕榕"为巧对,并向黛玉说明"榕"字的灵感来源道:

> 幸而昨日看历朝文选见了这个字,我不知是何树,因要查一查。宝姐姐说不用查,这就是如今俗叫作明开夜合的。我信不及,到底查了一查,果然不错。看来宝姐姐知道的竟多。

除戏曲、诗词之外,甚至对医药,宝钗也具备了不亚于宝玉的学识,第四十五回针对黛玉的病情便提到:"昨儿我看你那药方上,人参肉桂觉得太多了。虽说益气补神,也不宜太热。依我说,先以平肝健胃为要,肝火一平,不能克土,胃气无病,饮食就可以养人了。每日早起拿上等燕窝一两,冰糖五钱,用银铫子熬出粥来,若吃惯了，比药还强，最是滋阴补气的。"这和第五十一回宝玉看了晴雯的两张药方后，所说的一段药理实不相上下。

最特别的是绘画方面，宝钗也展现出惊人的专业知识，第四十二回不厌其烦地大幅加以陈述：

>   宝钗道："我有一句公道话，你们听听。藕丫头虽会画，不过是几笔写意。如今画这园子，非离了肚子里头有几幅丘壑的才能成画。这园子却是像画儿一般，山石树木，楼阁房屋，远近疏密，也不多，也不少，恰恰的是这样。你就照样儿往纸上一画，是必不能讨好的。这要看纸的地步远近，该多该少，分主分宾，该添的要添，该减的要减，该藏的要藏，该露的要露。这一起了稿子，再端详斟酌，方成一幅图样。第二件，这些楼台房舍，是必要用界划的。一点不留神，栏杆也歪了，柱子也塌了，门窗也倒竖过来，阶矶也离了缝，甚至于桌子挤到墙里去，花盆放在帘子上来，岂不倒成了一张笑'话'儿了。第三，要插人物，也要有疏密，有高低。衣折裙带，手指足步，最是要紧；一笔不细，不是肿了手就是跏了腿，染脸撕发倒是小事。依我看来竟难的很。如今一年的假也太多，一月的假也太少，竟给他半年的假，再派了宝兄弟帮着他。并不是为宝兄弟知道教着他画，那就更误了事；为的是有不知道的，或难安插的，宝兄弟好拿出去问问那会画的相公，就容易了。……那雪浪纸写字画写意画儿，或是会山水的画南宗山水，托墨，禁得皴搜。拿了画这个，又不托色，又难滃，画也

不好,纸也可惜。我教你一个法子。原先盖这园子,就有一张细致图样,虽是匠人描的,那地步方向是不错的。你和太太要了出来,也比着那纸大小,和凤丫头要一块重绢,叫相公矾了,叫他照着这图样删补着立了稿子,添了人物就是了。就是配这些青绿颜色并泥金泥银,也得他们配去。你们也得另爇上风炉子,预备化胶、出胶、洗笔。还得一张粉油大案,铺上毡子。你们那些碟子也不全,笔也不全,都得从新再置一分儿才好。"惜春道:"我何曾有这些画器?不过随手写字的笔画画罢了。就是颜色,只有赭石、广花、藤黄、胭脂这四样。再有,不过是两支着色笔就完了。"宝钗道:"你不该早说。这些东西我却还有,只是你也用不着,给你也白放着。如今我且替你收着,等你用着这个时候我送你些,也只可留着画扇子,若画这大幅的也就可惜了的。今儿替你开个单子,照着单子和老太太要去。你们也未必知道的全,我说着,宝兄弟写。"宝玉早已预备下笔砚了,原怕记不清白,要写了记着,听宝钗如此说,喜的提起笔来静听。宝钗说道:"头号排笔四支,二号排笔四支,三号排笔四支,大染四支,中染四支,小染四支,大南蟹爪十支,小蟹爪十支,须眉十支,大着色二十支,小着色二十支,开面十支,柳条二十支,箭头朱四两,南赭四两,石黄四两,石青四两,石绿四两,管黄四两,广花八两,蛤粉四匣,胭脂十片,大赤飞金二百帖,青金二百帖,广匀胶四两,净矾四两。矾绢的胶矾在外,别管他们,你只把绢交出去叫他们矾去。这些颜色,咱们淘澄飞跌着,又顽了,又使了,包你一辈子都够使了。再要顶细绢箩四个，粗绢箩四个，担笔四支，大小乳钵四个，大粗碗二十个，五寸粗碟十个，三寸粗白碟二十个，风炉两个，沙锅大小四个，新瓷罐二口，新水桶四只，一尺长白布口袋四条，浮炭二十斤，柳木炭一斤，三屉木箱一个，实地纱一丈，生姜二两，酱半斤。……那粗色碟子保不住不上火烤，不拿姜汁子和酱预先抹在底子上烤过了，一经了火是要炸的。"众人听说，都道："原来如此。"

这一大篇流水帐式的记录之所以不可或缺，为的是显示宝钗连非关经济的游艺杂学都深造有得，即使小说中从未见她以绘画自娱，但无论是构图、派别、画具、材料、器物等等，全都了若指掌，相关知识不知从何得来，但宝钗之善学博知，诚令人惊叹！则在第二十二回宝玉参禅悟道时，宝钗能够比出慧能语录加以打消，也就不足为奇了。

有别于一般常态的是，比起黛玉的潇湘馆"窗下案上设着笔砚，又见书架上磊着满满的书"，日夜沁润在周身的书卷中涵养性灵，有如"上等的书房"，蘅芜苑则一反其道，"案上只有两部书"，这当然不表示宝钗只读两本书，而是她读书既深，咀嚼内化，知识俱已成为学问，便无须留存书本形迹，因此不收藏、不堆积，留在案上的都是正在读的书，可以说是"流动的海洋"，其渊深广大乃不可测度。

这种博学广知的力量既足以让"小事越发作高一层"，也促进了分辨力、判断力、实行力，必然转化为待人处事的明智，因此宝

钗的另一个一字定评便是脂砚斋所说的"识":

> 宝钗认的真,用的当,责的专,待的厚,是善知人者,故赠以"识"字。(第五十六回回末总评)

尤其是,博学广知所促进的分辨力、判断力,最重要的意义,乃是如现代文论家据可靠的假定所指出的:

> 没有经验的读者会较天真地把文学当作是人生的抄袭而不是诠释,那些只有少数书籍的人要比广泛阅读的或职业性读者更为认真。[1]

这当然不是指广泛阅读的人或职业性读者"比较不认真",而是指他们不容易流于极端与耽溺,而能均衡地思考与吸收,并客观地判断取舍,甚至具备批判性的分析力,不至于天真地以假为真、虚实不分,导致错误的模仿;表达意见与看法时,也是不偏不倚,"说的话句句有理,难以驳正"(第三十四回)。据此,"博学"对人格的影响,便如第二十二回的脂批所言:

- 宝钗可谓博学矣,不似黛玉只一《牡丹亭》,便心身不自主

---

[1] 见[美]维列克、华伦合著,王梦鸥、许国衡译:《文学论——文学研究方法论》,第9章"文学与社会",页163。

矣。真有学问如此,宝钗是也。
- 总写宝卿博学宏览,胜诸才人。颦儿却聪慧灵智,非学力所致,皆绝世绝伦之人也。

再配合宝玉说宝钗"通今博古,色色都知道"(第三十回),探春称美宝钗是"这样一个通人"(第五十六回),以及嫁入薛家的夏金桂所转述的"人人都说姑娘通"(第七十九回),则清楚可证,"博学"是一个人能够"**心身自主**"的力量来源,即使聪慧灵智如黛玉,也会因为缺乏博学的力量便"只一《牡丹亭》,便心身不自主",容易被表面的、感性的事物所扰动,而随之起伏动荡,失去了真正的人格自主性。

也因此,脂砚斋便透过对宝钗的赞美,明确为其佳人观下一定义:

> *知命知身,识理识性,博学不杂,庶可称为佳人*。可笑别小说中一首歪诗,几句淫曲,便自佳人相许,岂不丑杀。(第八回夹批)

而构成"真正佳人"的条件,绝不是吟诗作词之类的文学才华,长于诗词吟咏的黛玉也因此必须屈居其下,因之早在第五回已评断"来了一个薛宝钗,……人多谓黛玉所不及",第三十五回贾母也说道:"提起姊妹,不是我当着姨太太的面奉承,千真万真,从我们家四个女孩儿算起,全不如宝丫头。"而以"稳重和平"赞美宝钗时,脂砚斋更就此四字批云:"四字评倒黛玉,是以特从贾母眼中写出。"(第二十二回批语)至于构成"真正佳人"的条件中,"博学不杂"又是"知命知身,识理识性"的精神根柢,也就是宝钗所说的:"学问中便是正事。此刻于小事上用学问一提,那小事越发作高一层了。不拿学问提着,便都流入市俗去了。"学问来自正统而广博的经典知识,便是将生命升华的宝贵力量。

2. 特定的哲学:"圣之时者"

探春称美宝钗的"你这样一个通人"的"通",既是学问的博通、通透,也是人格的通达、明通,就此所形成的"知命知身,识理识性"的人格特质与生命哲学,绝非女性的妇德所能涵括。

一般多以"德"作为宝钗最主要的人格特质,小说中也确实曾以此示意,如第五回太虚幻境中"可叹停机德"的人物判词即是;由于"停机德"典出《后汉书·列女传》,于是对宝钗的品格与作为多以传统的"妇德"加以解释。但对此,无论是持正面的同情与理解,认为宝钗只是一个时代之下的顺从者甚或是牺牲品,无须苛责;还是为数最多的负面批评,包括:被礼教所吃的自我压抑、逼迫宝玉走上"仕途经济"之路沦为禄蠹,封建体制的合谋者等等,都错失了宝钗最珍贵的人格价值。"德"尤其是"妇德",并不足以涵摄宝钗与传统君子的内在品质,因此,曹雪芹给予宝钗的一字定评并不是"德"而是"时"。

在本书第二章中已经说明,曹雪芹对宝钗的一字定评出自第五十六回"时宝钗小惠全大体"的"时"字。如果我们了解在中国传统文化的语境中,"时"字是出于孟子所说的:

> 伯夷，圣之清者也；伊尹，圣之任者也；柳下惠，圣之和者也；孔子，圣之时者也。孔子之谓集大成。集大成也者，金声而玉振之也。（《孟子·万章下》）

可见孟子对"圣"的理解，绝非刻板僵化的单一定型，而是各种人格类型达到极致的境界，是每一个人都可以就自己的性向进行努力的；而孔子的"圣之时者"是超越三圣之上的更高层次，意指当清则清、当任则任、当和则和，所以称为"集大成"，是为"圣之时者"。犹如杜甫也是在同一传统文化下被视为诗歌的集大成者，又获得诗圣的称号，宝钗之"时"正直承此一源远流长的经典用法，故脂砚斋即表示曹雪芹之写宝钗，乃是将宝玉、黛玉、湘云等"三人之长并归于一身"（第二十二回批语），正是集大成之义。

更进一步来看，这个"时"字又分化迭映于小说中其他各处，成为宝钗性情作为的关键核心，包括第五回的"行为豁达，随分从时"，以及第八回的"罕言寡语，人谓藏愚；安分随时，自云守拙"，"随分从时"正与"安分随时"相对应。就此来说，宝钗的才德品格绝非僵化死板的迂腐女夫子，故能"小惠全大体"，以智慧成全各方。最必须说明的是，"罕言寡语，人谓藏愚；安分随时，自云守拙"四句乃是脂砚斋所谓的"宝卿正传"：

> 这方是宝卿正传，与前写黛玉之传一齐参看，各极其妙，各不相犯，使其人难其左右于毫末。（第八回夹批）

在这十六字箴言中,"罕言寡语"对应于"拿定了主意,'不干己事不张口,一问摇头三不知'"(第五十五回),乃谨守分际,不越俎代庖,避免成为徒增口舌纷争的肇事者或造谣人,本是智者不妄言的表征。至于让现代人往人性负面联想的"藏愚""守拙"二词,也完全不是心机、城府之类的指涉,在传统文化的语境里,恰恰都来自传统儒、道二家的人格价值观,是非常正面的人格赞美。所谓"大智若愚"①"大巧若拙"②,仁人君子乃守之、养之、效之,以提升自我的人格修练,坚持对真理、正道的追求与护持,尤为儒家精神之所在。

如初唐崔湜自谓"余本燕赵人,秉心愚且直。群籍备所见,孤贞每自饬"(《景龙二年余自门下平章事削阶授江州员外司马寻拜襄州刺史春日赴襄阳途中言志》),盛唐时王维《田家》亦云:"住处名愚谷,何烦问是非。"中唐的韦应物也不断声称:"效愚方此始,顾私岂获并"(《自尚书郎出为滁州刺史》)、"日出照茅屋,园林养愚蒙"(《答畅校书当》)、"我以养愚地,生君道者心"(《酬令狐司录善福精舍见赠》);当柳宗元贬谪于柳州时,更感慨于自己"以愚触罪",因此效法"古代有愚公谷"而将当地的野溪改名为愚溪,并作《愚溪诗序》以记之;晚唐的诗人郑谷字"守愚",更为其甚者。因此,与"守愚"互文同义的"藏愚"也就顺理成章地在晚唐出现了:

---

① 宋代苏轼《贺欧阳少师致仕启》云:"大勇若怯,大智如愚。"(宋)苏轼著,孔凡礼点校:《苏轼文集》第4册(北京:中华书局,1986),卷47,页1346。
② 《老子》第四十五章云:"大直若屈,大巧若拙,大辩若讷。"

- 不求名与利,犹恐身心役。……守道且藏愚,忘机要混迹。(吕岩《又记》,《全唐诗》卷859)
- 罢修儒业罢修真,养拙藏愚春复春。(李梦符《答常学士》,《全唐诗》卷861)

李梦符《答常学士》一诗中的"养拙藏愚春复春"甚至将"藏愚"与"养拙"一并为说,更可见两者的密切关系,与《红楼梦》用以描述宝钗性格的"藏愚守拙"几乎完全出于一辙。

至于"守拙"一词,乃首创于陶渊明《归田园居五首》之一:"开荒南亩际,守拙归园田。"其后的三百年中,唐诗里也出现了此一词汇,包括:"弃职曾守拙"(韦应物《答偫奴重阳二甥》),"守拙自离群"(钱起《闲居酬张起居见赠》)。而在此期间,这样的"守拙"心志最伟大的继承人,首推杜甫,其诗作中"拙"字出现多达二十八次,主要都是涉及个人的人生态度与自我评价,并增加了"养拙""用拙"的用法①,包括:"用拙存吾道"(《屏迹三首》之二)、"养拙蓬为户"(《遣愁》)、"养拙干戈际"(《暮春题瀼西新赁草屋五首》之二)、"吾知拙养尊"(《暝》),所谓"用拙""养拙",无非都是"守拙"的同义语,被后来的钱起、权德舆、孟郊、白居易、陆龟蒙等众多诗人所继承,白居易的《养拙》《咏拙》等诗,更是对此一生命哲学概念的大幅推演。特别是杜甫《自京赴奉先县咏怀

---

① 从时间上来说,比杜甫更早的有孟浩然《送告八从军》的"养拙就闲居"、张九龄《出为豫章郡途次庐山东岩下》的"用拙欢在今",但都只是偶一现踪的个例,整体而言,仍然以杜甫最为重要。

五百字》所说的"杜陵有布衣，老大意转拙。许身一何愚，窃比稷与契"，可谓"愚""拙"兼而有之的综合表述，是为李梦符"养拙藏愚"合并为言的先声。

据此已充分可见，宝钗的"藏愚""守拙"与"守愚""养拙""用拙"等都属于同一文化血脉的类似语汇，来自文人道统的正大精神，既可用在儒家对政治理想的执着上，也可以用在道家清净无为的超脱上，虽各自表述，却都属于理想人格而同归于"道"的境界。

落实在具体的生活中，"藏愚"乃是一种大智若愚的同义语，其中的"藏"字并不是一般所认为的"藏奸"的藏，带有谋略心计的意味；而毋宁说，"藏愚"恰恰正是"露才扬己"[①]的相反词，蕴含的是一种在人群中和光同尘式的处世智慧。所谓"小士处真，大士涉俗"，小士之所以仅能处真的原因，在于他们局限于个人的世界，以自我为中心地放射生命的能量，因此只能在顺应他们而造的单纯环境中生存；至于大士能够涉俗的原因，便在于他们超越了自我，以鸟瞰全局的宏观视野优游人间，和其光、同其尘，一如《庄子·天下篇》所说："独与天地精神往来而不敖倪于万物，不谴是非，以与世俗处。"[②]则"小士处真"者流顶多达到"独与天地精神往来"的地步，而"大士涉俗"之辈所达到的，却是进一步"不谴是非，以与世俗处"的境界。

---

① 语出（汉）班固：《离骚序》，（清）严可均校辑：《全上古三代秦汉三国六朝文》（北京：中华书局，1991），卷25，页611。

② （战国）庄子著，（清）郭庆藩撰，王孝鱼点校：《庄子集释》第4册，卷10，页1098—1099。

因此我们可以发现，在大观园的群体生活中，宝钗总是刻意从风头浪尖上退居于第二线，不争强好胜，也绝不锐意突显自我，尤其在几次聚讼不休的争端或分擘谋画的场合，更是自觉地做一个旁观者或局外人。如第七十三回"懦小姐不问累金凤"一段，当探春神不知鬼不觉地召来平儿以镇压下人的跋扈犯上时，林黛玉、薛宝琴忍不住拍手取笑她"有驱神召将的符术"或是"出其不备之妙策"，而宝钗则是随即"使眼色与二人，令其不可，遂以别话岔开"；接下来，在迎春乳母子媳王柱儿媳妇、绣橘、司棋、平儿、探春等众人为累金凤一事正论辩得不可开交时，"当下迎春只和宝钗阅《感应篇》故事，究竟连探春之语亦不曾闻得"，更显出宝钗完全不卷入贾府内部争端的分寸自持。

即使是第五十六回中，宝钗深受王夫人托付，而以主上之姿与李纨、探春鼎足同理大观园，她也是把实际事务的擘画处置提升到学问原则的抽象层次，绝不涉及任何增减损益的具体做法；同时在探春说明兴革之理与利弊之道，并一一申明其利之际，我们所看到的乃是："宝钗正在地下看壁上的字画，听如此说一则，便点一回头，说完，便笑道：'善哉，三年之内无饥馑矣！'"待探春初步点名几位婆子测试工作意愿之后，特别询问宝钗如何，宝钗的反应也是笑答两句简洁而深奥的话语，道："幸于始者怠于终，善其辞者嗜其利。"聪敏灵慧的探春一听便心领神会而点头称赞，特别分派可靠的人手，进一步补强人性弱点所将导致的漏洞。这就清楚表示，真正行使权力以擘画事务、分派工作的，乃是探春一人，宝钗只是从旁予以附和或表示肯定，至多也仅仅是做原则性的提点，并未积极介入权力的运作范畴。

只有在整个过程的最后，宝钗才真正出面提出了大篇论述，以"小惠全大体"的原则而建议诸般进益不用归账，只须匀出小钱均沾其余众人，与其他如"宝钗便一日在上房监察，至王夫人回方散。每于夜间针线暇时，临寝之先，坐了小轿带领园中上夜人等各处巡察一次"，以至于里外下人都暗中抱怨道："越性连夜里偷着吃酒顽的工夫都没了"（第五十五回），虽然都属于消极防弊的做法，却是不可或缺的根本之道，为探春的改革提供了绝佳后盾。也因此，当探春为了兴利大观园而圈选名单、分派工作时，对平儿荐举莺儿之母的提议，身为莺儿主人的宝钗便立刻加以回绝，避免瓜田李下，另以怡红院的老叶妈来替代，"如此一行，你们办的又至公，于事又甚妥"（第五十六回）。可见处众之际，必须敛藏个人的主观好恶，超脱个人亲疏远近的情感差序格局，如此才能不偏不倚地权衡裁量，而事事归诸天钧与公道。

可以说，"时宝钗小惠全大体"的回目设计，乃撷取了《论语》的神髓，其中的"时"字来自于孔孟之道的灵魂，是孟子用以赞美孔子与时推移、因时制宜的圆融智慧，参照《韩诗外传》在引述《孟子·万章下》的那一段文字时，所作的补充说明：

> 孔子，圣人之中者也。《诗》曰："不竞不絿，不刚不柔。"中庸和通之谓也。

其中，将"时"字改为"中"字，乃是"二义互相足"的互文，正是盛赞孔子"随时而能中"①的高明自然，既不流于伯夷、叔齐清洁自守却失之偏执决绝的刚直冷硬，也避免柳下惠和光同尘却稍嫌界线模糊的同流混沦，而可以当清则清、应和则和、可任则任，事事恰如其分，展现了清人罗凤藻所给予的赞美：

　　一种温柔偏蕴藉，十分浑厚恰聪明。②

由此可见，曹雪芹刻意将屈原贞一不移而清洁自守之志节，与孔子极高明而道中庸之智慧兼融并铸于宝钗一身，让她在道德的坚持中还带有智慧的通达，遂尔得以在卫道与悟道之间出入自如，于实与虚这两个不同的世界中自在舒卷。

　　必须说，一般将"时"字解释为"识时务者为俊杰"，完全是一种"增字解经"而又通俗化的中材之见，脱离历史脉络而架空地望文生义。这种直觉式的语言解释十分常见，却不自觉地扭曲了原貌，并将对象削减厚度、浅化深度与降低高度，换言之，也就是降低自己的认识力与判断力。在悠远深厚的文化依据下，"时"字并非"时务"的"时"，既不是对"时务"——一种低层次的社会现实的功利性认识，所成就的也不是变形虫般成功适应社会的所谓"俊杰"；而是"圣之时者"的"时"，作为圣人之集大成者，因深妙雄厚的心灵力量而体现出一种灵动通透的智慧，能力而非权谋，

---

① 见屈守元笺疏：《韩诗外传笺疏》（成都：巴蜀书社，1996），卷3，页337。
② （清）姜皋等：《红楼梦图咏》，一粟编：《红楼梦资料汇编》，卷5，页497。

宽容而非含混，随和而非放纵，坚定而非偏执。因此不仅面面妥适，又能处处见机，也能履险如夷。

面面妥适者，前文所述已多，可以再加补充的例子，是发生抄检大观园的重大风波之后，第七十八回宝钗便托辞搬出去一事。其原因当然不是王夫人所怀疑的，以为宝玉得罪了她，此说未免天真；更不是所谓的自私自利、明哲保身，此见则属浅薄。唯有王熙凤清楚地掌握到其用心之所在：

> 我想薛妹妹此去，想必为着前时搜检众丫头的东西的原故。他自然为信不及园里的人才搜检，他又是亲戚，现也有丫头老婆在内，我们又不好去搜检，恐我们疑他，所以多了这个心，自己回避了。也是应该避嫌疑的。

换言之，在园中疑影幢幢的情况下，只有客居的宝钗受到尊重不被搜检，形同唯一的化外之地，对其他的园中人员而言，便有如隐藏着可能性的不明病灶或内部盲点，势必引起种种猜疑，反而制造园中生活的分裂与纷扰，也连带增加贾府的困扰。可见主动迁出大观园乃是不让人为难的顾全大局，是故凤姐从人情事理的角度也赞同"是应该避嫌疑的"。

处处见机者，则为一种不自我设限的开阔宽广，延展出丰富层次的思想光谱与审美意趣。如第二十二回中，宝钗甚至能独自欣赏繁华热闹中的寂静苍凉，抉发《寄生草》里归结于"赤条条来去无牵挂"的幻灭意趣，而成为贾宝玉"出世哲学"的思想启蒙者，因此,当宝钗说"这些道书禅机最能移性"时,脂砚斋甚至认为:"拍案叫绝。此方是大悟彻语录,非宝卿不能谈此也。"由此所表现出一种在卫道与悟道之间出入自如,于实与虚这两个不同的世界中自在舒卷的通脱性格,又是《论语·学而》所说的"人不知而不愠,不亦君子乎"的体现。这也就难怪宝钗会给出"香菱"这样的名字,如香菱所阐述的:"不独菱角花,就连荷叶莲蓬,都是有一股清香的。但他那原不是花香可比,若静日静夜或清早半夜细领略了去,那一股香比是花儿都好闻呢。"(第八十回)能在静日静夜或清早半夜的宁谧时分细细领略这股比花香还宜人的清芳,非幽人雅士又怎能如此?

至于履险如夷者,即一旦面对有手腕、工心计的真正小人,身为"文明之君子"的宝钗虽柔软含蓄,却也绝不乡愿姑息,而能柔中带刚,使人难犯。因此当家门不幸,薛蟠聘娶的悍妻夏金桂逐渐得寸进尺,"见丈夫旗纛渐倒,婆婆良善,也就渐渐的持戈试马起来。先时不过挟制薛蟠,后来倚娇作媚,将及薛姨妈,又将至薛宝钗。宝钗久察其不轨之心,每随机应变,暗以言语弹压其志。金桂知其不可犯,每欲寻隙,又无隙可乘,只得曲意附就。"(第七十九回)宝钗的正气与智慧,在祸起萧墙的乌烟瘴气中,一定程度地顿挫压制了奸恶小人的气焰,为家庭至少保住了一方净土。这些都体现了"时"的更高境界。

由此,我们才能理解何以作者说"宝钗行为豁达",正因"随分从时"而当清则清、当任则任、当和则和,这才表现得"行为豁达"。就此,最具代表性的例子,是第二十二回的一段情节:

往常间只有宝玉长谈阔论,今日贾政在这里,便惟有唯唯而已。余者湘云虽系闺阁弱女,却素喜谈论,今日贾政在席,也自缄口禁言。黛玉本性懒与人共,原不肯多语。宝钗原不妄言轻动,便此时亦是坦然自若。

配合脂砚斋的批语所言:

瞧他写宝钗,真是又曾经严父慈母之明训,又是世府千金,自己又天性从礼合节,前三人(案:指宝玉、黛玉、湘云)之长并归于一身。前三人向有捏作之态,**故惟宝钗一人作坦然自若,亦不见逾规踏矩也**。

所谓"坦然自若,亦不见逾规踏矩"意味着自在自如又不逾越分际,岂不正是孔子的"从心所欲,不逾矩"(《论语·为政》)?从哲理上来分析,其意义犹如 M.L. 艾德勒(Mortimer L. Adler)所指出:

一个有伦理美德的人因为具有道德自由,能够意志与选择他应该做的事,所以能随意地与自由地做法律所要求的行为,也能随意地与自由地避免做法律所禁止的行为。他不受法律强制力量所限制;他的行为不受强迫威胁所束缚。①

---

① [美]M.L. 艾德勒著,蔡坤鸿译:《六大观念:真、善、美——我们据以作判断的观念;自由、平等、正义——我们据以行动的观念》,第 19 章 "随自己快乐而行动的自由",页 158。

这其实才是真正的自由的境界，宝钗正是透过人格的努力体现了自由的真谛。

（三）"雪"的意象

对于这样一位才、德、貌兼俱的佳人，小说家也用了"雪"这个具体的意象加以呈现。总结来说，"雪"的意象共有四个层次或范畴的寓意：

一、"雪肤花貌"的仙姿丽影，诸如第二十八回的"雪白一段酥臂"、第六十五回的"雪堆出来的"与"气暖了，吹化了姓薛的"，是对宝钗白皙莹润、吹弹得破之容态的具体比喻，着重在那"天上少有，地下无双"的绝世美丽。

二、"薛"的谐音，双关其姓氏。这一点见诸第四回的护官符"丰年好大雪"，第五回的人物图谶"又有一堆雪，雪下一股金簪"与判词"金簪雪里埋"。

三、"世外高士"的象征，包括第五回《红楼梦曲·终身误》中"山中高士晶莹雪"的曲文，以及第三十七回宝钗自写身分的《咏白海棠》诗中"冰雪招来露砌魂"的诗句属之，也与所居的蘅芜苑乃"雪洞一般"相呼应。其中所加强的人格蕴涵一再地反覆皴染，可以说是将"清洁"的进一步道德化。

进一步扩大言之，"雪"在《红楼梦》中绝大多数都是以清高莹洁的脱俗意义出现，如《芙蓉女儿诔》中说"其为性则冰雪不足喻其洁"，赏雪也是贾母所爱的风雅情趣之一，雪景更创造了《红楼梦》中最富诗情画意的几个场面，如第四十九回栊翠庵的雪中红梅、第五十回山坡上的宝琴立雪,都成为《红楼梦》中的绝美造景。

另外,小说家曹雪芹的名字中就有个"雪"字,本人也展现出强烈的"雪之爱",呼应了明末张岱所言的"盖人生无不借此冰雪之气以生";① 又其知交敦诚于悼念曹雪芹的诗中,有"开箧犹存冰雪文"②之赞誉,承袭了唐代诗人孟郊《送豆卢策归别墅》所说的"一卷冰雪文,避俗常自携"(《全唐诗》卷378)。因此有学者认为,"雪芹"或即"雪情",指一种冰雪般的性情,是一个人高洁品性的重要特征。③

四、"悲剧命运"的暗示。人物图谶中的"雪下一股金簪""金簪雪里埋"乃是与黛玉的"木上悬着一围玉带""玉带林中挂"平行同构的对仗表现,分别以挂在林中、埋在雪里的状态,异曲同工地隐喻两人的不幸下场。黛玉固然早夭,宝钗也是青春守寡,因此宋淇认为:"雪所代表的是纯洁、冰冷(宝钗对宝玉的感情远较黛玉为含蓄而收敛)、一旦春暖花开即溶化无踪。这也暗示宝钗乃'薄命司'中人物,虽然嫁得宝玉,可是宝玉有了娇妻美婢,却仍'悬

---

① (明)张岱:《一卷冰雪文序》,《琅嬛文集》卷1,夏咸淳校点:《张岱诗文集》(上海:上海古籍出版社,1991),页101。
② (清)敦诚:《挽曹雪芹》,《鹪鹩庵杂记》抄本,一粟编:《红楼梦资料汇编》,卷1,页2。
③ 裘新江:《雪为肌骨易销魂——〈红楼梦〉以冰雪喻人的特色》,《语文学刊》1994年第4期,页1—4。

崖撒手'出家,到头来还是一场空。"① 其中将"冰冷"诠释为含蓄收敛之情感、红颜薄命之际遇,可谓切当。

四、"冷香丸"新解

既然宝钗的成长最初也是从淘气开始的,则必然有一个转化的过程;而此一转化过程又与其特殊病症同步并行,则用以疗疾的冷香丸必然寓意深刻,与黛玉所服用的人参养荣丸不可同日而语。

只可惜,在左钗右黛的成见之下,对冷香丸的命名、药材、医理等寓意,历来大多采取负面批评,如清代评点家解庵居士说道:"此书既为颦颦而作,则凡与颦颦为敌者,自宜予以斧钺之贬矣。宝钗自云从胎里带来热毒,其人可知矣。"② 这几乎可以代表绝大多数对宝钗之性格的诠释方向。但事实上,这类说法从前提的设定到后续的种种引申,都是在特定的成见之下进行,实有必要重新仔细地检视文本,在其内部系统与传统脉络下找出较适合的答案。

(一)热毒:致病之原因与原理

从第七回宝钗回答周瑞家的话中,清楚可知宝钗致病的因由,

---

① 此外,宋淇指出另外一点也具有相当重要的含义,即中国古典诗词中本有以梨花喻雪的传统,梨花与雪乃是二而一的互代关系,因此薛宝钗住梨香院即是顺理成章的安排。宋淇:《红楼识小》,"薛与雪"条,《红楼梦识要——宋淇红学论集》(北京:中国书店,2000),页357—358。

② (清)解庵居士:《石头臆说》,一粟编:《红楼梦资料汇编》,卷3,页191。

乃是"从胎里带来的一股热毒":

> 为这病请大夫吃药,也不知白花了多少银子钱呢。凭你什么名医仙药,从不见一点儿效。后来还亏了一个秃头和尚,说专治无名之症,因请他看了。他说我这是从胎里带来的一股热毒,幸而先天壮,还不相干;若吃寻常药,是不中用的。他就说了一个海上方,又给了一包药末子作引子,异香异气的,不知是那里弄了来的。他说发了时吃一丸就好。倒也奇怪,吃他的药倒效验些。

病源十分明确,但作为病源的"热毒"究竟所指为何,历来的解说仍是莫衷一是。虽然有极少数从纯医理的角度,认为:这是指宝钗的禀赋为痰热之体,"胎里带来的一股热毒"即"胎毒",本义是指与生俱来的疾病,中医书中常用以指某种具有终身免疫性又绝大多数人所不能避免的疾病,其用药存在一定的医理[1],诚可谓客观有据,只是没有论及其中的象征意义。而凡着重于其中的象征意义者,非常突出的现象是,蕴藏在主流解释背后的基本态度,大都不出解庵居士所言:"薛氏之热毒本应分讲,热是热中之热,毒是狠毒之毒,其痛诋薛氏处,亦不遗余力哉!"[2]而具体说来,约略可以

---

[1] 筼宇:《"冷香丸"和薛宝钗的病》,《红楼梦学刊》1980年第2辑,页218—220。

[2] (清)解庵居士:《石头臆说》,一粟编:《红楼梦资料汇编》,卷3,页192。

概括为"热切地顽强地追求现实功利之欲望"。^① 由此，虽然有学者于回顾这个议题的历史时，总括说道："何谓热毒，至今学术界没有令人满意的解释。'好风频借力，送我上青云'（七十回），或以为'欲登上宝二奶奶的宝座'，或以为后来再嫁贾雨村而终实现其'青云志'。"并称此种说法为一文化与文本脱节的误解，然而就其仍把"热毒"与"青云志"视为一物，在此前提下举16世纪至18世纪的儒商文化为证，进一步认为："薛宝钗的'热毒'与'青云志'是走'待选'之路、寻找靠山以荫庇其家的商人功利主义和儒家'不自弃'的积极入世的人生态度相结合的产物。她的'热毒'并非生理的，而是商人的'文化胎'里孕育出来的；她的青云志并非仅仅是诗力，而是儒家的积极进取精神和商业发达的文化力的体现。"^②可见其实是换汤不换药的诠释方向，从前提、论证方向与结论都基本无别，所增加的儒商文化似乎稍有新意，但实质上仍属于文化与文本脱节的误解，偏离真正的传统文化与小说文本甚远。可见此一议题的僵固程度，必须重新研究。

首先我们注意到，深切了解《红楼梦》的脂砚斋早已对此提出了清楚的定义，于"他说我这是从胎里带来的一股热毒"句下夹批云：

凡心偶炽，是以孽火齐攻。

---

① 朱淡文：《薛宝钗形象探源》，《红楼梦学刊》1997年第3辑，页2。
② 马建华：《从商人文化看薛宝钗》，《红楼梦学刊》2000年第4辑，页98—101。

其中所使用的"凡心偶炽"一语，也恰恰正是促使石头幻形入世的关键语词，是贾宝玉从顽石到美玉的过程中"静极思动，无中生有"的转变契机。第一回说道：

> 一僧一道远远而来，……说到红尘中荣华富贵。此石听了，不觉打动凡心，也想要到人间去享一享这荣华富贵，……便口吐人言，向那僧道说道："……适闻二位谈那人世间荣耀繁华，心切慕之。……如蒙发一点慈心，携带弟子得入红尘，在那富贵场中、温柔乡里受享几年，自当永佩洪恩，万劫不忘也。"……这神瑛侍者凡心偶炽，乘此昌明太平朝世，意欲下凡造历幻缘，已在警幻仙子案前挂了号。

由此可见，所谓"胎里带来的"之说法，意指这是与生俱来之本能或天性，"热毒"便是身为人者与生俱来的"炽热凡心"，即告子所言："生之谓性。"（《孟子·告子上》）其具体内容则是《礼记·礼运》所说的："喜、怒、哀、惧、爱、恶、欲，七者弗学而能。"而称之为"毒"，则显系受到佛教思想的影响，佛教称贪、瞋、痴为"三毒"，认为这三者都是能破坏出世善心的毒害，使众生身心感到逼迫热恼，这也正是脂砚斋所说的"孽火齐攻"之意。换句话说，将"凡心偶炽"视为"孽火齐攻"的原因，把"孽火齐攻"作为"凡心偶炽"的结果，都反映出佛教对人性的诠释。

这与生俱来的基本人性人人皆具，不独宝钗为然，顽石也是因为拥有了人性才能打动凡心，始入世化为贾宝玉，从"大荒山中，青埂峰下，那等凄凉寂寞"进入世间的"太平气象，富贵风流"（第十八回），领略人生悲喜哀乐的种种滋味。如第二十五回癞僧所说的：

> 天不拘兮地不羁，心头无喜亦无悲；却因锻炼通灵后，便向人间觅是非。

由"无喜亦无悲"到"人间觅是非"的前后对比，显示从顽石到贾宝玉，关键在于获得了"喜""悲""是非"的感受反应能力，也就是人性，这正是二宝共用了"凡心偶炽"之说法与用词的原因。有趣的是，解庵居士虽然颇为贬诋宝钗，但却也有一段话碰触到二宝先天上的同质性：

> 宝玉胎里带来通灵，宝钗带来热毒，天生对偶，又何须金锁为哉？①

将通灵、热毒等同为对偶物，如同金锁之现世联系，此真妙手偶得之洞见。

此外，"热毒"一词又在小说中出现过一次，既然是小说家所使用的同一个语汇，便提供了定义上的绝佳参考。第三十三回"不肖种种大承笞挞"之后的一段情节中，宝钗于第一时间送来丸药，

---

① （清）解庵居士：《石头臆说》，一粟编：《红楼梦资料汇编》，卷3，页192。

交代袭人道：

> 晚上把这药用酒研开，替他敷上，把那淤血的热毒散开，可以就好了。（第三十四回）

到了晚间，袭人应命对王夫人报告宝玉挨打之后的状况时，也说道：

> 老太太给的一碗汤，喝了两口，只嚷干渴，要吃酸梅汤。我想着酸梅是个收敛的东西，才刚捱了打，又不许叫喊，自然急的那热毒热血未免不存在心里，倘或吃下这个去激在心里，再弄出大病来，可怎么样呢。（第三十四回）

这两段话语中都出现了"热毒"，并且分别与"瘀血""热血"相关，可见是来自气血不顺、淤积固结所导致的不良产物。而从整个情节与上下文来分析，可知"热毒"形成的原因，乃必须具备两大条件：

> 第一，首要的前提是"捱了打"——也就是外力强大的侵逼迫害，故有"淤血的热毒""热毒热血"。
> 第二，接下来的必要条件是"又不许叫喊"——也就是压抑痛苦使之不得宣泄，因此才会将其痛其苦蓄积在内，造成"那热毒热血未免不存在心里"的结果。

透过以上这两个步骤，最终即形成了所谓的"热毒"。热毒必须以疏散的方式化解，即可恢复健康；至于热毒不散的后果，则会对生命造成严重的影响。

以此与宝钗"胎里带来的热毒"相参照，一个是身体疾患，一个则是精神疾患，不但形成的机制类似，而且身心密切连动相关："热"也者，意味着对人生的热情，包括希望、追求与期待，以及喜怒哀乐贪嗔痴爱之种种好恶情绪，用脂砚斋的术语来说便是"凡心孽火"；而"毒"也者，真正的意思则是《广雅》所说的痛也、苦也、惨也。[①] 则形成"热毒"的原因，乃是此一与生俱来的人性本能或欲望热情受到外力禁制，无法循着正当管道适度宣泄以得到纾解，日久遂郁积固结而成为压抑的痛苦所致。

或者应该说，在人类"化性起伪"以建立文明的成长过程中，必然面对、处理人性的种种问题，"太上忘情"最多只能是某些时刻可以臻及的境界，在变动起伏的人生中，压抑、升华、转化既不能免，人格修炼便是一生的功课，而热毒也是一个永远存在的人性内容。

（二）喘嗽：外显之病征与意义

病源的"热毒"意义已明，其发病后的征象也是判断疾病程度、拟定治疗方式的重要依据。从宝钗与生俱来的热毒是"凭你什么名医仙药，从不见一点儿效"，有待神奇的"海上方，又给了一包药末子作引子"，然后才得见效验，因此不免令人预期宝钗因热毒成

[①] 其《释诂》《释言》两篇中各解云：痛也、苦也、惨也，都可以是"毒"的同义语而互文说解。（清）王念孙：《广雅疏证》（南京：江苏古籍出版社，2000），分见卷2上，页48；卷4上，页119；卷5下，页163。

病的外显征候，应该是十分严重的病况，否则如何能与如此奇特之疾病与如此神妙之药方相应？然而实际情况却是出乎意料之外，从第七回周瑞家的与宝钗随后的一段对话中，可以得知：

> 周瑞家的听了点头儿，因又说："这病发了时到底觉怎么着？"宝钗道："也不觉甚怎么着，只不过喘嗽些，吃一丸下去也就好些了。"

如此大张旗鼓制作出来的药丸，所对治的疾患竟只是"只不过喘嗽些"，几乎有小题大作之嫌，可见其中寓意绝非如此简单。

宋淇认为宝钗的病应该是哮喘（asthma）中较轻微的花粉热（hay fever），都属于过敏症（allergy）的项目[①]，但考量小说中的描写并不能确定是由花粉的过敏所引起，也看不出发病的时间局限于春天，故难以就此断定。最重要的是，"只不过喘嗽些"可以说是原因广泛、普遍可见的生理反应，举凡伤风感冒、跑步运动甚至情绪激动都可以产生症状，日常化到了不应列入"疾病"的范围；参照黛玉的喘嗽症状可以说是最频繁、也更严重的，却不需服用冷香丸，可见宝钗的"病"绝不是生理性的疾病。并且黛玉之宿疾是"请了多少名医修方配药，皆不见效"（第三回），宝钗的喘嗽也是"凭你什么名医仙药，从不见一点儿效"，都无法透过世俗上专从生理着眼的医疗层次所治愈，因此两人都是由癞头和尚出面提供疗方，

[①] 宋淇：《红楼梦识要——宋淇红学论集》，页206—209。

始获得仙方疗治的机会。据此可以断定，宝钗的喘嗽来自"热毒"的酿发，带有精神性的象征意义，属于精神心灵所导致的身心症（psychosomatism）。

应该说，钗、黛二人致病之因都是来自一股与生俱来的热情，"喘嗽"则是一种情感疾病（即所谓"热毒"）的表征，在内是那包含了贪嗔痴爱、喜怒哀乐的复杂人性，当其蕴酿累积越过了界线之后，在外则发而为喘嗽之状。从这个角度而言，黛玉与宝钗在先天上并无本质性的差异，都具备淘气率真的天然之性，不同之处在于黛玉是"身体面庞怯弱不胜"（第三回）且心量敏感纤细，时时"因总是不放心的原故"（第三十二回）而挹郁不怡，纠结既深，病情也随之恶化；宝钗则是"先天壮"（第七回）且性情豁达大度，往往对他人之怨妒"浑然不觉"（第五回）而温柔浑厚，因此虽然无法根治，病情却轻微得多。

也因为个别之体质强弱有别，性格亦厚薄各异，再加上后天教养的影响不一，于是病症与疗法便随之不同，故脂砚斋于"幸而我先天结壮"下批云：

浑厚故也，假使颦凤辈，不知又何如治之。

换言之，宝钗的"只不过喘嗽些"是她身心健全的结果，因此只有轻微的症状，也只需要用药物便可以处理，不会造成生活乃至生命的威胁；而黛玉则因为先天不良、后天失调，以致病况严重，单单冷香丸是无效的，最后也为此付出生命。

(三)药材之特性与功能

再看制作冷香丸的药材和做法,是如此充满了符号意义与象征功能:

> 这方儿,真真把人琐碎死。东西药料一概都有限,只难得"可巧"二字:要春天开的白牡丹花蕊十二两,夏天开的白荷花蕊十二两,秋天的白芙蓉蕊十二两,冬天的白梅花蕊十二两。将这四样花蕊,于次年春分这日晒干,和在药末子一处,一起研好。又要雨水这日的雨水十二钱,……白露这日的露水十二钱,霜降这日的霜十二钱,小雪这日的雪十二钱。把这四样水调匀,和了药,再加十二钱蜂蜜,十二钱白糖,丸了龙眼大的丸子,……用十二分黄柏煎汤送下。(第七回)

从中可以发现到几个重要的讯息:

其一,用白牡丹花蕊、白荷花蕊、白芙蓉蕊、白梅花蕊作为药材,其设计匠心明显有三个特点:以"花"为主要药材,且限定于牡丹、荷花、芙蓉与梅花等四种,不但分别对应了春夏秋冬,呈现的是一年四季的时间意义,还必须都是白花,白色代表纯洁,却也是死亡的颜色。从这四种花分别都有其代表人物,则显然除了宝钗之外,其他金钗与冷香丸之间应该也存在着非比寻常的关系。

其二,除了清一色的白色花蕊都是将缤纷颜彩加以漂白,而以缟素之姿呈现清洁不染的样貌之外,其他配合入药的雨、露、霜、雪这四样成分,也都是水分凝聚、结晶的萃取物,在传统观念中也都秉具清洁不染、可以去毒的特质，因此与四样白色花蕊都隐隐带有一种道德暗示。① 原本在《本草纲目》中，雨、露、霜、雪都属于《水部·天水类》，其气味无论甘咸，都是平和无毒的；曹雪芹于《红楼梦》中又刻意将之分别与"雨水、白露、霜降、小雪"等相关节气配合，于是雨、露、霜、雪既是"天水"又结合了"节气水"，除了更清楚地对应于春、夏、秋、冬四季，进一步与四种花品紧密配合之外，其当令之极而精准确切的时间特点，也提供了物候最高的精纯度，使其药效得以充分发挥到最大极致。

就以与"薛"谐音，因而在书中往往用来隐射薛宝钗的"雪"来说，《本草纲目》载李时珍曰："雪，洗也，洗除瘴疠虫蝗也。……腊雪密封阴处，数十年亦不坏。用水浸五谷种，则耐旱不生虫。……〔气味〕甘冷，无毒，〔主治〕解一切毒，治天行时气温疫，小儿热痫狂啼，大人丹石发动，酒后暴热黄疸，仍小温服之，洗目、退赤。煎茶煮粥，解热止渴。"② 很显然，解毒、解热正是雪的主治功能，与霜之功效恰恰一致。③ 则作为水之结晶品，而以解毒、解热为药效的这些节气产物，与热毒之间所建立的医疗关系，

---

① 这种道德暗示，最明显的表现是在李纨身上，她在掣花签时，抽到的是题着"霜晓寒姿"四字的老梅（第六十三回），一身双绾"白梅"与"寒霜"这两个品项，即此便足以透露其中消息。

② （明）李时珍：《新编增订本草纲目》（台北：隆泉书局，1990），卷5，页232。

③ 《本草纲目》载其主治"解酒热、伤寒鼻塞、酒后诸热、面赤者"，同前注。而筠宇亦认为：此丸药含有一定的医理，其药材性质整体可以归于"甘寒芳香、清热解毒、润肺化痰"的范围内，与此处所论甚合，见筠宇："冷香丸"和薛宝钗的病》，《红楼梦学刊》1980年第2辑，页218—220。

显然并非是从内部着手的滋养补益,而是从外面侵压的克制化除,与黛玉服用人参养荣丸以为滋补的药理迥不相侔。

其三,所有的药材从十二两、十二钱再到十二分,都是以"十二"为单位,这当然是别具深意的刻意安排。《左传》称"十二"乃"天之大数"①,是一个建立在日月星辰运行之天文现象上的计时尺度,包括一纪十二年、一年十二月、一天十二辰等,都可以看出"十二"这一数字的独具魅力,它被赋予的神秘蕴涵成为许多文化现象、文化模式的规范和依据,其渗透力之广,影响之深远,几乎涉及社会生活的各个方面②。冷香丸也正是在此一文化传统下使用此一量词,一方面借由循环往复、周流不辍的天文特质呈现其终年不减的药效,另一方面则如脂砚斋所说:

凡用"十二"字样,皆照应十二钗。(第七回批语)

呼应了药材中四种花蕊代表了四位重要金钗,说明了冷香丸的象征意义绝非宝钗所独有。

(四)最初服用的年龄

小说中并没有明确写到宝钗开始服用冷香丸的年龄,但也许

---

① 《左传·哀公七年》载:"周之王也,制礼,上物不过十二,以为天之大数也。"杨伯峻注:《春秋左传注》(高雄:复文出版社,1991),页1641。

② 参叶舒宪、田大宪:《中国古代神秘数字》(北京:社会科学文献出版社,1998),页254—276。

可以根据一些蛛丝马迹加以推敲：第四十二回写到宝钗自幼淘气，至七八岁都还是顽皮不守规矩，后来因为大人施加"打的打，骂的骂，烧的烧"的严厉教育，才大幅转向；第五十七回宝钗又说自幼浑身都是大官富贵之家的富丽闲妆，直到七八年前才由奢入俭、反璞归真，当时约略十岁。比观两段极为一致的说词，可见"七、八岁"是宝钗生命史上的分水岭，之前是一般放纵天性的孩童，之后则是克己复礼的闺秀淑女，作为天性之转化与升华的辅助剂，冷香丸应该是这时才介入的；待遇到和尚提供海上方，还需要一段搜集相关药材的制作过程，所谓：

> 周瑞家的听了笑道："阿弥陀佛，真坑死人的事儿！等十年未必都这样巧的呢。"宝钗道："竟好，自他说了去后，一二年间可巧都得了，好容易配成一料。如今从南带至北，现在就埋在梨花树底下呢。"（第七回）

如此算来，宝钗服用冷香丸的年纪约在九十岁之龄，到了十三岁因选秀女制度进京寄住贾府，便从南京随身带来，持续服用。

（五）冷香丸的寓意

有人认为，冷香丸的"香"字是指宝钗的美貌，"冷"字则是说她冷漠无情。但这种拆解法很明显地缺乏证据，完全是依照好恶二元的既定成见所作的直觉式附会，即使单就字面而言，"香"字并不限定于容貌，也可以是性格的形容；同样地，"冷"字不仅可以用来描述外在容态而不只是内在性情,遑论即使就内在性情来说,也有"冷静"的正面意涵,如何能简单地妄断为冷漠无情?

从文本的精细考察以观之,我们必须说,"香"字主要正是用以传达宝钗之美好性格者。除蘅芜苑中种植了许多带有道德象征的香草,一开始就处处弥漫着"味芬气馥,非花香之可比"的芳香气息,此后便构成了蘅芜苑最无所不在的嗅觉版图,经年充盈弥漫,则居处中遍植香草的薛宝钗,无疑也是以贤德取胜的君子一流人物。

再看身为宝钗之重像的袭人,以"头一个出了名的至善至贤之人""原是久已出了名的贤人"(第七十七回)的品德,获得作者给予"贤袭人"(第二十一回回目)的一字定评,而其命名则是来自隐含了"香"字的诗句——"花气袭人知骤暖"①,"花气"即"花香",脂砚斋在书中描写冷香丸散发出"一阵阵凉森森甜丝丝的幽香"这句之下,又评道:"这方是花香袭人正意。"如此一来,便明显是从"香"与"德"的范畴对宝钗之衬托与加强。因此,冷香丸的"香"字绝不只是女性之美的表示,同时也具有崇高道德的象征。

至于"冷"字,无论是就外在容态或内在性情,指的都是冷静的正面意涵,外在容态的冷静让宝钗坦然自若、沉稳大方,内在性情的冷静则让宝钗思虑清晰周详、宠辱不惊。清代评点家二知道人说得好:

---

① 南宋陆游《村居书喜》云:"花气袭人知骤暖,鹊声穿树喜新晴。"小说中错引一字为"花气袭人知昼暖"。(宋)陆游著,钱仲联校注:《剑南诗稿校注》第6册(上海:上海古籍出版社,1985),卷50,页3002。

> 宝钗外静而内明,平素服冷香丸,觉其人亦冷而香耳。[1]

这段话启人深思的地方有二,其一,"冷"与"香"是不同的状词,在一般的情况下,彼此之间的分歧度远胜于一致性,一旦将二者并列成说,统合为"冷而香"的一体表述,那便必须进一步推敲:联缀两字的"而"字,究竟是如"却"字一般,表示矛盾并置的转折语,诸如"残而不废""贫穷却快乐"?还是如"且"字一样,作为同质共存的加强语,好比"既老且残""美丽而善良"?从"外静而内明"一语,可见"而"字乃是"且"的同义语,它所连结的静与明、冷与香都是同质共存的同类字;另一方面又可以与"冷而香"上下互证,前后对应出"静/冷""明/香"如此的结果,而且"静/冷"乃是外显的情态,"明/香"则是内蕴的气质。这就足以证明所谓的"冷"并不是冷酷、冷漠这类无情的负面指涉,而是指"冷静"此一教养完美的正面意涵,包含了性格的持衡、情绪的平稳、思虑的周详、处事的沉着、理性的镇定与价值观的中立,以至于没有热烈起伏的身心变化,也不会有鲜明极端的个性表现,如此始得以焕发出临危不乱、沉稳静定之类属于内在德性的"清明芳香"。

至于这段话的第二个特点,就是二知道人用以形容薛宝钗的"外静而内明"一语,其实是来自宋明理学的嫡传,如王阳明即标示:"《九经》莫重于修身,修身惟在于主敬。……中心明洁,而

---

[1] (清)二知道人:《红楼梦说梦》,一粟编:《红楼梦资料汇编》,卷3,页92。

不以人欲自蔽,则内极其精一矣。冠冕佩玉,而穆然容止之端严,垂绅正笏,而俨然威仪之整肃,则外极其检束矣。又必克己私以复礼,而所行皆中夫节,不但存之于静也。"①而周敦颐也指出学圣之要在于"无欲也。无欲则静虚动直,静虚则明,明则通;动直则公,公则溥。明通公溥,庶矣乎!"②可见这条通往圣人之路的铺展方式,是以"无欲"为前提,以"静虚则明"为境界。则薛宝钗的人品行径,与理学修身的主张确实是分不开的。此所以脂砚斋阐释冷香丸之命名意义道:

历看炎凉,知看甘苦,虽离别亦能自安,故名曰冷香丸。
(第七回批语)

同时,这也呼应了第七十回薛宝钗所填《临江仙·咏柳絮》中,透过"万缕千丝终不改,任他随聚随分"两句而展现的豁达稳定。如此种种,皆呈现出一位大雅君子的心性德操。

只不过,从德性来说,固然宝钗令人赞叹,但从《红楼梦》的女性悲剧书写而言,则宝钗本身的际遇也不免提供了某种悲剧类型。从第二十二回灯谜诗所潜藏的暗示,所谓:

---

① (明)王守仁:《山东乡试录》,《王阳明全集》(上海:上海古籍出版社,1992),卷22,页842。
② (宋)周敦颐:《通书》,第20章,(宋)周敦颐、张载撰,(明)徐必达编:《周张全书》(京都:中文出版社,1981),卷2,页37。

朝罢谁携两袖烟，琴边衾里总无缘。晓筹不用鸡人报，五夜无烦侍女添。

焦首朝朝还暮暮，煎心日日复年年。光阴荏苒须当惜，风雨阴晴任变迁。

这首谜底为"更香"的灯谜诗，刻画了终其一生身心煎熬与终究化灰成空的宿命，极为形象地暗喻宝钗未来将独守家族破落下的贫困生活，与宝玉出家后的空心婚姻。固然宝钗面对悲剧人生终不改其志，"光阴荏苒须当惜，风雨阴晴任变迁"与《临江仙》中的"万缕千丝终不改，任他随聚随分"前后呼应，正是一种坦然以对的无畏宣言；但就个人而言，毕竟是走入一个特定的框限里，失去了其他的可能。而这却是传统闺秀的唯一道路，前有贾母、李纨，未来则有宝钗。

故脂砚斋于"历看炎凉，知看甘苦，虽离别亦能自安，故名曰冷香丸"之后，紧接着又说：

又以为香可冷得，天下一切无不可冷者。（第七回批语）

再加上赖以送服的黄柏苦汤，在在都证明了冷香丸其实是道德礼教的代名词，是经年不息的礼教力量的形象化表现。由此又提供了冷香丸的另一层诠释："香"字作为女性的代名词，所谓"软玉温香""国色天香""香消玉殒"，"冷香"二字岂非又可以有女性悲剧的意义？脂砚斋针对宝钗所说的"异香异气的，不知是那里弄了来的"这几句评道：

> 卿不知从"那里弄来"，余则深知是从放春山采来，以灌愁海水和成，烦广寒玉兔捣碎，在太虚幻境空灵殿上炮制配合者也。（第七回批语）

可见制作冷香丸的"海上方"即来自太虚幻境，是警幻仙姑所炮制而成的珍贵药品，如此一来，就和茶、酒、香属于同出一源的姊妹作，在命名上平行一致："群芳髓（碎）"的香，"千红一窟（哭）"的茶，"万艳同杯（悲）"的酒，暗示了"群芳""千红""万艳"——也就是所有的美好女子，都会面临"破碎""哭泣""悲哀"的命运；冷香丸的"香"作为名词，等同于"群芳""千红""万艳"，也就是美好女性的代称；"冷"则是动词，是"碎""哭""悲"的另一种说法。因此，从命名方式与象征意涵而言，"冷香"正是"群芳髓（碎）""千红一窟（哭）""万艳同杯（悲）"的同义词，符合脂批所说的"凡用'十二'字样，皆照应十二钗""末用黄柏更妙。可知甘苦二字，不独十二钗，世皆同有者"。

可见宝钗的命运又归属于众女儿的集体悲剧，这并不能粗略地解释为"礼教吃人"，而是如探春所感叹的："我但凡是个男人，可以出得去，我必早走了，立一番事业，那时自有我一番道理。偏我是女孩儿家，一句多话也没有我乱说的。"（第五十五回）小说家悲怜惋惜的不舍之情，正是对包括薛宝钗在内的所有女性，只能终身被禁足于闺阁之中，被一股如四季循环般周年不息的社会力量化约漂白，解消个人之独特色彩而成为标准化的礼教淑女，虽然可以担任家族的母神，具有让世界更稳定运转的力量，但毕竟止步于"齐家"的边界，失去了经世济民的参与权与扭转乾坤的机会；更重要的是女性一生祸福由人，唯一自主的只有内在的心志。这才是小说家真正的悲悯所在。

五、立体突破的多元面貌

宝钗是一个活生生的人，自有其不可抑遏的喜怒哀乐。就像孔子仍有责骂学生"朽木不可雕也"的不满，向往曾点"浴乎沂，风乎舞雩，咏而归"的闲适，调侃子路"暴虎冯河"的诙谐等等人性化的时刻，并非"迂阔枯寂""蠢拙古版"的宝钗自也是如此。

最值得注意的是，宝钗用来劝诫黛玉的那一番"兰言"中，其实不只是申明"女子无才便是德"的道理，还更包括宝玉著名的"禄蠹"说：

> 男人们读书不明理，尚且不如不读书的好，……男人们读书明理，辅国治民，这便好了。只是如今并不听见有这样的人，读了书倒更坏了。这是书误了他，可惜他也把书遭塌了，所以竟不如耕种买卖，倒没有什么大害处。（第四十二回）

所谓"读了书倒更坏了""把书遭塌了"的读书人，正是宝玉所定名的"禄蠹"与"国贼禄鬼"，甚且宝钗又说"如今并不听见有这样"

读书明理、辅国治民的男人，形同对所有读书人的否定，这便等于完全支持宝玉将世上所有读书上进之人都贬为禄蠹的判断。由此可见，宝钗何尝盲目迂腐？反倒应该说，宝钗与宝玉是本质上的同道人，所观察的现象与所得出的判断完全一致，只是在应世的方式与态度上有所不同而已。

此外，即使宝钗在服用冷香丸之后，也仍然不断有喘嗽之症发作，可想而知，其内心依然存在着不可能完全转化或升华的悲欣之情，在生活中的某些情境不自禁地流露，反倒增加了性情的饱满立体与真实可信。脂砚斋便说：

> 若一味浑厚大量涵养，则有何令人怜爱护惜哉。然后知宝钗袭人等行为，**并非一味蠢拙古版，以女夫子自居**。当绣幕灯前，绿窗月下，亦颇有或调或妒，轻俏艳丽等说。不过一时取乐买笑耳，非切切一味妒才嫉贤也，**是以高诸人百倍**。不然，宝玉何甘心受屈于二女夫子哉！（第二十回批语）

那"或调或妒，轻俏艳丽"的诸般时刻，点缀在"浑厚大量涵养"的主线中，像小小的装饰音，跳动于沉稳的旋律中，为宝钗渲染了丰富的色彩，更突显出生命本身的立体性与多样性。

（一）唯一的淘气

第二十七回"滴翠亭杨妃戏彩蝶"一段描述道：

且说宝钗、迎春、探春、惜春、李纨、凤姐等并巧姐、大姐、香菱与众丫鬟们在园内玩耍,独不见林黛玉。迎春因说道:"林妹妹怎么不见?好个懒丫头!这会子还睡觉不成?"宝钗道:"你们等着,我去闹了他来。"说着便丢下了众人,一直往潇湘馆来。……忽然抬头见宝玉进去了,宝钗便站住低头想了想:宝玉和林黛玉是从小儿一处长大,他兄妹间多有不避嫌疑之处,嘲笑喜怒无常;况且林黛玉素习猜忌,好弄小性儿的。此刻自己也跟了进去,一则宝玉不便,二则黛玉嫌疑。罢了,倒是回来的妙。想毕抽身回来。刚要寻别的姊妹去,忽见面前一双玉色蝴蝶,大如团扇,一上一下迎风翩跹,十分有趣。宝钗意欲扑了来玩耍,遂向袖中取出扇子来,向草地下来扑。只见那一双蝴蝶忽起忽落,来来往往,穿花度柳,将欲过河去了。倒引的宝钗蹑手蹑脚的,一直跟到池中滴翠亭上,香汗淋漓,娇喘细细。宝钗也无心扑了。

这是整部小说中,宝钗最显童心童趣的一幕,脂砚斋对此夹批道:

可是一味知书识礼女夫子行止?写宝钗无不相宜。

完全以赞赏的笔调称许宝钗一时天真流露的扑蝶之美,正所谓的"大人者,不失其赤子之心者也"(《孟子·离娄下》)。但从"娇喘细细"的生理反应而言,或许又到了该服用冷香丸,在家中静养几天的时候。

（二）少女的羞涩

对于以礼自持的宝钗来说，避免涉入男女纠葛乃是一以贯之的态度，因此，除大观园中一般性的日常往来之外，基本上是刻意回避宝玉的。虽然她也会到怡红院看望谈讲，但这就和其他人的互动一样，属于姐妹情谊与礼尚往来；也虽然她曾感受到宝玉对自己的欣赏与爱慕，却还是尽量保持距离，避免落入形迹。第二十八回记述道：

> 宝玉笑问道："宝姐姐，我瞧瞧你的红麝串子？"可巧宝钗左腕上笼着一串，见宝玉问他，少不得褪了下来。宝钗生的肌肤丰泽，容易褪不下来。宝玉在旁看着雪白一段酥臂，不觉动了羡慕之心，……忽然想起"金玉"一事来，再看看宝钗形容，只见脸若银盆，眼似水杏，唇不点而红，眉不画而翠，比林黛玉另具一种妩媚风流，不觉就呆了，宝钗褪了串子来递与他也忘了接。宝钗见他怔了，自己倒不好意思的，丢下串子，回身才要走，只见林黛玉蹬着门槛子，嘴里咬着手帕子笑呢。

痴迷出神的眼光，正是由衷的最大赞美，被忘我注视着的宝钗当下自然有所触动，以一个十几岁的少女所会有的心情感到羞涩，于是几近不知所措地丢下串子就走。这应该也是宝钗唯一无法沉稳处理的场面吧。

此外，只有在极少数的特殊状况下，不免因为情急而一时流露，绽现出一丝少女情怀。第三十四回宝玉挨打后，宝钗立刻送来化瘀的丸药，接着作者描写道：

> 宝钗见他睁开眼说话，不像先时，心中也宽慰了好些，便点头叹道："早听人一句话，也不至今日。别说老太太、太太心疼，就是我们看着，心里也疼。"刚说了半句又忙咽住，自悔说的话急了，不觉的就红了脸，低下头来。宝玉听得这话如此亲切稠密，大有深意，忽见他又咽住不往下说，红了脸，低下头只管弄衣带，那一种娇羞怯怯，非可形容得出者，不觉心中大畅，将疼痛早丢在九霄云外。

由此可见，宝钗不仅是关心宝玉，甚至可以说是具有好感，乃至担心、宽慰、红脸低头的种种反应，都被敏于少女心思的宝玉察觉到其亲切稠密之处，因而为之心中大畅。其实，宝钗对宝玉会产生好感，可以说是自然而然的结果，一则宝玉本就具有诸多吸引少女的优点，包括容貌、性情、气质，最重要的是，这些大家闺秀身边并没有其他的年轻男性，大观园中日常往来、昼夜相处，对宝玉这位温柔体贴的翩翩少年产生好感，实属人情之常。并且应该特别注意推理的严谨，分辨出有好感完全不等于就是爱情，有爱情也不等于思嫁，即使思嫁也不等于谋婚。单单"好感"就有许多层次，甚至未必就是男女之间的那种好感，将一个模糊不清也不确定的感觉当作"爱情"，本身已是跳跃性的囫囵吞枣；又进而将一个连"爱情"都谈不上的感觉断定为"思嫁谋婚"，咬定其中有争取宝二奶奶之意图，诚属粗糙已极的无稽之说。

(三)唯一的大怒

修养绝佳的宝钗,总是很好地控制自己的脾气,不流于失态失格,唯一的一次大怒,还是在忍受了黛玉的讥刺、宝玉的造次之后,刚好又遇到小丫头的无礼,才借机爆发。第三十回宝玉道:

> "姐姐怎么不看戏去?"宝钗道:"我怕热,看了两出,热的很。要走,客又不散。我少不得推身上不好,就来了。"宝玉听说,自己由不得脸上没意思,只得又搭讪笑道:"怪不得他们拿姐姐比杨妃,原也体丰怯热。"宝钗听说,不由的大怒,待要怎样,又不好怎样。回思了一回,脸红起来,便冷笑了两声,说道:"我倒像杨妃,只是没一个好哥哥好兄弟可以作得杨国忠的!"二人正说着,可巧小丫头靓儿因不见了扇子,和宝钗笑道:"必是宝姑娘藏了我的。好姑娘,赏我罢。"宝钗指他道:"你要仔细!我和你顽过,你再疑我。和你素日嘻皮笑脸的那些姑娘们跟前,你该问他们去。"说的个靓儿跑了。宝玉自知又把话说造次了,当着许多人,更比才在林黛玉跟前更不好意思,便急回身又同别人搭讪去了。

这一段情节是读者感性阅读之下双重标准的典型范例:黛玉、晴雯之辈可以素好生气、迁怒成习、出口伤人,却被赞美为率真可爱;宝钗的唯一一次动怒却饱受批评,似乎一个好修养的人就只能永远没脾气,只要忍不住发一次脾气就被用来证明修养是假,诚为缺乏基本逻辑训练的一种平庸推理。实则讲究修炼的佛教依然保有、甚至赞美怒目金刚,血肉之人固然不可能全然豁免,甚至有些时候怒目严词更是必要的表示,否则就是认可甚至鼓励别人的得寸进尺,迎春就是一个好例子(请见本书第七章)。

试看在这一段情节中,引发宝钗大怒的对象与原因有两个,一是宝玉说:"怪不得他们拿姐姐比杨妃,原也体丰怯热。"必须注意到,"体丰怯热"并不是正面之词,和小说中多处用来赞美宝钗的"肌骨莹润""容貌丰美""肌肤丰泽"不同,"体丰怯热"本身已经完全看不出"鲜艳妩媚"的健康美,而带有肥胖的联想,在一个崇尚病态美的文化传统中,更特别引起一种负面的审美倒错,因此宝钗才会听了便不由得大怒。但因为这句话作为一种现象描述,虽然带有主观偏颇却并不涉及是非道德的问题,无法争辩或澄清,因此宝钗"待要怎样,又不好怎样",回思以后才用了杨国忠的典故,间接表示自己的不悦。所谓"我倒像杨妃,只是没一个好哥哥好兄弟可以作得杨国忠的",是以反讽的方式暗指宝玉引喻失义,因为在后代的历史诠释中,杨贵妃本身尚且可以是中性的历史人物,甚至还以旷世希代的绝色丽人、帝妃深情而成为艳羡歌咏的对象,但杨国忠则绝对是一个祸国殃民的历史罪人,罪无可逭。将这样一个争议人物引进对话中,等于是提醒宝玉类比不当:我没有杨国忠这样的哥哥,我也不是"体丰怯热"的那一种"杨贵妃"!

紧接着又发生了小丫头靓儿过于轻慢随便地逾越分际,更使得宝钗火上加油。必须说,宝钗虽然深受下人欢迎,如第五回所言:"宝钗行为豁达,随分从时,不比黛玉孤高自许,目无下尘,故比黛玉大得下人之心。便是那些小丫头子们，亦多喜与宝钗去顽。"但这却不等于容许下人失去应有的分寸。小丫头靛儿说"必是宝姑娘藏了我的"，问题还不是逾越上下的等级，把宝钗降格为平起平坐的女仆辈，更重要的是，该玩笑话隐含了宝钗是一个会偷藏丫头扇子的人，形同无谓的栽赃，已经超过谑而不虐的分寸，侵犯了对方的人格，就此任何人都必须郑重自清，以免沦为轻慢无礼的对象。则任何人都会生气、也应该生气的事，宝钗也生了气，作了必要的表示，便是合情合理、理所当然，诚属"温而厉"（《论语·述而》）的性情展现。

由此，宝玉也才会"自知又把话说造次了，当着许多人，更比才在林黛玉跟前更不好意思"，这便承认一切都是自己讲错话所引起的，则失言的是宝玉，其后再加上小丫头靛儿的失格，又怎能怪一再被冒犯的人生气？

（四）唯一的伤心

宝钗唯一的一次哭泣，即发生在有关婚恋之话题上。第三十四至三十五回中，宝钗被狗急跳墙而口不择言的薛蟠歪派对宝玉有私情秘恋之心，单单只是今天看来无关紧要的"从先妈和我说，你这金要拣有玉的才可正配，你留了心，见宝玉有那劳什骨子，你自然如今行动护着他"这几句话，仅此便足以导致当场宝钗气怔而哭、薛姨妈气得乱战，立即以"那孽障说话没道理"加以劝慰，而满心委屈气忿的宝钗含泪回到房中后仍整整哭了一夜，次早起来也无心梳洗，去望候薛姨妈时，又由不得哭将起来，薛姨妈也随之哭了一场，一面又劝她："我的儿，你别委曲了，你等我处分他。你要有个好歹，我指望那一个来！"满怀内疚的薛蟠乃百般道歉，自承撞客胡说并极力赔罪弥补，甚至借此"发昏"之举发誓痛改前非。

此一几近家破人亡（所谓"有个好歹"）、长达两天之久的喧扰万状，无不显示其指控的严厉程度与杀伤力道的非比寻常，绝不可能只是一般性的"被揭发心病"的恼羞成怒而已；诋毁宝钗者以之作为宝钗秘恋宝玉、追求金玉良姻的证据，更是失之粗略。

从薛蟠的这番话是"见宝钗说的话句句有理，难以驳正，比母亲的话反难回答，因此便要设法拿话堵回他去，就无人敢拦自己的话了；也因正在气头上，未曾想话之轻重"的情急之言，以至于带有一种为求胜利不择手段的杀伤力，可见其言说内容属于失于"轻重"的过分表达，并不是对客观事实的反映，因此事后才会满怀内疚地百般道歉，并极力赔罪弥补。同样地，薛姨妈会因这几句话便气得乱战，以"那孽障说话没道理"加以严厉斥责，并对宝钗不仅极力劝慰还陪着哭了一场，在在可见这几句话其实涉及了严重的道德问题。

参照王夫人因为大观园中捡着绣春囊时，也是前所未有地"气色更变""泪如雨下，颤声说道""又哭又叹"（第七十四回），情况如出一辙，更证明了薛蟠的"私心"之说已犹如"不贞"的重大道德犯罪。这便反映了小说中，凡教养良好的未婚少女都以"自择自媒"之私情秘恋为莫大罪愆的心态，呼应了第一回石头所批判的"私订偷盟"，也才是《红楼梦》石头言说中才子佳人"终不能不涉于淫滥"的真正意旨，更是宝钗被视为真正的佳人的原因所在。①

此外，也正是在这一段非比寻常的情节中，宝钗出现了唯一一次逼近于黛玉的"多心歪话"。当宝钗气哭、薛姨妈气极之后，祸从口出的薛蟠立刻道歉求饶：

> 连忙跑了过来，对着宝钗，左一个揖，右一个揖，只说："好妹妹，恕我这一次罢！原是我昨儿吃了酒，回来的晚了，路上撞客着了，来家未醒，不知胡说了什么，连自己也不知道，怨不得你生气。"宝钗原是掩面哭的，听如此说，由不得又好笑了，遂抬头向地下啐了一口，说道："你不用做这些像生儿。我知道你的心里多嫌着我们娘儿两个，是要变着法儿叫我们离了你，你就心净了。"薛蟠听说，连忙笑道："妹妹这话从那里说起来的，这样我连立足之地都没了。妹妹从来不是这样多心说歪话的人。"薛姨妈忙又接着道："你只会听见你妹妹的歪话，难道昨儿晚上你说的那话就应该的不成？当真是你发昏了！"（第三十五回）

确实，宝钗"从来不是这样多心说歪话的人"，这唯一一次的"多心说歪话"，以及唯一一次的"向地下啐了一口"，再加上唯一一次的彻夜哭泣，简直就是林黛玉的附身，其罕见程度可谓空前绝后。

---

① 详参欧丽娟：《论〈红楼梦〉的"佳人观"——对"才子佳人叙事"之超越及其意义》，《文与哲》第 24 期（2014 年 6 月），页 113—152。

由此可见，薛蟠不知轻重的意气之说有多么严重的杀伤力，另一方面也显示出兄妹情深，宝钗在至亲面前才会如此直率地流露自己的心情，一如对母亲可以亲昵撒娇一样。

（五）唯一的嫉妒

第四十九回中，李纹、李绮、邢岫烟、薛宝琴等四位金钗翩然莅临大观园，尤以宝钗的堂妹宝琴最是才貌出众，"老太太一见了，喜欢的无可不可，已经逼着太太认了干女儿了。老太太要养活，才刚已经定了"，并且"连园中也不命住，晚上跟着贾母一处安寝"，单独享有陪侍在贾母身边一同起居的非凡爱宠。不几日，

> 只见宝琴来了，披着一领斗篷，金翠辉煌，不知何物。宝钗忙问："这是那里的？"宝琴笑道："因下雪珠儿，老太太找了这一件给我的。"香菱上来瞧道："怪道这么好看，原来是孔雀毛织的。"湘云道："那里是孔雀毛，就是野鸭子头上的毛作的。可见老太太疼你了，这样疼宝玉，也没给他穿。"宝钗道："真俗语说'各人有缘法'。他也再想不到他这会子来，既来了，又有老太太这么疼他。"

此一连宝琴自己都料想不到的"缘法"，不但是黛玉所无法企及，连备受礼遇的宝钗也都感到威胁，接下来终于忍不住以半玩笑的口吻表露出微酸的醋意：

正说着，只见琥珀走来笑道："老太太说了，叫宝姑娘别管紧了琴姑娘。他还小呢，让他爱怎么样就怎么样。要什么东西只管要去，别多心。"宝钗忙起身答应了，又推宝琴笑道："你也不知是那里来的福气！你倒去罢，仔细我们委曲着你。我就不信我那些儿不如你。"说话之间，宝玉黛玉都进来了，宝钗犹自嘲笑。

此一反应的非比寻常，在于宝钗素日本是"罕言寡语，人谓藏愚；安分随时，自云守拙"（第八回）的性情，为人处世的表现一皆"稳重和平""不妄言轻动""坦然自若"（第二十二回），但此处不仅没有平常时节装愚守拙、安分得体的言语表现，竟反常地公然宣称"我就不信我那些儿不如你"，且在众人之间"犹自嘲笑"不停，其反应已然近似于黛玉之"多心""小性儿""说歪话"；然而平素善妒的黛玉却反倒没有任何不平的表示，连湘云都猜错，可见宝钗的反常实在是大有深意。

回顾先前贾母曾公开赞美宝钗道："提起姊妹，不是我当着姨太太的面奉承，千真万真，从我们家四个女孩儿算起，全不如宝丫头。"也曾亲自布置蘅芜苑，对宝钗说道：

"如今让我替你收拾，包管又大方又素净。我的梯己两件，收到如今，没给宝玉看见过，若经了他的眼，也没了。"说着叫过鸳鸯来，亲吩咐道："你把那石头盆景儿和那架纱桌屏，还有个墨烟冻石鼎，这三样摆在这案上就够了。再把那水

墨字画白绫帐子拿来，把这帐子也换了。"（第四十回）

这种受赐于贾母连宝玉都未曾给过的体己珍藏的唯一待遇，却被后来的宝琴承接甚至后来居上，以至于原本并不在意的宝钗也瞬间为之动摇，感到一种被比下去的失落感，而乍现出一丝淡淡的嫉妒心理，正是"或调或妒，轻俏艳丽"的时刻。

（六）调侃嘲戏与讽世嫉俗

基于"稳重和平""不妄言轻动"的性格，宝钗的待人处事往往含蓄浑厚、体恤尊重，不轻言臧否、议论是非；但在挚友之间，则一如对母亲可以亲昵撒娇一样，也往往有调侃嘲戏的活泼，尤其是对心胸宽广的宝玉，后来还再加上亲如姊妹的黛玉。

当第十八回元妃省亲时，作不出好诗、想不起典故的宝玉问道："'绿蜡'可有出处？"宝钗见问，悄悄的咂嘴点头笑道："亏你今夜不过如此，将来金殿对策，你大约连'赵钱孙李'都忘了呢！唐钱珝咏芭蕉诗头一句：'冷烛无烟绿蜡干'，你都忘了不成？"后来宝玉编了耗子精的故典，以振奋黛玉的精神，宝钗刚巧走来，又借此嘲弄宝玉道："原来是宝兄弟，怨不得他，他肚子里的故典原多。只是可惜一件，凡该用故典之时，他偏就忘了。有今日记得的，前儿夜里的芭蕉诗就该记得。眼面前的倒想不起来，别人冷的那样，你急的只出汗。这会子偏又有记性了。"（第十九回）但这段三人之间的对话，其实都是存乎好意，第二十回说得很清楚：

话说宝玉在林黛玉房中说"耗子精",宝钗撞来,讽刺宝玉元宵不知"绿蜡"之典,三人正在房中互相讥刺取笑。那宝玉正恐黛玉饭后贪眠,一时存了食,或夜间走了困,皆非保养身体之法;幸而宝钗走来,大家谈笑,那林黛玉方不欲睡,自己才放了心。

可见彼此的调侃嘲戏大约如此,不仅无伤大雅,反倒有助于彼此亲近。一旦黛玉不再以之为假想敌,而以姊妹相待时,宝钗也不见外地给予取笑,如第四十五回中,黛玉提到自己寄居贾府,不免对"那起小人岂有不多嫌的"感到烦难,宝钗听了玩笑道:"将来也不过多费得一副嫁妆罢了,如今也愁不到这里。"对此,脂砚斋有一长批云:

宝钗此一戏,直抵过通部黛玉之戏宝钗矣,又恳切,又真情,又平和,又雅致,又不穿凿,又不牵强。黛玉因识得宝钗后方吐真情,宝钗亦识得黛玉后方肯戏也。此是大关节大章法,非细心看不出。

细心(思)二人此时好看之极,真是儿女小窗中喁喁也。

换言之,即使是谑词戏语,相较于黛玉的"偏而趣",宝钗则是"正而趣"(第十九回批语)。因为宝钗的戏嘲总是维持在谑而不虐的适度分寸中,故成为脂砚斋所赞美的"雅谑"(第二十五回夹批)。

值得注意的是,这种雅谑其实之前已经发生过一次,第二十五

回写宝玉中邪后终于复原:

> 闻得吃了米汤,省了人事,别人未开口,林黛玉先就念了一声"阿弥陀佛"。薛宝钗便回头看了他半日,嗤的一声笑。众人都不会意,贾惜春道:"宝姐姐,好好的笑什么?"宝钗笑道:"我笑如来佛比人还忙:又要讲经说法,又要普渡众生;这如今宝玉、凤姐姐病了,又烧香还愿,赐福消灾;今才好些,又管林姑娘的姻缘了。你说忙的可笑不可笑。"林黛玉不觉的红了脸,啐了一口,……一面摔帘子出去了。

宝钗之所以要"看了他半日",并给予调侃,其实是出于好意的提醒,因为黛玉的忘情反应已经不自觉地泄漏了私情,而这是礼教规范的重大禁忌,因此黛玉也才会红了脸,随后立刻脱离现场。脂砚斋便针对"我笑如来佛比人还忙"指出:

> 这一句作正意看,余皆雅谑,但此一谑抵颦儿半部之谑。

这正和第四十二回"蘅芜君兰言解疑癖"一段如出一辙,因为宝钗听了黛玉行令时引述了禁书的曲文,有失于闺门妇道,于是特别把黛玉叫到蘅芜苑中,

> 宝钗冷笑道:"好个千金小姐!好个不出闺门的女孩儿!满嘴说的是什么?你只实说便罢。"……黛玉一想,方想起来

昨儿失于检点，那《牡丹亭》《西厢记》说了两句，不觉红了脸，便上来搂着宝钗，笑道："好姐姐，原是我不知道随口说的。你教给我，再不说了。"

两次的调侃都是因为黛玉"失于检点"，而且黛玉的反应也都是"红了脸"，可见宝钗都是出于善意维护之心，让黛玉不致继续逾矩失控而受害，而黛玉也是一点就透，羞愧脸红。差别只在于第二十五回时，黛玉尚且对宝钗百般猜忌，在存有敌意的情况下不免恶言反击，到了第四十二回时却受到了感动而诚心认错、感激对方，从此"解疑癖"。后来黛玉认了薛姨妈作娘，宝钗更是敢于打趣，第五十七回提到儿女姻缘之事，宝钗笑道：

"非也。我哥哥已经相准了，只等来家就下定了，也不必提出人来，我方才说你认不得娘，你细想去。"说着，便和他母亲挤眼儿发笑。黛玉听了，便也一头伏在薛姨妈身上，说道："姨妈不打他我不依。"

这里不只是拿女孩儿家最害羞的婚姻之事加以调侃，还加上从来不曾出现的生动表情，"和他母亲挤眼儿发笑"，像个顽皮的小孩一样，如此之淘气显出至亲般的打闹趣味，引得黛玉一头伏在薛姨妈身上，呈现了母女三人其乐融融的深情画面。

再看对湘云、香菱这两个带有"呆气"的可爱女孩，宝钗也忍不住给予温柔的调侃：

那史湘云又是极爱说话的，那里禁得起香菱又请教他谈诗，越发高了兴，没昼没夜高谈阔论起来。宝钗因笑道："我实在聒噪的受不得了。一个女孩儿家，只管拿着诗作正经事讲起来，叫有学问的人听了，反笑话说不守本分的。一个香菱没闹清，偏又添了你这么个话口袋子，满嘴里说的是什么：怎么是杜工部之沉郁，韦苏州之淡雅，又怎么是温八叉之绮靡，李义山之隐僻。放着两个现成的诗家不知道，提那些死人做什么！"湘云听了，忙笑问道："是那两个？好姐姐，你告诉我。"宝钗笑道："呆香菱之心苦，疯湘云之话多。"湘云香菱听了，都笑起来。（第四十九回）

言谈中就像一个被烦透了的大姊姊，对淘气的妹妹们数落其顽皮情状，埋怨中更多的是疼惜爱护，因此更添姊妹情韵。又于发现岫烟被迫典衣度日的处境时，既为之愁眉不舍，却也在协助解决之后，得知岫烟的衣服是当在鼓楼西大街自家开设的"恒舒典"，而开了岫烟的玩笑："这闹在一家去了。伙计们倘或知道了，好说'人没过来，衣裳先过来'了。"（第五十七回）这是基于岫烟知书达理，"不是那种佯羞诈愧一味轻薄造作之辈"，又已定亲于薛蝌确立了姑嫂关系，因此才自然地表现出不见外的亲密。由此种种，在在展现出脂砚斋所赞叹的"有许多妙谈妙语，机锋诙谐，各得其时，各尽其理"（第十九回夹批）。

　　但宝钗的不轻言臧否并不等于没有是非、随波逐流的乡愿。在含蓄浑厚之外，宝钗也能讽刺世人，透过不具针对性、特定性的言

志诗歌,宝钗也曾罕见地寄托了对世俗小人的不满。第三十八回的《螃蟹咏》说道:

> 桂霭桐阴坐举觞,长安涎口盼重阳。眼前道路无经纬,皮里春秋空黑黄。
> 酒未敌腥还用菊,性防积冷定须姜。于今落釜成何益,月浦空余禾黍香。

这首咏物诗非但众人看了不禁叫绝,宝玉更道:"写得痛快!我的诗也该烧了。"而其之所以赢得众口交誉,正如众人所言:"这是食螃蟹绝唱,这些小题目,原要寓大意才算是大才,只是讽刺世人太毒了些。"可见宝钗是不言也,非乡愿也,作为大雅君子,偶一为之的狮子吼诚属振聋发聩。

六、争议事件的厘清

在人群的生活世界里,基于社会关系、身分位置、权力结构、伦理体系、风俗制度的巨大差异,人的同一行为并非都会引发同样的结果或影响;尤其是不同时空中的人,其思想、情感、价值、道德的内涵与表现更是悬殊不一,绝不应适用同一种衡量标准。但"以今律古"却是在人性弱点下分析文学作品时最常见的诠释暴力,薛宝钗的几个"争议事件"便是如此创造出来的,其"争议"来自于不同世界的知识欠缺与思想惰性,可以借此给予厘清。

（一）嫁祸论

依书中第二十七回所述，宝钗于滴翠亭扑彩蝶时，恰听得红玉与坠儿有关私情传帕之一番悖礼隐私，此际一方面顾虑"他素昔眼空心大，是个头等刁钻古怪东西。今儿我听了他的短儿，一时人急造反，狗急跳墙，不但生事，而且我还没趣"，一方面却苦于"如今便赶着躲了，料也躲不及"之故，电光石火之间，遂使出"金蝉脱壳"之计以求脱身：

> 犹未想完，只听"咯吱"一声，宝钗便故意放重了脚步，笑着叫道："颦儿，我看你往那里藏！"一面说，一面故意往前赶。那亭内的红玉坠儿刚一推窗，只听宝钗如此说着往前赶，两个人都唬怔了。宝钗反向他二人笑道："你们把林姑娘藏在那里了？"坠儿道："何曾见林姑娘了。"宝钗道："我才在河那边看着林姑娘在这里蹲着弄水儿的。我要悄悄的唬他一跳，还没有走到跟前，他倒看见我了，朝东一绕就不见了。别是藏在这里头了。"一面说，一面故意进去寻了一寻，抽身就走，口内说道："一定是又钻在山子洞里去了。遇见蛇，咬一口也罢了。"一面说一面走，心中又好笑：这件事算遮过去了，不知他二人是怎样。

红玉与坠儿却信以为真，做出"林姑娘蹲在这里，一定听了话去了"的判断，同时更忧心："林姑娘嘴里又爱刻薄人，心里又细，他一听见了，倘或走漏了风声，怎么样呢？"至此为止，此事便因作者另叙他线而岔开,乃不了了之。

对这段描述,何其芳的看法较为谨慎保守,认为:"水亭扑蝶,自然可以看出她有机心。但这种机心是用在想使小红坠儿以为她没有听见那些私情话,似乎还并不能确定她是有意嫁祸黛玉。"[1] 这在"左钗右黛"的主流意见中,已算是罕见的看法;至于张爱玲则径断之为嫁祸,所谓:"批语盛赞宝钗机变贞洁,但是此处她实在有嫁祸黛玉的嫌疑,为黛玉结怨。"[2] 此说尤其代表了大多数读者对这段情节的理解,属于众所熟悉的习见论调。但两者都仅从情节中的孤立片段着眼,单就故事链中的单一环节立论,难免断章失据而欠缺足够的说服力。千云既被夏志清视为"少数有眼力的人",乃以不同的角度指出:"原作写得很明白:当宝钗看到宝玉去了潇湘馆的时候,她除了避嫌而外,丝毫没有什么嫉妒之心。至于扑蝶那一节,更是一段很美的抒情文字,是用以表现薛宝钗的乐趣的。以后,薛宝钗也只是为了避嫌,才来了个'金蝉脱壳'之计。如果说薛宝钗是有意识地嫁祸于人,这不仅在整个作品里,没有任何思想上和感情上的线索可寻,从作者的心情上来说,也是难以理解的:曹雪芹为什么对于一个卑劣奸诈之徒,在揭发她之前,先为她写一段美丽的抒情文字来美化她?……如果作家不是疯子,他能够这样去刻画他笔下的人物吗?"[3]

---

[1] 何其芳:《论〈红楼梦〉》,中国社会科学院科研局编:《何其芳集》(北京:中国社会科学出版社,2004),页133。

[2] 张爱玲:《四详红楼梦》,《红楼梦魇》,页228。

[3] 千云:《关于薛宝钗的典型分析问题》,《红楼梦研究论文集》,页137—138。

进一步探究宝钗此举之所以会关涉到黛玉，实有诸多必然之理可循。

一则是出于心理的惯性作用。宝钗扑蝶之前，本就是要往黛玉处邀她至园中与众人玩耍，只因见到宝玉先一步进了潇湘馆，为免黛玉多心猜忌，才半途抽身回来。因心理的惯性作用，先前作为意念所在而欲寻找之人物会在脑海中依然留存，于扑蝶的短时间中暂时隐没形成残像；一旦面临迫切需要之际最易呼之而出，成为信手拈来的取材对象，毋乃十分便当而合于人情之常。

再者，比较园中诸人，也唯有黛玉适合作为宝钗之共戏者。遍数园中诸人，宝玉乃其避之唯恐不及的对象，"因往日母亲对王夫人等曾提过'金锁是个和尚给的，等日后有玉的方可结为婚姻'等语，所以总远着宝玉"（第二十八回），当然不会在此自招嫌疑；而迎春乃浑名"二木头"（第六十五回）的"有气的死人"（第五十七回），惜春则是素日好与尼姑交游，一心想要"明儿也剃了头同他做姑子去"（第七回），显然都与风雅绝缘，平日留心的宝钗自然不会不知，故也可以从名单中刊除；其他如槁木死灰的李纨、庶出敏感的探春、权高威重的凤姐，也都因为性格或处境的因素，在在不宜涉此暧昧情事；至于贴身丫鬟莺儿以及其他下人之辈如香菱等，更因为与红玉份属同级而易于招致猜忌惹出祸端，势必不能沾染此事，否则就是陷其人于不义；只剩下各方面皆适合担当任务的史湘云，这时却又恰巧不在园中。于是，身分、阶级、才华、情谊皆彼此相当的林黛玉，便自然而然地"雀屏中选"。

其三，从潇湘馆的半途掉头以致滴翠亭的金蝉脱壳，宝钗都一直处在"避嫌"的行动考虑之下,亦即一种但求无碍的消极避祸心理,差别在于前者简易即致,后者则必须急中生智运用策略,但本质都与设局构陷之类的积极意图迥异。

但最值得注意的是,论者往往忽略更大的文本坐标,导致无法定位"嫁祸"的"祸"究竟何在。实际上,从事发之后至第八十回为止,红玉所担心"倘或走漏了风声"的忧虑显然无疾而终,为期数年之间都一无所碍,就此结果来看,被"嫁祸"的林黛玉根本是毫发无伤。则既无"祸"可言,"嫁祸"之举自然便无法成立;更关键的是,黛玉之所以无祸,实有其必然而然的因素,这也是宝钗行使金蝉脱壳之计时就已经考虑进来的。

嫁祸观之所以形成、也之所以不能成立的一个重大盲点,就在于完全忽略"阶级"的上下之别,乃至地位悬殊所形成的高度不平等,这是《红楼梦》所刻画的伦理世界,也是其中人物的生活真理。第五十五回探春初当理家之任时,受到仆婢们的藐视敷衍,再加上赵姨娘的纠缠翻搅,终于发威动怒,中途平儿过来协助,才底定秩序,平儿随后私下对众媳妇晓以大义时,便说道:

> 你们太闹的不像了。他是个姑娘家,不肯发威动怒,这是他尊重,你们就藐视欺负他。果然招他动了大气,不过说他个粗糙就完了,你们就现吃不了的亏。他撒个娇儿,太太也得让他一二分,二奶奶也不敢怎样。你们就这么大胆子小看他,可是鸡蛋往石头上碰。

换言之,固然在"宽柔待下"的家风中,上下之间是倚重互惠的关系,彼此体恤;但一旦进入到纯粹的封建伦理层次,"下对上"便是"鸡蛋往石头上碰",只有"吃不了的亏",可见下位者实微不足道。因此,探春曾针对芳官之类的下层仆婢指出:

那些小丫头子们原是些顽意儿,喜欢呢,和他说说笑笑;不喜欢便可以不理他。便他不好了,也如同猫儿狗儿抓咬了一下子。(第六十回)

上下关系的极度倾斜,使得下对上有如以卵击石,则红玉作为一个二等小丫头,属于没有法律保障的贱民,如何能够有力祸及于尊贵的千金小姐?何况干犯风纪的是自己,待罪之身唯恐招致责罚都来不及,又岂有用强的余地?参照情节更严重的司棋,当幽会偷情被同一等级的鸳鸯撞破后,立刻哀求哭道:"我们的性命,都在姐姐身上,只求姐姐超生要紧!"(第七十一回)从此"心内怀着鬼胎,茶饭无心,起坐恍惚",还向鸳鸯哭道:"如今我虽一着走错,你若果然不告诉一个人,你就是我的亲娘一样。"其致命性诚如鸳鸯所认知的"这事非常,若说出来,奸盗相连,关系人命"(第七十二回),因此惧罪之深形同折磨煎熬,单单不被泄漏便视为再造父母之恩,哪里还有对知情者的丝毫恼恨!回观红玉误信宝钗之后的反应,也清楚反映了这一点:红玉忧心于"林姑娘嘴里又爱刻薄人,心里又细,他一听见了,倘或走漏了风声,怎么样呢?"其中只有担惊没有气怒,唯恐走漏风声导致后患,其事由虽没有司棋来得严重,但从此唯一可行的应该也只是竭力巴结化解,以免自速其祸吧！一个连本房主子宝玉都不认识的小丫头，对黛玉这位远在贾母身边的家族宠儿，连当面稍有失礼都不敢，何况还落人把柄，能带来什么祸，又能怎样对黛玉不利呢？即使从结果来说，"嫁祸"都是穿凿附会的无稽之谈。

尤其应该进一步指出的是，这样类似"嫁祸"的情节并非绝无仅有的一个孤例，书中其他地方还似曾相识地发生过多次平行现象，而比观这些案例，可以更分析出众人之所以往往利用林黛玉以制造不在场证明，作为个人洗脱嫌疑、免除人际纷扰的真正原因。

如第四十六回记载：邢夫人为了替贾赦讨娶鸳鸯，特地前来与王熙凤商议。而明知其事万不可为的王熙凤，为了避开邢夫人的莽撞出丑，便先命平儿到别处逛逛，以免讨婚受阻的邢夫人在下人面前下不了台，导致羞怒更甚地殃及无辜。没想到平儿到大观园中，偏偏遇到袭人、鸳鸯等人，而鸳鸯又将一心奉承的鸳鸯之嫂口角抢白了一顿，导致鸳鸯之嫂羞恼交加地回来向邢夫人等回话时，反倒将平儿牵扯出来。为了去嫌避祸，王熙凤与另一位婢女丰儿当场天衣无缝地合演了一出对口双簧：

> 凤姐便命人去："快打了他（案：即平儿）来，告诉他我来家了，太太也在这里，请他来帮个忙儿。"丰儿忙上来回道："林姑娘打发了人下请字请了三四次，他才去了。奶奶一进门我就叫他去的。林姑娘说：'告诉你奶奶，我烦他有事呢。'"凤姐儿听了方罢，故意的还说："天天烦他，有些什么事！"

很显然，林黛玉在这里又被祭出来当一面挡箭牌，不知不觉地在王熙凤与邢夫人婆媳之间错综复杂的纠葛中发挥了缓冲的作用，更为平儿卸除了眼前呼之欲出、山雨欲来的危机。而从王熙凤与丰儿之间无须套词排练，立时即可以互相搭配得如此当行熟惯，则林黛玉作为众人纷扰之有力屏障，恐怕是所在多有之事；至于王熙凤故意夸大其词所说的"天天烦他，有些什么事"，更微妙地为林黛玉铺垫了为人开脱的日常功能。

如果说，王熙凤（以及丰儿）是因为看准林黛玉孤独无依的处境才加以利用，而专拿她作为洗清自身嫌疑的替死鬼，这显然是有悖情理的，因为真正的可怜孤女怎会有这样的功能，让势利的邢夫人不再追究？从这一点来说，就足以证明事实适得其反，黛玉的地位是炙手可热。其次，凤姐曾以当家理事者的身分，开了林黛玉这样的玩笑："你既吃了我们家的茶，怎么还不给我们家作媳妇？"同时指宝玉道："你瞧瞧，人物儿、门第配不上，根基配不上，家私配不上？那一点还玷辱了谁呢？"（第二十五回）如果不是上级长辈心意所趋已经显朗，擅于揣摩上意、谨守分寸大体的王熙凤绝不敢如此露出形迹，拿宝玉的终身大事乱开玩笑，因而此回脂砚斋更批道：

> 二玉事在贾府上下诸人，即看书人，批书人，皆信定一段好夫妻，书中常常每每道及。

如此，更不能推断王熙凤有意诬陷林黛玉。何况，王熙凤对林黛玉的体贴实在已达入微之境，试看书中描述秋冬时节日短天冷之际，凤姐即向贾母、王夫人建议于大观园中另行分厨而爨,以免诸位姑娘往返奔波,所谓:"小姑娘们冷风朔气的,别人还可,第一林妹妹如何禁得住?就连宝兄弟也禁不住,何况众位姑娘。"(第五十一回)这段情节,犹如在"寿怡红群芳开夜宴"之时,贾宝玉特别叮咛关照的"林妹妹怕冷,过这边靠板壁坐"(第六十三回),一片真心关怀都溢于言表。因此余英时认为,实际上王熙凤不但以姊弟之情给予贾宝玉真诚的关照与呵护,对宝、黛之爱情也是抱持维护出力的态度。[①]则王熙凤之利用黛玉除灾免祸,应另具理由。

至于书中所出现的另一次类似的情节,最耐人寻味的地方,在于此次林黛玉再度被祭出作为挡箭牌,乃是经过宝玉的审慎认可。故事发生于第五十八回,被拨入黛玉房中使唤的藕官,在大观园中烧纸钱以奠祭死去的药官,不巧被素日不合的婆子撞见,因此状告层峰欲问其违禁之罪;幸而宝玉适时拔刀相助,将情责一肩兜揽下来并编了一套说词加以弹压,使婆子只得自认看错了,说:

"我如今回奶奶们去,就说是爷祭神,我看错了。"宝玉道:"你也不许再回去了,我便不说。"婆子道:"我已经回了,叫我来带他,我怎好不回去的。也罢,就说我已经叫到了他,林姑娘叫了去了。"宝玉想一想,方点头应允。那婆子只得去了。

[①] 参余英时:《眼前无路想回头》,《红楼梦中的两个世界》(台北:联经出版公司,1996),页122—125。

我们可以注意到这又是一个极度为难的尴尬处境,一方面婆子已经回过话,因此必须拿人去见,这是大家族严如铁律的治家法则;但一方面护怜心切的宝玉又以严词恐吓加以阻挡,导致无法拿人交差,这将使婆子无法交待,势必沦为无中生有的诬告或办事不力而惹祸上身,正是进退维谷之两难境地。于是林黛玉又发挥了润滑的功能,成为双方两全其美的缓颊力量。试看婆子所说的理由,显然只要是被"林姑娘叫了去",则藕官即使是干犯禁忌且已被婆子拿住,都可以立刻脱身不去回话,而等着问罪的奶奶们也不会追究,甚至就此搁置不论,否则不但眼前迁延不了一时,日后更是如何能够幸免?畏上惧威的婆子为了自保,当然不会自惹尾大不掉的麻烦,于是她自己在此进退维谷的情况下急中生智,虚拟出人犯被"林姑娘叫了去"的借口,应该足以发挥让她摆脱罪嫌的有效力量。

再从宝玉听此一计后,思考一番便点头应允的反应来看,显然也是因为黛玉拥有此一至高之特权,足以为藕官卸责,而且此举对黛玉也丝毫无损,足以达到两方俱全的效果,否则宝玉岂肯将自己最为挚爱的黛玉用作牺牲品?虽然藕官本就是指派给黛玉使唤的小旦(见第五十八回),谎称被黛玉叫去乃是顺理成章,而宝玉的个性也本即如王熙凤所说:"宝玉为人不管青红皂白爱兜揽事情。别人再求求他去,他又搁不住人两句好话,给他个炭篓子戴上,什么事他不应承。"(第六十一回)但他对黛玉呵护备至、细心周到,焉能让自己兜揽烦难的个性移祸于日常步步小心、不敢稍有侵犯的情人?因此,从婆子临机应变幻设拟出的假托之词,以及宝玉经过思考斟酌之后的认可应允,可见黛玉绝不是被用来顶缸的可怜虫,反而证明了她在贾府中特有的优越地位与豁免权。

必须注意到,归根究底,小说中皆未曾见黛玉为这类事故而受累,事情都因此不了了之,显然其作为"免罪牌"的特权地位发挥了极大作用。事实上,一如林之孝家的所言:

> 便是老太太、太太屋里的猫儿狗儿,轻易也伤他不的。这才是受过调教的公子行事。(第六十三回)

因此,连作粗活的下人傻大姐,在贾母的保护伞之下都拥有无人企及的特权,所谓:

> 这傻大姐年方十四五岁,是新挑上来的与贾母这边提水桶扫院子专作粗活的一个丫头。只因他生得体肥面阔,两只大脚作粗活简捷爽利,且心性愚顽,一无知识,行事出言,常在规矩之外。贾母因喜欢他爽利便捷,又喜他出言可以发笑,便起名为"呆大姐",常闷来便引他取笑一回,毫无避忌,因此又叫他作"痴丫头"。他纵有失礼之处,见贾母喜欢他,众人也就不去苛责。这丫头也得了这个力,若贾母不唤他时,便入园内来顽耍。(第七十三回)

一个粗使的下等丫头尚且如此,贾母的庇荫可想而知。黛玉身为贾母护爱无比的亲孙女,其地位正如黛、湘的一场口舌之争中,宝玉对偏执之黛玉所劝说的:

谁敢戏弄你！你不打趣他，他焉敢说你。(第二十一回)

所谓"谁敢戏弄你""焉敢说你"正指出黛玉的地位之尊是无人胆敢稍加侵犯的，连旗鼓相当的湘云都只是被动反击，其他人就不言可喻。因此，上述那些案例所蕴含的意义，实为"黛玉一出，万众退散"的无上地位，在其名号之下获得了一切人事的豁免权。黛玉之所以无"祸"，即为此故。

再参照宝玉的情况就更为清楚了：宝玉总是承揽诸多烦难之事，包括贾环恶意推倒灯油烫伤宝玉（第二十五回）、彩霞偷窃王夫人之玫瑰露（第六十一回），其结果"都是宝玉应了，从此无事"（第六十二回彩云语）、"宝二爷应了，大家无事"（第六十一回平儿语），从而促使大事化小、小事化无，理由正是贾母的爱宠所致。宝、黛二人都具有化解人事烦难的功能，唯一的不同在于宝玉往往自动自发地出面承揽，所谓："明儿老太太问，就说是我自己烫的罢了。"（第二十五回）又如："这件事我也应起来，就说是我唬他们顽的，悄悄的偷了太太的来了。两件事都完了。"（第六十一回）黛玉则每每是不知不觉地被借用，自始至终毫不知情，可见宝、黛之消灾功能十分一致，两者之间仅有自觉与否的差异而已。如此则是黛玉身为"核心人物"的特权。

另一方面，出于林黛玉孤身一人寄居荣国府的身世背景，又抱持"孤高自许，目无下尘"（第五回）的孤傲态度，以及"本性懒与人共，原不肯多语"（第二十二回）、"天性喜散不喜聚"（第三十一回）的性格所形成的畸零处境，则使得问题容易到此为止，不会随着亲友错综的人际网络而不断扩散。一如第五十五回中，王熙凤曾指出：林黛玉拥有处理现实世务的能力，却因为与薛宝钗"偏又都是亲戚，又不好管咱家务事"，于是许多状况很难十分去问她意见[1]，由此即足以说明那来自外姓亲戚所产生的隔阂或距离，正是让林黛玉置身事外的主要原因，这便造就了特属于"边缘人物"的专利。

总而言之，林黛玉以亲戚客居之尊与贾母宠溺之贵所塑造的娇客身分，所具备的乃是"核心人物"才有的不可侵犯的娇宠地位，以及"边缘人物"才有的无牵无挂的孤绝处境，透过"核心／边缘""宠儿／孤儿"兼具的微妙处境，便形成她所特有的对贾府内部人际纠葛的双重免疫力，让诸多极可能越滚越大的是非可以到此为止，终究不了了之，避免膨胀为大型雪球而掀起风暴。试将相反相成之二理表列如下：

核心—宠儿—护身符—不可侵犯的豁免权
边缘—孤儿—离心力—无法扩散的中断性

因而薛宝钗、王熙凤、老婆子与贾宝玉等人借之以开脱卸责，理由绝不是欺负她孤掌难鸣的落井下石，事实上恰恰正好相反。

由此也才足以解释，何以脂砚斋对宝钗的"金蝉脱壳"之举未

---

[1] 至于林黛玉具备了处理现实世务的能力，此一论点详参欧丽娟：《林黛玉立体论——"变／正"、"我／群"的性格转化》，《汉学研究》第20卷第1期（2002年6月），页228—229。

曾以嫁祸视之，反而在宝钗故意放重了脚步，接着笑问"你们把林姑娘藏在那里"的这段描写中，夹批道：

> 闺中弱女机变如此之便，如此之急。……像极，好煞，妙煞，焉得不拍案叫绝。（第二十七回批语）

于回末总评中更指出：

> 池边戏蝶，偶而适兴；亭外（金蝉），急智脱壳。明写宝钗非拘拘然一迂女夫子。

很显然，脂砚斋在宝钗身上所看到的，并不是深于城府的心计、机诈、谋略与陷害，而是巧于应变的急智、灵活、聪明与慧黠；至于事后"心中又好笑"的反应也未受到不够宅心仁厚之批评，显系理解此举无关嫁祸陷害，而纯粹是出于游戏好玩之故，更是"小惠全大体""又要自己便宜，又要不得罪了人"的独特实践。这与现代许多读者的看法正可谓背道而驰。

（二）金钏儿之死

论者一般认为："对于金钏儿之死，宝钗是清楚的。"[①] 以此作为论证的起点，从而认定："最能使人感受到这个'冷美人'透心

---

① 马建华：《从商人文化看薛宝钗》，页109。

彻骨的森然冷气的,莫过于她在金钏投井、三姐饮剑、湘莲出家这一系列事件中的态度了。……从这些地方看冷美人之冷,是冷漠、冷酷;她的镇静理智、毫不动情,是对于弱者、不幸者的无情。"①这也几乎成为不证自明的定论。

然而,从书中第三十二回相关情节的叙事过程来看,必须厘清的是:首先,宝钗全然不知金钏儿投井的真正原因。事实上,在府里与府外、上位与下级之间讯息流通极其迅速的贾府人际网络里②,连身处同一阶级中生活与共、往来密切的婆子也对此一无所知,所谓:

> 一句话未了,忽见一个老婆子忙忙走来,说道:"这是那里说起!金钏儿姑娘好好的投井死了!"袭人唬了一跳,忙问"那个金钏儿?"那老婆子道:"那里还有两个金钏儿呢?就是太太屋里的。前儿不知为什么撵他出去,在家里哭天哭地的,也都不理会他,谁知找他不见了。刚才打水的人在那东南角上井里打水,见一个尸首,赶着叫人打捞起来,谁知是他。他们家里还只管乱着要救活,那里中用了!"宝钗道:"这也奇了。"袭人听说,点头赞叹,想素日同气之情,不觉流下泪来。宝钗听见这话,忙向王夫人处来道安慰。

---

① 吕启祥:《冷香寒彻骨,雪里埋金簪》,《红楼梦会心录》,页226。
② 有关贾府中流动与互动的讯息建构方式,详参欧丽娟:《〈红楼梦〉中的"灯":袭人"告密说"析论》,《台大文史哲学报》第62期(2005年5月),页260—265。

其中清楚可见，婆子对金钏儿被撵、撵后的情状知之甚详，却都不知道被撵的真正原因，则以平素刻意远离是非的性格，以及有别于下层生活之上位阶级的区隔，宝钗更不可能风闻其事。故当她听了老婆子的报信之后，先是出以超乎意外的反应，诧异道："这也奇了。"然后便忙向王夫人处来道安慰；等到王夫人自己提到此事，宝钗顺势所致问的也是："怎么好好的投井？这也奇了。"如此种种皆显见其居心清白，朗朗可鉴。待安慰之后，宝钗特地回家去取自己衣裳作为金钏儿的妆裹之用，却在取了衣服回来时，"只见宝玉在王夫人旁边坐着垂泪。王夫人正才说他，因宝钗来了，却掩了口不说了。宝钗见此光景，察言观色，早知觉了八分"。可见宝钗终于察知金钏儿的悲剧与宝玉有关，是要到与王夫人对谈过程整个结束后的此一时刻，而其所知觉的"八分"，指的是整个事件系因宝玉而起，以及从其惨烈程度可以推想出来的与情色性质有关的部分；① 而剩下无法判断的"二分"，则是事件的具体内容与细节部分，毕竟这只有身历其境的当事人才能完整知晓。可见宝钗是在事后才依种种形迹揣摩得知，先前所作所为实在属于"不知者无罪"，其人绝非文过饰非之辈。

其次，不知情的宝钗之所以一听到这个消息，便"忙向王夫

---

① 以王夫人的性格特质与处事作风而言，能引起她露霁处置的事务，乃必须具备即时性与情色性这两项因素，即时性使她立即处断而不会忘诸脑后，至于情色性则使她过度反应与严厉处分，此点证诸抄拣大观园一事亦若合符契。详参欧丽娟：《母性・母权・母神——〈红楼梦〉中的王夫人新论》，《台大中文学报》第 29 期（2008 年 12 月），页 317—360。

人处来道安慰"，就是因为了解金钏儿与王夫人之间名虽主仆而情同母女，如王夫人所说的"素日在我跟前比我的女儿也差不多"（第三十二回），可谓关系亲昵且情感深厚，因此王夫人面临之痛，非比一般寻常，才会"忙向王夫人处来道安慰"。这时，宝钗是一个"分忧解劳"的贴心晚辈，而不是办案的检察官，更不是定罪的法官，在"道安慰"的目的下，事先又完全不知底里，自然只能依据王夫人所述的一面之词作为安慰的依据。而王夫人的说法是：

原是前儿他把我一件东西弄坏了，我一时生气，打了他几下，撵了他下去。我只说气他两天，还叫他上来，谁知他这么气性大，就投井死了。岂不是我的罪过。

分析整段话中，只有"打了他几下，撵了他下去"的部分经过和"投井死了"的最终结果是合乎事实的，其他所谓"他把我一件东西弄坏了"的事故原因，"只说气他两天，还叫他上来"的心中打算，和"谁知他这么气性大"的行为诠释全属子虚乌有或补充说明。但不明就里的宝钗别无选择，只能将此一面之词照单全收，作为推理说情的大前提，在王夫人所提供的资讯基础下，对金钏儿之所以跳井的种种可能因素进行缜密合理的推论。

宝钗先是从一般人性着眼，认为金钏为此小小细故而赌气投井是不可能的，故质疑道："岂有这样大气的理！"一个自幼以侍候为务的婢女，生涯中所承受的委屈打击已不知凡几，如黛玉般禁不得一点委屈的"大气"完全缺乏培养的环境条件，为细故赌气投井明显背离常情常理。因此宝钗同时由此进一步推断："他并不是赌气投井。多半他下去住着，或是在井跟前憨顽，失了脚掉下去的。他在上头拘束惯了，这一出去，自然要到各处去顽顽逛逛，岂有这样大气的理！"这就是以"意外"来解释金钏儿的事故。在不以金钏儿为不识大体的前提下，此种推测可谓合情合理。

必须注意到，虽然金钏儿并不是一个小孩子，失脚确实是很罕见的可能，所以大家的直觉反应就是投井自杀；但包括王夫人、宝钗在内的所有人，大家都觉得金钏儿被撵出去这件事情并不重要，其家人甚至在她"哭天哭地"的时候也"也都不理会"，可见她的死确实出乎意料之外，因此"失脚的意外"虽然很罕见却不是绝无可能。只有薛宝钗比较理性地分析出这个意外事故的可能性，一方面是她拥有高度的思辨训练，并不是凭直觉反应的一般人；二方面则是她带着"安慰王夫人"的特定目的，所以按部就班，面面俱到地衡量各种可能的状况，注意到很罕见的这个可能以安慰王夫人。

接着宝钗才考虑另一个"非意外事故"的可能性，进一步推论道："纵然有这样大气，也不过是个糊涂人，也不为可惜。"至此则是退而求其次，姑且承认"只说气他两天，还叫他上来"的金钏儿竟会因此而赌气投井，将宝贵的生命葬送在无谓的"大气"（即过度的自尊）之下，如此行径的确属于轻重不分的偏激行事，则就此判断其人为"糊涂人"，其实也并不为过。因此脂砚斋对这段被误解为"冷酷无情"的言论，所抱持的看法乃是：

> 善劝人,大见解。惜乎不知其情,虽精(金)美玉之言,不中奈何!(第三十二回夹批)

很显然,脂砚斋慧眼洞见宝钗不知其情(情乃"情实"之意)的无辜,洗刷了宝钗漠视人命的嫌疑;而以"大见解""精金美玉之言"赞赏其体贴入微之心意与恺切周全之推论,更足见其入情入理之练达。

至于宝钗所谓"也不为可惜"的说法,一方面是基于"糊涂人"的前提,一方面则是出于安慰长辈的心理。既然整场对谈出以"安慰"的动机或目的本就十分明确,"丧女之痛"又情属非常,悲恸更甚,则为减轻其心中过重的罪咎感,言谈之间偏向长辈以达安慰的目的,实也是人之常情,正如我们也往往站在亲近的倾诉者这边,以论断是非一样。因此整个谈话过程中,她一方面透过旁观者的冷静权衡,剥除不切实际的非理性情感因素,说道:"姨娘也不必念念于兹,十分过不去,不过多赏他几两银子发送他,也就尽主仆之情了。"目的正是在指引沦陷于感伤情绪中的王夫人当前唯一具体可为的方向。因为无论死因为何,逝者已矣,一切悔愧自责都无济于事,为死者尽心的唯一方式,即是好好安排后事、照料遗族,而这都确实偏重于物质的补偿。

也因为如此,曹雪芹亦借一般家下人之口对此事表达类似的看法,第三十三回记述老婆子重听,将"要紧"错听成"跳井",遂就金钏之事发表一段议论,说道:"有什么不了的事?老早的完了。太太又赏了衣服,又赏了银子,怎么不了事的!"显而易见,对一般人来说,"又赏了衣服,又赏了银子"正是"了事"的唯一做法。同时为了助成王夫人的心愿,宝钗更身体力行地摒除人人不免的忌讳心理,捐舍自己新作的衣裳给金钏儿装裹入殓,这岂非正是"尽主仆之情"的具体行动!足见她一心一意都以慰藉尊长为重。

更何况退一步言之,即使宝钗事先得知实情,洞悉事件之因果关系,但在传统伦理观念的约束之下,身为晚辈者本亦不宜当面究责于长辈,最多也只能消极地保持沉默而已,一如贾琏、凤姐之于贾赦、邢夫人(见第四十八回、第七十四回等多处),以及宝玉之于迁怒王夫人的贾母(见第四十六回);何况实在是不明就里,处于不可能怀疑长辈所言所说之情境,自仅能凭目前所知来就事论事。只要回归整体的脉络之中来观察,宝钗的言谈其实都合于人情世理。宝钗身兼"晚辈"与"不知者"的处境,如何可能以替天行道的姿态来兴师问罪?既非法官,亦非检察长,探求真相、伸张正义都与此无关,而情感安慰、减轻负荷与解决问题实为其唯一要务,宝钗之所作所为,实乃十分合乎情理。因此在整个论述的脉络中,若断章截取"也不过是个糊涂人,也不为可惜"两句为据,甚至跳接"不过多赏他几两银子发送他"一语,用以证明宝钗用钱打发弱势者的无情冷酷,恐怕有失严谨与周延。

甚且客观地说,回到金钏儿本身,她的死亡固然是一场悲剧,但当事人却并非无辜的可怜人。王夫人是"宽仁慈厚的人,从来不曾打过丫头一下"(第三十回),金钏儿更是她情同母女的贴身大丫鬟,对王夫人的性格最是了解,却引发王夫人如此之震怒,所作所为确有不当的可议之处,其实是难辞其咎,王夫人的撵逐自有其合情合理之处。①

只是,既然大家都觉得金钏儿被撵出去这件事情不值得金钏儿去自杀,也没想到她会去自杀,何以婆子传告金钏儿的死讯,以及王夫人解释该事件时,说的都是投井自尽而不是因为意外落井?这当然一则是因为金钏儿并非小孩子,这种意外的可能性极低;二则是因为金钏儿哭天哭地的强烈负面情绪,本就是自杀者容易具备的处境,因此即使意外,也本能地作此常识性的推论。三则,也许还应该注意到一个特属于贾府阶级伦理的可能性,和金钏儿身为大丫鬟的身分有关。

第十九回曾指出:"贾府中从不曾作践下人,只有恩多威少的。且凡老少房中所有亲侍的女孩子们,更比待家下众人不同,平常寒薄人家的小姐,也不能那样尊重的。"这种"尊重",使她们成为仅次于主子的"副小姐"(见第七十七回)或"二层主子"(见第六十一回),具有物质的、地位的双重优越。因此,大观园的厨娘柳嫂子的女儿柳五儿之所以汲汲营营于谋取怡红院的差使,原因就是:

> 我却性急等不得了。趁如今挑上来了,一则给我妈争口气,也不枉养我一场;二则添上月钱,家里又从容些;三则我的心开一开,只怕这病就好了。——便是请大夫吃药,也省了家里的钱。(第六十回)

---

① 此点详参欧丽娟:《大观红楼(母神卷)》(台北:台大出版中心,2015),第5章"王夫人:给予'第二次出生'的双重母亲",页321—326。

姑且不论开源节流的实质好处，以金钏儿这等"亲侍的女孩子们"而言，她们的月钱是一个月一两，再加上省下来的三餐、医病的花费，还有衣裳的添补与各种赏赐，所得极为可观；更首要的便是"争口气"——也就是一种受到肯定的荣耀，这种尊荣感与权力地位更带来莫大的心理满足，相对地，一旦被辞退就是失掉了尊贵身分与优渥待遇，更丢失了脸面，难免是一大刺激，于是"情烈"之人不能忍受便走上极端。回目中"含耻辱情烈死金钏"所说的"含耻辱"，是来自于一个长期贴身大丫头被宽仁慈厚的主人辞退，等于证明自己的极端失职悖德，才会有此下场，也势必引起别人的非议质疑，故金钏儿才会哀求王夫人道："我跟了太太十来年，这会子撵出去，我还见人不见人呢！"（第三十回）这是此类贴身大丫头万一被撵逐时所会遇到的特殊问题。

当然，以贵贱等级制之下的传统社会而言，固然在一个宽柔待下的贵族家庭里，一个仆婢有时也可以获得某种相对的尊贵与权力（如陪房、奶妈、姨娘等），但再怎么重要，毕竟只是下人奴仆，其社会地位仍是无法改变的，从来就是听命行事且祸福由人，可以感慨却必须接受，这是包含她们自己在内都清楚认知的。因此，若是为一些屈辱便去寻死，实在有违常情常理，这也是大家都没有想到金钏儿会投井的原因。

由"嫁祸论"的形成，可以清楚看到一种人文学常见的疏略，即：用泛泛一般的道理来回答或解释一个具体的特定事件，尤其是忽略时空处境的差异一概而论，便容易落入穿凿或过度诠释；应该就事论事，实事求是，个别地把握状况，庶几能得其情，接近真相。

(三) 尤、柳事件

在金钏儿事件中,宝钗所抱持的伦理价值与生命哲学观已呼之欲出,而与金钏儿事件具有同一性质的尤柳事件,更明显透出一种以生者为优先的价值排序,属于世俗人文主义的儒家思想。

第六十七回载其事云:当尤三姐情困自刎而香消玉殒,柳湘莲情悟挥剑而去发出家之讯息传来时,

> 宝钗听了,并不在意,便说道:"俗语说的好,'天有不测风云,人有旦夕祸福',这也是他们前生命定。前日妈妈为他救了哥哥,商量着替他料理,如今已经死的死了,走的走了,依我说,也只好由他罢了。妈妈也不必为他们伤感了。倒是自从哥哥打江南回来了一二十日,贩了来的货物,想来也该发完了。那同伴去的伙计们辛辛苦苦的,回来几个月了,妈妈和哥哥商议商议,也该请一请,酬谢酬谢才是。别叫人家看着无理似的。"

对此,论者多批评宝钗为一"冷静到冷酷的冷美人",连薛蟠都比宝钗有人情味,因此认定这段情节表现出"作者对宝钗的贬斥真是到了入骨剔髓的程度"。[①] 然而,其中的问题首先在于,将薛蟠的反

---

① 吕启祥:《形象的丰满与批评的贫困——关于薛宝钗这一典型及其评论》,《红楼梦研究集刊》第 8 辑(上海:上海古籍出版社,1982),页 32。

应作为薛宝钗的对照比较，颇有错误类比之虞。就人情之常来看，薛蟠对柳湘莲的苦寻感伤，乃因前有毒打之恨（第四十七回）与救命之恩（第六十六回）的两极化交缠，从咬牙切齿的仇敌变成了肝胆相照的兄弟，最后构成了几近于生死之交的深刻关系；而宝钗对事件主角的尤三姐与柳湘莲却是素昧平生，完全缺乏认识与交往的情分，因此薛蟠的更有人情味本是理所当然。

何况，书中第三十四回也曾描写宝玉捱打后，在昏昏默默之间见到蒋玉菡走了进来，诉说忠顺府拿他之事；接着又见金钏儿进来哭说为他投井之情，然而"宝玉半梦半醒，都不在意"。对这两位关系匪浅，甚至有"我不杀伯仁，伯仁因我而死"之愧责的人，宝玉竟也是"都不在意"的反应，这岂非更堪玩味？但论者却对此一无所及，明显是双重标准之下的不公正判决，宝钗的"冷酷"之说自无法成立。

此外，宝钗的"并不在意"另一方面更具有其生命伦理哲学的思想依据，而这又奠基于切重现实人生的儒家思想。儒家早有"未能事人，焉能事鬼""未知生，焉知死"（《论语·先进》）之说，即使是十分看重的丧礼，为的也是处理活着的人所面临的情绪、人格等问题，属于对现世的安顿。至于"出家"，其概念与用语也都与中国传统文化的人伦观息息相关，学者指出：出家的名词，早就出现于北宋真宗天禧三年（1019）道诚所辑《释氏要览》之中，明清小说里更是屡见不鲜。但佛教起源于印度，印度的僧侣却并不称为出家人，唯独中国有"出家"这个代用词，越南亦然，这就产生了为什么皈依佛道为出家？家与佛道宗教之间有何必然关联的问题。其答案是：儒家文化的核心在家，随之而来的即为政治、经济、法律、宗教、思想的泛家化。家化程度之深，往往会浮现于常用的口语中而不自觉，"出家"就是一个很好的例子，这个名词（兼作动词或动名词）非常普遍，却是儒家社会特有的术（俗）语，因此，"以出家与在家之分野，作为佛道代用词的指标，实与儒家人伦文化息息相关。……'在家'的最高准则是以儒家伦常思想为依归，……个人要想单独行动，遁入空门，就必须先要脱离鸟笼式的家，走出纲常的轨道，斩断与家人的一切关系，出家与在家必然冲突对立。出家有如出轨，是另走新路，为僧作道的必要条件，所以有此别称，这是儒家社会特有的现象"。①

是故，出家便是从这个世界除籍，实质上等同于另一种形式的死亡，因此可以一体视之。而死亡乃是所有无常事物中最不可能改变的事实之一，死者不能复生，出家者也飘然离世，确实是任何人都无能为力的状况，所谓"已经死的死了，走的走了，依我说，也只好由他罢了"，诚为客观真实、丝毫不假的本质性的表述。也许一般人在无能为力之余还会做一些情感上的关心，但强求身处深闺中的宝钗要对素昧平生的陌生人表达伤感之情，岂非也是一种矫情作态，沦为虚应其事的廉价空话？最重要的是，一般人在表达关心时，其中真正隐含的往往并不是对那些人本身的情感，而是对相关人事的兴趣借机发表个人意见的欲望，然则力行"学问中便是正

---

① 王乃骥：《漫说出家——从家化社会特有的名词谈到金红结局》，《金瓶梅与红楼梦》（台北：里仁书局，2001），页193—194、197。

事"的宝钗并没有一般人无谓的好奇心,更无意窥探他人的隐私与是非,流于说闲话的嚼舌之辈。①不了解便不谈论,言不由衷便绝不开口,没有真切的认识与感受便不参与道听途说、捕风捉影的表面话题,这其实才是人们都应自我要求的良好心态。

至于具有施力点和实质意义的人与事,宝钗所呈现的便是真正的尽心尽力,因此在对尤三姐之死与柳湘莲之出家并不在意之际,同时却提醒母亲对那些随薛蟠奔走的伙计已忽略数月之久,认为酬谢招待他们才是远比为尤、柳二人伤感猜疑更为切近的要务。所谓"死者已矣,生者何堪",权衡之后,即对一切相关之生者无不尽心以待,务求人人安然适意,这也完全符合世俗人文主义的信念,也就是人们要回归日常生活这个现实,存在于活生生的社会结构之中,共同分享这个尘世结构,关心那些属于人生范畴的世俗之事。一旦面临因缘消散、无常变迁时,宝钗便以"历看炎凉,知看甘苦,虽离别亦能自安"的贞定之心成为稳定的支柱,与《临江仙》中的"任他随聚随分"一以贯之。

(四)对"金玉良姻"的态度

由于小说伊始便嘹亮奏出的"金玉良姻"主旋律,在与黛玉眼泪殇逝的楚楚哀音并列之下,几乎被定调为一种残害忠良的恶势

---

① 因此,第六十七回莺儿送完礼物回报宝钗时,提到看见凤姐一脸的怒气,还叫了平儿去,不知说了些什么,倒像有什么大事似的,宝钗听了,也自己纳闷,想不出凤姐是为什么有气,便道:"各人家有各人的事,咱们那里管得。你去倒茶去罢。"

力，于"现实／理想""人为／自然""谋略／纯真""世俗社会／灵性自我"的二元思考架构下，凡属"金玉良姻"的相关人等也都被打上负面烙印，在猎巫（Witch-hunt）般的心理下遂行道德审判与论非定罪。

但若客观地检验几段有关黛玉婚恋的情节，可以发现，真正表示支持金玉良姻并付诸行动的人，只有宫中的元妃，最明显、最重要的一次，即表现在赐礼的落差上。先前在第十八回元春初次省亲时，所赏赐的赠礼中尚且将宝钗、黛玉、宝玉与诸姊妹列为同等，给予完全相同的品项；但到了第二十八回的端午节赐礼时，独独只有宝钗的节礼项目与宝玉一样，而黛玉所得的品项则降了一等，仅仅与诸姐妹同级，使宝玉疑惑道："怎么林姑娘的倒不同我的一样，倒是宝姐姐的同我一样！别是传错了罢？"（第二十八回）至此，"金玉良姻"的现实基础已经明显浮现，其取舍的旨意已是十分明确。

然则除此之外，其他的所有人连暗示都不曾有过，遑论实际作为。以贾母而言，虽没开口却众所周知的宝二奶奶人选，始终都是林黛玉，见诸第二十五回凤姐对黛玉所开的"怎么还不给我们家作媳妇"的玩笑，第五十七回薛姨妈认为只要一出主意把黛玉定与宝玉，"老太太必喜欢的"，且潇湘馆中的婆子们也附和说"姨太太竟做媒保成这门亲事是千妥万妥的"（第五十七回），而第六十六回兴儿亦指出宝玉之妻"将来准是林姑娘定了的"，证据俱在，毋庸赘言。

再者，王夫人、薛姨妈姊妹并没有阴谋促成金玉良姻的痕迹，相反地，薛姨妈还表现出保护并促成二玉情缘的用心。历来读者总是因为薛姨妈两度表示"金玉良姻"，包括：

- 薛宝钗因往日母亲对王夫人等曾提过"金锁是个和尚给的，等日后有玉的方可结为婚姻"等语，所以总远着宝玉。（第二十八回）
- 薛蟠……也因正在气头上，未曾想话之轻重，便说道："好妹妹，你不用和我闹，我早知道你的心了。从先妈和我说，你这金要拣有玉的才可正配，你留了心，见宝玉有那劳什骨子，你自然如今行动护着他。"（第三十四回）

因而便直觉地认定薛姨妈在此一图谋下，必然敌视黛玉为竞争对手，暗中离间陷害，也以虚情假意为笼络的手段，且宝钗也是母亲的共谋者。但事实却是大相径庭。

首先，薛姨妈两度表示的"金玉良姻"，乃是和尚的指示。这位秃头和尚既能够提供人间所无的海上方，对宝钗那"凭你什么名医仙药，从不见一点儿效"（第七回）的病症发挥疗效，自然获得了如天神般令人信服的权威，以致薛家对他言听计从，第八回清楚说明了"金玉良姻"正是出于和尚的神谕。当时宝钗赏鉴通灵宝玉（此际距其初至贾府颇有一段时日，而黛玉早在刚来到贾府的第一晚便好奇询问，理应第二天即已看过），玉上刻有"莫失莫忘，仙寿恒昌"这两句"癞僧所镌的篆文"，莺儿听了，感觉到恰恰与金锁上錾的"不离不弃，芳龄永继"是一对，于是宝玉央求也要赏鉴宝钗的金锁：

宝钗被缠不过，因说道："也是个人给了两句吉利话儿，所以鏨上了,叫天天带着;不然,沉甸甸的有什么趣儿。"……宝玉看了,也念了两遍,又念自己的两遍,因笑问:"姊姊这八个字倒真与我的是一对。"莺儿笑道:"**是个癞头和尚送的,他说必须鏨在金器上**……"宝钗不待说完,便嗔他不去倒茶,一面又问宝玉从那里来。

由此清楚可见,通灵玉的"莫失莫忘,仙寿恒昌"是"癞僧所镌的篆文",金锁上"不离不弃,芳龄永继"的吉利话,也"是个癞头和尚送的,他说必须鏨在金器上",还"叫天天带着",足证宝钗不爱花儿粉儿的却愿意戴着金锁,全然是受命之下的不得不然。而在传统婚姻乃父母之命、媒妁之言的规范下,也可以推知薛姨妈所谓"金锁是个和尚给的,等日后有玉的方可结为婚姻",同样是出于和尚的叮嘱,由第三十六回宝玉在梦中喊骂说:"和尚道士的话如何信得?什么是金玉姻缘,我偏说是木石姻缘!"更证明如此。这位癞头和尚如同月下老人一般,居间支配了两人的姻缘,分别给了"正是一对"的天意,薛姨妈只不过是遵从和尚的指示而已,之所以透露给薛蟠,是因为夫死从子、长兄如父的伦理模式,女儿的终身大事须由寡母长兄主持之故。

当然,薛姨妈也向王夫人透露此一神谕的作为,其心中未尝没有考虑到宝玉的意识,然则传统婚姻既是父母之命,连黛玉对木石情缘的担忧,都包括"所悲者,父母早逝,虽有铭心刻骨之言,无人为我主张"(第三十二回),则即使薛姨妈有此一考量,又何罪之有?何况这还只是一种考虑,固然姊妹之间闲谈涉及儿女之事,晚辈宝玉也听说了"金玉良姻",但彼此并没有说定之类的积极作为;再加上随着时间的演变,薛姨妈因为疼惜黛玉而改变主意,不但是大有可能,事实也正是如此。第五十七回"慈姨妈爱语慰痴颦"这一段情节中蕴含了丰富的意义,包括提议为二玉说亲,并拒绝将黛玉配给儿子薛蟠,以免糟蹋了黛玉,请参《大观红楼2》,此处不赘。最值得思考的是,薛姨妈若真有自私心肠与阴险城府,欲排除黛玉以免妨碍二宝的"金玉良姻",大可如同宝钗所开的玩笑,早早利用她与王夫人的姊妹关系,以及"父母之命"的至高权力,直接为薛蟠向贾母求亲于黛玉,岂非更是直接了当?而且在父母之命的强制下更是确保无虞,何必拐弯抹角地舍近求远,收揽一个完全没有自主能力的少女的心?"虚情"之举既全无实用,还必须承担夜长梦多的变数干扰,真正的阴谋家当不屑为之,读者也不应降低小说人物的智力,以为大家出身的薛姨妈会愚蠢至此,连最简单的做法都想不到。既非愚不可及,只能说是无意为之,故不应罗织入罪。

在宝钗方面,固然从和尚的叮嘱已知"金玉良姻"之天命,现实中也确有一个宝玉符合这个条件,但也正因为如此,宝钗反倒刻意保持距离,以免落入嫌疑。第二十七回写道:

>一直往潇湘馆来。……忽然抬头见宝玉进去了,宝钗便站住低头想了想:宝玉和林黛玉是从小儿一处长大,他兄妹间多有不避嫌疑之处,嘲笑喜怒无常;况且林黛玉素习猜忌,好弄小性儿的。此刻自己也跟了进去,一则宝玉不便,二则黛玉嫌

疑。罢了,倒是回来的妙。想毕抽身回来。

又第二十八回说得更清楚:

> 宝钗因往日母亲对王夫人等曾提过"金锁是个和尚给的,等日后有玉的方可结为婚姻"等语,所以总远着宝玉。昨儿见了元春所赐的东西,独他与宝玉一样,心里越发没意思起来。幸亏宝玉被一个黛玉缠绵住了,心心念念只记挂着林黛玉,并不理论这事。

可见单单只是自己避嫌还不够,宝钗心中不仅对元妃别有用意的赐礼感到"越发没意思起来",更庆幸有一个黛玉可以让宝玉转移心思,淡化金玉良姻的魅影,比起黛玉内心思虑着"既有金玉之论,亦该你我有之,则又何必来一宝钗哉"(第三十二回),可见真正追求"金玉之论"的人其实是黛玉,只因二玉之间情爱明朗,所以一般读者依现代的婚恋观觉得合情合理而已。而宝钗之所以戴上元妃所赐端午节礼中的麝香串,也只是对长辈表示感谢的应有礼貌,属于大家闺秀的良好教养,已如前述。也因此,第三十四至三十五回中,宝钗被狗急跳墙而口不择言的薛蟠歪派对宝玉有私情秘恋之心,所谓"从先妈和我说,你这金要拣有玉的才可正配,你留了心,见宝玉有那劳什骨子,你自然如今行动护着他",便当场让宝钗气怔而哭、薛姨妈气得乱战。这固然一方面是真正的冤枉,导致宝钗感到万分委屈,属于从人情之常可以理解的层面;但此外还有一个现代人所不能理解却更为严重的层面，即薛蟠所言包含了妇德有亏的莫大罪名，以致母女二人错愕之余或痛哭或震怒，薛姨妈立即以"那孽障说话没道理"加以劝慰，第二天陪着整整哭了一夜的宝钗又哭了一场，一面又劝她："我的儿，你别委曲了，你等我处分他。"其意义详见前文"唯一的伤心"一段。

一般以"知妹莫若兄"认定宝钗是被薛蟠道出心事，才会恼羞成怒，这种常识性的说法包含了几个错误：一则是忽略了个体差异，以致滥用"知妹莫若兄"的原则，盖世间不了解手足的情况所在多有，必须一一检视，不可想当然尔，何况薛蟠粗心莽撞、大而化之，哪里能够了解体察宝钗的深厚幽细？二则是错认情绪表现而囫囵吞枣，没有精细区辨宝钗的反应并不符合所谓的"恼羞成怒"，宝钗既不羞也未怒，而是遭到冤屈的气苦与受伤的创痛；三则更缺乏传统礼教的价值观，因此泛泛看待宝钗的反应，于是谬以千里。

整体看来，从薛蟠事先的口不择言、事后的满怀内疚，宝钗的委屈气忿、伤痛哭泣，薛姨妈的气极乱战、陪哭一场，并惩处薛蟠、劝慰宝钗，在在显示了那几句话其实涉及了严重的道德问题，有可能造成"好歹"，以至于不断被称为"说的是什么话""说话没道理"，是"发昏""撞客"之下"冒撞"的"胡说"，薛蟠自己更沦为一个该受"处分"的"孽障"，吻合第三十四回回目"错里错以错劝哥哥"中再三强调的"错"。必须说，宝钗如此之严重受创，毋宁是更证明了"金玉良姻"确属其心中由衷避开的禁忌，与行为上的"总远着宝玉"一以贯之。

薛蟠的说辞既缺乏证据力，属于回目上再三强调的"错"，与薛蟠同样性格浮躁、瞻前不顾后的晴雯，所发生的一段情节也提供了类似的讯息。第二十六回描述道：

> 谁知晴雯和碧痕正拌了嘴，没好气，忽见宝钗来了，那晴雯正把气移在宝钗身上，正在院内抱怨说："有事没事跑了来坐着，叫我们三更半夜的不得睡觉！"

不少读者以晴雯的抱怨作为宝钗表面撇清、实则刻意贴近宝玉的证词，但却完全忽略了证人的性格及其证词的可信度。很明显地，晴雯正在气恼中故而迁怒旁人，正是脂砚斋所批评的："晴雯素昔浮躁多气之人""晴雯迁怒系常事耳"（第二十六回），于是刚好接连来到怡红院的宝钗、黛玉便成为无辜的出气筒，黛玉更直接被拒于门外。气恼时说话往往言过其实，尤其晴雯素以"掐尖要强""夹枪带棒"（第三十一回）为特征，迁怒时言语之夸大尖锐自是当然。果不其然，从黛玉随后也来怡红院，途中"刚到了沁芳桥，只见各色水禽都在池中浴水，也认不出名色来，但见一个个文彩炫耀，好看异常，因而站住看了一会。再往怡红院来"，可见时候尚早、天色光明，才得见水禽浴水、羽色炫耀的情景，否则不必等到夜幕低垂，只要天色渐暗，鸟禽便已纷纷归巢，连鸟迹都消失无踪，又岂能得见其羽毛色彩！

由此足证晴雯的说法全属夸大不实，"叫我们三更半夜的不得睡觉"固然是信口开合的过分之说，"有事没事跑了来坐着"更是添油加醋，不足以作为宝钗行为的证明。则晴雯既为情绪化的浮躁多气之人，又并非在法庭上作证，只不过是在迁怒时任性地信口抱怨，若采信其词，据之论断，便不免沦为昏庸不智的法官了。

值得注意的是，许多人也以续书所编写的调包计批评宝钗居心不良，这样的意见同样是粗略已极，后四十回既非曹雪芹之手笔，如何能以相同的证据力混为一谈？更疏忽的是，即使不考虑续作是否一致的问题，单就续书所写的内容，也完全看不出这一点。第九十五回描述道：

> 因薛姨妈那日应了宝玉的亲事，回去便告诉了宝钗。薛姨妈还说："虽是你姨妈说了，我还没有应准，说等你哥哥回来再定。你愿意不愿意？"宝钗反正色的对母亲道："妈妈这话说错了。女孩儿家的事情是父母做主的。如今我父亲没了，妈妈应该做主的，再不然问哥哥。怎么问起我来？"所以薛姨妈更爱惜他，说他虽是从小娇养惯的，却也生来的贞静，因此，在他面前，反不提起宝玉了。宝钗自从听此一说，把"宝玉"两字自然更不提起了。

其中清楚呈现宝钗完全没有介入联姻过程，理由便在于谨守婚姻是"父母之命，媒妁之言"的女教规范，即使薛姨妈直接询问都不愿表达意见，并将决定权移交给长兄如父的薛蟠。因此，即使其内心对调包计的置办方式过于荒谬失礼有所埋怨，也同样没有作任何表示，第九十八回指出："宝钗也明知其事，心里只怨母亲办得糊涂，事已至此，不肯多言。"由此可见，只要客观阅读这段文本，其实续书还是准确把握到宝钗的思想依据与性格特质，与前八十回一以贯之。反倒是以此丑诋宝钗者，实属"欲加之罪，何患无辞"之尤。

至于身为当事人的宝玉方面，情况则比较有趣，而且令人意外。事实是，以其博施爱众的性格，固然对黛玉情有独钟，却也没有因此排除其他女性的美与爱，在许多的艳遇当下，宝玉都是一心一命全在眼前的美人身上，诸如："只见迎头二丫头怀里抱着他小兄弟，同着几个小女孩子说笑而来。宝玉恨不得下车跟了他去"（第十五回），"此时一心总为金钏儿感伤，恨不得此时也身亡命殒，跟了金钏儿去"（第三十三回），那时又何尝有黛玉的身影？更关键的是，在宝玉挨打后卧床养伤，与宝钗、莺儿这一对主仆之间分别有一番互动对话，最能呈现出宝玉对宝钗的欣赏备至。先是第三十四回描写道：

> 宝钗见他睁开眼说话，不像先时，心中也宽慰了好些，便点头叹道："早听人一句话，也不至今日。别说老太太、太太心疼，就是我们看着，心里也疼。"刚说了半句又忙咽住，自悔说的话急了，不觉的就红了脸，低下头来。宝玉听得这话如此亲切稠密，大有深意，忽见他又咽住不往下说，红了脸，低下头只管弄衣带，那一种娇羞怯怯，非可形容得出者，不觉心中大畅，将疼痛早丢在九霄云外。

足见犹如其重像甄宝玉般，"急疼之时，只叫'姊姊''妹妹'字样，……便果觉不疼了，遂得了秘法：每疼痛之极，便连叫姊妹起

来了"(第二回),宝钗也是宝玉的止痛剂之一。接着第三十五回又记述道:

> 宝玉笑道:"我常常和袭人说,明儿不知那一个有福的消受你们主子奴才两个呢。"莺儿笑道:"你还不知道我们姑娘有几样世人都没有的好处呢,模样儿还在次。"宝玉见莺儿娇憨婉转,语笑如痴,早不胜其情了,那更提起宝钗来!便问他道:"好处在那里?好姐姐,细细告诉我听。"莺儿笑道:"我告诉你,你可不许又告诉他去。"宝玉笑道:"这个自然的。"

也因此,宝玉固然曾在梦中喊骂:"和尚道士的话如何信得?什么是金玉姻缘,我偏说是木石姻缘!"(第三十六回)但这是在金玉姻缘、木石姻缘并存时,对两者的取舍中产生的,不等于宝玉是针对金玉良姻所作的否定。何况比起此一单例,其实宝玉更在意识层面上明显流露过对"金玉良姻"的向往,第二十八回说道:

> (宝玉)忽然想起"金玉"一事来,再看看宝钗形容,只见脸若银盆,眼似水杏,唇不点而红,眉不画而翠,比林黛玉另具一种妩媚风流,不觉就呆了。

"金玉一事"正是与宝钗这位妩媚风流之女性的结合,而且宝玉是在金玉良姻的引导下自觉地"看见"宝钗的独特之美,并为之痴迷忘我,评点家王希廉便评道:"宝玉见宝钗肌容,发呆呆看,是钟情,亦是意淫。"① 连黛玉都早就察觉到:"我很知道你心里有'妹妹'。但只是见了'姐姐',就把'妹妹'忘了。"就此而言,如何能够说宝钗是宝玉的对立面?又岂能说宝玉是彻底反对金玉良姻?

并且,小说中对宝钗的评价都是正面的肯定,对于金玉良姻也并无抨击,第五回《红楼梦曲·终身误》虽然是以宝钗为主体的题称,内容却是从宝玉的角度谈他与宝钗、黛玉的关系,只要客观检视,便可以厘清很多断章取义所造成的误解:

〔终身误〕都道是金玉良姻,俺只念木石前盟。空对着,山中高士晶莹雪;终不忘,世外仙姝寂寞林。叹人间,美中不足今方信。纵然是齐眉举案,到底意难平。

其中,即使因为对黛玉念念不忘的深情而导致"意难平",但"难平"的是无法与黛玉长相厮守的缺憾,却不是对宝钗本身不满,甚至也没有对金玉良姻不满。就宝钗本身而言,曲中说她是"山中高士晶莹雪",典出明朝高启《梅花四首》之一:"琼姿只合在瑶台,谁向江南处处栽。雪满山中高士卧,月明林下美人来。寒依疏影萧萧竹,春掩残香漠漠苔。自去何郎无好韵,东风愁寂几回开。"② 其中的"雪满山中高士卧"一句即为此处所本,乃是对不慕荣利、超

---

① (清)王希廉:《红楼梦》第二十八回评,参冯其庸纂校订定,陈其欣助纂:《八家评批红楼梦》,上册,卷3,页662。

② (明)华淑辑:《明诗选》,《四库禁毁书丛刊》集部第1册(北京:北京出版社,2005),卷6,页114。

然世外之隐者的赞美,所谓"因雪想高士,因花想美人"①,恰可作为对宝钗完美性格的总结。

其次,即使是两人的金玉良姻,二宝的结合也并不是无情的空壳,而是彼此有着深度的欣赏以及长期累积的深厚情谊为基础。就深度的欣赏而言,第二十回写宝玉之所以形成少女崇拜心理,乃是身边的姊妹所塑造的:

> 因他自幼姊妹丛中长大,亲姊妹有元春、探春,伯叔的有迎春、惜春,亲戚中又有史湘云、林黛玉、薛宝钗等诸人。他便料定,原来天生人为万物之灵,凡山川日月之精秀,只钟于女儿,须眉男子不过是些渣滓浊沫而已。因有这个呆念在心,把一切男子都看成混沌浊物,可有可无。

宝钗就是建构此神圣殿堂的支柱之一。何况不仅是深度的欣赏以及深厚的情谊,二宝之间其实也共有相同一致的价值观,并非一般所以为的南辕北辙。试看宝玉视读书功名之流为"禄蠹"(第十九回)与"国贼禄鬼"(第三十六回),历来被视为惊世骇俗之论,却竟与宝钗的"兰言"如出一辙:

> 男人们读书不明理,尚且不如不读书的好,……男人们读书明理,辅国治民,这便好了。只是如今并不听见有这样的

---

① (清)张潮著,王名称校:《幽梦影》(台北:汉京文化事业公司,1980),页13。

人，读了书倒更坏了。这是书误了他，可惜他也把书遭塌了。（第四十二回）

所谓"如今并不听见有这样的人"，岂不等于完全抹煞世上所有的读书人，没有一个具备了"明理""辅国治民"的理想？此一横扫天下读书人的批判，其凌厉猛烈的力道又何亚于宝玉？那些"读了书倒更坏了""把书遭塌了"的读书人，岂不正是宝玉所定名的"禄蠹"与"国贼禄鬼"？第三十八回宝钗《螃蟹咏》中"眼前道路无经纬，皮里春秋空黑黄"等句，被众人评为"讽刺世人太毒了些"，宝玉更赞叹道："写得痛快！"最见两人之契合。则宝钗对世人俗儒的鄙薄切中其弊，尤甚于黛玉纯然出于自我意识的"孤高自许，目无下尘"（第五回），就此以观之，宝钗比起黛玉来，实际上要更接近宝玉得多，是宝玉在反对主流时真正的同道。只是宝钗还具有高度的理性与清明的现实感，了解到世道的真相后并不等于就要自绝于外，像宝玉如此之焚书讪谤不仅过于犬儒（cynic），并且也对家族太不负责任，因此仍会提醒宝玉仕途经济的必要；由此所造成的不合现象固然难以避免，但若一味片面地强调、夸大二人的分歧，便会流于以偏概全了。

并且宝玉爱之深也痛之切，一旦事与愿违、灰心失望，那对女儿的偏爱便走向另一个极端而变成偏激。试看当宝玉愤慨起来，一反常态地抹煞众女儿的存在时，借由庄子所抒发的言论乃是：

焚花散麝，而闺阁始人含其劝矣；戕宝钗之仙姿，灰黛玉之灵窍,丧减情意,而闺阁之美恶始相类矣。彼含其劝,则无参商之虞矣;戕其仙姿,无恋爱之心矣;灰其灵窍,无才思之情矣。彼钗、玉、花、麝者,皆张其罗而穴其隧,所以迷眩缠陷天下者也。(第二十一回)

焚、散、戕、灰,四个毁灭性的动词乍看之下令人怵目惊心,但毁灭的力道正来自于珍爱的强度,所谓反言见意也。"钗、玉、花、麝"中固然以宝钗、黛玉为佼佼者,然而宝钗更是这座万神殿中的仙后,相较于黛玉以"灵窍"引起"才思之情",宝钗的"戕其仙姿,无恋爱之心矣",足见宝钗之美确实引起了宝玉的"恋爱之心"。如此一来,这段解悟之词简直可以说是泄漏了宝玉的潜意识中,被木石前盟所压抑的爱的告白!

此一感情形态不同于木石情缘"既熟惯,则更觉亲密;既亲密,则不免一时有求全之毁,不虞之隙"(第五回)的直接、亲近、强烈,表面上平淡客气,稍有距离,却是深水静流、宁静致远。如脂砚斋所说:

奇文。写得钗玉(案:指宝钗、宝玉)二人形景较诸人皆近,何也。宝玉心,凡女子前不论贵贱皆亲密之至,岂于宝钗前反生远心哉。盖宝钗之行止端肃恭严,不可轻犯,宝玉欲近之而恐一时有渎,故不敢狎犯也。宝钗待下愚尚且和平亲密,何及于兄弟前有远心哉。盖宝玉之形景已泥于闺阁,近之则恐不逊,反成远离之端也。**故二人之远,实相近之至也。**至颦儿

> 于宝玉实近之至矣，却远之至也。
>
> 钗与玉远中近，颦与玉近中远，是要紧两大船（股），不可粗心看过。（第二十一回夹批）

这种"远中近""近中远"的道理，近似于"亲狎生侮慢""距离生美感"之义，犹如美国小说家马克·吐温（Mark Twain, 1835—1910）所谓"Familiarity breeds contempt"，以及印度诗人泰戈尔（Rabindranath Tagore, 1861—1941）所说：

> 过分接近可能会导致毁灭；保持些许距离反而能拥有它。（By touching you may kill, by keeping away you may possess.）[1]

也因此，有别于宝、黛"两个人原本是一个心，但都多生了枝叶，反弄成两个心了。……都是求近之心，反弄成疏远之意"（第二十九回），二宝之间的关系诚然维持长久，直到婚后还谈心话旧，脂砚斋说道：

> 凡宝玉宝钗正闲相遇时，非黛玉来，即湘云来，是恐曳漏文章之精华也。若不如此，则宝玉久坐忘情，必被宝卿见弃，杜绝后文成其夫妇时无可谈旧之情，有何趣味哉。（第二十回评语）

---

[1] （印度）泰戈尔著，陈琳秀译：《漂鸟集》（*Stray Birds*）（台北：崇文馆，2005），第197则，页139。

可见两人不仅有旧情,这份旧情还延续到婚后,成为夫妻相处谈心的基础。更进一步来看,宝玉甚且还曾艳羡将来迎娶宝钗的人,向莺儿说道:"我常常和袭人说,明儿不知那一个有福的消受你们主子奴才两个呢。"则金玉良姻让宝玉获得这位"齐眉举案"的贤妻,他自己正是那一个有福消受的人!因此评点家陈蜕也注意到:"宝玉于宝钗,亦有缠绵一时间,是作者之心,与蜕庵未尝不合。至为时之短,作者固以时期有无论,不以岁月久暂论也。"①

至于"美中不足今方信"一句,实际上仍肯定宝钗是美的、金玉良姻是美的,否则不可能用上此一成语;其中的"不足"固然是指不能与至爱的黛玉成亲,也就是"意难平"之处,却完全不是否定与宝钗的结缡,与上下文意脉一致。整阕《终身误》便是由"欣赏宝钗、不反对金玉良姻"与"深爱黛玉、执着木石前盟"这两个意念不断反覆构成的,其间的对应关系如下:

美 — 金玉良姻 — 齐眉举案 — 山中高士晶莹雪
足 — 木石前盟 — 意 平 — 世外仙姝寂寞林

因而所感到"不足""意难平"者,是"木石前盟"的辜负与"世外仙姝寂寞林"的错失,并不是对宝钗的否定与金玉良姻的反对。这不仅是文字训诂上的正确解读,参照曹雪芹在第一回中连续提供两个同样用法的例证,更足以说明"不足"的缺憾并未否

---

① 陈蜕:《忆梦楼石头记泛论》,一粟编:《红楼梦资料汇编》,卷3,页281。

定"美"的价值。首先是僧、道二仙师对凡心已炽、渴望入世的石头提醒道：

> 善哉，善哉！那红尘中有却有些乐事，但不能永远依恃；况又有"美中不足，好事多磨"八个字紧相连属，瞬息间则又乐极悲生，人非物换，究竟是到头一梦，万境归空，倒不如不去的好。

统观宝玉的前身今世，"美中不足"的"美"，正是"得入红尘，在那富贵场中、温柔乡里受享几年"的绝妙好事，因此对满足此一入世愿望的两位仙师感恩戴德；"不足"的则是此一美事不得久长永享的短暂，因此感叹如梦幻泡影，而生长于贾府中的那十几年，确确实实是一段至美至乐的大好人生。接着小说家又描述道：

> 这甄士隐禀性恬淡，不以功名为念，每日只以观花修竹、酌酒吟诗为乐，倒是神仙一流人品。只是一件不足：如今年已半百，膝下无儿，只有一女，乳名唤作英莲，年方三岁。

不仅士隐的生活、心境都是美好自足的，唯一的女儿也是天使般的可爱，深受疼惜："士隐见女儿越发生得粉妆玉琢，乖觉可喜，便伸手接来，抱在怀内，逗他顽耍一回。"舐犊情深，如在目前。后来这个掌上明珠失踪不见，为父者甚至悲伤到活不下去："夫妻二人，半世只生此女，一旦失落，岂不思想，因此昼夜啼哭，几乎不曾寻死。看看的一月,士隐先就得了一病;当时封氏孺人也因思女构疾,日日请医疗治。"由此可知,甄士隐仅有的"一件不足"是没有儿子,是女儿英莲的性别,却绝不是英莲本身。

从上述的解读参照,已然清楚显示,不仅编剧的曹雪芹,连当事人的宝玉都是肯定宝钗的,也并未在本质上反对金玉良姻;只是因宝玉心中先进驻了"世外仙姝寂寞林",所谓"亲不间疏,先不僭后"(第二十回宝玉对黛玉所作的剖白),于是只好对后来的"山中高士晶莹雪"说抱歉,这才是"金玉良姻"与"木石前盟"产生轻重之别而有所取舍的原因。

关于金玉良姻的落实,目前已有较合理的说法,亦即:第七十五回贾府的世交甄家已"犯了罪,现今抄没家私,调取进京治罪",双方既往来密切又收受必须抄没充公之物件,势必连坐同罪,因此八十回之后不久也面临抄家,宝玉与族中父长一并拘禁于狱神庙遭拷问,黛玉病势沉重又挂虑宝玉,乃香消玉殒;宝玉释放回来后已人去楼空,潇湘馆一片"落叶萧萧,寒烟漠漠"(第二十六回脂砚斋夹批),接着才在情理兼备的"痴理观"①之下,心平气和地接受宝钗为妻,二人在贫困中扶持相守。但因宝玉接连受创已深,领悟世间"到头一梦,万境归空"之理,终究"悬崖撒手",飘然出家远去。而这时,宝玉留给了宝钗更大的终身缺憾,深受辜负的是最无辜的宝钗。

---

① 详参欧丽娟:《论〈红楼梦〉中"情理兼备"而"两尽其道"之"痴理"观》,《台大中文学报》第35期(2011年12月),页157—203。

毋宁说，《红楼梦曲·终身误》的主旨是对于命运拨弄，有情人无法终成眷属、才貌德兼美的好女儿却婚姻不幸感到遗憾。可缺憾本就是人间在所难免的必然，因此，对人生中种种缺憾的咏叹乃形成了文学最深沉的感染力，《红楼梦》的苍凉凄美感人至深，便来自于此。

七、相关诗词的寓意重估

在古典文化中成长的小说家，诗词就和经学、子学一样，都是他们必备的基本知识，其娴熟自是必然，也往往运用于小说中，成为中国小说的一大特征。《红楼梦》是将韵、散结合得最成功的一部小说，叙事与诗词有机地融合为一，互相加强也彼此烘托，人物的形象也更加鲜明。不过，诗词虽然属于小说的血肉之一，其功能与意义从属于小说内容而定，但其创作方式却也自有悠久的诗学传统，无论是典故、修辞、用语、句法与寓意等，都应该以传统诗学的角度来把握，尤其是直接引述的唐宋诗句，更必须回到原诗以及诗史的脉络才能正确诠释，不致望文生义而曲解小说家引述的用意。这是对古典诗学知识陌生已极的现代读者所最需要强化的地方之一。

（一）"任是无情也动人"释义

首先，如果纯以小说情节的描述以观之，宝钗所掣得的"任是无情也动人"这句花签诗本身实不应带有任何负面的意涵，才合乎曹雪芹特有的创作手法,并切中一般的人情世理。

就曹雪芹书写此回的创作手法而言,乃是用"冰山一角"式的引诗策略,摘取传统诗词中的吉祥佳语,以配合当时寿庆的欢乐气氛;却将人物之悲惨命运暗藏于未引之诗句中,以达到"谶"的作用。因此群芳诸艳所抽中的每一支签词,包括探春的"日边红杏倚云栽"、李纨的"竹篱茅舍自甘心"、湘云的"只恐夜深花睡去"、香菱的"连理枝头花正开"、袭人的"桃红又是一年春"等等,莫不是浮露在阳光之下的冰山顶层,充满希望、明朗、满足甚至幸福洋溢的正面意涵;即使林黛玉的"莫怨东风当自嗟"一句以"怨""嗟"字堂堂出现,但身为签主的黛玉却是报以"也自笑了"的反应,显然心意颇为悦服肯定。至于麝月的"开到荼蘼花事了"一句虽因稍带不祥之意,令宝玉看后"愁眉忙把签藏了",其字面却也依然带有含蓄蕴藉的美感,且未曾涉及任何意义的人格批判,仅仅是自然界生命规律的客观反映。既然"美好""含蓄"而"不涉及人格批判"乃是所有花签诗的共同基调,宝钗的签词理当不可独独例外,若直接认取其中的"无情"二字即断定为宝钗性格的判词,其尖刻率露无论如何都与"美好含蓄"的原则背道而驰,曹雪芹如何能有如此之败笔?

再就一般的人情世理而言,书中描写宝钗于群芳之中首先掣得的这支签,不但签上于签诗下注云:

"在席共贺一杯,此为群芳之冠,随意命人,不拘诗词雅谑,道一则以侑酒。"众人看了,都笑说:"巧的很,你也原配牡丹花。"说着,大家共贺了一杯。

而且接下来的情节是：

> 宝玉却只管拿着那签，口内颠来倒去念"任是无情也动人"，听了这曲子，眼看着芳官不语。湘云忙一手夺了，掷与宝钗。（第六十三回）

如果说这句签诗有丝毫的贬损之意，则那"群芳之冠"的注解、在场众人的笑认共贺，以及宝玉一见之下更是到了神魂颠倒的忘情地步，不断喃喃诵念，都会变成十分矛盾的反应。换句话说，若依照直接以字面上之"无情"为判词的论证法，则将会得出曹雪芹认为"无情"者亦足以为诸钗冠冕，而众人皆以"无情"为值得庆贺，且宝玉竟会为"无情"神魂颠倒的推理结果！这岂非匪夷所思？更何况，连贾政都能对诗词语句有足够的敏感与认识能力，因此对诸钗所做"不祥"的灯谜诗感到烦闷悲戚、伤悲感慨，回房后翻来覆去竟难成寐（第二十二回），则相较之下更为冰雪聪明、玲珑剔透的贾宝玉等人，竟然都不能察觉签诗中明白坦露的"无情"之意，而相与共贺、赏爱忘情，这当然是不合逻辑的说法。

由此已经足以显示，"任是无情也动人"这一诗句不但绝没有现代所以为的"无情"之意，恐怕还恰恰相反。

1. 语法学的正确解析

更重要的是，诗句本身之意旨究竟如何，理当还原于全诗整体之语序意脉始得以确切定位；而从语法的结构分析、律诗的对仗法则等范畴来看，出自晚唐罗隐《牡丹花》诗的此一诗句其实并没有

"无情"的意涵。全诗云：

> 似共东风别有因，绛罗高卷不胜春。若教解语应倾国，任是无情也动人。
> 芍药与君为近侍，芙蓉何处避芳尘。可怜韩令功成后，辜负秾华过此身。

从律诗对仗的规则来看，"任是无情也动人"与上句之"若教解语应倾国"乃是彼此对偶的完整一联。依照语法学或修辞学的分类，这两句都不是一般的叙述句(narrative sentence)、描写句(descriptive sentence)或判断句(determinative sentence)，也就是它们在构句形式上并不是叙述行为或事件，而其语意内涵并不是对某一现象、状况或事物属性的描写，更没有断定所指事物属于某种性质或种类，因为两句之结构都属于句中包含两个句子形式的"复合句"(composite sentence)，各以"若教"和"任是"等语词形成前分句，然后再以"应""也"等联词所领起的后分句加以构组而成。更精确地说，两句都属于"假设复句"，而在假设复句中前分句所指涉之意涵，都是非事实性的存在。以"若教解语应倾国"来说，"若教解语"乃是提出假设的一个分句，而"应倾国"则是另一个分句，说明在前述假设情况下所产生的结果。[①]

---

① 参刘兰英、孙全洲主编，张志公校定：《语法与修辞》(台北：新学识文教出版中心，1990)，页225。

至于对仗的"任是无情也动人"一句,"任是"一词是"纵使是""即使是"的意思,而"任是……也……"的句型,则明白属于假设复句中的"让步句",其中的前分句有退一步着想的意味,亦即先承认某种假设的情况,后分句却从不同或相反的方面做出结论;①换句话说,前分句(即"任是无情")表示让步,即姑且承认某种既成事实或某种假设情况,后分句("也动人")表示转折或反问,指出后事并不因前事而不成立。②则这种让步句属于"转折类复句"中的一类,意指"分句间有先让后转关系的复句"③,而由虚拟的假设构成的前分句称为"虚让","虚让是对虚拟情况的让步,或者是带虚拟口气的让步,……是故意从相反的方向借 p 事来托出 q 事,强调 q 事不受 p 事的影响。不同的是:实让的 p 一定指事实;虚让的 p 一般是假设,不是假设的也带上一定的虚拟口气"。④

从上述修辞学的说明可知,就句法结构而言,"任是"一词都是表示虚拟的标志,是"故意从相反的方向"对"虚拟情况"所做的让步表示。如此一来,"任是无情也动人"不仅确实没有无情之意,并且其真正的重点是在于"动人"上,配合另一段脂批,便可以看得更清楚。针对第一回中绛珠、神瑛建立木石情盟之描写,脂砚斋眉批云:

---

① 参刘兰英、孙全洲主编,张志公校定:《语法与修辞》,页 225—226。
② 此一句型的解说,参董治国编著:《古代汉语句型大全》(天津:天津古籍出版社,1988),页 509。
③ 邢福义:《汉语复句研究》(北京:商务印书馆,2001),第 3 章"复句三分系统勾描",页 46。
④ 邢福义:《汉语复句研究》,第 11 章"让步句式审查",页 468。

古人之"一花一石如有意，不语不笑能留人"，此之谓耶？

其中所引的诗句，出自唐代刘长卿《戏赠干越尼子歌》："一花一竹如有意，不语不笑能留人。"（《全唐诗》卷151）恰恰可以与"任是无情也动人"互为平行类比。作为对"尼子"的戏赠之诗，刘长卿乃是夸言此一六根清净之女尼依然保有颠倒众生的魅力，连"无情"都能动人至此，更哪堪有情？这可以说是对倾国美人的绝大赞美，也才是宝钗获得"群芳之冠"，在场众人也都笑认共贺而宝玉更为之颠倒忘情的原因。

2. "无情"的另一含义

更发人深省的是，即使脱离了假设复句中虚拟让步句的修辞脉络，单单只就"无情"一词而言，也未必只有通俗常识下的负面意义。事实上，在传统思想文化中，"无情"甚至还是一个至高的、正面的哲学用语，是圣人的无上境界。

在主情、唯情的浪漫思维里，"情"是生命存在的根本价值，甚至是存在的理由，所谓："情之一字，所以维持世界。"[①] 到了现代，"情"已经变成一个单单只要出现这个字眼就具有强大魅惑力的概念，"无情"自然也就沦为否定价值的负面语。但其实从人格修养、宗教修炼的角度，情却反倒是一种障碍，是必须克制转化的难关。由于"情"是一种主观感受的发用，容易受到主体的局限而不免偏私的性质，因此欲超乎情的偏私局限者，即必须否定"情"

---

① （清）张潮著，王名称校：《幽梦影》，页46。

的主观执一性,这便是一种对"无情"的诠释。如宋代理学家程颢曾指出:

> 夫天地之常,以其心普万物而无心;圣人之常,以其情顺万物而无情。故君子之学,莫若廓然而大公,物来而顺应。①

其中所谓的"无情",正来自于一种不限定、不执着而顺应大公、普施万物的廓然表现,以之衡诸宝钗处世时,所谓:

> 待人接物,不疏不亲,不远不近,可厌之人亦未见冷淡之态,形诸声色;可喜之人,亦未见醴密之情,形诸声色。(第二十一回脂批)

此一表现岂非与之丝丝入扣?一旦泯除主观执着,超脱亲疏远近的情感差序格局,便能不偏不倚地权衡裁量,而事事归诸天钧与公道,并达到随运任化的自在境地。在此一人生态度之下,非独人际之间亲疏远近的情感差序可以一视同仁,连个人遭遇之炎凉甘苦、天地万物之聚散生灭都可以夷然自安不受影响,如此一来,便达到庄子所说的境界:

---

① (宋)程颢:《答横渠张子厚先生书》,《河南程氏文集》卷2,《二程集》(台北:汉京文化公司,1983年9月),页460。

> 吾所谓无情者,言人之不以好恶内伤其身。①

这不仅符合脂砚斋对冷香丸之命名所阐释的意义:"历看炎凉,知看甘苦,虽离别亦能自安。"同时也呼应了第七十回薛宝钗所填《临江仙·咏柳絮》中,透过"万缕千丝终不改,任他随聚随分"两句而展现的豁达稳定。如此种种,皆合乎程颢所谓"廓然而大公,物来而顺应"的无情说。

(二)《临江仙·咏柳絮》释义

第七十回薛宝钗所填《临江仙·咏柳絮》一阕,在历来习惯"钗、黛对立"的成见下,往往被误以为是其个人热切追求现实价值的展现,并且是与黛玉针锋相对而作。这种看法不仅不符合文本的基本描述,属于成见所致的穿凿附会,更忽略了其中所具有的两个范畴的积极意义,未免买椟还珠。

试观当时的完整情况是:在诗社重开后的填词活动中,当限定的时间一到,探春率先写出只做半首的《南柯子》,却触发了交白卷的宝玉灵感泉涌而续成后半,写道是:

> 空挂纤纤缕,徒垂络络丝,也难绾系也难羁,一任东西南北各分离。

---

① (战国)庄子著,(清)郭庆藩撰,王孝鱼点校:《庄子集释》第1册,卷2"德充符",页221。

落去君休惜，飞来我自知。莺愁蝶倦晚芳时，纵是明春再见隔年期！

众人笑道："正经你分内的又不能，这却偏有了。纵然好，也不算得。"说着，看黛玉的《唐多令》：

粉堕百花洲，香残燕子楼。一团团逐对成球。飘泊亦如人命薄，空缱绻，说风流。

草木也知愁，韶华竟白头！叹今生谁舍谁收？嫁与东风春不管，凭尔去，忍淹留。

众人看了，俱点头感叹，说："太作悲了，好是固然好的。"因又看宝琴的是《西江月》：

汉苑零星有限，隋堤点缀无穷。三春事业付东风，明月梅花一梦。

几处落红庭院，谁家香雪帘栊？江南江北一般同，偏是离人恨重！

众人都笑说："到底是他的声调壮。'几处''谁家'两句最妙。"然后才是宝钗的压轴之作：

宝钗笑道："终不免过于丧败。我想，柳絮原是一件轻薄无根无绊的东西,然依我的主意,偏要把他说好了,才不落套。所以我诌了一首来,未必合你们的意思。"众人笑道:"不要太谦。我们且赏鉴,自然是好的。"因看这一首《临江仙》道是:

　　白玉堂前春解舞,东风卷得均匀。

湘云先笑道:"好一个'东风卷得均匀'!这一句就出人之上了。"又看底下道:

　　蜂团蝶阵乱纷纷。几曾随逝水,岂必委芳尘。　万缕千丝终不改,任他随聚随分。韶华休笑本无根,好风频借力,送我上青云!

众人拍案叫绝,都说:"果然翻得好气力,自然是这首为尊。缠绵悲戚,让潇湘妃子;情致妩媚,却是枕霞;小薛与蕉客今日落第,要受罚的。"

很明显地,宝钗之词是紧接在宝琴之后,所谓"终不免过于丧败"是对前面所有作品之共同特性的评论,根本不是针对黛玉而来;若说有针对性,所针对的也是大观园诗词中普遍存在的离散主调与伤悼哀音。

最关键的是,这种不同调并非来自于美学上或生命情调上的龃龉互斥,而其实带有积极性的正面努力。其一,是诗学上创新或突破的"翻案"表现。

1. 美学的创新与突破:翻案策略

《红楼梦》中使用翻案法的具体操作共有三处,主要是透过薛宝钗来发挥展现。第六十四回记载宝钗赞赏林黛玉之《五美吟》时,

所陈述的意见即是翻案的本质,宝钗说道:

> 做诗不论何题,只要善翻古人之意。若要随人脚踪走去,纵使字句精工,已落第二义,究竟算不得好诗。即如前人所咏昭君之诗甚多,有悲挽昭君的,有怨恨延寿的,又有讥汉帝不能使画工图貌贤臣而画美人的,纷纷不一。后来王荆公复有"意态由来画不成,当时枉杀毛延寿";永叔有"耳目所见尚如此,万里安能制夷狄"。二诗俱能各出己见,不与人同。今日林妹妹这五首诗,亦可谓命意新奇,别开生面了。

此处薛宝钗是以读者和诗评家的立场赞美他人的诗歌作品,以为"善翻古人之意"乃是作诗的第一义,而"各出己见,不与人同""命意新奇,别开生面"即是诗歌透过翻案所能达到的最高价值。这是书中对翻案手法的初次展露。后来填写《柳絮词》时,薛宝钗更抱着与众不同的创作心态而亲自以作品为翻案法作了实践,从而充分显现她自己的确是翻案技法的知音解人。

  针对一般人容易因为柳絮轻薄无根无绊的特性而附加漂泊零落的悲剧感受,宝钗特意以"偏要把他说好了,才不落套"为创作原则,即是出自刻意求新立异的翻案手法,可以促使作品在众口一腔、千篇一律的俗套中脱颖而出,达到新颖独特之效果,完全呼应了宝钗自己先前赞美林黛玉《五美吟》时所谓"各出己见,不与人同""命意新奇,别开生面"的说法。如此一来,词中一方面以反诘语气,对主流成见提出"几曾随逝水,岂必委芳尘"的质疑，也是对柳絮（以及众女儿）顺任那飘泊零落之宿命持以一种保留态度；另一方面更写出"好风频借力，送我上青云"这积极的阳光意志，如是种种，都展示了不落熟套的最佳典范。于是乃如宋代严有翼所言：

> 直用其事，人皆能之；反其意而用之者，非识学素高，超越寻常拘挛之见，不规规然蹈袭前人陈迹者，何以臻此。①

这便清楚指出薛宝钗这首《临江仙·咏柳絮》之所以赢得众人之喝采，并拔得头筹的原因。就全书之艺术设计而言，也更增加了衬托悲凉之调的对比因素，完成艺术上、思想上"二元对立"的形式特征与均衡的结构性。

但技巧只是表面的。在《红楼梦》整体的艺术氛围之中，运用翻案法所蕴藏的更深的意义，都不只是一般文人逞才竞技的心理展示而已，更深层的是反映出一种试图驱散大观园中弥漫的"悲凉之雾"的努力，是诗谶观（一种以诗为预言的信念）在同一个本质上进行逆向操作的运用成果。这便是宝钗《临江仙》之所以不同调的第二个积极的意义。

2. 命运的翻转与改善：翻案目的

在中国传统的诗歌评论里，一直存有一种"诗／运"一体、以

---

① （宋）严有翼：《艺苑雌黄》，郭绍虞辑：《宋诗话辑佚》（北京：中华书局，1980），下册，页567。

诗观运的诗谶观,《红楼梦》亦然,所谓"伤心一首葬花词,似谶成真自不知"[①],即是对诗歌渗透命运、甚至指引命运之魔力的最佳阐释。

第七十六回记载中秋夜大观园即景联句时,当黛玉、湘云联诗至于"寒塘渡鹤影,冷月葬花魂"这一联警句之际,不但湘云对黛玉所对之"葬花魂"既赞且叹,道:"诗固新奇,只是太颓丧了些。你现病着,不该作此过于清奇诡谲之语。"语中已颇有诗谶的警觉;接着妙玉更及时现身打断,原因就是"有几句虽好,只是过于颓败凄楚。此亦关人之气数而有,所以我出来止住",接着所作的续诗也不只是帮忙收尾,而是"依我必须如此,方翻转过来。虽前头有凄楚之句,亦无甚碍了",在在可见诗歌影响乃至决定命运的思维。

同样地,当第七十回林黛玉作出凄美欲绝的《桃花行》后,宝玉一见便堕下泪来,立刻断定是"潇湘子稿",宝琴戏谑地笑诌是她的手笔,宝玉便道:

> 我不信。这声调口气,迥乎不像蘅芜之体,所以不信。……我知道姐姐断不许妹妹有此伤悼语句,妹妹虽有此才,是断不肯作的。比不得林妹妹曾经离丧,作此哀音。

可见诗歌的创作风格不只是关乎才能,还隐含了命运的反映、暗示

[①] (清)明义:《题红楼梦二十首》之十八,《绿烟琐窗集》抄本,一粟编:《红楼梦资料汇编》,卷1,页12。

乃至指引，因此爱护堂妹的宝钗便"断不许妹妹有此伤悼语句"，唯恐损及其气数而致不幸。由此可见，宝钗不仅是爱护自己人而已，她把这种关心与努力扩及园中诸钗，对前面那些"终不免过于丧败"的作品扭转乾坤，与妙玉的"依我必须如此，方翻转过来。虽前头有凄楚之句，亦无甚碍了"（第七十六回）如出一辙。可见"翻转"的做法已然有如破解悲剧的法门，利用诗歌攸关气数、影响命运的神奇作用，反过来借助清明朗健的诗歌以扭转颓败凄楚的人生。

换言之，诗歌既然乃是"亦关人之气数而有"的一种象征符码或命运载体，具有支配命运的神奇力量，而"支配"也者，又有祸福吉凶正反相异的不同结果，所谓"水能载舟，亦能覆舟"，其神奇又神秘的力量可以导向毁灭和地狱，也可以通往创造与天堂。于是，当已经出现"过于颓败凄楚"的诗句，奏出了悲剧的前奏或序曲，便必须在预言落实之前适时加以遏止，否则宿命的悲剧便毫无改变的余地；而欲"止住"预言成为事实，其唯一的做法便是翻案，因此妙玉之续诗便是将诗作前头的凄楚之句"翻转过来"，如此便无甚大碍，同样地，宝钗在一片"过于丧败"的哀吟声中，将特属于柳絮的"无根无绊"的栖惶茫然，转化为一种飘扬自由、凭风向上的追求人生的积极意志，也是一种将悲戚伤悼之气数加以翻转的表现。

清吴景旭曾引严有翼《艺苑雌黄》所言来解释翻案技法，指出：

> 牧之数诗（案：指《赤壁》《题商山四皓庙一绝》《题乌江亭》等诗），俱用翻案法，跌入一层，正意益醒，谢迭山所谓

"死中求活"也。①

此说以"反其意而用之"解释翻案的思维模式,以"死中求活"来解释翻案法的运用效果,也适用于《红楼梦》中,诸人在重重围困之宿命悲剧中力图突破的意志:大观园中"悲凉之雾,遍被华林"②,弥漫着一种由月冷、花残、香消、春去、柳飞甚至泪血、人亡的哀凄,宝钗"偏要把他说好了"的《临江仙》,则是借由翻案法特有的"反其意而用之"的操作模式,对诗谶所模塑的悲剧命运进行逆向推演,展露的正是一种"死中求活",以阳光驱散遍布四周之悲雾的积极与乐观。此一"死中求活"的挣扎虽不能真正使众金钗的人生得以绝处逢生、反缺为圆,却为《红楼梦》那弥天盖地的悲剧意识平添几许庄严宏伟的英雄气息,那奋力挣扎、贲张不屈的努力,更令人油然泛起崇敬之意;而众人评赞宝钗此篇《咏柳絮》时拍案叫绝,一致公认"果然翻得好力气,自然是这首为尊"并大声喝彩,更毋宁可以视之为对悲雾中乍现之阳光所抱持的高度肯定。③

3."好风频借力,送我上青云"的来历与用意

关于篇末的"好风频借力,送我上青云"二句,学者大多认为与宋代侯蒙的《临江仙·咏风筝》有关,所谓:"当风轻借力,一举

---

① (清)吴景旭:《历代诗话》,卷52,《景印文渊阁四库全书》第1483册,页502。
② 鲁迅:《中国小说史略》,第24篇"清之人情小说",《鲁迅全集》第9卷,页239。
③ 详参欧丽娟:《诗论红楼梦》,第6章"《红楼梦》之诗艺"第2节"'翻案'——绝处逢生的策略",页307—310。

入高空。……几人平地上，看我碧霄中。"并据以推论薛宝钗攀慕荣华富贵、献媚当权人士、冀求飞黄腾达之世俗性格。① 此种说法已几乎成为主流之定调，且此种见解又常常与薛宝钗"胎里带来的一股热毒"（第七回）相联系，并将此一性格具体化于对金玉良姻之热切追求，成为薛宝钗论述中演绎出种种阴谋嫁祸说的基点。

对此一论据与论点之间的合理性而言，不乏极少数学者提出怀疑，如同样在承认此阕词与侯蒙《临江仙·咏风筝》的渊源关系之下，毕华珠的推论即迥然不同，认为历来红学家把"好风频借力，送我上青云"说成是成就"金玉良姻"的象征，乃是牵强附会之论，因为"金玉姻缘"在大观园中常常提起，薛宝钗也早已心中有数（见第八回、第二十八回、第三十四回）；何况金玉姻缘乃是四大家族内部联姻，中表成亲，门当户对，根本谈不上高攀；再说凭薛宝钗的门第财势、人品才貌，即使金娃不配玉郎也不失为其他王孙公子的夫人，所以金玉姻缘在薛宝钗心目中不可能是"送我上青云"的

---

① 诸如邓小军：《薛宝钗〈柳絮词〉出处》，《红楼梦学刊》1981年第1辑，页138；林方直：《借来诗境入传奇》，周策纵编：《首届国际红楼梦研讨会论文集》（香港：中文大学出版社，1983），页259—260。侯蒙故事出自《夷坚志》："侯元功蒙，密州人，自少游场屋，年三十有一，始得乡贡。人以其年长貌寝，不之敬，有轻薄子画其形于纸鸢上，引线放之。蒙见而大笑，作《临江仙》词题其上曰：'未遇行藏谁肯信，如今方表名踪，无端良匠画形容。当风轻借力，一举入高空。才得吹嘘身渐稳，只疑远赴蟾宫，雨余时候夕阳红。几人平地上，看我碧霄中。'蒙一举即登第，年五十余，遂为执政。"见（宋）胡仔：《苕溪渔隐丛话》（台北：长安出版社，1978），"前集"，卷59，页410。

凭借。因而此阕词与《螃蟹咏》一样，都属于绝妙的讽刺词，也都是曹雪芹借题发挥，寄托其伤时骂世之感慨。[①]

此一说法回归于小说所蕴涵的社会基础，把握到人情世理上的客观性，提供了比富贵说更可靠的说服力。只是此说虽然足以推翻富贵说，但以伤时骂世的讽刺寄托为论，却恐怕不易成立，毕竟与寓意明白可验之《螃蟹咏》相比，这阕《临江仙》以"我"为与柳絮相互定义的第一人称，全篇又充满对生命展望的明朗氛围，都与伤时骂世的讽刺意味相距甚远。因此，从词句之取资渊源、写作之意匠用心都有再加厘清的空间。

其次，以"好风频借力，送我上青云"坐实宝钗热中权贵的罪名，还包括选秀女。但这也是对历史无知却想当然尔的成见。所谓"选秀女"，是一种为皇室后宫提供年轻女性，作为指婚对象（妃嫔）和服务人员（宫女）的选拔制度。清代所选的秀女都是来自旗人，"八旗所有官员兵丁乃至闲散之女，须一律参加阅选，如未经阅选便私行聘嫁，该管各官上自都统、参领、佐领，下至本人父母族长，都要治罪"[②]。而随着外八旗与内三旗的两个不同系统，清代的选秀女制度也分成两种管道，按《国朝宫史》所言：

> 凡三年一次引选八旗秀女，由户部奏请日期。届日，于神

[①] 毕华珠：《〈红楼梦〉中薛宝钗〈柳絮词〉的借鉴》，《红楼梦学刊》1989年第2辑，页220—222。

[②] 定宜庄：《满族的妇女生活与婚姻制度研究》（北京：北京大学出版社，1999），第5章"八旗制度与旗人婚姻"，页226。

武门外豫备，宫殿监率各该处首领太监关防，以次引看毕，引出。……

凡一年一次引选内务府所属秀女，届期，由总管内务府奏请日期，奉旨后，知会宫殿监。宫殿监奏请引看之例同。①

明确可见两者分属不同的系统，彼此互不相干。然而，除阅选的频率不同外，两个管道所选出的秀女也有不同的用途，这才是最大的差别，学者对此有进一步的说明：

"其一，八旗满、蒙、汉军正身女子，年满十三岁至十七岁者，每三年一次参见验选，选中者，入宫为皇帝嫔妃或备王公贵族指婚之选，验选前，不准私相聘嫁。

其二，内务府三旗佐领、内管领下女子，年满十三岁亦选秀女，选中者，留作宫女，余令父母择配。可见，同样是选'秀女'，八旗女子和内务府女子中选后的境遇却大相径庭。内务府女子被选入宫，多充当杂役，满二十五岁才能遣派出宫。② 为皇室无偿服役十余年，按当时标准，出宫时已是十足的'大龄青年'，谈婚论嫁

---

① （清）鄂尔泰、张廷玉等编纂：《国朝宫史》（北京：北京古籍出版社，1987），上册，卷8《典礼四》，"选看秀女"，页149。

② 本书补注：所谓"凡选宫女，于内府三旗佐领内管领下，女子年十三以上，造册送府，奏交宫殿监督领侍等引见，入选者留存，余令其父母择配。其留宫之女，至二十五岁遣还择配。"（清）允裪等奉敕撰：《钦定大清会典》，卷87，《文津阁四库全书》第620册（北京：商务印书馆，2006），页215。

谈何容易？内务府女子不乐入选，乃人之常情。"①

从这两种差别来说，元春的"选入宫作女史"，并不是八旗系统的为皇帝嫔妃或备王公贵族指婚之选，再参照宝钗的情况就更清楚了，第四回写到薛家"现领内府帑银行商"，显示与内务府关系密切，且宝钗之所以来到贾府，便是因为：

> 因今上崇诗尚礼，征采才能，降不世出之隆恩，**除聘选妃嫔外，凡仕宦名家之女，皆亲名达部**，以备选为公主郡主入学陪侍，充为才人赞善之职。

这段话可以说是元春入宫的进一步补充，可见元春与宝钗的入宫是在"聘选妃嫔外"的另一个不同的管道与功能，属于内务府包衣三旗的选秀女系统，并不是作为皇子王公的指婚，而较偏向宫女性质。如此一来，元春封妃的际遇可能是历史记录中，由内务府三旗所选出的秀女晋升为妃嫔的少数例子，如学者所指出："有清一代，内务府三旗女子通过选'秀女'晋身嫔妃者代不乏人，其母家一跃而为皇室戚畹，父兄子弟多跻身枢要。"②也可能是融合了外八旗与内三旗这两种管道的虚构，无论何者，都说明那是非常态的罕见特例，并非人力所能争取。

尤其是，所谓的"凡仕宦名家之女，皆亲名达部"，清楚指出

---

① 详参刘小萌：《清代北京旗人社会》（北京：中国社会科学出版社，2008），第6章"旗人的世家"，页535—536。

② 刘小萌：《清代北京旗人社会》，第6章"旗人的世家"，页543。

这是所有相关家庭都必须遵守的义务,违逆不得,并非个人意志所能选择决定,则宝钗的入京待选只不过是遵行朝廷规定的义务而已,最多也是"选为公主郡主入学陪侍,充为才人赞善之职",如何能说是存有追求飞黄腾达的雄心壮志?何况,这段情节乃是清代八旗制度下"选秀女"的反映,被用来作为宝钗来到贾府以发展叙事的方便法门,尔后完全没有再加以延续,也一无追求飞黄腾达的迹象,如何能坐实为论?足证读者应该先了解基本历史知识,以免以今律古,错失正确理解人物的性格真髓。

此外,关于"好风频借力,送我上青云"这两句的出处,其实还可以追溯到比宋代侯蒙《临江仙·咏风筝》更早的诗歌源头,即中唐李贺的《春怀引》,其诗云:

> 芳蹊密影成花洞,柳结浓烟花带重。……阿侯系锦觅周郎,凭仗东风好相送。(《全唐诗》卷394)

以曹雪芹不断被友辈敦诚类比于李贺,所谓:"爱君诗笔有奇气,直追昌谷破篱樊""牛鬼遗文悲李贺""诗追李昌谷"[①],对李贺诗的熟稔自毋庸置疑,篇中所谓"凭仗东风好相送",乃以东风为攀升传远的媒介,以"好相送"解释风中飘飞的行动意涵,一反零落无依的悲感而充满温馨、期待的正面情致,将向下飘零沉坠的沦落

[①] 分别出自(清)爱新觉罗·敦诚:《寄怀曹雪芹霑》《挽曹雪芹》《荇庄过草堂命酒联句,即检案头闻笛集为题,是集乃余追念故人录辑其遗笔而作也》,见一粟编:《红楼梦资料汇编》,卷1,页1—3。

颓靡转而为向上昂扬提升的攀高追寻，正是薛宝钗在众人一片丧败之音中，力求翻转而写出"好风频借力，送我上青云"的脱胎之处。而从整体来看，《春怀引》的秾丽缠绵与宝钗《临江仙·咏柳絮》的潇洒豁达虽有调性之别，却都是歌咏柳絮，也同样具备了诗情画意，迥异于侯蒙《临江仙·咏风筝》的平板刻露、尖直外显而有失含蓄，应该才是宝钗《临江仙》真正的血脉所自。①

更应该指出的是，风吹柳絮所送之"青云"，并不必然就是富贵荣达的同义词，在古典文献中其含义之丰富多元，可以指：青色的云、高空的云（亦借指高空）、高官显爵、远大的抱负和志向、隐居，甚至比喻黑发②，必须视情况而定。从这些用法中，已可见同一个词汇竟可以用在截然相反的地方，连类所及，由之延伸组构的"青云士""青云客""青云梯"等词语，也都各自产生了两种对立的用法，诸如：南朝山水大家谢灵运曾有"托身青云上，栖岩挹飞泉"之乐与"惜无同怀客，共登青云梯"之叹③，唐诗中则有高适《同颜六少府旅宦秋中之作》的"逸气旧来凌燕雀，高才何得混妍媸。迹留黄绶人多叹，心在青云世莫知"，李白《梦游天姥吟留别》的"谢公宿处今尚在，渌水荡漾清猿啼。脚着谢

---

① 欧丽娟：《诗论红楼梦》，第7章"《红楼梦》使用旧诗之情形与用意"第3节，页363。
② 罗竹风主编：《汉语大词典》第11册（上海：汉语大词典出版社，1993），页542。
③ 两联分别出自《登石门最高顶》《还旧园作见颜范二中书诗》，见逯钦立辑校：《先秦汉魏晋南北朝诗》（台北：木铎出版社，1983），《宋诗》卷2，页1166；卷3，页1174。

公扆,身登青云梯",杜甫《北征》的"青云动高兴,幽事亦可悦"与《寄从孙崇简》的"牧竖樵童亦无赖,莫令斩断青云梯"等,都与贵显荣达无关;而"青云梯"一语,虽可以比喻谋取高位的途径,但于上述诗句中却是指高峻入云的山路,引申为高蹈出世乃至羽化登仙的象征,在在指向一种超脱浊世纷扰而飘然世外之逍遥清畅的境界。由此可见,"青云"一词的意义完全要依上下文而定,清末评点家王希廉便认为:"'青云'二字本指仙家而言。自岑嘉州有'青云羡鸟飞'句,后人遂以讹承讹,作为功名字面。宝钗词内'青云'字,应仍作仙家言,则与宝玉出家更相映照。"[①] 现代人直觉地以自己唯一熟悉的高官显要加以解释,未免张冠李戴之误。

回到宝钗的《临江仙》仔细重读,首两句的"白玉堂前春解舞,东风卷得均匀"就已经将柳絮的空间位置给予正面定调,以至于湘云率先赞美:"好一个'东风卷得均匀'!这一句就出人之上了。"接着"几曾随逝水,岂必委芳尘"更是以反诘语气抗阻沉沦坠落的向度,再透过"万缕千丝终不改,任他随聚随分"的坚定稳住此一人间高度,为进一步的超越提供良好的基点,与"历看炎凉,知看甘苦,虽离别亦能自安"(第七回脂批)的贞定之心一以贯之,甚至带有"千磨万击还坚劲,任尔东西南北风"[②]的屹立不拔;最后便是"好风频借力,送我上青云"的向上飞升,反向改变了飘随逝

---

① (清)王希廉:《新评绣像红楼梦全传》,冯其庸纂校订定,陈其欣助纂:《八家评批红楼梦》,中册,卷7,页1733。

② (清)郑燮:《竹石》,卞孝萱、卞岐编:《郑板桥全集(增补本)》(南京:凤凰出版社,2012),卷11,页357。

水、委堕芳尘的下坠命运。由此显示"青云"是挣脱尘俗牵缠、超越地心引力的天空至高点,恰恰对立于"随逝水""委芳尘"之匍伏纠葛,兼具了诗学上、命运上大胆的双重突破,因此才能胜过黛玉的缠绵悲戚与湘云的情致妩媚而夺魁。

这也提醒我们,任何文句都属于整体作品的一部分,必须放在上下文中才能取得正确的定位。一般将"好风频借力,送我上青云"这两句单独割裂出来加以扩张解释的解读法,忽略所属整阕词、整段情节的完整脉络,正是标准的断章取义,值得商榷。

八、真正的佳人

《红楼梦》中红粉佳人众多,个个都出类拔萃,但若要比出高下,宝钗仍是"群芳之冠"。不仅是评点家王希廉所说:"宝钗却是有德有才。"[1] 或蔡元培所认为:"其写宝钗也几为完人。"[2] 这位女子才、德、貌兼备,借张潮的说法:

> 美人之胜于花者,解语也;花之胜于美人者,生香也。二者不可得兼,舍生香而解语者也。[3]

---

[1] (清)王希廉:《红楼梦总评》,一粟编:《红楼梦资料汇编》,卷3,页150。
[2] 蔡元培著,华云点校:《石头记索隐》(北京:北京大学出版社,1989),页6。
[3] (清)张潮著,王名称校:《幽梦影》,页11—12。

宝钗既"解语"又"生香",是二者得兼者,这才是"几为完人"的真正意义。最有趣的是,不仅脂砚斋认定宝钗是《红楼梦》中真正的"佳人",所谓:

> 知命知身,识理识性,博学不杂,庶可称为佳人。(第八回夹批)

即使就一般由平民出身的潦倒文人所写,讲述年轻男女浪漫婚恋故事的才子佳人小说来看,最符合其"佳人"条件的竟然不是黛玉,而是宝钗。

衡诸郭昌鹤对模范佳人所归纳的"貌美""超等天分,长于诗词,博学,足智多谋""性情幽柔贞顺"等各种条件[①],都确数宝钗为诸芳之最:"貌美、超等天分、长于诗词、性情幽柔贞顺"等已毋庸举证多言,全书中只有她是林黛玉的敌手,有时还可凌驾其上而夺冠;至于"博学"这一项,不但是其独一无二、无人比肩的优越条件,更被作者与评者视为使之能"心身自主""不流入市俗"的深厚力量,因此既不会趋于偏至放逸,如黛玉;也不会过于迂板冷肃,如李纨。至于性格的持平、情绪的平稳、思虑的周详、处事的沉着、理性的镇定与价值观的中立,而没有热烈起伏的身心变化,更是"性情幽柔贞顺"的体现。可以说,在表面上抽象的形

---

① 郭昌鹤:《佳人才子小说研究(上、下)》,《文学季刊》创刊号、第2期,页194—215、303—323。

容词之下，曹雪芹给予实质的、有力的体证，透过宝钗示范了"貌美""超等天分，长于诗词，博学，足智多谋""性情幽柔贞顺"等描述应有的内涵，否则便只是滥用文字的廉价书写，也任由文字的表面语感所误导。

作为一个"历史中的人"，宝钗和绝大多数的人一样，是历史进程中的行动者，而不是作为回顾历史构建制度合理性的思考者，并且她的生命追求乃是如圣·埃克苏佩里（Antoine de Saint-Exupery, 1900—1944）所言：

> 每个人必须审视自己，教给自己生命的意义。有些东西并非需要发现，而是必须加以铸造。①

因此宝钗并不刻意强调本能的、血气的那一面，而是去"铸造"人性所可以升华的最高境界，以她的所有能力尽量达到各方面的完善，虽不叛逆革命，却是让世界更稳定运转、更作高一层的力量。正是以如此之合乎正统价值的完美性，其所居住之蘅芜苑乃被安排于最临近元妃执行皇权的正殿，以"在园之正中"（第十七回批语）的方位隐喻体现出古代的中正思想。

宝钗面对人生万状终不改其志，以"风雨阴晴任变迁""万缕千丝终不改，任他随聚随分"前后呼应，正是一种坦然以对的无畏

---

① ［法］圣·埃克苏佩里著，苏白宇译：《风沙星辰》（台北：水牛出版社，1988），页34。

宣言。即使在嫁给宝玉前后，接连遭到贾府抄家、宝玉出家的厄运，过着"寒冬噎酸齑，雪夜围破毡"（第十九回脂批）的贫困日子，但因"历看炎凉，知看甘苦，虽离别亦能自安"（第七回批语），因此依然在磨难中坚毅、在动荡里镇定、在恐惧时勇敢，既可爱也可敬，足以成为完善这个世界的厚实力量。由此，宝钗是贾家败落后的唯一支柱，也可以说是《红楼梦》中的一位"准母神"。若真要派给她一个缺点，那就是这样的性格可以协助既有世界的完善运转，却不能如探春般大破大立、改革更新，当然，这样的求全责备未免吹毛求疵了。

只可惜，即使身为如此完美的正统佳人，依然不能免于悲剧的命运，成为太虚幻境薄命司中的一员（第五回）。第二十二回宝钗所作的灯谜诗，其中的"琴边衾里总无缘""焦首朝朝还暮暮，煎心日日复年年"直为其婚后守寡的预告，犹如更香般只能独自过着焦首煎心的岁月，比观第七十回诸艳所施放的风筝中，宝钗放的是"一连七个大雁"，此一造型取义于大雁乃是秋去冬返的候鸟，具有雄雌成双终身厮守的习性，一旦折翼失侣则离群单飞，孤独至死，"一连七个大雁"正是畸零之单数，宝钗即为丧偶的那一只孤雁。宝钗固然以"风雨阴晴任变迁"的心灵高度淡定自在、自足圆和，但最终所剩下的灰烬仍然暗含了失婚的悲惋，清代评点家诸联便说道：

> 人怜黛玉一朝奄忽，万古尘埃，谷则异室，死不同穴，此恨绵绵无绝。予谓宝钗更可怜，才成连理，便守空房，良人一

去,绝无眷顾,反不若赍恨以终,令人凭吊于无穷也。要之,均属红颜薄命耳![1]

善恶祸福,竟如此之没有逻辑可循,颠覆了因果报应的理路,令人兴起司马迁的质问:"天之报施善人,其何如哉?"[2] 但或许,小说家在感叹世间令人莫可奈何的不幸之际,也同时提示了一种超越的境界,万境归心,不为现实的吉凶灾祥所动,这才是自己的真正主宰。宝钗也者,作为一位"拿学问提着"的女君子,正昭示了"莫听穿林打叶声,何妨吟啸且徐行。……回首向来萧瑟处,归去,也无风雨也无晴"[3] 的胸襟,可羡可赞。

---

[1] (清) 诸联:《红楼评梦》,一粟编:《红楼梦资料汇编》,卷3,页118。

[2] (汉) 司马迁:《史记》(北京:中华书局,1997),卷61"伯夷叔齐列传",页2124—2125。

[3] (宋) 苏轼:《定风波》,《东坡乐府》(上海:上海古籍出版社,1979),卷上,页32。

贾探春,改琦绘:《红楼梦图咏》,风俗绘卷图画刊行会重刊本,1916。

第六章
贾探春论

贾探春是小说中唯一明确拥有两种代表花的金钗,"红杏"用以暗示其远嫁藩王的命运,"玫瑰"则是象喻其有为有守的性格,体现出与宝钗不同的儒家性格内涵,甚至有人认为,探春实为《红楼梦》后半部的女主角。评点家西园主人便说道:

> 探春者,《红楼》书中与黛玉并列者也。《红楼》一书,分情事、合家国而作。以情言,此书黛玉为重;以事言,此书探春最要。以一家言,此书专为黛玉;以家喻国言,此书首在探春。①

确实,黛玉在第二十八回、第三十二回"诉肺腑心迷活宝玉"起,因为与宝玉确立两心相印的默契,两人的关系进入风平浪静的平顺期,再加上第四十二回"蘅芜君兰言解疑癖"启动了后期的性格转变,此后的情节便不再像前期一样波澜起伏、跌宕曲折;从第五十五回开始,凤姐也因生病暂停理事,固然还有第六十八回"苦

---

① (清)西园主人:《红楼梦论辨·探春辨》,一粟编:《红楼梦资料汇编》,卷3,页203。

尤娘赚入大观园，酸凤姐大闹宁国府"的惊天动地，但也偏离于和治家有关的主要故事。此后小说的叙事内容既不是以宝、黛之恋为主轴，而转以家庭内部的种种复杂纠葛为焦点，探春便由前此的沉潜一跃而成为引领风骚的关键角色，光芒万丈。

一、一种灵苗异

（一）生日的意义

从第七十回的描写可知，探春诞生于农历三月三日：

> 说起诗社，大家议定：明日乃三月初二日，就起社，便改"海棠社"为"桃花社"，林黛玉就为社主。明日饭后，齐集潇湘馆。因又大家拟题。……次日乃是探春的寿日，元春早打发了两个小太监送了几件顽器。合家皆有寿仪，自不必说。饭后，探春换了礼服，各处行礼。

明日乃三月初二，再次日便是三月初三，即为探春的寿诞。这一天作为一个上古以来大规模的民俗节日，在汉代以前定为三月的第一个巳日，称为"上巳日"，原本的活动是要到水边沐浴洗涤，以除灾厄垢浊，此一净化仪式称为"修禊"，《论语·先进》所载曾点的志向云："暮春者，春服既成，冠者五六人，童子六七人，浴乎沂，风乎舞雩，咏而归。"便反映了此一古老风俗，《后汉书》清楚记述道："是月（三月）上巳，官民皆洁于东流水上，曰洗濯祓除去宿垢疢为大洁。"① 这正体现了敬天顺时的遗风。

到了魏晋时期，修禊便固定在农历三月三日，文人的"曲水流觞"也成为上巳日的主要活动，最著名的便是晋穆帝永和九年王羲之等人的上巳修禊，当时诞生了不朽的《兰亭集序》，"暮春之初，会于会稽山阴之兰亭，修禊事也。……又有清流激湍，映带左右，引以为流觞曲水"。到了唐代，更衍生了于此日在曲江旁举行"探花宴"的盛事，②杜甫《丽人行》还铺陈了"三月三日天气新，长安水边多丽人"的皇族游乐之举，可以说是传统文化中不亚于端午、中秋的一个重大节日。

如此一来，在历史风俗中所积淀的种种文化内涵，包括修禊净化的诚敬力量、"天朗气清"与春水澄明的洁净、曲水流觞的文人雅事，以及"探花宴"的功成名就等，都潜在地预设了探春的重要人格特质与其行为风范，以各种形式体现于相关情节中，并因此使得探春绽放出独树一格的显目风采，一眼难忘。试看第三回中三春初次出场的速写画面，在惊鸿一现下各个形神毕出，透过黛玉观察入微的眼力，一一活脱如下之造型：

只见三个奶嬷嬷并五六个丫鬟，簇拥着三个姊妹来了。第一个肌肤微丰，合中身材，腮凝新荔，鼻腻鹅脂，温柔沉默，

---

① （南朝宋）范晔撰，（唐）李贤等注：《后汉书》（北京：中华书局，1997），卷94"礼仪志"，页3110。
② 乔继堂、朱瑞平主编：《中国岁时节令辞典》（北京：中国社会科学出版社，1998），页254—255。

观之可亲。第二个削肩细腰，长挑身材，鸭蛋脸面，俊眼修眉，顾盼神飞，文彩精华，见之忘俗。第三个身量未足，形容尚小。其钗环裙袄，三人皆是一样的妆饰。

这也是全书中三位少女的第一次登场，很明显地，统一制式的妆饰掩盖不了探春的醒目突出，"又据濮君某言：其祖少时居京师，曾亲见书中所谓焙茗者，时年已八十许，白须满颊，与人谈旧日兴废事，犹泣下如雨；且谓书中诸女子，最美者为探春，钗黛皆莫能及"。① 这或许见仁见智，但那令人忘俗的"顾盼神飞，文彩精华"诚然最是灵动焕发，显示探春具有一种与生俱来的非凡气韵，绫罗绸缎不能裹挟，脂粉铅丹无法蒙蔽，一出场便点亮了聚光灯，映现出棱角分明的灵魂造型。

虽然在小说家的匠心巧思之下，这分超逸不俗的心智才华并没有立刻得到发展，随后长期处于沉潜的状态，一直要到第五十五回才情势丕变，从此淋漓尽致地发光发热；但即使如此，沉潜自得的探春依然随机流露着这分特质，点点滴滴地透出"暧暧内含光"，而事实上，这更是了解探春的关键。作为探春性格的主要根基，小说家对第五十五回以前的探春虽然着墨不多，却是每一笔都寓意深远，与当家理事后的表现相得益彰。

---

① 臞蝯：《红楼佚话》，《晶报》1921 年 5 月 18 日。见吕启祥、林东海主编：《红楼梦研究稀见资料汇编》（北京：人民文学出版社，2001），页 61—62。

（二）风筝、凤凰与芭蕉

首先值得注意的是，小说中反复与探春连结的意象是风筝、凤凰与芭蕉。

以风筝而言，第五回太虚幻境中有关探春的人物图谶便是："画着两人放风筝，一片大海，一只大船，船中有一女子掩面泣涕之状。"第二十二回探春的灯谜诗也是以风筝为谜底，风筝与凤凰这两个意象特别在探春身上被反复运用，包含了命运与性格的双重寓意；就命运暗示的这一点而言，乃是与婚谶息息相关，暗示了远嫁的命运，此点详见本章第六节；此外，风筝、凤凰的意象又都代表了人格崇高的意义，著名的英国民俗学家 C. A. S. 威廉在论及中国风筝之相关环境因素时，即包括了超拔的高度和清新的秋天微风（a high elevation, and a fresh autumn breeze）[①]，这也与探春所居秋爽斋的命名相呼应，与其住处中所栽植的芭蕉、梧桐相一致。

至于凤凰，作为探春的人物构成意象之一，恰恰正是飞翔在这样只能仰望的高度上。第六十五回兴儿描述探春的性格时就说道：

> 玫瑰花又红又香，无人不爱的，只是刺戳手。也是一位神道，可惜不是太太养的，"老鸹窝里出凤凰"。

玫瑰之红艳令人爱怜，却不可狎玩侵犯，否则必勇于反击，自有凛

[①] C. A. S. William, *Chinese Symbolism and Art Motifs: a Comprehensive Handbook on Symbolism in Chinese Art Through the Ages* (Singapore: Tuttle Publishing, 2006), p. 41.

然之风范；此外，凤凰意象直接与探春联结，再透过第七十回所写的凤凰造型的风筝，探春之为小说中的五大凤凰（包括元春、宝玉、黛玉、凤姐）之一，其重要性不言可喻。从第六十三回花签词的"日边红杏倚云栽"和注解的"必得贵婿"，尤其是众人对此签作了"难道你也是王妃不成"的阐释，清楚预言探春将嫁为王妃，则凤凰的类比固然也是来自尊贵的地位，但同时不可忽视的是高洁人格的象征，就像风筝一样。

以凤凰象征高洁人格的典故出自《庄子·秋水篇》：

> 夫鹓鶵（案：凤凰之属），发于南海而飞于北海，非梧桐不止，非练实（案：即竹实）不食，非醴泉不饮。[1]

显示人生价值有远高于性命者，即使是攸关生死的饮食歇宿都宁缺毋滥，何况其他？庄子以此自喻，藐视惠施等争逐权位之流，比之为紧握腐鼠不放、唯恐凤凰抢夺的鸱鸮，其俯视尘寰的心性高度可想而知。苏轼继承了此一血脉，书写那择善固执的高洁精神，《卜算子·黄州定慧院寓居作》云：

> 缺月挂疏桐，漏断人初静。谁见幽人独往来，缥缈孤鸿影。

---

[1] （战国）庄子著，（清）郭庆藩撰，王孝鱼点校：《庄子集释》第3册，卷6，页605。

惊起却回头，有恨无人省。拣尽寒枝不肯栖，寂寞沙洲冷。①

必须说，庄子寓言中的凤凰到了苏轼词中已变为孤鸿，但两者精神相通，并且都同以梧桐为基本元素，无论枝头上停歇的是凤凰还是孤鸿，梧桐都展现了遗世独立的脱俗品格，才能在万木丛中获得唯一青睐，邀来灵禽驻足。果然，秋爽斋里恰恰正种着一株梧桐树，第三十七回大家来到秋爽斋，商议起诗社、拟别号的时候，宝玉对探春建议道："这里梧桐芭蕉尽有，或指梧桐芭蕉起个倒好。"到了第四十回，贾母领着刘姥姥一行人来到此处略坐之际，贾母隔着纱窗往后院内看了一回，也赞赏道："后廊檐下的梧桐也好了，就只细些。"梧桐既然在秋爽斋欣欣向荣，自有凤凰如探春者在此栖居，可谓"非梧桐不止"的绝佳体现。

梧桐以高洁的象征寓意与"凤凰"意象同构为一，但就植物意象而言，更能全面展现探春之高雅性格者，则非"一种灵苗异"的芭蕉莫属。当宝玉建议探春就其院中所植的梧桐、芭蕉来取别号时，探春笑道：

有了，我最喜芭蕉，就称"蕉下客"罢。

看起来，探春最爱的不是梧桐，而是芭蕉。梧桐是小说家塑造她的

---

① [宋] 苏轼著，邹同庆、王宗堂校注：《苏轼词编年校注》（北京：中华书局，2007），页275。

高洁性格时，在同一个典故来源的情况下，与凤凰直接关联的必要环节，可以使凤凰的意涵更丰富完整；芭蕉则是探春个人的情志投射，是在她的生命史中所孕育出来的自我寄托，因此是了解探春性格时更重要的依据。

固然大观园的院落中栽种着芭蕉的并不止于秋爽斋，另外还有怡红院、潇湘馆，就这一点来说，显然小说家也将探春等同于二玉之辈的秀出人物。但若仔细考察就会发现，以三个院落植物配置的分量而言，芭蕉只有在秋爽斋中才是真正的主角，而非怡红院前庭中"蕉棠两植"的半个主角，或潇湘馆后院里屈就于大株梨花的配角；从主观喜好作比较，在共有芭蕉的宝玉、黛玉、探春三人中，以探春最是倾心赏爱芭蕉，也以探春最能充分绽现芭蕉的独特气韵，那就是中国隐逸传统中文人雅士的智识才学与脱俗心性。

芭蕉以其叶片宽广、茎脉直长的特点，于墙边庭中迎风玉立，新叶卷曲如书札，展叶则平坦如纸面，早已与文人的生活密切关联。若以唐诗为考察范围，可以发现涉及"蕉叶题诗"之类的作品最多，诸如：

- 尽日高斋无一事，**芭蕉叶上独题诗**。（韦应物《闲居寄诸弟》，《全唐诗》卷 188）
- 江鸟飞入帘，山云来到床。**题诗芭蕉滑**，对酒棕花香。（岑参《东归留题太常徐卿草堂》，《全唐诗》卷 198）
- 篱外涓涓涧水流，槿花半点夕阳收。**欲题名字知相访，又恐芭蕉不奈秋**。（窦巩《寻道者所隐不遇》，一作于鹄《访隐者

- 不遇》,《全唐诗》卷271)

- 无事将心寄柳条,**等闲书字满芭蕉**。(李益《逢归信偶寄》,《全唐诗》卷283)

- **雨洗芭蕉叶上诗**,独来凭槛晚晴时。故园虽恨风荷腻,新句闲题亦满池。(司空图《狂题十八首》之十,《全唐诗》卷634)

- 来时虽恨失青毡,**自见芭蕉几十篇**。(司空图《狂题十八首》之十二,《全唐诗》卷634)

- 青山时问路,红叶自知门。首蓿穷诗味,**芭蕉醉墨痕**。(唐彦谦《闻应德茂先离棠溪》,《全唐诗》卷671)

- 常爱林西寺,池中月出时。**芭蕉一片叶**,**书取寄吾师**。(皎然《赠融上人》,《全唐诗》卷816)

- **试裂芭蕉片**,**题诗问竺卿**。(齐己《秋兴寄胤》,《全唐诗》卷838)

此举打破纸笔形态的制式书写,十分风雅。参照元妃在省亲现场与回宫后的两次处理大观园题咏,一次是现场"命探春另以彩笺誊录出方才一共十数首诗",一次是回宫后"命将那日所有的题咏,命探春依次抄录妥协",都是将她珍爱至极的诗篇交给探春抄写誊录,可见探春必然写得一手好字,故而深受信赖倚重,也符合探春喜欢好字画,房中"案上磊着各种名人法帖,并数十方宝砚,各色笔筒,笔海内插的笔如树林一般"(第四十回)的习性与专长,连对联都是唐代颜真卿的墨迹,与芭蕉可谓里外呼应。如此说来,探春堪称为大观园中最优秀的书法家。

至于和芭蕉相关的生活意境，较突出的还有静默中清晰入耳的雨打芭蕉之声。听觉在寂静的环境与心境中格外灵敏，而芭蕉之叶大面阔又宜于突显、扩大下雨的潇潇之声，因此最易与文人的易感多情相促发，唐诗中写到此一听觉之美的诗句也不少，诸如：

- 早蛩啼复歇，残灯灭又明。**隔窗知夜雨，芭蕉先有声**。（白居易《夜雨》，《全唐诗》卷432）
- 浮生不定若蓬飘，林下真僧偶见招。觉后始知身是梦，**更闻寒雨滴芭蕉**。（徐凝《宿冽上人房》，《全唐诗》卷474）
- 万事销沉向一杯，竹门哑轧为风开。**秋宵睡足芭蕉雨**，又是江湖入梦来。（汪遵《咏酒二首》之二，《全唐诗》卷602）
- **烟浓共拂芭蕉雨**，浪细双游菡萏风。（皮日休《鸳鸯二首》之二，《全唐诗》卷614）
- 展转敲孤枕，风怖信寂寥。涨江垂蝘蜓，**骤雨闹芭蕉**。（郑谷《蜀中寓止夏日自贻》，《全唐诗》卷675）
- **更闻帘外雨潇潇，滴芭蕉**。（顾敻《杨柳枝》，《全唐诗》卷894）

如此一来，耳中的萧萧之声与心中的悠悠之音便可以同时汇聚于芭蕉上，彼此生发而互相应和，产生了可能是与芭蕉有关的最知名的一则故事，即清代蒋坦所记述的，其与妻子关秋芙的蕉叶笔谈：

秋芙所种芭蕉，已叶大成阴，荫蔽帘幕，秋来雨风滴沥，枕上闻之，心与俱碎。一日，余戏题断句叶上云："是谁多事种芭蕉？早也潇潇，晚也潇潇。"明日，见叶上续书数行云："是君心绪太无聊！种了芭蕉，又怨芭蕉。"字画柔媚，此秋芙戏笔也，然余于此，悟入正复不浅。①

这种夫妻间的无声对话，呈现了神仙眷侣的知己之情与风雅之举，最是深婉动人。探春虽无这般萧瑟心境，也少有黛玉倚枕难眠的心血耗弱，但作为一个家务烦扰、事事明白的有心人，雨打芭蕉的潇潇声韵有时也不免入耳动心，油然生发一丝无奈情怀吧。

最重要的是，由上述之描写可见，芭蕉都与一种淡定自得、幽雅闲静的心灵素质相关，即使在夜雨潇潇之下不免寂寞，却也绝无怀才不遇的愤懑酸气，而自有疏朗高华之情致与清新优美之意韵。总而言之，芭蕉主要是一种文人雅士的精神纯度与才学高度的表征，且其高洁往往表现出风雅的美感情韵，而不带有沉重的道德指涉与对抗现实的张力，因此远于冬梅、夏莲、秋菊、松竹、香草之属，与梧桐的气质最为契合。诚如唐代诗人路德延《芭蕉》一诗所描述的：

> 一种灵苗异，天然体性虚。叶如斜界纸，心似倒抽书。
> （《全唐诗》卷719）

有叶如纸、有心如书，不染世俗庸常而以才智学识与高雅情趣为

---

① （清）蒋坦撰，朱剑芒考：《秋灯琐忆》（台北：世界书局，1959），页10。

要,正足以为芭蕉之象征意涵的扼要总括,而最喜芭蕉的探春正是此一"灵苗异种"的人间化身,是为判词中"才自精明志自高"的表现之一。

二、大观精神:宰相器识

(一)秋爽斋的人格化身

秋爽斋是探春迁入大观园之后的住处,人、屋合而为一,其中的布置与各种摆设都显示出屋主的性格内涵。第四十回描述道:

> 探春素喜阔朗,这三间屋子并不曾隔断。当地放着一张花梨大理石大案,案上磊着各种名人法帖,并数十方宝砚,各色笔筒,笔海内插的笔如树林一般。那一边设着斗大的一个汝窑花囊,插着满满的一囊水晶球儿的白菊。西墙上当中挂着一大幅米襄阳"烟雨图",左右挂着一副对联,乃是颜鲁公墨迹,其词云:
> 　　烟霞闲骨格　泉石野生涯
> 案上设着大鼎。左边紫檀架上放着一个大观窑的大盘,盘内盛着数十个娇黄玲珑大佛手。右边洋漆架上悬着一个白玉比目磬,旁边挂着小锤。……东边便设着卧榻,拔步床上悬着葱绿双绣花卉草虫的纱帐。

从整体的格局摆设,在在展现出一种恢弘阔大的气度,除利用"大理石大案""斗大的一个汝窑花囊""一大幅米襄阳'烟雨图'""大鼎""一个大观窑的大盘""数十个娇黄玲珑大佛手"等各式用品，一连以八个"大"字为描述关键字（包括大理石、大观等专有术语），更包括房内东边所设的拔步床。作为一种有着立柱、横架、隔窗、顶篷、平台等的大型卧榻，拔步床不同于怡红院中那悬着大红销金撒花帐子的"小小一张填漆床"（第二十六回），也摆不下"小小两三间房舍，一明两暗"（第十七回）的潇湘馆，只有秋爽斋将三开间都打通的格局才不会显得局促，而恰如其分。

可以说，秋爽斋这三间屋子并不曾隔断就已经展现出开阔恢弘、坦荡磊落的大器风范，那整一宽敞的通透自如正是探春"素喜阔朗"之心胸的具体化。衡诸贾府的三春众芳，其中唯有探春能如湘云般同为一股清流，以明爽豁朗之气洗污去浊，没有心理的曲折失衡乃至阴暗扭曲，因此既无机关算计更无不可告人的隐衷，脂砚斋便说道：

> 湘云探春二卿，正事无不可对人言芳性。（第二十二回眉批）

这种"事无不可对人言"之"芳性"，所表现的性格特质之一便是诚实不伪，第四十九回邢岫烟、李纹、李绮、薛宝琴四人结伴来到贾府，薛宝琴尤其受到贾母赏爱，探春转述道：

> "老太太一见了，喜欢的无可不可，已经逼着太太认了干女儿了。老太太要养活，才刚已经定了。"宝玉喜的忙问："这

果然的?"探春道:"我几时说过谎!"

探春确实从不说谎,但她与湘云仍然同中有异。比较起来,湘云的"英豪阔大宽宏量,……好一似,霁月光风耀玉堂"(第五回)主要是来自天赋自然,因此颇有一种不假雕琢的率性;探春则是源于一种自觉的人格追求,因此处处于日常中实践,成为一种具有鲜明表征的生活模式。

试看那一大幅"烟雨图""烟霞闲骨格,泉石野生涯"的对联,以及"插着满满的一囊水晶球儿的白菊",可见其超逸自在、不求闻达的淡泊性格,连床上所悬挂的都是葱绿双绣花卉草虫的纱帐,据板儿的指认,上面点缀的草虫包括蝈蝈、蚂蚱在内,竟有一种来自土壤的清新韵味,和可卿的同昌公主制的联珠帐(第五回)、宝玉的大红销金撒花帐子(第二十六回)、宝钗的青纱帐幔与水墨字画白绫帐子(第四十回)都大异其趣。而从"案上磊着各种名人法帖,并数十方宝砚,各色笔筒,笔海内插的笔如树林一般",又可知她追企古人而勤于摹效的敬谨向学之心;再看大盘中所盛的数十个娇黄玲珑大佛手,日后将成为联系巧姐与板儿之姻缘的凭借①,

---

① 板儿要佛手吃,探春拣了一个与他说:"顽罢,吃不得的。"后来到了第四十一回,众人因巧姐也要佛手玩而等不及地哭了,于是把巧姐的柚子给了板儿,将板儿的佛手哄过来与她才罢,脂砚斋在此有一批语:"小儿常情,遂成千里伏线。……抽(柚)子即今香团之属也,应与缘通。佛手者,正指迷津者也。以小儿之戏,暗透前后通部脉络,隐隐约约,毫无一丝漏泄,岂独为刘姥姥之俚言博笑而有此一大回文字哉。"

则可见她温情慈善的柔软心怀，于是成为慈悲引渡之潜在场域；至于洋漆架上所悬的一个白玉比目磬，以及旁边所挂的小锤，则呈现出探春严谨有度、知法守理的另一面性格。可以说，恢弘坦荡的秋爽斋整体上有类乎宰相器识，探春则是庙堂之上的大雅君子。

只是在整部小说中，探春的人格表现大致是以第五十五回为界分，在第五十五回受命理家前，属于怀才不遇、韬光养晦的沉潜阶段，但她甘于恬淡，优游于个人生活中怡然自得，一无怨天尤人的穷酸气，还充分品尝各种清新自然、优雅精美等同归于脱俗的不同品味。例如第二十七回探春对宝玉笑道：

"这几个月，我又攒下有十来吊钱了。你还拿了去，明儿出门逛去的时侯，或是**好字画，好轻巧顽意儿**，替我带些来。"宝玉道："我这么城里城外、大廊小庙的逛，也没见个新奇精致东西，左不过是那些金玉铜磁没处撂的古董，再就是绸缎吃食衣服了。"探春道："谁要这些。**怎么像你上回买的那柳枝儿编的小篮子，整竹子根抠的香盒儿，胶泥垛的风炉儿，这就好了。我喜欢的什么似的**，谁知他们都爱上了，都当宝贝似的抢了去了。"宝玉笑道："原来要这个。这不值什么，拿五百钱出去给小子们，管拉一车来。"探春道："小厮们知道什么。你拣那**朴而不俗、直而不拙**者，这些东西，你多多的替我带了来。"

可见探春对一般人所喜欢的绸缎、吃食、衣服毫无兴趣，除了体现人文精神气韵的好字画之外，还欣赏那些"朴而不俗、直而不拙"

的清新事物——所谓柳枝儿编的小篮子、整竹子根抠的香盒儿、胶泥垛的风炉儿，都是在自然之物上添加巧思，成本低廉、甚至不用成本的小巧玩意，因而没有人工经营的匠气，却又充满创意。并且，她是唯一将审美趣味延伸到贾府以外的人，因此也是唯一主动拜托出得了大门的宝玉，去替她带回这些东西的金钗，那不甘为闺阁所限的性格，已呼之欲出。

再者，第三十七回袭人回到怡红院准备拿碟子盛东西，却发现碟槽空着，于是问道：

"这一个缠丝白玛瑙碟子那去了？"众人见问，都你看我我看你，都想不起来。半日，晴雯笑道："给三姑娘送荔枝去的，还没送来呢。"袭人道："家常送东西的家伙也多，巴巴的拿这个去。"晴雯道："我何尝不也这样说。他说这个碟子配上鲜荔枝才好看。我送去，三姑娘见了也说好看，叫连碟子放着，就没带来。"

鲜荔枝是红艳饱满的，诗中多所赞颂，如唐代诗人戴叔伦《荔枝》的"红颗真珠诚可爱"、郑谷《荔枝》的"晚夺红霞色"，白居易《题郡中荔枝诗十八韵兼寄万州杨八使君》一诗更是连续以"丹实夏煌煌""深于红踯躅""燕支掌中颗"等等渲染其艳丽色泽，放在白玛瑙碟中，红白相映、晶莹剔透，极其赏心悦目，显出在平凡生活中处处发现美的灵心慧眼。平民出身的袭人、晴雯自不能领略这分美感意趣，宝玉与探春这对贵族兄妹则心有灵犀，一个在送去时费心组合,一个则留下细心赏玩,这种有别于"朴而不俗、直而不拙"的精致娇艳、清丽脱俗,同样表现出非比寻常的审美眼光,与高超的艺术修养。

无怪乎,探春是诗社的第一个发起人,号召姊妹们的文书中除典雅的古文之外,还兼用中国传统文学中最精致的骈文,如专函递送给宝玉的花笺上写道:

娣探谨奉

二兄文几:前夕新霁,月色如洗,因惜清景难逢,讵忍就卧。时漏已三转,犹徘徊于桐槛之下,未防风露所欺,致获采薪之患。昨蒙亲劳抚嘱,复又数遣侍儿问切,兼以鲜荔并真卿墨迹见赐,何瘸瘝惠爱之深哉!今因伏几凭床处默之时,因思及历来古人中处名攻利敌之场,犹置一些山滴水之区,远招近揖,投辖攀辕,务结二三同志者盘桓于其中,或竖词坛,或开吟社,虽一时之偶兴,遂成千古之佳谈。娣虽不才,窃同叨栖处于泉石之间,而兼慕薛林之技。风庭月榭,惜未宴集诗人;帘杏溪桃,或可醉飞吟盏。孰谓莲社之雄才,独许须眉;直以东山之雅会,让余脂粉。若蒙棹雪而来,娣则扫花以待,此谨奉。(第三十七回)

宝玉看了,不觉喜得拍手笑道:"倒是三妹妹的高雅,我如今就去商议。"探春不仅一招皆到,立竿见影,而且剑及履及,当下便订定完善的社规并开咏海棠诗,从成立到运作一气呵成,既开先锋又立下良好的基础。探春游心诗词的雅兴、推动事务的才干，都由此可见。

同时，花笺中所提到的"前夕新霁，月色如洗，因惜清景难逢，讵忍就卧。时漏已三转，犹徘徊于桐槛之下"，正透显出探春赏爱自然清景的襟怀与生活情韵，竟可以为了珍惜如洗的月色而徘徊流连直到中宵，遥承苏轼《记承天夜游》的"十月十二日，夜，解衣欲睡，月色入户，欣然起行。……庭下如积水空明，水中藻荇交横，盖竹柏影也"①，大大有别于黛玉的流泪到半夜，以及宝钗的灯下女工常至三更，那月光所勾勒的身影绝非柔弱、娴静的一般闺秀，只有高旷清朗的雅士足以当之。如此种种，与王羲之于兰亭曲水流觞、挥毫写序，以及苏轼月色下欣然夜游的风雅岂非同一心源？正符合其生日所隐含的象征意义之一，而探春正是大观园中的王羲之与苏东坡。

并且，这些情节都出现在第五十五回受命理家前怀才不遇、韬光养晦的沉潜阶段，在没有机会的时候安于隐逸、自得其乐，处处展现脱俗的审美意趣、高洁的人格操守，以及理性清明的眼光，这就是她"才自精明志自高"的"志"的展现。证诸明代洪应明所言：

> 思入世而有为者，须先领得世外风光，否则无以脱垢浊之尘缘；思出世而无染者，须先谙尽世中滋味，否则无以持空寂

---

① （宋）苏轼著，孔凡礼点校：《苏轼文集》第 5 册，卷 71，页 2260。

之苦趣。①

可见探春的性格不只是一般但求快意自适的文人逸士，还更是无入而不自得的大雅君子，既能积极入世，谙尽世中滋味却脱垢浊之尘缘；又能退隐山林，领得世外风光而持清空之逸趣，可谓进退皆宜、动静自如，实为儒家"用之则行，舍之则藏"（《论语·述而》），"得志，泽加于民；不得志，修身见于世。达则兼善天下，穷则独善其身"（《孟子·尽心》）的君子典范。

（二）法理的客观精神

大雅君子必是有为有守，沉潜时独善其身，守其朴真、为其所乐；得志时则兼善天下，守其节度、为其所能，探春便是如此。特别是在第五十五回的"用行"阶段开始后，探春这一方面的性格特质更充分地显现出来，如烟火般绚丽夺目；然而，即使还在"舍藏"的早先时期，这分注重法理分寸的精神仍然表现在生活的细节里，秋爽斋中洋漆架上所悬的一个白玉比目磬，以及旁边所挂的小锤，便是用以象征探春严谨有度、知法守理的另一面性格。

此乃因磬者，作为法器或乐器，无论是报时或度曲，其共同性都是展现一种客观公正的权威，代表了律令、法度、法统、规范、分寸等不可违乱之行为准则，但玉之温柔润泽又适度软化其刚硬严峻；相对而言，其锤之"小"对反于其他摆设之"大"字，则是隐

---

① （明）洪应明：《菜根谭》，"应酬"，页37。

喻其谨守分寸的安分克己，当握有权力、大刀阔斧之际，也是不多走一步失了本分，不少做一分失了责任，绝不失于王熙凤的"逸才逾蹈"（第五十六回脂批），落入滥权渎职的局面。

其次，细察整个大观园中，也只有探春的秋爽斋附设了一处独立的、公共用途的"晓翠堂"，以供群体活动之用，其他姊妹们则多如贾母所说的：

> 都不大喜欢人来坐着，怕脏了屋子，……我的这三丫头却好，只有两个玉儿可恶。（第四十回）

可见探春也是能够与人和谐共处，具有合群的能力，这却又无碍于"烟霞闲骨格，泉石野生涯"之潇洒恬淡，以及芭蕉、梧桐般卓尔不群之高洁脱俗。可见探春是一个公私平衡的人物，达到人生涵盖面的扩大与完整，既安顿了自我，也安顿了周遭群体，将"大观园"实践为"大观世界"，而绝佳地体现了在自我认定性中所具有的"社会特性与个体特性紧密交织"的双重性，故能施展出整顿大观园的兴利除弊之举，这或许就是探春合乎"大观"精神之所在。

此所以在大观园的世界里，除了这座园子本身、元妃省亲时所驻跸的正楼被赐名为"大观园""大观楼"，此外，唯一在命名上拥有"大观"之称者，则仅见于探春房中一系列以"大"字为共通符号的各式摆设之一的"大观窑"。其屋内各式用品一连以八个"大"字为描述关键字，既与"这三间屋子并不曾隔断"的阔朗格局一样，都是用以彰显一种开阔恢弘、坦荡磊落的大器风范，却也是顺势带出"大观"一词的绝妙修辞策略。若仔细比较，获取小说家以"大观"一词为描述者，不见于贾宝玉那精美绝伦仿若迷宫的怡红院，也未施诸林黛玉犹如上等书房的潇湘馆，以及薛宝钗如雪洞般的蘅芜苑，却单独用在探春的秋爽斋中，这岂非十分耐人寻味的现象？

尤其是根据考证，虽然清人的"大观窑"其实就是古籍中一贯说的宋代官窑而已，①但既然在清代陶瓷专书中，"大观窑"往往被联系到宋徽宗的"大观"年号为说，如《南窑笔记》载："出杭州凤凰山下，宋大观年间命阉官专督，故名内修司。……为宋明十大名窑。"《景德镇陶录》亦指出："大观，北宋年号。"则《红楼梦》之取材于"大观窑"，仍是透过宋徽宗的"大观"年号而承继了传统的政治意涵，通过窑名而与园名、楼名一致，隐隐然亦有借探春以彰显大观精神之意。

据此，则探春似乎被视为大观园中唯一真正具有"大观"之实者，并证成了何以"玉原非大观者"（第十九回脂批）的真正意涵，实为发人深省。换句话说，当第十七回宝玉在抗议稻香村"似非大观"之际，即已暴露其偏泥一端的局限，以如此"原非大观者"的局限性，宝玉在探春管家之后屡屡表现出的异议，不仅不是小说家的批判，实则适得其反，是用来加强宝玉的自私与不肖。例如第六十二回黛玉和宝玉二人站在花下，遥遥看探春理事，黛玉便说道：

---

① 参李仲谋：《〈红楼梦〉中古瓷名物的考订（上）》，《收藏界》2003年第10期，页20—21。

"你家三丫头倒是个乖人。虽然叫他管些事,倒也一步儿不肯多走。差不多的人就早作起威福来了。"宝玉道:"你不知道呢。你病着时,他干了好几件事。这园子也分了人管,如今多掐一草也不能了。又蠲了几件事,单拿我和凤姐姐作筏子禁别人。最是心里有算计的人,岂只乖而已。"黛玉道:"要这样才好,咱们家里也太花费了。我虽不管事,心里每常闲了,替你们一算计,出的多进的少,如今若不省俭,必致后手不接。"宝玉笑道:"凭他怎么后手不接,也短不了咱们两个人的。"黛玉听了,转身就往厅上寻宝钗说笑去了。

可见连黛玉都已经看出家庭的严重问题,宝玉却一味抱着事不关己的态度,参照第七十一回宝玉道:"谁都像三妹妹好多心。事事我常劝你,总别听那些俗语,想那俗事,只管安富尊荣才是。"显示出只顾眼前享乐而从不忧心后患的短视,以及对"覆巢之下无完卵"之理的无知;只要自己和黛玉的所得不会短缺,别人的短缺乃至整个家族的窘困都不放在心上,这种心态更流于自私自利。探春身为致力回天的孤臣孽子,既忧心家族的存亡兴衰,更尽其所能地深谋远虑,必然只能做一个"最是心里有算计的人",何况连世外仙姝的黛玉也都"心里每常闲了,替你们一算计"了,宝玉这个更应肩负责任的继承人不仅推卸责任,还对苦心补天、让他得以一味无知自私的人妄加批评,只是自曝其短而已。小说家在此安排了二玉的分歧,正隐含了谴责宝玉的弦外之音。

至于黛玉对探春所形容的"乖人",有人据传统文献而整理出三种含义，一是"离人"，如刘桢《赠徐幹》的"乖人易感动，涕下与衿连"；二是机灵、乖巧之人，见《初刻拍案惊奇》卷一；三是奸滑之人，如李渔《奈何天·闹封》中的"笑乖人，枉自用心机"，并认为黛玉所言，兼含前两者之意，而归结为"处世能手"。[①] 实则黛玉当时的语境中，不可能有"离人"之意；至于机灵、乖巧之"处世能手"，不仅不切合探春的性格特质，也不符合黛玉的上下文用法。

推敲黛玉与宝玉对话的整个语脉，应该说，黛玉所谓的"乖人"，其实指的是谨守原则分寸，不逾矩、不滥权，所以下面才会说"虽然叫他管些事，倒也一步儿不肯多走。差不多的人就早作起威福来了"。宝玉接着所说的"最是心里有算计的人，岂只乖而已"，则是在同意"乖人"的描述与判断后的进一步补充，指出在"乖"之外的另一面，也就是探春固然"一步儿不肯多走"，却绝不只是墨守成规，而是在算计之下还动手改革，展现出积极进取的作为。换言之，黛玉所说的"乖人"是赞美探春掌权后"有守"的一面，因此没有得意忘形、作威作福；宝玉则是从自己权利受损的角度批评探春"有为"的一面，这正是"有为有守"的另一种说法。

可以说，宝玉一心陷溺于主观私情，故被贬为"原非大观"；探春则公私兼具，并且在维系纲纪秩序的补天过程中，往往以客观法理凌驾于主观私情，表现出真正的大观精神。进一步来看，在小

---

① 刘再复：《红楼人三十种解读》（北京：三联书店，2009），页97、99。

说中,探春也属于"受得富贵,耐得贫贱",也就是"富贵不能淫,贫贱不能移"的一位高格女子,但与同样达到此一境界的宝钗又有所不同。宋代的洪迈曾指出:

> 妇人女子,婉娈闺房,以柔顺静专为德,其遇哀而悲,临事而惑,蹈死而惧,盖所当然尔。至于能以义断恩,以智决策,斡旋大事,视死如归,则几于烈丈夫矣。①

以此为标准,探春正是不折不扣的"烈丈夫",绝非婉娈闺房的妇人女子;相较之下,宝钗固然没有一般妇人"遇哀而悲,临事而惑,蹈死而惧"的软弱无知、情绪化反应,也达到"以智决策,斡旋大事"的品识高度,但毕竟主要还是"以柔顺静专为德",由此也注定了"以义断恩"的缺乏。

探春则不然,粗略地说,不同于黛玉的个人主义、宝钗的人文主义、凤姐的现实主义,探春是《红楼梦》中唯一的理性主义者。而理性主义追求的是客观公正,因此帮理不帮亲、对事不对人,处事以"法理"为优先。"法理"是超越人性偏私的社会准绳,先秦慎子云:

> 故蓍龟所以立公言也,权衡所以立公正也,书契所以立公

---

① (南宋)洪迈:《容斋随笔》(上海:上海古籍出版社,1998),"续笔",卷12,页355。

信也，法制礼籍所以立公义也，凡立公所以弃私也。①

汉文帝时任廷尉的张释之也说道：

> 法者天子所与天下公共也。……廷尉，天下之平也，一倾而天下用法皆为轻重，民安所措其手足？②

只可惜，探春生于极端重视人情的中国传统社会，所谓"法律不外乎人情"，大众往往因此而徇私徇情，导致是非不分，读小说时更是只求感觉的满足，以致清代评点家即认为："《红楼梦》只可言情，不可言法。若言法，则《红楼梦》可不作矣。"③但这其实是在常识层面下的偏颇之见。《红楼梦》固然是"大旨言情"，但所言之情绝不限于儿女私情，更多的是人际关系中的各种感情；并且更正确地说，即使涉及儿女私情，若不在法理的限度内以达到情、理兼备，该儿女私情也是受到谴责与罪惩。其中，探春的法理优先可以说是小说家对于女丈夫的绝大颂扬，唯一给予"大观"之名便是清楚的证明之一。

就这一点而言，探春最具有代表性的作为，是在抗拒生母赵姨

---

① （战国）慎到：《慎子》，（明）慎懋赏等撰：《慎子三种合帙附逸文》（台北：广文书局，1975），"内篇"，页 31。

② （西汉）司马迁：《史记》，卷 120 "张释之冯唐列传"，页 2754—2755。

③ （清）涂瀛：《红楼梦问答》、（清）野鹤：《读红楼梦札记》，一粟编：《红楼梦资料汇编》，卷 3，分见页 145、287。

娘的血缘勒索时，对宗法制度的坚持上，请见下文的分析。

三、入世干才：才志兼备

第五回太虚幻境中的人物判词已充分表明，探春是一个"才自精明志自高"的巾帼女子，但因未到"用之则行"之际，恬淡自守的探春从未强行出头，以"舍之则藏""不在其位，不谋其政"的分寸，安顿于烟霞泉石的山林精神中，以致在一般有眼无珠的众人心目中，便留下一个"素日也最平和恬淡""言语安静，性情和顺"（第五十五回）的浮面印象。直到受命于王夫人担负起理家治事的任务，在"用之则行"的情况下才完全崭露锋芒，一变先前的静如处子而动如脱兔，更毫不退缩地与庸俗的恶势力展开肉搏战，其过人之举诚属精彩万分。冥飞等评论者甚至认为：

> 探春心灵手敏，作者写来恰是一极有作为之人，然全书女子皆不及也。①

诚非过誉之论。

（一）敏智过人

一个"极有作为"的人，必然"有心""最是心里有算计"，但

---

① 冥飞等：《古今小说评林》，一粟编：《红楼梦资料汇编》，卷6，页639。

大雅君子乃是将眼中的观察、心里的算计都用在人情事理的中道不违上，探春也是如此。试看第四十六回贾母因贾赦欲娶鸳鸯而迁怒王夫人时，作者的形容是：

> **探春有心的人**，想王夫人虽有委屈，如何敢辩；薛姨妈也是亲姊妹，自然也不好辩的；宝钗也不便为姨母辩；李纨、凤姐、宝玉一概不敢辩；这正用着女孩儿之时，迎春老实，惜春小，因此窗外听了一听，便走进来陪笑向贾母道："这事与太太什么相干？老太太想一想，也有大伯子要收屋里的人，小婶子如何知道？便知道，也推不知道。"犹未说完，贾母笑道："可是我老糊涂了！……可是委屈了他。"

在这一段话里，必须注意的是"探春有心的人"，所"想"的涵盖在场诸人碍于种种顾虑而不便出面的为难之处，包括："王夫人虽有委屈，如何敢辩""薛姨妈也是亲姊妹，自然也不好辩的""宝钗也不便为姨母辩""李纨、凤姐、宝玉一概不敢辩"，在"这正用着女孩儿之时"，又遇到"迎春老实，惜春小"的使不上力，因而"窗外听了一听，便走进来陪笑"向贾母澄清王夫人的冤屈。这一整段中，所思所行的主词都是探春，因此也才适时化解一场尴尬乃至风暴。

其次，第五十七回宝钗在路上偶遇岫烟，谈话中注意到她裙上的一个碧玉佩，便问道：

> "这是谁给你的？"岫烟道："这是三姐姐给的。"宝钗点头

笑道："他见人人皆有，独你一个没有，怕人笑话，故此送你一个。这是他聪明细致之处。"

这样的"聪明细致"又表现在另一个小细节上，第六十三回怡红院庆生为乐，嫌人太少没趣，宝玉建议道："咱们三姑娘也吃酒，再请他一声才好。"受邀的探春听了，却也欢喜，因想："不请李纨，倘或被他知道了倒不好。"便命翠墨同了小燕再三地请了李纨和宝琴二人，会齐一起到达怡红院。可见探春有酒兴也有酒量，没有娇柔女子的扭捏，也并不迂腐拘谨，对于宵禁时分举行庆生活动的小小出格，不仅感到无伤大雅还觉得颇有情趣，可见其灵动而不呆板的爽豁；但同时探春也没有失了大体，基于李纨乃是挂帅理家的长嫂，于情于理都必须让她知晓、参与其事，否则沦为被蒙蔽的主管、被排挤的嫂子，心中必生嫌隙，因此才会另外把李纨也邀请过来，使得这一场庆生宴完美无缺，诚属"聪明细致"的体现。

如此之聪明细致，处事必然周全合宜，考虑得面面俱到，再看第四十九回邢岫烟、李纹、李绮三姝随家人共赴贾府，初来乍到时热闹非凡，欢欣鼓舞的宝玉便兴冲冲地急着第二天就起诗社，而探春在斟酌权衡之下乃说道：

"林丫头刚起来了，二姐姐又病了，终是七上八下的。……越性等几天，他们新来的混熟了，咱们邀上他们岂不好？这会子大嫂子宝姐姐心里自然没有诗兴的，况且湘云没来，颦儿刚好了，人人不合式。不如等着云丫头来了，这几个新的也熟了,颦儿也大好了,大嫂子和宝姐姐心也闲了,香菱诗也长进了,如此邀一满社岂不好?咱们两个如今且往老太太那里去听听,除宝姐姐的妹妹不算外,他一定是在咱们家住定了的。倘或那三个要不在咱们这里住,咱们央告着老太太留下他们在园子里住下,咱们岂不多添几个人,越发有趣了。"宝玉听了,喜的眉开眼笑,忙说道:"倒是你明白。我终久是个糊涂心肠,空喜欢一会子,却想不到这上头。"

其中,探春对各方人等的处境、心态在在体察入微、瞻瞩之广、揣摩之深,可谓滴水不漏,同时运筹帷幄、步步为营,确保了诗社运作圆满无缺的种种条件,难怪宝玉听了衷心承认自己思虑不周的糊涂,也避免诗社被仓促破坏的危机。宝玉和探春虽是年龄上的兄妹,却为心智、才志上的姐弟,在对比之下探春的非凡识见清楚显现。

当然,探春不只是"聪明细致",还"敏智过人"(第五十六回批语)。第五十五回描写探春初掌理家大权,刚上任时便一鸣惊人,道:

> 众人先听见李纨独办,各各心中暗喜,以为李纨素日原是个厚道多恩无罚的,自然比凤姐儿好搪塞。便添了一个探春,也都想着不过是个未出闺阁的青年小姐,且素日也最平和恬淡,因此都不在意,比凤姐儿前更懈怠了许多。只三四日后,几件事过手,渐觉探春精细处不让凤姐,只不过是言语安静,

性情和顺而已。

随后更尽显锋芒,可谓轰轰烈烈,让一干心存藐视的管家大娘羞愧畏惧,不敢如先前轻慢疏忽,以致平儿回来报告事况之后,王熙凤击节赞叹道:

> 好,好,好,好个三姑娘!我说他不错。……这正碰了我的机会,我正愁没个膀臂。虽有个宝玉,他又不是这里头的货,纵收伏了他也不中用。大奶奶是个佛爷,也不中用。二姑娘更不中用,亦且不是这屋里的人。四姑娘小呢。兰小子更小。环儿更是个燎毛的小冻猫子,只等有热灶火炕让他钻去罢。真真一个娘肚子里跑出这个天悬地隔的两个人来,我想到这里就不伏。再者林丫头和宝姑娘他两个倒好,偏又都是亲戚,又不好管咱家务事。况且一个是美人灯儿,风吹吹就坏了;一个是拿定了主意,"不干己事不张口,一问摇头三不知",也难十分去问他。倒只剩了三姑娘一个,心里嘴里都也来的,又是咱家的正人,太太又疼他,虽然面上淡淡的,皆因是赵姨娘那老东西闹的,心里却是和宝玉一样呢。比不得环儿,实在令人难疼,要依我的性早撵出去了。如今他既有这主意,正该和他协同,大家做个膀臂,我也不孤不独了。……他虽是姑娘家,心里却事事明白,不过是言语谨慎;他又比我知书识字,更厉害一层了。

从凤姐这位"水晶心肝玻璃人"(第四十三回)以其"穿心透肺的识力"[①]所做的评论,足以看出探春的出类拔萃,那破题的一连四个"好"字掷地有声,发自肺腑、脱口而出的赞叹简直无以复加,呼应了后来抄检大观园时,"凤姐知道探春素日与众不同"(第七十四回)的判断。随后总检家中人才的这一段人物品评,是以"这里头的货"为标准进行的,而"这里头的货"指的便是探春理家所展现的治事干才。比较起来,首先是宝玉、李纨、迎春都因为"不中用"而遭一一剔除,惜春、贾兰则是因为年龄心智的"小"而不足以评论,贾环则是完全上不了台盘,比"不中用"更不如;至于林黛玉和薛宝钗则获得了"他两个倒好"的评价,可见黛玉也具有高度的理家能力,不亚于宝钗,只可惜两人"偏又都是亲戚,又不好管咱家务事",碍于外姓身分不宜越俎代庖,再加上黛玉的体弱多病、宝钗的坚守分际等各自不同的理由,都必须排除在家务管理的名单之外。于是总共只剩下探春一个,以"咱家的正人"之伦理合法性,"太太又疼他,……心里却是和宝玉一样"之家族认同感,"心里嘴里都也来的"之高度才能,足以担当维系末世的砥柱,成为凤姐联手的唯一人选。

果然,探春毫不迟疑地立刻进行改革,第五十六回"敏探春兴利除宿弊"就是她所点燃的新官上任三把火,凤姐碍于情面不敢做的,她来承担;李纨没有想到的,她来献策,开源节流事小,整顿秩序事大。试看在这兴利除宿弊的过程中,被剥夺特权的都是当权

[①] 吕启祥:《凤姐形象的审美价值》,《贵州文史业刊》1985年第2期,页138。

者，包括宝玉、贾环、贾兰所支领的家学公费一年八两银子，主子小姐们用来购买头油脂粉的一月二两银子，宝玉背后有贾母、王夫人，贾环关联的是探春自己的生母赵姨娘，贾兰更是目前当家的李纨之子，而那些主子小姐们都是探春平日相处的好姊妹，难怪凤姐不敢轻举妄动，探春的大无畏可想而知。

但探春此举的高明处，一则是采取"擒贼先擒王"的策略，做法开端竖立威信，如平儿所指出："正要找几件厉害事与有体面的人开例作法子，镇压与众人作榜样呢。……二奶奶的事，他还要驳两件，才压的众人口声呢。"连宝玉都体悟到"单拿我和凤姐姐作筏子禁别人"，可见这是建立威信的必要之道；二则更重要的，是展现对事不对人、帮理不帮亲的理性客观，只有"无私"才能"理性"，也才能公正客观，使大家族纠缠混沌的人情恢复清明，降低管理不善的问题。因此，回目上的"敏"字便是小说家给予探春的一字定评，其意义如脂砚斋所言：

> 探春看得透，拿得定，说得出，办得来，是有才干者，故赠以"敏"字。（第五十六回回末总评）

"敏"的内涵包括了"看得透"的洞察力、"拿得定"的决断力、"说得出"的伶俐口齿、"办得来"的练达干才，何其完美！

（二）领袖风范

这样的探春必然也拥有极其坚韧的毅力，不只是心志上的抗压力,连体能上都有撑持的耐力,例如在阖家赏月直至四更时,"他们姊妹们熬不过,都去睡了。贾母听说,细看了一看,果然都散了,只有探春在此"(第七十六回),由此也更能展现勇于担当、不惜抗命的领袖风范。而这一点主要是表现在第七十四回抄检大观园一段情节上。

当时所有被抄检的地方中,各屋主弱的弱、病的病、小的小,其丫鬟——都被抄检无遗,唯独探春挺身而出,亲上火线:

> 又到探春院内,谁知早有人报与探春了。探春也就猜着必有原故,所以引出这等丑态来,**遂命众丫鬟秉烛开门而待**。一时众人来了。探春故问何事。凤姐笑道:"因丢了一件东西,连日访察不出人来,恐怕旁人赖这些女孩子们,所以越性大家搜一搜,使人去疑,倒是洗净他们的好法子。"探春冷笑道:"**我们的丫头自然都是些贼,我就是头一个窝主。既如此,先来搜我的箱柜,他们所有偷了来的都交给我藏着呢**。"说着便命丫头们把箱柜一齐打开,将镜奁、妆盒、衾袱、衣包若大若小之物一齐打开,请凤姐去抄阅。凤姐陪笑道:"我不过是奉太太的命来,妹妹别错怪我。何必生气。"因命丫鬟们快快关上。平儿丰儿等忙着替待书等关的关,收的收。探春道:"**我的东西倒许你们搜阅;要想搜我的丫头,这却不能。我原比众人歹毒,凡丫头所有的东西我都知道,都在我这里间收着,一针一线他们也没的收藏,要搜所以只来搜我。你们不依,只管去回太太,只说我违背了太太,该怎么处治,我去自领**。……"说

着，不觉流下泪来。

凤姐只看着众媳妇们。周瑞家的便道："既是女孩子的东西全在这里，奶奶且请到别处去罢，也让姑娘好安寝。"凤姐便起身告辞。探春道："可细细的搜明白了？**若明日再来，我就不依了**。"凤姐笑道："既然丫头们的东西都在这里，就不必搜了。"探春冷笑道："你果然倒乖。连我的包袱都打开了，还说没翻。**明日敢说我护着丫头们，不许你们翻了。你趁早说明，若还要翻，不妨再翻一遍**。"凤姐知道探春素日与众不同的，只得陪笑道："我已经连你的东西都搜查明白了。"探春又问众人："你们也都搜明白了不曾？"周瑞家的等都陪笑说："都翻明白了。"

一开始，探春便摆出迎面作战的凛然态势，待了解了原委之后，其作为更是与众不同，虽没有阻止搜检的行动，却也不让她们侵犯到丫头们，其中的深刻意义在于：所谓"我们的丫头自然都是些贼，我就是头一个窝主。既如此，先来搜我的箱柜，他们所有偷了来的都交给我藏着呢"，以及"我原比众人歹毒，凡丫头所有的东西我都知道，都在我这里间收着，一针一线他们也没的收藏"，都意谓自己是知人善任、有识人之明的明主，绝非会被属下蒙蔽的昏君，因此自己对丫头们的品格行为可以全盘负责。而"我就是头一个窝主""我原比众人歹毒"乃是讽刺搜检者的反话，他们会动念搜检丫头，其实便等于对主子的轻视与不信任，否则丫头们岂有舞弊藏私的空间？但探春自己御下甚严，不像别人那样宽松无能，惯于放纵的下人当然比较不好搪塞蒙混，用坏话来说便是歹毒。

但正因为御下甚严,而且疑人不用、用人不疑,对属下平日的勤劳尽责也能适度体贴,并在不合理的非常时刻给予保护,所以一肩承担搜检的屈辱,所谓"我的东西倒许你们搜阅,要想搜我的丫头,这却不能",诚为赢得属下之忠诚心的领袖风范。确实,秋爽斋是大观园的所有住户中最为管理清明、秩序井然之处,因此,下位者的丫鬟们固然没有徇私舞弊的空间,却也可以免除抄检之辱,在大观园面临"自杀自灭"时赢得唯一的尊严,岂非同属"王道"的一种表现?

接下来的抄检情节更是精彩万分:

> 那王善保家的本是个心内没成算的人,素日虽闻探春的名,那是为众人没眼力没胆量罢了,那里一个姑娘家就这样起来;况且又是庶出,他敢怎么。他自恃是邢夫人陪房,连王夫人尚另眼相看,何况别个。今见探春如此,他只当是探春认真单恼凤姐,与他们无干。他便要趁势作脸献好,因越众向前拉起探春的衣襟,故意一掀,嘻嘻笑道:"连姑娘身上我都翻了,果然没有什么。"凤姐见他这样,忙说:"妈妈走罢,别疯疯颠颠的。"一语未了,只听"拍"的一声,王家的脸上早着了探春一掌。探春登时大怒,指着王家的问道:"你是什么东西,敢来拉扯我的衣裳!我不过看着太太的面上,你又有年纪,叫你一声妈妈,你就狗仗人势,天天作耗,专管生事。如今越性了不得了。你打谅我是同你们姑娘那样好性儿,由着你们欺负他,就错了主意!你搜检东西我不恼,你不该拿我取笑。"说

着，便**亲自解衣卸裙，拉着凤姐细细的翻**。又说："省得叫奴才来翻我身上。"凤姐平儿等忙与探春束裙整袂，口内喝着王善保家的说："妈妈吃两口酒就疯疯颠颠起来。前儿把太太也冲撞了。快出去，不要提起了。"又劝探春休得生气。探春冷笑道："我但凡有气性，早一头碰死了！不然岂许奴才来我身上翻贼赃了。**明儿一早，我先回过老太太、太太，然后过去给大娘陪礼，该怎么，我就领**。"那王善保家的讨了个没意思，在窗外只说："罢了，罢了，这也是头一遭挨打。我明儿回了太太，仍回老娘家去罢。这个老命还要他做什么！"**探春喝命丫鬟道："你们听他说的这话，还等我和他对嘴去不成**。"待书等听说，便出去说道："你果然回老娘家去，倒是我们的造化了。只怕舍不得去。"凤姐笑道："好丫头，真是有其主必有其仆。"探春冷笑道："我们作贼的人，嘴里都有三言两语的。这还算笨的，背地里就只不会调唆主子。"平儿忙也陪笑解劝，一面又拉了待书进来。周瑞家的等人劝了一番。凤姐直待伏侍探春睡下，方带着人往对过暖香坞来。

可以说，王善保家的之所以轻率地向探春身上翻贼赃，既表现出刁奴欺幼主的嚣张，更是"仆从眼中无英雄"的卑劣。"仆从眼中无英雄"（No man is a hero to his valet-de-chambre）是一句有名的谚语，黑格尔又加上了一句："但那不是因为英雄不是英雄，而是因为仆从只是仆从。"并说明造成这个现象的原因，其一是上天造人时并没有同时赋予他们的灵魂以大志，另一则是因为满怀嫉妒与自负。① 无论哪种类型的仆从——只要是仆从，他们就永远无法理解伟人、理解英雄。

确实，王善保家的是一个"心内没成算的人"，"素日虽闻探春的名，那是为众人没眼力没胆量罢了，那里一个姑娘家就这样起来"，正显示一种灵魂的低劣，以致无法看到探春之卓越的盲目，并且透过翻贼赃的方式加以诽谤，不自觉地把她降低到自己的道德水准；同时，基于争宠所产生的嫉妒，又使她对探春的杰出更加无法理解。第九回先提到："宁府人多口杂，那些不得志的奴仆们，专能造言诽谤主人。"到了第七十一回则落实到宁荣二府之间的利害纠葛以及尊卑上下的矛盾关系，清楚点出：

> 凡贾政这边有些体面的人，那边各各皆虎视眈眈。……邢夫人自为要鸳鸯之后讨了没意思，后来贾母越发冷淡了他，凤姐的体面反胜自己；且前日南安太妃来了，要见他姊妹，贾母又只令探春出来，迎春竟似有如无，自己心内早已怨忿不乐，只是使不出来。又值这一干小人在侧，他们心内嫉妒挟怨之事不敢施展，便背地里造言生事，调拨主人。先不过是告那边的奴才；后来渐次告到凤姐，……后来又告到王夫人。

所谓的"那边"，便是相对于"贾政这边"的大房邢夫人，其身边

---

① ［德］黑格尔著，王造时、谢诒征译：《历史哲学》（台北：九思出版公司，1978），《绪论》，页51—52。

包括王善保家的在内的一干小人，连凤姐、王夫人都成为她们嫉恨的目标，遑论新当宠的探春，王善保家的"**心內嫉妒挟怨**"正是让她眼中无英雄的第二个原因。

如此说来，王善保家的兼具了黑格尔所区分的两种奴仆的意义，即就其地位和职责而言的真正意义上的仆从，以及灵魂缺乏大志、因羡慕或无法理解而满怀嫉妒的心灵上的奴仆。而探春"亲自解衣卸裙，拉着凤姐细细的翻"，其泼辣已达斯文扫地之境，有类乎凤姐之大闹宁国府、尤三姐之放纵冶荡，以其未出嫁的大家闺秀身分与饱读诗书的文人雅士资质，可以说是唯一一次极端出格的狠辣行径，透过自我作践的方式折射反映出刁奴欺主的卑贱邪恶，是为玫瑰花之尖刺的另类攻击方式，其玉石俱焚的态势也是肉搏战的惨烈。

但即使如此，探春始终并未让悲愤震怒冲昏头而失去理智，抗命犯上都是在"明确的认知"之下所展开的，包括："要搜所以只来搜我。你们不依，只管去回太太，**只说我违背了太太，该怎么处治，我去自领**"的抗命，以及掌掴王善保家的"明儿一早，我先回过老太太、太太，**然后过去给大娘陪礼，该怎么，我就领**"的犯上，都清楚意识到应付的代价，因此探春所表现出来的并不是一般的情绪失控，而是痛心疾首的悲愤，由此乃焕发出耀眼的光芒。评点家青山山农曾综括探春的重要形象道：

探春聪明不及黛玉，温文不及宝钗，豪爽不及湘云，独能化三美之长，而自成其美。建社吟诗，何其风雅！钓鱼占相，何其雍容！赏花知妖，何其颖悟！停棋判事，何其精明！宝玉温柔如女子态，探春英断有丈夫风。生女莫生男，殆探春之谓欤？要其大过人处，尤在斥熙凤、击王善保家一节，理直气壮，足寒小人之胆而为群艳干城。张良椎，陈琳檄，兼而有之。吾爱其人，吾畏其风。①

其中所综合概述的人物形象，乃近乎所谓"以妇人身，行丈夫事"，② 则探春之"敏"更带有一种不为性别所限的英雄气质。其为人处事所展现的阳性特质（masculinity），也已为诸评家所测度抉发，例如：

- 探春围棋理事，气象严厉。（第六十二回回前总批）
- 诸院皆宴息，独探春秉烛以待，大有提防，的是干才。（第七十四回回末总评）
- 探春的是可儿，王善保家的一掌如雷贯耳。③
- 凤姐抄检大观园，探春"秉烛开门而待"，此六字妙极，大有武乡侯行师气象。④

---

① （清）青山山农：《红楼梦广义》，一粟编：《红楼梦资料汇编》，卷3，页211。
② 此中所谓之"丈夫事"，主要是指"文字诗辞""传经述史"之类的文艺才能，就其基于男女之别而设的性别判准，可扩大概指一切划归为男性之职能者。（清）章学诚著，叶瑛校注：《文史通义校注》（台北：里仁书局，1984），卷5"内篇·妇学"，页533。
③ （清）野鹤：《读红楼梦札记》，一粟编：《红楼梦资料汇编》，卷3，页289。
④ 同上书，页292。

- 探春是巾帼中李赞皇。探春神情态度，近于跋扈，嫁与将家儿，谚所谓"不是一家人，不进一家门"矣。①

由"气象严厉""一掌如雷贯耳""大有五乡侯行师气象"所勾画的英雄气质，乃至被称为"巾帼中李赞皇""英断有丈夫风"而比类于"将家儿"，探春的人格情态，诚然非将相莫属。

四、血与心：君子的追求

第九十一回的"我虽丈六金身，还借你一茎所化"，是宝玉对黛玉所说的情人絮语，甜蜜动人、轻盈缠绵；到了女儿与母亲的纠葛关系上，赵姨娘所高喊：

> 我肠子爬出来的，我再怕不成！（第六十回）

却构成了探春无以祛除的血缘魔咒，为其生命中的不可承受之重。也只有探春身上这种中华文化较欠缺的理性精神才能超越被无限上纲的血缘崇拜，打破习焉不察的血缘迷思，并以合理合法的方式确保自我完善之路。

可惜，由于血缘被无限上纲的浓厚迷思极为普遍，探春最艰巨的奋斗历来遭受到很大的误解。评点家季新有一段长评，典型地涵

---

① （清）二知道人：《红楼梦说梦》，一粟编：《红楼梦资料汇编》，卷3，页94。

括了探春论述中的各项负面意见，因此必须详细地引录如下，以为各个分析的起点，其说云：

> 探春一生大恨，是不在王夫人肚里爬出来，却在赵姨娘肚里爬出来。但既已如此，却亦无法，只可拿定主意，爬在王夫人身边，而与赵姨娘断绝关系。观其一生对于赵姨娘，斩钉截铁，深闭固拒，全无一点毛里之情。盖知与王夫人近，则与赵姨娘不得不远；与赵姨娘近，则与王夫人不得不远；事无两可，故不能不出于此也。观其与赵姨娘论赵国基事，陈义何尝不正？而辞气之间，凌厉锋利，绝无天性，真令人发指。为维持自己之地位计，而不顾其母，至于如此，真无人心者。……作者特写出此二人（案：指探春与贾环），以为庶子之写照，于以见为孤臣孽子之难也。然则竟无法以处之乎？是又不然。为探春者，若能至诚恻怛以感其母，动之以至情，晓之以是非，喻之以利害，亲昵恋慕，委曲婉转，以冀其母之一悟，吾知赵姨娘虽下愚不移，亦未至于为恶，亦未至于若是之甚也。①

这段话都是片面地针对探春而发，其中的主要论点有三，包括：(1)"绝无天性""全无一点毛里之情"的无情说；(2)"为维持自己之地位计，而不顾其母""拿定主意，爬在王夫人身边，而与赵姨娘断绝关系"的势利说，而这两项其实互为因果，可以一体讨论；(3)

---

① 季新：《红楼梦新评》，一粟编：《红楼梦资料汇编》，卷3，页313—314。

"有法以处之,以冀其母之一悟"的感化之道与改善责任。但仔细一一考索,可以发现各项都存在着想当然尔的谬误,必须一一驳正。

(一) 抗拒"血缘勒索"

埃里希·弗洛姆曾指出:母亲的爱是对儿童的生命和需要的无条件的肯定,而其肯定有两个层次,其一为"儿童生命的保持与生长所绝对需要的照顾与责任",其二为"使孩子觉得:被生下来很好;它在儿童心中灌注了对生命的爱,而不只是活下去的愿望",若以《圣经》中"流乳与蜜的地方"加以诠释,乳是第一层次的爱的象征,象征照顾和肯定;蜜则象征着生命的甜美与幸福,是为第二层次。① 但其中只涉及亲子关系里母亲对子女的"爱",却没有提到"生"所产生的问题,而那却是中国文化所以重视孝道的神圣来源,也是理解赵姨娘与探春这对母女纠葛的关键点。

整体而言,亲子关系其实是在三个层面或范畴建立起来的,而其区分至关紧要:

1. 生:从生物的角度来看,属于偶然的血缘关系。
2. 养:相当于弗洛姆所说的"乳"的层次。
3. 爱:相当于弗洛姆所说的"蜜"的层次。

---

① [美]埃里希·弗洛姆著,孟祥森译:《爱的艺术》(台北:志文出版社,1984),页63—64。

这三者往往同时存在,甚至互为因果,也就是生育者大多会养育、深爱自己的孩子,但是实际上却不必然如此,并且生养者所给予的爱也不是都能真正达到蜜的境界。以此衡量探春与其生母赵姨娘的冲突状况,就会清楚发现两者的冲突绝不是一般所以为的嫡庶问题,甚至必须说,本质上属于人与人之间建立关系的基本情理问题。

更进一步来说,"母女关系并非单纯的由一位母亲和一位女儿所组成的'人际关系',而是由社会性、历史性,及家庭因素共同累积而成的",且青少女看待母亲的方式既是受社会文化所建构,则同时"她们看待母亲的方式亦影响着她们性别自我的认同"。[①] 而这些都不是单靠血缘关系就能解决。

1. 生之恩?

首先,探春固然与赵姨娘具有生物意义上的亲子关系,但除了血缘之外,完全缺乏乳与蜜,也就是养与爱所建立起来的情感。而仅存的血缘关系只是生物界传承运作下的一种偶然,在延续生命的本能下,可以作为爱的动力来源,却不能无限上纲成为神圣不可侵犯的伟大,甚至成为控制、主宰的邪恶借口。

东汉最具批判性思考的儒者王充,就极为理性地申论道:

儒者论曰:"天地故生人。"此言妄也。夫天地合气,人

---

① 刘惠琴:《母女关系的社会建构》,《应用心理研究》第 6 期(2000 年 6 月),页 98、97。

偶自生也；犹夫妇合气，子则生也。夫妇合气，非当时欲得生子，情欲动而合，合而子生矣。且夫妇不故生子，以知天地不故生人也。①

后来的孔融给予进一步的发挥，对祢衡说云：

父之于子，当有何亲？论其本意，实为情欲发耳。子之于母，亦复奚为？譬如寄物瓶中，出则离矣。②

当时被舆论视为"跌荡放言"，备受议论。从汉代气化宇宙论的角度，意指单就生命的创造而言，人类的出现只是演化过程中碰巧发生的一种偶然，而非演化的目的，"天地合气，人偶自生也"之说，甚至遥遥呼应了印第安酋长西雅图（Chief Seattle, or Seathl, 1786—1866）在 1850 年代写给美国政府的一封信中所言："人类并不自己编织生命之网，人类只是碰巧搁浅在生命之网内。"类似地，子女也只是男女在情欲发动的生物本能之下交合的附带产物，不是夫妻刻意努力的结果。大自然并不是为人类的存在而运作，父母也不是为了特定的某个孩子而产生，亲子之间的连结始于非目的性、不定性的偶然。因此，"父母"不是生命的创造者，而只是演化过程中的过渡者，以及生命之链的传承媒介；真正的生命创造者是造物

---

① （汉）王充著，黄晖撰：《论衡校释》（北京：中华书局，1990），卷 3 "物势篇"，页 144。

② （南朝宋）范晔撰，（唐）李贤等注：《后汉书》，卷 70《孔融传》，页 2278。

主,生命创造的伟大神迹借由平凡人原始的生物本能来展现。

当然,这并不是否定妇女生产时所面临的巨大痛苦乃至生死交关的危险,但从本质上而言,这种痛苦与风险既来自怀孕,而怀孕又来自"情欲动而合",都属于自然规律下的必然环节,并不是针对特定对象的有意付出,因此,这并不能构成一笔可以向子代索讨的债务。甚至,那被孕生入世的子代作为非特定对象,对父母乃是一纯然陌生的个体,既有待探索认识,也有待开发塑造,更以其未知的内在延伸到父母所未知的未来,展演出不同于父母的异样人生。黎巴嫩作家纪伯伦(Kahlil Gibran, 1883—1931)于《孩子》一文中说道:

> 孩子实际上并不是"你们的"孩子,他们乃是生命本身的企盼。他们只是经你们而生,并非从你们而来,他们虽与你们同在,却不属于你们。你们可以给予他们的,是你们的爱而不是思想,因为他们有自己的思想。你们所能管理的,是他们的身体而不是他们的灵魂,因为他们的灵魂居于明日的世界,那是你们在梦中也无法探访的地方。①

姑且不论思想、心灵的差异,因为从教育的本质而言,孩子在成长过程中必然深受环境影响,因此父母很有可能"给予思想",以至

---

① (黎巴嫩)纪伯伦著,刘佩芳译:《先知》(台北:晨星出版公司,1995),页33—35。

于塑造出自己的另一个样本,如同评点家二知道人所说的:"不是一家人,不进一家门。"[1] 贾环被赵姨娘教成一个黑心种子,正是典型的案例。因此这段话的重点应该在于生命所有权之归属的厘清,"他们借你们而来,却并不属于你们",正道出关键所在。

尤其是,许多人从父母爱子女是"天性"作为思考亲子关系的当然前提,这其实是一种想当然尔的迷误。事实上,即使是亲身经历孕育、分娩过程的女性,对子女的爱都未必是必然的,莎拉·布莱弗·赫迪(Sarah Blaffer Herdy)对母性(mother nature)的研究便指出:"其实女性爱自己的孩子并不是一种本能,不是生了孩子就自动全心爱护他,其他哺乳动物也不是凭本能就爱护照顾后代,虽然,在这里很难用'本能'以外的理由解释她们的行为。换言之,也许哺乳动物的母爱都是逐步产生的,而且是接受外界讯号的刺激。爱护子女的这种行为是必须发掘、强化、维持才有的,是需要后天培养的。"[2] 这就极为合理地解释了赵姨娘生了探春,却根本不爱这个亲生女儿的一个原因。

何况,即使没有这个问题,无论任何理由或人际关系,一旦导入邪恶成分、逼使心灵堕落,成为道德沉沦的共犯结构,都自动失去了其合法性,建立于本能与偶然之上的血缘更是如此。

2. 养育之恩情:不只是嫡母认同

汉代乐府古辞《箜篌谣》曾说:"结交在相知,骨肉何必亲。"

---

[1] (清)二知道人:《红楼梦说梦》,一粟编:《红楼梦资料汇编》,卷3,页94。
[2] [美]莎拉·布莱弗·赫迪著,薛绚译:《母性》(台北:新手父母出版社,2004),页173。

陶渊明《杂诗十二首》之一也说道：

> 人生无根蒂，飘如陌上尘。分散逐风转，此已非常身。落地为兄弟，何必骨肉亲！

从这个角度来说，单单只是生物上的血缘关系，并不是培养兄弟亲情的唯一根据，也不是孝道的建构基础所在，更不足以使父母拥有对儿女的控制权。孔子言及父母"三年之丧"的礼制时，所根据的便是父母襁抱提携的养育恩情："子生三年，然后免于父母之怀。夫三年之丧，天下之通丧也。予也，有三年之爱于其父母乎。"（《论语·阳货》）可见三年的"父母之怀"是亲子之爱的关键，而那正是幼儿成长过程中最重要的养育时期。

在传统婚姻制度下，庶出的子女仍必须以嫡母为认同的对象，据中国法律的实行情况中历来法律判例所见，容许纳妾的传统旧家庭内，妾之子称父之正妻为"嫡母"，"嫡母对于庶子之权力，较其生母为优，如管理财产权，及法定代理权等"，"妾对于亲生子所享之亲权，且受正妻（即嫡母）优先权之限制"，"至生母对于其子女之各项权力，依现时判例则受嫡母优先权之限制，即抚养之权，原则上亦不得享有"。[①] 而王夫人不只是法律上、名义上正式的母亲，也实际地担任了照顾养育的工作。探春与其他姊妹们一样，都因贾

[①] 见赵凤喈：《中国妇女在法律上之地位（附补篇）》（台北：食货出版社，1973），第2章"已嫁妇之地位"，第3章"为人母之地位"，页104、94、106。

母的疼爱而交由王夫人就近照养,第二回即借冷子兴之语说明道:"因史老夫人极爱孙女,都跟在祖母这边一处读书。"到了第七回,贾母则"只留宝玉黛玉二人这边解闷,却将迎、探、惜三人移到王夫人这边房后三间小抱厦内居住",故第八十回迎春对王夫人说道:"从小儿没了娘,幸而过婶子这边过了几年心净日子。"至于最小的惜春,亦如第六十五回透过兴儿之口说道:"四姑娘小,他正经是珍大爷亲妹子,因自幼无母,老太太命太太抱过来养这么大。"而贾母已届古稀之年,这些孙女们其实是由女家长王夫人负责照养。

发展心理学(developmental psychology)的研究大致显示,个人所具有的孝的潜能与禀赋是天生的,但个人以父母为对象来表达此种潜能与禀赋却未必是天生的。儿童发展的早期(特别是最早的两三年)是儿童形成对父母之爱及其他感情与关系的关键期(critical period),在此关键期中,好好照顾儿童的人是谁,该儿童就最容易与谁建立深厚的感情与关系。尤有进者,在此关键期中及期后,儿童对父母所形成之感情与关系究竟如何,常视父母照顾与教养的方式而定。照顾与教养的方式得当,子女对父母就会形成正面的感情与关系,否则便可能形成淡薄甚至负面的情感与关系。①

如此说来,探春之亲王夫人而远赵姨娘的表现,便完全合情合理——"合情"是自幼照抚的养育之情,"合理"则是宗法制度上对嫡母的身分认同,何况东晋贺乔之妻于氏上表朝廷时,早已提出

---

① 引自叶光辉、杨国枢:《中国人的孝道:心理学的分析》(重庆:重庆大学出版社,2009),页34。

"生与养其恩相半"[1]之主张,台湾的闽南语中还有"生的请一边,养的大过天"的谚语,意即"生恩不及养恩大",此其"合理"之处。雍正皇帝的例子适可参照:胤禛自出生起即由后宫之主佟佳氏抚养,日后回忆这位嫡母时,感念佟佳氏"抚冲龄而顾复,备蒙鞠育之仁,溯十载之劬劳,莫报生成之德"[2],敬爱之心溢于言表,对其生母德妃则多见冷淡隔阂,足证血缘并非亲情的关键。因此,探春所谓:

> 我只管认得老爷、太太两个人,别人我一概不管。就是姊妹兄弟跟前,谁和我好,我就和谁好,什么偏的庶的,我也不知道。(第二十七回)

这又明显是唯情论的延伸版本,表现出一种超越基因连结之生物性关系的纯粹心灵取向,不但不是无情,反倒是真情,体现出陶渊明所主张"落地为兄弟,何必骨肉亲"的真谛,也把赵姨娘以"私心"为核心的"情私",完全用"真情"加以取代。

故而精确地说,探春重的是"真情",而非"情私",亦即以发自内心的真切情感为第一优先,超越阶级身份,更超越血缘关系,对于王夫人的爱就更是如此,并不是单靠嫡母的法律关系,乃至现

---

[1] (唐)杜佑著,王文锦等点校:《通典》(北京:中华书局,1988),卷69《礼典二十九》,页1907—1913。

[2] 台湾华文书局总辑:《大清世宗宪(雍正)皇帝实录(一)》(台北:华联出版社,1964),卷11,页179。

实的利害盘算所能企及。

3. 爱：尊重与了解

从小说文本中来看，赵姨娘对探春并不存在即使是最广义的亲情，不但全无母亲出于生物本能都常有的舐犊温存与无私奉献，反而表现出"恐怖女性"（Terrible Female）的阴暗面，以神话学中所谓的"死亡之母""坏母亲"带给女儿全方位的毁灭。

埃利希·诺伊曼在研究大母神（the Great Mother）时，便指出母亲原型中同时存在着"恐怖女性"的负面基本特征："恐怖女性（Terrible Female）是无意识的一种象征。……代表原型女性的黑白宇宙之卵，其黑暗的一半产生了种种恐怖的形象，这些形象表现了生命和人类心理黑暗的、深不可测的方面。正如世界、生命、自然和灵魂被经验为有生殖力的、赋予营养、防护和温暖的女性一样，它们的对立面也在女性意象中被感知；死亡和毁灭，危险与困难，饥饿和无防备，在黑暗恐怖母神面前表现为无助。这样，大地子宫变成了地下致命的、吞噬的大口，等同于受孕的子宫、防护的地洞与山涧、地狱的深渊、深藏的暗穴、坟墓和死亡吞噬的子宫，没有光明，一片空虚。"①

赵姨娘确实完全符合恐怖母神的定义，作为一个只有"阴微鄙贱的见识"（第二十七回）的奴妾，所作所为往往是"自己不尊重，大吆小喝失了体统"，"气的瞪着眼粗了筋，一五一十说个不清"、

---

① [德]埃利希·诺伊曼著，李以洪译：《大母神：原型分析》，第11章"负面基本特征"，页149。

"这么大年纪,行出来的事总不叫人敬伏,……并不留体统,耳朵又软,心里又没有计算"(第六十回)、"说的不伦不类"(第六十七回),一味的自私自利、挟怨嫉妒,她的爱本质上属于弗洛姆所说的"**二人份的自私**"①,于是把贾环变成一个没有是非的小人,扭曲到人格堕落的程度。

例如第二十回凤姐忍不住批评他"叫这些人教的歪心斜意,狐媚子霸道的。自己不尊重,要往下流走,安着坏心,还只管怨人家偏心",这种坏心就表现在第二十五回所写的,贾环"素日原恨宝玉,……虽不敢明言,却每每暗中算计,只是不得下手,今见相离甚近,便要用热油烫瞎他的眼睛",王夫人心疼宝玉的烫伤,便愤慨责骂赵姨娘"养出这样黑心不知道理下流种子",这正是恐怖母亲培育出来的恶果。因此当贾环和宝玉两兄弟同时站在一起,贾政一举目,"见宝玉站在跟前,神彩飘逸,秀色夺人;看看贾环,人物委琐,举止荒疏"(第二十三回),立刻呈现出鲜明的对比,也可见由内而外的气质具体表现出人格品质,无所遁形。

有趣的是,当研究大母神的负面基本特征时,埃利希·诺伊曼指出:"与恐怖母神有关的一个相应的形象,是壳上长着戈耳工的头的螃蟹;它也是深海中吞噬的巨怪。……螃蟹、蜗牛和乌龟都是隐藏在夜幕中缓慢运行的月亮常见的象征,黑夜常与负面象征有关。"②而与"恐怖母神"有关的螃蟹意象,恰恰出现在赵姨娘与贾

---

① [美]弗洛姆著,孟祥森译:《爱的艺术》,页69。
② [德]埃利希·诺伊曼著,李以洪译:《大母神:原型分析》,第11章"负面基本特征",页183。

环这一对母子关系上,贾环的"人物委琐,举止荒疏"就直接和螃蟹意象相连结。第七十回写众人放风筝,宝玉道:"也罢。再把那个大螃蟹拿来罢。"丫头去了,同了几个人扛了一个美人并籰子来,说道:"袭姑娘说,昨儿把螃蟹给了三爷了。"既然给了贾环,螃蟹风筝就属于贾环,共同形成一种具有相关性的联想,"螃蟹"也就属于贾环人格的形象化比喻,而此一形象的象征意义,也符合宝钗《螃蟹咏》中所讽刺的"眼前道路无经纬,皮里春秋空黑黄"(第三十八回),恰恰是恐怖母亲赵姨娘对儿子所塑造出来的形象。

探春与这对赵氏母子虽然具有共同血缘,但天赋才性和后天教养都使得她别树一格,堪称是天壤之别、判若云泥。贾府中人便以各种鲜明传神的比喻给予对照,包括兴儿所说的"老鸹窝里出凤凰"(第六十五回),以及平儿以"不肯为打老鼠伤了玉瓶",解释她为什么不愿揭发彩云偷窃是来自赵姨娘央求,以免连带地伤到了探春(第六十一回),而建构出"探春—凤凰—玉瓶/赵姨娘—老鸹—老鼠"的对比。

于是,对彻底抗拒血缘收编以免沉瀣一气的探春,赵姨娘更是极尽破坏之能事,第五十五回回目"辱亲女愚妾争闲气"中的"辱"字,正清楚点示赵姨娘对探春的人格侵犯乃至剥夺幸福,以致当平儿提到"不枉姑娘待我们奶奶的情意"时,探春便伤起心来,自言:

"我细想,我一个女孩儿家,**自己还闹得没人疼没人顾的,我那里还有好处去待人**。"口内说到这里,不免又流下泪来。李纨等见他说的恳切,又想他**素日赵姨娘每生诽谤**,在王

夫人跟前亦为赵姨娘所累，亦都不免流下泪来。（第五十六回）

此一"自己还闹得没人疼没人顾"的孤绝无依之说，显示赵姨娘之于探春仅有孕生关系而无养育舐犊之情，甚至以其"阴微鄙贱"多所诽谤欺累的苦楚，连旁观者都为之不忍，禁不住一掬同情的眼泪，赵姨娘的凉薄可想而知。

虽然小说中未曾着墨于母女二人日常相处的一般情形，只有在第五十二回略略提到赵姨娘走进潇湘馆来问候黛玉，"黛玉便知他是从探春处来，从门前过，顺路的人情"，由此可以推知，赵姨娘应该是常常进大观园探望探春；不过，从探春所悲愤道："何苦来，谁不知道我是姨娘养的，必要过两三个月寻出由头来，彻底来翻腾一阵，生怕人不知道，故意的表白表白。"（第五十五回）可见双方相处是极为不愉快的，也无怪乎，当探春理家掌权后，赵姨娘便抓住这个摇钱树，妄想利用这层裙带关系谋取更多好处，所谓：

探春因家务冗杂，且**不时有赵姨娘与贾环来嘈聒**，甚不方便。（第五十八回）

"嘈聒"一词正显示出赵姨娘对探春并不是温情看望，而是利益烦扰，在连一双鞋、一点钱（见下文）都要计较的情况下，赵姨娘会常常因为利益而"嘈聒"探春，应该顺理成章，似乎不能理解为两人之间是情感性的接触，"嘈聒"尤其直接说明其相处状况。因此虽不至于像那几次重大风波般引得探春大发雷霆而出言甚重，但也离一般人家中母女喁喁、闲话家常的温馨场面甚远。

续书者正把握到了这一点，于是第一百回记述赵姨娘之待女凉薄，已达匪夷所思之境地，当听闻探春议亲时，甚至不惜诅咒她像迎春般遭受折磨，以为泄恨，所谓"只愿意他像迎丫头似的，我也称称愿"。评点家周春即发现："赵姨娘听见探春将送之任上联姻，反欢喜起来，……且后来探春出嫁，亦并无持踵而泣情形。"①探春根本无法从先天的血缘连系获取心灵依靠与成长慰藉，便无亲情可言，于是只有转而向后天的宗法伦理寻求认同对象与精神出路，以免于自我定位的漫漶失据。也因此"无情"之指责并无法成立，而嫡母、生母孰轻孰重，亦是昭然若揭。

从迎春所说："从小儿没了娘，幸而过婶子这边过了几年心净日子。"可见三春都在王夫人身边获得了"心净"的环境，王夫人与三春之间充盈着一种长期培养出来的真正的骨肉之亲与母女之情，在王夫人的羽翼庇护之下，三春获得无比慈柔怜惜的丰盈母爱，汲取原生家庭所欠缺的温暖祥和，那是她们一生中唯一宁静幸福的乐园岁月。以探春而言，第五十五回中，无论是王熙凤所谓的"太太又疼他"，或是探春所自言的"太太满心疼我""太太满心里都知道"，都证明王夫人是真心疼爱探春，不仅以"第二个母亲"的心态给予乳与蜜的情感滋养，更以"嫡母"的身分发挥了父亲的功能，以其掌理家务的决策权给予探春实践自我、一展才志的机会，在凤姐因病休养之际授权理家，尽展被埋没的才干，完全符合

---

① （清）周春：《阅红楼梦随笔》，一粟编：《红楼梦资料汇编》，卷3，页76。

了弗洛姆对于"爱"的定义:照顾、责任、了解、尊重。①

可以说,对探春的人格发展结构而言,王夫人的角色扮演更不仅仅是一个"代母"或"正式的母亲"——亦即宗法制度下的名义上的母亲,而更近似于"父亲"——一个给予价值追求与自我实践的权力中心,成为其人格组成中阳性特质(masculinity)的认同对象,以致王夫人既是情同再造的第二个母亲,更使之获取了自我实践,间接给予她一种"父亲的补偿"②,可谓恩情最深。

总而言之,从构成亲子关系的生、养、爱这三个层面或范畴,来衡量探春与赵姨娘的母女关系,可以说,只有"生"的偶然的血缘关系,而完全缺乏"养/乳""爱/蜜"的更重要层次;但探春与王夫人的关系却恰恰相反,虽然并不是"亲生"的关系,但对一个以家族为己任的宏慈嫡母而言,庶出的孩子和自己的子女拥有一半共同的血缘,并且同样都是嫡传的血脉,因此视如己出,于是探春受到细心的养育也获得了真正的爱。这才是探春认同王夫人的真正原因。

(二)剔骨还肉:宗法制度的解除魔咒

可以说,"我肠子爬出来"的骨肉相生,却是"道不同不相为谋"

---

① [美]埃里希·弗洛姆著,孟祥森译:《爱的艺术》,页38—44。
② 神话学中提到,父亲或替代父亲只将权力委付给已成功清涤所有婴儿期不当情结的儿子——对这样的人而言,公正无私的执行权力不会因自我膨胀、个人偏好或愤恨等动机而受挫。[美]乔瑟夫·坎伯著,朱侃如译:《千面英雄》,"女神的赠礼",页143。这正足以对应于王夫人与探春之间的权力施受模式。

的精神相克。形骸发肤固然有赖于赵姨娘的孕育化成,但"我不必是我母亲"(I don't have to be my mother)的信念,构成了女儿自我重造的契机,由此探春借来莲花之魂魄与荷茎之肌骨,以锻造另一副灵明真身。

然则哪吒的"剔骨还肉"乃是神话式的悬奇解脱,在现实人间礼法森严的府邸中,母女血缘的牵连则只能透过宗法制度重新调整。宗法制度或许造成了许多骨肉情深的人子对生母终身负疚的痛,但对探春这类"我一个女孩儿家,自己还闹得没人疼没人顾"的不幸的第二代,却产生了正面的力量,在万血归宗——"尊父嫡母"的一统之下,赋予探春以公御私的合法性。

有学者认为:"或许因为中国人从不否认私情,甚至太重私情,《列女传》的作者才有意强调公义。"① 这个道理对《红楼梦》更为适用——正因为中国人太重血缘,甚至极度加以神圣化以致往往钳制了是非公义,因此小说家才有意透过探春强调超越血缘之私的必要,人格、法理都比血缘更重要。赵姨娘完全以血缘为中心,成为以私情私利为主的小人集团,努力要将探春收编到她的子宫家庭里,进行"肥水不落外人田"的血缘勒索,这就注定了母女之间的巨大冲突。

1. 子宫家庭的血缘自私

从整体家庭结构来看,卢蕙馨(Margery Wolf)对中国妇女与

---

① 见田夫(邢义田):《从〈列女传〉看中国式母爱的流露》,《历史月刊》第4期(1988年5月),页113。

家庭之关系的研究，打破了仅存在"父系家庭"的思考方式，揭露出以母亲为主体的家庭认同，亦即在父系制度的架构下，存在母亲以自己为核心，以所生之子女为成员，以情感与忠诚为凝聚力量的"子宫家庭"(uterine family)。① 亦即"在一妻多妾的父系家族中，子嗣未必因同父而相亲，往往以自己的母亲为情感认同之凝聚核心，在家庭中形成不同的'母子集团'，而此'母子集团'才是家庭情感认同及利益结合的单位。"② 由此在家族中形成以母系为中心之"子宫制"与以父系为中心之"宗法制"的内部张力。

不幸的是，赵姨娘作为此一母子集团的核心人物，这位母亲堪称为孔子所谓"唯女子与小人为难养也，近之则不孙，远之则怨"（《论语·阳货篇》），而兼具"女子"与"小人"的综合体。其素日"常怀嫉妒之心"（第二十五回），尤其喜好听篱察壁的窥伺隐私、拉帮结派的收发各路消息，所谓："赵姨娘原是好察听这些事的，且素日又与管事的女人们扳厚，互相连络，好作首尾。方才之事，已竟闻得八九。"（第七十一回）正因为此一鄙吝性格，赵姨娘在自己的子宫家庭中将血缘与利益等同为一，完全不顾贾家子弟的一体性，而以分裂家族为能事。例如第二十七回写到探春曾送给宝玉一双鞋作为谢礼，赵姨娘便背地抱怨没有给"正经兄弟"的贾环，探春一听宝玉的转述，登时沉下脸来道：

---

① Margery Wolf, *Women and the Family in Rural Taiwan* (Stanford: Stanford University Press, 1972), pp. 32-41.

② 郑雅如：《情感与制度：魏晋时代的母子关系》（台北：台湾大学出版委员会，2001），第4章"荣辱与共的母子关系"，页131。

> **这话糊涂到什么田地！怎么我是该作鞋的人么？**环儿难道没有分例的，没有人的？一般的衣裳是衣裳，鞋袜是鞋袜，丫头老婆一屋子，怎么抱怨这些话！给谁听呢！我不过是闲着没事儿，作一双半双，爱给那个哥哥兄弟，随我的心。谁敢管我不成！这也是白气。……**他那想头自然是有的，不过是那阴微鄙贱的见识。**……**论理我不该说他，但忒昏愦的不像了！**还有笑话呢：就是上回我给你那钱，替我带那顽的东西。过了两天，他见了我，也是说没钱使，怎么难，我也不理论。谁知后来丫头们出去了，**他就抱怨起来，说我攒的钱为什么给你使，倒不给环儿使呢。**我听见这话，又好笑又好气，我就出来往太太跟前去了。

只要探春的金钱物资不是给同胞的贾环，无论出于何种理由，都被赵姨娘视为自己的损失与女儿的背叛，其"肥水不落外人田"的偏私至极确实已到了"忒昏愦的不像"的地步，诚为探春所形容的"阴微鄙贱的见识"。

如果将赵姨娘的为人不端与行事阴鄙归咎于封建奴妾制度所造成的影响，实为一种极其素朴的环境决定论，在外归因式的推理之下完全忽视道德主体之能动性。[①] 从惜春所引述的"善恶生死，父子不能有所勖助"（第七十四回），即深刻揭示生死天定、人格自决

---

① 能动性是主体与世界相互作用的主导潜能，详参郑发祥：《主体心理学》（上海：上海教育出版社，2006），页8、134—135。

的根本事实,环境的压抑绝不必然带来人格的扭曲,探春即透过"你瞧周姨娘,怎不见人欺他,他也不寻人去",而与赵姨娘的"自己不尊重"(第六十回)相对比以为反证,清楚抉出人格自决的关键。

更何况,赵姨娘所身处的主仆伦理关系并非只存在单向剥削与片面压抑的性质,学者即指出伦常差序为传统文化的精髓,是安定社会的力量,家长制教化性的权力(paternalism)诚如费孝通所说,是既非民主又异于不民主的专制,且这种权力亦非剥削性的;主仆关系形同父子,各有其义务与报答。[①] 则赵姨娘之与贾府敌对而亟思谋夺的心理,主要便是由其自身贪婪性格的觊觎意图所致。

以贾府而言,"姨娘"固然本质上是奴才,但既为正主之妾,分享了主子的威势,再加上母以子贵,实质上则可以受到很大的尊重,不仅有两个丫头可以使唤,如第三十六回王熙凤对王夫人所报告的用钱定例:"姨娘们的丫头,月例原是人各一吊。从旧年他们外头商议的,姨娘们每位的丫头分例减半,人各五百钱,每位两个丫头,所以短了一吊钱。"因此,第二十九回"享福人福深还祷福"一段描写贾母率领众女眷到清虚观打醮时,"薛姨妈的丫头同喜、同贵,外带着香菱、香菱的丫头臻儿",臻儿便是香菱个人专属的丫头,是身为被薛蟠正式纳妾的姨娘所拥有的配备。除"丫头老婆

---

① 居蜜:《安徽方志、谱牒及其他地方资料的研究》,《汉学研究》第3卷第2期(1985年12月),页84。

一屋子"（第二十七回）之外，邢夫人劝告鸳鸯接受贾赦收纳为妾的说词，更提到：

> （大老爷）意思要和老太太讨了你去，收在屋里。你比不得外头新买的，你这一进去了，进门就开了脸，就封你姨娘，又体面，又尊贵。你又是个要强的人，俗语说的，"金子终得金子换"，谁知竟被老爷看重了你。如今这一来，你可遂了素日心高志大的愿了，也堵一堵那些嫌你的人的嘴。……过一年半载，生下个一男半女，你就和我并肩了。家里人你要使唤谁，谁还不动？现成主子不做去，错过这个机会，后悔就迟了。（第四十六回）

连鸳鸯自己都观察到不少人"成日家羡慕人家女儿作了小老婆，一家子都仗着他横行霸道的"（第四十六回），可见得势之处。所以说，赵姨娘的问题在于过分贪心，更以"私心"取代"私情"，将血缘视为宗法制度下的仆妾赖以赢得母亲尊严的唯一依据，与争夺家族财富的主要桥梁，因而牢牢抓住"我肠子爬出来"的子宫纽带，全心全力经营着自己这一房的母子集团，以谋取赵家利益，因此无法赢得应有的尊重。

更有甚者，该"母子集团"在赵氏血缘本位思考下，对宗法制度形成了双重的破坏：一是将奠基于血缘基础而自然形成的情感认同质变为以血缘为前提的利益结合，以致"房与房之间"的隐微竞争深化为生死之斗；更有甚者，赵姨娘进一步将母子集团扩大为娘家集团,将宗法制度中并不存在的亲属关系强压在其子女心上,"房与房之间"的生死之斗又扩大为"赵氏与贾家"的敌对分裂。第二十五回赵姨娘对马道婆说道:

> 你若果然法子灵验,**把他两个绝了,明日这家私不怕不是我环儿的**。那时你要什么不得?

于是两人合谋,作法让凤姐与宝玉中邪,几乎发生人命,可见赵姨娘品格之低劣丑陋。整体说来,赵姨娘可以说是小说中极少数的"扁平人物"之一,几乎看不出任何优点,唯一不算优点的优点,应该是外貌美丽,所谓"贤妻美妾"(第七十八回),这可以说是所有被收纳为妾的女性的重要条件,无足称道。

因此,探春总是针对赵姨娘表明一番不见容于情的话语,正是要以"法理"的客观性免除赵姨娘以"人情"夹缠不休的偏私要求,以确保自我追求中那如清秋飒爽、如凤凰远扬、如风筝高飞、如玉磬坚润般"让生命有意义的寻求'善'并与'善'并构"的君子德操。这便暗合于 Maureen Murdock 所认为,女英雄之踏上自我追寻的旅程,就是为了离开母亲,害怕变成与母亲一样。[1]

2. 宗法制度的力量

前引慎子云:"法制礼籍所以立公义也,凡立公所以弃私也。"对贾府这类的贵族世家而言,宗法就是"公义"所在,所维护的家

---

[1] Maureen Murdock, *The Heroine's Journey* (Boston: Shambhala, 1990), pp. 13-26.

族整体利益,便是"公务"。①当探春亟欲摆脱赵姨娘的血缘偏私时,宗法制度便提供了合理合法的力量,所谓"我只管认得老爷、太太两个人,别人我一概不管""谁是我舅舅"的宣言,意义正在于此。

第五十五回在探春终于出头受王夫人之托,肩负治家责任,对大观园进行兴利除宿弊的改革时,首先即遭到生母赵姨娘的无理取闹,而发生"辱亲女愚妾争闲气"之风波。刚吃茶时,只见吴新登的媳妇进来回说:"赵姨娘的兄弟赵国基昨日死了。昨日回过太太,太太说知道了,叫回姑娘奶奶来。"探春便问李纨,李纨想了一想,说道:"前儿袭人的妈死了,听见说赏银四十两。这也赏他四十两罢了。"然而聪明细致的探春进一步仔细问道:

"那几年老太太屋里的几位老姨奶奶,也有家里的也有外头的这两个分别。家里的若死了人是赏多少,外头的死了人是赏多少,你且说两个我们听听。"一问,吴新登家的便都忘了,忙陪笑回说:"这也不是什么大事,赏多少谁还敢争不成?"探

---

① 早在六朝贵族的观念中,"公务"指的就是"指为了维持整个家族的生存所作的一些事情","公"与"私"的理念构造,是建立在整体家族与部分夫妇的对比立场之上的,因此,"公与私在对立的过程中,公必须真正超越了私才能成立。也就是说,如果不能抑制私情,就不能坚持公的立场。……这样看来,一个家族,不仅仅是私房的集合体,而是一个能够超越自我封闭,进而向着更大空间发展的家族集团。维持这样家族集团的生活管理工作,就是颜之推所说的'公务'",并且这不是颜之推个人所持有的观念,而是全社会普遍的一种认识。详参[日]谷川道雄:《六朝贵族的家庭生活及在社会政治上的作用》,张国刚主编:《家庭史研究的新视野》(北京:三联书店,2004),页32—35。

春笑道:"这话胡闹。依我说,赏一百倒好。若不按例,别说你们笑话,明儿也难见你二奶奶。"

可见"按例"是维持家务运作的必要之道,"多给"并不是处常之法,更不是可以随意施行的恩典,只有当家的女主王夫人才有权决定,代理的凤姐、探春只能依法行事,否则便不能服人。而赏银又分家里的、外头的这两种差别,袭人的母亲过世时能获得四十两的赏银,是因为袭人属于"外头"买来的丫鬟,与赵姨娘属于"家里的"即家生子有所不同,因此探春看了旧帐后依例只给二十两银子。从随后平儿赶来,转达凤姐经手的规例,说道:"奶奶说,赵姨奶奶的兄弟没了,恐怕奶奶和姑娘不知有旧例,若照常例,只得二十两。"由此已经展现探春的精细与公道。但这却抵触了赵姨娘的私心,在"好察听这些事"的作风下也立刻得知这个消息,前来扰乱:

忽见赵姨娘进来,李纨探春忙让坐。赵姨娘开口便说道:"这屋里的人都踩下我的头去还罢了。姑娘你也想一想,该替我出气才是。"一面说,一面眼泪鼻涕哭起来。探春忙道:"姨娘这话说谁?我竟不解。**谁踩姨娘的头?说出来我替姨娘出气**。"赵姨娘道:"姑娘现踩我,我告诉谁!"**探春听说,忙站起来,说道:"我并不敢**。"李纨也站起来劝。赵姨娘道:"你们请坐下,听我说。我这屋里熬油似的熬了这么大年纪,又有你和你兄弟,这会子连袭人都不如了,我还有什么脸?连你也没脸面,别说我了!"

试看赵姨娘一进来，主事的李纨、探春便连忙让坐，毫无轻慢；当赵姨娘哭诉自己受到欺负，探春也表示要帮她出气，并没有离弃之意；一旦赵姨娘指控欺负自己的人就是探春时，探春一听便立刻站起来说："我并不敢。"态度更是毕恭毕敬，连李纨也站起来劝。可见自始至终，赵姨娘都受到应有的礼遇，会认为众人都踩下她的头，只是出于偏私所造成的偏执之见，完全符合凤姐对贾环所批评的"自己不尊重，要往下流走，安着坏心，还只管怨人家偏心"。而面对赵姨娘逾越分际的要求，探春首先即申言道：

"原来为这个。**我说我并不敢犯法违理**。"一面便坐了，拿账翻与赵姨娘看，又念与他听，又说道："**这是祖宗手里旧规矩，人人都依着，偏我改了不成**？也不但袭人，将来环儿收了外头的，自然也是同袭人一样。这原不是什么争大争小的事，讲不到有脸没脸的话上。**他是太太的奴才，我是按着旧规矩办**。说办的好，领祖宗的恩典、太太的恩典；若说办的不均，那是他糊涂不知福，也只好凭他抱怨去。"

在这段话中，首先出现了"法""理"的关键用词，不仅是探春处事的最高原则，也是维持公平、阻却个人私心的纲纪所在，因此才能让赵姨娘偃兵息鼓，不敢再继续无理地强求硬争，转而诉求探春的个人徇私：

赵姨娘没了别话答对，便说道："太太疼你，你越发该拉扯拉扯我们。你只顾讨太太的疼，就把我们忘了。"探春道："我怎么忘了？叫我怎么拉扯？这也问你们各人，**那一个主子不疼出力得用的人？那一个好人用人拉扯的？**"李纨在旁只管劝说："姨娘别生气。也怨不得姑娘，他满心里要拉扯，口里怎么说的出来。"

"拉扯"的意思是拉拔、牵扯，指透过私人关系进行的人事运作，赵姨娘即是希望探春利用王夫人对她的疼爱，输送利益于血缘上的赵家人，并且将秉公处理、不肯徇私的探春曲解为讨好王夫人、不顾自家人，正所谓的"以小人之心度君子之腹"。因此，探春接着所说的"那一个主子不疼出力得用的人？那一个好人用人拉扯的？"便是以贾府的人员定位、个人的品格定位这两个重要的原则加以反驳，以"贾府的人员定位"而言，赵国基是道道地地的奴才，如果要让主子疼爱重用，就应该靠自己的品格与实力，而不是靠徇私拉扯；而就"个人的品格定位"来说，赵国基显然不是"出力得用"的"好人"，所以才需要徇私拉扯。这也等于间接否定了赵国基的人品，从这一点而言，凤姐说贾环"叫这些人教的歪心斜意，狐媚子霸道的"，所谓的"这些人"除赵姨娘之外，应该也包括随身侍候他的赵国基。如果拉扯这样的人，探春岂非沦为沆瀣一气的小人？

此外，李纨为了安抚赵姨娘，却犯了一个大错，探春岂只是行为上的守正不阿，对她而言，坦荡正心才是君子最重要的品格所在，说她"满心里要拉扯"便等于将探春推入有意徇私、表面作伪的小人，拥有"事无不可对人言芳性"的探春如何可能忍受，更如何愿意保持沉默？因此探春忙道：

"这大嫂子也糊涂了。我拉扯谁？谁家姑娘们拉扯奴才了？他们的好歹，你们该知道，与我什么相干。"赵姨娘气的问道："**谁叫你拉扯别人去了？**你不当家我也不来问你。你如今现说一是一，说二是二。**如今你舅舅死了，你多给了二三十两银子，难道太太就不依你？**……姑娘放心，这也使不着你的银子。**明儿等出了阁，我还想你额外照看赵家呢**。如今没有长羽毛，**就忘了根本**，只拣高枝儿飞去了！"

这段话更清楚显示赵姨娘的血缘本位已经到了没有是非道理的地步，把赵家当作探春的"根本"，把身为奴才的赵国基定位为探春的"舅舅"，完全忽视探春是贾家千金，从情、理、法各个层面都不是赵家人。因此探春没听完，已气得脸白气噎，抽抽咽咽地一面哭，一面问道：

谁是我舅舅？我舅舅年下才升了九省检点，那里又跑出一个舅舅来？我倒素习**按理**尊敬，越发敬出这些亲戚来了。既这么说，环儿出去为什么赵国基又站起来，又跟他上学？为什么不拿出舅舅的款来？何苦来，谁不知道我是姨娘养的，必要过两三个月寻出由头来，彻底来翻腾一阵，生怕人不知道，故意的表白表白。也不知谁给谁没脸？幸亏我还明白，但凡糊涂不知理的，早急了。

事实是，赵国基虽然是贾环血缘上的舅舅，却是贾家与贾环的奴才，因此随身侍候贾环，毫无所谓"舅舅的款"。既然如此，还强要探春以舅舅的身分对待赵国基，简直岂有此理。因此，探春才会提问"谁是我舅舅"，这并不是一般人误会的"忘了根本"，恰恰相反，探春正是严正地提示她的"根本"在贾家，升了九省检点的王子腾是其嫡母的兄弟，也才是她合乎伦常礼法的舅舅。

并且应该精细分辨的是，所谓"谁不知道我是姨娘养的，必要过两三个月寻出由头来，彻底来翻腾一阵，生怕人不知道，故意的表白表白"，其实完全不是一般人乍看之下所容易误会的自卑表述，因为对探春这种"事无不可对人言芳性"的君子性格，被人说出一个人人共知的客观事实，并不足以引起任何心理问题；何况从一诞生起她就是贾家名正言顺的千金小姐，是荣国公以下的正派子孙，再加上贾府中庶出和嫡生并没有不同（证据见下文），说出一个没有尊卑问题的事实也不会让人自卑。确实，只要仔细观察的话就会发现，在整部小说中，探春的庶出会构成纷扰都是由赵姨娘造成的，而每一次探春的动怒也都是来自赵姨娘要以生母的身分勒索非分的好处，完全不是庶出这个身分带来的刺激，这就清楚表明在贾府中庶出并不会构成问题。

是故探春才会说赵姨娘的行为"也不知谁给谁没脸？"这正显示赵姨娘每隔一阵子就拿着这层关系翻搅表白，此一作为其实是借以表功邀荣、争权牟利，以至于落入阴微鄙贱、受人鄙视的难堪境地，真正会因此没脸的是赵姨娘自己，该自卑的也是赵姨娘自己。只因赵姨娘是一个利欲熏心的"愚妾"，愚蠢无知又唯利是图，盲目到没有认识这一点，既不懂得自卑，更不懂得自重，还让自己越来越难堪，连带也造成探春的极大困扰，连旁人都感到不忍。例如赵姨娘央求王夫人房中的彩霞偷窃取赃，终告东窗事发，宝玉便出面兜揽下来以保全各方脸面，平儿也赞同此一瞒赃的做法，原因即是：

"如今便从赵姨娘屋里起了赃来也容易，我只怕又伤着一个好人的体面。别人都别管，这一个人岂不又生气。我可怜的是他，不肯为打老鼠伤了玉瓶。"说着，把三个指头一伸。袭人等听说，便知他说的是探春。大家都忙说："可是这话。竟是我们这里应了起来的为是。"（第六十一回）

这里的同情完全不是嫡庶问题，而是人格问题，赵姨娘从老鸹变成了老鼠，这才是玉瓶般的探春最大的痛处。故在此必须郑重指出，在探春的人物论述中，"因庶出而自卑"其实是一个引入歧途的假议题。

最后必须注意到，整段对话中，包括"不敢犯法违理""按理""知理"，总共"法"字一见，而"理"字凡三见，探春处处以此为平准，迥然有别于中国传统文化讲究"情、理、法"的人情优位取向，而将顺序彻底颠倒为先法后理，至于一般所重的"情"则是一无所涉，其殿后之地位不问可知。何况，赵姨娘的无理要求还不是来自平日之真情，而是先天的血缘，那就更加荒悖可笑了。

对于赵姨娘拉扯外家，提出赵国基在血缘上的关系要求特权时，探春从宗法阶级上的"奴才"身分加以破解，完全合乎传统宗法社会的礼度精神，是守法的应有表现。因为妾是私下买卖转移的"奔"而非明媒正娶的"聘"，"根本不能行婚姻之礼，不能具备婚姻的种种仪式①，断不能称此种结合为婚姻，而以夫的配偶目之。妾者接也②，字的含义即指示非偶"，因此，

> 妾在家长家中实非家属中的一员。她与家长的亲属根本不发生亲属关系。不能像妻一样随着丈夫的身分而获得亲属的身分。她与他们之间没有亲属的称谓，也没有亲属的服制。他们以姨太太或姨娘呼之，她也只能像仆从一样称呼那些人为老太爷老太太老爷太太或少爷小姐，甚至对于老爷太太所生的子女如此称呼，除非是她自己所生的子女，她才能直呼其名而有母子的关系，同时太太所生的子女因她有子才加母字而称之为庶母或姨娘。妾而采取奴仆式的称谓，是极有趣的事，不但指示她非家中的亲属，而且令人怀疑她的地位就有些近于家中的奴仆。此外，还有我们应注意的一点，她自己的父母兄弟姊

---

① 原注——婚姻仪式是婚姻成立的形式要件，声伯之母不曾经聘的仪式，穆姜便不承认她是娣姒，而目为妾，虽生子犹出之（《左传·成公》）。

② 原注——《白虎通义》云："妾者接也，以时接见也。"《释名》亦云："妾，接也，以贱见接幸也。"

妹是不能往来于家长之家的，他们之间根本不能成立亲戚的关系。①

在极其讲究伦理的清代王府中更是如此，犹如溥杰《醇王府内的生活》一书中所指出："我的祖母固然是我们的亲生祖母，不过，她的娘家人，则仍然是王府的'奴才'，我们当'主人'的是不能和'奴才'分庭抗礼的。"②正解释了探春不认赵国基为舅舅的"法"的依据所在。甚至必须说，任何人违背这个做法也等于是破坏法律，势必于府中无立足之地。

因此，在赵姨娘与芳官的纷争中，彼此都是以符合当时的社会认知来羞辱对方，如赵姨娘首先发难，指着芳官骂道：

"小淫妇！你是我银子钱买来学戏的，不过娼妇粉头之流！我家里下三等奴才也比你高贵些的，……"芳官那里禁得住这话，一行哭，一行说："……我便学戏，也没往外头去唱。我一个女孩儿家，知道什么是粉头面头的！姨奶奶犯不着来骂我，我只不是姨奶奶家买的。'梅香拜把子——都是奴几'呢！"（第六十回）

---

① 瞿同祖：《中国法律与中国社会》（台北：里仁书局，1984），第2章"婚姻"，页171—172。

② 引自金寄水、周沙尘：《王府生活实录》，第4章"日常生活"，"嫡庶之分"，页217。

戏子确实是社会最低贱的底层人员,所谓:"唱戏在当时被认为是最下贱的职业,国家把娼(妓女家)、优(唱戏家)、吏(县衙书吏家)、卒(县衙差人家)列为四种贱民。即使贫寒的农户、工匠名义上也算'清白之家',社会地位比上述四种人高。"① 因此赵姨娘羞辱芳官为"不过娼妇粉头之流!我家里下三等奴才也比你高贵些的",固然尖酸,却符合事实。同样地,芳官的反击也是如此,一是澄清"我只不是姨奶奶家买的",纠正赵姨娘的冒充主子,因为赵姨娘显然把贾府视为己有,也把自己视为贾府的当家女主,才会将芳官等女伶说成是"我银子钱买来学戏的",言语之间清楚透显出她的僭越之心;其次,芳官接着引用了一个歇后语,意思是会和身为婢女的梅香结拜的同伙,都是"奴几"之辈,进一步直指赵姨娘同为奴才的本质,由此而激怒了赵姨娘,上来就给了她两个耳光,导致更大的一场难堪风波。

　　由此可见,身为仆妾的赵姨娘一心想把贾府据为己有,也将自己视为贾府未来的当家女主,所企图的则是"明日这家私不怕不是我环儿的"(第二十五回),亦即侵占贾府的家产,以至于认为她亲生的探春也应该以赵家为根本,以脐带为桥梁,利用贾家的女儿身分将利益输送给赵家,这就构成了她与探春的重大冲突所在。对于赵姨娘视女儿为谋取金钱利益的变相摇钱树,而亟欲将之纳入营私集团的孜孜收编,探春要抵御这股包挟于血缘大纛之中"阴微鄙贱"之私欲者,只能诉求于宗法制度所提供的嫡庶名分——如此,宗法

---

① 刘小萌:《清代北京旗人社会》,第 7 章"旗人的文化与习俗",页 702。

制度不但不是对人的戕害与扭曲，反而吊诡地提供了保全人格高度的屏障。

可以说，探春在血缘关系上的决绝程度，乃取决于赵姨娘需索贪求的不当程度；赵姨娘的血缘勒索越是急切催逼，就越是将探春推向非血缘的宗法世界。赵姨娘也就矛盾地同时成为探春在寻求身份认同与自我肯定时的困扰与助力。

（三）身份认同：价值观和生活方式的选择

应该辨明的是，一般以为探春存有嫡庶尊卑的势利之心者，恐怕是想当然尔。在贾府这种妻妾成群的大家族里，子女身份上的正庶之别并非如现代人所以为的差异判然，试看第五十五回探春初任理家之职时，面临回目上所概括的"欺幼主刁奴蓄险心"的局面，中途前来支援的平儿责备众媳妇太过托懒蒙混时，媳妇们也当面宣称："如今小姐是娇客，若认真惹恼了，死无葬身之地。"平儿后来私下训诫众媳妇时，更挑明道：

> 你们太闹的不像了。他是个姑娘家，不肯发威动怒，这是他尊重，你们就藐视欺负他。果然招他动了大气，不过说他个粗糙就完了，你们就现吃不了的亏。**他撒个娇儿，太太也得让他一二分，二奶奶也不敢怎样。**你们就这么大胆子小看他，可**是鸡蛋往石头上碰。**

这样的娇贵地位便是因为探春乃贾府的千金所致，并无正庶之别。

最重要的是平儿回房后与王熙凤的一番对话，所谓：

> 凤姐儿笑道："好，好，好，好个三姑娘！我说他不错。只可惜他命薄，没托生在太太肚里。"平儿笑道："奶奶也说糊涂话了。他便不是太太养的，**难道谁敢小看他，不与别的一样看了**？"凤姐儿叹道："你那里知道，虽然**庶出一样**，女儿却比不得男人，**将来攀亲时，如今有一种轻狂人，先要打听姑娘是正出庶出，多有为庶出不要的。**……将来不知那个没造化的挑庶正误了事呢，也不知那个有造化的不挑庶正的得了去。"

由其中一再提说的"谁敢小看他，不与别的一样看"与"庶出一样"，清楚点明了子辈在家族内部的地位上，无论男女正庶，其角色或身分其实并无类型上与等级上的不同。因此接下来凤姐仍称探春"又是咱家的正人"，视之为可以联手的膀臂；正庶之别只有在女儿议亲而涉及外人的利益盘算时才产生意义，庶出之儿子甚至连此一差异都得以豁免。① 还值得注意的是，在同为庶出的迎春身上却从不存在类似于探春的身分认同问题，这除了是因为迎春之生母已然亡故，故而缺乏产生嫡庶困扰的条件外，与生母的性格关系最大。因此，欲探求探春之性格养成以及她与赵姨娘之重重纠葛的关键，实更应求诸嫡庶之争的范畴之外。

---

① 第二十回中，贾环所怨尤的"都欺负我不是太太养的"，乃是出于小人心性的主观偏执，并非客观事实，一如王熙凤所斥责的，"自己不尊重，要往下流走，安着坏心，还只管怨人家偏心"，乃正中其义。

必须认识到，人类并非客观世界的被动反映以至于沦为环境的产物，如主体心理学（subjective psychology）所指出，在人成长发展过程中，主体能动性乃是影响主体心理发展的重要因素之一，并与教育、环境一同构成主体心理发展的三维结构模式；其中，主体能动性作为主体与世界相互作用的主导潜能①，可以说更是探求人格形态的核心。其实，儒家的哲学也采取这样的看法，成为一个具有思想品格的"人"而不是没有教化的一般庶民，关键还是在于自己的努力，根据孔子哲学中对"民"和"人"的差异，可以说：

> 两者之间的区别基本上是文化意义上的而不是阶级意义上的。就是说，政治特权和责任只是进入某种文化类型的条件。尽管经济的、社会的地位无疑和一个人受教育的机会有关，但出身并不是差异的决定因素。与其说一个人无资格参与政治是因为他出身于"人"这一阶级以外的阶级，毋宁说其个人的修养和社会化才是使之不同凡响的原因。成为人，要靠人的努力，而不是天生的；**成为人是取得的，而不是给予的**。②

就在努力成为"人"的过程中，任何有意识的行为，必然源于一种"诠释的地平线"（horizon of interpretation），否则必将流于"恣意妄为"或无所适从，此种"诠释基准"，最终乃植根于行为主体的

---

① 详参郑发祥：《主体心理学》，页8、134—135。
② [美]郝大维（David Hall）、[美]安乐哲（Roger T. Ames）著，蒋弋为、李志林译：《孔子哲学思微》（南京：江苏人民出版社，1996），页103。

"认同"(自反"己身究何所属"的问题)。① 而所谓的身分认同,绝非只是阶级、职业、伦理角色等外在的归属问题,而是如查尔斯·泰勒(Charles Taylor)所认为的,"'认同'不是'自己是谁'的描述性问题,而是'**自己是什么样的人**'之叙事。这样的叙事是关于个人如何陈述自己的'道德领域'的问题,借此传达出个人的意义和价值。假定人类的行动只能趋向于'善',而自我的认识就是一种让生命有意义的追求,将关于自己的故事、叙事,和这个'善'的关系,具体讲清楚的倾向。也即是说,认同对于个人而言,是一种对于'善'的认知,自我的认识即是让生命有意义的寻求'善'并与'善'并构"。② 因而身分认同往往指涉了"自我觉醒""自我形象""自我投射"和"自我尊重"等心理学意涵。这才真正切中探春与赵姨娘之母女关系的诠释核心。

可以说,探春与赵姨娘之间的冲突与决裂,关键就在于双方的身份认同出现根本歧异与重大落差所致。赵姨娘是在怎样的人格基础上定义自己与贾家的关系,也就几乎决定了她面对探春的心态与角度,同时更连带决定了探春对赵姨娘的态度与立场。既然探春的性格无法容忍庸俗、琐碎、浅薄、贪婪自私、阴微鄙贱,任何会带

---

① 萧高彦:《多元文化与承认政治论》,萧高彦、苏文流主编:《多元主义》(台北:"中央研究院"中山人文社会科学研究所,1998),页491。

② Charles Taylor, *Sources of the Self: The Making of the Modern Identity* (Cambridge: Harvard University Press, 1989). 中文可参韩震等译:《自我的根源:现代认同的形成》(南京:译林出版社,2001)。此段引文檃栝其意,参郭苑平:《女旅书写中的时间、空间与自我追寻——重读班昭〈东征赋〉》,《东海中文学报》第20期(2008年7月),页100。

来堕落和毁灭的人际关系，就毅然决然地加以断绝，即使对象是血缘上的生身之母。存在于探春与赵姨娘之对立关系的真正本质，其实并非封建上出身背景的嫡／庶、正／偏的势利之争，而是人格心灵上的君子／小人、高贵／卑劣的意志对抗，以及待人处事上的公／私、义／利的不容妥协。

五、出走意识：超时代的性别突破

从如此之理性面对一切，勇于对抗神圣的血缘迷思、摆脱如影随形的血缘勒索，以确保自我的人格高度，已可见出探春不让须眉的刚强心智；再就这位少女也喜欢"朴而不俗、直而不拙"的轻巧顽意，是唯一一个将审美趣味延伸到贾府以外的人，也是唯一一个主动拜托出得了大门的宝玉，去替她带回府中所缺的这些东西的人，她那不甘为闺阁所限的性格，已呼之欲出。而果然，探春正是众金钗中唯一真正具有女性意识者，并且那超越女性的心灵突破仍然还是以合理合法的作为表现出来，最是难得。

（一）"我但凡是个男人"

必须注意到，第三十七回众人结海棠诗社之初，在黛玉建议"先把这些姐妹叔嫂的字样改了才不俗"之下，大家纷纷为自己或别人起了别号，探春率先自取的"秋爽居士"，已经展现出她对自我的另一性别认同所在。

在这个别号中，"居士"一词明显蕴含着性别越界的心态，一如"李清照在词中一再以具有男性色彩的'居士''道人'自称，这就如她好以诗酒铭刻其诗人名士的身分认同一样，无疑是性别越界的笔法"。① 至于后来在宝玉之建议下，探春借植物为名所取的别号"蕉下客"，其实也具有同样的品味意涵，尤其所谓"客"也者，类属于男性文士之指称，呈现脱略世俗、潇洒不羁的性格特征或审美取向，在在潜露其不甘为女性身分所囿的越界心态。

但比起这类的间接方式，探春的话语中还更有直接的修辞行为，明确展现了深度的性别意识。参照勒纳（G. Lerner）所重点讨论的如何创造女性主义意识，她描述了培养女性主义意识的五个步骤："1. 让女性意识到自己是一个居于从属地位的群体，作为这个群体的成员，自己受到了不公的待遇；2. 让女性意识到自己居于从属地位并不是一种自然的状况，而是由社会决定的；3. 女性之间培养起一种姊妹情谊；4. 女性自主地定义自己的目标，并确定改变自己境遇的策略；5. 对未来的想象。"② 虽然其中的后三项在传统社会局限之下极其不易，甚至不可能发生，但前两项作为个体自觉层次的启蒙，也是女性主义意识的起点，却已皆为探春所具备，可谓超时代的先知。

试看第五十七回中，岫烟受欺于下人而被迫典衣度日，获知此事的林黛玉乃以"兔死狐悲，物伤其类"的心理加以感叹，史湘云

---

① 张淑香：《典范、挪移、越界——李清照词的"双音言谈"》，编辑委员编：《廖蔚卿教授八十寿庆论文集》（台北：里仁书局，2003），页 53。

② 引自［美］亨德森（Karla A. Henderson）等著，刘耳、季斌、马岚译：《女性休闲——女性主义的视角》（昆明：云南人民出版社，2000），页 104。

则动了气说:"等我问着二姐姐去!我骂那起老婆子丫头一顿,给你们出气何如?"说着,便要走。黛玉笑道:

> **你要是个男人**,出去打一个报不平儿。你又充什么荆轲聂政,真真好笑。

又第七十三回"懦小姐不问累金凤"一段,林黛玉对软弱无能、毫无决断力的迎春嘲笑道:

> **若使二姐姐是个男人**,这一家上下若许人,又如何裁治他们。

迎春竟然同意道:

> 正是。**多少男人尚如此,何况我哉**。

其中,迎春的"多少男人尚如此,何况我哉"乃是对女性才干不如男人之性角色的坦然接受,并视之为理所当然而合理化自己的无能,这固然反映出她是完全缺乏女性意识的传统女性;史湘云的打抱不平其实也只是出于为弱者伸张正义的义愤,虽然具备剑及履及的行动力,却并非性别意识所使然。最值得注意的是,不仅软弱退缩的迎春如此,连作出《五美吟》以控诉男权、为历史名女人抒发不平的林黛玉,无论是针对湘云所说的"你要是个男人",还是针对迎春而言的"若使二姐姐是个男人",两次说法本质上都安于既有的性别结构,承认并维系男外女内、男尊女卑的职能分工模式,把"出去打报不平""裁治一家"这类公众范畴的权力都归诸男性[①],并非女性之所应为,所以认为湘云充任荆轲、聂政的侠义之举"真真好笑",如此一来,女性便确属"在家受裁治"的内闱性别。而除了爱情之外,林黛玉对其他种种女性处境也颇为安然,最多只是报以"物伤其类"的幽闺自怜,以至于连史湘云的行动力都付诸阙如,是故其自身也始终毫无"我但凡是个男人"的越界之想。

但探春则显然大为不同。第五十五回记述探春对赵姨娘与众人感叹道:

> 我但凡是个男人,可以出得去,我必早走了,立一番事业,那时自有我一番道理。偏我是女孩儿家,一句多话也没有我乱说的。

这段话正显露出探春深具不仅亦不甘为性别所囿的志气与才能,也清楚意识到自己作为女性,乃是一个群体中居于从属地位的成员,

---

① 第二十二回熙凤探问为宝钗作生日一事,贾琏回应以"往年怎么给林妹妹过的,如今也照依给薛妹妹过就是了",对此脂砚斋云:"此例引的极是。无怪贾政委以家务也。"可见"裁治家务"仍是由男性家长世代传承委任的职能所在,王夫人与王熙凤等不过是性别分工下的闱内代理人而已;熙凤欲为宝钗生日多增贺仪,仍必须向贾琏"讨你的口气,我若私自添了东西,你又怪我不告诉明白你了"。

并受到了不公的待遇,以致其生而为人的公共权力(public power)遭到性别角色的否定,而只能无奈接受陷身闺阁、沦为沉默女性(mute woman)的"无选择的选择"(the choiceless choice);并且自己之居于从属地位并不是一种自然的状况,而是由社会决定的。

所谓"我但凡是个男人,可以出得去,我必早走了",即是以假设的方式反面证明了劳拉·莫维尔(Laura Mulvey)所指出的:"我们无法在男性的苍穹下另觅天空。"① 以及维吉尼亚·伍尔芙(Virginia Woolf, 1882—1941)借一虚拟人物"莎士比亚的妹妹"茱蒂斯,来表明女性在传统父权社会中完全缺乏出路的悲剧。② 这则虚拟的故事,不独阐释了男权世界对女性才能的压抑与毁灭,更进一步生动而切中要害地呈现了家外之公共空间对女性的高度隔绝性、排除性甚至危险性,因此才会有"娜拉出走之后该怎么办"的深刻提问,并进而阐明"妇女的个性解放不能离开整个社会的解放而单独存在"③ 的道理,所以探春也没有在察觉性别不平等的情况下贸然出走。

然而,困在闺门之内的处境便免不了才性的压抑,所谓"偏我

---

① 转引自戴锦华:《序言》,陈顺馨:《中国当代文学的叙事与性别》(北京:北京大学出版社,1995),页8。

② [英]维吉尼亚·伍尔芙著,张秀亚译:《自己的房间》(台北:天培文化公司,2000),页84—87。

③ 引文见余华林:《女性的"重塑"——民国城市妇女婚姻问题研究》(北京:商务印书馆,2009),第1章"现代爱情观的兴起与妇女的恋爱问题",页79。

是女孩儿家，一句多话也没有我乱说的"，显示了探春也被迫安于消音的命运，没有多说一句话。但这只是表面的意义，应该注意的是，从另一个角度来说，探春即使比别人都更清醒地面对这样的痛苦，却并没有"愿天速变作男儿"[①]之类的天真幻想与无益作为，因此也不曾像湘云一般常作女扮男装，而是直承鱼玄机的"自恨罗衣掩诗句，举头空羡榜中名"[②]，深感切实体悟与沉痛遗憾。

　　据此，必须注意到探春所拥有的高度理性，使之在意识到性别不平等的时候，并没有受愤慨的不满情绪与盲目冲动所驱使，或因浪漫化的革命想象而贸然出走，反倒保守地、消极地固守在女孩儿的囿限里。这不是她缺乏勇气与行动力，而是清楚认知到贸然出走只能导致自我毁灭的无谓牺牲，落得完全没有意义的混乱与灾难。伍尔芙所虚拟的"莎士比亚的妹妹"茱蒂斯，在出走之后终究陷入罪恶的疯狂，并以自杀了局，被埋葬在象堡酒店前面的十字路口的公车站牌底下，永世沦为飘荡无依、无法翻身的游魂；而易卜生（Henrik Johan Ibsen, 1828—1906）在《玩偶之家》（*A Doll's House*）这部剧作中，虽然让家庭主妇娜拉有所觉醒，对女性的困境发出人权宣言与独立宣言，并在结尾让她推开门离家出走，但却没有处理接下来可能发生的现实问题，鲁迅便从真实的处境进一步追问"娜拉走后怎样"？并加以断言：出走之后的结果，"从事理上推想起

[①] （唐）黄崇嘏：《辞蜀相妻女诗》，（清）康熙敕编：《全唐诗》，卷799，页8995。
[②] （唐）鱼玄机：《游崇真观南楼睹新及第题名处》，陈文华校注：《唐女诗人集三种》（台北：仁爱书局，1985），页111。

来，娜拉或者也实在只有两条路：不是堕落，就是回来"。① 若是无知女性轻率地加以模仿，其后果不言可喻。

探春绝不无知轻率，反倒是众钗之中最清明理性的一位。她应该已经隐隐然认识到，"妇女的个性解放不能离开整个社会的解放而单独存在"，在社会没有提供思想上、经济上、空间上相应的改变之前，"出走"绝非伸张女性主体的方式；而比探春受到更多性别意识洗礼的现代人，在面对这个问题时，更必须如福克斯—简诺维希（Elizabeth Fox-Genovese）于《女性主义不需要幻想》一书中所警示的，妇女问题必须放到社会现实中来考虑，女性必须先得到保护才能最终与男人平等，因此必须摒弃抽象化的自由独立目标和以男人自我为本的这两种幻想。② 探春的没有出走，便是保护自己、不做无谓牺牲的智慧抉择，留守在性别不公的社会里寻找才性实践的空间，以此创造自我的存在价值。

于是乎，没有实质出走的探春，仍然在闺阁世界里以特殊的突围方式表达她对女性次等地位的不甘，创造出一种"精神出走"。

---

① 鲁迅：《娜拉走后怎样》，《鲁迅全集》，第 1 卷，页 166。在发表《娜拉走后怎样》一文稍后，鲁迅于 1925 年也写出中国版的娜拉《伤逝》，收录于《彷徨》，在这部小说中塑造了子君的形象而反映知识分子的恋爱悲剧；此外，鲁迅在《论睁了眼看》也指出："'私订终身'在诗和戏曲或小说上尚不失为美谈，实际却不容于天下的，仍然免不了要离异。"《鲁迅全集》，第 1 卷，页 252。

② Elizabeth Fox-Genovese, *Feminism Without Illusion: A Critique of Individualism* (Chapel Hill: University of North Carolina Press, 1991). 参余宁平：《女性主义政治与美国文化研究》，鲍晓兰主编：《西方女性主义研究评介》（北京：三联书店，1995），页 66。

（二）"不许带出闺阁字样"

这种"精神出走"的具体化，除展现在各种君子情操与文士雅好上，更显示在文字的使用上。第三十七回写探春病愈后，遣翠墨送与宝玉的一副花笺中，就写出创建诗社的动机，乃是"孰谓莲社之雄才，独许须眉；直以东山之雅会，让余脂粉"的不甘雌伏，因此，这并不只是一般明清闺秀模仿男性的文艺行为，有意分庭抗礼，甚至超乎其上。再者，在第三十八回第二社的菊花诗会中，关于菊花诗之拟题、限体、排序等计议都是由薛宝钗和史湘云两人事先商议出来，直到创作当场才透过探春之口表出"禁字"的要求，使得这第一次的诗社活动更为严格谨束，也更意义重大，因为它在艺术活动的范畴之外增加了性别意识的深层意义。

正当众人提笔准备依题写菊花诗之际，探春即指着宝玉笑道：

才宣过**总不许带出闺阁字样**来，你可要留神。

这种"总不许带出闺阁字样"的做法，是文人聚会及创作时用以竞技的一种文字游戏，于宋代以后出现，欧阳修曾记载一则故事：

国朝浮图，以诗名于世者九人，故时有集号《九僧诗》。……当时有进士许洞者，善为词章，俊逸之士也。因会诸诗僧分题，出一纸，约曰："不得犯此一字。"其字乃山、水、风、云、竹、石、花、草、雪、霜、星、月、禽、鸟之类，于是诸僧皆阁笔。①

欧阳修不仅记录别人的故事而已,他自己与年辈较晚的苏轼,都对此举辗转效法过,两人的做法是:

> 欧公在颍州作雪诗,戒不得用玉、月、梨、梅、练、絮、白、舞、鹅、鹤、银等事。后四十年,子瞻继守颍州,小雪,与客会饮聚星堂,复举前事,请客各赋一篇。②

其中,欧阳修是于《雪》诗之序中强调:"时在颍州作。玉、月、梨、梅、练、絮、白、舞、鹅、鹤、银等字,皆请勿用。"③而苏轼则于制题时直接表露,题称《江上值雪,效欧阳体,限不以盐玉鹤鹭絮蝶飞舞之类为比,仍不使皓白洁素等字,次子由韵》。④这种禁戒用字的做法称为"白战体",即探春所宣达之原则的由来。

特别的是,探春将传统文人在诗歌竞技游戏中的"禁字"转换为性别意识的做法,固然是有其整体时代风气作为背景,如学者所

---

① (宋)欧阳修:《六一诗话》,见(清)何文焕编:《历代诗话》(台北:汉京文化公司,1983),页266。
② (清)贺裳:《载酒园诗话》,卷1,郭绍虞辑:《清诗话续编》(台北:木铎出版社,1999),页243。
③ (宋)欧阳修著,李逸安点校:《欧阳修全集》第3册(北京:中华书局,2001),卷54,页764。
④ (宋)苏轼著,(清)王文诰集注,孔凡礼点校:《苏轼诗集》第1册,卷1,页20。

指出，明清时代，"正当男性文人广泛地崇尚女性诗歌之时，女诗人却纷纷地表现出一种文人化的趋向，无论在生活的价值取向上或是写作的方式上，她们都希望与男性文人认同，企图从太过于女性化的环境中摆脱出来"。① 并把这种男女认同的特殊现象称为文化上的"男女双性"（cultural androgyny）②，而大大有别于西方的文学表现，甚至可以说，她们的女性声音正是通过从写作到行动上对文人的模仿才得以释放出来。③ 然而，透过探春之口所宣达的"戒字"要求，却是《红楼梦》中绝无仅有的唯一现象，并且大部分的少女诗人其实也都没有严格遵守，仍然以闺阁本色进行创作。

所谓的"闺阁本色"，一如章学诚所归纳的：

> 唐宋以还，妇才之可见者，不过春闺秋怨，花草荣凋，短什小篇，传其高秀。④

---

① 孙康宜：《明清文人的经典论和女性观》，《文学经典的挑战》（南昌：百花洲文艺出版社，2002），页91。

② 孙康宜：《走向"男女双性"的理想：女诗人在明清文人中的地位》，《古典与现代的女性阐释》（台北：联合文学出版社，1998），页72—84。

③ 即"在西方女性主义批评家的笔下，18—19世纪英美女作家普遍陷于'作者身份的焦虑'（anxiety of authorship），她们在镜子的背后看到了自我的呈现，她们索性将计就计，就以魔女的形象向男性中心文学挑战。相反，明清才女与传统文学的关系不但从来没有这种对抗的性质，而且表现出明显的男性认同，我们甚至可以说，她们的女性声音正是通过从写作到行动上对文人的模仿才得以释放出来。"康正果：《重新认识明清才女》，《交织的边缘：政治和性别》（台北：东大图书公司，1997），页212。

④ （清）章学诚著，叶瑛校注：《文史通义校注》，卷5"内篇·妇学"，页534。

这并不是男性的偏见，而是客观的观察，犹如明清若干才女在切身的创作经验中，也察觉到类似的闺阁限制，所谓：

> 我辈闺阁诗，较风人墨客为难。诗人肆意山水，阅历既多，指斥事情，诵言无忌，故其发之声歌，多奇杰浩博之气。至闺阁则不然：足不逾阃阈，见不出乡邦，纵有所得，亦须有体，辞章放达，则伤大雅。……即讽咏性情，亦不得恣意直言，必以绵缓蕴藉出之，然此又易流于弱。诗家以李、杜为极，李之轻脱奔放，杜之奇郁悲壮，是岂闺阁所宜耶？①

或者：

> 女子之诗，其工也，难于男子。闺秀之名，其传也，亦难于才士。何也？身在深闺，见闻绝少，既无朋友讲习，以瀹其性灵；又无山川登览，以发其才藻。非有贤父兄为之溯源流，分正伪，不能卒其业也。②

这些说法中所揭示的重点，其实便是性灵派的当行专长③，整体而

---

① （明）梁孟昭：《寄弟》，引自王秀琴编集、胡文楷选订：《历代名媛文苑简编》（上海：商务印书馆，1947），页45。

② （清）骆绮兰：《听秋馆闺中同人集·序》，胡文楷编著，张宏生增订：《历代妇女著作考（增订本）》（上海：上海古籍出版社，2008），"附录二"，页939。

③ 《红楼梦》与性灵派的关系，可参欧丽娟：《〈红楼梦〉之诗歌美学与"性灵说"——以袁枚为主要参照系》，《台大中文学报》第38期（2012年9月），页257—308。

言,其写作特点主要是阴柔(femininity)的主调,亦即"在女性艺术家依然表现出'女性的'诸种特点时,她们的所有作品不过是其特有的女红趣味(The needle-threading eye and taste for detail)的流露",因而当男性评论家论及女性艺术家,"在谈到具体作品时,他所用的词语总是'微妙''流畅'和'精巧'之类的形容词,这与他形容男性艺术家的用词形成有意思的对比"。①

以此衡量《红楼梦》所聚焦的阴盛阳衰的女性世界,其中的诗词歌赋果然也都展现了类似的风格,尤其书中在谈到具体的诗词作品时,所用的评语总是"纤巧""清新""秀媚""缠绵""风流"和"妩媚"之类的形容词②,都与描述男性艺术的用词形成鲜明的对比,而符合一般艺术史家的性别意识。就此而言,探春这种"总不许带出闺阁字样"的宣言,与其说是这一场诗歌活动的实验精神,不如说是她个人想要改变阴柔风格与脂粉气息的尝试,一如伍尔芙所说:以女人的身份来写,但忘了自己是女人,只有在忘记自己的性别时,才会写出颇具本色的文章;③且探春不仅是宣

---

① 丁宁:《绵延之维:走向艺术史哲学》(北京:三联书店,1997),引文依序见页83、82。
② 详参欧丽娟:《论〈红楼梦〉与中晚唐诗的血缘系谱与美学传承》,《台大文史哲学报》第75期(2011年11月),页121—160。
③ [英]伍尔芙著,张秀亚译:《自己的房间》,页157—158。盖"任何人写作倘若时时刻刻不忘自己的性别,那乃是作品的致命伤。若是在作品中表现纯粹单一的男性或女性就会形成了致命伤。……一个女子稍为着力叙写她的艰苦,或不拘为了什么原因要求公平的待遇;以任何的方式,表达出自己身为女性在那里诉说,那都是她作品的致命伤",页175。

言而已,在创作活动展开后,其"不在裙钗中"的诗风[①]更将此一信念付诸实践,则探春之企图超越性别限制的努力,乃是宛然可见。这也可以视为探春将假想之出走具体落实为真正之出走的尝试做法之一。

从这个罕见的男性气质而言,清代评论家姜祺曾提出一种深具启发性的诠释,其对探春所赋之诗赞云:

> 一帆风雨海天来,爽气秋高远俗埃。脂粉本饶男子气,锡名排玉合玫瑰。

并附注道:

> 贾氏孙男俱从玉旁,玫瑰之名,恰有深意,不独色香刺也。此独具着眼处。[②]

意思是说,玫瑰作为探春的另一个代表花,不只是取其"又红又香,无人不爱的,只是刺戳手"(第六十五回),既有女性化的花之柔美又有男性化的刺之刚强,用以展现探春的美丽、带刺,甚至透过玫瑰二字的"玉"字偏旁,隐隐然暗示探春是贾府的巾帼英雄,是隐形的、实质的玉字辈子孙,诚可谓洞见卓论。盖玫瑰的本义即

[①] 参林乃初:《"不在裙钗中"——谈贾探春的诗风》,《红楼梦学刊》1985年第1辑。
[②] (清)姜祺:《红楼梦诗·贾探春》,一粟编:《红楼梦资料汇编》,卷5,页478。

是美石，《说文解字·玉部》云：

> 玫：玫瑰，火齐珠。一曰石之美者。从王，文声。
> 瑰：玫瑰也。从王，鬼声。一曰圆好。[①]

玫瑰即玫瑰，美石而从玉部，即是玉石，正相当于女娲炼造补天之属，相较于宝玉的"玉有病"（第一回眉批）与"玉原非大观者"（第十九回批语），探春扭转乾坤之心智与才能不言可喻。

六、远嫁的心理创伤

第六十三回宝玉的庆生宴上，众人掣花签为戏，轮到探春伸手掣了一根出来，上面是一枝杏花，那红字写着"瑶池仙品"四字，诗云：

> 日边红杏倚云栽。

注云："得此签者，必得贵婿，大家恭贺一杯，共同饮一杯。"这些描述中所提到的各种意象，在在都指向王妃："瑶池"是西王母所统辖驻居之地，具备了与昆仑同等鲜明突出之仙境意义，却又带有

[①] （汉）许慎著，（清）段玉裁注：《说文解字注》（上海：上海古籍出版社，1981），"一篇上"，页18。

其他仙界罕见的女性化空间形态,是一个女神的世界,与"仙品"之说相符;而"宫廷"本身原即具备与仙界类比的神圣性,从历代宫殿池苑建构所依据的符号设计与象征原则,往往是向仙境平行投射的具体化①,如此一来,"瑶池仙品"已然清楚通往皇室的暗示。再加上"日边红杏倚云栽"的"日",更是传统代称君王的天文符号,所谓"天无二日,人无二君",象喻了独一无二、至高无上的皇权,则"日边红杏"即天子身边的后妃,必然也是以云层为土壤,高居尘寰之上,故谓"倚云栽"。配合旁注所云:"得此签者,必得贵婿,大家恭贺一杯","贵婿"一词更挑明婚嫁对象的尊贵身份,以致众人当场立刻掌握到此一象征意涵,笑道:"我们家已有了个王妃,难道你也是王妃不成。大喜,大喜。"

不只如此,与王妃命运有关的设计,还见诸风筝意象。首先是第五回,宝玉神游太虚幻境时,其中有关探春的人物图谶是:

> 画着两人放风筝,一片大海,一只大船,船中有一女子掩面泣涕之状。也有四句写云:
>
> > 才自精明志自高,生于末世运偏消。清明涕送江边望,千里东风一梦遥。

---

① 顾彬(Wolfgang Kubin, 1945—)也指出:"模拟的仙人居住之所(蓬莱、昆仑等),初时只能在皇家园林中看到(它是皇权的象征,也是皇帝与仙人相会之所),后来,随着仙崇拜的世俗化,在汉代之后,这种东西也进入了上流社会的私人园林。"[德]顾彬著,马树德译:《中国文人的自然观》(上海:上海人民出版社,1990),页100—101。

尤其是,"风筝"意象特别在探春身上被反复运用,除象征其高洁的人品之外,就命运暗示的这一点而言,也与婚谶息息相关,不仅第二十二回探春的灯谜诗也是以风筝为谜底,诗云:

阶下儿童仰面时,清明妆点最堪宜。游丝一断浑无力,莫向东风怨别离。

更深刻有趣的,是第七十回描写众钗放风筝一段:

探春正要剪自己的凤凰,见天上也有一个凤凰,因道:"这也不知是谁家的。"众人皆笑说:"且别剪你的,看他倒像要来绞的样儿。"说着,只见那凤凰渐逼近来,遂与这凤凰绞在一处。众人方要往下收线,那一家也要收线,正不开交,又见一个门扇大的玲珑喜字带响鞭,在半天如钟鸣一般,也逼近来。众人笑道:"这一个也来绞了。且别收,让他三个绞在一处倒有趣呢。"说着,那喜字果然与这两个凤凰绞在一处。三下齐收乱顿,谁知线都断了,那三个风筝飘飘飖飖都去了。

可见探春的凤凰和天外渐逼近来的另一个凤凰绞在一处,又见一个门扇大的玲珑喜字带响鞭的风筝也逼近来,与这两个凤凰绞在一处,一同断线远去。这便清楚暗示以"喜"字结合的双方,都是带有皇室成员尊贵意义的"凤凰"。凤凰作为王妃的身份象征,与天子的龙比配成对，本来就是传统文化中神圣的政治图腾，小说中元妃省亲时，宝玉对潇湘馆的初步命名，也是取义于"这是第一处行幸之处，必须颂圣方可"的原则，而题为"有凤来仪"，以凤颂扬元春的皇妃地位，可谓前后一致的互相呼应；至于"喜"字风筝所连结的另一只凤凰，依同一原理也必为皇室成员，在"喜"字所代表的婚姻关系之下，探春嫁作王妃的暗示更加显而易见。只是两人成亲后一同飞往天涯海角，必须从海路才能抵达归宿。

关于探春的远嫁，学界有好几种臆测，一种是认为探春和番到东南亚的异国，例如根据周汝昌的考证，1942年冬，日籍哲学教授儿玉达童曾告北大文学系学生张琦翔云：日本有三六桥（一家书店，亦作人名）版百十回红楼梦，内容有探春远嫁——"杏元和番"。[1]于是产生"海外王妃"说，认为探春是"嫁到中国以外的一个海岛小国去作王妃"。[2]

另一种则主张是国内的海疆王妃，其原因与情况包括："探春确实是做了王妃，不过不是海外王妃，而是国内某个王的妃，但在新婚之际，夫家突遭巨变。这时元春已死，贾家势衰，正是'也难绾系也难羁'，在无可奈何的情况下，探春含悲随夫远嫁。他们很可能是发配海疆效力，甚至竟是流放。以后的生活十分不安定，一

---

[1] 水晶：《私语红楼梦》（济南：齐鲁书社，2006），页55。

[2] 梁归智：《探春的结局——海外王妃》，《红楼梦研究集刊》第9辑（上海：上海古籍出版社，1982），页267—278；梁归智：《石头记探佚》（太原：山西教育出版社，1992），页22。

去不归。"① 另外也有主张，很可能是由于南安郡王乃至朝廷为笼络重臣的军事、政治需要，让探春做了粤海将军邬家的儿媳②，成了"粤海'姬子'"。③

若仔细推敲，以上两种说法似乎都难以成立。已经有学者指出，这些看法有两个不好自圆之处，"一是历代'和番'均为皇室帝王之女（至少要以此名义）方可到外邦作后妃"，探春身分不合；"二是清代自立国以来，就坚决实行'强本抑末'和'闭关自守'两项政策"④，历史条件不合。此外，还可以注意到，就第一种和番说而言，从传统中国本身的民族骄傲，往往轻视周边国家的文化低落而以夷狄称之，在中国的夷夏尊卑观念下，堂堂华夏之贵族女子的和番，是牺牲下嫁而不是飞上枝头作凤凰的高升，当不致誉称蛮夷之邦的领主与后妃为"凤凰"，历史文献上也从未见此一用法，曹雪芹自不应例外。

就第二种所谓的发配海疆或粤海将军儿媳等而言，后四十回本非曹雪芹的原稿原意，连后四十回的内容都不存在的种种编想更是难以确证。故探春于归的对象应以戍守海疆的藩王为是，并且就

---

① 张庆善：《探春远嫁蠡测》，《红楼梦学刊》1984 年第 2 辑，页 251—259，引文见页 252。

② 丁淦：《粤海"姬子"——探春的结局探佚》，《红楼梦人物论——1985 年全国红学会学术讨论会论文集》（贵阳：贵州人民出版社，1988），页 263—286。

③ 丁维忠：《红楼梦：历史与美学的沉思》（哈尔滨：黑龙江教育出版社，2002），页 306。

④ 胡邦炜：《〈红楼梦〉中的悬案》（成都：四川人民出版社，1994），页 112—113。

第五回的预告而言,探春的乘船海行是发嫁的过程,并非嫁后的遭遇,至于究竟所嫁何人、嫁后的际遇,在缺乏文本实据的情况下都无须揣测附会。

事实上,探春的远嫁最重要的意义,不在婚后的未来命运,而在于对她的心理冲击,因而奇特的是,婚嫁是身为少女的众金钗都会面临的问题,但小说家却独独在探春身上再三强调"出嫁"的事件,并极力刻画出嫁对女性的心理影响,其中必有深刻用意。可以说,"远嫁"对女性而言,都会带来身心的巨大创伤,尤其是才志兼备同时对家族兴亡抱有高度使命感的探春,更成为《红楼梦》众姝中因"出嫁"所造成之身心割离的最感悲痛者。

第五回即反复强调这一点,除人物图谶中"船中有一女子掩面泣涕之状"的图,以及"清明涕送江边望,千里东风一梦遥"的判词之外,还包括《红楼梦曲》所言:

〔分骨肉〕一帆风雨路三千,把骨肉家园齐来抛闪。恐哭损残年,告爹娘,休把儿悬念。自古穷通皆有定,离合岂无缘?从今分两地,各自保平安。奴去也,莫牵连。

可见女儿出嫁的情感割裂之痛,犹如元春的"望家乡,路远山高",遥遥呼应着晋朝傅玄所描写女性生涯中种种悲哀之一的"垂泪适他乡,忽如雨绝云"[1],探春的远嫁更是距离遥遥到"千里东风一梦

---

[1] (晋)傅玄:《苦相篇》,逯钦立辑校:《先秦汉魏晋南北朝诗》,页555。

遥""一帆风雨路三千",再加上"一片大海,一只大船"所显示的远渡重洋,以致"生离"即形同"死别"。至于图谶上所画的两人放风筝,"风筝"固然是指探春,将因远嫁海疆而断线;而放风筝的"两人"则是"爹娘",亲子双方都饱受"分骨肉"的椎心之痛。而此一心痛还必须加上"才自精明志自高,生于末世运偏消"的遗憾,如此一来,才志兼备同时对家族兴亡抱有高度使命感的探春,也就成为《红楼梦》中唯一聚焦在"出嫁"所造成之身心割离而悲痛伤心的女子。

就此,可以参考曼素恩(Susan Mann, 1943—)的研究,她指出:"在中国的家族体系中,女性生命周期的这个关键性特征引起了一些心理上的创伤,它们直接抵触西欧和北美的精神科医师和心理学家所指认的性别模式。在大多数的西欧与北美社会中,必须经历与母亲分离之创伤的是儿子;这种创伤成为影响其性别认同的基础经验。……在盛清家族中,女儿,而非儿子,承受着分离所造成的创伤。女儿在成长的过程中,便知道她们终究必须'出嫁'而进入另一个家族;相对地,儿子则可以指望与母亲维持着长久而亲密的关系,直到死亡将他们分离为止。"[①]衡诸书中环绕在探春身上的刻画焦点,诸如:

- 清明涕送江边望,千里东风一梦遥。(第五回判词)

---

① [美]曼素恩著,杨雅婷译:《兰闺宝录:晚明至盛清时的中国妇女》,第1章《导论》,页53。

- 一帆风雨路三千，把骨肉家园齐来抛闪。……从今分两地，各自保平安。（第五回《红楼梦曲·分骨肉》）
- 游丝一断浑无力，莫向东风怨别离。（第二十二回灯谜诗）
- 也难绾系也难羁，一任东西南北各分离。（第七十回《柳絮词·南柯子》）

甚至是"日边红杏倚云栽"（第六十三回花签诗），都以"远嫁离家"的无力回天之悲为核心，显然成为建构探春之生命图像的关键性事件。此中深意，当是："才自精明志自高"的探春虽然有能力为家族救亡图存，却受限于嫁离远去之女性命运，而被剥夺撑持家族的机会与权利，以至于空负"才志兼备"，一身扭转乾坤的治世才能无用武之地，徒留末世中兴革图治的未竟之业，被迫眼睁睁放任家运颓败而无以尽力一搏，其遗憾不甘更是令人嗟叹怅恨。"清明涕送江边望，千里东风一梦遥"的悲哀不只是一般女性出嫁辞亲的悲哀，还更有这一层意义在。《红楼梦》所挖掘的女性之悲剧，就此更添一种独特类型。

七、末世的光辉

可以说，探春属于弗洛姆所认为最完美、成熟的创造型人格（The productive character），亦即具有道德感，也是真正能自爱及爱人的人。她是积极的，但只表现于潜能的发挥，也就是创造力的发挥。这种人是客观、实在的，也是具有充分理想与创造的。他们能把握人生的真正意义，借理性与爱来了解外在世界，并能充分的感知宇宙的和谐，认识自己在整个时间、空间的位列，肯定个人的价值与尊严，实现自己的责任，而达到最高的创造境界。①

这样的探春，具备了一种"自觉性的进取的意志"，这种意志"必然纠合了明确的认知、强烈的感情、然后和持续的目的性行为，汇合成一股力量，具有履及剑及的奋进精神，形成一个强大的行动力场，然后始可以称为是意志"，且在变动不居而复杂矛盾的人生处境中，这股意志还进一步召唤理性与智慧的照亮，而真正作出生命的选择。②探春可以说具备了所有的相关条件。固然明确的认知、强烈的感情都为林黛玉所禀赋，然而，履及剑及的奋进精神与行动力，还有那在复杂变动的世局中进行人生的抉择时，所不可或缺的理性与智慧的清明之光，却在在都极为林黛玉所欠缺；宝钗则虽有明确的认知、理性与智慧的清明，但较少强烈的感情、履及剑及的奋进精神与行动力，都各有不足之处。

但探春不然，她那"心里却事事明白""看得透"正表现出"明确的认知"，至于"船中有一女子掩面泣涕之状"的图谶、"清明涕送江边望"的判词，以及抄检大观园时，探春对大队人马悲愤所说的：

---

① 参〔美〕雷登贝克（H. M. Ruitenbeek）等著，叶玄译：《存在主义与心理分析》（台北：巨流图书公司，1976），页148—149。
② 乐蘅军：《唐传奇的意志世界》，《意志与命运——中国古典小说世界观综论》（台北：大安出版社，1992），页12。

"你们别忙,自然连你们抄的日子有呢!你们今日早起不曾议论甄家,自己家里好好的抄家,果然今日真抄了。咱们也渐渐的来了。可知这样大族人家,若从外头杀来,一时是杀不死的,这是古人曾说的'百足之虫,死而不僵',必须先从家里自杀自灭起来,才能一败涂地!"说着,不觉流下泪来。(第七十四回)

这些眼泪不是探春的自伤自怜,而是对家族的一腔深爱,因此悲壮感人,所蕴涵的"强烈的感情"实更有过之。还有探春的"拿得定",正展现出面对复杂变动的世局时,理性与智慧的清明之光,因此决策上英断精准;再看她"说得出,办得来"以及"兴利除宿弊"的改革,恰恰正显示了持续的目的性行为、履及剑及的奋进精神,形成一个强大的行动力场。探春是《红楼梦》的女性中,拥有"自觉性的进取的意志"的绝无仅有的一位。

从而,杰出至此的探春也获得了老祖宗的肯定。第七十一回贾母举办八十寿庆,南安太妃前来祝贺时,表示要见她们姊妹,贾母回头命凤姐去把史、薛、林带来,"再只叫你三妹妹陪着来罢"。这个现象已清楚反映了贾母的宠爱,如后来鸳鸯所说道:

这不是我当着三姑娘说,老太太偏疼宝玉,有人背地里怨言还罢了,算是偏心。如今老太太偏疼你,我听着也是不好。这可笑不可笑?

可见从鸳鸯公正的眼光来看，宝玉之所以获得宠爱，算是一种偏心；但探春现在也受到偏疼，便完全是应有的报偿，实至名归，因此认为有人对此抱怨，就算是可笑。必定是探春受命理家后的种种表现令贾母刮目相看，因此，在原来的宠儿名单里又再加上探春，与宝玉、黛玉、宝钗并列，比起原先的韬光养晦已不可同日而语。这完全是她靠自己的品格、努力所挣来的地位，更是难能可贵。

正因为如此，评点家涂瀛赞美道：

> 可爱者不必可敬，可畏者不复可亲，非致之难，兼之实难也。探春……春华秋实，既温且肃，玉节金和，能润而坚，殆端庄杂以流丽，刚健含以婀娜者也。其光之吉与？其气之淑与？吾爱之，旋复敬之畏之，亦复亲之。①

兼具了可爱、可敬、可畏、可亲之特质的探春，造就了另一种独特的完美境界，西园主人更进一步认为：

> 探春者，《红楼》书中与黛玉并列者也。《红楼》一书，分情事、合家国而作。以情言，此书黛玉为重；以事言，此书探春最要。以一家言，此书专为黛玉；以家喻国言，此书首在探春。何也？……此作书者于贾氏大厦将倾之时，而特书一旁观

---

① （清）涂瀛：《红楼梦论赞·探春赞》，一粟编：《红楼梦资料汇编》，卷3，页128。

叹息之庶孽，以见其徒唤奈何也。吾故曰：探春者，《红楼》书中与黛玉并列者也。①

这样的结构发展，再度引发我们对于《红楼梦》"只可言情"的主情说的质疑。学者已深刻反省到：自明末展开对"理"的抵制，以及对封建礼教的痛斥之后，其所产生的问题是，拒绝了"理"的生命，由此却因为缺乏生命的支点和有意义的"理"的支撑，或显得破碎与不完整，或显得无助、无力与轻飘，从而直接导致了"无力的子君"与"把玩的小品文"共生的格局，引发了"娜拉出走以后怎么办"这一深刻的追问。② 正是在"敏智过人"的探春身上，我们看到她在"理"的支撑之下，以清明的理性智慧，既了解女性的屈从地位，也洞明女性之无从出走的困境所在，因此并没有在女性意识的驱策下贸然出走，避免了"娜拉出走以后怎么办"的失落无从；更没有困限在无助无力的女性格局中，徒然感伤自苦或被动受屈，反而进一步转化为男女双性的自我塑造以为调解，成为"以园里的圆满性引伸到园外庞大宇宙的周全性"③的唯一实践者。这不但安顿了自我，也安顿了周遭世界。

再从王妃的身份而言，可见探春可以说是元妃的继承人，是下

---

① （清）西园主人：《红楼梦论辨·探春辨》，一粟编：《红楼梦资料汇编》，卷3，页203—205。
② 吴炫：《否定主义美学（修订本）》（北京：北京大学出版社，2004），页252。
③ ［美］浦安迪著，孙康宜译：《西游记、红楼梦的寓意探讨》，《中外文学》第8卷第2期（1979年7月），页53。

一位体现大观精神的大母神的候选人,脂砚斋也才会感叹:

> 使此人不远去,将来事败,诸子孙不至流散也。悲哉伤哉。(第二十二回批语)

这正是对探春虽为妇人身却有丈夫志,足为末世之天柱的最大赞美。

大观红楼 ③
(下卷)

欧丽娟讲红楼梦

欧丽娟 著

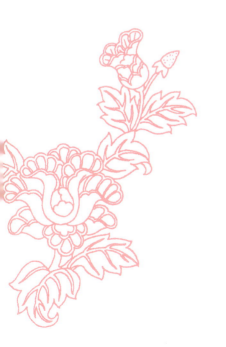

北京大学出版社
PEKING UNIVERSITY PRESS

目 录

下 卷

第七章　贾迎春论　　　　　　　　　　　　　　533

一、木头："没有个性"的个性　　　　　　　　534

二、基本焦虑与"病态的依顺"心理　　　　　539

三、生命哲学与思想根据　　　　　　　　　　551

四、幸福的片刻　　　　　　　　　　　　　　561

五、信仰的崩溃：唯一的抗议　　　　　　　　566

六、角落里的青苔　　　　　　　　　　　　　573

第八章　贾惜春论 　　　　　　　　　　　　　576

一、前言："苗而不秀"　　　　　　　　　　　576

二、基本焦虑与"病态的逃避"心理　　　　　581

三、生命哲学与思想依据　　　　　　　　　　595

四、"吝惜"春天：拒绝人生　　　　　　　　607

第九章　史湘云论 　　　　　　　　　　　　　613

一、序言　　　　　　　　　　　　　　　　　613

二、天赋与性格特质　　　　　　　　　　　　615

三、心直口快："直而温，率而无虐"　　622

　　四、一半风流一半娇：双性的均衡　　633

　　五、婚姻与命运　　651

　　六、没有阴影的心灵　　658

第十章　王熙凤论　　662

　　一、序言　　662

　　二、名门出身与特殊教育　　666

　　三、大家小姐的正统风范　　679

　　四、孝敬爱怜的真情诚意　　695

　　五、观其所使：平儿论　　700

　　六、逸才逾蹈的出轨与反思　　715

　　七、人命公案的平议　　734

　　八、牺牲奉献与悲愤灰心　　744

　　九、对脂粉英雄的礼赞与哀挽　　757

第十一章　李纨论　　761

　　一、成长背景与性格基调　　761

　　二、白梅：心如止水的年轻寡妇　　768

　　三、红杏：灰烬中的余火残光　　782

　　四、沉默的大财主　　796

　　五、"投射心理"与"同类比较"　　809

　　六、在缺憾中自足　　820

第十二章　妙玉论　　826

　　一、生命史的轨迹：五个阶段　　827

　　二、先天禀赋：冰霜之下的善良柔软　　834

　　三、太高、过洁：性格的极端化发展　　841

　　四、白雪红梅：道姑／名流的综合体　　861

　　五、淖泥的下场：自我的单薄狭隘　　874

　　六、高傲的小鸟　　881

第十三章　秦可卿论　　885

　　一、另类的海棠花　　885

　　二、低微的出身与优异的天赋　　887

　　三、爱欲女神：春睡的海棠　　906

　　四、情、欲的复合　　922

　　五、暧昧的死亡　　941

　　六、殿后的批判　　953

第十四章　总结：性格、环境、命运及其反思　　960

　　一、人格养成的先天性　　961

　　二、家庭、环境的关键性　　967

　　三、人性样貌的复杂变异　　977

贾迎春，改琦绘：《红楼梦图咏》，风俗绘卷图画刊行会重刊本，1916。

第七章
贾迎春论

相较于探春的显目突出,拥有红杏与玫瑰两种代表花,且属于弗洛姆所认为最完美、成熟的"创造型人格"类型,年纪稍长、同为庶出的迎春便大为逊色。这种差别不只是一般性的不同而已。

王夫人曾就妙玉的性格,指出"既是官宦小姐,自然骄傲些"(第十八回)的常态逻辑,连"跟姑娘的丫头原比别的娇贵些"(第七十四回)也都属一般常情,然而,迎春不但没有贵宦家庭出身的女性常有的公主病,反倒比一般人家的女孩更加软弱没有个性,甚至比家中的女仆更受欺负,这种反常的现象处处可见。如果放在贵宦小姐的身份来看,可以说是极为怪异奇特的,比起林黛玉的多愁善感、薛宝钗的圆融大方,这其实更是难以从一般常理去理解的特殊人格样本。

清代评点家诸联认为"迎春如梨"①,"王希廉本"给予迎春的相应花卉则是"女儿花",其实都是缺乏文本依据的假拟之说,曹雪芹并没有给迎春代表花,因为她的人格特质连维持正常生存都十分勉强,根本无法绽放出任何花朵。

---

① (清)诸联:《红楼评梦》,一粟编:《红楼梦资料汇编》,卷3,页119。

一、木头："没有个性"的个性

迎春是荣国府大房承袭爵位的贾赦之女，第二回借由冷子兴之口说道："便是贾府中，现有的三个也不错。……二小姐乃赦老爹之妾所出，名迎春；……因史老夫人极爱孙女，都跟在祖母这边一处读书，听得个个不错。"到了第七回则略有变化，"近日贾母说孙女们太多了，一处挤着倒不方便，只留宝玉黛玉二人在这边解闷，却将迎、探、惜三人移到王夫人这边房后三间小抱厦内居住，令李纨陪伴照管"，可见自始至终，迎春、探春这两个庶出的女儿都一样受到贾母的疼爱，与其他堂姐妹一并带在身边，或移交给王夫人教养照管，乃是一视同仁并无正庶之别。

但一龙生九子，各个不同，何况三春又来自不同的单元家庭，禀赋了不同的血脉基因，彼此之间的差异在第一次同时出场的时候便显现出来。第三回黛玉初入荣国府时，与三春依礼相见，映入眼帘的是：

> 第一个肌肤微丰，合中身材，腮凝新荔，鼻腻鹅脂，温柔沉默，观之可亲。第二个削肩细腰，长挑身材，鸭蛋脸面，俊眼修眉，顾盼神飞，文彩精华，见之忘俗。第三个身量未足，形容尚小。其钗环裙袄，三人皆是一样的妆饰。

身为同辈排行下的"二姐姐"，迎春是第一个被介绍的人物，从长相来看，迎春是一个白皙润泽、双颊泛红的健康少女，加上中庸的体态，整体是平凡的造型；不过仍然必须承认，迎春也是美丽可爱的，否则无法以十二金钗的身分与条件跻身于"花容月貌"的太虚幻境中，符合"画着个恶狼，追扑一美女"的图谶描述。而相由心生，迎春的温柔沉默也表现出没有声音的缺乏个性，因而"观之可亲"字面上是说她的善良令人易于亲近，但实质上则是一种容易被忽略的性情，站在顾盼神飞的探春身旁，便大为相形失色，有如一抹淡淡的影子。

此后，这样的性格表现还延续到另一次的三人并写而前后呼应，第四十六回贾母因贾赦欲娶鸳鸯而迁怒王夫人时，作者的形容是：

> **探春有心的人**，想王夫人虽有委屈，如何敢辩；薛姨妈也是亲姊妹，自然也不好辩的；宝钗也不便为姨母辩；李纨、凤姐、宝玉一概不敢辩；这正用着女孩儿之时，迎春老实，惜春小，因此窗外听了一听，便走进来陪笑向贾母道："这事与太太什么相干？老太太想一想，也有大伯子要收屋里的人，小婶子如何知道？便知道，也推不知道。"犹未说完，贾母笑道："可是我老糊涂了！……可是委屈了他。"

相较于探春的心思玲珑剔透，考虑得八方周全，对于王夫人、薛姨妈、宝钗、李纨、凤姐、宝玉、迎春、惜春等人各自有不宜出面的为难全盘理解，因此窗外听了一听，便走进来陪笑向贾母澄清王夫人的冤屈，化解了一场尴尬，迎春则因"老实"而无用武之地，就显示出巨大差别。难怪第七十三回邢夫人对迎春责备道：

> 我想天下的事也难较定，你是大老爷跟前人养的，这里探丫头也是二老爷跟前人养的，出身一样。如今你娘死了，**从前看来你两个的娘，只有你娘比如今赵姨娘强十倍的，你该比探丫头强才是。怎么反不及他一半！**

邢夫人的说法是就二春的资质表现进行比较，并追溯血缘传承的先天才性作为平行参照，在"出身一样"的前提下，所谓迎春生母"比如今赵姨娘强十倍"，指的是两人本身的才能心志高下悬殊，但两个姨娘所生的女儿却颠倒过来，出自优秀母亲的迎春却比不上赵姨娘所生的探春的一半，邢夫人因此对两组母女之间的遗传失误深表罕异，也表达出对迎春平庸无能的不满。

若就迎春的性格表现而言，"老实"已经算是小说中各种形容中最中性的一个，一共出现三次：

- 探春心想："迎春老实，惜春小。"（第四十六回）
- 岫烟对宝钗说道："二姐姐也是个**老实人，也不大留心**。我使他的东西，他虽不说什么，他那些妈妈丫头，那一个是省事的，那一个是嘴里不尖的？我虽在那屋里，却不敢很使他们，过三天五天，我倒得拿出钱来给他们打酒买点心吃才好。"（第五十七回）
- 邢夫人旁边伺候的媳妇们趁机道："我们的姑娘老实仁

德,那里像他们三姑娘伶牙俐齿,会要姊妹们的强。"(第七十三回)

其中,"老实"还甚至成为"仁德"的同义语。但有德而无能,则难以解决问题、改善处境、维持公平正义,在保持沉默的情况下,也容易变成姑息养奸的乡愿,果不其然,小说中借由其他人对迎春的描述,更进一步道出这一点,诸如:

- 凤姐说:李纨"是个佛爷,也不中用。**二姑娘更不中用**"。(第五十五回)
- 邢夫人道:乳母"只他去放头儿,还恐怕巧言花语的和你借贷些簪环衣履作本钱,你这**心活面软**,未必不周接他些。若被他骗去,我是一个钱没有的,看你明日怎么过节"。(第七十三回)
- 司棋心想:"迎春**语言迟慢,耳软心活**,是不能作主的。"(第七十七回)

可见在凤姐的判断下,对于理家兴革之务迎春是"不中用"的,比起"尚德不尚才"的李纨还更加不如;邢夫人也清楚看出迎春容易被人摆布,料中乳母以借贷为名、实则骗取钱财的恶行,这都是迎春的"心活面软"所招致的结果;至于被撵逐出去的司棋,身为迎春的贴身大丫鬟,更了解这位主子小姐的性格,难以指望她会出面争取留下司棋的机会。而造成迎春"不能作主"的原因,就是"语言迟慢"、"耳软心活""心活面软",其中,"心活"意味着意志不坚、心意不决,一如迎春也自觉到的"你们若说我好性儿,没个决断";"耳软""面软"则是指容易碍于情面、被人说动,再加上"语言迟慢",无法立刻作出反应、清楚表达意见而失去先机,沦为被动的同意,以至于往往成为他人操作主导的傀儡。这也是迎春"温柔沉默"的实质意义。清代评点家青山山农称之为"鸠拙之资"①,便是对迎春似温柔实软弱、似宽大实无能的性格缺陷所发出的批评。

小说家将这种"温柔沉默""老实"的性格核心总结为"懦","懦"正是曹雪芹所给予她的一字定评(第七十三回回目)。但最可怕的是,在这个性格的基本规定之下,迎春"不能作主"的结果,到了极端的程度便会失去自我,"观之可亲"甚至可以衍生为"观之可侵",也就是让人不以为意地加以侵犯,这恰恰正是迎春的人生悲剧的根源。对于迎春几乎失去自我的极端状况,小说家透过两段话给予生动的比喻:

- 宝钗虑及:"岫烟为人雅重,**迎春是个有气的死人,连他自己尚未照管齐全**,如何能照管到他身上。"(第五十七回)
- 兴儿说道:"二姑娘的浑名是'二木头',**戳一针也不知嗳哟一声**。"(第六十五回)

所谓"有气的死人"虽然不甚中听,但确属精准的描述,参照兴儿

---

① (清)青山山农:《红楼梦广义》,一粟编:《红楼梦资料汇编》,卷3,页211。

用来作类比的"木头",也是失去生命的植物遗体,而"戳一针也不知嗳哟一声"者岂非正是"有气的死人"?两种说法可以说是异曲同工、相互定义,展现出对迎春超乎寻常的性格特征。尤其是兴儿所言,清代评点家周春提醒道:

> 兴儿对尤二姐论贾府人物,闲中着笔,作十二钗月旦评。①

更是对迎春的定论,则无论是"有气的死人"还是"木头",都显示迎春迥异于一般常人的缺乏生气,甚至连"喊痛"这种基本的生物本能反应都近乎丧失,已达到匪夷所思的地步。既然木头连生命气息都微弱不存,成长茁壮更已力有未逮,又岂能开出花来?就此来说,迎春之所以缺乏代表花,正是顺理成章。

无怪乎,最亲近女孩,把少女当作无上珍宝的宝玉,几乎不曾与堂姐妹迎春、惜春有单独或进一步的谈话互动,一如黛玉也是"虽有迎春惜春二人,偏又素日不大甚合"(第七十六回),在迎春这一方,原因正如上所述。

二、基本焦虑与"病态的依顺"心理

对于迎春的性格特质,除说明"是什么"之外,还可以追问"为什么",也就是何以致此的问题。表面上,若粗略地说,不同于探

---

① (清)周春:《阅红楼梦随笔》,一粟编:《红楼梦资料汇编》,卷3,页74。

春的"入世"与惜春的"出世",迎春似乎属于"忘世"的人格类型;但迎春的状况与道家的忘世其实相去甚远,庄子的"心斋坐忘"(《庄子·人间世》)是要能"庖丁解牛"般应世自如,全身而退,绝不是对世界的复杂凶险不放在心上,或毫无作为。必须说,迎春的性格特质及其根源另有范畴,值得推敲。

从性格塑造的后天影响来考察,儿童教育心理学已经指出,家庭因素对于儿童人格成长十分重要:

> 幼儿的任性、骄横、霸道、自我中心等,根源多半是他们在家庭中处于特殊地位,家长过分溺爱、迁就。相反,**如果家长对幼儿限制过多、简单粗暴,也会压抑幼儿的主动性,造成幼儿墨守陈规、怯懦等消极性格。**①

印证于迎春的成长背景中,其原生家庭之嫡母邢夫人的干预作用,实乃丝丝入扣,所谓:邢夫人"禀性愚强,只知承顺贾赦以自保,次则婪取财货为自得,家下一应大小事务,俱由贾赦摆布。凡出入银钱事务,一经他手,便克啬异常,以贾赦浪费为名,'须得我就中俭省,方可偿补',儿女奴仆,一人不靠,一言不听的",乃一常"弄左性"而"多疑的人"(第四十六回),并且"明显薄情之至"(第二十四回夹批),其所施加的过度苛敛与强力钳制,身为晚辈兼闺阁少女的迎春不但是首当其冲,更且无所逃于牢笼之外。从第八十

---

① 林泳海:《儿童教育心理学》,页128。

回迎春对王夫人所言：

> 从小儿没了娘，幸而过婶子这边过了几年心净日子。

由此反推，在来到王夫人身边之前，与邢夫人共同生活的日子是"心不净"而充满烦扰的，以至于她出嫁后临受婚姻不幸之际，依然是"邢夫人本不在意，也不问其夫妻和睦，家务烦难，只面情塞责而已"（第八十回），可知自幼在邢夫人简单粗暴、限制过多下的"心不净"的成长经历，确为养成迎春压抑自我主动性从而性格怯懦消极的重要原因。

然而，其怯懦消极几近"木头""有气的死人"的极端形态，已非一般正常人格类型所能范围。由霍妮（Karen Horney, 1885—1952）不同意弗洛伊德的本能说而另外发展的整体人性论（The theory of whole man），可以更进一步为其性格内涵提供更深入的理解。

霍妮认为个人与社会文化的冲突或适应不良所致的病态人格，乃肇因于基本焦虑（Basic anxiety），而其潜因于儿童期即已形成；亦即基本焦虑作为一种以为自己"渺小、无足轻重、无助无依、无能，并生存于一个充满荒谬、下贱、欺骗、嫉妒与暴力的世界"的感觉，乃源于童年时父母未能给予他们真诚的温暖与关怀（往往由于父母本身的病态人格或缺陷），使这些孩子失去了"被需要的感觉"所引起。而由于无条件的爱是儿童正常发展的最基本动因，因此那些未能得到这种爱心的儿童，即**觉得这世界、周围环境皆是**

可怕、不可靠、无情、不公平的,这种怀疑倾向使他觉得个人被湮灭,自由被剥夺,于是丧失快乐而趋向不安。同时一方面,儿童因为年纪尚轻,虽然对父母的爱心怀疑,但却不敢表露,害怕因此受惩罚与遗弃,这种被压抑的情绪导致更深的焦虑,结果在这种充满基本焦虑的环境中,儿童的正常发展受阻,自尊自助丧失;儿童为了逃避此种焦虑并保护自我,于是形成病态人格倾向。①

就霍妮所区分的几种病态人格倾向中,迎春可算是"病态的依顺"(Neurotic Submissiveness)这一类型,这种人承认软弱、贬低自己,趋向接受强壮有力的人之意见或传统世俗、权威的观念,他会压抑所有自己的内在能力,使自己变得渺小,并避免批评他人,躲避争吵与竞争,表现得对任何人均"有益";这种人的内在意识动机是:如果我放弃自己,顺从别人并帮助他,我就可以避免被伤害。②这便是构成迎春消极怯懦的深层心理所在。

其中,"这种人趋向接受强壮有力的人之意见或传统世俗、权威的观念",在迎春的相关情节中往往可见,尤以迎春对奶娘的态度最具代表性。当其乳母担任大头家开局聚赌之事被揭发,遭贾母震怒重罚后,邢夫人与迎春之间有如下之对话:

邢夫人因说道:"你这么大了,你那奶妈子行此事,你也

---

① 参[美]雷登贝克等著,叶玄译:《存在主义与心理分析》,页141。
② 参[美]雷登贝克等著,叶玄译:《存在主义与心理分析》,页141;葛鲁嘉、陈若莉:《文化困境与内心挣扎——霍妮的文化心理病理学》(台北:猫头鹰出版社,2000),页120—121。

不说说他。如今别人都好好的，偏咱们的人做出这事来，什么意思。"迎春低着头弄衣带，半响答道："我说他两次，他不听也无法。况且他是妈妈，只有他说我的，没有我说他的。"邢夫人道："胡说！你不好了他原该说，如今他犯了法，你就该拿出小姐的身分来。他敢不从，你就回我去才是。如今直等外人共知，是什么意思。"（第七十三回）

邢夫人的说法中，清楚揭示乳母可尊可卑的身份双重性，以及与年轻主子之间既权威又服从的关系矛盾性，并指出迎春应该拿捏的分寸与处置原则，属于邢夫人罕见的中肯表述。但迎春却只选择性地片面采取"只有他说我的，没有我说他的"的服从性，放弃自己身为主子的权力与权利，而纵任乳母集团坐大并成为予取予求的绝对权威。

其次，所谓"他会压抑所有自己的内在能力，使自己变得渺小"的表现，于书中各相关处亦历历可见，以诗词才华而言，关键不在于天赋之高低，而系乎认知与努力之强弱，也正是后者显示出迎春的自我放弃。诸如：第二十二回元妃娘娘从宫中差人送出一个灯谜儿，命阖家去猜，包括宝钗、黛玉、宝玉、湘云、探春、贾兰都俱已猜着，唯独迎春与贾环猜的不是，因此颁赐之物也只有迎春、贾环二人未得。对此，"迎春自为顽笑小事，并不介意，贾环便觉得没趣"，迎春的表现固然是脂批所谓"大家小姐"的风范，但确也全无求胜之心，差异已见。

再看第四十回大家奉承着贾母一起行酒令，依规定是"无论诗词歌赋、成语俗话，比上一句，都要叶韵"，然而由贾母开始，继薛姨妈、湘云、宝钗、黛玉都依序答令之后，迎春乃是第一个因错韵受罚的，她对"左边四五成花九"一句答以"桃花带雨浓"，被众人说道："该罚！错了韵，而且又不像。"迎春便笑着饮了一口，对此一简直比初学者还逊色的严重疏失，也是毫不介意的样子。固然这很可能是因为当时"凤姐儿和鸳鸯都要听刘姥姥的笑话，故意都令说错"所致，但一则是在场所有人之中，只有她配合这一要求而犯错，可见性格上的泯灭自我；再则也更是因为缺乏能力与兴趣，导致不思求进。如第三十七回大观园中首度起诗社时，不但李纨自承：

> 我和二姑娘四姑娘都不会作诗，须得让出我们三个去。我们三个各分一件事。

而且当大家纷纷取别号之际，对李纨"二姑娘四姑娘起个什么号"的询问，迎春的回答亦是："我们又不大会诗，白起个号作什么？"因此，当李纨建请两人担任负责行政工作的副社长之职时，"迎春惜春本性懒于诗词，……听了这话便深合己意，二人皆说'极是'"。全书中，迎春唯一的文艺作品仅见于第十八回元妃回府省亲时，受皇妃"妹辈亦各题一匾一诗"之命所作的匾额《旷性怡情》，而诗中竟明白坦言"奉命羞题额旷怡"，"羞题"一词所显示的自贬之意实无以复加。

若说迎春之自尊已超越输赢荣辱，实不如说是严重缺乏自我肯定与个人实践的自尊心，才会以取消自我存在感的方式让主体隐形于众人之间，化入环境的模糊背景中消失不见。而这也相对导致他人的忽视，如第四十九回李纨提议凑社，既赏雪作诗又为宝琴等来客接风，估算缺席者即包括"二丫头病了不算"，当探春惋惜迎春生病，使诗社成员不齐时，宝玉却说：

二姐姐又不大作诗，没有他又何妨。

连这位最珍惜、尊重少女的宝玉都轻忽她，可见迎春之可有可无。再看第七十一回述及贾母八十寿庆，南安太妃前来祝贺，特地问及众小姐们，贾母便回头命凤姐儿去把史、薛、林带来，"再只叫你三妹妹陪着来罢"，以致形成"前日南安太妃来了，要见他姊妹，贾母又只令探春出来，**迎春竟似有如无**"之情状，则这种无关紧要的存在感更从特定的诗词领域扩及整个生存领域，形同全面抹煞。

既然如此之自贬自轻，此一病态人格中便同时会产生"避免批评他人，躲避争吵与竞争，表现得对任何人均有益"的样态，在迎春身上也清楚可见，最鲜明突出的便是第七十三回《懦小姐不问累金凤》一段。

实际上，虽然第七十三回的完整回目是"痴丫头误拾绣春囊 懦小姐不问累金凤"，但"痴丫头误拾绣春囊"仅仅占了一段，其余都是关于迎春性格的展现，即使整回一开始所说的下人赌博导致贾母动怒之事，也是对迎春性格的铺陈，因为放头聚赌的正是迎春的乳母,由此引带出累金凤被盗出典当,而迎春无以管辖的松散失序。是故可以说,第七十三回主要是由"懦小姐不问累金凤"的情节所构成,也是整部小说中唯一对迎春的聚焦与放大,其中具体而充分地描绘出迎春"病态的依顺"的人格特质,并且给予支持此一极端性格的思想依据。

第七十三回的相关情节很长,迎春在这一回中所说的话最多,淋漓尽致地呈现出她的个性:

绣橘因说道:"如何,前儿我回姑娘,那一个攒珠累丝金凤竟不知那里去了。回了姑娘,姑娘竟不问一声儿。我说必是老奶奶拿去典了银子放头儿的,姑娘不信,只说司棋收着呢。问司棋,司棋虽病着,心里却明白。我去问他,他说没有收起来,还在书架上匣内暂放着,预备八月十五日恐怕要戴呢。姑娘就该问老奶奶一声,只是**脸软怕人恼**。如今竟怕无着,明儿要都戴时,独咱们不戴,是何意思呢。"迎春道:"何用问,自然是他拿去暂时借一肩儿。我只说他悄悄的拿了出去,不过一时半晌,仍旧悄悄的送来就完了,谁知他就忘了。今日偏又闹出来,问他想也无益。"绣橘道:"何曾是忘记!他是试准了姑娘的性格,所以才这样。如今我有个主意:我竟走到二奶奶房里将此事回了他,或他着人去要,或他省事拿几吊钱来替他赔补。如何?"**迎春忙道:"罢,罢,罢,省些事罢。宁可没有了,又何必生事。"**绣橘道:"**姑娘怎么这样软弱。都要省起事来,将来连姑娘还骗了去呢。我竟去的是。**"说着便走。迎春便不言语，只好由他。

几天前绣橘向迎春回报，预备中秋节要戴的攒珠累丝金凤竟不翼而飞，不知哪里去了，"回了姑娘，姑娘竟不问一声儿"，迎春早已知道却不加追究，正是绣橘一针见血所指出的一味姑息，而原因就是"脸软怕人恼"，以致一干人犯有恃无恐。既然如此，无计可施的绣橘便想出状告层峰的做法，准备向凤姐说明此事，有力人士一旦出面施压，问题就容易解决。这时迎春又以息事宁人的原则连忙加以阻止，不愿生事，只是此次事关重大，绣橘坚持去回，于是心意不坚的迎春也只得由她。可以注意到，固然绣橘的做法是仗义护主的正确选择，但从迎春无力阻止的表现，仍可以看出迎春的不能作主，一旦对象是奸险恶人的时候，这种不能作主的软弱，便会落得"将来连姑娘还骗了去"的下场。

果然，乳娘的子媳王住儿媳妇在外面一听便立刻进来拦截，"因素日迎春懦弱，他们都不放在心上""明欺迎春素日好性儿"，竟然恶人先告状，捏造假账诬陷主子，以"没有钱只和我们奴才要"威逼着迎春先去讨情救出婆婆，才肯去赎回金凤，于是：

> 绣橘不待说完，便啐了一口，道："作什么的白填了三十两，我且和你算算账，姑娘要了些什么东西？"迎春**听见这媳妇发那夫人之私意**，忙止道："罢，罢，罢。你不能拿了金凤来，不必牵三扯四乱嚷。我也不要那凤了。便是太太们问时，我只说丢了，也妨碍不着你什么的，出去歇息歇息倒好。"一

面叫绣橘倒茶来。绣橘又气又急，因说道："姑娘虽不怕，我们是作什么的，把姑娘的东西丢了。他倒赖说姑娘使了他们的钱，这如今竟要准折起来，倘或太太问姑娘为什么使了这些钱，敢是我们就中取势了？这还了得！"一行说，一行就哭了。司棋听不过，只得勉强过来，帮着绣橘问着那媳妇。迎春劝止不住，自拿了一本《太上感应篇》来看。

由此可见刁奴恶仆之胆大包天、嚣张至极，既偷盗主子的珍贵首饰，又诬赖迎春用了他们的三十两银钱，生病的司棋听不过去，也过来帮忙绣桔质问那媳妇，三人正吵得不可开交，恰好探春来访，适时介入处理纷争，一面了解来龙去脉，平准帐目与赎凤这两件事，一面早使个眼色与侍书，把最有权力的平儿召来，并以重话逼使平儿善加处置，这时王住儿媳妇的气焰才陡然浇熄，退出门外。当平儿问事主迎春道：

"若论此事，还不是大事，极好处置。但他现是姑娘的奶嫂，据姑娘怎么样为是？"当下迎春只和宝钗阅"感应篇"故事，究竟连探春之语亦不曾闻得，忽见平儿如此说，乃笑道："问我，我也没什么法子。他们的不是，自作自受，我也不能讨情，我也不去苛责就是了。至于私自拿去的东西，送来我收下，不送来我也不要了。太太们要问，我可以隐瞒遮饰过去，是他的造化，若瞒不住，我也没法，没有个为他们反欺枉太太们的理，少不得直说。你们若说我好性儿，没个决断，竟有好主意可以八面周全，不使太太们生气，任凭你们处治，我总不知道。"众人听了，都好笑起来。

我们可以注意到，整个事件中，从小说家与其他相关人等的描述，诸如"竟不问一声儿""劝止不住""不能辖治""若有不闻之状""不曾闻得"，到迎春自己的用语，包括"他不听也无法""宁可没有了，又何必生事""没个决断""我也没什么法子""我也不能讨情，我也不去苛责就是""至于私自拿去的东西，送来我收下，不送来我也不要了""若瞒不住，我也没法""任凭你们处置，我总不知道"，每一个句子都带有一个否定词，尤其是前后两度一连三字的"罢，罢，罢"，堪称其最。否定词作为生存之极限的标示，在迎春的惯用语中则全都用以指向对主体之意志、能力与权益的自我否定，而导致个人存在的架空。

不仅如此，对于意欲挺身出面为她主持公道的仗义者，迎春也都以事不相关予以止退，先是对执意上呈的绣橘忙拦道："罢，罢，罢，省些事罢。宁可没有了，又何必生事。"又对那媳妇止之曰："罢，罢，罢。……我也不要那凤了。便是太太们问时，我只说丢了，也妨碍不着你什么的。"后来甚至对适时介入盘问媳妇的探春阻止道："你们又无沾碍，何得带累于他"，尽力回护肇事者的心态焕然可见。

从心理学的角度来看，迎春这种"消极的自我概念"，还可以通过"低自尊与欺负"的关系获得清楚解释：Egan 和 Perry 的研究表明，自尊心较低的儿童常受他人欺负；受欺负严重削弱了儿童的自尊心,降低了儿童的自我评价或自我价值感,而这种消极的自我概念又使儿童陷入了受欺负的恶性循环当中。[①] 因此一般旁人尚且仅止于忽视其存在,但刁奴恶仆则不免得寸进尺地犯上欺主,所谓:

- 他是试准了姑娘的性格,所以才这样。
- 因素日迎春懦弱,他们都不放在心上。
- 明欺迎春素日好性儿。

后来在抄检大观园的时候,探春更直指王善保家的反击道:

> 你打谅我是同你们姑娘那样好性儿,由着你们欺负他,就错了主意!

这都证实了毫无原则地一味降低自己以息事宁人、毫无底限的软弱退让,最后都会变成是一种对恶势力的邀请,绣橘气急之下所说的:"姑娘怎么这样软弱。都要省起事来,将来连姑娘还骗了去呢。"可谓一语成谶,其结果也确实是虎狼纵身扑来惨遭吞噬。

第五回太虚幻境中,迎春那幅"画着个恶狼,追扑一美女,欲

[①] S. K. Egan & D. G. Perry (1998), "Does low self-regard invite victimization?" *Developmental Psychology*, 34, 299-309. 参郭永玉等:《人格心理学导论》(武昌:武汉大学出版社,2007),页205。

啖之意"的图谶，非仅是对孙绍祖的形象化暗示而已，更于林黛玉所嘲笑的"虎狼屯于阶陛尚谈因果"获得了呼应与另一演绎。

三、生命哲学与思想根据

关于迎春何以养成如此特殊之性格，除了幼时的成长经验所带来的心理影响之外，还可以继续追问另一个"为什么"的问题，也就是当迎春已经长大成为一个少女，开始具有思考判断的意识能力后，这时的行为表现就不纯粹是童年经验的本能反应，而很可能是另有某些信念或价值观的支持。在第七十三回"懦小姐不问累金凤"一段中，也确实清楚说明了支持此一极端性格的价值观或思想依据，让迎春在意识层面上自觉地发展，并合理化此一依顺性格，那就是曲解的善书功过观与弱化的女性意识。

（一）"功过格"的努力

必须注意到，贾府这种簪缨世家极重教育，子孙都是饱读诗书的，然而在整部小说中，对于迎春所读的书籍，则只提到《太上感应篇》。这当然不是迎春唯一所读的书，但却属全书中迎春唯一仅见的所读之书，显然这本书对迎春意义重大，也是理解迎春价值观的重要线索。

第七十三回写礼仪上不可或缺的首饰累丝金凤被奶娘一家偷盗而遗失，丫头绣橘再加上病中的司棋与王住儿媳妇对质以讨回公道，三人便争吵起来：

迎春劝止不住，自拿了一本《太上感应篇》来看。三人正没开交，可巧宝钗、黛玉、宝琴、探春等因恐迎春今日不自在，都约来安慰他。走至院中，听得两三个人较口。探春从纱窗内一看，只见迎春倚在床上看书，若有不闻之状。探春也笑了。小丫鬟们忙打起帘子，报道："姑娘们来了。"迎春方放下书起身。……当下迎春只和宝钗阅"感应篇"故事，究竟连探春之语亦不曾闻得。

从迎春顺手拿起来"倚在床上看书"的现象，可以推知《太上感应篇》为其居家日常翻阅之物，也符合功过格体系鼓励士民将它置放于床边，以便每天睡前不忘记录的精神。相较之下，迎春之此好明显迥异于其他众钗，即使在纷扰中依然淡定看书，如置身事外，这本《太上感应篇》似乎便是她用以逃避无法解决的处境时的救生圈，也是她最信赖甚至是唯一依赖的心灵支柱。所谓"功过格"，是善书的一种，内容上融合了道教积善、儒教伦理思想，以及佛教的因果报应，是一种非儒非道非佛、亦儒亦道亦佛的世俗化杂糅思想，内容包括各种清单和准则，教导读者如何行善以积功德，并计算因作恶而累计的过失。包筠雅（Cynthia J. Brokaw）将"功过簿"译为"Ledgers of merit and demerit"，认为这类书籍是明清社会的道德秩序的支持与反映。

其中，最著名也最风行的就是《太上感应篇》，又称《太上老君感应篇》，简称《感应篇》，作者不详，最早大约出版于1164年，主要内容抄自《抱朴子》《易内戒》《赤松子》等道教经书，全篇约一千二百字，以"祸福无门，惟人自召；善恶之报，如影随形"为总纲，告诫人们，欲求长生多福必须行善积德，并具体例举了二十多条善行、一百多条恶行的标准。自北宋初年以来，这部通俗著作是所有有关道德教训的"善书"中最受推尊的一部，"劝善书"这一名称大概就是取自该书的"诸恶莫作，众善奉行"，而传布这本书也被视为一个宗教责任，始于16世纪的善书运动在17至18世纪达到高潮，以《太上感应篇》为首的善书多得不可胜数，而其流通以明末清初为顶点，在明清时显出极盛时期。据20世纪早期所做的一项估计①，《太上感应篇》的版本可能较圣经或莎士比亚著作的版本更多。它以通俗的方式确立了功德积累体系的基本原则，而其问世不到十年便出现的姊妹篇《太微仙君功过格》，则为功德积累的确切实行提供了精确的指南，使用者可以按它提供的善恶标准给自己的日常行为打分数，从而计算出功德分。功过格的产生，意义在于可以"使人们能够在更大程度上控制功过体系，从而控制自己的命运"。②

明亡之后，《太上感应篇》《太微仙君功过格》《文昌君阴骘文》等典籍往往成为知识分子心灵救赎之读物。③《太上感应篇》在清

---

① Paul Carus & Teitaro Suzuki, "T'ai-Shang Kan-Ying P'ien: Treatise of the Exalted One on Response and Retribution", 1906, p.3.
② [美]包筠雅著，杜正贞等译：《功过格：明清社会的道德秩序》（杭州：浙江人民出版社，1999），页48。
③ 黄霖：《前言》，（清）丁耀亢著，陆合、星月校点：《金瓶梅续书三种》（济南：齐鲁书社，1988），上册，页7—8。

代重印了无数次,其中两种版本是在朝廷赞助下印制的——首先是在顺治年间,然后是在雍正年间。18世纪时,除了朝廷所认可的雍正版之外,可辨认发行日期的新重印本分别在公元1734年和1758年问世,章学诚本人曾出资发行另一个重印于1785的版本,这都与曹雪芹的生存时间重迭。根据一项资料来源,《太上感应篇》是帝制时代晚期对妇女最具影响力同时也最广为妇女阅读的三本书籍之一。①

探究迎春之所以深受该类善书的影响,原因应是功过积累思想的几个主要特质,包括:

一、其因果报应在很大程度上是在家庭制度的环境下运作的,且个人继承了祖先积累的功过;

二、一个信仰者必须遵循传统美德,而这种美德与其作为儿子、丈夫、妻子、官员等社会地位息息相关;

三、乍看起来,它确实为人们提供了控制和改善其命运的超乎寻常的尺度。②

这就为终其一生安顿于家庭中的迎春提供了安身立命的理由,据前

---

① 见郭立诚:《写在女人经前页》,《女人经》(台北:大立出版社,1982),页6。引自[美]曼素恩著,杨雅婷译:《兰闺宝录:晚明至盛清时的中国妇女》,第7章"虔信",页387。

② [美]包筠雅著,杜正贞等译:《功过格:明清社会的道德秩序》,分见页33、43、60。

两者而言，其毫无底线的依顺可以借此被解释为行善积功的方法，以维持家族的和谐稳定。例如《了凡四训》这部明朝袁了凡（袁黄，1533—1606）写给儿子的家训，作为中国史上第一本具名的善书，其中所提出的"积善之方"，即包括"与人为善""成人之美""敬重尊长"等符合传统美德的项目，而其具体做法则包括"见争者，皆匿其过而不谈""见人过失，且涵容而掩覆之"，这都清楚体现于迎春的行为模式上。再由《周易》所言之"积善之家，必有余庆；积不善之家，必有余殃"广为后世功过格所引用的现象，即蕴含一以宗族、亲族为单位的**承负观**，而以之为背负家族罪过祸福的解罪行为；所谓"承负"，即是"行善事或作恶事的人，其本人此生或其子孙承受和负担所行善事或作恶事的报应"①，而这是在传统儒释道思想中都可以找到的思想。所以作为儒家经典之一的《周易》，就有上述的语句为人广泛引用。

尤其是迎春极端自我贬抑的表现，意义乃近乎道教"涂炭斋"的悔罪仪式，从南朝刘宋道士陆修静撰《洞玄灵宝五感文》所言之"积学自济，能及有益，先报我亲"，可见其目的不仅是为了自身，"也是为了他们无数健在和已逝的祖先、父母、表亲和兄弟"，因而"此处我们面对的，几乎不是新教意义上那种个人的公开悔罪，反而是个人促使自己成为宗亲家族的代表，将他们的集体罪愆引为己任"，并代表其家族成员提供自己的功德善业。②

---

① 汤一介：《魏晋南北朝时期的道教》（台北：东大图书公司，1991），页364。
② 详参[美]柏夷（Stephen R. Bokenkamp）著，林欣仪译：《麻布与灰——涂炭斋中的自我与家族》，《中国文哲研究通讯》第18卷第2期（2008年9月），页21—33。

如此说来，王住儿媳妇所捏造的欠款三十两的假帐，固然是栽赃于迎春的诬陷，但迎春之所以愿意承担，而以累金凤作为牺牲品，正是出于维护邢夫人所致：

迎春听见这媳妇发邢夫人之私意，忙止道："罢，罢，罢。你不能拿了金凤来，**不必牵三扯四乱嚷**。我也不要那凤了。"

可见所谓"白填了限"的三十两应有其事，只是借款占人便宜的人不是迎春而是邢夫人，刁奴却将债务转嫁给迎春，自然是欺负迎春的作为，但从此也可以看出，迎春确实是为了避免邢夫人的不堪被揭露出来，才会更加想要息事宁人。其中的心态不只是一般的孝道而已，更带有以宗族、亲族为单位的承负观，而以自己为背负家族罪过祸福的解罪行为，既然父母贾赦与邢夫人都属不堪，则迎春所承负的罪过与用以解罪的牺牲也势必非比寻常了。这也合理解释了迎春的依顺达到病态程度的一个原因。

就"控制和改善命运"这第三个特质而言，善书如《太上感应篇》之"祸福无门，惟人自召"，《太微仙君功过格》之"自知罪福，不必问乎休咎"，袁黄《立命篇》之"命由我作，福自己求"，在提供了命运自主的保证，让信仰者对其未来幸福产生期待甚至充满信心之余，同时容易使人"进退有命，迟速有时，澹然无求矣"，退入不问世事的宿命格局，这同样也明显反映于迎春的理念中。

必须说，这种功过思想是亦儒亦道亦佛的杂糅，严格说来是非儒非道非佛的世俗化思想或价值观，不仅浅显世俗，其中更存在着不少问题，包筠雅便指出："功过体系由于其复杂的规则及其组织和运作上的漏洞，最终居然暗示了个人对其命运的掌握实际上存在着一些严重的、不完全可知的局限。个人行为决不是其命运的唯一尺度。"①就这一点来说，迎春其实也清楚意识到了，并不是一般愚夫愚妇的无知盲从。试看第二十二回迎春在元宵节所作的灯谜诗，谜面是：

> 天运人功理不穷，有功无运也难逢。因何镇日纷纷乱，只为阴阳数不同。

就谜底是算盘而言，其象征意义固然是脂砚斋所批云："此迎春一生遭际，惜不得其夫何。"指的是最终的遇人不淑，但这首灯谜诗的价值不仅如此，其中隐含的还有迎春的人生信念与思想价值观。

前半首的"天运人功理不穷，有功无运也难逢"，意指"天运"此一天道运行的超越力量，与"人功"这种人为努力之间是"理不穷"的，两者的关系复杂多端，是否必然可以人定胜天？如果可以，又可以"胜天"到什么程度？这是一个复杂到无法解答的问题，何况人定未必就能胜天，所谓"有功无运也难逢"就是说明即使有了人为的努力，也不保证可以改变命运，这足以显示迎春也知道"个人行为决不是其命运的唯一尺度"。

可见迎春虽然庸懦无能却并不愚蠢，只是，即使明白"有功无运也难逢"，迎春仍然选择了尽人事、听天命，而所尽的人事又

---

① ［美］包筠雅著，杜正贞等译：《功过格：明清社会的道德秩序》，页60。

是"功过格"这一种方式,结果便是如功过格的反对者所担忧的,在那算术式的道德实践之下,所鼓励的仅仅是一种不完整的、零碎的、对枝节的改良,而回避**真正严肃的自我修养问题**,只会导致浅薄的、骗人的且最终是"毁灭性"的"善"。[①] 而迎春的"善"也果然把她带往毁灭,性格决定命运,旨哉其理。

(二)弱化的"女性意识"

既然迎春对于功过格的思想体系也认识到其中的缺陷,却又实践不渝,探究起来,还有另一个价值观作为填补而导致继续奉行的结果,那就是弱化的"女性意识",并且同样是出现在第七十三回"懦小姐不问累金凤"一段。

当时紫菱洲的纷扰喧嚷已经到达巅峰,探春、平儿也介入作了调停,但毕竟迎春才是这一房的主子,大家都必须征求她的意见,不能径下裁决,以免越俎代庖,于是平儿问道:"若论此事,还不是大事,极好处置。但他现是姑娘的奶嫂,据姑娘怎么样为是?"这时神游于《太上感应篇》中的迎春说了一大篇毫无决断的话,竟归结于"任凭你们处治,我总不知道",于是不仅大家都好笑起来,林黛玉更直接嘲笑道:

> 真是"虎狼屯于阶陛尚谈因果"。若使二姐姐是个男人,

---

① 有关反对者的看法,参[美]包筠雅著,杜正贞等译:《功过格:明清社会的道德秩序》,页131。

这一家上下若许人,又如何裁治他们。

而迎春竟也欣然同意道:

正是。多少男人尚如此,何况我哉。

平儿听了,也自好笑(第七十四回)。这便清楚显示,迎春乃是以"女性"在性气质、性地位与性角色的弱势属性来为自己的消极退缩辩护,并视之为理所当然而合理化自己的"无能裁治"。

再看第二十二回迎春所作的算盘诗,除了前半首显示出迎春并非对功过思想的缺陷毫无所知之外,后半首的"因何镇日纷纷乱,只为阴阳数不同"也透露出迎春的另一套人生信念,将这种"镇日纷纷乱"的忧烦生活归因于"阴阳数不同","阴阳"即男女,"阴阳数不同"意指"男女命不同",同样也是用女性柔弱卑屈的性地位来合理化这样的命运。如此一来,迎春的忧扰人生就再也没有改变的可能。

就灯谜诗的谜底算盘而言,其象征意义是脂砚斋所批示:"此迎春一生遭际,惜不得其夫何。"所谓"一生遭际",意谓这种"镇日纷纷乱"的忧烦生活,是迎春一辈子"心不净"的反映。犹如贾政所感慨的,算盘是一种"打动乱如麻"的物品,存在处境操诸他人之手,无法自主,而在受制于人的操控下纷扰不定,导致"镇日纷纷乱"的忧烦状态,属于不祥的暗示,加上其他不祥的灯谜诗,让贾政心内沉思:"今乃上元佳节,如何皆作此不祥之物为戏耶?"

心内愈思愈闷，大有悲戚之状，回至房中还只是思索，翻来覆去竟难成寐，不由伤悲感慨，不在话下。

这种纷扰忧烦的生活，随着大观园的逐步走向后期，也越来越严重，各处伦理秩序松动而导致的"乱为王"（第六十回）现象，莫过于紫菱洲一地。第七十三回"懦小姐不问累金凤"一段，其现场之混乱即表现于悍奴王住儿媳妇登堂入室，和两个捍卫主子正义的丫头大嚷大叫，并在平儿亲临时赶上来抢夺发言权欲先发制人，完全视迎春、探春等主子姐妹如无物，平儿即正色斥责道：

姑娘这里说话，也有你我混插口的礼！你但凡知礼，只该在外头伺候。不叫你进不来的地方，几曾有外头的媳妇子们无故到姑娘们房里来的例。"绣橘道："你不知我们这屋里是没礼的，谁爱来就来。"平儿道："都是你们的不是。姑娘好性儿，你就该打出去，然后再回太太去才是。"王住儿媳妇见平儿出了言，红了脸方退出去。

这样的空间逾越显示了纲纪不彰、缺乏秩序，迎春的主子身分虚有其表，整个生活空间竟让奴仆任意进出，如入无人之境，又是"不能作主"的反映。则迎春最终之遭遇不幸，岂非也与其无能维持纲纪的软弱性格有关？而夏志清所比喻的，绣春囊就像进入乐园的魔鬼撒旦一样，使大观园安宁的生活跃进不幸的深渊[①]，那带来毁灭

---

① ［美］夏志清著，胡益民等译：《中国古典小说史论》，页291。

的绣春囊恰恰便出于迎春房中的司棋,致使紫菱洲竟成为大观园崩溃的起燃引爆点,更是绝非偶然。迎春最终的遇人不淑,最是此一"打动乱如麻"的人生的惨烈终结。

四、幸福的片刻

迎春不仅内在温柔善良,也是美丽可爱的,试看当乳母聚赌之事东窗事发后,邢夫人亲自驾临紫菱洲去责备她疏于管束时,迎春挨骂的情态是:

- 迎春低着头弄衣带,半响答道……
- 迎春不语,只低头弄衣带。

这样娇怯怯的姿态,最早是出自《金瓶梅》:

> 这妇人(案:指潘金莲)一面低着头弄裙子儿,又一回咬着衫袖口儿。①

然而,曹雪芹把《金瓶梅》中风骚女性卖弄风情的手段一变而为纯洁少女的柔美可爱,迎春面对眼前的尴尬手足无措,不知如何是好却又万分无辜,只好低下头来无意识地抚弄身上的衣带,实在令人

---

① (明)笑笑生:《金瓶梅》(台北:桂冠图书公司,1986),第四回,页40。

不禁心生怜惜。

迎春以如此卑微的自我，尽量缩小自己，不伤害别人，只需要一个小小的角落安安静静地活着，偶尔有一点美好的小事物就是很大的满足。在她的小世界还没有遭到摧毁之前，带给她温暖和安慰的那一点阳光和雨水，在整部小说中写到的并不多，姑且不算《太上感应篇》，小说家对于迎春的心愿或喜好，一共只提到两次，其中一次也是迎春在全书中唯一的审美情态，见诸第三十八回众人在螃蟹宴中竞作菊花诗的过程中。当时一群莺莺燕燕各有活动，诸如：

> 林黛玉……命人掇了一个绣墩倚栏杆坐着，拿着钓竿钓鱼。宝钗手里拿着一枝桂花玩了一回，俯在窗槛上掐了桂蕊掷向水面，引的游鱼浮上来唼喋。湘云出一回神，又让一回袭人等，又招呼山坡下的众人只管放量吃。探春和李纨惜春立在垂柳阴中看鸥鹭。**迎春又独在花阴下拿着花针穿茉莉花。**宝玉又看了一回黛玉钓鱼，一回又俯在宝钗旁边说笑两句，一回又看袭人等吃螃蟹，自己也陪他饮两口酒。袭人又剥一壳肉给他吃。

必须说，在诸艳行乐图的这个广角镜中，除宝玉以绛洞花主的姿态如蜂蝶般穿梭各处，每一位金钗都分到一个景致，迎春也不例外。但值得注意的是，其他的大多数人，在这一幕场景之外都还有着许多的审美镜头，如黛玉、宝钗是不用赘言，探春则是深夜赏梧桐、号召诗社、留下配鲜荔枝的缠丝白玛瑙碟子赏玩几天,也是充分展现美感情趣的;但迎春则不然,"独在花阴下拿着花针穿茉莉花"可以说是她的生命史上绝无仅有的一幕,显示出迎春作为一个青春少女,她也爱花、惜花,对于天地间如此美好的芳物,同样有着一分赏爱的情怀,不下于黛玉等其他金钗。

而且和作诗不同,"拿着花针穿茉莉花"完全不需要很高的艺术涵养或干练的技巧,也不需要任何的金钱花费,只要就地取材,顺手摘几朵茉莉花,用一根花针串起来,就是一种很多小女孩都玩过的小游戏。可见迎春虽是伦理辈分上的二姐姐,心理则犹如一个小女孩,在大家都忽略她的情况下,默默地一个人自得其乐,在角落里营造简单的满足。

对这样一个由一句话所呈现的画面,如果加以定格放大仔细玩味,其实是极为令人动容的。刘心武即慧眼指出:

> 历来的《红楼梦》仕女图,似乎都没有来画迎春这个行为的,如今画家们画迎春,多是画一只恶狼扑她。但是,曹雪芹那样认真地写了这一句,你闭眼想想,该是怎样的一个娇弱的生命,在那个时空的那个瞬间,显现出了她全部的尊严,而宇宙因她的这个瞬间行为,不也显现出其存在的深刻理由了吗?最好的文学作品,总是饱含哲思,并且总是把读者的精神境界朝宗教的高度提升。迎春在《红楼梦》里,绝不是一个大龙套。曹雪芹通过她的悲剧,依然是重重地扣击着我们的心扉。他让我们深思,该怎样一点一滴地,从尊重弱势生命做起,来使大

地上人们的生活更合理，更具有诗意。①

此说聚焦于单一景观进行镜头格放，形成了迎春的个人特写，并以深厚的人道精神给予诗意的阐释，甚富动人的感染力，展现出曹雪芹的悲悯心胸，也令读者耳目一新，感受到一种怜惜弱小的高贵情操，为迎春的形象做了最佳补充。

但是回过头来说，就当事者的角度而言，每一个人也都必须明白，不能因为弱势而一味仰赖他人的悲悯与帮助，幸福必须靠自己的努力争取得来；何况人生不可能仅仅定格于这一幸福的片刻，世界是不停在变化的，人性中也存在着天使与魔鬼，是羊还是狼都不能绝对化，如何可能终身得到别人的帮助？迎春应该和每一个人一样，了解到"徒善不足以为政"（《孟子·离娄》）的道理，委屈并不能求全，单单善良是不足以解决人事问题的，除善良之外，还必须加上知识、智慧、意志，才能福德合一。从反求诸己的角度，同样值得我们深思警惕的是，即使微小单纯如独自一人默默在角落穿茉莉花的机会，也都不能单靠别人的良善与尊重所赐予，合理而诗意的生活更有待自觉追求与经营创造，否则就会沦为缘木求鱼。探春即为体现此一道理的绝佳代表。

至于迎春唯一且最终的心愿，则是出现于惨嫁孙绍祖的回门哭诉之后，当王夫人一面解劝，一面问她随意要在哪里安歇时，迎春道：

---

① 刘心武：《刘心武揭秘红楼梦·第二部》（北京：东方出版社，2006），页190。

> 乍乍的离了姊妹们，只是眠思梦想。二则还记挂着我的屋子，还得在园里旧房子里住得三五天，死也甘心了。不知下次还可能得住不得住了呢！（第八十回）

王夫人便命人忙忙的收拾紫菱洲房屋，命姊妹们陪伴着解释。这就显示出大观园有如一个母性空间，其中的居所有如提供安慰和凝聚私密感的柔情共同体，是一个被安全、温暖所包围的庇护轴心，让迎春再度栖身于过去的时光中重温已然失去的幸福，而具备了加斯东·巴舍拉（Gaston Bachelard, 1884—1962）在通过家屋来讨论母性时所指出的，"这儿的意象并非来自童年的乡愁，而来自于它实际所发生的保护作用"，以至于呈现出"母亲意象"和"家屋意象"的结合为一。①

迎春在大观园中的生活起居之处，便是紫菱洲。当元妃省亲后，有条件地开放大观园，让一干少女连同宝玉一起进住，其中迎春即分配到紫菱洲，因此也在诗社成立后获得了"菱洲"的别号。比起怡红院、潇湘馆、蘅芜苑，紫菱洲是一个不起眼的所在，小说中对于其内部之具体样貌乃是完全付诸阙如，仅在迎春迁出后始有"轩窗寂寞，屏帐翛然"（第七十九回）的空泛描写，呈现了模糊空洞的面目，缺乏园中其他各处所突显的独特性与鲜明特征，即个别家户的独立自主性（individual household autonomy）。但对迎春

---

① ［法］加斯东·巴舍拉著，龚卓军、王静慧译：《空间诗学》（台北：张老师文化事业公司，2003），页114—115。

而言，这却是一个温暖祥和的故乡，在其中度过了几年最幸福的时光，因此一旦流离在外饱受沧桑之苦，便渴望回到紫菱洲的怀抱休生养息、疗伤止痛。可见紫菱洲对迎春的重大意义。

但是，作为一个出嫁的他姓女子，归宁只能是短暂的盘桓，且可遇不可求，为时仅仅三五天的故居怀抱，连可再与否都难以确保，却已足以让迎春"死也甘心"，诚卑微至极却辛酸万分。而迎春对于幸福的小小需求，也令人不忍。

五、信仰的崩溃：唯一的抗议

这种"病态之依顺"的性格所导致的恶果，在家庭中还有长辈的护佑和姊妹的支援，还不至于真正到了毁灭性的地步，然而一旦离家之后，孤立无援的处境就会导引出真正的毁灭。第五回有关迎春的人物图谶是：画着个著恶狼，追扑一美女，欲啖之意，其书云：

子系中山狼，得志便猖狂。金闺花柳质，一载赴黄粱。

配合《红楼梦曲》的曲文，残害迎春的罪魁中山狼其恶形恶状更加不堪：

〔喜冤家〕中山狼，无情兽，全不念当日根由。一味的骄奢淫荡贪还构。觑着那，侯门艳质同蒲柳；作践的，公府千金似下流。叹芳魂艳魄，一载荡悠悠。

"中山狼"指忘恩负义、恩将仇报的人，典故出自明朝马中锡的《东田集》，根据古代以来的传说描写东郭先生救了中山地区的一只狼，事后反而几乎被狼所吞吃的寓言故事。此处则用以比喻孙绍祖，在娶回迎春后，短短一年便将之折磨致死。

这一桩导致迎春毁灭的婚姻，出现在第七十九回。作者描述道：

> 贾赦已将迎春许与孙家了。这孙家乃是大同府人氏，祖上系军官出身，乃当日宁荣府中之门生，算来亦系世交。如今孙家只有一人在京，现袭指挥之职，此人名唤孙绍祖，生得相貌魁梧，体格健壮，弓马娴熟，应酬权变，年纪未满三十，且又家资饶富，现在兵部候缺题升。因未有室，贾赦见是世交之孙，且人品家当都相称合，遂青目择为东床娇婿。亦曾回明贾母。**贾母心中却不十分称意**，想来拦阻亦恐不听，儿女之事自有天意前因，况且他是亲父主张，何必出头多事；为此只说"知道了"三字，余不多及。**贾政又深恶孙家，虽是世交，当年不过是彼祖希慕荣宁之势，有不能了结之事才拜在门下的，并非诗礼名族之裔，因此倒劝谏过两次**，无奈贾赦不听，也只得罢了。

贾母之所以不喜欢这门亲事，理由和贾政一样，而贾政深恶孙家的原因，在于对方虽然是世交，但却属于"家资饶富"的暴发户，和贾府建立关系的动机其实是为了攀附贾家的势利，并非甄府"富而好礼"的"诗礼名族之裔"。而这并不是贵族的傲慢成见,该类暴发户所教出来的子弟果然如狼似虎,孙绍祖骄奢荒淫又残忍霸道,正所谓的"得志便猖狂""一味的骄奢淫荡贪还构"。第八十回迎春惨嫁中山狼孙绍祖之后,于贾府接回散心时,便忍不住在王夫人房中哭诉婚后的委屈与夫婿的不堪:

孙家的婆娘媳妇等人已待过晚饭,打发回家去了。迎春方哭哭啼啼的在王夫人房中诉委曲,说孙绍祖"一味好色,好赌酗酒,家中所有的媳妇丫头将及淫遍。略劝过两三次,便骂我是'醋汁子老婆拧出来的'。又说老爷曾收着他五千银子,不该使了他的。如今他来要了两三次不得,他便指着我的脸说道:'你别和我充夫人娘子,你老子使了我五千银子,把你准折卖给我的。好不好,打一顿撵在下房里睡去。当日有你爷爷在时,希图上我们的富贵,赶着相与的。论理我和你父亲是一辈,如今强压我的头,卖了一辈。又不该作了这门亲,倒没的叫人看着赶势利似的。'"一行说,一行哭的呜呜咽咽,连王夫人并众姊妹无不落泪。王夫人只得用言语解劝说:"已是遇见了这不晓事的人,可怎么样呢。想当日你叔叔也曾劝过大老爷,不叫作这门亲的。大老爷执意不听,一心情愿,到底作不好了。我的儿,这也是你的命。"迎春哭道:"我不信我的命就这么不好!从小儿没了娘,幸而过婶子这边过了几年心净日子,如今偏又是这么个结果!"

可见迎春遇人不淑，孙绍祖淫滥不堪，迎春只不过是尽妻子的责任，对于夫婿的"一味好色，好赌酗酒"好意地"略劝过两三次"，就受到一顿痛责羞辱，孙绍祖不仅颠倒是非，还极尽作践之能事，把迎春当作抵押的物品般摧残，连粗使的丫头都不如。在她的娘家贾府，莫说是千金小姐，即使是下等丫头都何尝受过这样的待遇！迎春甚至还不敢在孙家的婆娘、媳妇面前表露出来，直等她们回家后才敢倾诉这无限的悲哀，孙家就像一个铺天盖地的网罗，迎春独自困在其中挣扎无路，"金闺花柳质，一载赴黄粱"便预告了迎春婚后不到一年，便因为身心的磨折而香消玉殒。

其中，"好不好，打一顿撵在下房里睡去"应该不只是孙绍祖的口头威吓而已，从"一载赴黄粱""一载荡悠悠"可知，迎春这位柔弱的千金小姐必然不堪身心的双重折磨，短短一年即殒命夭亡。显贵如贾府竟也只能坐视而无能为力，可见传统女性的命运是完全由婚姻决定的，出嫁的女儿就是断线的风筝、泼出去的水，都只能在夫家自生自灭，幸与不幸操诸他人之手，其孤独辛酸实在不言可喻。而像迎春般付出生命，更是惨烈之尤，不只令人悲痛，甚至还足以引发惊恐不安之感了。

值得注意的是，这一段情节也是整部小说中唯一涉及少女出嫁后的心理状况与处境变化，对于主要写的是青春少女步入婚姻之前的各种故事而言，堪称难得，可以说是其他待字金钗的未来预告。迎春所谓"乍乍的离了姊妹们，只是眠思梦想"，清楚说明了一个少女突然之间进入一个完全陌生的地方时，新嫁娘为人妇之初的感受，乃有如脐带割断般的孤独寒冷，因此日间梦里昼夜想念的，就是前几天还一起欢聚相伴的姊妹们,所谓"女子有行,远父母兄弟"(《诗经·国风·竹竿》),比起游子他乡,尚且有一家团聚的可能,嫁女则从此终身远别故园,永生以另一个不同血缘、没有情感基础的家庭为归宿,实质为陌生人却要表现出至亲的紧密关系与奉献程度,那该是如何地辛酸苦楚!

正因为所谓的"归宿"实际上是"陌生人集团",其中有着种种的利害纠葛,还有智愚贤不肖的各种不同性格,一个十几岁的少女初来乍到,当是穷于应对、焦心劳瘁。这是文人笔下很少关注和刻画的面相,而在唐诗中则罕见地有所触及,敦煌所出土的《崔氏夫人训女文》中便提到,母亲在女儿出嫁前所谆谆叮咛的处事原则是:

> 好事恶事如不见,莫作本意在家时。在家作女惯娇怜,今作他妇信前缘。①

中唐诗人元稹《乐府古题序·忆远曲》也说道:

> 一家尽是郎腹心,妾似生来无两耳。(《全唐诗》卷418)

很显然,相对于在家的娇怜甚至骄纵,出嫁后为了避免卷入纠纷而

---

① 引文见郑阿财:《敦煌写本"崔氏夫人训女文"研究》,中兴大学《法商学报》第19期(1984年7月),页325。

装聋作哑,导致对好恶是非都视若无睹以求明哲保身,这是何等的不幸!于是乎,一方面是"乍乍的离了姊妹们,只是眠思梦想",另一方面则是现实人际的疲于应付,迎春就如大部分的新嫁娘一样,于婚礼之后就活在身心交瘁的状态里。

也因此,传统在无法改变这种结构性的婚姻形态之际,所谓的"门当户对"尤其是"亲上加亲",其实是提供了一丝补救之道,"门当户对"比较能够保障夫妻双方的尊严,而有助于维系彼此的感情,至于"亲上加亲"的做法,更可以让妇女嫁入"她父母所熟悉的家庭,因此他们可以运用亲戚关系来关照她的命运,并保护其权益。至于在女儿这方面,嫁给表亲意谓着进入一个她所认识的妇女网脉,即使她只是听说过她们而已"。① 然而这毕竟只是一种可能性,关键仍然在于夫婿的性格良窳,何况在迎春身上更是不幸遇到了名不符实的门当户对,以致白白葬送在残酷的婚姻里。

孙家作为一个趋炎附势的暴发户,与贾府的联姻本来就称不上是门当户对,这种暴发门风自然谈不上良好的家教,所培养出来的子弟更是骄奢霸道,全无真正的簪缨之族所应具备的富而好礼,于是充分体现出暴发户缺乏教养的孙绍祖,便成为谋杀迎春的刽子手,而放纵孙绍祖的整个孙家则是杀人的同谋。就此,孙家的罪恶固然责无旁贷,但不听贾政劝谏,执意将迎春许给孙家的贾赦更是始作俑者。身为迎春的亲生父亲,贾赦本身就是一个贵族世家走到

---

① [美]曼素恩著,杨雅婷译:《兰闺宝录:晚明至盛清时的中国妇女》,第3章"生命历程",页147。这一点可参欧丽娟:《大观红楼(母神卷)》,第8章。

了末世时,失去百年门风的不肖子孙,挥霍成性、一味好色,结交损友、引狼入室,以致在欠下孙家五千银两的窘况下,自私地不顾女儿的终身幸福,而草率地以联姻模糊其事,迎春竟成了父亲完债的抵押品。所谓"嫁出去的女儿,泼出去的水",迎春婚后的不幸便注定无法挽回。

也就是在婚后惨遭折磨的极端处境中,迎春才似乎对自己命运产生隐然的觉醒与微弱的抗议。当王夫人以"我的儿,这也是你的命"加以宽慰解劝时,即等于否定了她对于福德合一的努力与期待,并连带摧毁其赖以维生的中心信仰,这便是迎春随即抗议"我不信我的命就这么不好"的原因。似乎直到此刻,迎春才对自己的命运有所觉醒,并对过去耽读《太上感应篇》的顺任心理产生质疑。

而一旦意识到这么多年来所做的努力、所忍受的委屈都白费了,必然带来莫大的心理打击,没有人能接受徒劳的结果。但更严重的是,对迎春而言,这些努力并不只是一般的付出,她以如此之"病态的依顺"极端地放弃自己、顺从别人,本就根源于"我就可以避免被伤害"的内在意识动机,并进而乞灵于精神上的信仰。功过格许诺给她应得的回报,使她相信这样的委屈牺牲是值得的;然而最终所获得的竟是如此之悲惨不值,甚至落得被伤害至此的下场,形同信仰的动摇甚至破灭,而瓦解了长期以来的精神支柱,让她被欺负的时候更加彷徨无助,又造成了另一个严重的心理创伤。

所谓要毁灭一个人,就是摧毁他的信仰,迎春之所以"一载赴黄粱",似乎也包含了心理因素,茫然、质疑、无解的叩问,对一个生存信念被摧毁的人而言,都是严重的精神消耗,势必从根底上侵蚀她的生命。再加上懦弱消极的个性已经养成,迎春最后必然也会屈服并接受这种受欺遭虐的命运,在没有奋战的情况下付出生命的代价,属于白白牺牲的类型之一。

六、角落里的青苔

可以说,迎春是美丽可爱的,否则无法以十二金钗的身分与条件跻身于"花容月貌"的太虚幻境中,符合"画着个恶狼,追扑一美女"的图谶描述;并且迎春极为善良,也并不愚蠢,才能既崇奉功过善书的指导,又深谙"天运人功理不穷,有功无运也难逢"的道理,所以她的懦弱并不等于缺乏理性认知的是非不分,而是有着特定的思想依据,并且以极大的信仰力量一以贯之。这个美丽善良的少女虽然庸懦无能,却仍然在坚定的信念下尽量缩小自己,不伤害别人,只需要一个小小的角落安安静静地活着,偶尔有一点美好的小事物就是很大的满足。

因此,与其说她是"木头",也许迎春更像青苔,在阴暗的小角落里,只要一点淡淡的阳光、几滴湿润的雨水,就可以自给自足生机盎然;可是一旦阳光稍微炽烈,就会被晒干枯萎,只要有人经过这个角落,就会被践踏踩平,那微弱的生命便受到摧毁。而这变动不居的世界,又必然时时充斥着烈阳暴风,处处漫布着铁蹄蹂躏,乐园可以瞬息之间就被拆毁崩塌,角落又何能幸免?尤其是,

"戳一针也不知嗳哟一声"的一味退让已经完全丧失自卫本能，直接威胁到个人的存在屏障，又如何能够进一步成长茁壮、突围求生以追求幸福？青苔是绝对长不成大树的，树下穿茉莉花的宁静安好也注定只是昙花一现。

待在角落里一笔一笔画着功过格的迎春，也许知悉这种善恶因果观有其理论上的缺陷，却不曾努力脱离这个体系，跨出一味忍让积善的简单思维，试图采用别的方式处理复杂的现实问题，这或者也是因为迎春有德无才、欠缺积极能力，才接受这种最简易的消极方式。毕竟，人们总是会选择与自我价值相近的信仰作为心灵依归，而信仰的内涵又会进一步强化既有的思想，并体现在日常生活中和危机应变上，就迎春的性格，比起改变别人、和恶势力搏斗，自我忍耐与退让要更容易一些。从这个角度而言，迎春之所以成为这类善书的信徒，可以说是互为因果，亦即她的性格特质使她走向了功过格，而功过格本身的特点也符合迎春的需要，因此唯一把《太上感应篇》放在床边，日夜阅读的一位金钗，就是迎春。

迎春的悲剧如实证明了这套明清时期也流行于精英智识阶层的功过思想，虽然可以在某些时候发挥抚慰心灵的作用，却无法真正为人带来救赎，生命的艰难之旅单靠善良是不够的，努力也必须用对地方。迎春致力于消除自我便是一个错误的方式，结果必然就是抹杀自己的存在，到了一定的程度更将导致无谓的牺牲乃至死亡。相较而言，前一章中探春所体现的"自觉性的进取的意志"又提供了一个范例，虽然未必就一定能创造幸福，但至少可以立定脚跟、确保尊严，成为屏障角落、护卫青苔的力量。这也让我们进一步揣测，如果是探春嫁给孙绍祖，其结果应该不会是迎春这般如蝼蚁的白白丧命，而有其轰轰烈烈的一番表现，甚至驭夫有术、整顿孙家，像唐代和番西藏的文成公主一样改造了孙家的门风，创造其"健妇持门户，亦胜一丈夫"①的大母神事业；即使不能如此顺利成功，也不至于在一年的苟延残喘之后便白白失去生命，其奋战的故事理当精彩可期。

然而年仅十几岁的迎春，就这样轻如鸿毛地消失了，无声无息。贾府所孕育的金闺玉质竟然一至于斯，诚然令人感慨万千。

---

① 语出汉乐府古辞《陇西行》，逯钦立辑校：《先秦汉魏晋南北朝诗》，卷9《汉诗》，卷267—268。

第八章
贾惜春论

很明显地，不同于探春的"入世"与迎春的"忘世"，排行最小惜春属于"出世"的人生意态，至于其人格类型与性格内涵，却不只是佛教的出家观那么单纯。

虽然清代的评点家多依循人花比配的逻辑，也为惜春设定了专属的代表花，如诸联说"惜春如菊"①，王希廉本则以曼陀罗作为惜春的配图，但实际上都缺乏文本的证据。最值得深思的是，就像迎春一样，小说中之所以没有设定惜春的代表花，并不是因为疏漏，而是有意为之，且意味深长，"没有代表花"实为惜春性格的独特表征。

一、前言："苗而不秀"

荷兰学者米克·巴尔（Mieke Bal）从叙事学的角度，对人物建构的方式指出：

> 当人物首次出现时，我们对其所知不多。包含在第一次描

---

① （清）诸联：《红楼评梦》，一粟编：《红楼梦资料汇编》，卷3，页119。

述中的特征并未完全被读者"攫住"。在叙述过程中，相关的特性以不同的方式经常重复，因而表现得越来越清晰。这样，重复就是人物形象建构的重要原则。……这一特征也反覆不断地出现于叙事本文的其他部分。除重复外，资料的累积也在形象的构造过程中起着作用。特征的累积（accumulation）产生零散的事实的聚合，它们相互补充，然后形成一个整体：人物形象。①

诚然，第三回中，三春初次出场的速写画面就清楚包含了个人的性格特征，彼此鲜明有别：在"钗环裙袄，三人皆是一样的妆饰"的情况下，相较于探春"削肩细腰，长挑身材，鸭蛋脸面，俊眼修眉，顾盼神飞，文彩精华，见之忘俗"的醒目鲜明，迎春的"肌肤微丰，合中身材，腮凝新荔，鼻腻鹅脂，温柔沉默，观之可亲"固然黯淡得多，却也以"没有个性"作为性格特质；至于惜春，身为同辈排行中年龄最小的四妹妹，则是"身量未足，形容尚小"，意味着她不是没有个性，而是一个还来不及发展出个人特质、没有表现出个人特征的小女孩，因此并没有"见之忘俗""观之可亲"之类的观感描述。

值得注意的是，"幼小"在《红楼梦》中却成为惜春所特有的形象根源，生命赖以进展变化的时间在惜春身上一直是迟缓甚至停

---

① ［荷］米克·巴尔著，谭君强译，万千校：《叙述学：叙事理论导论》（北京：中国社会科学出版社，1995），页97。

顿的。自第三回描写她"身量未足，形容尚小"之后，全书相关处都没有脱离这个人物特征，始终反覆不断地出现在叙事文本的其他部分，包括：

- 作者云："惜春小。"（第四十六回）
- 凤姐道："四姑娘小呢。"（第五十五回）
- 兴儿谓："四姑娘小。"（第六十五回）

在这个过程中，第四十回刘姥姥逛大观园的情节里，甚且有"惜春离了坐位，拉着他奶母叫揉一揉肠子"的描写，随身竟还伴着奶母随时照护，其年幼可想而知。当故事发展到第七十四回，大观园惨遭抄检而面临崩毁的时刻，书中依然一再声称"惜春年少，尚未识事""惜春虽然年幼""小孩子""四丫头年轻糊涂"，可见幼小确实是其特殊人格内涵养成的决定性因素之一。

但是，这样一个稚幼的孩子虽然没有声音，也没有表现出个性，却不等于一张白纸，完全不懂得观察和感受；事实上，在她小小的心田里，早已经默默地对这个世界展开认识，一直看着、听着，就她的年龄来说，也过早地下了定论，只是很少表示出来而已。后来当她在小说的场景中第一次开口说话时，便隐藏了她对这个世界的观感与表态，第七回叙写道：

惜春正同水月庵的小姑子智能儿一处顽耍呢，……周瑞家的便把花匣打开，说明原故。惜春笑道："我这里正和智能儿说，我明儿也剃了头同他作姑子去呢，可巧又送了花儿来；若剃了头，可把这花儿戴在那里呢？"说着，大家取笑一回。

这是"送宫花"一段的插曲，与智能儿玩耍一事便是惜春生命事件簿的最早一笔，可以说是惜春脱离三春之团体活动以及一笔带过的模糊身影，而真正有声有色的单独个人秀。固然这是出于小说家的刻意安排，但从小说叙事的整体性而言，却是惜春个人生命史上最早的记忆，依个体心理学家阿德勒所认为，最早的记忆表明了个人对待生活的特殊方式，因为个人对自身和环境的基本估计均包含其中，而且它是个人主观的起点，也是他为自己所作记录的开始，透过所能够记起的最早事件，能够了解个人赋予自己和生活的意义，以及对现在和未来的影响；而个人用以应付问题的生活样式又是很早便建立起来的，在四五岁之年，即已经可以看出其主要轮廓。①

就此而言，这一段"送宫花"的情节作为惜春首度自主的言行表现，不在端严整肃的厅堂之上，而是在顺任本性的孩童游戏之中，最是无拘无束的自我场域，正属于惜春记忆中最富有启发性的、开始述说其故事的方式，以及其生活样式的根本性确立。但值得注意的是，通常幼儿孩童的游戏内容都是对成人世界的模仿，是对现实生活具体而微的再现，也就是透过模仿的游戏形态，逐渐学习融入社会的方式，并达到与成人世界的接榫，因此在一般常态的

---

① ［德］阿德勒著，黄光国译：《自卑与超越》，页 14—15、168。

情况之下，其玩伴也多是来自身旁周遭的亲友邻居。然而奇特的是，惜春的情况却迥然有别，在姊妹丫头环绕、衣食丰足无缺的世家环境中，惜春却很明显地对现实世界采取不认同的否定态度，而反向地隐微形成对出家的向往，以至于其童年游戏都如此与众不同，不但玩伴是光头的小尼姑，作为书中首度之开口言说，其游戏话语竟是"出家为尼"，就一个年龄仅约六岁[①]的女孩子来说，岂非十分非比寻常？

更进一步地说，由若干研究的成果显示：

> 对十七岁的人来说，其百分之八十的学习在八岁时就已经完成，百分之五十的学习，四岁时已完成。这类资料有力的支持"游戏是人一生最密集和有效学习活动"[②]的说法。[③]

如此一来，在与小尼姑一起所玩的游戏中，惜春一生的学习已经完成了大半，并且是以最密集和有效的活动方式进行。则"剃了头同他作姑子去"便绝不仅仅只是小孩子随口说说的游戏话语，竟可以说是对人生路向的认真考虑甚至明确决定，根植于这个幼小儿童尚

[①] 据考证，第三回黛玉初入荣府时年仅六岁，至第七回又过了两年，而惜春又较黛玉年轻，故推估如此。参周汝昌：《红楼梦新证》（北京：华艺出版社，1998），第6章"红楼纪历"，页145—147。

[②] L. K. Frank, "Play Is Valid," *Childhood Education* 44, no.7 (1968), p. 433-40.

[③] 参Gene Bammel & Lei Lane Burrus-Bammel著，涂淑芳译：《休闲与人类行为》（台北：桂冠图书公司，1996），页44。

未成熟的心灵中，成为她首要的人生选择，并且一以贯之，"出家"已成为她的心灵归趋。

既然一株幼苗本来就不可能开花，一株决定离开尘世土壤的幼苗更终身开不出花来，惜春所谓："剃了头，可把这花儿戴在那里呢？"清楚说明了她之所以没有代表花的原因，堪称为"苗而不秀"的特殊类型。

二、基本焦虑与"病态的逃避"心理

从《红楼梦》的整体叙事结构而言，迎、惜二春都是到第七十三回、第七十四回始全幅彰示其性格全貌，如果说迎春是"病态的依顺"，因过于随和而藏污纳垢；惜春则是发展出"病态的逃避"，因过于洁癖而冷肃无情，形成背离现实世界的出世心态。

这样一种超离红尘的出世取向，在惜春首度担纲主演的个人秀中一鸣惊人，早早确立了她性格偏执、思想极端的人格特质，由此塑造出她所独具的心智模式。所谓的"心智模式"，是指深植于人们心中，影响一个人对周遭世界的看法，及其所采取行动的许多假设、成见，甚至图像、印象[①]，而探本溯源，之所以让年幼的惜春作出如此的憧憬乃至决定，必然有其深刻原因，既是天赋的个性使然，更来自后天的环境影响，亦即成长过程中的家庭因素。

---

① 参[美]彼得·圣吉（Peter M. Senge）著，郭进隆译：《第五项修炼——学习型组织的艺术与实务》（台北：天下远见出版公司，2001），第三部第二项。

（一）天赋的廉介孤独僻性

小说家对于惜春的性格特质与心智模式，直到第七十四回抄检大观园的相关情节始充分表露。由于那是惜春唯一一次的主场展演，远比和智能儿玩耍一段淋漓尽致，涵藏了其性格特质与心智模式的所有资讯，因此必须仔细检视。当时抄检大队来到藕香榭：

> 遂到惜春房中来。因惜春年少，尚未识事，吓的不知当有什么事，故凤姐也少不得安慰他。谁知竟在入画箱中寻出一大包金银锞子来，约共三四十个，又有一副玉带板子并一包男人的靴袜等物。入画也黄了脸。因问是那里来的，入画只得跪下哭诉真情，说："这是珍大爷赏我哥哥的。因我们老子娘都在南方，如今只跟着叔叔过日子。我叔叔婶子只要吃酒赌钱，我哥哥怕交给他们又花了，所以每常得了，悄悄的烦了老妈妈带进来叫我收着的。"惜春胆小，见了这个也害怕，说："我竟不知道。这还了得！二嫂子，你要打他，好歹带他出去打罢，我听不惯的。"凤姐笑道："这话若果真呢，也倒可恕，只是不该私自传送进来。这个可以传递，什么不可以传递。这倒是传递人的不是了。若这话不真，倘是偷来的，你可就别想活了。"入画跪着哭道："我不敢扯谎。奶奶只管明日问我们奶奶和大爷去，若说不是赏的，就拿我和我哥哥一同打死无怨。"凤姐道："这个自然要问的，只是真赏的也有不是。谁许你私自传送东西的！你且说是谁作接应，我便饶你。下次万万不可。"惜春道："嫂子别饶他这次方可。这里人多，若不拿一个人作

法,那些大的听见了,又不知怎样呢。嫂子若饶他,我也不依。"凤姐道:"素日我看他还好。谁没一个错,只这一次。二次犯下,二罪俱罚。但不知传递是谁。"惜春道:"若说传递,再无别个,必是后门上的张妈。他常肯和这些丫头们鬼鬼祟祟的,这些丫头们也都肯照顾他。"凤姐听说,便命人记下,将东西且交给周瑞家的暂拿着,等明日对明再议。于是别了惜春,方往迎春房内来。

惜春一开始就已经受到抄检阵仗的惊吓,在抖出其丫头入画私自传送收藏物品之际,首先是"胆小,见了这个也害怕",接着则是对这位自小一起长大而情同姊妹的贴身女婢所犯下的情有可原的小小罪过,回应以出奇冷酷的绝情绝义,毫不迟疑地要凤姐"你要打他,好歹带出去打罢,我听不惯",并严格要求"嫂子别饶他这次方可。……嫂子若饶他,我也不依";次日更坚持将她押解至宁国府,恰巧尤氏来到园中:

忽见惜春遣人来请,尤氏遂到了他房中来。惜春便将昨晚之事细细告诉与尤氏,又命将入画的东西一概要来与尤氏过目。尤氏道:"实是你哥哥赏他哥哥的,只不该私自传送,如今官盐竟成了私盐了。"因骂入画"糊涂脂油蒙了心的。"惜春道:"你们管教不严,反骂丫头。这些姊妹,独我的丫头这样没脸,我如何去见人。昨儿我立逼着凤姐姐带了他去,他只不肯。我想,他原是那边的人,凤姐姐不带他去,也原有理。我今日正要送过去,嫂子来的恰好,快带了他去。或打,或杀,或卖,我一概不管。"入画听说,又跪下哭求,说:"再不敢了。只求姑娘看从小儿的情常,好歹生死在一处罢。"尤氏和奶娘等人也都十分分解,说他"不过一时糊涂了,下次再不敢的。他从小儿伏侍你一场,到底留着他为是。"谁知惜春虽然年幼,却天生成一种百折不回的廉介孤独僻性,任人怎说,他只以为丢了他的体面,咬定牙断乎不肯。

如此不留情面的决绝,表面的理由竟只是因为"这些姊妹,独我的丫头这样没脸,我如何去见人",因此面对入画的哭求、众人的说情,惜春完全无动于衷,"任人怎说,他只以为丢了他的体面,咬定牙断乎不肯"。然而,这表面上看似冷血狠毒的铁石心肠,以及爱面子所产生的虚荣心,其实归根究底,都不是造成惜春如此不近情理的真正原因;隐藏在铁石心肠与虚荣心背后的心理根源,乃是一种过于求全责备以致极其严苛的精神洁癖。所谓"水至清则无鱼,人至察则无徒",过度的洁身自好演化出严苛的道德检验,因此不能容忍无伤大雅的微瑕小错,不接受任何人的人情劝说,不理会犯错者的忏悔求情,不放过共犯结构里的漏网之鱼,在"宁为玉碎,不为瓦全"的决绝态度下,毫无商量余地地对一切污点进行彻底切割,驱逐悖德的成分。

事实上,由惜春对众人之原宥宽谅入画的决策是"咬定牙断乎不肯"的表现,以及"我不了悟,我也舍不得入画了"的说法,可见惜春并非天生无情冷酷之人,否则何须咬牙以坚定意志,其中自有"舍不得"的动摇。但因一种将其了悟（虽然只是以偏概全的片面了悟）贯彻到底的决心，即使面对"微罪不举"的瑕疵都用道德的显微镜加以扩大，并坚持彻底根绝，以至于旧情虽然温暖可贵，但若夤缘旧情之锁链而来的，是污秽肮脏之世事，那么她也会毫不迟疑地挥刀断绝。对她而言，世界所存在的就是罪恶与污秽，以及罪恶与污秽的可能，因此必须力求斩草除根、除恶务尽，所谓："嫂子别饶他这次方可。这里人多，若不拿一个人作法，那些大的听见了，又不知怎样呢。嫂子若饶他，我也不依。"是以惜春不仅在事发当下主动供出相关人犯，更不惜牺牲与入画"从小儿的情常"。

参照第二十二回惜春所作的灯谜诗，以"佛前海灯"为谜底，即大大抒发她对照浊澄源的无上追求：

> 前身色相总无成，不听菱歌听佛经。莫道此身沉黑海，性中自有大光明。

贾政看了认为"惜春所作海灯，一发清净孤独"，因此心内愈思愈闷，竟至难以成寐，而惜春所感受到的"此身沉黑海"，不只是比喻整个世界黑暗如海，还回应了佛教的观念。例如王维《过香积寺》所说的"薄暮空潭曲，安禅制毒龙"，运用《涅盘经》中的典故："但我住处有一毒龙，其性暴急，恐相危害。""毒龙"意指妄心痴念，会干扰甚至破坏内心的平静，而王维将毒龙意象安置在潭水中，惜春则更扩大为"黑海"，可见对惜春而言，整个世界都是黑暗无边的幽暗深渊，各色毒龙处处兴风作浪，吞噬所有的光明。可以说，会如此看待世界的意义，首要的便是那"天生成一种百折不回的廉介孤独僻性"，也就是与生俱来、无论如何也改变不了的精神洁癖，故探春也说：

> 这是他的僻性，孤介太过，我们再傲不过他的。（第七十五回）

"孤介太过"的僻性也就是"百折不回的廉介孤独僻性"，正是惜春思想性格的先天原动力，也是出世选择的基本条件。

王国维曾针对小说中的出家区分为两种意义，认为：

> 解脱之中，又自有二种之别：一存于观他人之苦痛，一存于觉自己之苦痛。然前者之解脱，唯非常之人为能，其高百倍于后者，而其难亦百倍。……唯非常之人，由非常之知力，而洞观宇宙人生之本质，始知生活与苦痛之不能相离，由是求绝其生活之欲，而得解脱之道。……前者之解脱如惜春、紫鹃，后者之解脱如宝玉。前者之解脱超自然的也，神明的也；后者之解脱自然的也，人类的也；前者之解脱宗教的，后者美术的也；前者和平的也，后者悲感的也，壮美的也。[①]

意思是说，惜春的欲求解脱是出于观他人之苦痛，由非常之知力而

[①] 王国维：《红楼梦评论》，收入王国维等：《红楼梦艺术论》，页10。

洞观宇宙人生之本质乃是生活永远必有苦痛，因此断绝其生活之欲，属于宗教的、和平的解脱，是超自然的、非常人的表现；比起宝玉是因为深陷于个人的苦痛，自然想要解脱，而在挣扎的过程中带有悲戚之感，属于人类的自然表现，惜春要来得高明百倍，也困难百倍。

但这种解释适用于宝玉，对惜春而言则并不切合，如此幼小的女孩很难也确实不具备那种洞观宇宙人生之本质的非常之知力。反倒是王蒙的说法较为接近，他指出：与柳湘莲、芳官以及中外寺院里众多"在失去了红尘的幸福以后看破红尘"者流不同，惜春乃是由于"一种近乎先验的对于红尘的污浊的恐惧，一种相当自私的洁身自好（例如，失窃后她并不关心家庭受到的损失而只关心自己的面子）而出家的"。① 其中所谓的"相当自私""只关心自己的面子"并不切当，请详下文的说明；除此之外，"一种近乎先验的对于红尘的污浊的恐惧"则可说是深深探得其中肯綮，实为对惜春"天生成一种百折不回的廉介孤独僻性"的绝佳解释，也正与灯谜诗的"性中自有大光明"相互定义。

（二）奇特的独立宣言

但必须说，天性只是形成性格特质的因素之一，"天生成一种百折不回的廉介孤独僻性"只能部分地解释这种以出家为终极追求的独特世界观，若无后天环境的激发与强化，"孤介太过"的僻性

---

① 王蒙：《红楼梦启示录》（台北：风云时代出版社，1993），页167。

未必足以巩固出家之路。

试看惜春为了杜绝任何一丁点的污染,不惜六亲不认,其决绝更从贴身丫头扩大到整个原生家族,由"善恶生死,父子不能有所勖助"的道理,来和宁国府之亲族手足划清界线,以断绝污浊因子入侵的机会与可能性,可见这个环境因素的重要性。所谓:

> 更又说的好:"不但不要入画,**如今我也大了,连我也不便往你们那边去了**。况且近日我每每风闻得有人背地里议论什么多少不堪的闲话,我若再去,连我也编派上了。……我一个姑娘家,只有躲是非的,我反去寻是非,成个什么人了!……古人说的好,'善恶生死,父子不能有所勖助',何况你我二人之间。**我只知道保得住我就够了,不管你们**。从此以后,你们有事别累我。"尤氏听了,又气又好笑,因向地下众人道:"怪道人人都说这四丫头年轻糊涂,我只不信。你们听方才一篇话,无原无故,又不知好歹,又没个轻重。虽然是小孩子的话,却又能寒人的心。"众嬷嬷笑道:"姑娘年轻,奶奶自然要吃些亏的。"惜春冷笑道:"我虽年轻,这话却不年轻。你们不看书不识几个字,所以都是些呆子,看着明白人,倒说我年轻糊涂。"尤氏道:"你是状元榜眼探花,古今第一个才子。我们是糊涂人,不如你明白,何如?"惜春道:"状元榜眼难道就没有糊涂的不成。可知他们也有不能了悟的。"尤氏笑道:"你倒好。才是才子,这会子又作大和尚了,又讲起了悟来了。"惜春道:"我不了悟,我也舍不得入画了。"尤氏道:"可知你是

个心冷口冷心狠意狠的人。"惜春道："古人曾也说的，'**不作狠心人，难得自了汉。**'**我清清白白的一个人，为什么教你们带累坏了我！**"

尤氏心内原有病，怕说这些话。听说有人议论，已是心中羞恼激射，只是在惜春分上不好发作，忍耐了大半。今见惜春又说这句，因按捺不住，因问惜春道："怎么就带累了你了？你的丫头的不是，无故说我；我倒忍了这半日，你倒越发得了意，只管说这些话。你是千金万金的小姐，**我们以后就不亲近，仔细带累了小姐的美名。**即刻就叫人将入画带了过去！"说着，便赌气起身去了。惜春道："**若果然不来，倒也省了口舌是非，大家倒还清净。**"（第七十四回）

这一番长篇大论有如割裂宁府血脉脐带的独立宣言，正式与宁府以及府中家人断绝往来。

可见惜春这株"尚未识事"的幼苗对世间必然存在的黑暗面避之唯恐不及，为了彻底阻绝可能波及自己的不洁与罪恶，深怕稍一松懈便坏其全璧，导致过分地全力发展她唯一可以依恃的精神武器——亦即自己对"干净"的坚持，在过犹不及的情况下，终于成了一个"只有躲是非"、怕被不堪之事"编派上""带累坏"，而"只知道保得住我就够了，不管你们"的"自了汉"，那不近人情的"心狠意狠"即是她用以自渡的唯一方法。其所自力建构的思想体系或理论基础如下：

了悟＝明白──→"善恶生死，父子不能有所勖助"的道德自决──→舍得──→狠心人──→自了汉

与迎春所言的每一个句子都带有一个否定词，以指向意志、能力的自我否定者相反，惜春话语中的否定词虽然也是根源于生存的极限，却都是指向对外在世界的否定，并导致个人存在关联的断裂与抽离，所谓"我也不便往你们那边去了""不作狠心人，难得自了汉""善恶生死，父子不能有所勖助"以及"我只知道保得住我就够了，不管你们""我清清白白的一个人，为什么教你们带累坏了我"，种种说词恰恰正显出惜春的出世思想是自了，而不是渡众；是冷肃无情，而不是宽和慈悲，其人间的生活形态和观照心态带有愤世嫉俗的悲观本质，属于佛教观点中侧重否定工夫，而以消极方法制止妄动、断除迷误的"小乘根器"。

同时从中可知，惜春所发展的乃是一种极为简化的世界观，其中蕴含的人生体验或世界认知是为一种只有"洁净"与"污浊"的极端二元对立，非黑即白，非干净即肮脏，除此之外容不下其他的价值层次，也因此丧失了回环涵容的弹性空间，与其他人生景观的开拓。其极端简化的二元价值观或世界观可由下表显示之：

洁净、光明 ←──────→ 污浊、黑海

空门 ←──────→ 宁国府、世界

出世 ←──────→ 入世

应该进一步分析的是，这种对红尘俗世的否定态度当然不会凭空产生，而必有其相应对象所促成。在社会心理学中，有关"态度"的定义甚多，其中最完备的定义是将态度视为个人对特定对象（人、事或物）所持有的一套有组织的认知、感情及行为倾向；① 换言之，态度是个人对特定对象所持有的一套复杂而稳定的心理反应，所以，态度必有对象。② 然而，一个绣户侯门的千金，几乎没有踏出过家门的女童，何以会对红尘的污浊产生如此深重的恐惧？就此，惜春那"百折不回的廉介孤独僻性"的养成，其实除了与生俱来的精神洁癖之外，还有赖于后天环境的助长强化，尤其对稚幼无知的孩童而言，家庭即等于全世界，家事即等于天下事，家庭人事的环境影响必然是形塑孩童认知的主要力量。

小说中透过旁人的描述，可知惜春的出身背景是：

- 四小姐乃宁府珍爷之胞妹，名唤惜春。因史老夫人极爱孙女，都跟在祖母这边一处读书。（第二回）
- 四姑娘小，他正经是珍大爷亲妹子，因自幼无母，老太太命太太抱过来养这么大，也是一位不管事的。（第六十五回）

可见惜春的血脉本源乃是宁国府，与贾珍为一母所生。然而宁国府

---

① D. Katz & E. Stotland, "A preliminary statement to a theory of attitude structure and change," S. Koch (ed.), *Psychology: A study of a science, Vol. 3. Formulation of the person and the social context* (New York: McGraw-Hill, 1959).

② 详参叶光辉、杨国枢：《中国人的孝道：心理学的分析》，页28。

可以说是贾家的罪恶渊薮所在，是这个百年贵族世家精神堕落的祸首，第五回有关秦可卿的描述就一再指出这一点：

- 漫言不肖皆荣出，造衅开端实在宁。（人物判词）
- 箕裘颓堕皆从敬，家事消亡首罪宁。（《红楼梦曲·好事终》）

而惜春竟与"造衅开端""家事消亡"的宁府血脉相连，尤其"爬灰"的贾珍更是她的亲哥哥，具有完全相同的骨血基因，对于一个天生洁癖的人势必造成无法摆脱的原罪意识；尤其在自幼被抱到荣国府照顾，有贾母、王夫人这样正派温暖的大母神悉心养育，有宝玉、众姊妹如此清新优雅的手足相濡以沫，更对比出宁府的污秽不堪，如柳湘莲跌足所言："你们东府里除了那两个石头狮子干净，只怕连猫儿狗儿都不干净。"（第六十六回）对于一个成长中的小女孩而言，理应带来很大的压力。清代评点家二知道人即认为：

> 惜春幼而孤僻，年已及笄，倔强犹昔也。宝玉而外，一家之举止为所腹非者久矣，决意出家，是父是子。①

许叶芬更清楚指出：

> 惜春天性孤僻，其遣入画一事，诚为过当。然观其对尤氏

---

① （清）二知道人：《红楼梦说梦》，一粟编：《红楼梦资料汇编》，卷3，页94。

之言曰:"我清清白白的一个人,如何教你们带累坏了。"厥后之出家佞佛,未尝非境遇激之也。柳湘莲诮宁府惟有石狮子干净,呜呼!如四姑娘者,殆可与狮子比洁矣。①

其中都已经注意到环境因素对惜春出家的影响,唯二知道人所谓"宝玉而外,一家之举止为所腹非者久矣",其实是不正确的说法,惜春所"腹非"——也就是心中默默批判的对象,以及"境遇激之"的境遇,都是来自宁国府,并非宝玉之外的整个贾家成员。由此可见,惜春的极端性格确实与其原生家庭密不可分。

心理学家霍妮认为,个人与社会文化的冲突或适应不良所致的病态人格,乃肇因于基本焦虑,而其潜因于儿童期即已形成;亦即基本焦虑(Basic anxiety)作为一种以为自己"渺小、无足轻重、无助无依、无能,并生存于一个充满荒谬、下贱、欺骗、嫉妒与暴力的世界"的感觉,乃源于童年时父母未能给予他们真诚的温暖与关怀(往往由于父母本身的病态人格或缺陷),使这些孩子失去了"被需要的感觉"所引起。而由于无条件的爱是儿童正常发展的最基本动因,因此那些未能得到这种爱心的儿童,即觉得这世界、周围环境皆是可怕、不可靠、无情、不公平的,这种怀疑倾向使他觉得个人被湮灭,自由被剥夺,于是丧失快乐而趋向不安。同时一方面,儿童因为年纪尚轻,虽然对父母的爱心怀疑,但却不敢表露,害怕因此受惩罚与遗弃,这种被压抑的情绪导致更深的焦虑,结果

---

① (清)许叶芬:《红楼梦辨》,一粟编:《红楼梦资料汇编》,卷3,页231。

在这种充满基本焦虑的环境中,儿童的正常发展受阻,自尊自助丧失;儿童为了逃避此种焦虑并保护自我,于是形成病态人格倾向。①

就霍妮所区分的几种病态人格倾向中,惜春发展的则是"病态的逃避"(Neurotic Withdrawal)此一病态人格倾向。其心理状态犹如霍妮所指出,儿童越是与他人隔绝,就越是会将其对自己家庭的敌意投射到外部世界,从而认为整个世界都充满了危险和威胁,形成一种基本敌意(basic hostility),是为焦虑的主要根源与直接原因;②此种情绪基于病态的相信:"如果自己能自足,就可以安全。"因而他寻求情感上独立于他人,逃避他人,不但压抑一切感情的倾向,甚至否认感情的存在,对任何事物均冷漠不关心。他的信条是:"如果我逃避别人,他们就无法伤害我。"而其与他人的适应关系表现为脱离他人(Away from people),这种人的主要基本焦虑是孤独感,他既不希望依属于任何人,也不反抗,只想远远的躲避他人,"与世无争"。"求生活安全"大约可以概括之。③

从"惜春年少,尚未识事,吓的不知当有什么事""惜春胆小,见了这个也害怕"(第七十四回),清楚显示了惜春是胆小易受到惊吓的,她确实一直处在恐惧之中,足以形成基本焦虑;即使幸运地移居荣府,但宁府仍在一墙之隔如影随形,其中的成员尤其是尤氏等女眷更是往来频繁热络,因此那"生存于一个充满荒谬、下贱、

---

① 参〔美〕雷登贝克等著,叶玄译:《存在主义与心理分析》,页141。
② 葛鲁嘉、陈若莉:《文化困境与内心挣扎——霍妮的文化心理病理学》(武汉:湖北教育出版社,1999),页72—73。
③ 〔美〕雷登贝克等著,叶玄译:《存在主义与心理分析》,页141—142。

欺骗、嫉妒与暴力的世界"的感觉仍然时时被提醒,以至于觉得这世界、周围环境皆是可怕、不可靠、无情、不公平的。为了逃避此种焦虑并保护自我,于是形成了"病态的逃避"的人格倾向,认为整个世界都充满了危险和威胁,从而形成一种基本敌意,寻求情感上独立于他人,这些特点都充分表现于惜春一再宣说的:"我也不便往你们那边去了""我若再去,连我也编派上了""不作狠心人,难得自了汉""我一个姑娘家,只有躲是非的""我只知道保得住我就够了,不管你们。从此以后,你们有事别累我",以及"我清清白白的一个人,为什么教你们带累坏了我",在在印证了潜藏在种种说辞之下的,乃是"如果自己能自足,就可以安全"的信念。

而在儒家伦理笼罩整个社会的群体结构里,一个对原生家庭充满敌意的小女孩,为了追求安全所选择的"自足"方式以及脱离他人的极致,则只有出家一途。这便是惜春执意为尼的根本原因。

三、生命哲学与思想依据

从前面的说明已清楚可知,惜春的人格成因包括了极为深沉的心理因素,在当时的社会环境中,则结合了佛教的出世观作为她生命哲学与思想依据,并坚定地走上这条出路。

第五回太虚幻境的人物图谶对惜春的预告是:一所古庙,里面有一美人在内看经独坐。其判词云:

> 勘破三春景不长，缁衣顿改昔年妆。可怜绣户侯门女，独卧青灯古佛旁。

缁衣是出家人所穿的黑色僧服，描绘惜春出家后"清净孤独"的生活，与后面的《红楼梦曲》一并来看：

> 〔虚花悟〕将那三春看破，桃红柳绿待如何？把这韶华打灭，觅那清淡天和。说什么，天上夭桃盛，云中杏蕊多。到头来，谁把秋捱过？则看那，白杨村里人呜咽，青枫林下鬼吟哦。更兼着，连天衰草遮坟墓。这的是，昨贫今富人劳碌，春荣秋谢花折磨。似这般，生关死劫谁能躲？闻说道，西方宝树唤婆娑，上结着长生果。

可见惜春终将出家为尼。配合脂砚斋对她的灯谜诗所指出："此惜春为尼之谶也。公府千金至缁衣乞食，宁不悲夫！"则惜春还必须托钵乞食才能维生，和妙玉的出家完全不同。

（一）断情灭欲：佛教的出世观

前面已经仔细考察惜春之所以出家的原因，并不是入世后受到现实挫败或情感打击而灰心遁世，如柳湘莲、贾宝玉等一般常见的模式，而是在"天生成一种百折不回的廉介孤独僻性"下，此一天生的极端洁癖再受到后天家庭环境的刺激强化，让整个世界更被视为"黑海沉沦"，只有在佛门净土才能有所解脱，因此也就注定了

"独卧青灯古佛旁"的人生选择。

但更应该进一步精确分辨的是，所谓的"廉介孤独僻性"，指涉的却不是清廉之类与财货有关的"干净"，因为就一个幼年至此的侯门千金而言，并不会涉及这个层面，以她对尤氏所公告的独立宣言来看，也与此无关。总括来说，惜春那"近乎先验的对于红尘的污浊的恐惧"，主要是针对情色淫欲。

推敲惜春与尤氏对谈中，她所恐惧被"带累坏了"的"清清白白"，如同"干净"一般都是在情色范畴内的用语，是小说中往往用以对立于色淫的贞洁概念，例如：凤姐猜疑独寝十二天的贾琏"这半个月难保干净，或者有相厚的丢下的东西"（第二十一回）、柳湘莲所非议的"你们东府里除了那两个石头狮子干净，只怕连猫儿狗儿都不干净。我不做这剩忘八"（第六十六回）等等，皆属此一语义系统。再进一步注意到惜春所谓"如今我也大了，连我也不便往你们那边去了"，以"如今我也大了"作为断绝往来的诉求，理由实在非常独特。

一个小女孩长大了，何以就"不便"回到自己的本家？从一般人情事理来看，无论如何都解释不通，其中必有特殊缘故。若和"我清清白白的一个人，为什么教你们带累坏了我"与"你们那边……多少不堪的闲话，我若再去，连我也编派上了"等说法上下对照，显然关键在于**"成长"与情色的高度联系**，一如智能儿是"他如今大了，渐知风月，便看上了秦钟人物风流，那秦钟也极爱他妍媚，二人虽未上手，却已情投意合了"（第十五回），大观园中也是丫头里"年纪大些的知道了人事"（第七十四回），包括司棋因"近年大了"而与表哥偷情（第七十二回），乃导致绣春囊的出现。因此，惜春发现在失去儿童懵懂无知的庇护后，"我也大了"便更容易和宁府之淫秽不堪发生关联，产生"被带累坏了""也编派上了"的高度可能，故采取拒绝往来的切割方式，以彻底避免情色污染的任何机会。参照惜春灯谜诗所宣示的"不听菱歌听佛经"，"菱歌"指的正是乐府诗中内容多为男女恋情的菱歌莲曲，更可相互印证。

就此而言，惜春最初之所以选智能儿作为玩伴，正是因为尼姑最符合干净的标准，出家人断绝七情六欲，已经确保不染淫秽的条件；但也因此，当智能儿后来竟也与秦钟发生了犯戒之举，以佛门子弟的身份而言，形同对净土的彻底亵渎，更加重了情色的毁灭性与罪恶性。小说中虽然对惜春知晓其事之后的反应并没有着墨，但可想而知必然是深受打击，连佛门都避免不了情色的污染，其巨大的力量也同时强化情色的罪恶程度，在惜春的心目中，情欲就更加丑陋也更加感到深恶痛绝了。

显然地，惜春的"心冷口冷心狠意狠"实在是那"除了那两个石头狮子干净，只怕连猫儿狗儿都不干净"的宁国府所扭曲而成的。作为其血脉所自的出身所在，宁国府变本加厉的淫秽肮脏，不知不觉地成为惜春意识中的"原罪"，在血缘关系的天赋纽带下如影随形，连大观园的庇护都是暂时的。既不能根本地洗刷挣脱，遂只有托诸声称六大皆空、连亲缘血脉都加以断绝的佛门净土，以求彻底解脱。而出家，便是除了死亡之外，唯一合法的断绝血缘之法。其关键意义在于出家被视同为一种特殊形式的生死之别，所谓

"皈依三宝，何啻从军"①，出家者脱离涵括一切人际关联之伦常社会，即等于死亡般从俗世中除籍。

若追踪"出家"一词的概念构成，也确实是儒家社会的产物，王乃骥指出：出家的名词，早就出现于北宋真宗天禧三年（1019）道诚所辑《释氏要览》之中，但佛教起源于印度，印度的僧侣却并不称为出家人；唯独中国有"出家"这个代用词，越南亦然，这就产生了为什么皈依佛道为出家？家与佛道宗教之间有何必然关联的问题。其答案是为儒家文化的核心在家，随之而来的即为政治、经济、法律、宗教、思想的泛家化，家化程度之深，往往会浮现于常用的口语中而不自觉，"出家"就是一个很好的例子。这个名词（兼作动词或动名词）非常普遍，却是儒家社会特有的术（俗）语，因此，以出家与在家之分野，作为佛道代用词的指标，实与儒家人伦文化息息相关。"在家"的最高准则是以儒家伦常思想为依归，个人要想单独行动，遁入空门，就必须先要走出纲常的轨道，斩断与家人的一切关系，有如出轨另走新路，因此出家与在家必然冲突对立。为僧为道之所以有"出家"此一别称，这是儒家社会特有的现象。②唯有认识到此一语汇所潜涵的血缘人伦意义，才能掌握到惜春之皈依佛门的关键核心。

从这个角度来看，王国维引述德国哲学家叔本华（Arthur Schopenhauer, 1788—1860）于《作为意志与表象的世界》中所言：

---

① （清）二知道人：《红楼梦说梦》，一粟编：《红楼梦资料汇编》，卷3，页91。
② 王乃骥：《漫说出家——从家化社会特有的名词谈到金红结局》，《金瓶梅与红楼梦》，页193—194、197。

"人之意志，于男女之欲，其发现者为最著；故完全之贞操，乃拒绝意志，即解脱之第一步也。"并进一步申论："而解脱之道存于出世，而不存于自杀。出世者，拒绝一切生活之欲者也。"① 可谓切中核心之说。更精确地说，惜春之出家固然是为了拒绝男女之欲，以求完全之清洁，但这并不是因为其苦，而是因为其脏，是构成世界堕落、混乱、污秽的关键。既然女性在传统社会里必然要出嫁，便无法避免受到男女之欲的污染，因此惜春才会如此近乎偏执地坚持出家。

泰德·特尔弗德（Ted A. Telford）的研究指出，"这个时代的精英家庭里，丈夫与妻子的平均年龄差距不大，大约三岁左右；精英家庭的女孩大多在十七到十八岁之间出嫁，男孩的婚龄则稍微晚一点，为二十或二十一"。② 而由于在 18 世纪中，婚姻市场的状况即使有所改善，适婚女性的数量仍然严重不足，致使整个社会始终陷入于一种"婚姻短缺危机"（marriage crunch）中，一直到帝制晚期，"一旦女性的生理机能发育成熟，绝大多数的妇女都会立刻结婚，开始生育子女"，这使得"几乎没有多少妇女能够以尼姑、妓女、或是'抗婚者'的身分维持不婚而度过他们的成年生活"。③

---

① 王国维：《红楼梦评论》，收入王国维等：《红楼梦艺术论》，页 22、10。
② Ted A. Telford, 1992: 926。"Family and State in Qing China: Marriage in the Tongcheng Lineages, 1650—1880." in Institute of Modern History, Academia Sinica, eds., *Family Process and Political Process in Modern Chinese History*, Vol. 2. Taibei: Institute of Modern History, Academia Sinica.
③ Ted A. Telford, 1992: 32。"Covariates of Men's Age at First Marriage: The Historical Demography of Chinese Lineages." *Population Studies* 46: 19-35. 引自 [美] 曼素恩著，杨雅婷译：《兰闺宝录：晚明至盛清时的中国妇女》，第 3 章"生命历程"，页 125；第 2 章"性别"，页 91。

可以说，惜春便是这些极为少数的女性之一，她的出家既是拒绝原生家庭的方式，同时也是拒绝未来家庭的方式，尼姑与抗婚者的身分合而为一，彻底洁净地度过一生。

（二）写意画、不善诗的意义

自幼就根深蒂固的佛教思想观念，也全面地渗透到惜春的各种活动里。除了与小尼姑玩出家的游戏之外，即使是一般绘画这种常见的艺术活动，也并不是对美的追求，其实同样是佛教修为的一种表现。

从林黛玉的角度来说，"虽有迎春惜春二人，偏又素日不大甚合"（第七十六回），不合的原因即在于迎春既无才学，亦缺乏个性，有如面团般任人搓揉，惊才绝艳者固当觉得乏味至极；而惜春则一方面是太过幼小不解世事，一方面又孤僻冷肃，总是以沉默的抗拒来面对周遭环境，有如冰块般顽固冷硬，当然也无从打通那道灵魂之路，与她肝胆映照。再则，同样是"不管事"（第六十五回），迎春是因为懦弱无能的"不中用"，只好撒手不管；惜春则是因为孤介太过，刻意回避红尘所致。

类似地，书中一并声称"迎春、惜春本性懒于诗词"，因此于诗社活动中都挂名副社长，职司行政杂务而非参与创作竞赛，一位出题限韵，一位誊录监场（第三十七回）。但隐藏于"本性懒于诗词"的表象之下真正原因，却是迎春乏才兼自我压抑，本无用武之地；惜春则是因为无心于此，任凭才能虚掷，尤其佛法不但认定世间皆空，由世间所界定之才能高低终归虚妄，甚至认为诗是由染心所发的"绮语"——即"杂秽语、无义语。指一切淫意不正之言词"①，自幼便向往出家的惜春对之兴趣缺缺，固是理有当然。

基于同一缘故，惜春与绘画的关系也是如此。惜春虽然以"能画"著称，因此当刘姥姥赞美大观园，说道："我们乡下人到了年下，都上城来买画儿贴。时常闲了，大家都说，怎么得也到画儿上去逛逛。想着那个画儿也不过是假的，那里有这个真地方呢。谁知我今儿进这园里一瞧，竟比那画儿还强十倍。怎么得有人也照着这个园子画一张，我带了家去，给他们见见，死了也得好处。"这时贾母便指定惜春来执笔画《大观园图》，对刘姥姥说道："你瞧我这个小孙女儿，他就会画。等明儿叫他画一张如何？"刘姥姥听了，喜得忙跑过来，拉着惜春说道："我的姑娘，你这么大年纪儿，又这么个好模样，还有这个能干，别是神仙托生的罢。"（第四十回）

然而，绘画作为惜春唯一的审美追求，其实是技艺不精，也缺乏创作热诚，是故自承：

我又不会这工细楼台，又不会画人物，又不好驳回，正为这个为难呢。

由此也缺乏齐全的专业器材：

我何曾有这些画器？不过随手写字的笔画画罢了。就是颜

---

① 慈怡主编：《佛光大辞典》下册（高雄：佛光出版社，1988），页5888。虽然自六朝以后，历代都出现过诗僧，但与惜春的情况不同，并不矛盾。

色，只有赭石、广花、藤黄、胭脂这四样。再有，不过是两支着色笔就完了。

宝钗也说：

藕丫头虽会画，不过是几笔写意。

因而惜春向诗社社长李纨告假时，"给了他一个月他嫌少"，李纨只得委由公议，林黛玉即嘲笑道：

这园子盖才盖了一年，如今要画自然得二年工夫呢。又要研墨，又要蘸笔，又要铺纸，又要着颜色，……又要照着这样儿慢慢的画，可不得二年的工夫！（第四十二回）

所谓"照着这样儿慢慢的画"便是就惜春的疏懒所作的含蓄讽刺。果然，历时数月之后，第四十八回写到：

画缯立在壁间，用纱罩着。众人唤醒了惜春，揭纱看时，十停方有了三停。

再到第五十回，贾母说："你四妹妹那里暖和，我们到那里瞧瞧他的画儿，赶年可有了。"众人笑道："那里能年下就有了？只怕明年端阳有了。"贾母一听，大惊道：

> 这还了得！他竟比盖这园子还费工夫了。

于是命惜春"你别托懒儿，快拿出来给我快画"，印证了黛玉所嘲笑的"这园子盖才盖了一年，如今要画自然得二年工夫"。后来贾母看上宝琴立雪的丰姿，又亲嘱惜春：

> "不管冷暖，你只画去，赶到年下，十分不能便罢了。第一要紧把昨日琴儿和丫头梅花，照模照样，一笔别错，快快添上。"惜春听了虽是为难，只得应了。一时众人都来看他如何画，惜春只是出神。

如此种种，足见惜春对于绘画并不是艺术上的衷心爱好，因此无心精研各种题材与画法，对于贾母的分派总是表现出为难、拖延，完全不是香菱学诗时着魔般的忘我投入，在创作时也没有缪思之神附身般的执迷狂热，反倒多是疲于应付的勉强，比起"懒于诗词"实是五十步与百步之别。

当然，五十步与百步之间还是有着五十步的差别，比起诗词来，惜春毕竟仍对"几笔写意"多一分兴趣。若探究其原因，应如清末评点家姜祺所言：

> 暖香别坞小壶天，小妹丹青剧自怜。色即是空空是色，从来画理可参禅。

并附注道:"四姑独善丹青,早为卧佛张本。"① 这是因为绘画经验与禅的经验本有其相通之处,自唐代王维确立"禅画"一派,借由绘画标指"道心",即从一般的宗教绘画中获得解放,让绘画直升为修道印证之门,明朝董其昌的画论著作便题为《画禅室随笔》,画禅并一合称。而禅画的表现特征中,即包括以简略笔法与大量留白画"空"写"无",不执相以求,随心应手写出胸中的丘壑并传达出禅理,所以禅画的风格属于写意画。② 这就清楚说明了惜春之所以在种种艺术形式中独取绘画一格,并独沽"写意"一道的原因。

则惜春的绘画仍然是佛法的延伸,以写意的禅画作为居家修炼的法门,对工细楼台、人物、花卉、草虫等等艺术题材感到兴致缺缺,始终无意钻研以求专精了。

另外,可以附带说明的是,正如荣格所言,"房子"作为人类内在心灵的延伸,具有自我象征的意义③,小说家为惜春所塑造的性情品貌,也反映于住屋的内外设计中。

---

① (清)姜祺:《红楼梦诗·贾惜春》,一粟编:《红楼梦资料汇编》,卷5,页478。
② 参吴永猛:《论禅画的特质》,《华冈佛学学报》第8期(1985年10月),页257—281。
③ [瑞士]卡尔·荣格:《潜意识探微》,[瑞士]卡尔·荣格主编,龚卓军译:《人及其象征》(台北:立绪文化公司,1999),页40—41。虽然此处说的是梦中出现的房子,但适用于一般的住处。古柏(C. Cooper)便采用荣格(Karl Jung)的原型理论来解释住宅的象征作用,指出住宅是自我的基本象征,透过社会科学文献、文学与梦的分析,说明住房反映了人们如何正视自己为一个独立个人及其与外在世界的关系。Clare Cooper, "The House as Symbol of Self," in J. Lang, C. Burnette, W. Moleski & D. Vachon (Eds), *Designing for Human Behavior* (Stroudsburg, PA: Dowden, Hutchinson and Ross, 1974), pp. 130-146.

首先，第五十八回称"惜春处房屋狭小"，与被称为"这小屋子""这屋里窄"（第四十回）的潇湘馆近似；而除了狭小的特征之外，另有第五十回提到"你四妹妹那里暖和"和"打起猩红毡帘，已觉温香拂脸"诸语，呈现其屋舍的另一特质乃是温暖，而"温暖"的这一特点又恰恰与潇湘馆的"这屋子比各屋子暖"（第五十二回）类同，两处在小而暖之近似乃是极可注意的一点。最特别的是，大观园中似乎只有惜春所住的暖香坞（第二十三回则是说"惜春住了蓼风轩"）是正面朝南，第五十回叙述道：

> （贾母）仍坐了竹轿，大家围随，过了藕香榭，穿入一条夹道，东西两边皆有过街门，门楼上里外皆嵌着石头匾，如今进的是西门，向外的匾上凿着"穿云"二字，向里的凿着"度月"两字。来至当中，进了向南的正门，贾母下了轿，惜春已接了出来。从里边游廊过去，便是惜春卧房，门斗上有"暖香坞"三个字。

除此之外，我们已无法确认园中还有何处是面南而建者。既然"园屋异乎家宅"①，从方位本身所具有的伦理象征意义来说，大观园作为相对自由的个性化世界，其中大部分的建筑院落都呈现"园林屋宇，虽无方向""方向随宜，鸠工合见"②的布局，而未必遵照"坐

---

① （明）计成：《园冶》，刘干先译注：《园林说》（长春：吉林文史出版社，1998），页103。

② 同上书，页63、69。

北朝南"此一古典原则来设计①,毋宁更与其活泼动态而具多样性的浪漫式建筑(Romantic architecture)②特征相契合。但惜春的暖香坞竟一反其道,采取一般坐北朝南之正式方位,反倒比较接近宁荣府宅与祠堂都是坐北朝南的宇宙式建筑(Cosmic architecture),亦即所反映的"人为场所的精神"乃是明显的一致性和"绝对的"秩序,其造型是静态的而非动态的,好像吐露了"隐藏的"秩序,主要目的是"需要"远超过"表现"③,这也正暗示了惜春严守道德之冷肃性格的反映,透过礼法的严正来矫正、贞定周围世界的"不干净"。

四、"吝惜"春天:拒绝人生

惜春是贾府嫡亲四姝中最小的一位。从命名的寓意来看,脂砚斋早已指出"元、迎、探、惜"乃取其"原应叹息"(第二回夹批)的谐音,以为众女性的集体挽歌;除此之外,"春"字作为贾氏嫡系女性的同辈祧名,相关的复合用语加上其时间排序,构成了美好

---

① 汉宝德也不同意关华山之假设园中一切建筑均为南北轴向、左右对称的格局,理由是自皇帝以至士大夫都喜欢在园林中过一种比较非正式的、不受礼教限制的轻松生活,故园林中的建筑以因地制宜、因景而取向为原则,不讲究对称和方向。见关华山:《"红楼梦"中的建筑研究》(台北:境与象出版社,1988),汉宝德序。

② 详参(挪威)诺伯舒兹(Christian Norberg-Schulz)著,施植明译:《场所精神——迈向建筑现象学》(台北:田园城市文化公司,2002),页69—77。

③ 同上。

季节发展变化的命定结构,其字面也可以解释道:"元春即春初,迎春言迎接春天,探春是春日的试探者,惜春是春日的惋惜者。"①其中"初—迎—探—惋"之心态变化实对应着"始—盛—衰—终"的春花模式,隐然暗示一种"成住坏空"的生灭单向逻辑,惜春实为不可或缺的组成要素。因此,小说家一再以"三春"寄托美好事物的无常幻灭:

- 勘破三春景不长。(第五回人物判词)
- 将那三春看破。(第五回《红楼梦曲·虚花悟》)
- 三春事业付东风。(第七十回宝琴《柳絮词》)

秦可卿也为贾府的未来做了预告:

> 三春去后诸芳尽,各自须寻各自门。(第十三回)

惜春正是诸芳去尽的最后一声道别,留下身后一片白茫茫大地真干净。

然而,比起其他的诸钗,惜春告别的姿态委实太过决绝,在各式各样的女性悲剧中独树一格。从前文可知,惜春的心智模式与人生形态乃是种种极端条件组合之下的特殊产物,在天赋个

---

① 见第四十回"三春姐妹"之名的评语。引自〔美〕浦安迪(Andrew H. Plaks)编释:《红楼梦批语偏全》(台北:南天书局,1997),页242。

性、生长环境、年龄阶段这三个因素的交互影响之下，过早地决心走上一条矢介孤绝、弃世出家的道路。但这三个性格成因中，天性洁癖、生长在特别污秽的环境并不是造成惜春真正的人生悲剧所在，小说家所悲惋的关键，其实是年纪小缺乏生命经验这个因素，致使前两个因素都发挥了过度的作用，因此才会不断地提到年龄小的这个特征。

一般而言，天性洁癖、生长在特别污秽的环境不必然会让一个人愤世、厌世乃至出世。尤其是随着年龄的增长、经验与智慧的观照更深刻宽广，可以让一个根器清灵的人认识到世间是"势利中有人情，人情中有势利"①的复杂辩证关系，人情、势利之纠葛乃是交织难判，世间并无纯粹的是非善恶。庄子早已提醒"彼亦一是非，此亦一是非"（《齐物论》），更清楚地说，亦即：

> 大约对待之两端，各有美有恶，非美恶有所偏于一者也。……幽兰得粪而肥，臭以成美；海木生香则萎，香反为恶。……即庄生所云"其成也毁，其毁也成"之义。②

事事物物都是相对性的，甚至是相反相成的，因此，"地之秽者多生物，水之清者常无鱼，故君子当存含垢纳污之量，不可持好洁独

---

① 此即书中第一回将甄士隐之居处安排于"阊门外十里街内的仁清巷中"之故，据脂砚斋的批示，"十里"用以谐音"势利"，"仁清"用以暗示"人情"。

② （清）叶燮：《原诗·外篇上》，（清）丁福保辑：《清诗话》（台北：木铎出版社，1988），页591。

行之操"①，则又何妨"沧浪之水清兮，可以濯我缨；沧浪之水浊兮，可以濯我足"？②真正的智慧都必须经过入世涉俗的阶段，历经"正反合"之人格辩证才能发展出来，而在达到全面观省体悟之前也需要时间。

对惜春这个小小女孩而言，若要正常化地健全成长，除了时间之外，还需要至少一个兼具保姆功能的精神导师，在日常生活里随时随地给予提点化解，一点一滴地教会她看待人事的不同角度和态度，而这不是十次、百次所能达到，必须长期极有耐心地给予成千上万次的引导，才有可能在濡染之下产生滴水穿石的改变，一分一毫地融化这个沉默却坚硬的心灵。然而不幸的是，"每个人都有他的地狱"，她身边的每个人也有自己的地狱要面对——迎春自顾不暇，探春致力于奋斗，黛玉困限在自我的感伤中，宝玉则像蜂蝶一样忙于照应无数的少女，个个苦恼、烦忧、忙碌，谁有心力分神注意这个小女孩的内心风暴？惜春就像一个紧闭的蚌壳，奋力抗拒污水的渗透，那稚嫩的心灵、细小的手臂只能建构出一种偏执的世界观，所看到的并不是一般人眼中"天上夭桃盛，云中杏蕊多"的繁华，而是"春荣秋谢花折磨，生关死劫谁能躲"的苍凉，早早出离红尘，对身边的世界沉默以对。甚至年纪轻轻便"勘破三春景不长""将那三春看破"，从小即刻意"把这韶华打灭，觅那清淡天和"，采取与俗世隔离甚至决裂的态度。

---

① （明）洪应明：《菜根谭》，"概论"，页83。
② 此处用的是《楚辞·渔父》中的用法，与《孟子·离娄上》里孺子所歌之意不同。

从而不禁令人揣测，惜春幸亏自幼来到荣府，由王夫人抚养并与其他姊妹一起生活，周遭环境健全得多，却仍然因宁府的血缘纠缠而落入这般的愤世嫉俗，则若是从小一直留在宁府成长的话，又该会如何地难堪？无以自处的惜春是否将因此而疯狂，不仅仅只是一心出家而已？

由此，"惜春"之名便似乎隐含了一种反讽意义——"惜"者，并非一般意义上常见的、正面的"惋惜"或"珍惜"之惜，而是"吝惜"之惜——对"春"一无所惜，反倒弃之如敝屣。对她而言，春的生生不息隐含了"春女感阳气而思男"[①]的动物性需求，处处散发引诱的荷尔蒙，形成原始时代"中春之月，令会男女，……奔者不禁"[②]的情欲张扬与性爱流衍，宁国府的"连猫儿狗儿都不干净"更以爬灰乱伦为其中之最。对此，惜春既不"迎"更不"探"，甚至因唯恐有所沾染，在青春来临之前即断然舍弃，其决绝之姿态足证"惜春"的"惜"抹除了珍惜、惋惜的意义，而近似"吝惜"的否决意味，是对整个春天意义的否定。

可以说，惜春自幼就不要春天，对"桃红柳绿"不屑一顾甚至避之唯恐不及，"把这韶华打灭"尤其透显此一意蕴——不只是看破，不只是消极地放弃，更是积极地拿起思想的武器，把韶华盛极

---

① 见《诗经·豳风·七月》郑玄笺注："春女感阳气而思男，秋士感阴气而思女。"与《淮南子·谬称训》谓"春女思，秋士悲"，汉末高诱注云："春女感阳则思，秋士见阴而悲。"极其近似。

② （清）孙诒让：《周礼正义》（北京：中华书局，1987），《地官·媒氏》，页1040—1044。

的花团锦簇给打灭，"不听菱歌听佛经"，情愿到佛门的清净孤独中安顿此身。由此，惜春的生活形态和观照心态带有愤世嫉俗的悲观本质，并因愤世而厌世、乃至一心但求避世，形成一个与众不同的独特女性悲剧形态。

换言之，惜春在还没有进入世界之前，就先选择了离开；在还没有真正认识人生之前，就先加以否定；在全幅开展生命之前，就先断然舍弃。惜春以妙龄出家的缁衣女尼之姿，采取拒绝人生的方式宣告了一位纯洁少女对肮脏俗世的控诉，成就了《红楼梦》中"苗而不秀"的特殊悲剧典型。

第九章
史湘云论

一、序言

第四回中,于金陵地区所流传的护官符上,共有贾、史、王、薛四大家族,其中对史家的说明即是:

> 阿房宫,三百里,住不下金陵一个史。(保龄侯尚书令史公之后,房分共十八,都中现住者十房,原籍现居八房。)

史家的第一代先祖乃保龄侯尚书令史公,贾母史太君便是第二代,为湘云的祖母级长辈。比较奇特的是,史家与其他的世交名门似乎有所不同,并没有面临随代降等承袭的问题,如第四十九回提到:"保龄侯史鼐又迁委了外省大员,不日要带了家眷去上任。贾母因舍不得湘云,便留下他了,接到家中。"就此而言,史家已经到了第三代的史鼐,却依然还是担任第一代史公的保龄侯,不知是小说家的笔误还是另有用意,姑存疑待考。

但既然史家荣盛如昔,保龄侯史鼐又迁委了外省大员,与上层贵族的密切往来也就可想而知。第七十一回便提到,因贾母生日,南安王太妃、北静王妃并几位世交公侯诰命亲自登门贺寿，南安太妃问起众小姐们，贾母便命凤姐去把湘云、宝钗、宝琴、黛玉、探春等五位姊妹带来，其中湘云最熟，南安太妃因笑道："你在这里，听见我来了还不出来，还只等请去。我明儿和你叔叔算账。"可见湘云竟与高于贾府何止一级的南安太妃熟稔至此，以其诗书名门出身，具有大家门风便是理所当然。

基于四大家族的联络有亲，湘云小时候也曾长时间住在贾府，由袭人服侍。如贾母提到袭人时所说的："我想着，他从小儿伏侍了我一场，又伏侍了云儿一场，末后给了一个魔王宝玉，亏他魔了这几年。"（第五十四回）而袭人自己的追忆更为具体："你还记得十年前，咱们在西边暖阁住着，晚上你同我说的话儿？那会子不害臊，这会子怎么又害臊了？"史湘云笑道："你还说呢。那会子咱们那么好，后来我们太太没了，我家去住了一程子，怎么就把你派了跟二哥哥，我来了，你就不像先待我了。"袭人笑道："你还说呢。先姐姐长姐姐短哄着我替你梳头洗脸，作这个弄那个，如今大了，就拿出小姐的款来。你既拿小姐的款，我怎敢亲近呢？"史湘云道："阿弥陀佛，冤枉冤哉！我要这样，就立刻死了。你瞧瞧，这么大热天，我来了，必定赶来先瞧瞧你。不信你问问缕儿，我在家时时刻刻那一回不念你几声。"（第三十二回）这就是湘云和袭人特别情谊深厚的缘由。

只不过，所谓"家家有本难念的经"，犹如探春所言："我们这样人家人多，外头看着我们不知千金万金小姐，何等快乐，殊不知我们这里说不出来的烦难，更利害。"（第七十一回）湘云也曾笑道：

> "贫穷之家自为富贵之家事事趁心,告诉他说竟不能遂心,他们不肯信的;必得亲历其境,他方知觉了。就如咱们两个,虽父母不在,然却也忝在富贵之乡,只你我竟有许多不遂心的事。"黛玉笑道:"不但你我不能趁心,就连老太太、太太以至宝玉探丫头等人,无论事大事小,有理无理,其不能各遂其心者,同一理也,何况你我旅居客寄之人哉!"(第七十六回)

可见"不遂心"是富贵乡也无法豁免的存在本质,"旅居客寄之人"尤为其甚,但值得注意的是,黛玉本身的"旅居客寄"自毋庸置疑,湘云则主要是成长、居住在史家,除年幼暂住贾府一段时日,另只有在第四十九回因"保龄侯史鼐又迁委了外省大员,不日要带了家眷去上任。贾母因舍不得湘云,便留下他了,接到家中",属于短期居留,却也被黛玉视为"旅居客寄之人",可见湘云的生存处境实别有隐衷。而在这样的情况下,湘云性格上的优点就更显得难能可贵。

二、天赋与性格特质

(一)身世背景与生存实况的反差

贾母是四大家族联姻的第一位,来到贾家后人称史太君。第三十八回记述众人到大观园中的藕香榭开办螃蟹宴,贾母向薛姨妈说道:

我先小时，家里也有这么一个亭子，叫做什么"枕霞阁"。我那时也只像他们这么大年纪，同姊妹们天天顽去。那日谁知我失了脚掉下去，几乎没淹死，好容易救了上来，到底被那木钉把头碰破了。

这种死里逃生的惊险经验，正是少女的顽皮所导致，也因为这段家族典故，使得海棠诗社成立时，大家便为史湘云取了"枕霞旧友"的别号，而湘云的淘气并不亚于少女时代的贾母。

但独特的是，湘云却有别于一般受到娇宠的千金小姐，因为失去父母，而在叔父婶母的苛刻对待下过着有苦难言的生活。第五回太虚幻境中，正册上关于湘云的图谶，是后面又画几缕飞云，一湾逝水。其词曰：

富贵又何为，襁褓之间父母违。展眼吊斜晖，湘江水逝楚云飞。

与《红楼梦曲》合并来看，更为周详：

〔乐中悲〕襁褓中，父母叹双亡。纵居那绮罗丛，谁知娇养？幸生来，英豪阔大宽宏量，从未将儿女私情略萦心上。好一似，霁月光风耀玉堂。厮配得才貌仙郎，博得个地久天长，准折得幼年时坎坷形状。终久是云散高唐，水涸湘江。这是尘寰中消长数应当，何必枉悲伤！

"襁褓之间父母违"即"襁褓中,父母叹双亡",其"幼年时坎坷形状",就是宝钗对袭人所说的一番话所描述的:

> 我近来看着云丫头神情,再风里言风里语的听起来,那云丫头在家里竟一点儿作不得主。他们家嫌费用大,竟不用那些针线上的人,差不多的东西多是他们娘儿们动手。为什么这几次他来了,他和我说话儿,见没人在跟前,他就说家里累的很。我再问他两句家常过日子的话,他就连眼圈儿都红了,口里含含糊糊待说不说的。想其形景来,自然从小儿没爹娘的苦。我看着他,也不觉的伤起心来。……上次他就告诉我,在家里做活做到三更天,若是替别人做一点半点,他家的那些奶奶、太太们还不受用呢。(第三十二回)

充分表明其居家的辛酸,由此可知,即使出身于"贾、史、王、薛"四大家族,因为没有父母照顾而惨遭叔婶的苛待,受到比女仆还不如的劳动剥削,所以才会说"富贵又何为""纵居那绮罗丛,谁知娇养",这也是大大出乎人们的意料之外。

并且应该注意到,从所谓"他们家嫌费用大,竟不用那些针线上的人,差不多的东西多是他们娘儿们动手",似乎史家的经济状况也有捉襟见肘之虞,为了节约开销,竟由太太、小姐亲自承揽女红针线之活计,其省俭之道雷厉风行,比贾家更有过之,隐隐然透露出贾、薛、史三家都已不复往日荣景,纷纷进入到财务上的窘境。这固然与前面所看到的史家现状有所不符,现任当家的史鼐仍袭保龄侯，不久又迁委了外省大员，何以竟如此窘迫？很可能其中交织了随代降等承爵的问题，本质与贾家无异，只是笔端模糊其词，才隐约泄漏出来。但这也为湘云的处境提供了合情合理的背景，既然"东西多是他们娘儿们动手"，太太们也没有托懒独闲，那么湘云并非受到特别的虐待，只是毕竟没有父母的细心照拂与温情慰藉，心灵更为孤苦。

于是第三十七回描写湘云参加了海棠诗社后，与宝钗灯下计议如何设东拟题：

> 宝钗听他说了半日，皆不妥当，因向他说道："既开社，便要作东。……你家里你又作不得主，一个月通共那几串钱，你还不够盘缠呢。这会子又干这没要紧的事，你婶子听见了，越发抱怨你了。"

可见湘云不但受到比女仆还不如的劳动剥削，金钱用度上更是捉襟见肘，连基本的盘缠都不够，日常生活的因陋就简也就无法避免，与一般所以为的千金小姐相去甚远。就此说来，湘云劝慰黛玉时所说的"我也和你一样"（第七十六回），其实还算略有保留，毕竟黛玉生活优渥，可以大半年没动针线，真正的现实情况是湘云在处境遭遇上远远不如黛玉。

因此，来到贾府的时日便有如乐园一般，在这个避风港里可以欢快自如，尽情领受生活的丰足喜悦，尤其是真诚充盈的友谊与关爱，一旦面临回家的时刻，竟有如生离死别似的踌躇不舍：

正说着,忽见史湘云穿的齐齐整整的走来辞说家里打发人来接他。……那史湘云只是眼泪汪汪的,见有他家人在跟前,又不敢十分委曲。少时薛宝钗赶来,愈觉缱绻难舍。还是宝钗心内明白,他家人若回去告诉了他婶娘,待他家去又恐受气,因此倒催他走了。众人送至二门前,宝玉还要往外送,倒是湘云拦住了。一时,回身又叫宝玉到跟前,悄悄的嘱道:"便是老太太想不起我来,你时常提着打发人接我去。"宝玉连连答应了。(第三十六回)

连临别时流露出不乐返家的反应都很可能因此而受气,有家人在跟前时便不敢表现出委屈,平日的忍气吞声、无奈屈从实可想而知,这才算是名符其实的寄人篱下。因此,不久众钗成立了海棠诗社,宝玉回来至房内告诉袭人这件事,也想到了应该要请湘云,袭人便劝道:

"什么要紧,不过玩意儿。他比不得你们自在,家里又作不得主儿。告诉他,他要来又由不得他;不来,他又牵肠挂肚的,没的叫他不受用。"宝玉道:"不妨事,我回老太太打发人接他去。"(第三十七回)

可见只有贾母的派令才能将湘云解救出来,史太君的母神羽翼足以伸展到史家,庇荫这个本家的小孙女。则发人省思的是,湘云之为"本家的孤儿"与黛玉之为"他家的宠儿"恰恰形成奇特的对比,更显示出人间万象的微妙复杂,必须针对个别状况就事论事,始能探得真相。

(二)客观看待自己

同样呈现出奇特的对比的,是有别于身为"他家的宠儿"的黛玉一味固结于主观情思,湘云作为"本家的孤儿"原本更有自怜自艾的权利,却总是清朗开阔、真诚坦荡,而这必须归功于第五回《红楼梦曲·乐中悲》所说"幸生来,英豪阔大宽宏量,……好一似,霁月光风耀玉堂"的天赋,才能不被恶劣环境扭曲心性,而维持如光风霁月般的均衡健全,未曾钻牛角尖地自苦自怜,陷溺于感伤情绪中不可自拔,所以才会劝慰黛玉说:"我也和你一样,我就不似你这样心窄。"(第七十六回)

事实上,湘云岂止"不似你这样心窄",简直宽阔到没有边界,因此也容不下阴影。湘云总是毫无嫉妒地赞美所有比她优秀的人,如当面对黛玉亲口说"我算不如你""这一辈子我自然比不上你"(第二十回),对于宝琴的绝色风姿以及受到贾母的非凡宠爱,同样毫无嫉妒羡慕之心,看到宝琴身穿贾母所赏的金翠辉煌的凫靥裘,她会直言:"可见老太太疼你了,这样疼宝玉,也没给他穿。"瞅了宝琴半日后,又笑道:"这一件衣裳也只配他穿,别人穿了,实在不配。"(第四十九回)换言之,只有宝琴的超凡之美才能驾驭得了这领珍稀斗篷,与这件金翠辉煌的凫靥裘互相辉映,否则就不是"人穿衣服"而是"衣服穿人",沦为支撑斗篷的活动衣架,并且相形见绌,因为被衣服压倒而让人变得更加黯淡。然则湘云所谓配不上这领珍稀斗篷的"别人",就包含她自己,她客观地看待自己,了解自己的不足,也欣赏他人的闪耀,更是光风霁月的胸怀所致。

每一个人都必有不足,在比较中尤其显现出来,但湘云却有一个无须比较就很明显的特征,从一般的角度来说,也可以算是天生的缺点。第二十回宝、黛二人正说着话,只见湘云走来,笑道:

"二哥哥,林姐姐,你们天天一处顽,我好容易来了,也不理我一理儿。"黛玉笑道:"偏是咬舌子爱说话,连个'二'哥哥也叫不出来,只是'爱'哥哥'爱'哥哥的。回来赶围棋儿,又该你闹'么爱三四五'了。"……史湘云道:"他再不放人一点儿,专挑人的不好。你自己便比世人好,也不犯着见一个打趣一个。……这一辈子我自然比不上你。我只保佑着明儿得一个咬舌的林姐夫,时时刻刻你可听'爱''厄'去。阿弥陀佛,那才现在我眼里!"说的众人一笑,湘云忙回身跑了。

黛玉的"打趣",出于"专挑人的不好",对别人的弱点、缺点开玩笑,正违反了纪伯伦(Kahlil Gibran, 1883—1931)所告诫的"留意别在跛子前瘸行"[①],若非年少无知,便是有意刻薄,都不足为训。不过有趣的是,这种咬舌的发音失准非但不是缺陷,反倒为湘云创造出一种可爱的憨态,更添爽朗率真的性格表现,如脂砚斋所言:

---

① [黎巴嫩]纪伯伦著,王纪庆译:《先知》(台北:纯文学出版社,1992年11月),《善与恶》,页131。

今见咬舌二字加以湘云，是何大法手眼，敢用此二字哉。不独见陋，且更学轻俏娇媚，俨然一娇憨湘云立于纸上，掩卷合目思之，其爱厄娇音如入耳内。然后将满纸莺啼燕语之字样，填粪窖可也。（第二十回批语）

当然，咬舌本身并不一定就能产生这样的效果，犹如东施效颦的道理一样，第三十回宝玉在初看龄官画蔷时，心中便想道："难道这也是个痴丫头，又像颦儿来葬花不成？"因又自叹道："若真也葬花，可谓'东施效颦'，不但不为新特，且更可厌了。"必须说，湘云之所以能以此特征而更显轻俏娇媚，原因之一，在于她从未因之感到自卑，造成欲说还掩、不敢启口的别扭，让旁人也感到不自在，徒增人际互动上的紧张与压力，而反倒能欣然接受自己的缺点，不以为意地顺其自然，甚至开怀地大说大笑，缺点便因此成为特点。原因之二，则是湘云咬舌所说出来的话总是清朗开阔、真诚坦率，因此抵销了咬字不清的一点模糊乃至晦涩，在谈话交流上不致构成障碍，甚至还比口齿分明的一般人更清楚可靠，由缺点所转化而成的特点就更加独特有趣了。

三、心直口快："直而温，率而无虐"

确实，开怀地大说大笑是湘云形象上的一大特色，所谓："湘云虽系闺阁弱女，却素喜谈论。"（第二十二回）其性格特征，乃是"大笑大说的"（第二十回）、"人未见形，先已闻声"（第五十二回),"爱说话"已经是她的最大特色,迎春便说她:"淘气也罢了,我就嫌他爱说话。也没见睡在那里还是咭咭呱呱,笑一阵,说一阵,也不知那里来的那些话。"(第三十一回)而小说家也说"那史湘云又是极爱说话的",因此同住的宝钗也爱怜地抱怨道:"我实在聒噪的受不得了。"接着便称之为"话口袋子""疯湘云之话多"(第四十九回)。

单单就这一点来说,湘云的性格中就已经蕴含了超越女性规训的男性文化特征。传统的妇德是以贞静为美,沉默少言被视为女性的情操,历来的女教必包含此一训诲,如唐代宋若华《女论语·立身》云:

> 行莫回头,语莫掀唇,坐莫动膝,立莫摇裙,喜莫大笑,怒莫高声;内外各处,男女异群,莫窥外壁,莫出外庭,出必掩面,窥必藏形。①

明成祖永乐二年冬(1404),仁孝文皇后秉太祖高皇后马氏之遗教,所撰《内训》二十篇中专立《慎言》一章,也说道:

> 妇教有四,言居其一。心应万事,匪研曷宣。言而中节,可以免悔;言不当理,祸必从之。谚曰:谆谆謇謇,匪石可转;訾訾谝谝,烈火燎原。……言之不可不慎也。况妇人德性

---

① 引自陈东原:《中国妇女生活史》(台北:台湾商务印书馆,1997),页115。

> 幽闲，言非所尚，多言多失。不如寡言。①

此外，明代吕得胜亦曰：

> 笑休高声，说要低语，下气小心，才是妇女。②

明清之际的陆圻（1614—1681）更谓：

> 妇人贤不贤，全在声音高低、言语多寡中分。声低即是贤，高则不贤；言寡即是贤，多则不贤。就令训则己身婢仆，响尚不雅，说得有道理话，多亦取厌，况其他耶？③

正因为如此，身为"脂粉队里的英雄"的凤姐便曾经不耐地批评道："别像他们扭扭捏捏的蚊子似的。嫂子你不知道，如今除了我随手使的几个丫头婆子之外，我就怕和他们说话。他们必定把一句话拉长了作两三截儿，咬文咬字，拿着腔儿，哼哼唧唧，急的我冒火，他们那里知道！先时我们平儿也是这么着，我就问着他：难道必定装蚊子哼哼就是美人了？说了几遭才好些儿了。"（第二十七回）可

---

① 收于《丛书集成新编》第 33 册（台北：新文丰出版公司，1986），页 476。
② （明）吕得胜：《女小儿语》，页 1b，收入（清）陈弘谋编辑：《教女遗规》，卷中，《五种遗规》（台北：台湾中华书局，1984）。
③ （明）陆圻：《新妇谱·声音》，《笔记小说大观（五编）》第 6 册（台北：新兴书局，1974），页 3386。

见贾府中的上下女性都绝少例外，看在豪爽成性的人眼中便不免矫揉造作。

由此便显示了湘云乃是红楼群钗中打破性别界限的第一人，以大说大笑的多话树立独一无二的鲜明形象。不只如此，爱说话者往往性急口快，不甘示弱，宝玉对她的评语便是："还是这么会说话，不让人。"（第三十一回）袭人也笑道："云姑娘，你如今大了，越发心直口快了。"（第三十二回）脂砚斋便说道："写湘云性快的是快性。"（第五十二回批语）但值得注意的是，湘云固然快人快语，其"快"却不是基于发泄好恶情绪的心理快感，更不是信口直说的胡言乱语，而是如宝钗对她的性格所评论道：

说你没心，却又有心；虽然有心，到底嘴太直了。（第四十九回）

湘云是在"有心"的前提下的坦率发抒，而此一"有心"便表现在客观无私的观察理解上，例如宝玉生日时，发现平儿的生日也是同一天，随后湘云拉着宝琴、岫烟说：

"你们四个人对拜寿，直拜一天才是。"……岫烟见湘云直口说出来，少不得要到各房去让让。

湘云俨然正是一个有心人，才能对客居的友伴细心至此，留意到她们的生日，并且直口以言，特别是让孤寒的岫烟及时得到大家的祝

福,不致在这意义重大的一天因陋就简,默默度过更添凄凉。这不仅是有心,而且还出自善意,以致如脂砚斋所言:

- 口直心快,无有不可说之事。(第二十二回批语)
- 湘云探春二卿,正事无不可对人言芳性。(第二十二回畸笏叟评语)

此一"事无不可对人言"的"芳性",直承司马光的君子境界①,使得湘云的"有心"与黛玉的"多心"、晴雯的"使力不使心"都截然不同。就因为湘云不是出于个人的得失好恶,并且往往带有一种权衡公道的正义感,所言所说都属无私的公正表述,所以才提供了快语不羁的正面条件,可爱而不可厌。

最具有代表性的例子,是第四十九回宝琴初来乍到时,湘云便好意提醒她道:

"你除了在老太太跟前,就在园里来,这两处只管顽笑吃喝。到了太太屋里,若太太在屋里,只管和太太说笑,多坐一回无妨;若太太不在屋里,你别进去,那屋里人多心坏,都是要害咱们的。"说的宝钗、宝琴、香菱、莺儿等都笑了。宝钗笑道:"说你没心,却又有心;虽然有心,到底嘴太直了。"(第

---

① 史载:司马光"自言:'吾无过人者,但平生所为,未尝有不可对人言者耳。'诚心自然,天下敬信。(元)脱脱等撰:《宋史》(北京:中华书局,1997),卷336"司马光传",页10769。

四十九回）

可见因为"有心",湘云的观察所见十分中肯,连宝钗都间接加以认可,只是对她的口没遮拦表示啼笑皆非而已,"嘴太直"也就是毫不作伪地坦率指出客观的事实,所言不虚。如此一来,湘云就成为整部小说中,除妙玉之外,唯一对受到百般包容的黛玉给予正面反击的人。

第一次是第二十回黛玉嘲讽她咬舌的毛病,湘云便忍不住回敬道:"你自己便比世人好,也犯不着见一个打趣一个。"又第四十九回大吃生烤鹿肉时,黛玉又讥笑众人是一群乞丐,湘云更毫不客气地反击道:"你们都是假清高,最可厌的。"皆属其例。再如第三十二回因赞美宝钗而被宝玉阻止后,湘云乃驳斥道:

"提这个便怎么?我知道你的心病,恐怕你的林妹妹听见,又怪嗔我赞了宝姐姐。可是为这个不是?"袭人在旁嗤的一笑,说道:"云姑娘,你如今大了,越发心直口快了。"

正因为黛玉的过分多心导致旁人多所退让压抑,宝玉对黛玉小心翼翼的回护更是不免到了是非不分的地步,连赞美宝钗都不行,导致湘云终于在相关的事件上爆发了唯一一次的真正动怒。第二十二回宝钗生日宴上唱戏庆生,贾母深爱主演的小旦与一个作小丑的,命人带进来:

细看时越发可怜见。因问年纪,那小旦才十一岁,小丑才九岁,大家叹息一回。贾母令人另拿些肉果与他两个,又另外赏钱两串。凤姐笑道:"这个孩子扮上活像一个人,你们再看不出来。"宝钗心里也知道,便只一笑不肯说。宝玉也猜着了,亦不敢说。史湘云接着笑道:"倒像林妹妹的模样儿。"宝玉听了,忙把湘云瞅了一眼,使个眼色。众人却都听了这话,留神细看,都笑起来了,说果然不错。

其实,形貌的相像近似本来只是一个客观事实,并不涉及褒贬,但因黛玉的高傲多心众人皆知,被比作戏子容易恼怒生波,为免于触犯到她那多出的一窍,于是在场诸人虽心知肚明却都秘而不宣。但相较于宝钗的"不肯说"、宝玉的"不敢说"与凤姐的"没有说",湘云却直言无讳,于是宝玉才赶紧看她一眼给予警示。没想到此举又得罪了湘云,打包行李准备立刻回家,说道:

"明儿一早就走。在这里作什么?——看人家的鼻子眼睛,什么意思!"宝玉听了这话,忙赶近前拉他说道:"好妹妹,你错怪了我。林妹妹是个多心的人。别人分明知道,不肯说出来,也皆因怕他恼。谁知你不防头就说了出来,他岂不恼你。我是怕你得罪了他,所以才使眼色。你这会子恼我,不但辜负了我,而且反倒委曲了我。……我要有外心,立刻就化成灰,叫万人践踏!"湘云道:"大正月里,少信嘴胡说。这些没要紧的恶誓、散话、歪话,说给那些小性儿、行动爱恼的人、会辖治你的人听去!别叫我啐你。"说着,一径至贾母里间,忿忿的躺着去了。

平心而论,黛玉确实是"小性儿、行动爱恼的人",尤其最能辖治宝玉,湘云的观察判断无比精准,也坦率道出别人所未道;但其二人之间的互动方式不应扩大到所有的人际关系里,形成了一种以黛玉为中心的单边倾斜,只因贾母也对黛玉万般宠爱,导致旁边所有的人也只好以顺承黛玉为原则,个个唯恐得罪而小心提防、自我压抑,因此,秉性光明坦荡的湘云便无法忍受这种莫名的不平等,以致终于在此爆发出强烈的义愤。脂砚斋便谓:

> 此是真恼,非颦儿之恼可比,然错怪宝玉矣。亦不可不恼。

连脂砚斋都赞同湘云的愤怒,声称"亦不可不恼",可知黛玉固然娇惯不成熟,宝玉对黛玉的纵容更是助长其性的不当力量,无怪乎湘云会如此毫不留情地当面抨击,并不是出于错怪而已。

正因为湘云并不是一个以私害公的人,因此对宝玉的前途也采取正统的立场加以劝说,一再反对他的耽溺于温柔乡不肯自拔,第二十一回描写道:

> 宝玉不答,因镜台两边俱是妆奁等物,顺手拿起来赏玩,不觉又顺手拈了胭脂,意欲要往口边送,因又怕史湘云说。正

犹豫间,湘云果在身后看见,一手掠着辫子,便伸手来"拍"的一下,从手中将胭脂打落,说道:"这不长进的毛病儿,多早晚才改过!"

又第三十二回湘云对宝玉直言道:

"还是这个情性不改。如今大了,你就不愿读书去考举人进士的,也该常常的会会这些为官做宰的人们,谈谈讲讲些仕途经济的学问,也好将来应酬世务,日后也有个朋友。没见你成年家只在我们队里搅些什么!"宝玉听了道:"姑娘请别的姊妹屋里坐坐,我这里仔细污了你知经济学问的。"

并没有因为宝玉的偏执而隐忍不发,达到"友直"(《论语·季氏》)的益友要求。

就此,必须特别注意的是,湘云虽然也以"直"闻名,而表现得"心直口快""这么会说话,不让人""嘴太直",但她的率直并未流于"讦"与"不逊""无礼"等放纵自我情绪导致伤人的地步。因此人们与之相处时,只见其光风霁月的坦荡无欺,只见其英豪阔大的不拘小节,无须担心她会因为忌妒、自卑或骄傲而随时伸出尖爪利刺来戳人一下,而可以卸除防卫的心灵装备,真正坦然以对、陶然忘机。更精细地说,湘云的率直仅止于说出人人皆知的客观事实,绝不涉及个人的特定对象,更不碰触私人的缺陷与伤口,未曾以争强好胜的竞技心理破坏团体的融合一致,而保有一种与社会协调的和谐状态；即使少数出现的直言而往，也都是因为不平则鸣，属于自卫式的被动反击，一如在黛玉与湘云发生口角风波时，宝玉对深感受到戏弄而忿忿不平的黛玉所劝说的："谁敢戏弄你！你不打趣他，他焉敢说你。"（第二十一回）数语即道出黛玉与湘云不同的性格特征。既然是孔子所主张的"以直报怨"（《论语·宪问》），故湘云的直率总是不及于罪，也不致令人生出反感。

同时，湘云的率性真诚总未曾流于林黛玉式的唯我独尊，从未掺杂浓厚的个人好恶之心，也不任性发泄私我的喜怒情绪，在主观情绪的支配之下以动辄出言伤人的方式呈现；相反地，她常常毫无偏私地对他人的优点衷心赞美，又对他人所遭遇的不幸感同身受，因此才会令人觉得真挚可爱。一如薛宝钗对湘云的评语是："说你没心，却又有心；虽然有心，到底嘴太直了。"（第四十九回）其中，"有心"显出她并非一意孤行地横冲直撞，而是具备理性认知、客观评量的能力，以及审情度势、全盘观照的心胸格局，因此并不等同于黛玉无中生有、敏感妒疑的"多心"（第二十二回、第三十二回）、"心里又细"（第二十七回）；而她的"嘴太直"则是一种出于打抱不平的义愤，是对于客观事实的坦然陈述与对偏私现象的直接反对，因此也迥非黛玉"小性儿，行动爱恼"或"再不放人一点儿，专挑人的不好，……见一个打趣一个"的尖酸刻薄，呈现一种光风霁月、英豪阔大的慷慨爽朗。整体而言，湘云的"有心嘴直"实为她所自诩的"锦心绣口"。

换言之，坦荡之气度与宽广之心胸构成了史湘云的主要性格特点，也正因为如此，史湘云从来不会讽刺人、说歪话，也不会自怜地钻牛角尖，或自卑地过度防卫，更没有任性地意气用事，让他人负担自己不稳定的负面情绪，甚至伤人于无形。

试比较湘、黛在"率真"上的差异。其一，就"真"的心理层次而言：

黛玉——真心＝成心＝妒心＝窄心＝自卑心＝多心，从而面对现象世界时往往偏执一端或反应太过，乃至无中生有。第三回"心较比干多一窍"句旁脂批云："多一窍固是好事，然未免偏僻了，所谓过犹不及也。"因此即使问心无愧，其无愧也只是缺乏自我省思与节制的自以为是，仍无法作为行为合理化的道德辩护。

湘云——真心＝宽心＝平心＝坦荡之心＝大度之心，在"英豪阔大宽宏量，从未将儿女私情略萦心上。好一似，霁月光风耀玉堂""我也和你一样，我就不似你这样心窄"的性格特质下，乃可以超脱个人得失而就事论事，甚至泯除私情豁达以待。

其二，就"率"的言语层次而言：

黛玉——以"对人不对事"之强烈对象针对性[①]，并采取主动攻击形式，所谓"小性儿，行动爱恼人""嘴里又爱刻薄人"或"再不放人一点儿，专挑人的不好，……见一个打趣一个"，于是流于

[①] 以宝玉而言，黛玉并不关心是非曲直的事实真相，而仅是借题发挥以自虐自怜，故总是"不觉将昨晚的事都忘在九霄云外了""昨日所恼宝玉的心事早又丢开，又顾今日的事了"（第二十八回），显然那接连发生的三次事件只具备单一功能的触媒作用，所以无妨用过即丢，得新可以弃旧，目的是赖以满足情绪宣泄的心理需要而已。故甚至嗔怒宝玉"你不比不笑，比人比了笑了的还利害呢"（第二十二回），近乎无理取闹。

在他人伤口上撒盐的人身攻击。

湘云——以"对事不对人"之客观性，否则也是被动反击，且全都针对黛玉的嘲讽而来，更呈现湘云有心而不多心、口快而不口业、嘴直而不嘴尖的均衡有度。《红楼梦曲·乐中悲》所说的"英豪阔大宽宏量"与"霁月光风耀玉堂"，不但暗示她与黛玉的性格差异，也点出其源于性格因素的言语特征。

参照孔子向子贡提出"亦有恶乎"的问题时，子贡的回答中有言：

> 恶不孙以为勇者，恶讦以为直者。（《论语·阳货篇》）

衡诸林黛玉以及身为林黛玉之重像的晴雯二人以观之，林黛玉素以"直"见称，晴雯则在"直"之外更兼具"勇"的性格特色，因此第五十二回的回目就直接标举出"勇晴雯"的赞词；然而，两人之"直"往往流于"讦"，"勇"往往流于"不逊"，因此便不自觉地无端引发是非，成为激发风暴的引信。相较之下，湘云的直与勇并未流于"讦"与"不逊"，可以说是"直而温，率而无虐"，灵活慧黠却一点都不尖酸刻薄，敏于观察环境却没有伤人的犀利。这就是她虽然也是率真之人，却与黛玉、晴雯风格不同的关键因素。

四、一半风流一半娇：双性的均衡

除言语上的快人快语，湘云在行为动作上更显豪迈不羁，清

代评点家二知道人认为:"史湘云纯是晋人风味。"① 青山山农也赞美道:

> 湘云英气勃勃,纯乎豪者也。裀药酣眠,何其豪迈!烧鹿大嚼,何其豪爽!拖青丝于枕畔,撂白臂于床沿,又何其豪放!宝玉须眉而巾帼,湘云巾帼而须眉。倘令易男子装,黄崇嘏不得独擅千古矣。至于与袭人诋宝玉论经济,尤觉豪之又豪,不可以压倒群钗欤?②

以"豪"字为核心,豪迈、豪爽、豪放,湘云的男子气概不但丝毫不减女性的娇美,可以说是兼具两性之长,因而压倒群钗。

(一)玉女英豪的英雄本色

第六十二回大家聚会庆生时,以拈阄的方式决定行令种类,探春又叫袭人拈了一个,却是"拇战"。史湘云笑着说:

> "这个简断爽利,合了我的脾气。我不行这个'射覆',没的垂头丧气闷人,我只划拳去了。"探春道:"惟有他乱令,宝姐姐快罚他一钟。"宝钗不容分说,便灌湘云一杯。……湘云等不得,早和宝玉"三""五"乱叫,划起拳来。

---

① (清)二知道人:《红楼梦说梦》,一粟编:《红楼梦资料汇编》,卷3,页95。
② (清)青山山农:《红楼梦广义》,一粟编:《红楼梦资料汇编》,卷3,页211。

"简断爽利"者,不迂回曲折,不温吞迟疑,而有直接俐落的痛快。形诸各种小动作,更显俏皮,诸如:

- 湘云那里肯让人,且别人也不如他敏捷,都看他扬眉挺身的说道:……拿了一支铜火箸击着手炉,笑道:"我击鼓了,若鼓绝不成,又要罚的。"(第五十回)
- 恨的湘云拿筷子敲黛玉的手。(第六十二回)
- 揎拳掳袖的伸手擎了一根出来。(第六十三回)

又是"笑的弯了腰""伏着已笑软了"(第五十回),其中何尝有一丝娇柔扭捏之态?最有趣的是,第四十二回刘姥姥离开贾府后,惜春受命绘制大观园图,众人在讨论诗社的请假事宜时,黛玉讥嘲刘姥姥为"母蝗虫",众人听了都笑起来,接着黛玉一面笑得两手捧着胸口,一面说道:

"你快画罢,我连题跋都有了,起个名字,就叫作《携蝗大嚼图》。"众人听了,越发哄然大笑,前仰后合。只听"咕咚"一声响,不知什么倒了,急忙看时,原来是湘云伏在椅子背儿上,那椅子原不曾放稳,被他全身伏着背子大笑,他又不提防,两下里错了劲,向东一歪,连人带椅都歪倒了,幸有板壁挡住,不曾落地。众人一见,越发笑个不住。

湘云虽然没有像凤姐、黛玉一样"蹬着门槛子",但反向跨坐在椅子上,双手扶着椅背放声大笑,其实悖离闺秀姿势的豪迈程度更有过之,恐怕连男性都不多见。

因此,在许多地方湘云都显示出大无畏的男性气魄,如第五十四回过年节时,贾府中放烟火花炮:

> 林黛玉禀气柔弱,不禁毕驳之声,贾母便搂他在怀中。薛姨妈搂着湘云。湘云笑道:"我不怕。"宝钗等笑道:"**他专爱自己放大炮仗,还怕这个呢。**"王夫人便将宝玉搂入怀内。

如此一来,湘云便不亚于"比小厮还放的好"的凤姐,其勇敢探险的气势,成为唯一堪与凤姐比肩的脂粉。此外,不怕刺眼闪光、爆破声响的这分胆识,也让湘云无惧于阴暗处的鬼魅虚影,第七十六回写中秋夜湘云与黛玉联句,黛玉指池中黑影与湘云看,道:

> "你看那河里怎么像个人在黑影里去了,敢是个鬼罢?"湘云笑道:"可是又见鬼了。我是不怕鬼的,等我打他一下。"因弯腰拾了一块小石片向那池中打去,只听打得水响,一个大圆圈将月影荡散复聚者几次。只听那黑影里嘎然一声,却飞起一个白鹤来,直往藕香榭去了。黛玉笑道:"原来是他,猛然想不到,反吓了一跳。"

湘云不但不怕鬼,还勇于打鬼,直接面对幽昧暗处的威胁,这种勇往直前的阳刚之气正来自于心灵的均健饱满。从而,湘云总是不能忍受不公不义，路见不平便拔刀相助，试看第五十七回中，岫烟受欺于下人而被迫典衣度日，获知此事的黛玉乃以"兔死狐悲，物伤其类"的心理感叹起来，湘云则动了气，道：

"等我问着二姐姐去！我骂那起老婆子丫头一顿，给你们出气何如？"说着，便要走。宝钗忙一把拉住，笑道："你又发疯了，还不给我坐着呢。"黛玉笑道："你要是个男人，出去打一个报不平儿。你又充什么荆轲聂政，真真好笑。"湘云道："既不叫我问他去，明儿也把他接到咱们苑里一处住去，岂不好？"

由黛玉的说法，清楚可见湘云表现出荆轲、聂政的正义感与剑及履及的行动力，乃是属于男人出去打抱不平的职能，近乎游侠刺客的担当；当她被拉住之后，便转换思考，想出接岫烟过来住以脱离苦海的计策，这又展示了济弱扶倾的胸怀，也使得湘云成为众金钗中真正最具有平等意识的一位。

她的平等意识并不是争取和上位者一样的权益，而是对下体恤的同伴意识。如第三十一回湘云二度将绛纹石戒指带来，专程送给袭人、鸳鸯、金钏儿、平儿四个人，而且都带上姐姐之称呼；第三十一回则是"和丫头们在后院子扑雪人儿去，一跤栽到沟跟前，弄了一身泥水"；第三十五回又写"史湘云、平儿、香菱等在山石边掐凤仙花呢"，到了第三十八回盛大的螃蟹宴上，可见"湘云出一回神，又让一回袭人等，又招呼山坡下的众人只管放量吃"，其中尤其是"和丫头们在后院子扑雪人儿去"最能显示这种心态，难怪可以和袭人情同姊妹。

可以说，湘云的性格主轴是一种不为世俗框架所限的开放，泯灭了贵贱、雅俗、男女之别，因此带有出格而不失格的宽阔，于饮食、衣着上亦然。就饮食而言，湘云展现出与众不同、近乎原始的天然取向，第六十二回说她"忽见碗内有半个鸭头，遂拣了出来吃脑子"，这一点在小说中可谓绝无仅有，至于生烤鹿肉一段更是驰香飘味，令园中人口齿留芳、让读者津津乐道。第四十九回写芦雪庵诗社活动开始前，湘云与宝玉算计生吃鹿肉一事，李婶诧异地发现"他两个在那里商议着要吃生肉呢，说的有来有去的"，黛玉则一听便精准地预测到："这可是云丫头闹的，我的卦再不错。"实则湘云是悄悄和宝玉计较道："有新鲜鹿肉，不如咱们要一块，自己拿了园里弄着，又顽又吃。"宝玉听了，巴不得一声儿，便真和凤姐要了一块，命婆子送入园去，婆子们也拿了铁炉、铁叉、铁丝绦来，仿佛野炊般放了一地，群聚围凑的众人皆卷袖攘臂赤手取食，宝琴先是辞让道："怪脏的。"后来也随着大家吃了起来。这时黛玉旁观大嚼烧肉的一群人，讥嘲道：

那里找这一群花子去！罢了，罢了，今日芦雪庵遭劫，生生被云丫头作践了。我为芦雪庵一大哭！

所谓的"芦雪庵遭劫"恰恰与"怡红院劫遇母蝗虫"共一"劫"字，其出于正统、精英、精神的洁净立场如出一辙，以致领头又玩又吃

的史湘云就毫不客气地冷笑反击道:

> 你知道什么!"是真名士自风流",你们都是假清高,最可厌的。我们这会子腥膻大吃大嚼,回来却是锦心绣口。

相对之下,黛玉的嘲讽显露出一种对食物厌憎的贱斥心理。所谓的"贱斥"(abjection),是法国精神分析学者克里斯蒂娃(Julia Kristeva, 1941—)所提出的理论,意味着种种因身体无法超越食物、秽物或性别差异,所引起的强烈拒斥、嫌恶的反应,是个体为了获得自主性而在划定自我疆域上必然涉及的过程。① 而洁癖成性的黛玉自然斥弃过甚,这一宣示就被史湘云反唇相讥为"假清高",可见比起黛玉来,湘云的作为乃是消弭精神性与动物性的界线,将形而上的"锦心绣口"与形而下的"腥膻大吃大嚼"融合为一,甚至一面吃,一面说道:"我吃这个方爱吃酒,吃了酒才有诗。若不是这鹿肉,今儿断不能作诗。"与黛玉的偏执大异其趣,所以才会称之为"假清高,最可厌"。

(二)女扮男装的双性同体

既然打破了饮食上生与熟、文明与自然的界限,则在衣着上也可以泯除性别的男女之隔,湘云正是众金钗中唯一喜欢女扮男

---

① [法]克里斯蒂娃著,彭仁郁译:《恐怖的力量》(台北:桂冠出版社,2003),第3章"从污秽到玷污",页96—104。"贱斥"或译为"斥弃",参张新木译:《恐怖的权力:论卑贱》(北京:三联书店,2001),页97—146。

装者，小说中对此再三皴染强调，令人注目。首先是第三十一回说道：

> 宝钗一旁笑道："姨娘不知道，他穿衣裳还更爱穿别人的衣裳。可记得旧年三四月里，他在这里住着，把宝兄弟的袍子穿上，靴子也穿上，额子也勒上，猛一瞧倒像是宝兄弟，就是多两个坠子。他站在那椅子后边，哄的老太太只是叫'宝玉，你过来，仔细那上头挂的灯穗子招下灰来迷了眼。'他只是笑，也不过去。后来大家撑不住笑了，老太太才笑了，说'倒扮上男人好看了'。"林黛玉道："这算什么。惟有前年正月里接了他来，住了没两日就下起雪来，老太太和舅母那日想是才拜了影回来，老太太的一个新新的大红猩猩毡斗篷放在那里，谁知眼错不见他就披了，又大又长，他就拿了个汗巾子拦腰系上，和丫头们在后院子扑雪人儿去，一跤栽到沟跟前，弄了一身泥水。"说着，大家想着前情，都笑了。

"更爱穿别人的衣裳"显示出湘云并没有黛玉那样嫌脏的洁癖，也不严密于人我的区隔，通过穿别人衣裳的行为，仿佛潜入别人的生命里，置身于异己的气息、体态、色泽之间，领略不同的行走姿势与活动方式，无形中便消除了彼此的距离，或者便是湘云碰触不同生命的独特做法。其中，湘云更喜欢走入男性的存在模态，第六十三回描述道：

> 湘云素习憨戏异常，他也最喜武扮的，每每自己束銮带，穿折袖。近见宝玉将芳官扮成男子，他便将葵官也扮了个小子。……湘云将葵官改了，换作"大英"。因他姓韦，便叫他作韦大英，方合自己的意思，暗有"惟大英雄能本色"之语，何必涂朱抹粉，才是男子。

可见湘云不仅扮装，兼且改名，通过衣饰与姓名这些符号所具有的象征意义，让主仆都化身为男子，并且是英雄式的男子，多少表现出性别突破的意味。但必须说，湘云所突显的这个性别现象，其实仍属于明清才女文化的一种，传统社会也是可以接受甚至尊重的，学者透过黄媛介与王端淑这两位晚明江南才女"女扮男装"之类的表现，便发现这种"性别颠倒"只是一种暂时的僭越，占据主导地位的社会性别意识形态仍然长存，最后这些女性也会安心转回其女性身分，由此可见社会性别界限暂时僭越这样一种偶然是受到尊重的。[1] 因此，明清两代涉及女扮男装情节的作品很多，例如徐渭的作品中，花木兰与赵崇嘏皆无意于改变社会角色，扮装只是为了特定的道德目的，而恢复女装时，也丝毫无悔。[2] 湘云的情况也是如此。

如此说来，湘云的扮装癖与其说是一种自觉的女性意识，不

---

[1] [美]高彦颐著，李志生译：《闺塾师：明末清初江南的才女文化》，页149—151。

[2] Wilt L. Idema, 'Female Talent and Female Virtue: Xu Wei's *Nu Zhuangyuan* and Meng Chengshun's *Zhenwen ji*', 收入华玮、王瑷玲编：《明清戏曲国际研讨会论文集》（台北："中研院"文哲所，1998），页562。

如说更大的成分是为了憨戏好玩,让生活创造出更多的变化与趣味。虽然第三十一回贾母笑说"倒扮上男人好看了",第四十九回众人也都笑道:"偏他只爱打扮成个小子的样儿,原比他打扮女儿更俏丽了些。"确实也创造出一种美感造型的新形态,但这只是在造型变化上无意中获得的效果,并不是为了美而刻意造作。再看第四十九回的情况,这一点就更明显了:

> 一时史湘云来了,穿着贾母与他的一件貂鼠脑袋面子大毛黑灰鼠里子里外发烧大褂子,头上带着一顶挖云鹅黄片金里大红猩猩毡昭君套,又围着大貂鼠风领。黛玉先笑道:"你们瞧瞧,孙行者来了。他一般的也拿着雪褂子,故意装出个小骚达子来。"湘云笑道:"你们瞧我里头打扮的。"一面说,一面脱了褂子。只见他里头穿着一件半新的靠色三镶领袖秋香色盘金五色绣龙窄裉小袖掩衿银鼠短袄,里面短短的一件水红装缎狐肷褶子,腰里紧紧束着一条蝴蝶结子长穗五色宫绦,脚下也穿着麂皮小靴,越显的蜂腰猿背,鹤势螂形。众人都笑道:"偏他只爱打扮成个小子的样儿,原比他打扮女儿更俏丽了些。"

从这段描述中可见,湘云固然也是打扮成个小子,而更显俏丽,但其实更多的元素是来自动物。以"蜂腰猿背,鹤势螂形"这两句而言,脂砚斋批云:"近之拳谱中有坐马势,便似螂之蹲立。昔人爱轻捷便俏,闲取一螂,观其仰颈迭胸之势。今四字无出处,却写尽矣。"若是仔细观察,在这一大段描写中,共出现了猴(孙行者)、貂鼠、灰鼠、鹅、猩猩、龙、银鼠、狐、蝴蝶、鹿、蜂、猿、鹤、螂，总数多达十四种的昆虫动物，则湘云的造型更远远不只是超越了男女之别，还更跨出了人类的范围，破除人类与动物的区隔，将那些被放逐在文明之外的自然生命融合进来，于是乎，湘云的英豪阔大就更加广延无边了。

（三）酣睡的海棠与诗疯子

1. 酣睡的海棠

有趣的是，《红楼梦》中仅仅只有湘云一人被两次描写到睡态，连她所掣得的花名签都全部与憨睡有关，可见这是小说家所想要强调的人物肖像，其中必然隐含了人物的重要特点，值得特别注意。

第一次是与黛玉并写，透过对照最足以显示出两人性格的差异。第二十一回道：

> 宝玉……次日天明时，便披衣靸鞋往黛玉房中来，不见紫鹃、翠缕二人，只见他姊妹两个尚卧在衾内。那林黛玉严严密密裹着一幅杏子红绫被，安稳合目而睡。那史湘云却一把青丝拖于枕畔，被只齐胸，一弯雪白的膀子撂于被外，又带着两个金镯子。宝玉见了，叹道："睡觉还是不老实！回来风吹了，又嚷肩窝疼了。"一面说，一面轻轻的替他盖上。

与黛玉相比，更突显其超然性情：黛玉连在睡眠状态中都还无意识地保护自己，将绫被裹得严严密密，既端端正正、优雅合度，维持其一贯的矜持拘谨,更呈现出病弱惯了的兢兢业业,深恐稍有大意便遭受一丝风寒;相较起来,湘云这个可爱的娇憨女儿则是毫无窒碍地沉入梦乡,不畏夜凉,没有压力,连噩梦都不能真正地惊扰她吧。脂砚斋在此赞叹道:

> 又一个睡态。写黛玉之睡态,俨然就是娇弱女子,可怜。湘云之态,则俨然是个娇态女儿,可爱。真是人人俱尽,人人俱尽,个个活跳,吾不知作者胸中埋伏多少裙钗。

更进一步,那种"睡觉还是不老实"的憨态,不只是在闺房内、绣床上的率意自在,还延伸到了露天户外,颇有以天为幕、以大地为床的无入不自得,第六十二回"憨湘云醉眠芍药裀"一段,就是湘云的憨态特写:

> 湘云卧于山石僻处一个凳子上,业经香梦沉酣,四面芍药花飞了一身,满头脸衣襟上皆是红香散乱,手中的扇子在地下,也半被落花埋了。

此一场景,遥遥继承了名士派的传统,一般会联想到唐朝的一则故事,《开元天宝遗事》载:

> 学士许慎选,放旷不拘小节,多与亲友结宴于花圃中,未尝见帷幄,设坐具,使童仆辈聚落花,铺于坐下。慎选曰:"吾

自有花裀，何销坐具。"①

但这只是就回目中的"芍药裀"而言，真正说来，许慎选聚落花以为裀席而坐之的做法略嫌刻意，人为斧凿之痕、矫揉抗俗之态显然可见，并且人、花为二，花为人所用，有失自然，单单此一情境还不足以道出真正的放旷胸怀；湘云则不然，湘云并不是"坐"于花裀上，而是"醉"于花裀中，那"半被落花埋了"的少女与春景全然融合一体，其浑然天成之情境实另有渊源。

应该说，湘云那"醉眠芍药裀"的景致更富含诗情画意，明显可以对应于李白《自遣》一诗："对酒不觉暝，落花盈我衣。"（《全唐诗》卷 182）并且，李贺《静女春曙曲》中亦有"锦堆花密藏春睡"之句（《全唐诗》卷 394），也符合此一娇酣情趣；此外，还可以联想到南唐李煜《清平乐·忆别》所言："砌下落梅如雪乱，拂了一身还满。"②而比较起来，李白诗句是最为相应的，有酒、有花、有醉、有睡，样样齐备，其中所展现的怡然酣醉、旷达洒脱，更切合小说中湘云的豪迈性格，那酣饮沉梦的自在闲逸和物我交融的自然和谐，其间天机盎然之感完全丝丝入扣。③参照海棠花在唐

---

① （五代）王仁裕纂：《开元天宝遗事》，卷上，"花裀"条，页10。
② （南唐）李璟、李煜撰，王仲闻校订：《南唐二主词校订》（北京：中华书局，2012），页25。
③ 参欧丽娟：《诗论红楼梦》，第7章"《红楼梦》中使用旧诗之情形与用意"第4节，页379—380。

人贾耽《百花谱》中被评为"花中神仙"①，则湘云自便是自由自在、磊落坦荡的谪仙人，与李白诚然是血脉相通。

此一酣睡主题还延伸到当晚举行的庆生宴上。众人行酒令掣花名签时，轮到了湘云：

> 湘云笑着，揎拳掳袖的伸手掣了一根出来。大家看时，一面画着一枝海棠，题着"香梦沉酣"四字，那面诗道是：
> 只恐夜深花睡去。
> 黛玉笑道："'夜深'两个字，改'石凉'两个字。"众人便知他趣白日间湘云醉卧的事，都笑了。……因看注云："既云'香梦沉酣'，掣此签者不便饮酒，只令上下二家各饮一杯。"

（第六十三回）

从题字到签诗，都与酣睡有关，导致黛玉立刻想到日间"憨湘云醉眠芍药裀"一段情节而加以调侃，则湘云既无女儿的拘束矜持，随遇而安，连庭院石头上都可以恬然入梦，其睡姿睡态当是倒头侧面、手臂横伸、簪斜发偏、衣裙迤逦，甚至樱唇微启、鼻息可闻。其中所隐含的人格特质必是潇洒不羁、豪迈旷达的，"放旷不拘小节"正是湘云的最大特色，但那浑然天成、陶然忘机的恬适与花面相映的娇美，却又比诗仙更为动人。

---

① 见（宋）温革著，（宋）陈晔续补：《琐碎后录》，引自（宋）陈思：《海棠谱》，卷上，《景印文渊阁四库全书》第845册，页138。

2. 诗疯子

以"豪"字为核心的豪迈、豪爽、豪放，稍一不慎便容易流于粗犷、粗野、粗率的"粗豪"，而湘云的男子气概丝毫不减女性的娇美，还有一个十分重要的原因，那就是她对诗歌的深刻喜爱，性灵的跃动产生升华的效果，反而有一种潇洒的气度。

第三十七回众钗成立了海棠诗社，宝玉回来至房内告诉袭人这件事，袭人也把打发宋妈妈与史湘云送东西去的话告诉了宝玉，宝玉听了，拍手道：

> "偏忘了他。我自觉心里有件事，只是想不起来，亏你提起来，正要请他去。这诗社里若少了他还有什么意思。"……宋妈妈已经回来，……又说："问二爷作什么呢，我说和姑娘们起什么诗社作诗呢。史姑娘说，他们作诗也不告诉他去，急的了不的。"宝玉听了，立身便往贾母处来，立逼着叫人接去。……史湘云道："你们忘了请我，我还要罚你们呢。就拿韵来，我虽不能，只得勉强出丑。容我入社，扫地焚香我也情愿。"众人见他这般有趣，越发喜欢，都埋怨昨日怎么忘了他，遂忙告诉他韵。史湘云一心兴头，等不得推敲删改，一面只管和人说着话，心内早已和成，即用随便的纸笔录出，先笑说道："我却依韵和了两首，好歹我却不知，不过应命而已。"说着递与众人。众人道："我们四首也算想绝了，再一首也不能了。你倒弄了两首，那里有许多话说，必要重了我们。"……众人看一句，惊讶一句，看到了，赞到了，都说："这个不枉

作了海棠诗,真该要起海棠社了。"

可见湘云的和诗乃是开社之作的压轴,不仅在大观园诗社的两次联句中,湘云都是独占鳌头的一位,包括第七十六回与黛玉的凹晶馆联诗时,以"寒塘渡鹤影"一句让黛玉几乎搁笔认输,想了良久之后,只勉强对出"冷月葬花魂"便后力不继;第五十回"芦雪庵争联即景诗"一段情节中,则形成了"宝钗、宝琴、黛玉三人共战湘云,十分有趣"的情况,湘云一人便做出十八句诗,多于宝琴的十三句、黛玉的十一句,无怪乎最后湘云起身笑道:"我也不是作诗,竟是抢命呢。"

确实,湘云对诗的热爱已经到了抢命的地步,只要提到好诗,便迫不及待地一听为快;听到姊妹们起了诗社,便恨不得插翅飞来,都是出于此故。后来宝琴提到以前见过一个海外真真国的女孩子,也能作诗填词,在宝琴的央请下还写了一首五言律诗,宝钗道:

"你且别念,等把云儿叫了来,也叫他听听。"说着,便叫小螺来吩咐道:"你到我那里去,就说我们这里有一个外国美人来了,作的好诗,请你这'诗疯子'来瞧去,再把我们'诗呆子'也带来。"小螺笑着去了。半日,只听湘云笑问:"那一个外国美人来了?"一头说,一头果和香菱来了。(第五十二回)

被称为"诗疯子",足见湘云的诗癖已近乎疯狂,任何触动诗兴的机会都令她热中不置，不只是黛玉的以诗寄情而已。更精确地说，比较起来，黛玉表面上固然拥有浓厚的诗人气质，也性好吟咏，笔端动人，但与其说她是"爱诗"，不如说是"爱作诗"，诗歌是她抒发个人情怀的凭借，因此篇篇都是自我的倾诉；但湘云则是真正的"爱诗"，她爱的不只是自己的作品，而是由古至今包括其他人所写的一切好诗，因此所投入的是广大无限的诗国，诗兴之驰骋更是脱缰而去。宝钗曾忍不住给予温柔的调侃：

> 那史湘云又是极爱说话的，那里禁得起香菱又请教他谈诗，越发高了兴，没昼没夜高谈阔论起来。宝钗因笑道："我实在聒噪的受不得了。一个女孩儿家，只管拿着诗作正经事讲起来，叫有学问的人听了，反笑话说不守本分的。一个香菱没闹清，偏又添了你这么个话口袋子，满嘴里说的是什么：怎么是杜工部之沉郁，韦苏州之淡雅，又怎么是温八叉之绮靡，李义山之隐僻。放着两个现成的诗家不知道，提那些死人做什么！"湘云听了，忙笑问道："是那两个？好姐姐，你告诉我。"宝钗笑道："呆香菱之心苦，疯湘云之话多。"湘云香菱听了，都笑起来。（第四十九回）

所谓"杜工部之沉郁，韦苏州之淡雅""温八叉之绮靡，李义山之隐僻"，固然是从专业诗学的角度，说明杜甫、韦应物、温庭筠、李商隐这四位唐代诗人不同的创作风格，教导初学者香菱关于唐诗的基本认识，但从湘云没日没夜地高谈阔论、津津乐道，其中自也隐含着她对这些诗篇的热衷,并且能充分欣赏"沉郁""淡雅""绮靡""隐僻"等多元的诗风,而非黛玉偏执于缠绵悲戚的独沽一味,正是"阔大"的心胸表现。

至于这些以"情致妩媚"(第七十回)为特色的诗歌,既是湘云的才华禀赋,也是她品味人生的美感结晶,词中自有个人性情,最与众不同的是一种热爱人生的珍惜光阴,诸如:

- 却喜诗人吟不倦,岂令寂寞度朝昏。(第三十七回《白海棠诗二首》之一)
- 秋光荏苒休辜负,相对原宜惜寸阴。(第三十八回《对菊》)
- 且住,且住!莫使春光别去。(第七十回《如梦令》)

即使寂寞在所难免,也要不倦吟诗以免虚度日夜,春光如此多娇,秋色何等明净,更应该极力挽留,这和黛玉的伤春悲秋多么不同!对于坎坷起伏的人生际遇,湘云自有一种积极面对的坦然,表现出随遇而安的舒朗,所谓"也宜墙角也宜盆"(第三十七回《白海棠诗二首》之二),在无人闻问的偏僻墙角自生自长,便品尝那分自由舒展,不感到冷落的寂寞;到了备受呵护的盆栽中,则欣然领略洋溢的爱宠,不觉得空间狭隘的拘束,于是无论何处都可以心安如家、怡然自处,蓬勃生长、自在舒卷。这不仅反映了"英豪阔大宽宏量"的天性,也确保了她在面临不幸时仍然记得微笑。

依据英国诗人佛雷迪克·朗布里奇(Frederick Langbridge, 1849—1922)于《不灭之诗》中所说:

> 两个囚犯从同一个铁窗向外眺望,一个看到的是泥泞,一个看到的是星辰。(Two men look out through the same prison bars: One sees the mud and the other the stars.)①

受困是人生的必然处境,毕竟世界不可能围绕着个人旋转;但世界并不因此只有黑暗,泥泞与星辰其实都同时俱在,并且固然星辰散发着永恒之光,泥泞有时却也可能长出花朵。可以说,黛玉总是偏执地只看到污秽的泥泞,因此落入作茧自缚的忧郁;湘云则不喜欢晦涩的眼泪,她适合晴天的阳光,也永远望向闪耀在无垠夜空里的星辰。

五、婚姻与命运

史湘云是众金钗中,第一个说亲的姑娘,第三十一回王夫人对湘云说道:"前日有人家来相看,眼见有婆婆家了,还是那们着。"第三十二回袭人斟了茶来与史湘云吃,一面笑道:"大姑娘,听见前儿你大喜了。"史湘云听了,红了脸吃茶不答。这比起岫烟与薛蝌的订婚(第五十七回)还要更早一些。

不过,这桩亲事点到为止,此后便再无进一步发展,连媒合的对象是谁都一无所知。据第五回太虚幻境中的神谕来看,小说家让这样一个好女孩也获得了好归宿,曲文中的"厮配得才貌仙郎,博

---

① Frederick Langbridge, *A Cluster of Quiet Thoughts*, London: Religious Tract Society, 1896.

得个地久天长"暗示湘云会嫁得佳婿，希望恩爱到白头。而这位带给湘云幸福，补偿其"幼年时坎坷形状"的"才貌仙郎"，由脂批可知就是卫若兰，第二十六回回后总评曰：

> 前回倪二紫英湘莲玉菡四样侠文，皆得传真写照之笔，惜卫若兰射圃文字迷失无稿。叹叹。

以及第三十一回"因麒麟伏白首双星"回后总评曰：

> 后数十回若兰在射圃所佩之麒麟，正此麒麟也。提纲伏于此回中，所谓草蛇灰线在千里之外。

可见通过了物谶的方式，金麒麟成为牵引双方良缘的媒介。所谓的"白首双星"，是借牵牛、织女双星的典故暗示夫妻关系，"白首"也是用白首偕老的成语喻指一生姻缘，但事实上未必真的相守到老，犹如牵牛、织女彼此聚少离多，而许多伴侣结缡之后也往往折翼丧偶，"因麒麟伏白首双星"的回目意谓湘云的婚姻带有金麒麟的伏谶预告，而注定要成为她夫婿的人就是真正拥有金麒麟的那一位，并且成亲之后仍然失落了白头偕老的愿望，形成了另一种女性的悲剧。

这位卫若兰在小说文本中也出现过一次，第十四回秦可卿的丧礼过程中，位列于前来送殡的"神武将军公子冯紫英、陈也俊、卫若兰等诸王孙公子"之中，与湘云算是门当户对。至于连系双方的金麒麟，原先是宝玉从道士手中得来的，第二十九回写贾母领着一干女眷浩浩荡荡地前往清虚观打醮，张道士捧了盘子，盛着三五十件观中道士们传道的法器，作为献给宝玉的敬贺之礼，在推辞不掉的情况下，宝玉只得收下，趁暇一件一件的挑与贾母看，贾母因看见有个赤金点翠的麒麟，便伸手拿了起来，笑道：

> "这件东西好像我看见谁家的孩子也带着这么一个的。"宝钗笑道："史大妹妹有一个，比这个小些。"贾母道："是云儿有这个。"……宝玉听见史湘云有这件东西，自己便将那麒麟忙拿起来揣在怀里。

但这只别有用心的金麒麟却不知不觉地遗失在大观园里，宝玉尚且蒙在鼓里，恰巧被刚到贾府作客的湘云所拾获，并且因为在阳/阴、雄/雌、公/母、男/女之对照的谈话脉络里，这一组金麒麟更清楚地隐喻了配偶关系，第三十一回描述道：

> 翠缕又点头笑了，还要拿几件东西问，因想不起个什么来，猛低头就看见湘云宫绦上系的金麒麟，便提起来笑道："姑娘，这个难道也有阴阳？"湘云道："走兽飞禽，雄为阳，雌为阴；牝为阴，牡为阳。怎么没有呢！"翠缕道："这是公的，到底是母的呢？"湘云道："这连我也不知道。"翠缕道："这也罢了，怎么东西都有阴阳，咱们人倒没有阴阳呢？"……一面说，一面走，刚到蔷薇架下，湘云道："你瞧那是谁掉的首饰，金

晃晃在那里。"翠缕听了,忙赶上拾在手里攥着,笑道:"可分出阴阳来了。"说着,先拿史湘云的麒麟瞧。……翠缕将手一撒,笑道:"请看。"湘云举目一验,却是文彩辉煌的一个金麒麟,比自己佩的又大又有文彩。湘云伸手擎在掌上,只是默默不语,正自出神,忽见宝玉从那边来了,……一时进来归坐,宝玉因笑道:"你该早来,我得了一件好东西,专等你呢。"说着,一面在身上摸掏,掏了半天,呵呀了一声,便问袭人"那个东西你收起来了么?"袭人道:"什么东西?"宝玉道:"前儿得的麒麟。"袭人道:"你天天带在身上的,怎么问我?"宝玉听了,将手一拍说道:"这可丢了,往那里找去!"就要起身自己寻去。湘云听了,方知是他遗落的,……将手一撒,"你瞧瞧,是这个不是?"宝玉一见由不得欢喜非常。

从大小、文彩分出阴阳,连湘云都感受到其中的暗示,被命运隐隐然的讯息所触动,因此沉默出神;巧的是宝玉来了,失主水落石出,直接串起了某一种连线,而自始就对宝玉的举止深感猜疑的黛玉,先是冷笑道:"他不会说话,他的金麒麟会说话。"(第三十一回)接着更加深不安,付诸行动:

林黛玉知道史湘云在这里,宝玉又赶来,一定说麒麟的原故。因此心下忖度着,近日宝玉弄来的外传野史,多半才子佳人都因小巧玩物上撮合,或有鸳鸯,或有凤凰,或玉环金佩,或鲛帕鸾绦,皆由小物而遂终身。今忽见宝玉亦有麒麟,便恐

借此生隙，同史湘云也做出那些风流佳事来。因而悄悄走来，见机行事，以察二人之意。（第三十二回）

综观金麒麟由得而失、失而复得的整个过程，始终都是在配对的意识下进行，首先宝玉是因为湘云有一件，所以才特别挑取收藏，但用意是留给湘云作礼物；接着湘云凑巧拾获宝玉的失物，被翠缕的公母之说赋予成对的意涵，为此而默默出神；最后则是黛玉感到才子佳人小说的指引，很可能激发宝玉的摹仿行为，为此心中不安而特地前来查看。可见这一对金麒麟越来越明确地具有婚恋的意义。

但这些情节只是物谶的前半段发展，后来还有一番曲折。不但宝玉拣取这只金麒麟的用意本是要给湘云，但当场似乎湘云并未收下，麒麟从此下落不明。透过脂批的提点，既然"后数十回若兰在射圃所佩之麒麟，正此麒麟也"，则宝玉所拣取的金麒麟乃到了卫若兰手中，湘云真正的归宿实在于此，虽然不幸地"射圃文字迷失无稿"，仍大约可以推断：出于种种因缘，宝玉转赠给同一阶层往来友好的世家公子，并在射圃中佩戴。这一场转移，就如同宝玉将蒋玉菡所赠的茜香罗送给袭人，以弥补她的松花汗巾被宝玉给了蒋玉菡，无意间促成了双方的命运联系一样，"因麒麟伏白首双星"的姻缘实是由若兰与湘云所缔结。

可惜美中不足的是，这段"厮配得才貌仙郎"的佳姻良缘也为期短暂，没有如愿地"博得个地久天长"，婚后不久便因"尘寰中消长数应当"的宿命而终结，所谓"湘江水逝楚云飞""云散高唐，水涸湘江"，都是指夫妻离散的悲剧。脂批中对此并未再留下其他线索，倒是其他的一些传闻提供了很特别的具体情节，如清人王伯沆就第六十二回"探春忙命将醒酒石拿来"一语批曰：

> 此石在全书中仅见，乃亦衔在口内，与宝公生时之玉相似，殊不可解。曾闻一老辈言，**宝公实娶湘云，晚年贫极，夫妇都中拾煤球为活**，云云。今三十一回目有"因麒麟伏白首双星"语，此说不为无因。再拈此义，似亦一证据也。①

参照陈其泰对金麒麟所云：

> 闻乾隆年间，都中有钞本《红楼梦》一百回后，与此本不同。薛宝钗与宝玉成婚后不久即死，而湘云嫁夫早寡。宝玉娶为继室。其时贾氏中落，萧条万状，宝玉湘云有除夕唱和诗一百韵，俯仰盛衰，流连今昔。其诗极佳，及付梓时，削去后四十回，另撰此书后四十回以易之，而标题有未改正处。此因麒麟伏白首双星，尚是原本标题也。②

此外，赵之谦也提到：

---

① （清）王伯沆：《王伯沆红楼梦批语汇录》下册（南京：江苏古籍出版社，1985），页677。
② （清）陈其泰：《红楼梦回评》，第三十一回评，朱一玄编：《红楼梦资料汇编》（天津：南开大学出版社，2001），页728。

余昔闻涤甫师言，本尚有四十回，至贾宝玉作看街兵，史湘云再醮与宝玉，方完卷，想为人删去。①

又有甫塘逸士载：

戴君诚甫曾见一旧时真本，八十回之后皆不与今同。荣宁籍没后，均极萧条；宝钗亦早卒，宝玉无以作家，至沦于击柝之流；史湘云则为乞丐，后乃与宝玉仍成夫妇，故书中回目有"因麒麟伏白首双星"之言也。闻吴润生中丞家尚藏有其本，惜在京邸时未曾谈及。②

这些记载说的都是湘云最后嫁给宝玉，以此解释"因麒麟伏白首双星"的回目意义。不知诸家所见"旧时真本"的版本来源，姑且附志于此以聊备一说。

无论如何，湘云毕竟列名于薄命司中，面临了世俗标准下的悲剧命运。或许可以推测的是，既然父母双亡乃至幼年坎坷，都没有扭曲她的心智，那么成长之后的不幸人生也应该不会造成阴影，让湘云失去了对诗、对人、对世界的热情，并以开阔的胸襟与豪迈的胆识接受生命的重担。

---

① （清）赵之谦：《章安杂说》，一粟编：《红楼梦资料汇编》，卷4，页375—376。
② （清）甫塘逸士：《续阅微草堂笔记》，一粟编：《红楼梦资料汇编》，卷4，页395—396。

六、没有阴影的心灵

汉代班昭《女诫》中确立了男女大不同的基本原则:"阴阳殊性,男女异行。阳以德为刚,阴以柔为用;男以强为贵,女以弱为美。"衡诸湘云,可以发现这类的性别区划是不适用的,而一般分类下的人格类型也难以择一吻合。

虽然大体上可以用传统文化中的名士风格给予理解,湘云也确实曾自诩为"是真名士自风流"的风流名士,言谈举止处处映现了魏晋名士的旷达洒脱,一如牟宗三对"名士"的意义说明道:

> "名士"者清逸之气也。清则不浊,逸则不俗。……俗者,风之来而凝结于事以成为惯例通套之谓。……顺成规而处事,则为俗。精神溢出通套,使人忘其在通套中,则为逸。逸者离也。离成规通套而不为其所淹没则逸。逸则特显"风神",故俊。逸则特显"神韵",故清。故曰清逸,亦曰俊逸。①

此一清逸之风神韵致,如清风、如流水,正契合六朝人物赏鉴时用以作为极致赞美的"风流":

> 逸则不固结于成规成矩,故有风。逸则洒脱活泼,故曰

---

① 牟宗三:《才性与玄理》(台北:学生书局,1989),第3章"魏晋名士及其玄学名理",页68。

流。故总曰风流。风流者,如风之飘,如水之流,不主故常,而以自在适性为主。故不着一字,尽得风流。……是则清逸、俊逸、风流、自在、清言、清谈、玄思、玄智,皆名士一格之特征。①

湘云的性情"出格"而不"失格"、更未"破格","出格"便不固结于成规成矩,使她洒脱活泼、自在适性,但其豪放直爽却从未逾越分际乃至"失格""破格",始终保有品性的真、善、美,因此才会显得可爱可喜。湘云诚然可见"精神溢出通套""逸离成规"的清逸风神,甚至自许"惟大英雄能本色",往往破除各项社会规范的约制,绽现别具一格的风采,因此特别令人赏心快意;其纯任自然、没有虚伪的表现,又被拟诸天真自然的动物,自有其当下圆满的自在自足。如此种种,表面上都不失名士风范。

但若严格地说,湘云并不是一般意义下的名士派,也不是通俗概念所以为的男性化英爽,更不是动物化的自然纯真。因为名士难免一种有所为而为的矫俗干奇,有放旷而无轻松,何况湘云根本不具备"越名教,任自然"的概念,她的醉眠芍药裀、大嚼鹿肉、打抱不平都不存在对礼教的违背;男性化的英爽过于阳刚,与娇憨的气质不符,遑论湘云从未感受到性别的压迫,当她在拟男扮装的时候,并不是对性别不公的反抗,也没有如探春一般"我但凡是个男人,可以出得去,我必早走了,立一番事业,那时自有我一番道

---

① 牟宗三:《才性与玄理》,第3章"魏晋名士及其玄学名理",页68—69。

理。偏我是女孩儿家，一句多话也没有我乱说的"（第五十五回）之悲愤；而所谓动物化的自然又过于质朴，更不能精确传达贵族少女的精致内涵，毕竟"有心"的人不可能没有人为之处，贵族世家的千金小姐更如何能素朴真率，如同没有受过教育的小家碧玉甚至天真孩童？

因此，与其说湘云是纯任自然，没有虚伪，更无造作，不如说她是心中没有阴影的人，因此，有心而不多心，纯真而不无知，直率而不粗豪，端赖于"事无不可对人言芳性"的磊落心胸与纯良品格，以及爱好真善、谈诗论艺的诗书涵养。湘云所自诩"这会子腥膻大吃大嚼，回来却是锦心绣口"，"锦心绣口"才是她的真精神所在。

但这颗"锦心"不仅是芳美纯良，最关键的特点乃是没有阴影，如同英文谚语所言："每一朵乌云都有一道金边。"（Every cloud has a silver lining）乌云浊雾笼罩下的湘云也总是看到乌云周围的金边，以及在背后为乌云镶上金边的太阳。小说家对于湘云的种种形容，包括"英豪阔大"、"霁月光风"等等，必须说，都来自于一个主要的核心，那就是湘云是一个心理健全到没有阴影的人，因此可以坦然地接受不公，不酿造受虐自怜的意识；自然地与人分享，不带有赠与、更没有施舍的姿态；看到他人的委屈不幸，也本能地伸张援手，未曾想到以此满足英雄主义。即使身世悲惨，都未曾扭曲她对世界的信赖，剥夺她对人们的亲善，因此没有想要对抗的对象，种种界限也可以不存在，"溢出通套""逸离成规"的意义其实是在这个层次上成立的。

此所以湘云从未服膺"越名教，任自然"，却可以将名教、自然合而为一，时有名士风，偶有动物气；当自许"惟大英雄能本色"的时候，则是融通男性气质与女性风格，形成一种双性兼具、均衡合一的独特性情之美。可以说，湘云真正发挥了奥地利心理学家维克多·法兰克所认为，人所拥有的"最后的"、也是"最大的"自由，选择了坦然面对世界的态度，透过主体能动性决定了自己对人生的定义，不受坎坷的环境所囿。那分不为世俗框架所限的宽阔，触处则自然泯除了文明／自然、人类／动物、生／熟、贵／贱、雅／俗、男／女的各种区隔，却又出格而不失格，唯见锦心流淌，一扫存在本身所无法避免的乌云浊雾。

美哉！湘云，为脂腻粉香、伤春悲秋的温柔乡带来清爽的微风，令人心旷神怡。

第十章
王熙凤论

一、序言

王熙凤是《红楼梦》最精彩的人物之一,有人甚至认为比起宝玉、黛玉、宝钗这三大主角还要来得光辉动人,可见这位金钗的形象突出。凤姐不仅于前八十回中就有五十二回出场,篇幅上举足轻重,在情节的推展上更是不可或缺,如果说宝、黛之恋是小说的一个主轴,则王熙凤的理家治事实为涵盖面更广的另一大主轴,从贾府的兴亡大势而言,凤姐的地位最是关系重大,远过于几个青春儿女的私情起伏、感春伤秋的心绪悲喜。

清代评点家野鹤曾经表示:

> 吾读《红楼梦》,第一爱看凤姐儿。人畏其险,我赏其辣;人畏其荡,我赏其骚。读之开拓无限心胸,增长无数阅历。至若芦雪联句,居然提携风雅,固知贤者多能,信不可测。①

确实,王熙凤的性格多面而心机深细,其"险"处难免令人望之生

---

① (清)野鹤:《读红楼梦札记》,一粟编:《红楼梦资料汇编》,卷3,页287。

畏，于是有不少人以曹操之类的枭雄加以比喻，连脂砚斋都说：

> 一段收拾过阿凤心机胆量，真与雨村是对乱世之奸雄。后文不必细写其事，则知其平生之作为。回首时无怪乎其惨痛之态，使天下痴心人同来一警，或可期共入于恬然自得之乡矣。（第十六回批语）

但这是对一个丰富饱满的立体人物的简单化与扁平化。事实上，凤姐很少落入"险"处，即使偶一为之，多属无奈之下的不得不然，所谓的骑虎难下，其人格内涵的精华处绝不在此（见下文）；她更多的是令人解颐开怀、令人拍案叫绝、令人恍然大悟、令人击节赞叹，也令人惋惜感喟，甚至令人怜惜不忍，综合成一个辉煌灿烂的炫目人物。

可以说，评点家野鹤把握得最精准，他所欣赏的"辣"与"骚"一语道中凤姐性格的核心要素。就"辣"而言，出自贾母的形容：

> 他是我们这里有名的一个泼皮破落户儿，南省俗谓作"辣子"，你只叫他"凤辣子"就是了。（第三回）

而对"辣"的分析，学者说得好："凤姐之辣，决不是通常所谓厉害、泼辣、狠毒、奸险之类可以穷尽的。读者可以从不同的角度去体味，比方说它包含着杀伐决断的威严，穿心透肺的识力，不留后路的决绝，出奇制胜的谐谑等等。有时辣得使人可怖，毛骨悚然；

有时辣得令人叫绝,痛快淋漓。凤姐这个人,不论她干坏事还是干好事,还是好坏参半的事,都脱不了辣的特色。凤姐的辣,永远给人以新鲜感和动态感。"① 历来对凤姐之"辣"的分析,无过于此。

至于凤姐之"骚",意味着她具有一种不甘雌伏的刚强心性,勇于追求个人的权势力量与享乐利益,由内而外,她的形象也绽放出独特的女性诱惑力。试看她第一次出场就充满先声夺人的气势,第三回林黛玉初入荣国府,与众长辈言谈之际,

> 一语未了,只听后院中有人笑声,说:"我来迟了,不曾迎接远客!"黛玉纳罕道:"这些人个个皆敛声屏气,恭肃严整如此,这来者系谁,这样放诞无礼?"心下想时,只见一群媳妇丫鬟围拥着一个人从后房门进来。这个人打扮与众姑娘不同,彩绣辉煌,恍若神妃仙子:头上戴着金丝八宝攒珠髻,绾着朝阳五凤挂珠钗;项上带着赤金盘螭璎珞圈;裙边系着豆绿宫绦、双衡比目玫瑰佩;身上穿着缕金百蝶穿花大红洋缎窄褃袄,外罩五彩刻丝石青银鼠褂;下着翡翠撒花洋绉裙。一双丹凤三角眼,两弯柳叶吊梢眉,身量苗条,体格风骚,粉面含春威不露,丹唇未启笑先闻。

到了第六十八回,透过尤二姐的眼光,所见者亦是:

---

① 吕启祥:《凤姐形象的审美价值》,《贵州文史丛刊》1985 年第 2 期,页 138—139。

>只见头上皆是素白银器,身上月白缎袄,青缎披风,白绫素裙。眉弯柳叶,高吊两梢,目横丹凤,神凝三角。俏丽若三春之桃,清洁若九秋之菊。

除了服装上因为服丧而一味素白之外,其余的面貌神采全然一致,吊梢的柳叶眉、三角的单凤眼,精明干练的神态已呼之欲出;粉面丹唇又艳若桃花,美不可言,加上苗条款摆的"体格风骚",凤姐的美丽是具有侵略性与危险性的。

但更重要的是,这个即使到了现代都罕有其匹的美丽女强人,其聪慧敏锐、见多识广、运筹决策,确实让人"读之开拓无限心胸,增长无数阅历",这才是凤姐之所以耐人寻味的地方。也许正因为如此,只能静静盛开的花朵可以比配于一般闺阁女性,却完全无法传达王熙凤的复杂与强悍,小说中竟找不到曹雪芹为她安排了哪一种代表花。

清代评点家诸联认为"熙凤如海棠"[①],但这就像其他没有代表花的金钗一样,属于读者的揣摩私拟,缺乏文本的确切依据;并且海棠花在小说中明确是史湘云所属的花卉,秦可卿甚至以"海棠春睡"而共享此花,凤姐实在离此甚远。有学者以罂粟花代之,兼取其美、其毒的双重特点,虽仍属无稽,确颇有意味,可聊备一说。

---

① (清)诸联:《红楼评梦》,一粟编:《红楼梦资料汇编》,卷3,页119。

二、名门出身与特殊教育

凤姐出身于王家,是贾政嫡妻王夫人的本家内侄女,因为亲上作亲而许给贾琏。第四回中,于金陵地区所流传的护官符上,共有贾、史、王、薛四大家族,对王家的概述即是:

> 东海缺少白玉床,龙王来请金陵王。(都太尉统制县伯王公之后,共十二房,都中二房,余在籍。)

凤姐的第一代先祖为都太尉统制县伯王公,为掌握最高军权的将官,第三代即王夫人、薛姨妈与王子腾等三个兄弟姊妹,王熙凤属于第四代。不过,从这几代当家之主的名衔来看,王家的背景不只是一般的官宦世家,继第一代的都太尉统制县伯之后,第二代便比较类似于薛家的皇商,经营全国乃至远洋的贸易事业。王家的第二代也就是王熙凤的祖父,据王熙凤所言:

> 那时我爷爷单管各国进贡朝贺的事,凡有的外国人来,都是我们家养活。粤、闽、滇、浙所有的洋船货物都是我们家的。(第十六回)

既然独家包办了粤、闽、滇、浙所有的洋船货物,则王家应该也是薛家之类垄断进口商品贸易的"行商""皇商",同属于广州专作国际贸易的十三行。康熙二十一年李士桢以江西巡抚原衔移驻广东后，下令放宽海禁，他以广东巡抚的名义颁布了新的管理对外贸易的办法；康熙二十五年（1686），由他一手建立洋行制度，以与国内贸易商人相区分，有一两个"行商"是由"内务府员中出领其事"，势力最大，因为与皇帝有关，后来就被称为"皇商"①，其贵显非同小可。王、薛两家都拥有国际性买卖的庞大家族事业，更是门当户对，王夫人的妹妹嫁到薛家，成为小说中大家所熟悉的薛姨妈，正是两府联姻的结果。

但王家的第二代"单管各国进贡朝贺的事"，到了第三代，则又回归到朝廷委派的高级武官为职任，王夫人与薛姨妈的哥哥王子腾先是担任"京营节度使"，第四回说薛姨妈"王氏，乃现任京营节度使王子腾之妹，与荣国府贾政的夫人王氏，是一母所生的姊妹"，接着"升了九省统制，奉旨出都查边"，连"贾雨村亦进京陛见，皆由王子腾累上保本，此来后补京缺"（第十六回），后来又"升了九省都检点"（第五十三回），继续掌握更庞大的军权。就此来说，小说家应该是要突出王家的显赫富贵，比起贾府国勋门第的世袭爵禄，是不同类型却不遑多让的贵族世家，都属于诗书名门，具有大家门风，因此李纨才会说凤姐是"托生在诗书大宦名门之家做小姐"（第四十五回）。

在如此显贵的世族大户中出生，自然阅历不凡，凤姐年纪轻轻就已经"纱罗也见过几百样"（第四十回），其他见闻眼识的广博乃不言可喻。但奇特的是，王熙凤作为王家的第四代，所受的教育与

---

① 梁嘉彬：《广东十三行考》，页72。

一般的闺阁女子不同,既没有读书识字的诗书涵养,更不是李纨式的"女子无才便有德",可以说是十分特殊的养成形态。

(一) 男儿教养

首先,最应该注意到,太虚幻境的正册十二金钗中,只有两个女子是以儿子的方式教育的,除了黛玉是"假充养子"(第二回)之外,另外唯一的一位便是王熙凤。第三回提及凤姐的跨性别教育道:

> 黛玉虽不识,也曾听见母亲说过,大舅贾赦之子贾琏,娶的就是二舅母王氏之内侄女,自幼假充男儿教养的,学名王熙凤。

所谓的"学名",不同于小名,乃是男子正式的名称,连宝玉、黛玉、可卿这些名字都是小名(宝玉见第三十一回,黛玉见第三回、第六十五回,可卿见第五回,第二回则说"黛玉"是乳名),可见王熙凤拥有学名是一个特殊的现象。"王熙凤"既然是学名,且这个名字原来就属于男性,如第五十四回女先儿(说书人)提到最近有一段新书,叫做《凤求鸾》,说道:

> "这书上乃说残唐之时,有一位乡绅,本是金陵人氏,名唤王忠,曾做过两朝宰辅。如今告老还家,膝下只有一位公子,名唤王熙凤。"众人听了,笑将起来。贾母笑道:"这重了

我们凤丫头了。"

不仅重名重姓,而且都是出身贵宦的金陵人氏,两人高度叠合,则凤姐确实是"女儿身、男子名",属于"自幼假充男儿教养"的合理表现。黛玉与凤姐在男儿教育之下,诚然都降低了三从四德之类施加在女性身上的驯化力量,而比较远离温柔贞静的闺阁妇德,具有鲜明突出的自我个性,也都比别人更要争强好胜,因此,在所有的贵族小姐身上,的确只有凤姐、黛玉二人出现过"蹬着门槛子"此一闺阁不宜的不雅姿势。就在第二十八回中,同时描写到"只见凤姐蹬着门槛子拿耳挖子剔牙,看着十来个小厮们挪花盆呢""只见林黛玉蹬着门槛子,嘴里咬着手帕子笑呢",差别在于黛玉毕竟文雅一些,"嘴里咬着手帕子笑"比起"拿耳挖子剔牙"多了几分可爱,凤姐则未免粗鲁,但"蹬着门槛子"的闺阁不宜,却是一样的。至于两人都表现出争强好胜的个人意识,脂砚斋谓"再不略让一步,正是阿凤一生短处"(第十六回批语),黛玉则是"安心今夜大展奇才,将众人压倒"(第十八回),可谓异曲同工,只是黛玉的重心在诗才,凤姐的焦点在干才而已。

于是,凤姐就如同一起长大的贾珍所说:"从小儿大妹妹顽笑着就有杀伐决断。"(第十三回)表现出男性特有的气魄乃至刚猛,不让须眉,甚至还发展出不怕挑战的冒险性,勇于以身涉险。例如第四十回刘姥姥逛大观园时,大家坐船游赏河景,凤姐也上去贾母的那一艘:

立在舡头上,也要撑舡。贾母在舱内道:"这不是顽的,虽不是河里,也有好深的。你快不给我进来。"凤姐儿笑道:"怕什么!老祖宗只管放心。"说着便一篙点开。到了池当中,舡小人多,凤姐只觉乱晃,忙把篙子递与驾娘,方蹲下了。

又第五十四回过年节时,贾府中放烟火花炮,林黛玉禀气柔弱,不禁毕驳之声,贾母便搂他在怀中;王夫人便将宝玉搂入怀内。凤姐儿笑道:"我们是没有人疼的了。"尤氏笑道:

"有我呢,我搂着你。也不怕臊,你这孩子又撒娇了,听见放炮仗,吃了蜜蜂儿屎的,今儿又轻狂起来。"凤姐儿笑道:"等散了,咱们园子里放去。我比小厮们还放的好呢。"

可见即使到了嫁作人妇的时候,凤姐仍然不失童心,喜欢种种有趣的玩耍娱乐,并且总是直接站上第一线,无惧船浪颠簸,不畏火花四射,名副其实的水里来、火里去,完全没有闺阁女性的柔弱退缩,展现出勇于任事的性格基础。

由此可知,凤姐的争强好胜固然是与生俱来的禀赋,但后天环境的教育方式同样影响深远,让她的天赋特质可以全力发展,不受女性的性别制约,黛玉也是如此,差别在于"诗才"是性灵的发挥,以至于黛玉的生活形态是"在闺中自怜";而"干才"则是入世的表现,因此凤姐在处世理事的时候,特别显出光芒万丈的气势。如第二回冷子兴言及荣国府诸人,谈到贾琏时说道:

亲上作亲,娶的就是政老爹夫人王氏之内侄女,今已娶了二年。……谁知自娶了他令夫人之后,倒上下无一人不称颂他夫人的,琏爷倒退了一射之地;说模样又极标致,言谈又爽利,心机又极深细,竟是个男人万不及一的。

又第六回刘姥姥听说荣府现今是凤姐当家时,赞叹道:

"这凤姑娘今年大还不过二十岁罢了,就这等有本事,当这样的家,可是难得的。"周瑞家的听了道:"我的姥姥,告诉不得你呢。这位凤姑娘年纪虽小,行事却比世人都大呢。如今出挑的美人一样的模样儿,少说些有一万个心眼子。再要赌口齿,十个会说话的男人也说他不过。回来你见了就信了。就只一件,待下人未免太严些个。"

确实,年纪轻轻就足以在荣府当家,所处理的是"荣府中一宅人合算起来,人口虽不多,从上至下也有三四百丁;虽事不多,一天也有一二十件,竟如乱麻一般"(第六回)的复杂事务,以致"天天承应了老太太,又要承应这边太太那边太太。这些妯娌姊妹,上下几百男女,天天起来,都等他的话。一日少说,大事也有一二十件,小事还有三五十件。外头的从娘娘算起,以及王公侯伯家多少人情客礼,家里又有这些亲友的调度。银子上千钱上万,一日都从他一个手一个心一个口里调度"(第六十八回),非有超凡出众的才干实不足以当之。那少说也有一万个心眼子的极深细心机、十个会说话的男人也说他不过的极爽利言谈，加上恍若仙子的极标致之美，凤姐注定就是任何场合的聚光灯焦点，即使是宝、黛为主的场面，只要凤姐一介入，就会立刻变成凤姐的主场，让宝、黛沦为配角，她的光芒夺人可想而知。

其中，十个会说话的男人也说她不过的口齿言谈，是让这分光芒流转四射的一大燃料。所谓"言为心声"，那"心机又极深细""少说些有一万个心眼子"的外显方式，便是"会说话"，绵里藏针、欲擒故纵、声东击西、软硬兼施、幽默诙谐、熨帖妥切，都在如簧之舌尖上宛转灵动，处处生香，这也是凤姐得到贾母疼爱的特质之一。贾母道："凤儿嘴乖，怎么怨得人疼他。"（第三十五回）而凤姐的"会说话"细究起来，有几个特点，其一，善说笑话，令人开怀解颐，第五十四回道：

> 众人听了，都知道他素日善说笑话，最是他肚内有无限的新鲜趣谈。今儿如此说，不但在席的诸人喜欢，连地下伏侍的老小人等无不欢喜。那小丫头子们都忙出去，找姐唤妹的告诉他们："快来听，二奶奶又说笑话儿了。"众丫头子们便挤了一屋子。

如此之争相走告，上下拥挤在一起，只为了一听凤姐所说的笑话，可见其感染力、趣味性都不亚于最高明的演说家与煽动家，魅力堪称所向披靡。此外，凤姐的会说话也表现出几近于不假思索、绝无停顿窒碍的伶俐迅捷，因而产生一股威盛的气势，第三十六回薛姨姨笑道：

> 只听凤丫头的嘴，倒像倒了核桃车子的。……说的何尝错，只是你慢些说岂不省力。

流畅快捷的速度来自清晰完整的思路，脑、口连动，无须搜索、没有中断，在极快板的节奏下迸现出"大珠小珠落玉盘"——也就是"倒了核桃车子"的奔放飞驰，势不可挡，更助成了凤姐出言说话的强大感染力。

当然，凤姐最出色的便是在事务纷杂、人来人往的各种大场面中，都可以有条不紊地指挥若定，展现出一种"女中豪杰"的领袖气势。以第十四回筹办秦可卿丧礼的表现来看，脂砚斋于回前总批便一再提示"写凤姐之珍贵""写凤姐之英气""写凤姐之声势""写凤姐之心机""写凤姐之骄大"，尤其是伴宿之夕，小说中描写道：

> 一应张罗款待，独是凤姐一人周全承应。合族中虽有许多妯娌，但或有羞口的，或有羞脚的，或有不惯见人的，或有惧贵怯官的，种种之类，俱不及凤姐举止舒徐，言语慷慨，珍贵宽大；因此也不把众人放在眼里，挥霍指示，任其所为，目若无人。

无怪乎秦可卿死前托梦，将一件攸关家族未来存续，"非告诉婶子，别人未必中用"的未了心愿托付给凤姐，说道：

> 婶婶，你是个脂粉队里的英雄，连那些束带顶冠的男子也不能过你。（第十三回）

"英雄"之称，精确点出凤姐在一干脂粉女性里的独特风采，而这一点，与她自幼所受到男性教养方式是分不开的。

（二）未读书识字

然而，如此禀赋优异、环境优良的金钗，在人格塑造上唯独吃亏了一件，那就是凤姐虽然有学名，却竟然没有上过学，未曾读书识字。

但既然当家治事，便免不了经手各种繁琐的帐目，于是在不识字的情况下，彩明就成为凤姐的文字导盲人，在凤姐需要文书的时候便被召来念读服务，如第十四回至宁国府协理秦可卿的丧事时，"凤姐即命彩明钉造簿册"，脂批说这是"明写阿凤不识字之故"；再则第四十二回巧姐又病了，刘姥姥提醒或许是在大观园中撞客所致，于是凤姐"便叫平儿拿出《玉匣记》着彩明来念。彩明翻了一回念道：'八月二十五日，病者在东南方得遇花神。用五色纸钱四十张，向东南方四十步送之，大吉。'"可见彩明是凤姐御用的常备书记人员，随时提供必要的文书服务。此外，偶尔一两次宝玉也会碰巧被抓公差，第二十八回他就被偶遇的凤姐找去写几个字：

> 宝玉吃了茶，便出来，一直往西院来。可巧走到凤姐儿院门前，只见凤姐蹬着门槛子拿耳挖子剔牙，看着十来个小厮们

挪花盆呢。见宝玉来了，笑道："你来的好。进来，进来，**替我写几个字儿**。"宝玉只得跟了进来。到了房里，凤姐命人取过笔砚纸来，向宝玉道："大红妆缎四十匹，蟒缎四十匹，上用纱各色一百匹，金项圈四个。"宝玉道："这算什么？又不是账，又不是礼物，怎么个写法？"凤姐儿道："**你只管写上，横竖我自己明白就罢了**。"宝玉听说只得写了。凤姐一面收起。

单单从这一段，就已经可以看出凤姐是认得字的，所以宝玉所写的内容以后看了便能明白其意，到了第七十四回抄检大观园时，对这一点说得更清楚：

> 凤姐因当家理事，每每看开帖并账目，也颇识得几个字了。便看那帖子是大红双喜笺帖，上面写道："上月你来家后，父母已觉察你我之意。但姑娘未出阁，尚不能完你我之心愿。若园内可以相见，你可托张妈给一信息。若得在园内一见，倒比来家得说话。千万，千万。再所赐香袋二个，今已查收外，特寄香珠一串，略表我心。千万收好。表弟潘又安拜具。"凤姐看罢，不怒而反乐。别人并不识字。……因道："我念给你听听。"说着从头念了一遍。

这种"看得懂、念得出"却"不会写"的情况，完全是合理而写实入微的，因为中文的字型有如图像，透过"看"就可以辨认其间差别，并因为常常接触而了解其意义；但"书写"却大为不同，那是一种要求更多训练的能力，有如懂得分辨许多绘画的人却无法绘出其中的任何一幅一样，连握笔都需要练习，何况笔顺的先后与线条组合的方式，都是必须一个个累积起来的苦工，非有长期的练习不可。因此，会认字并不等于能写字，不会写字的人却可以看懂粗浅的文书，曹雪芹真是对人事极其细腻的观察才能把握至此。

凤姐能认字却不会写字的状况也出现在香菱身上，第四十八回写香菱随着宝钗终于住进大观园，立即央求黛玉教她写诗，但其实，这时的香菱却仍然不太会写字。第六十二回叙及怡红院举行庆生宴，在宝玉建议行令下，大家决定以笔砚写出各色酒令，以抓阄的方式定案，此时"香菱近日学了诗，又天天学写字"，见了笔砚便图不得，连忙起座说："我写。"由此可知，"学诗""读诗"可以在"学写字"之前，或同时并行，更印证了凤姐"看得懂、念得出"却"不会写"的写实性。

但是，连香菱在读诗识字之前，都被宝玉感慨道：

> 这正是"地灵人杰"，老天生人再不虚赋情性的。我们成日叹说可惜他这么个人竟俗了，谁知到底有今日。可见天地至公。（第四十八回）

"俗"可以说是不能识字读书的必然结果，香菱如此，凤姐当然也没有例外。比较起来，同样是远离妇德的两位金钗，黛玉因为是出身书香世家，读书识字而无形中抽离了现实世界，所以偏向于性灵世界的精神层面发展；熙凤却因为未曾受到诗书陶养，故而趋向于

世俗世界的物质层面进行。参照宝钗所说的至理名言:

> 学问中便是正事。此刻于小事上用学问一提,那小事越发作高一层了。**不拿学问提着,便都流入市俗去了。**(第五十六回)

在这样的标准下,凤姐的口齿伶俐、舌灿莲花,便不免一种不登大雅的市井取笑,如宝钗笑道:

> 世上的话,到了凤丫头嘴里也就尽了。幸而凤丫头不认得字,不大通,**不过一概是市俗取笑**。更有颦儿这促狭嘴,他用"春秋"的法子,将市俗的粗话,撮其要,删其繁,再加润色比方出来,一句是一句。(第四十二回)

就此,贾母之所以会调侃熙凤"是我们这里有名的一个泼皮破落户儿,南省俗谓作'辣子'",正和她因为没有学问提着而"流入市俗",甚至变成市井泼皮破落户儿的人格特质有关,从不矫情的凤姐也自承道:"我又不作诗作文,只不过是个俗人罢了。"(第四十五回)但有趣的是,她仍想出了平生绝无仅有的一句诗,第五十回"芦雪庵争联即景诗"一段中,当时众钗准备合力联句作诗,以拈阄分出顺序,起首恰恰是李纨,闻风来到大观园吃烧烤鹿肉的凤姐也突然有了诗兴,说道:

"既是这样说，我也说一句在上头。"众人都笑说道："更妙了!"宝钗便将稻香老农之上补了一个"凤"字，李纨又将题目讲与他听。凤姐儿想了半日，笑道："你们别笑话我。我只有一句粗话，下剩的我就不知道了。"众人都笑道："越是粗话越好。你说了只管干正事去罢。"凤姐儿笑道："我想下雪必刮北风。昨夜听见一夜的北风，我有了一句，就是'一夜北风紧'，可使得?"众人听了，都相视笑道："这句虽粗，不见底下的，这正是会作诗的起法。不但好，而且留了多少地步与后人。就是这句为首，稻香老农快写上续下去。"凤姐和李婶平儿又吃了两杯酒，自去了。

取材自真情实景的"一夜北风紧"就成为凤姐平生唯一的一句创作。从这个独特的现象而言，也隐隐然证明了凤姐仍属于大观园的一员，以如此罕见的方式共襄盛举，参与了大观园的优雅诗情。

但不识字的后果，除了绝缘于诗歌风雅，语言运用的精妙高超不如黛玉春秋之法的"俗"，此外更大的缺失是一种心性的落入下乘。从凤姐与探春两人判词的异同之处，就可以清楚显示出这一点：

- 凡鸟偏从末世来，都知爱慕此生才。（熙凤）
- 才自精明志自高，生于末世运偏消。（探春）

两段诗句中，重叠一致的是"末世"与"才"，说明了这两位金钗都是贾府的治家能才，为家族的没落力挽狂澜；不同的是探春多了一个"志"字，代表一种宏伟的心志与崇高的理想，因此所见更深、更远，所为更清高、更中道，相较之下，凤姐便不免流于"有才无志"，以致出现等而下之的弄权霸道。难得的是，王熙凤也从不自欺欺人，以其高度的自知之明，对平儿坦承自己比起探春来，其实更要略逊一筹：

他虽是姑娘家，心里却事事明白，不过是言语谨慎；**他又比我知书识字，更厉害一层了。**（第五十五回）

由此可见，探春之所以能让光芒万丈的凤姐自愧不如，原因就在于"知书识字"，因之而"作高一层"之处，便是超胜于凤姐的眼光识见与人品情操，因此不像凤姐往往滑移于亦正亦邪的暧昧地带，更绝无贪酷多欲的毛病。

正因为不曾读书的这个缺陷，注定了凤姐的才华只能停留在世俗层面，缺乏升华拔高的力量，以达到秦可卿所嘱咐的救亡图存之道，虽然当下让凤姐"听了此话，心胸大快，十分敬畏"，却终究在日常琐事的耗损中，逐渐淡忘"如今能于荣时筹画下将来衰时的世业，亦可谓常保永全"的救世长策，贾府也随之失去了东山再起的机会，令人浩叹。

三、大家小姐的正统风范

但是，毕竟凤姐出身于贵族世家，迥不同于庶民阶层，更不可能是真的泼皮破落户。既然"我们的丫头,比人家的小姐还强"(第五十五回),凤姐的人格涵养中势必以大家小姐的正统风范为主要核心,那是所有正册金钗的共同基础。

(一)知礼、守礼

首先必须澄清的是,一般以为凤姐掌握贾府大权,以致嚣张霸道、任意所为,这实在是一个严重的误解。第六十八回王熙凤对尤二姐所说的一番话,清楚表明:

> 若我实有不好之处,上头三层公婆,中有无数姊妹妯娌,况贾府世代名家,岂容我到今日。

这完全是实情之言,以贾府这种注重伦理,尤其最讲孝道的世代名家,绝不可能容忍任何人的逾越分际。最关键的一大制约力量,即所谓的"三层公婆",指的是最上一代的老祖宗贾母一层、本房的贾赦与邢夫人又一层、另房的贾政与王夫人再一层,形成三道牢不可破的紧箍铁壁,都不可能让任何一个晚辈过度放纵。

以最高权威的贾母而言,对于宠溺宝玉的基本界限有一段原则性的描述,最称典型。贾母笑道:

> 可知你我这样人家的孩子们,凭他们有什么刁钻古怪的毛病儿,见了外人,必是要还出正经礼数来的。**若他不还正经礼数,也断不容他刁钻去了**。就是大人溺爱的,是他一则生的得

人意,二则见人礼数竟比大人行出来的不错,使人见了可爱可怜,**背地里所以才纵他一点子。若一味他只管没里没外,不与大人争光,凭他生的怎样,也是该打死的**。(第五十六回)

换言之,"守大"才能"忘小",此乃世家子弟的铁律,黛玉初入荣国府时目睹凤姐的"放诞无礼",就是在这样的原则之下所出现的纵容。试看小说中贾母对于凤姐的不失大体再三肯定,诸如凤姐的伶俐口齿又说得贾母与众人都笑软了,贾母笑道:

"这猴儿惯得了不得了,只管拿我取笑起来,恨的我撕你那油嘴。……明儿叫你日夜跟着我,我倒常笑笑觉的开心,不许回家去。"王夫人笑道:"老太太因为喜欢他,才惯得他这样,还这样说,他明儿越发无礼了。"贾母笑道:"我喜欢他这样,**况且他又不是那不知高低的孩子。家常没人,娘儿们原该这样。横竖礼体不错就罢**,没的倒叫他从神儿似的作什么。"(第三十八回)

这等于是对前述那一段"私下纵容"的呼应,只是对象从宝玉转向了凤姐而已。在这种稍微宽松的家居生活中,家族成员能够略减礼数的压力,创造出生活的情趣而加强彼此的情感,正是贾母的温暖胸怀所致;但不失大礼、礼体不错,始终都是不打折扣的起码界限,任何人一旦逾越都不可宽贷,这也自然并必然形成世家子弟的基本意识形态,凤姐也不例外。因此,第十五回所说:"那些村姑庄妇见了凤姐、宝玉、秦钟的人品衣服,礼数款段,岂有不爱看的?"其中展现了礼数款段之优雅风范,足以引起村姑庄妇艳羡欣赏的贾府成员,便包括凤姐在内。

后来,因为贾琏偷腥引起凤姐泼醋,夫妻勃豀之激烈惊动到了贾母,在贾母的调停之下,贾琏笑道:

"老太太的话,我不敢不依,只是越发纵了他了。"贾母笑道:"**胡说!我知道他最有礼的**,再不会冲撞人。他日后得罪了你,我自然也作主,叫你降伏就是了。"(第四十四回)

"最有礼"之说并非回护偏袒的虚言,洵为事实,从而最后当贾母欢庆八十大寿时,凤姐处置旷职无礼而得罪尤氏的婆子,却遭到其婆婆邢夫人的借机羞辱,当众受屈的凤姐忍耐到无人处才灰心哭泣,这件事终究为贾母所知,贾母一语中的指出道:

这才是凤丫头知礼处,难道为我的生日由着奴才们把一族中的主子都得罪了也不管罢。这是太太素日没好气,不敢发作,所以今儿拿着这个作法子,明是当着众人给凤儿没脸罢了。(第七十一回)

由此可见,凤姐固然因为贾母、王夫人的器重,而掌理家务充分发挥干才,但因为没有住在婆婆邢夫人所在的东大院善尽子媳之道,而引起邢夫人的不满,仍然只能忍气吞声地承受屈辱。然而这第二层、又是直属的公婆才是最终决定命运的关键,如平儿所说:"纵在这屋里操上一百分的心,终久咱们是那边屋里去的。"(第六十一回)届时的积怨势必难以消受,凤姐当然不会没有意识到这一点,平日也必须有所顾忌而小心翼翼,其为难与委屈可想而知。

再者,即使凤姐受到了王夫人的委托,成为荣国府的当家舵手,但其实真正的女主仍然是王夫人,凤姐只能算是家务的代理人或执行者,因此许多事务仍必须每日向王夫人报告或请示,重要决策必须由王夫人裁定,遇到大事更必须向王夫人负责。就这一点而言,小说中处处都有所呈现,最具代表性的是发现绣春囊事件,当时王夫人气势汹汹来到凤姐住处,喝命:

> "平儿出去!"平儿见了这般,着慌不知怎么样了,忙应了一声,带着众小丫头一齐出去,在房门外站住,越性将房门掩了,自己坐在台矶上,所有的人,一个不许进去。凤姐也着了慌,不知有何等事。只见王夫人含着泪,从袖内掷出一个香袋子来,说:"你瞧。"凤姐忙拾起一看,见是十锦春意香袋,也吓了一跳,忙问:"太太从那里得来?"王夫人见问,越发泪如雨下,颤声说道:"我从那里得来!我天天坐在井里,拿你当个细心人,所以我才偷个空儿。"……"有那小丫头们拣着,出去说是园内拣着的,外人知道,这性命脸面要也不要?"凤姐听说,又急又愧,登时紫涨了面皮,便依炕沿双膝跪下,也含泪诉道:……(第七十四回)

接着凤姐含泪为自己辩解的"这一席话大近情理",从五个方面周延地澄清了自己绝非肇事之人,王夫人因叹道:"你起来。我也知道你是大家小姐出身,焉得轻薄至此。"再度显示了大家出身的知礼守礼、不失正派,才是凤姐能够受到贾母疼爱、王夫人倚重的根本原因。但这一段情节也清楚表明,王夫人才是凤姐的直属长官,平日将繁杂的事务委由凤姐代理,但一旦发生事故,凤姐便会受到归咎责备并承担后果。并且,一旦王夫人决定亲自出面整顿家务,凤姐便必须立刻退居第二线,一切唯王夫人马首是瞻,例如针对绣春囊的搜查情弊,凤姐提出了"且平心静气暗暗访察,才得确实;纵然访不着,外人也不能知道。这叫作'胳膊折在袖内'"的正确建议,但后来王夫人却接受王善保家的献策,决定以较有杀伤力的方式抄检大观园时,凤姐也只能同意:

> 凤姐见王夫人盛怒之际,又因王善保家的是邢夫人的耳目,常调唆着邢夫人生事,纵有千百样言词,此刻也不敢说,只低头答应着。……只得答应说:"太太说的是,就行罢了。"

即此一例,就足以证明凤姐的权力是王夫人暂借给她的,可予可收,就像发放月钱一样:"这个事我不过是接手儿,怎么来,怎么去,由不得我作主。"(第三十六回)凤姐只是在受委托期间,于王夫人不过问之处尽展其才,处置办理不可能完全操之在己,其周旋的费心不言可喻。

其次,凤姐不仅只是王夫人的部分代理人,也只是贾琏的家内代理人，在男主外、女主内的性别分工之下，兼负起家务的管理，但同样地，遇到重要决策或大事仍必须向贾琏报告与取得同意，不能擅自施行。如第二十二回熙凤探问为宝钗作生日一事，贾琏回应以"往年怎么给林妹妹过的，如今也照依给薛妹妹过就是了"，可见"裁治家务"仍是由男性家长世代传承委任的职能所在，即使是王夫人，都只是性别分工下的家内代理人而已，凤姐自没有例外，甚至连为宝钗生日多增加贺仪这种小事，凤姐仍必征询贾琏的意见："讨你的口气，我若私自添了东西，你又怪我不告诉明白你了。"据此，清末评点家洪秋蕃所言："一切事权，凤姐实握之，贾琏不及也。"① 这其实是不正确的说法，也是一般读者常有的误解。

至于"上头三层公婆"之外，凤姐还提到了"中有无数姊妹妯娌"，这也是旗人风俗所特有的家庭权力结构，让凤姐所受到的制约更为多元。盖旗俗中未出嫁的小姑尊于已嫁者的家族地位，据清末徐珂记载："旗俗，家庭之间，礼节最繁重，而未字之小姑，其尊亚于姑，宴居会食，翁姑上坐，小姑侧坐，媳妇则侍立于旁，进盘匜、奉巾栉惟谨，如仆媪焉。……小姑之在家庭，虽其父母兄嫂，亦皆尊称之为姑奶奶。因此之故，而所谓姑奶奶者，颇得不规则之自由。"② 小说中也确实常常出现众姊妹坐在椅子上，嫁入贾府的凤姐、李纨、尤氏乃至王夫人却站于地下侍候的身影，显然在辈

---

① （清）洪秋蕃：《红楼梦抉隐》，第十六回末评语，冯其庸纂校订定，陈其欣助纂：《八家评批红楼梦》，上册，卷2，页353。

② （清）徐珂：《清稗类钞》第5册（北京：中华书局，2003），"旗俗重小姑"条，页2212。

分与身份上存在着与汉人不同的尊卑原则。诸如：

  1. 第三十五回王夫人上房中，贾母与薛姨妈分宾主坐了，薛宝钗、史湘云坐在下面，而"王夫人李宫裁等都站在地下看着放菜"。

  2. 第三十八回众姊开诗社作菊花诗前，设在藕香榭亭中的螃蟹宴，是"上面一桌，贾母、薛姨妈、宝钗、黛玉、宝玉；东边一桌，史湘云、王夫人、迎、探、惜；西边靠门一桌，李纨和凤姐的，虚设坐位，二人皆不敢坐，只在贾母王夫人两桌上伺候"。

  3. 第四十回写刘姥姥逛大观园时，一行人到缀锦阁听戏吃酒的摆设中，上面二榻四几是贾母、薛姨妈，下面一椅两几是王夫人的，余者都是一椅一几，分别由刘姥姥、湘云、宝钗、黛玉、迎春、探春、惜春、宝玉等人挨次坐下去，至李纨、凤姐二人之几乃"设于三层槛内，二层纱橱之外"。

  4. 第五十三回尤氏上房中，正面炕上请贾母上去坐了，地下两面相对十二张雕漆椅上让宝琴等姊妹坐了，尤氏与蓉妻捧茶奉与贾母、邢夫人与众姊妹，而凤姐、李纨等只在地下侍候。

  将这几段的座次描写统合比观，可见站着侍候的主要是凤姐与李纨二人，她们总是一体出现，若有座位也是共设于独立之一桌，且若非在西边靠门处，则在三层槛内、二层纱橱外，都位居疏远边缘的离心地带,是为卑位之所在;当女眷活动移到宁府的场合时,则站着侍候者又加入了尤氏与蓉妻。至于王夫人,有时也会出现在地下站着的行列中,但因为毕竟高长一辈,大多数时候是可以坐下来的。以上这些地下站着的女主们,她们的共通身分都是嫁入贾府的媳妇,凤姐、李纨、尤氏更是年轻一代的玉字辈妻子,都反映了旗俗中三春、宝钗等未出嫁的小姑尊于李纨、凤姐等已嫁者的家族地位,属于婚姻制度上特殊的礼法原则。无怪乎凤姐的制约除"上头三层公婆"之外,还加上了"中有无数姊妹妯娌",理由正在于此。

但最后还更应该了解到,即使是受到凤姐管辖的下位者,也会反过来构成凤姐的阻碍,这一方面是来自贾府宽柔待下的门风,以致形成了"贾府风俗,年高伏侍过父母的家人,比年轻的主子还有体面"(第四十三回)的颠倒现象,凤姐必须屈尊的对象实际上还包括这一些资深家仆;另一方面,下位者的牵制还来自于"权力"(power)的本质,当代著名评论家福柯(Michel Foucault, 1926—1984)提出的权力多向论指出,权力不可能为人们获取或分享,"权力的运用来自无数方面,在各种不平等与运动着的关系的相互影响中进行",并且"权力来自下面,从权力关系根源上说,也就是统治者与被统治者之间不存在全面彻底的两元对立",因此,一个所谓"拥有权力"的人经常会在别处受制于人,反之亦然。[1] 所以,

---

[1] Michel Foucault, "The Deployment of Sexuality," Chapter Four of *The History of Sexuality: An Introduction* (New York: Random House, 1978), I: 94-97. 引文见[法]米歇尔·福柯著,Robert Hurley 英译,谢石、沈力中译:《性史》(台北:结构群文化公司,1990),第 1 卷第 4 部分"性的展布"第 2 章"方法",页 84—85。

在人与人之间的权力关系十分错综而复杂的情况下,凤姐所面对的制约力量其实还应该包括"下有无数刁奴恶仆"。

试看第五十五回的回目便是"欺幼主刁奴蓄险心",时值探春初理家之际,"彼时来回话者不少,都打听他二人办事如何:若办得妥当,大家则安个畏惧之心,若少有嫌隙不当之处,不但不畏伏,出二门还要编出许多笑话来取笑"。这种情况其实不独探春为然,连尤三姐听了兴儿对各主子的介绍评论后,都忍不住笑道:

> 主子宽了,你们又这样;严了,又报怨。可知难缠。(第六十六回)

在刁奴难免的情况下,当家者都必然面对下位者的挑战,或者故意隐匿讯息、怠惰卸责,或者阳奉阴违、欺瞒造假,都构成了主事者的管理障碍,即使凤姐都不例外。第十六回凤姐对远行归来的贾琏报告近况,便说道:

> 你是知道的,咱们家所有的这些管家奶奶们,那一位是好缠的?错一点儿他们就笑话打趣,偏一点儿他们就指桑说槐的报怨。"坐山观虎斗","借剑杀人","引风吹火","站干岸儿","推倒油瓶不扶",都是全挂子的武艺。况且我年纪轻,头等不压众,怨不得不放我在眼里。

另外,平儿更直接对众婆娘坦言:

> 你们素日那眼里没人,心术厉害,我这几年难道还不知道?二奶奶若是略差一点儿的,早被你们这些奶奶治倒了。饶这么着,得一点空儿,还要难他一难,好几次没落了你们的口声。众人都道他厉害,你们都怕他,惟我知道他心里也就不算不怕你们呢。(第五十五回)

连鸳鸯都发出微词,指出:

> 如今咱们家里更好,新出来的这些底下奴字号的奶奶们,一个个心满意足,都不知要怎么样才好,少有不得意,不是背地里咬舌根,就是挑三窝四的。我怕老太太生气,一点儿也不肯说。不然我告诉出来,大家别过太平日子。(第七十一回)

可见凤姐所面对的奴仆绝非温驯受欺的绵羊,而是具有反噬能力的凶险豺狼,连凤姐自己都深刻觉悟到他们"暗地里笑里藏刀,咱们两个才四个眼睛,两个心,一时不防,倒弄坏了"(第五十五回),危机四伏的处境庶几近之。因此,即使平儿作为凤姐的分身,出面处理各种是非纷争时,也不得不树立威信,例如第六十一回王夫人房中发生遗失玫瑰露的偷盗之事,为了避免伤到探春,于是宝玉主动要以其宠儿的特权加以承揽,以求大事化小、小事化无,这时平儿又笑道:

> 也须得把彩云和玉钏儿两个业障叫了来,问准了他方好。不然他们得了益,不说为这个,倒像我没了本事问不出来,烦

出这里来完事,他们以后越发偷的偷,不管的不管了。

凤姐事后也说道:"宝玉为人不管青红皂白爱兜揽事情。别人再求求他去,他又搁不住人两句好话,给他个炭篓子戴上,什么事他不应承。咱们若信了,将来若大事也如此,如何治人。还要细细的追求才是。"由此可见,凤姐治家之严、处事之精,其实也是情势所逼之下的不得不然,非如此不能维持秩序、压制躁动。就此而言,凤姐的性格才干可以说是治家的绝佳人选。

(二)帐也清楚,理也公道

并且,也正因为凤姐确实"知礼""最有礼""不是那不知高低的孩子",是"大家小姐出身,焉得轻薄至此"(第七十四回)的贵族女性,因此当家理事时,才能以正服人,展现出恢宏大器的正统风范。

试看第二十回"王熙凤正言弹妒意"一段,写凤姐哄劝李奶娘以平息风波,以及喝斥赵姨娘与贾环的情节,尤其以后者最为重要。其中,凤姐对赵姨娘挑拨是非、制造仇怨,不仅不矫正还更严重地扭曲儿子的认知,有一番切中肯綮、大义凛然的指正:

> 正说着,可巧凤姐在窗外过,都听在耳内,便隔窗说道:"大正月又怎么了?环兄弟小孩子家,一半点儿错了,你只教导他,说这些淡话作什么!凭他怎么去,还有太太老爷管他呢,就大口啐他!他现是主子,不好了,横竖有教导他的人,

与你什么相干！环兄弟，出来，跟我顽去。"贾环素日怕凤姐比怕王夫人更甚，听见叫他，忙唯唯的出来，赵姨娘也不敢则声。凤姐向贾环道："你也是个没气性的！时常说给你：要吃，要喝，要顽，要笑，只爱同那一个姐姐妹妹哥哥嫂子顽。就同那个顽。你不听我的话，反叫这些人教的歪心邪意，狐媚子霸道的。自己不尊重，要往下流走，安着坏心，还只管怨人家偏心。"

"正言"才能服人，才有力量，凤姐的正言便是符合嫡庶伦理、掌握心性缺失的堂堂指责，并不是单靠权威的强硬镇压迫使对方畏惧。参照第三十六回王夫人问起丫头的月钱，凤姐做了一番详细的说明后，薛姨妈笑道：

"只听凤丫头的嘴，倒像倒了核桃车子的，只听他的**帐也清楚，理也公道**。"凤姐笑道："姑妈，难道我说错了不成？"薛姨妈笑道："说的何尝错，只是你慢些说岂不省力。"

必须说，比起超绝的治事才干，凤姐的"帐也清楚，理也公道"更是王夫人交付理家任务的重要原因，因此，第六回写王熙凤将王夫人给丫头作衣裳的二十两银子施舍予刘姥姥之事，脂砚斋即批云：

凤姐能事在能体王夫人的心，托故周全，无过不及之蔽（弊）。

事实上，这一点也同样见诸贾政之委任贾琏，第二十二回贾琏回答凤姐的"往年怎么给林妹妹过的，如今也照依给薛妹妹过就是了"两句，亦有脂砚斋批云："此例引的极是，无怪贾政委以家务也。"无不说明了贾琏、熙凤夫妻二人都是恰当的理家人选，对贾府的末世窘境竟能维系于不坠，实是功大于过。

参照第五十五回写凤姐病后，主管换人接手，然而"李纨是个尚德不尚才的，未免逞纵了下人""众人先听见李纨独办，各各心中暗喜，以为李纨素日原是个厚道多恩无罚的，自然比凤姐儿好搪塞，……因此都不在意，比凤姐儿前更懈怠了许多"，可见行处人间诚然"徒善不足以为政"，众人之事复杂纠葛，智愚贤不肖参差不齐，若非精明至极，实难以处办群体事务。再以管理最为松散失序的宁国府来看，第七十五回写尤氏洗脸，小丫鬟炒豆儿捧了一大盆温水，走至尤氏跟前，只弯腰捧着，连李纨都忍不住批评道："怎么这样没规矩。"好丫头银蝶便笑道："奶奶不过待咱们宽些，在家里不管怎样罢了，你就得了意，不管在家出外，当着亲戚也只随着便了。"相较之下，凤姐的"待下人未免太严些个"（第六回）可谓发挥了确保家族运作秩序的功能。

并且凤姐的"帐也清楚，理也公道"也一度扩及宁国府，发挥了改革整治的作用。第十三回描写贾珍商请凤姐来协理宁国府，筹办秦可卿的大殡，凤姐初掌伊始便对宁府的积弊掌握得深入肌髓：

> 这里凤姐儿来至三间一所抱厦内坐了，因想：头一件是人口混杂，遗失东西；第二件，事无专执，临期推委；第三件，

需用过费,滥支冒领;第四件,任无大小,苦乐不均;第五件,家人豪纵,有脸者不服铃束,无脸者不能上进。此五件实是宁国府中风俗。

这正是"帐也清楚"的精准表现,而凤姐对治宁府积弊的做法则是公平处置、赏罚分明,同样是"理也公道"。第十四回宁国府中都总管来升闻得里面委请了凤姐,便对家人先进行心理建设:"如今请了西府里琏二奶奶管理内事,倘或他来支取东西,或是说话,我们须要比往日小心些。每日大家早来晚散,宁可辛苦这一个月,过后再歇着,不要把老脸丢了。那是个有名的烈货,脸酸心硬,一时恼了,不认人的。"所谓的"脸酸心硬""不认人",指的都是一种不讲情面的就事论事,犹如凤姐对来升媳妇所言:

既托了我,我就说不得要讨你们嫌了。我可比不得你们奶奶好性儿,由着你们去。再不要说你们"这府里原是这样"的话,如今可要依着我行,错我半点儿,管不得谁是有脸的,谁是没脸的,一例现清白处治。……你有徇情,经我查出,三四辈子的老脸就顾不成了。

这种一律依法办理的法治精神,立刻就实行在第一个睡迷来迟的下人身上,凤姐给予毫无宽贷的惩处,有如商鞅变法时的徙木立信,对于一个混乱成习的家族风气而言,确实收到了立竿见影的效果:"这才知道凤姐利害。众人不敢偷闲,自此兢兢业业,执事保全。

不在话下。"必须说,诚如一个宁府的管家所笑道:

> 论理,我们里面也须得他来整治整治,都忒不像了。

果然,在凤姐的整治之下,"众人领了去,也都有了投奔,不似先时只拣便宜的做,剩下的苦差没个招揽。各房中也不能趁乱失迷东西。便是人来客往,也都安静了,不比先前一个正摆茶,又去端饭,正陪举哀,又顾接客。如这些无头绪、荒乱、推托、偷闲、窃取等弊,次日一概都蠲了。"正因为凤姐"筹画得十分的整肃,于是合族上下无不称叹者",这绝不是单靠杀伐决断的威猛就能办到,只有建立在"帐也清楚,理也公道"的前提下,才能威服众人、绥平四方,取得杰出的理家成绩。

持平而论,第四十五回中,当李纨以其长嫂的伦理义务、收入丰厚的经济优势,却不肯承担诗社的业余花费时,凤姐直接挑中其"怕花钱"的心理,其实是合情合理的"帐也清楚,理也公道",李纨所反击的"无赖泥腿市俗专会打细算盘分斤拨两""天下人都被你算计了去",本质上乃是恼羞成怒之下非理性的情绪化用语,高下分明。同样地,第六十五回兴儿批评凤姐说:"恨不得把银子钱省下来堆成山,好叫老太太、太太说他会过日子,殊不知苦了下人,他讨好儿。"这种说法明显是下人自私自利的片面之词,完全不顾家族的当前困境与未来绸缪,都不能作为凤姐性格的客观评述。

从历史事实的角度来看,与现代人误以为传统妇德只能以"三从"为依归不同的是,学者的研究已经指出,清代中叶的妇女在家中所扮演的角色,"助"的一面更重于"从"的一面。① 就此而言,凤姐虽然往往逾越"从"的妇德,但嫁作人妇后"助"的功劳甚大,也深获家族肯定,连小说家都在第十三回以回末诗"金紫万千谁治国,裙钗一二可齐家"给予无比的赞美,那堪比治国英雄的一二裙钗,首要的就是王熙凤。

四、孝敬爱怜的真情诚意

其实,凤姐除了"杀伐决断的威严,穿心透肺的识力,不留后路的决绝,出奇制胜的谐谑"之外,还十分善于察谅人情,尤其对于淳厚良善的人更有一种欣赏与爱护,配合"穿心透肺的识力",那孝怜慈柔的真诚只给真正值得这分温暖滋润的人,岫烟若非心性为人"温厚可疼",凤姐又岂会加倍怜惜疼爱?换句话说,要获得凤姐的温润真心,就得用自己的人品与努力去挣取,一般的庸常之辈是完全不配拥有的,包括她自己的婆婆在内。

试看刘姥姥二进荣国府时,带来枣子、倭瓜并些野菜,作为上次前来打抽丰的答谢。原本当日傍晚前就要回去,周瑞家的替她去向凤姐回报,回来时传达了凤姐的挽留,笑道:

> 二奶奶说:"大远的,难为他扛了那些沉东西来,晚了就

---

① Susan Mann, "Grooming a Daughter for Marriage: Brides and Wives in the Mid-Ch'ing Period," in Rubie S. Watson, Patricia Buckley Ebrey (ed.), *Marriage and Inequality in Chinese Society*. Berkeley: University of California Press, c1991, pp. 204-230.

住一夜明儿再去。"这可不是投上二奶奶的缘了。(第三十九回)

对这位只有一面之缘的乡下老妪,凤姐并没有轻忽或嫌弃,反倒真心感受到刘姥姥"千里送鹅毛,礼轻情意重"的善良,也体贴她一个老人家大老远地"扛了那些沉东西来"的辛劳,于是留住一晚,自有让她好好歇息,并享受一下豪门生活的好意。

此外,对于邢岫烟这位穷亲戚,凤姐也毫无贾母所说的"咱们家的男男女女都是'一个富贵心,两只体面眼'"(第七十一回)的势利,反倒以德取人、怜恤弱势。第四十九回写道:

> 从此后若邢岫烟家去住的日期不算,若在大观园住到一个月上,凤姐儿亦照迎春的分例送一分与岫烟。**凤姐儿冷眼敁敠岫烟心性为人,竟不像邢夫人及他的父母一样,却是温厚可疼的人。因此凤姐儿又怜他家贫命苦,比别的姊妹多疼他些**,邢夫人倒不大理论了。

比起迎春房中婆子丫鬟的横加欺侮、邢夫人的苛刻压榨,凤姐对岫烟的怜惜优待岂非正显出难能可贵的济困扶危?毕竟,对一个家贫命苦、连自家姑母都毫不照应的弱女子伸出援手,是得不到任何好处的。凤姐既没有势利、用心机,反倒冒着得罪婆婆的风险,为岫烟雪中送炭,便是因她深深为岫烟心性为人的温厚可疼所打动,如此说来,凤姐不但心中自有一处柔软,并且会因为碰触到人性中的美好素质而活跃起来,汩汩流淌出温情与善助。所谓的"脸酸心硬",是凤姐面对好逸恶劳、投机取巧、目无法纪之辈才会摆出的脸孔,恰如其分。

身处在深闺内阁中,凤姐的温厚待人便主要是孝敬长上、友爱小姑。仔细玩味,凤姐对贾母、王夫人的种种奉承,确实是出于真心孝顺而非算计作态,才能如此之处处周全、体贴入微。最能显示这一点的,是第五十回所描写:贾母想起姊妹们来了,便瞒着王夫人和凤姐冒雪来到大观园,和大家凑个趣儿,一语未了,忽见凤姐儿披着紫羯褂,笑嘻嘻的来了,口内说道:

"老祖宗今儿也不告诉人,私自就来了,要我好找。"贾母见他来了,心中自是喜悦,便道:"我怕你们冷着了,所以不许人告诉你们去。你真是个鬼灵精儿,到底找了我来。以理,孝敬也不在这上头。"凤姐儿笑道:"我那里是孝敬的心找了来?我因为到了老祖宗那里,鸦没雀静的,问小丫头子们,他又不肯说,叫我找到园里来。我正疑惑,忽然来了两三个姑子,我心里才明白。那姑子必是来送年疏,或要年例香例银子,老祖宗年下的事也多,一定是躲债来了。我赶忙问了那姑子,果然不错。我连忙把年例给了他们去了。如今来回老祖宗,债主已去,不用躲着了。已预备下希嫩的野鸡,请用晚饭去,再迟一回就老了。"他一行说,众人一行笑。凤姐儿也不等贾母说话,便命人抬过轿子来。贾母笑着,挽了凤姐的手,仍旧上轿,带着众人,说笑出了夹道东门。

既然"以理，孝敬也不在这上头"，则凤姐的孝敬早已超过了"理"，不仅迅速找到了私行入园的贾母，还预办了晚饭、备妥了轿子，现场更发挥机智的头脑与伶俐的口才，将贾母的单纯私行点染出"躲债"的趣味，让贾母无限喜悦，正是孝顺的最高境界。清代评点家二知道人曾说：

> 贾媪暮年，善于自娱，但情之所钟，未免烦恼。锁媪之眉者黛玉也，牵媪之肠者宝玉也，能开媪之笑口者，熙凤一人耳。①

此言甚是，而进一步必须说，凤姐之所以能"开媪之笑口"，不只是具备了"有他一人来说说笑笑，还抵得十个人的空儿"（第七十六回）的能力，更基于让她充分发展这分能力的诚挚的孝心，以此"孝敬之情"才足以超越"孝敬之理"，面面俱到。

至于对年轻的小姑们，凤姐同样是设想备至。第五十一至五十二回描述凤姐和贾母、王夫人商议道：

> "天又短又冷，不如以后大嫂子带着姑娘们在园子里吃饭一样。等天长暖和了，再来回的跑也不妨。……就便多费些事，小姑娘们冷风朔气的，别人还可，第一林妹妹如何禁得住？就连宝兄弟也禁不住，何况众位姑娘。"贾母道："正是这

---

① （清）二知道人：《红楼梦说梦》，一粟编：《红楼梦卷》，卷3，页88。

话了。……今儿我才说这话,素日我不说,一则怕逗了凤丫头的脸,二则众人不服。今日你们都在这里,都是经过妯娌姑嫂的,还有他这样想的到的没有?"薛姨妈、李婶、尤氏等齐笑说:"真个少有。别人不过是礼上面子情儿,实在他是真疼小叔子小姑子。就是老太太跟前,也是真孝顺。"

这个细心入微的建议不但立刻获得王夫人的首肯,贾母也赞许有加,即使凤姐可能也带有迎合贾母爱怜孙女的私心,但出于同样的道理,凤姐之所以能设想得如此周到,不只是具有察言观色的揣摩能力,而是具备让她充分发展这分能力的情分,因此大家才会众口一声地认定凤姐是"真疼小叔子小姑子""真孝顺"。

"真疼小叔子小姑子"的凤姐,也就必然是大观园的支持者与保护者,因此,尽管她"这几年生了多少省俭的法子",导致许多利益受损者的怨恨与诬蔑,却始终都没有动到大观园中重重叠叠的支出浪费。直到探春接手理家之责,站在改革的第一线大刀阔斧,才开始删减相关经费,此刻平儿便对探春说明道:

> 这件事须得姑娘说出来。我们奶奶虽有此心,也未必好出口。此刻姑娘们在园里住着,不能多弄些玩意儿去陪衬,反叫人去监管修理,图省钱,这话断不好出口。(第五十六回)

于公于私,凤姐终究让大观园成为府中唯一一处没有受到财务压力的乐园,物资充盈、挥霍自如,过得无忧无虑,更有甚者,她还努力在拮据的帐目中挤压出额外的挹注，第四十五回李纨对她发出最后通牒，道："我且问你，这诗社你到底管不管？"凤姐笑道：

这是什么话，我不入社花几个钱，不成了大观园的反叛了，还想在这里吃饭不成？明儿一早就到任，下马拜了印，先放下五十两银子给你们慢慢作会社东道。

这不知从何处勉强挪来的五十两，增添了大观园吟咏风华的浓厚诗情，一干姐妹更是生活在爱与美所构筑的仙境里；并且我们也不可忘记，凤姐平生唯一的一句诗，也正是在她所赞助的诗社活动中凝聚成形的。可以说，凤姐始终站在大观园这一边，担心园中姐妹们容易受寒的娇弱身体，把园外现实世界的粗粝艰难留给自己；顶抗着交织密布的枪林弹雨，守护着青春的清新纯真与诗情画意，若说凤姐是园中姐妹的异类盟友，谁曰不宜？

五、观其所使：平儿论

在凤姐所欣赏疼惜的人们中，最亲近的知己乃是平儿。她们两人是主仆，也是姐妹，更是伙伴同盟，并肩一体地披荆斩棘、同甘共苦。正如李纨所下的公论：

"可惜这么个好体面模样儿，命却平常，只落得屋里使唤。不知道的人，谁不拿你当作奶奶太太看。……我成日家和人说笑,有个唐僧取经,就有个白马来驮他;刘智远打天下,就有个瓜精来送盔甲;**有个凤丫头,就有个你。你就是你奶奶的一把总钥匙**,还要这钥匙作什么。"……宝钗笑道:"这倒是真话。我们没事评论起人来,你们这几个都是百个里头挑不出一个来,妙在各人有各人的好处。"李纨道:"……**凤丫头就是楚霸王,也得这两只膀子好举千斤鼎。他不是这丫头,就得这么周到了!**……你倒是有造化的。凤丫头也是有造化的。"(第三十九回)

凤姐既然是李纨所绝佳比喻的"真真你是个水晶心肝玻璃人",所信靠的对象便绝非庸常之辈,如脂砚斋所言:

  阿凤有才处全在择人,收纳膀背(臂)羽翼,并非一味倚才自恃者可知。这方是大才。(第五十五回批语)

而始终待在凤姐身边的平儿,便是一个百中选一的绝顶人才,才德兼备,才能担当凤姐的"总钥匙",同心协力地举起"千斤鼎",堪称凤姐成为楚霸王的最大功臣。透过这两个人的关系,更可以清楚呈现凤姐最深沉柔软的一面。

必须说,这不只是脂批所说的:"真是强将手下无弱兵。"(第十六回夹批)而是应该反过来看,如同《三国志·吴书·张温传》载将军骆统所言:

古人有言，欲知其君，观其所使，见其下之明明，知其上之赫赫。①

就平儿之心性为人来看她所衷心服侍的凤姐，便有如提供一面折射镜般，映照出凤姐较少为人所知的优点。据宝玉心中的评断是：

平儿又是个极聪明极清俊的上等女孩儿，比不得那起俗蠢拙物，……又思平儿并无父母兄弟姊妹，独自一人，供应贾琏夫妇二人。贾琏之俗，凤姐之威，他竟能周全妥贴。（第四十四回）

而背后对凤姐狠批毒评的兴儿也赞誉有加，说道：

倒是跟前的**平姑娘为人很好，虽然和奶奶一气，他倒背着奶奶常作些个好事。**小的们凡有了不是，奶奶是容不过的，只求求他去就完了。……这平儿是他自幼的丫头，陪了过来一共四个，嫁人的嫁人，死的死了，只剩了这个心腹。他原为收了屋里，一则显他贤良名儿，二则又叫拴爷的心，好不外头走邪的。……所以强逼着平姑娘作了房里人。**那平姑娘又是个正经**

---

① （晋）陈寿撰，（刘宋）裴松之注：《三国志》（北京：中华书局，1959），卷57，页1332—1333。又唐朝陈子昂《上军国利害事》亦云："谚曰：欲知其人，观其所使，不可不慎也。"（唐）陈子昂著，彭庆生校注：《陈子昂集校注》（合肥：黄山书社，2015），卷8，页1287。

人,从不把这一件事放在心上,也不会挑妻窝夫的,倒一味忠心赤胆伏侍他,才容下了。(第六十五回)

这样一个才貌俱全、才德兼备的绝好女性,人品优良,温厚慈善,却又干练非常,周全八方,竟是一个几近于完美的人物。

首先,她是一个没有私心、不要手段的正经人,并且怜贫惜弱,"背着奶奶常作些个好事",常常宽谅犯错的下人,尤其在尤二姐被赚入大观园而饱受欺压折磨一事上最是彰显。第六十九回尤二姐拉着平儿哭道:

"姐姐,我从到了这里,多亏姐姐照应。为我,姐姐也不知受了多少闲气。我若逃的出命来,我必答报姐姐的恩德;只怕我逃不出命来,也只好等来生罢。"平儿也不禁滴泪说道:"想来都是我坑了你。我原是一片痴心,从没瞒他的话。既听见你在外头,岂有不告诉他的。谁知生出这些个事来。"

当夜尤二姐自尽,到第二日早晨,丫鬟媳妇们见她不叫人,乐得且自己去梳洗,全不以为意,平儿看不过,便责备丫头们:

你们就只配没人心的打着骂着使也罢了,一个病人,也不知可怜可怜。他虽好性儿,你们也该拿出个样儿来,别太过逾了,墙倒众人推。

当平儿进来看了,发现二姐已死,不禁伤心大哭。办丧时凤姐苛扣费用,贾琏只得将尤二姐仅存的一些折簪烂花并几件半新不旧的绸绢衣裳,自己用个包袱一齐包了,也不命小厮丫鬟来拿,便自己提着来烧。平儿又是伤心,又是好笑,忙将二百两一包的碎银子偷了出来,到厢房拉住贾琏,悄递与他说:"你只别作声才好,你要哭,外头多少哭不得,又跑了这里来点眼。"平儿冒着得罪凤姐的风险,成为二姐落难后唯一的依靠,纯粹是出于对受苦者的不忍之心,令人动容。

但伴君如伴虎,只有善良人品是不足以成为凤姐的心腹的。作为一个能够在贾琏之俗、凤姐之威两方周全妥贴,"百个里头挑不出一个"的"极聪明极清俊的上等女孩儿",平儿的聪慧干练其实并不亚于凤姐。在探春初任理家之责时,不待凤姐吩咐机宜,平儿就已经做了精准的判断与恰当的反应,面对探春的强势作风稳健得体地一一回覆,以至于宝钗忙走过来,摸着她的脸笑道:

> 你张开嘴,我瞧瞧你的牙齿舌头是什么作的。从早起来到这会子,你说这些话,一套一个样子,也不奉承三姑娘,也没见你说奶奶才短想不到,也并没有三姑娘说一句,你就说一句是;横竖三姑娘一套话出,你就有一套话进去;总是三姑娘想的到的,你奶奶也想到了,只是必有个不可办的原故。……他这远愁近虑,不亢不卑。他奶奶便不是和咱们好,听他这一番话,也必要自愧的变好了,不和也变和了。(第五十六回)

探春是凤姐都承认比自己更厉害一层的非常人物,平儿却"远愁近虑,不亢不卑",转圜调和,舒缓化解了探春与凤姐之间的紧张关系,也为双方保有尊严与威信,虽无凤姐的凌厉尖锐,其功力却更为深沉有力,因为比起攻击与分裂,调解与凝聚的境界要更困难得多。

由此说来,平儿作为辅佐凤姐的股肱支柱,一则是让凤姐的惊才绝艳更加如虎添翼,一则是平准补缺、刚柔并济的均衡稳健。清代评点家涂瀛便认为:

> 求全人于《红楼梦》,其维平儿乎!平儿者,有色有才,而又有德者也。①

青山山农也赞美道:

> 平儿不矜才,不使气,不恃宠,不市恩,不辞劳怨,有古名臣事君之风。要其本领在积之以诚,而行之以礼,诚至而物无不动,礼至而人莫能陵。故以凤姐之猜疑,始尚忌之,继则安之,终且忘之,终其身油油与共,绝无纤芥之嫌,得是道以立朝,韩、彭菹醢之祸可无作也。至于见义必为,不避艰险,卒能脱巧姐于难,人谓其知不可及,吾谓其愚尤不可及。②

---

① (清)涂瀛:《红楼梦论赞·平儿赞》,一粟编:《红楼梦资料汇编》,卷3,页128。

② (清)青山山农:《红楼梦广义》,一粟编:《红楼梦资料汇编》,卷3,页214。

由此可以进一步思考的是，平儿如此厚道善良又聪慧正直，绝不乡愿甚至为虎作伥，也从不狐假虎威借机弄权，犹如其名字中的"平"字，带有公平、持平、平均、平等、平和、平实、平衡、天平之意，如何能赤胆忠心与凤姐情同姊妹、肝胆相照，成为王熙凤孤军奋战的唯一盟友与得力助手？既是彼此同声一体，却又绝非沉瀣一气、狼狈为奸的共犯结构，则王熙凤也绝非"奸雄"所能概括，其种种霸道贪狠之作为，理应有别的理解可能。

确实，凤姐与平儿是"一气"的，不仅兴儿这么说，连两人共同的丈夫贾琏生气时，都忍不住对平儿道：

> 你两个一口贼气。都是你们行的是，我凡行动都存坏心。多早晚都死在我手里！（第二十一回）

而凤姐洞察自己的处境，对于探春的继任理家特别对平儿作了一番叮嘱，其中更是视平儿如肝胆肺腑：

> "如今他既有这主意，正该和他协同，大家做个膀臂，我也不孤不独了。……回头看了看，再要穷追苦克，人恨极了，暗地里笑里藏刀，**咱们两个才四个眼睛，两个心**，一时不防，倒弄坏了。……还有一件，我虽知你极明白，恐怕你心里挽不过来，如今嘱咐你：……倘或他要驳我的事，你可别分辨，你只越恭敬，越说驳的是才好。**千万别想着怕我没脸，和他一犟**，就不好了。"平儿不等说完，便笑道："你太把人看糊涂了。

我才已经行在先,这会子又反嘱咐我。"凤姐儿笑道:"**我是恐怕你心里眼里只有了我,一概没有别人之故**,不得不嘱咐。既已行在先,更比我明白了。你又急了,满口里'你''我'起来。……过来坐下,**横竖没人来,咱们一处吃饭是正经**。"(第五十五回)

这位孤独奋斗的脂粉英雄,与她同心一体的,便只有平儿,凤姐深知平儿是"心里眼里只有了我,一概没有别人",并且可能会为了维护她而和探春争执起冲突,所以才会特别吩咐。两人之间推心置腹,凤姐让平儿走入她的内心,平儿也"我原是一片痴心,从没瞒他的话"(第六十九回),私下无人的时候,彼此还往往不拘礼数,平儿会脱口以对上不敬的第二人称"你"直呼凤姐,而凤姐虽然点出用语不当,却也并不以为意,毫无追究之心,甚至打破主仆不同桌的原则,要平儿"咱们一处吃饭",可见待平儿如亲的温暖情谊。

正因为凤姐与平儿"四个眼睛,两个心"合而为一,分享了共同的命运,也望向了同一个人生方向,当宝玉、凤姐为马道婆的魔法所祟时,平儿便是最担心受怕的一个。彼时宝玉首先发病,接着:

只见凤姐手持一把明晃晃钢刀砍进园来,见鸡杀鸡,见狗杀狗,见人就要杀人。众人越发慌了。周瑞媳妇忙带着几个有力量的胆壮的婆娘上去抱住,夺下刀来,抬回房去。**平儿、丰儿等哭的泪天泪地**。(第二十五回)

对凤姐的中邪,平儿泪水奔涌而出,天地含悲,比起黛玉为宝玉挨打而哭得"两个眼睛肿的桃儿一般"(第三十四回),实不遑多让,甚至犹有过之;不久后,凤姐更严重到即将丧命:

> 看看三日光阴,那凤姐和宝玉躺在床上,亦发连气都将没了。合家人口无不惊慌,都说没了指望,忙着将他二人的后世的衣履都治备下了。贾母、王夫人、贾琏、平儿、袭人这几个人更比诸人哭的忘餐废寝,觅死寻活。(第二十五回)

真正视二人如命、悲痛到几乎跟着陪葬的人,除贾母、王夫人是毋庸赘言,此外就属贾琏、平儿、袭人这三者,更比诸人哭得忘餐废寝,甚至觅死寻活,其椎心裂肺自是出于无限深爱。值得注意的是,这三人之中,袭人的对象固然是宝玉,而真心爱凤姐的则是贾琏、平儿。

平儿会如此之深爱凤姐,固然有一个重要的原因,即平儿身为凤姐自幼的丫头,等于和凤姐一起长大,随着陪嫁到贾府,更成为命运与共的盟友。曼素恩指出:"18世纪初,精英家庭中的女孩平均在将近十八岁的时候出嫁,成为丈夫的正妻;到了1800年,这个平均年龄则几乎降至十七岁。……在这种情况下,即使是最严格的教养过程,也无法让一名年轻女孩具备充分的能力,足以承担上述的婚姻压力,……难怪已婚妇女会与侍女发展出亲密的情感。……精英妇女在仆人的陪伴下度过大部分的时间,而少妇尤其倚赖忠心保密的女仆倾听她们充满痛楚、寂寞与孤立的故事。"① 就凤姐的案例来说，固然在亲上作亲的熟悉环境以及她自己的绝佳才干下，应付婚后的生活游刃有余，不需要平儿来分担她的婚姻压力，但彼此确实因从小一起长大而累积了深厚的特殊情谊，再加上优良品行与杰出才干足以看重与依赖，于是凤姐便将她最真挚的情感给了平儿，一起分享心里的秘密与生活的喜怒哀乐。例如，第四十九回提到湘云要来了生鹿肉，在大观园中就地野炊：

> 平儿也是个好顽的，素日跟着凤姐儿无所不至，见如此有趣，乐得顽笑，因而褪去手上的镯子，三个围着火炉儿，便要先烧三块吃。

可见主仆两人并肩淘气、携手探险玩乐的顽皮行径，其来已久，这也清楚呈现出两人休戚与共的趣味一面。

其次更应该注意的是，身为"正经人"的平儿对凤姐的挚爱，绝非出自狭隘的私情（所谓"二人份的自私"），更不是奴性的愚忠，而是深深了解凤姐的真、善、美，以及她不为人所知的委屈、牺牲与不得已，即使那种种狠辣的措施与越规的行径，多是无奈中孤军奋战所不得不施展的铁腕作为与补漏手段。试看第五十一回凤姐将自己的毛大衣给袭人穿回娘家，平儿竟顺手多拿出一件大红羽纱的，要袭人送去给贫寒的邢岫烟，凤姐笑道：

---

① ［美］曼素恩著，杨雅婷译：《兰闺宝录：晚明至盛清时的中国妇女》，第3章"生命历程"，页143—147。

> "我的东西,他私自就要给人。我一个还花不够,再添上你提着,更好了!"众人笑道:"这都是奶奶素日孝敬太太,疼爱下人。若是奶奶素日是小气的,只以东西为事,不顾下人的,姑娘那里还敢这样了。"凤姐儿笑道:"**所以知道我的心的,也就是他还知三分罢了。**"

正因为深知凤姐的"心",平儿堪称为凤姐真正的知己,既了解坚硬武装的必要,也碰触到刚强外壳下的柔软与伤痛,因怜惜同情而更生爱,由此成为凤姐的贴身助手与贴心盟友。

凤姐、平儿两人可以说是宗法上的主仆,情分上的姐妹,刚柔并济,合作无间。只有在一次特殊的状况下,平儿才受到绝无仅有的一次委屈,并且吊诡地反过来深化了双方的情感。第四十四回凤姐泼醋后与贾琏两人不好对打,便拿平儿煞性子,平儿无辜成了替罪羊,受到两人的踢打而十分委屈,但其实所有的人都了解,那是因为她和凤姐是最亲的自己人,才得以承受凤姐的冤忿之气,因此,当平儿哭得哽咽难言时,宝钗劝道:

> 你是个明白人,**素日凤丫头何等待你**,今儿不过他多吃一口酒。他可不拿你出气,难道倒拿别人出气不成?别人又笑话他吃醉了。你只管这会子委曲,**素日你的好处**,岂不都是假的了?

袭人也笑劝道:"二奶奶素日待你好,这不过是一时气急了。"甚且平儿自己也完全不怪罪凤姐,说道:"二奶奶倒没说的,只是那淫妇治的我,他又偏拿我凑趣,况还有我们那糊涂爷倒打我。"等到次日,贾母便主持公道,命凤姐儿来安慰她:

> 平儿忙走上来给凤姐儿磕头,说:"奶奶的千秋,我惹了奶奶生气,是我该死。"**凤姐儿正自愧悔昨日酒吃多了,不念素日之情**,浮躁起来,为听了旁人的话,无故给平儿没脸。今反见他如此,又是惭愧,又是心酸,忙一把拉起来,落下泪来。平儿道:"我伏侍了奶奶这么几年,也没弹我一指甲。就是昨儿打我,我也不怨奶奶,都是那淫妇治的,怨不得奶奶生气。"说着,也滴下泪来了。

在这些对话描述中,一共出现四次"素日",可见凤姐、平儿的情分既深且久,人所共知,从而这是凤姐在整部小说中唯一一次因愧疚自悔而落泪。其他为数极少的落泪情况,一次是第七十一回贾母生日时,捆送了失礼无法的下人治罪,邢夫人借题发挥,故意当众加以羞辱,导致凤姐"当着许多人,又羞又气,一时抓寻不着头脑,憋得脸紫涨",只能赌气躲回房里背着人偷偷哭泣;一次是第七十四回王夫人拿着绣春囊向她问罪,凤姐不禁"又急又愧,登时紫涨了面皮,便依炕沿双膝跪下,也含泪诉道",为自己辩解澄清。此外的情况则是有感于自己的委屈,包括贾琏偷腥事件平息后,回到房内的凤姐悲切痛心,道:"那淫妇咒我死,你也帮着咒我。千日不好,也有一日好。可怜我熬得连个淫妇也不如了,我还有什么脸来过这日子？"说着，又哭了。（第四十四回）但前两次都是受到长辈的无端冤屈，因此都伴随着脸面紫涨；后者则是对自己苦心为人媳、深情为人妻的努力付出深感不值，更因丈夫的背叛而尊严尽失，哭的是自己的悲哀；唯独平儿无端受到迁怒的这一次，凤姐是发自内心为别人感到深深愧疚自责。由整个场景来看，平儿能让凤姐又是惭愧、又是心酸，双双对泣，足见素日的情深意重。

也正因为"主仆之理""姊妹之情"的情深义重，因此，当贾琏偷情被凤姐逮个正着，两夫妻激烈争吵却又不好对打，故而转向平儿发泄，无辜被打了两下、责骂了两句的平儿便委屈得哭到哽咽难抬，家中上下也都为平儿感到疼惜不忍，凤姐自己更是惭愧万分，形成了内疚至极的心理弱点，而这一次的亏欠，也创造了他人唯一可以攻其心防的绝佳把柄，最典型的是被李纨用来当作争取诗社财源的筹码。

第四十五回李纨带领众小姐向王熙凤要钱，垫补诗社的东道花费，被凤姐一番话挑明她的财务隐私，并直指其吝惜花费的隐衷，所谓："亏你是个大嫂子呢！……这会子他们起诗社，能用几个钱，你就不管了？……这会子你怕花钱，调唆他们来闹我，我乐得去吃一个河涸海干，我还通不知道呢！"李纨听了，恼羞之下气急败坏而口不择言，所谓：

你们听听，我说了一句，他就疯了，说了两车的无赖泥腿市俗专会打细算盘分斤拨两的话出来。这东西亏他托生在诗书大宦名门之家做小姐，出了嫁又是这样，他还是这么着；若

是生在贫寒小户人家，作个小子，还不知怎么下作贫嘴恶舌的
呢！天下人都被你算计了去！昨儿还打平儿呢，亏你伸的出手
来！那黄汤难道灌丧了狗肚子里去了？气的我只要给平儿打抱
不平儿。……你今儿又招我来了。给平儿拾鞋也不要，你们两
个只该换一个过子才是。

一般红学家对这段情节所蕴含的意义，历来都是正面肯定的赞誉有加，如清代评点家的认知是：

以谑代骂，令人胸中一快，不特为平儿吐气也，真抵得骆临川讨武后一檄。**此日李纨独豪爽，凤姐独和软，皆为仅见。**①

但其实李纨的反击实在称不上高明，完全是诉诸情绪化的詈骂，并且转移阵地、避重就轻，等于间接承认凤姐的算盘无误；只是李纨之所以赢得最后的胜利，让凤姐承诺拿出五十两银子，关键在于采用了"攻心为上"的策略，也就是牵扯平儿无辜挨打的事，以一种具有舆论支持的义愤而占了上风，并且碰触到凤姐深深愧疚的痛处，于是从原来平白要钱的不合理转为替平儿讨公道的正当性，巧妙置换之后，才使得凤姐义正词严的气势"和软"下来，忙笑道：

---

① 冯其庸纂校订定，陈其欣助纂：《八家评批红楼梦》，第四十五回眉批，中册，卷5，页1079。

"竟不是为诗为画来找我,这脸子竟是为平儿来报仇的。竟不承望平儿有你这么一位仗腰子的人。早知道,便有鬼拉着我的手打他,我也不打了。平姑娘,过来!我当着大奶奶姑娘们替你赔个不是,担待我酒后无德罢。"说着,众人又都笑起来了。

由此可见,平儿并不因为身为仆妾而受轻视践踏,反倒在情感上、道义上都拥有平等的待遇,凤姐会因为一时的迁怒而愧疚不舍,众人也会为无辜的平儿打抱不平,以致甚至出现凤姐反过来"倒央告平姑娘""这样一个夜叉,怎么反怕屋里的人"的颠倒,正如兴儿所言:"这就是俗语说的'天下逃不过一个理字去'了。"(第六十五回)所谓的"理",指的就是超越了身分地位的是非公道。

就此而言,诚如学者的研究所指出,家长制教化性的权力(paternalism)诚如费孝通所说,是既非民主又异于不民主的专制,且这种权力亦非剥削性的;主仆关系形同父子,各有其义务与报答。① 更正确地说,除了"理"之外,"情"更是一种超越了身分地位的力量,凤姐与平儿的关系是姊妹情深,是同甘共苦的至亲,比夫妻更可靠,比家人更紧密,因此合作无间。

---

① 居蜜:《安徽方志、谱牒及其他地方资料的研究》,《汉学研究》第3卷第2期(1985年12月),页84。

六、逸才逾蹈的出轨与反思

必须承认,王熙凤得势后确实不免出现若干滥权越职的现象,成为探春口中"素日当家使出来的好撒野的人"(第五十六回),其"逸才逾蹈"(第五十六回脂批)之处,也成为品格上的争议点。不过,小说家的洞察人性从未落入简单化,王熙凤这位精彩绝伦的人物亦然,不如说,"复杂性"在她的身上尤其显出奥妙,褒贬得失都不是可以轻易地一概而论。

(一)权

首先,凤姐在小说中最主要的形象特征,便是受托于王夫人代理治家之务后,在展现非凡的干才之际也同时享受权力快感,这一点尤其在承办可卿丧礼一事上最是明显:

- 凤姐素日最喜揽事办,好卖弄才干,虽然当家妥当,也因未办过婚丧大事,恐人还不伏,巴不得遇见这事。今见贾珍如此一来,他心中早已欢喜。(第十三回)
- 凤姐儿见自己威重令行,心中十分得意。……刚到了宁府,荣府的人又跟到宁府;既回到荣府,宁府的人又找到荣府。凤姐见如此,心中倒十分欢喜,并不偷安推托,恐落人褒贬,因此日夜不暇,筹画得十分的整肃。(第十四回)

以至于下人说她"多事逞才""说一是一,说二是二,没人敢拦他"

(第六十五回),连其本房婆婆邢夫人都不满地说:

> 一对儿赫赫扬扬,琏二爷凤奶奶,两口子遮天盖日,百事周到。(第七十三回)

隐隐然带有耀武扬威的讽意。这固然不尽公平,却也部分地触及凤姐争强好胜的一面,因此,第二十四回说"贾芸深知凤姐是喜奉承尚排场的",第四十三回因贾母为凤姐大肆庆生,尤氏也笑道:

> 你瞧他兴的这样儿!我劝你收着些儿好。**太满了就泼出来了。**

又第四十四回夫妻二人因为贾琏偷腥而兴起严重勃豁,发生持剑追杀的荒唐戏码,整个过程中,贾母对贾琏啐道:

> 下流东西,灌了黄汤,不说安分守己的挺尸去,倒打起老婆来了!**凤丫头成日家说嘴,霸王似的一个人,**昨儿唬得可怜。要不是我,你要伤了他的命,这会子怎么样?

贾琏一肚子的委屈,不敢分辩,只认不是。事件平息后二人回房,凤姐犹然不甘地责问贾琏,并且委屈落泪,贾琏乃说道:

> 你还不足?你细想想,昨儿谁的不是多?今儿当着人还是

我跪了一跪，又赔不是，你也争足了光了。这会子还叨叨，难道还叫我替你跪下才罢？**太要足了强也不是好事。**

说得凤姐儿无言可对，平儿也嗤的一声笑出来。这些"太满了就泼出来了""霸王似的一个人""太要足了强"的用语，无不显示凤姐于充分实践才能的过程中，也确实不免因为品尝到市俗层面的权力滋味，以致太过。第十五回凤姐听了净虚老尼的激将话，便发了兴头说道："你是素日知道我的，从来不信什么是阴司地狱报应的，凭是什么事，我说要行就行。"故该回回目就定为"王凤姐弄权铁槛寺"，"弄权"即是凤姐太过的一面。

不过，既然凤姐并没有受过良好的正统教育，本就不宜以儒家的君子标准加以要求；对于一般人而言，在劳心费神地牺牲奉献，又确实取得非他人所能及的杰出成果，并且没有额外的好处回馈之际，从施展才干的过程中享受一种自我肯定的心理满足，也只能算是人情之常，算不上是凤姐的罪咎。君不见，世间多少弄权者尽收各种金钱利益，却少有真才实力，更毫无尽心尽力的贡献，比较起来，凤姐"并不偷安推托，恐落人褒贬，因此日夜不暇，筹画得十分的整肃"，其高贵实远远过之，相差不可以道里计。

其次，更应该注意的是，凤姐在享受权力快感而或不免"逸才逾蹈"的时候，其实都一直没有被权力腐化，即使生病后交出治家之权，也从未因为恋栈不舍而产生失落感，或对新任的主管产生嫉妒乃至加以掣肘，反倒叮嘱平儿处处配合新政，甚至不惜灭自己的威风，让探春能够迅速地成功树立威信，顺利进行改革治事的任

务,这正是来自大公之心。凤姐说得很清楚:

> 这正碰了我的机会,我正愁没个膀臂。……如今他既有这主意,正该和他协同,大家做个膀臂,我也不孤不独了。按正理,天理良心上论,咱们有他这个人帮着,咱们也省些心,于太太的事也有些益。(第五十五回)

其中显示出凤姐之所以有意联合探春作为膀臂,所考虑的重点有二:一是自己省些心,减少繁忙操劳并降低人际紧张的程度,二是对王夫人有些益,也就是增加对家务的贡献,此外并没有涉及权、钱之类个人的实质好处,可以说是纯然从公设想,正所谓"按正理,天理良心"。因而当探春在管家后立刻推行新政,给予平儿具有下马威之意的镇压时,凤姐何等聪明,既能充分理解探春的用意而不加责怪,甚且对探春的"更厉害一层"击节赞赏,并进一步暗中给予支持辅助,若非从公设想,焉能至此?

凤姐绝非贪恋权势的一般庸人,其正远大过于邪,因此,与其说凤姐是在享受权力快感,不如说是在领略自我实现的满足感,适足以晋身于正册的十二金钗中。

(二)财

凤姐之为人诟病者,除"好权"之外,便是贪财,其根据在于包揽讼事、收受贿银,尤其是放高利贷一事。包揽讼事之举见诸下文,此处先谈高利贷的是非问题。

一般都以现代的观点,认为高利贷乘人之危的性质而指责王熙凤的道德缺失,然而,从小说中相关的三段描述仔细推敲,参照清代贵族的经济制度,恐怕并非如此。凤姐放高利贷,首先出现在第十六回:

> 这里凤姐乃问平儿:"方才姨妈有什么事,巴巴打发了香菱来?"平儿笑道:"那里来的香菱,是我借他暂撒个谎。奶奶说说,旺儿嫂子越发连个承算也没了。"说着,又走至凤姐身边,悄悄的说道:"奶奶的那利钱银子,迟不送来,早不送来,这会子二爷在家,他且送这个来了。幸亏我在堂屋里撞见,不然时走了来回奶奶,二爷倘或问奶奶是什么利钱,奶奶自然不肯瞒二爷的,少不得照实告诉二爷。我们二爷那脾气,油锅里的钱还要找出来花呢,听见奶奶有了这个梯己,他还不放心的花了呢。所以我赶着接了过来,叫我说了他两句,谁知奶奶偏听见了问,我就撒谎说香菱来了。"

从这一段情节,可知平儿确实是凤姐的好姊妹、好伙伴,替凤姐担任绝佳的屏障,避免后患;其次,贾琏与凤姐这一对夫妻也确实不是同床异梦、各怀鬼胎,只要贾琏询问,凤姐也绝不隐瞒,诚为开诚布公的伴侣,无怪乎当凤姐为马道婆的魔法作祟而几乎丧命时,哭到忘餐废寝,甚至觅死寻活的诸人之中,就包括了贾琏。但平儿之所以要帮着凤姐隐瞒有这一笔利息收入,原因在于贾琏的性格是"油锅里的钱还要找出来花呢,听见奶奶有了这个梯己,他还不放心的花了呢"，如此一来，将这得来不易的开源收益加以挥霍，岂不白费凤姐的苦心？因此属于防漏节流的措施。再从平儿愿意积极地为凤姐守密，已经可以略窥这并不是一件罪大恶极的坏事。

至于凤姐用来放贷的本钱，主要是代理经手的月钱，也就是府中成员每个月的零用钱。第三十九回平儿悄悄告诉袭人道：

"这个月的月钱，我们奶奶早已支了，放给人使呢。等别处的利钱收了来，凑齐了才放呢。因为是你，我才告诉你，你可不许告诉一个人去。"袭人道："难道他还短钱使，还没个足厌？何苦还操这心。"平儿笑道："何曾不是呢。这几年拿着这一项银子，翻出有几百来了。他的公费月例又使不着，十两八两零碎攒了放出去，只他这梯己利钱，一年不到，上千的银子呢。"袭人笑道："拿着我们的钱，你们主子奴才赚利钱，哄的我们呆呆的等着。"

这段对话中有几个值得注意的重点，其一，凤姐固然利用了时间差，以别人的月钱赚取利银，但她自己也同样将自己零零碎碎的月钱积攒下来，并没有独自挥霍，堪称公平。其次，放账的利息虽然不低，却也绝非高得过分，据潘敏德研究典当业，"清末的生息款项，大部分地区都以月利百分之二至百分之三之间，很少有超过百分之四。至于当铺每年的纯利，较保守的估计，晚清典当获得百分之二十的纯利"。① 类似地，"宗室与北京市民间的借贷金额和利息，多数月息为二分"。② 从历代借贷市场的资金供求行情来看，这其实是合理的利率，甚至不能称为高利贷。而凤姐单单这一项利钱竟可有高达一年上千两银子的进帐，其实是贾府上下所发放的月钱总额就十分惊人，而不是来自过分的高利。

贾府的成员包括"三四百丁"（第六回），"上上下下，就有几百女孩子"（第五回），"家里上千的人"（第五十二回），其中各个等级的人都有多寡不等的月钱，清代评点家姚燮对此作过一番统计，指出：

> 论月费一项，王夫人月例每月二十两，李纨每月月银十两，后又添十两，周、赵二姨每月二两，贾母处丫头每人每月一两，外钱四吊，宝玉处大丫头每人月各一吊，小丫头八人每人月各五百，其余各房等皆如例，即此一项，其费已侈矣。③

由此可见，这笔月钱总额才是凤姐放账得以获取高收益的原因。更重要的是，放高利贷并不是逾越道德法律的不当行为，回到清代贵

---

① 参见潘敏德：《中国近代典当业之研究（1644—1937）》（台北：台湾师范大学历史研究所专刊 [13]，1985），第 5 章"典当业资本、利息、成本及利润之研究"，页 297—305。
② 两段引文见赖惠敏：《天潢贵胄——清皇族的阶层结构与经济生活》，第 6 章"皇族的经济生活"，页 291、294。
③ （清）姚燮：《读红楼梦纲领》，一粟编：《红楼梦资料汇编》，卷 3，页 165。

族的历史现场,历史学的研究指出:"由于清朝禁止皇族及八旗兵丁经营工商业,所以皇族经商记录并不多见,从档案中看到他们在清代初期经营的项目主要是当铺、钱庄。……清代皇帝的内务府开设当铺,在公主下嫁或皇子分府时赏给当铺,如荣安固伦公主下嫁时恩赏当铺一座,每月房租银一百三十两。庄静固伦公主出嫁时恩赏克勤当铺一座。"① 可见当铺、钱庄的经营本就是皇族主要的商业活动,甚至成为公主的嫁妆,非但不是邪恶的行当,反倒是光明正大、显贵尊荣的。至于与皇室关系密切的内务府,"内务府有些积蓄的旗人,开古玩铺、饭店、茶铺等消费性行业;也有经营当铺、钱庄等金融高利贷的。"② 可见这是当时的社会常态,并不是凤姐的利欲熏心、铤而走险,因此,当袭人听了平儿解释后的笑谈,也只是轻松抱怨月钱被拖延发放以致呆等,完全没有指控的意味。此所以第七十二回第三次出现凤姐放高利贷时,凤姐会对旺儿家的说道:

"说给你男人,外头所有的账,一概赶今年年底下收了进来,少一个钱我也不依的。我的名声不好,再放一年,都要生吃了我呢。"旺儿媳妇笑道:"奶奶也太胆小了。谁敢议论奶奶,

---

① 赖惠敏:《天潢贵胄——清皇族的阶层结构与经济生活》,第6章"皇族的经济生活",页289—290。

② 《满族社会历史调查资料》,"辛亥革命前后京旗阶级分化的加剧"。参见赖惠敏:《清代的皇权与世家》,第8章"铁杆庄稼?清末内务府辛者库人的家户与生计",页288。

若收了时,公道说,我们倒还省些事,不大得罪人。"

"谁敢议论奶奶"正说明了放账本身是没有太大问题的,只是以一介女流涉足营利之事,有失诗书大宦名门出身的闺阁身份,才会导致"名声不好"。

但凤姐之所以还要冒着名声不好的风险,逾越闺阁分际如此操办放贷之事,如袭人所质疑的:"难道他还短钱使,还没个足厌?何苦还操这心。"连贾府中的重要成员都难免有此困惑,局外人就更容易以"还没个足厌"加以嘲讽了。但实情绝非如此。固然凤姐家道殷实、嫁妆丰厚,因此保有一大笔的私房钱,如第十五回凤姐道:

便是三万两,我此刻也拿的出来。

第七十二回贾琏也笑说:

"你们这会子别说一千两的当头,就是现银子要三五千,只怕也难不倒。我不和你们借就罢了。这会子烦你说一句话,还要个利钱,真真了不得。"凤姐听了,翻身起来说:"**我有三千五万,不是赚的你的**。……我们王家可那里来的钱,都是你们贾家赚的。别叫我恶心了。你们看着你家什么石崇邓通。把我王家的地缝子扫一扫,就够你们过一辈子呢。说出来的话也不怕臊!现有对证:把太太和我的嫁妆细看看,比一比你们的,那一样是配不上你们的。"

可见凤姐确实坐拥三五万两的丰厚私产,来自庞大的嫁妆,她自己并不短钱使。然而,贾家的开销用度太过惊人,而且漏洞百出,往往必须挖肉补疮地勉强平衡,以致需钱孔急,不得不出此下策。导致如此窘况的原因有二:

一方面,在清朝一般的世袭爵位都是随代降等承袭的情况下①,"国公"等级的贾家也不例外,而一旦降等,各种财源就会相应地缩减,因此后代的子孙就必须俭省,才能收支平衡。可是,贾府并没有做到这一点,原因并不是一般所以为的奢靡成性、挥霍无度,试看第五十五回凤姐向平儿所笑道:

> 你知道,我这几年生了多少省俭的法子,一家子大约也没个不背地里恨我的。我如今也是骑上老虎了。虽然看破些,无奈一时也难宽放。二则家里出去的多,进来的少。凡百大小事仍是照着老祖宗手里的规矩,却一年进的产业又不及先时。多省俭了,外人又笑话,老太太、太太也受委屈,家下人也抱怨刻薄;若不趁早儿料理省俭之计,再几年就都赔尽了。

---

① 史载:"顺治六年,复定为亲、郡王至奉恩将军凡十二等,有功封,有恩封,有考封。惟睿、礼、郑、豫、肃、庄、克勤、顺承八王,以佐命殊勋,世袭罔替。其他亲、郡王,则世降一等,有至镇国公、辅国公而仍延世赏者。若以旁支分封,则降至奉恩将军,迨世次已尽,不复承袭。"(清)赵尔巽等撰:《清史稿》,卷161"皇子世表一",页4701。另参金寄水、周沙尘:《王府生活实录》,第1章"概述",页14。

可见"日用排场费用"之所以会造成问题，关键在于到了宝玉这一代时，其收支比例严重地不足以支应其原本规模——所谓"凡百大小事仍是照着老祖宗手里的规矩"，但这时"一年进的产业又不及先时"，才导致"出去的多，进来的少"的财务缺口。换句话说，"出去的多"是因为延续贾母那一代的等级规模，"进来的少"则来自于随代降等袭爵后的收入缩减，以致入不敷出的窘迫，因此，"出去的多，进来的少"这样巨大的财务缺口，其实是来自制度所造成的结构性问题，而不是一般意义的奢靡。但若是将省俭的措施雷厉风行，以达到收支平衡，贾母、王夫人等受过大荣华富贵的长辈便要受委屈，也非子孙的孝养之道，再加上"外人笑话""下人抱怨"的多方顾忌，这便是贾府所面临的道德上的难题，也是王熙凤理家的为难所在。

从这个角度来说，贾府的庞大支出并不完全都是因为道德出了问题，吊诡的是，其中反倒有一个原因是为了崇高的道德要求，也就是对孝道的坚持，才使得入不敷出的窘境更难以改变。如此一来，"末世"就不是对贵族的抨击，也包含对贵族的怜惜，末世并不是全然的灰暗，却依然绽放出另一种光辉，展现的是末世的悲壮，而凤姐的杰出也更加耀眼。

贾府原本就存在着家庭内部必须日常支应"上千的人"的庞大用度，以最寻常微小的鸡蛋为例，第六十一回厨娘柳家儿道："就是这样尊贵。不知怎的，今年这鸡蛋短的很，十个钱一个还找不出来。昨儿上头给亲戚家送粥米去，四五个买办出去，好容易才凑了二千个来。"即使以最便宜的价格计，聚沙成塔，二千个鸡蛋都是一笔数目，何况此时行情飙高到一个十钱，二千个就是两万钱，若再加上其他林林总总的各种食材，单单一日三餐就所费不赀，何况吃饭之外还有数不尽的开销？清代评点家周春便说："柳家的鸡蛋开销十个钱一个，即此一端，宜十年而花百万也。"① 另外，姚燮也对贾家的各项支出做过一番整理，历历可见各种费用十分惊人，包括：

> 两府中上下内外出纳之财数，见于明文者，如芹儿管沙弥道士每月供给银一百两；芸儿派种树领银二百两；给张材家的绣匠工价银一百二十两；贵妃送醮银一百二十两；金钏死，王夫人赏银五十银；王夫人与刘老老二百两；凤姐生日凑公分一百五十两有余；鲍二家死，琏以二百两与之，入流年账上；诗社之始，凤姐先放银五十两；贾赦以八百两买妾；度岁之时，以碎金二百五十三两六钱七分，倾压岁锞二百二十个；乌庄头常例物外缴银二千五百两，东西折银二三千两；袭人母死，太君赏银四十两；园中出息，每年添四百两；贾敬丧时，棚杠、孝布等共使银一千一百十两；尤二姐新房，每月供给银十五两；张华讼事，凤姐打点银三百两，贾珍二百两，凤又诒尤氏银五百两；金自鸣钟卖去银五百六十两；夏太监向凤姐借银二百两；金项圈押银四百两；……无论出纳，真书中所云如淌海水者。宜乎六亲同运，至一败而不可收也。②

---

① （清）周春：《阅红楼梦随笔》，一粟编：《红楼梦资料汇编》，卷3，页74。
② （清）姚燮：《读红楼梦纲领》，一粟编：《红楼梦资料汇编》，卷3，页165—166。

所谓"出去的多"已经到了"淌海水"的地步,其财务缺口之巨大远超乎小门小户者的想象。

另一方面,不仅是维持原有的排场所需,还有许多其他莫名的、偶发的支出,因此贾府除了项目明确的核支之外,还编列有用以弹性支出的"流年帐",而姚燮的这一篇账目中,其实大部分都属于这一类。第四十四回提到,趁着凤姐庆生时与贾琏偷情的鲍二媳妇吊死了,她娘家的亲戚要告官,管家大娘林之孝家的"和众人劝他们,又威吓了一阵,又许了他几个钱,也就依了",在王熙凤坚拒花钱消灾的强硬态度下,贾琏私下和林之孝商议,派人去许了二百两发送才罢,"贾琏又命林之孝将那二百银子入在流年账上,分别添补开销过去",可见这笔无中生有的花费,就以做帐的方式应付过去。再如第四十五回李纨不肯承担诗社的花费,于是率领众钗到凤姐处要钱,凤姐只好承诺给出五十两,这笔缺乏正当名目的支出,理应也是只能用此一方式处理。还有,元春封妃之后,又直接带来更多的巨额花费,包括宫中太监的虚索无度,第七十二回写几个太监几番上门成百成千地有借无还,以致贾琏皱眉感叹道:"又是什么话,一年他们也搬够了。……这会子再发个三二百万的财就好了。"如此种种,形同雪上加霜,经济窘境更是沉疴难解。

这些家务支出当然不能要求凤姐拿出私房钱来垫补,既然犹如旺儿媳妇所言:"那一位太太奶奶的头面衣服折变了不够过一辈子的,只是不肯罢了。"(第七十二回)当大家都自私为己,不肯同舟共济,又如何能够强求凤姐一人无私奉献?何况即使凤姐愿意彻底牺牲,那三五万两的嫁妆私产其实也应付不了多久,等于泥牛入海,无济于事。于情于理,凤姐都没有自掏腰包的义务或责任。然则,为了"出去的多,进来的少"所造成的巨大财务缺口,凤姐身为当家理事的主管者,仍然必须承担填补的工作,而她以一受限于闺阁的女性,缺乏出去立一番事业的机会,开源之道也就只有放账一途,"还没个足厌"实为客观情势所逼,并非个人品德差池所致。因此,传统评论仅看到凤姐放账的过失等方面,或批评:"王凤姐无德而有才,故才亦不正。"[①] 或声称:"王熙凤是一大材料,惜乎用之不当。若以束缚行其驰骤,心术准于公忠,岂惟治家好手。"[②] 实流于片面而有失公允,而读者责以王熙凤的"贪婪、放高利贷、当司法黄牛、拿回扣"等罪名,更很大的成分是局外人不知当事者之艰苦的风凉话,不足为训。

(三) 欲

所谓"食、色,性也"(《孟子·告子》),性欲作为本能欲望的内容之一,往往在"流入市俗"后成为被夸大、渲染的纵欲表征,小说家也透过隐微的笔墨,对凤姐这位"泼皮破落户儿"巧妙呈现其强大旺盛的原始生命力。

最早也具有争议的一段,是第七回"送宫花贾琏戏熙凤"所描述:

> 周瑞家的悄问奶子道:"姐儿睡中觉呢?也该清醒了。"奶

---

① (清) 王希廉:《红楼梦总评》,一粟编:《红楼梦资料汇编》,卷3,页150。
② (清) 赵之谦:《章安杂说》,一粟编:《红楼梦资料汇编》,卷4,页376。

子摇头儿。正说着,只听那边一阵笑声,却有贾琏的声音。接着房门响处,平儿拿着大铜盆出来,叫丰儿舀水进去。平儿便到这边来,一见了周瑞家的便问:"你老人家又跑了来作什么?"周瑞家的忙起身,拿匣子与他,说送花儿一事。

脂砚斋就此提示道:

> 阿凤之为人岂有不着意于风月二字之理哉。若直以明笔写之,不但唐突阿凤声价,亦且无妙文可赏。若不写之,又万万不可。故只用"柳藏鹦鹉语方知"之法,略一皴染,不独文字有隐微,亦且不至污渎阿凤之英风俊骨。所谓此书无一不妙。

可见"贾琏戏熙凤"指的是房中风月之事,平儿拿大铜盆出来叫人舀水进去,便与此有关。固然夫妻敦伦是在合法关系里的正当行为,侍妾丫鬟的参与其中也是当时的常态,但此处的悖德争议来自于"时间"的不恰当,以致触犯了"白日性交的禁忌"。学者指出:在性禁忌方面,"性行为的罪恶感,或者是认为性行为是一种见不得人的欢愉,导致了人们对光的禁忌,尽管近现代人们已开始意识到视觉在性行为中的作用,但在传统社会中,性是绝对禁光的,一般人只习惯在黑暗中性交,因而受传统观念影响的人们对在白日性交也是多少存在一些心理禁忌的"。^①据此来说,贾琏、熙凤夫妻二

---

① 李楯:《性与法》(郑州:河南人民出版社,1993),页282。

人便是打破禁忌。

接着，第二十三回又涉及夫妻的闺房隐私，贾琏道：

"果这样也罢了。只是昨儿晚上，我不过是要改个样儿，你就扭手扭脚的。"凤姐儿听了，嗤的一声笑了，向贾琏啐了一口，低下头便吃饭。贾琏已经笑着去了。

此处已无禁忌问题，但从作者一再刻意着墨于此，展现凤姐的风月面相，可见其中必有深意，为凤姐增添了形而下的欲望扩张的另一层次。但应该注意的是，这几段情节除展现凤姐原始本能的一面之外，也间接暗示了琏、凤夫妻二人水乳交融的某种契合，彼此之间并非只有提防猜忌，也不是貌合神离，恰恰相反，就像所有的夫妻一样，因为过于亲近密切而难免摩擦，从而有时发生矛盾，爱恨交织。由此才可以理解，何以第二十五回宝玉、凤姐为马道婆的魔法所祟而几乎致命的时候，"更比诸人哭的忘餐废寝，觅死寻活"的几人之中就包括了贾琏，则对凤姐的悲之切，也证明了爱之深。所谓"清官难断家务事"，这对夫妻的恩怨纠葛正是如此。

（四）妒

也正因为深爱，以致不能容忍与人分享丈夫，妒就由此而生。只是凤姐身为女性的嫉妒，已强烈到超出传统妇德甚远的地步，贾琏说她是"醋罐"（第二十一回），兴儿则更为夸大，说："人家是醋罐子，他是醋缸醋瓮。凡丫头们二爷多看一眼，他有本事当着爷打个烂羊头。"(第六十五回)以如此强烈的醋意为动力,配合强悍刚硬的杀伐性格,则形成了泼妒的作风。就此而言,贾琏所偷娶的尤二姐"以为贾琏是终身之主了,凡事倒还知疼着痒。若论起温柔和顺,凡事必商必议,不敢恃才自专,实较凤姐高十倍"(第六十五回),更突显出凤姐的阳性特质。

参照明代吕坤《闺戒》中,曾以三十七首《望江南》讽刺鞭挞三十七种类型妇女,其中有几种恰是王熙凤的写照,包括:

> 泼恶妇,一味性刚强。抬头撞脑凶如虎,拿刀弄杖狠如狼。动滩哭一场。(其一)
> 残刻妇,心狠似豺狼。打人恶打人头脸,骂人先骂他爷娘。第一不贤良。(其三)
> 强悍妇,性儿好纵横。不拘甚事他张主,就是男儿敢硬争。谁家父母生。(其五)
> 险毒妇,一味蛇蝎心。气他旺相嫌他有,坏他声名破你亲。暗剑会杀人。(其十三)
> 彰精妇,一世好失番。唬鬼瞒神通外手,偷东摸西放私钱。吃亏不敢言。(其十五)
> 嫉妒妇,生就没良心。眼热怎能合婢妾,性专那管绝儿孙。嚷闹碜杀人。(其二十)[1]

---

[1] (明)吕坤撰、王国轩、王秀梅整理:《吕坤全集》下册(北京:中华书局,2008),页1279—1280。

第一种的"一味性刚强",其"抬头撞脑""动辄哭一场"的泼辣,先是出现在第四十四回活逮贾琏偷腥时,"这里凤姐见平儿寻死去,便一头撞在贾琏怀里,叫道:'你们一条藤儿害我,被我听见了,倒都唬起我来。你也勒死我!'贾琏气的墙上拔出剑来,说道:'不用寻死,我也急了,一齐杀了,我偿了命,大家干净。'"后来更淋漓尽致地体现于第六十八回"酸凤姐大闹宁国府"一段:"凤姐儿滚到尤氏怀里,嚎天动地,大放悲声,……说了又哭,哭了又骂,后来放声大哭起祖宗爹妈来,又要寻死撞头。把个尤氏揉搓成一个面团,衣服上全是眼泪鼻涕",可谓精采绝伦的一场泼辣闹剧。

至于第二种所写的"打人恶打人头脸",更是凤姐狠辣的惊人之举。诸如:第二十九回清虚观打醮,凤姐自己下了轿,忙要上来搀贾母:

> 可巧有个十二三岁的小道士儿,拿着剪筒,照管剪各处蜡花,正欲得便且藏出去,不想一头撞在凤姐儿怀里。凤姐便一扬手,照脸一下,把那小孩子打了一个筋斗,骂道:"野牛肏的,胡朝那里跑!"

那小道士一手拿着蜡剪,跪在地下吓得浑身打战,话也说不出来,凤姐的震撼力可想而知。再看第四十四回生日宴上,凤姐半途回房去歇歇,途中遇到一个形迹鬼祟的丫头站哨,凤姐儿越发起了疑心:

忙和平儿进了穿堂，叫那小丫头子也进来，把槅扇关了，凤姐儿坐在小院子的台阶上，命那丫头子跪了，喝命平儿："叫两个二门上的小厮来，拿绳子鞭子，把那眼睛里没主子的小蹄子打烂了！"那小丫头子已经唬的魂飞魄散，哭着只管磕头求饶。凤姐儿问道："我又不是鬼，你见了我，不说规规矩矩站住，怎么倒往前跑？……房里既没人，谁叫你来的？你便没看见我，我和平儿在后头扯着脖子叫了你十来声，越叫越跑。离的又不远，你聋了不成？你还和我强嘴！"**说着便扬手一掌打在脸上，打的那小丫头子一栽；这边脸上又一下，登时小丫头子两腮紫胀起来**。平儿忙劝："奶奶仔细手疼。"凤姐便说："你再打着问他跑什么。他再不说，把嘴撕烂了他的！"那小丫头子先还强嘴，后来听见凤姐儿要烧了红烙铁来烙嘴，方哭道："二爷在家里，打发我来这里瞧着奶奶的，若见奶奶散了，先叫我送信儿去的。不承望奶奶这会子就来了。"凤姐儿见话中有文章，"叫你瞧着我作什么？难道怕我家去不成？必有别的原故，快告诉我，我从此以后疼你。你若不细说，立刻拿刀子来割你的肉。"说着，**回头向头上拔下一根簪子来，向那丫头嘴上乱戳**，唬的那丫头一行躲，一行哭求。

难以想象，这位"身量苗条"，每餐仅少量进食（见第六回、第四十回）的少妇竟有如此的劲道，心手如一，正是来自强悍刚硬的心性，以致纤纤柔荑之手化为钢刀铁剑，一挥即皮开肉绽，杀伐之威令人闻风丧胆，成为震慑仆众的治家利器。

至于强悍妇的"性儿好纵横，不拘甚事他张主"，险毒妇的"暗剑会杀人"，彰精妇的"偷东摸西放私钱"，嫉妒妇的"眼热怎能合婢妾"，这些都与凤姐镌刻在读者心目中的刻板印象相符。不过，这些描述主要都出现在贾琏的外遇上，可见凤姐内心最在乎的人便是这个结缡的丈夫，在"心中一刺未除，又平空添了一刺，说不得且吞声忍气，将好颜面换出来遮掩"（第六十九回）的精神压迫下，其心甚苦，故其行甚毒，不可作扩大性的应用；并且，看待这些现象时也不应"死于句下"，而是必须认真地设身处地给予理解，例如"偷东摸西放私钱"就不是对凤姐恰当的批评，如前文所述。

七、人命公案的平议

确实，凤姐虽然有其逾矩过度之处，但大部分是出于不得已；更重要的是，整体以观之，她在道德界线上并未到达罪恶的程度，即使几桩人命公案与她的关系或轻或重、或毫无干涉，仔细推敲起来，其实大都属于不能过分咎责的非战之罪。

以张金哥的自尽而言，第十五回写长安府府太爷的小舅子李衙内看上了张大财主之女金哥，但金哥已受了原任长安守备之公子的聘定，因此加以回绝，但李公子执意不依，定要娶他女儿，张家正无计策，两处为难，守备家却又误会张家，不但不管青红皂白，便来作践辱骂，又偏不许退定礼，张家无端受辱，也赌气偏要退定礼，而形成僵持局面。水月庵的老尼净虚趁机向凤姐求助，恳托长安节度云老爷向那守备施压，到了第十六回，可知后续的发展是守备果然忍气吞声地撤告退聘,谁知张金哥知义多情,闻得父母退了前夫,便一条麻绳悄悄的自缢了;那守备之子闻得金哥自缢,他也是个极多情的,遂也投河而死,不负妻义,枉送一对多情儿女的性命与幸福。

这样的悲剧令人震悼悲怜,无意识中的愤慨指引读者寻找替罪羊以求发泄,凤姐也因此承担一条人命罪责。但若理性地回到当时的社会背景、客观的推论逻辑加以分析,便会发现凤姐根本毫无谋财害命之意,也与制造人命悲剧无关。首先,就整个事件的前因后果而言,凤姐初始完全不想介入,听了老尼的请托时,便笑道:

"这事倒不大,只是太太再不管这样的事。"老尼道:"太太不管,奶奶也可以主张了。"凤姐听说笑道:"**我也不等银子使,也不做这样的事**。"净虚听了,打去妄想,半晌叹道:"虽如此说,张家已知我来求府里,如今不管这事,**张家不知道没工夫管这事,不希罕他的谢礼,倒像府里连这点子手段也没有的一般**。"(第十五回)

可见对于"张家连倾家孝顺也都情愿"的金钱诱惑,凤姐根本无动于衷,再参照第十六回写元妃省亲前为了驻跸别墅而大兴土木,凤姐分派工程人员,成了各方贿赂的对象,贾蓉忙送出来,又悄悄地向凤姐道:

"婶子要什么东西,吩咐我开个帐给蔷兄弟带了去,叫他按帐置办了来。"凤姐笑道:"别放你娘的屁!我的东西还没处摆呢,希罕你们鬼鬼祟祟的?"说着一径去了。

这都证明王熙凤其实并没有兴趣插手舞弊、收取回扣,更不受利诱被金钱买通,只是以她好强的个性,受到老尼激将法的撩动,才发了兴头决定承揽,说道:"你是素日知道我的,从来不信什么是阴司地狱报应的,凭是什么事,我说要行就行。你叫他拿三千银子来,我就替他出这口气。"而必须说,凤姐不介入则已,只要一旦承揽,便是利用了贾府的权势地位,但这又并不是在做善事,可以廉价甚至义务去做,那就必须收取高额报酬,否则岂非贬低贾府的地位?

其次,就当时的社会常态而言,官宦之家的婚姻乃是"父母之命,媒妁之言",既缺乏恋爱的自由,也没有发展情感的空间,张金哥与守备之子都属于上层社会人士,两人的关系也理应如此,亦即有婚约之义而非儿女之情。在此情况下,凤姐乃至三方家长也并非以"拆散有情人"的心态施加横暴,毕竟儿女婚姻本就是操诸家长之手,改聘的行为与信用承诺之类的"义"有关,而与恋爱之"情"无涉。果然,仔细推敲张金哥的自缢与守备之子的投河,一是"知义多情",一是"极多情""不负妻义","义"都是关键因素、甚至是核心因素,所谓的"多情"应来自对婚姻"从一而终"的信守,并非才子佳人式的殉情,因此,这种始终不渝的情义更属难得,足以列入贞节牌坊的旌表行列,无怪出乎众人的意料之外,导致错估后果,落得人财两空。就此而言,凤姐既完全不认识这一对青年儿女，在当时的婚姻缔结纯凭父母之命的社会常态下，如何能够预料两人皆"多情知义"若此？张金哥与守备之子的情义悲剧令人动容，但若追究真正的罪魁祸首，必须说，三家的婚姻纠葛充满了误会与赌气，一环接着一环都是由情绪化的不理性所扣结，家长必须承担最大的责任，即使凤姐没有介入，恐怕也难以善了。

至于凤姐，初始既无谋财之心，更毫无害命之意，就此而言，凤姐的仗势介入固然并非无可指责，尤其是第十六回写道："这里凤姐却坐享了三千两，王夫人等连一点消息也不知道。自此凤姐胆识愈壮，以后有了这样的事，便恣意的作为起来，也不消多记。"显示凤姐确然在此食髓知味，从此开了一道包揽讼事的后门，暴露出"流入市俗"的一面，但就事论事，张金哥与守备之子的人命官司却不应归咎于凤姐。

再看贾瑞之死，更完全与凤姐无关。固然最初凤姐施展了一些手段，以"毒设相思局"让妄想乱伦的贾瑞吃了一些苦头，而不是义正词严地给予拒绝，非坦荡君子之所为，然则凤姐引君入瓮的本意主要还是为了惩罚，是对恶棍的整人心理，并无致人于死地之意，比较起来，其整人手段比起柳湘莲毒打薛蟠，害他几个月卧床养伤，无法见人，还算是轻微得多。

持平而论，王熙凤确实是恶整了贾瑞，可是并没有杀人的动机，使出的手段也完全谈不上有致命的可能，仔细考察第十二回"王熙凤毒设相思局"一段，就可看出其中的轻重：首先是假意迎合，诱使贾瑞入夜后进入荣府西边穿堂里，在腊月天气中吹了一夜过门风，几乎不曾冻死。两日后不死心的贾瑞又送上门来，凤姐于是又设下圈套，约他到房后小夹道里的那间空屋里。试看贾瑞届时如何之不堪：只见黑魆魆的来了一个人，贾瑞便料定是凤姐，不管皂白，饿虎一般，等那人刚至门前，便如猫捕鼠的一般，抱住叫道："亲嫂子，等死我了。"说着，抱到屋里炕上就亲嘴扯裤子，满口里"亲娘""亲爹"的乱叫起来，贾瑞扯了自己裤子，硬邦邦的就想顶入。这是如何之丑陋下流，简直令人作恶！贾蓉、贾蔷翻牌后勒索他立下欠据，各人获利五十两；接着引他到另一个陷阱之处，泼他一桶粪尿，然后才放他回去。

必须说，吹一夜冷风、泼一桶粪水、立一张小额欠据就能致人死地，这实在是言之过甚。贾瑞后来的疾病完全是自己"满心想凤姐"所酿成的，所谓："诸如此症，不上一年都添全了。……百般请医疗治，诸如肉桂、附子、鳖甲、麦冬、玉竹等药，吃了有几十斤下去，也不见个动静。倏又腊尽春回，这病更又沉重"（第十二回）；并且当病势沉重之后，道士前来解救，贾瑞仍然执迷不悟，不听道士劝告而执意看风月宝鉴的正面，一再与凤姐的幻象云雨无度，这才导致脱精而死。从生病至死的整个过程长达半年多，无论从直接或间接的角度来看，又与凤姐有何干系？

毋宁说，凤姐当然不是正人君子，所以没有采取一开始就严辞拒绝的方式，但也不过是对无良恶棍的作弄惩罚，既无杀伤性，更与贾瑞后来的生病没有关联。贾瑞完全是咎由自取，是自己纵欲过度所自找的死路，包含致病的原因、病势加重的因素、最后致死的理由，都全然是来自不正当又不加节制的过度淫欲，连道士送来可以帮他起死回生的风月宝鉴都爱莫能助，落得如同西门庆的翻版一般脱精致死，真是令人怵目惊心。而这实际上全然是贾瑞的自取灭亡，和凤姐丝毫无关。

值得省思的是，从张金哥、贾瑞之死这两段情节，可以清楚发现到人们往往以结果来反推动机，忽略了整个过程中事件的复杂性，导致这类的结果论注定流于错误归因。尤其是，在同情受害者的本能心理之下，不自觉地采取"受害者理论"，也就是不论肇事责任的真正归属，而以受害者为立场进行道德评价，形成一种"宽以待恶人，严以待微罪者、甚至无关者"的偏颇现象，从而失去了客观理性的评论分析，足以令人省思警惕。

再就凤姐的收受贿赂而言，与其说是贪财，不如说大多带有"自投罗网""不收白不收"的意味，参照第三十六回所言：

> 如今且说王凤姐自见金钏儿死后，忽见几家仆人常来孝敬他些东西，又不时的来请安奉承他，自己倒生了疑惑，不知何意。这日又见人来孝敬他东西，因晚间无人时笑问平儿道："这几家人不大管我的事，为什么忽然这么和我贴近？"平儿冷笑道："奶奶连这个都想不起来了？我猜他们的女儿都必是太太房里的丫头，如今太太房里有四个大的，一个月一两银子的分例，下剩的都是一个月几百钱。如今金钏儿死了，必定他们要弄这两银子的巧宗儿呢。"凤姐听了，笑道："是了，是了，倒是你提醒了。我看这些人也太不知足，钱也赚够了，苦事情又侵不着，弄个丫头搪塞着身子也就罢了，又还想这个。也罢了，他们几家的钱容易也不能花到我跟前，这是他们自寻

的，送什么来，我就收什么，横竖我有主意。"凤姐儿安下这个心，所以自管迁延着，等那些人把东西送足了，然后乘空方回王夫人。

必须说，行贿的几家出于太不知足的利欲熏心，凤姐并没有加以诱骗甚至胁迫，只不过是被动收到送上门来的一些好处，从某种角度而言，也算是对那些贪婪之辈的平衡与惩罚，一物克一物，可谓在世俗层面上的自然消长。在此，若要以圣人的标准苛责凤姐没有拒之度外，难免苛刻而陈腐。

此外，凤姐所强硬宣示的"从来不信什么是阴司地狱报应的"，也许是出于无神论的高傲自信，也许是出于当下情境所激发的强势表态，都只说明了凤姐是一个不受威胁的人，她的自主性强大到了即使是宗教的胁迫恐吓都不愿屈就，却不能将这句话作扩大性的解读，误以为凤姐是一个缺乏良知善念的人。在前文中所述及的各种人事表现，早已证明凤姐的温暖、自省，何况即使是在涉及人命的极端情境中，也同样绽现出被触动的良知与恻隐之心。

例如第四十四回提到，趁着凤姐庆生时与贾琏偷情的鲍二媳妇后来吊死了，消息传来，贾琏、凤姐儿都吃了一惊：

凤姐忙收了怯色，反喝道："死了罢了，有什么大惊小怪的！"一时，只见林之孝家的进来悄回凤姐道："鲍二媳妇吊死了，他娘家的亲戚要告呢。"凤姐儿笑道："这倒好了，我正想要打官司呢！"林之孝家的道："我才和众人劝了他们，又威吓了一阵，又许了他几个钱,也就依了。"凤姐儿道:"我没一个钱!有钱也不给,只管叫他告去。也不许劝他,也不用震吓他,只管让他告去。告不成倒问他个'以尸讹诈'!"林之孝家的正在为难,见贾琏和他使眼色儿,心下明白,便出来等着。贾琏道:"我出去瞧瞧,看是怎么样。"凤姐儿道:"不许给他钱。"贾琏一径出来,和林之孝来商议,着人去作好作歹,许了二百两发送才罢。贾琏生恐有变,又命人去和王子腾说,将番役仵作人等叫了几名来,帮着办丧事。那些人见了如此,纵要复辨亦不敢辨,只得忍气吞声罢了。……里面凤姐心中虽不安,面上只管佯不理论。

由所谓的"忙收了怯色""心中虽不安,面上只管佯不理论",可见凤姐虽然表面上得理不饶人,强硬霸气,其实是良知未泯,只是不甘落于下风,于是虚张声势。鲍二家的自尽乃是自行不义的后果,并非凤姐所逼,但一旦发生人命凤姐便愧疚不安,既然这并不是出于害怕阴司报应,则其中自有一段良善在焉,不是一句狠毒无情所能抹煞。

至于凤姐真有致命之意的,是张华,而从前因到后果之间,实出于曲折变化所导致,绝非初衷。这个陌生人作为贾琏所偷娶的二房尤二姐的前聘之夫,因此无辜涉入贾琏的家庭纷争,凤姐原想利用张华的身份,以法律的力量带走尤二姐,因此在背后撑腰,鼓动张华打官司争回原妻;但贾蓉从中作梗,对张华威胁利诱,张华乃收取银两打道回原籍去了。此时凤姐重新思考,心中一想:

若必定着张华带回二姐去,未免贾琏回来再花几个钱包占住,不怕张华不依。还是二姐不去,自己相伴着还妥当,且再作道理。只是张华此去不知何往,他倘或再将此事告诉了别人,或日后再寻出这由头来翻案,岂不是自己害了自己。**原先不该如此将刀靶付与外人去的**。因此悔之不迭,**复又想了一条主意出来**,悄命旺儿遣人寻着了他,或说他作贼,和他打官司将他治死,或暗中使人算计,务将张华治死,方剪草除根,保住自己的名誉。(第六十九回)

就此而言,必须说,凤姐一开始并无置人于死地的狠心,只因事件的发展超出了原先的计算,反而将致命的把柄授诸他人,导致骑虎难下,在权衡轻重的情况下,只能走上斩草除根一途,而落入凶残的境地,这不能不说是一种无奈。清代评点家便说:"凤姐杀张华,苦心尚非得已;雨村充门子,毒手未免不情。残忍中尚有分别。"[①]由此也警示人们:一开始便应该采用正道,否则势必迷途脱缰,终至不可收拾,正所谓"一失足成千古恨"。再者,凤姐虽然在防患未然的情况下不得不出此下策,但是,当受命执行的旺儿有感于人命关天,非同儿戏,因而草草回覆张华已被"截路人打闷棍打死了",想要哄过凤姐了事,精明如凤姐即使并不相信事情竟能如此简单地解决,威胁说:"你要扯谎,我再使人打听出来敲你的牙!"但却没有继续追究,就此丢过不提,可见也并没有真的狠毒至极,

---

① (清)话石主人:《红楼梦精义》,一粟编:《红楼梦资料汇编》,卷3,页176。

比起曹操实在望尘莫及。

凤姐真心想除去的是尤二姐，并且在此一过程中，兴儿所批评的："提起我们奶奶来，心里歹毒，口里尖快。……估着有好事，他就不等别人去说，他先抓尖儿；或有了不好事或他自己错了，他便一缩头推到别人身上来，他还在旁边拨火儿。……嘴甜心苦，两面三刀；上头一脸笑，脚下使绊子；明是一盆火，暗是一把刀：都占全了。"（第六十五回）才真正适用于这时的凤姐。第六十八回"苦尤娘赚入大观园"一段情节尽显凤姐的阴狠手段，透过挑拨离间、借刀杀人，最后间接逼使孤立无援、身心交瘁的尤二姐绝望自尽，这才算是凤姐的真正罪孽。不过值得注意的是，凤姐固然居心险恶、手段阴狠，但一开始并没有逼上绝路的意图，更有甚者，在可怜的尤二姐死后，却也只有凤姐一人记得她的周年忌日，准备私下为她奠祭。第七十二回描写贾琏与凤姐二人为了家计而发生勃谿，夫妻之间有一段如下的对话：

贾琏笑道："说句顽话就急了。这有什么这样的，要使一二百两银子值什么，多的没有，这还有，先拿进来，你使了再说，如何？"凤姐道："我又不等着衔口垫背，忙了什么。"贾琏道："何苦来，不犯着这样肝火盛。"凤姐听了，又自笑起来，"不是我着急，你说的话戳人的心。我因为我想着后日是尤二姐的周年，我们好了一场，虽不能别的，到底给他上个坟烧张纸，也是姊妹一场。他虽没留下个男女，也要'前人撒土迷了后人的眼'才是。"一语倒把贾琏说没了话，低头打算了半晌，方道："难为你想的周全，我竟忘了。既是后日才用，若明日得了这个，你随便使多少就是了。"

当尤二姐悲惨地死去时，伤心的贾琏还咬牙发誓要为她报仇，但才不到一年，就已经连周年的忌日都忘了；反倒当时未免冷酷狠心的凤姐念兹在兹，几天前就已经在盘算相关的经费，只是不知从何处挪来，当平儿提醒可以向贾琏要来一二百两的谢礼时，便等于筹措到了祭品奠仪，因此同意平儿的建议，却被贾琏误以为趁机敲竹杠，以致愤激回应。两相对照之下，岂不令人感慨万千？

八、牺牲奉献与悲愤灰心

从整体而言，凤姐不仅在治家成效上功远大于过，即使在理事过程中的个人得失上，也是牺牲奉献远多于所获收益。第七回脂砚斋批云：

- 阿凤一生尖处。（夹批）
- 虚描二事，真真千头万绪，纸上虽一回两回中或有不能写到阿凤之事，然亦有阿凤在彼处手忙心忙矣，观此回可知。（批语）

点出了凤姐的两大特点：其长与其忙。然而隐藏在干练与忙碌的表象下者，其实还有"胳膊折了往袖子里藏"的惨烈牺牲，作为整部《红楼梦》不惜重复使用的谚语之一，没有谁比凤姐更痛切地体会这句话的苦涩酸楚。

（一）财货赔垫

对于贾府收支严重落差的窘况，专管出纳的凤姐本无权增减调整，所谓"这个事我不过是接手儿，怎么来，怎么去，由不得我做主"，因此当听到王夫人说有人抱怨月钱短少时，忙笑道："这也抱怨不着我，我倒乐得给他们呢，他们外头又扣着，难道我添上不成？"（第三十六回）对于无法向公库支领的开销，除非想办法巧立名目或挪用其他款项，否则就必须自掏腰包赔垫挹注。前者如"贾琏又命林之孝将那二百银子入在流年账上，分别添补开销过去"，又如第六回刘姥姥前来打秋风，王熙凤只得挪用丫头们作衣裳的二十两给她，皆属此类。

但实际上，除了东挪西凑、费心作帐之外，凤姐也诚然出钱赔垫，牺牲良多。第五十一回写到凤姐将自己的毛大衣给袭人穿回娘家奔丧，并宽慰她说"等年下太太给作的时节我再作罢，只当你还我一样"，但此时众人都笑道：

"奶奶惯会说这话。**成年家大手大脚的，替太太不知背地里赔垫了多少东西，真真的赔的是说不出来，那里又和太太算去？**偏这会子又说这小气话取笑儿。"凤姐儿笑道："太太那里想的到这些？究竟这又不是正经事，再不照管，也是大家的体面。**说不得我自己吃些亏，**把众人打扮体统了，宁可我得个好名也罢了。一个一个像'烧糊了的卷子'似的，人先笑话我当家倒把人弄出个花子来。"众人听了,都叹说:"谁似奶奶这样圣明!在上体贴太太,在下又疼顾下人。"

随后平儿竟顺手多拿出一件大红羽纱的,要袭人送去给贫寒的邢岫烟,凤姐儿笑道:

"我的东西,他私自就要给人。**我一个还花不够,再添上你提着,更好了!**"众人笑道:"这都是奶奶素日孝敬太太,疼爱下人。若是奶奶素日是小气的,只以东西为事,不顾下人的,姑娘那里还敢这样了。"

可见凤姐之治家其实带有"疼顾下人""疼爱下人"的一面,并且在缺乏公款支应的情况下,往往以私囊赔垫,凤姐因此"替太太不知背地里赔垫了多少东西,真真的赔的是说不出来",连平儿也因此不会小气吝啬,敢于作主替凤姐拿出财货照顾家人。如此不宜宣扬的暗亏,呈现出凤姐作为当家者一肩扛起的豁然大度,令人折服。

不仅如此,凤姐的月钱并不只是积攒下来放账收利息,以作为各项支出的赔垫之用,往往还直接用在应急上。例如第七十二回凤姐便提到:

这屋里有的没的,我和你姑爷一月的月钱,再连上四个丫头的月钱,通共一二十两银子,还不够三五天的使用呢。

就此可见，凤姐与贾琏各自领到的五两月钱，连同房中四个丫头的月钱都捐献出来，主仆同心协力一体奉献，堪称这一房的超凡现象，迥非其他家族成员所能比。既然月钱只有涓滴小补、不敷大用，于是凤姐甚至更是拿出自己的珍贵首饰典卖应急，第七十二回中就出现了两次，凤姐说道：

> 我是你们知道的，那一个金自鸣钟卖了五百六十两银子。没有半个月，大事小事倒有十来件，白填在里头。

接下来又来了小太监，说夏守忠要借二百两银子，凤姐只得叫平儿：

> "把我那两个金项圈拿出去，暂且押四百两银子。"平儿答应了，去半日，果然拿了一个锦盒子来，里面两个锦袱包着。打开时，一个金累丝攒珠的，那珍珠都有莲子大小；一个点翠嵌宝石的。两个都与宫中之物不离上下。一时拿去，果然拿了四百两银子来。凤姐命与小太监打叠起一半，那一半命人与了旺儿媳妇，命他拿去办八月中秋的节。

两人万万没想到的是，除了这类"外祟"之外，还有意外的"内祟"，第七十四回贾琏夫妇私下向鸳鸯商借典当贾母之物以应付财务难关，不知何故，邢夫人居然得知此事并趁机敲诈二百两银子，凤姐只得叫平儿："把我的金项圈拿来，且去暂押二百银子来送去完事。"名为典押，实际上则万难赎回，等于投入无底洞的牺牲。

由此种种，足见王熙凤的理家实有不足为外人道之苦处，则王熙凤的贪财与李纨的吝财一样，都有令人哀矜勿喜的可悯之处。由此也再度证明《红楼梦》中"人各有当"的复杂性格内涵，读者不宜只从表层的孤寡或贪狠来决定人物之优劣与人性之内涵，否则便极易流于主观偏颇。

（二）身心受创

早在第十九回，凤姐就已经出现劳瘁不堪的征象："凤姐事多任重，别人或可偷安躲静，独他是不能脱得的；二则本性要强，不肯落人褒贬，只扎挣着与无事的人一样。"无法脱身的"扎挣"即道出凤姐遭受过度压力的勉强状态，果然随后在长期的操心劳神之下，凤姐的健康也逐渐耗损，首先便是出现不断的头痛。第五十二回晴雯受寒感冒，觉得太阳穴还持续疼痛，宝玉笑道：

> "越性尽用西洋药治一治，只怕就好了。"说着，便命麝月："和二奶奶要去，就说我说了：**姐姐那里常有那西洋贴头疼的膏子药，叫做'依弗哪'，找寻一点儿。**"麝月答应了。去了半日，果拿了半节来。便去找了一块红缎子角儿，铰了两块指顶大的圆式，将那药烤和了，用簪挺摊上。晴雯自拿着一面靶镜，贴在两太阳上。麝月笑道："病的蓬头鬼一样，如今贴了这个，倒俏皮了。**二奶奶贴惯了，倒不大显。**"

可见凤姐平日经常头疼，因此屋内常备有贴治缓解的西洋膏药，太阳穴上贴惯了膏药，更已经变成造型的一部分，平素大家看惯了也不以为异，其每日受到头痛的折磨竟成了常态，而这都是来自日夜操心所致。更有甚者，日日折冲周旋的焦虑潜入夜晚的无意识中，还化为具体的噩梦，连睡眠都不得安稳，第七十二回凤姐说道：

> "昨晚上忽然作了一个梦，说来也可笑，梦见一个人，虽然面善，却又不知名姓，找我。问他作什么，他说娘娘打发他来要一百匹锦。我问他是那一位娘娘，他说的又不是咱们家的娘娘。我就不肯给他，他就上来夺。正夺着，就醒了。"旺儿家的笑道："这是奶奶的日间操心，常应候宫里的事。"

内外交逼，凤姐的心智又何能有一刻喘息？再加上食量很小，每餐都是"不过略动了几样"（第六回）、"只吃这一点儿就完了"（第四十回），容易体力不足，日积月累，闺阁弱质便导致流产，并酿成严重的妇科病症。第五十五回写道：

> 刚将年事忙过，凤姐儿便小月了，在家一月，不能理事，天天两三个太医用药。凤姐儿自恃强壮，虽不出门，然筹画计算，想起什么事来，便命平儿去回王夫人，任人谏劝，他只不听。……王夫人便命探春合同李纨裁处，只说过了一月，凤姐将息好了，仍交与他。**谁知凤姐禀赋气血不足，兼年幼不知保养，平生争强斗智，心力更亏**，故虽系小月，竟着实亏虚下来，一月之后，复添了下红之症。他虽不肯说出来，众人看他

面目黄瘦,便知失于调养。王夫人只令他好生服药调养,不令他操心。他自己也怕成了大症,遗笑于人,便想偷空调养,恨不得一时复旧如常。谁知一直服药调养到八九月间,才渐渐的起复过来,下红也渐渐止了。

从事后平儿所言:"自己又三灾八难的,好容易怀了一个哥儿,到了六七个月还掉了,焉知不是素日操劳太过,气恼伤着的。"(第六十一回)可知这次的小月非同小可,不仅元气大伤,流失的还是个男丁,对"母以子贵"的传统伦理而言,本已无子的凤姐可以说是损失惨重,几乎是赔上了未来的命运。平儿的推理也合乎医道,因此平儿同时劝告凤姐:"何苦来操这心!'得放手时须放手',什么大不了的事,乐得不施恩呢。……如今乘早儿见一半不见一半的,也倒罢了。"(第六十一回)这确实是亡羊补牢的自救良方。

但凤姐既然身在其中,就不可能完全置身事外,即使真的"见一半不见一半",仍有"见一半"的烦扰。犹如凤姐对前来探病的宝玉所说道:

老太太、太太不在家,这些大娘们,嗳,那一个是安分的,每日不是打架,就拌嘴,连赌博偷盗的事情,都闹出来了两三件了。虽说有三姑娘帮着办理,他又是个没出阁的姑娘。也有叫他知道得的,也有往他说不得的事,也只好强扎挣着罢了。总不得心静一会儿。别说想病好,求其不添,也就罢了。

(第六十四回)

就在勉强挣扎的情况下，凤姐的病势注定越来越沉重，到了第七十二回，鸳鸯因悄悄问平儿道：

"你奶奶这两日是怎么了？我看他懒懒的。"平儿见问，因房内无人，便叹道："他这懒懒的也不止今日了，这有一月之前便是这样。又兼这几日忙乱了几天，又受了些闲气，从新又勾起来。这两日比先又添了些病，所以支持不住，便露出马脚来了。……说起病来，据我看也不是什么小症候。"鸳鸯忙道："是什么病呢？"平儿见问，又往前凑了一凑，向耳边说道："只从上月行了经之后，这一个月竟沥沥淅淅的没有止住。这可是大病不是？"鸳鸯听了，忙答道："嗳哟！依你这话，这可不成了血山崩了。"

而鸳鸯的姐姐便是害这病死的，可见其严重性。然则凤姐仍然没有真的好好休生养息，随后承王夫人之命领军抄检大观园，又导致雪上加霜，"到夜里又连起来几次，下面淋血不止。至次日，便觉身体十分软弱，起来发晕，遂撑不住"，请太医来诊脉，太医的诊断是"少奶奶系心气不足，虚火乘脾，皆由忧劳所伤"（第七十四回）。所谓"皆由忧劳所伤"，岂非正是理家治事的费心耗神所带来的身心损害？

可叹的是，凤姐牺牲奉献所获得的"反回馈"还不仅如此，在治家过程中的力挽狂澜只获得众人的误会非议，尤其是自家婆婆的厌恶不满。

就凤姐所承受的舆论压力而言，堪称是天罗地网，连清净守节的李纨都一度恶言相向，笑道："我说了一句，他就疯了，说了两车的无赖泥腿市俗专会打细算盘分斤拨两的话出来。这东西亏他托生在诗书大宦名门之家做小姐，出了嫁又是这样，他还是这么着；若是生在贫寒小户人家，作个小子，还不知怎么下作贫嘴恶舌的呢！天下人都被你算计了去！"（第四十五回）至于枕边良人也不免矛盾摩擦，让凤姐愤慨痛陈："如今里里外外上上下下背着我嚼说我的不少，就差你来说了，可知没家亲引不出外鬼来。"（第七十二回）当然，拥有一副水晶心肝的凤姐一直有着高度自觉，清楚把握到"我这几年生了多少省俭的法子，一家子大约也没个不背地里恨我的"（第五十五回），"我白操一会子心，倒惹的万人咒骂"（第七十四回）的无奈事实，只是在她刚强卓绝的心性之下全数承担下来，始终不受摧折地屹立不摇，其坚忍确是万人莫及。

但是，在艰难的人间世乃至艰险的是非场中，百炼钢终究不得不化为绕指柔，最严重的是得罪自家婆婆邢夫人，种下被休的主因。荣国府长房邢夫人才是凤姐的本房直属婆婆，却因为凤姐受王夫人之托与贾母的宠爱而长住于二房处，疏于侍候孝敬，因此引起邢夫人的嫉恨，小说中对此多所反映，第六十五回兴儿对尤二姐描述凤姐时，便说道：

> 如今连他正经婆婆大太太都嫌了他，说他"雀儿拣着旺处飞，黑母鸡一窝儿，自家的事不管，倒替人家去瞎张罗"。若不是老太太在头里，早叫过他去了。

不仅如此，既有的不满在受到更多谗言挑拨离间的侵蚀后，越发质变成了嫌恶怨恨，第七十一回写道：

> 邢夫人自为要鸳鸯之后讨了没意思，后来见贾母越发冷淡了他，凤姐的体面反胜自己；……心内早已怨忿不乐，只是使不出来。又值这一干小人在侧，他们心内嫉妒挟怨之事不敢施展，便背地里造言生事，调拨主人。先不过是告那边的奴才；后来渐次告到凤姐"只哄着老太太喜欢了他好就中作威作福，辖治着琏二爷，调唆二太太，把这边的正经太太倒不放在心上。"后来又告到王夫人，说："老太太不喜欢太太，都是二太太和琏二奶奶调唆的。"邢夫人纵是铁心铜胆的人，妇女家终不免生些嫌隙之心，近日因此着实恶绝凤姐。

随后便借机故意当众奚落凤姐，"凤姐听了这话，又当着许多人，又羞又气，一时抓寻不着头脑，憋得脸紫涨，……凤姐由不得越想越气越愧，不觉的灰心转悲，滚下泪来。因赌气回房哭泣，又不使人知觉"。事后贾母从鸳鸯处得知原委，即清楚洞察到："这是太太素日没好气，不敢发作，所以今儿拿着这个作法子，明是当着众人给凤儿没脸罢了。"

行事合礼却无端受辱，遭到委屈又只能私下落泪，此时的凤姐比起"禁不得一些委屈"（第四十五回）的黛玉，岂非更是辛酸万分？只有鸳鸯说了公道话：

> 罢哟,还提凤丫头虎丫头呢,他也可怜见儿的。虽然这几年没有在老太太、太太跟前有个错缝儿,暗里也不知得罪了多少人。总而言之,为人是难作的:若太老实了没有个机变,公婆又嫌太老实了,家里人也不怕;若有些机变,未免又治一经损一经。(第七十一回)

得失相倚,祸福一体,"治一经损一经"的无奈使得凤姐虽然获得贾母、王夫人的欣赏倚重,取得全力施展才干的成绩与自我实践的满足感、成就感,却又得罪无数、危机四伏,来自婆婆邢夫人的嫌恶怨恨终究让凤姐感到灰心转悲,一代脂粉英雄的穷途末路也就隐隐在望。

(三)休弃的下场

凤姐的悲愤灰心与悬崖撒手并没有挽救她自己的最终命运。脂砚斋曾把第二十一回"俏平儿软语救贾琏"与后半部佚稿中"王熙凤知命强英雄"一回加以对比,叹息说:

> 按此回之文固妙,然未见后卅回犹不见此之妙。此日"娇嗔箴宝玉,软语救贾琏",后曰"薛宝钗借词含讽谏,王熙凤知命强英雄"。……此日阿凤英气何如是也,他日之强何身微运蹇,展眼何如彼耶。人世之变迁如此光阴倏尔如此。(回前总批)

随着人世之变迁,凤姐的处境越来越不利,从指挥若定的英气勃发到左支右绌的"知命强英雄",既有外部大环境的时不我予,更有祸起萧墙的万般无奈。虽然在八十回之后情节佚失的情况下,凤姐"知命强英雄"的具体细节已经无法查考,但脂批所谓"他日之身微运蹇"应该和被休的下场有关。

第五回太虚幻境中,关于王熙凤的图谶是:一片冰山,上面有一只雌凤,其判曰:

> 凡鸟偏从末世来,都知爱慕此生才。一从二令三人木,哭向金陵事更哀。

"凡鸟"合成"凤"字,与图画上的"雌凤"相对应;而"冰山"则是象喻这只雌凤所栖息的是冰冷险恶之地,也就是对"末世"的呼应。"凡鸟偏从末世来,都知爱慕此生才"则是指在贾府衰败危殆的局面中,王熙凤以其非凡的干才撑持家务并延续太平时日,令人赞叹;可惜这位"脂粉队里的英雄"因此也违反妇德闺训,给予被休的充足理由,"一从二令三人木"虽然有不同的解释[①],但应该还是以下面的这个说法最合理,也就是把"一、二、三"作顺序来看,指:首先是听从贾母、王夫人等长辈,得到理家治事的授权,接着便可以号令贾府上下,最后则是被贾琏休妻,契合凤姐一生起伏盛衰的梗概。"哭向金陵事更哀"应该是指被休后悲伤回到金陵娘家,

---

① 可参严明:《凤姐的结局——"一从二令三人木"》,《自由中国》1960年1月;周策纵:《红楼梦案:弃园红学论文集》(香港:中文大学出版社,2000),第11节《论关于凤姐的"一从二令三人木"——〈红楼梦〉考之一》,页144。

却又遇到王家发生不测，发生比被休弃还更惨烈的悲剧。

古代早有"七出"的风俗，到了汉代，正当休妻的七个条件更已形诸文字，包括：无子，淫佚，妒嫉，窃盗，口舌，不事舅姑，恶疾。① 其中，"无子""妒嫉""不事舅姑""恶疾"这四项是显而易见的，毋庸赘言；所谓"淫佚"，并不单是真正的出轨，可以宽泛到一般意义的没有遵守男女之防，贾琏就曾经批评凤姐："他不论小叔子侄儿，大的小的，说说笑笑，就不怕我吃醋了。以后我也不许他见人！"（第二十一回）就此而言，若要严厉追究起来，凤姐确实难逃其咎。同样地，所谓的"窃盗"指的是存私房钱，在传统家族不蓄私财的公共原则下，凤姐还利用公款放账收利，又可以犯上一条。至于"口舌"方面，凤姐的绝佳口齿自然凌驾于他人之上，虽然没有搬弄是非，所谓："盖妇人以多言为凶，以谨口为德。世俗妇人，对丈夫则道兄弟妯娌短长，见父母则言舅姑姊妹是非。蹑足附耳，诡态佯声，言则戒人慎密，听者深为掩覆，嫌成怨结，家破人亡，而彼立身于不败之地。故先王七出，多言居其一焉，为鉴深矣。"② 其巧口利言却也令人忌惮，何况凤姐还往往以此压制丈

---

① "七出"是指："妇有七去：不顺父母，去；无子，去；淫，去；妒，去；有恶疾，去；多言，去；窃盗，去。"见《大戴礼记·本命》，《四部丛刊正编》（台北：台湾商务印书馆，1979），页69。另《仪礼·丧服》贾公彦疏亦云："七出者，无子，一也；淫佚，二也；不事舅姑，三也；口舌，四也；盗窃，五也；妒忌，六也；恶疾，七也。"见《仪礼注疏》，《十三经注疏》（台北：艺文印书馆，1993），卷30，页355。此等文献分别出于汉、唐人之手。

② （明）吕坤：《闺范》，卷1，（明）吕坤撰，王国轩、王秀梅整理：《吕坤全集》下册，页1438。

夫,并没有达到"谨口为德"的标准。

如此算来,凤姐竟然七出全犯!固然"无子""妒嫉""恶疾"都是"非战之罪",并非个人过失,未与贾赦及邢夫人同住所导致的"不事舅姑",也是来自贾母的安排而不得不然,连没有严格遵守男女之防的"淫佚"、放账收利的"窃盗"、伶俐如簧的"口舌"都是凤姐之所以能够担当理家大任的基本条件,若非如此,凤姐如何能够取得卓越的治事成绩?然而载舟之水却反过来覆舟灭顶,当婆婆邢夫人的嫌恶怨恨到了机会成熟(如贾母过世,失去了庇护伞)的时候,祭出七出之条加以休弃,简直轻而易举。

凤姐终其一生短短二十五岁的年华,仅享有大约五年的风光得志,并为贾府的飘摇末世鞠躬尽瘁,结果却是空无一物的镜花水月,令人浩叹。

九、对脂粉英雄的礼赞与哀挽

持平而论,凤姐固然有才无志,往往不免落入市俗,但其实她即使在享受权力快感或不免"逸才逾蹈"的时候,都一直没有被权力腐化,委实难能可贵;再加上"水晶心肝玻璃人"的知己知彼,既对人对事洞若烛火,也从未盲目自欺,堪称达到了《老子》第三三章所谓的"知人者智,自知者明",比起众多自以为是的知识文人不知高明凡几。更重要的是,评量凤姐的治家功过,应该注意到贾府的寅吃卯粮与入不敷出根本是无解的本质性问题,身处内闱更无从开源的妇道人家,也确实仅能由开源补漏之非常手段以为支撑维系，其功远远大于其过。

但受尽冤屈、忍辱负重的凤姐，也终于忍不住冷笑道：

> 我也是一场痴心白使了。我真个的还等钱作什么，不过为的是日用出的多，进的少。这屋里有的没的，我和你姑爷一月的月钱，再连上四个丫头的月钱，通共一二十两银子，还不够三五天的使用呢。**若不是我千凑万挪的，早不知道到什么破窑里去了。如今倒落了一个放账破落户的名儿。既这样，我就收了回来。我比谁不会花钱，咱们以后就坐着花，到多早晚是多早晚。**（第七十二回）

此说即充满枉费苦心的痛切与愤激。此后，凤姐也确实开始逐渐放弃努力，至少在人事上不再为了维系秩序而严格整饬，做吃力不讨好的工作，第七十四回凤姐对平儿笑道：

> 刚才又出来了一件事：有人来告柳二媳妇和他妹子通同开局，凡妹子所为，都是他作主。我想，你素日肯劝我"多一事不如省一事"，就可闲一时心，自己保养保养也是好的。我因听不进去，果然应了些，先把太太得罪了，而且自己反赚了一场病。如今我也看破了，随他们闹去罢，横竖还有许多人呢。我白操一会子心，倒惹的万人咒骂。我且养病要紧；便是好了，我也作个好好先生，得乐且乐，得笑且笑，一概是非都凭他们去罢。所以我只答应着知道了，白不在我心上。

然而，对于贾府这类上千人的大家族，一旦失去规范与秩序，势必很快地陷入混乱，尤其此时正值末世，内部纲纪早已倾斜难支，素来单靠凤姐一人勉力撑持，始能维系表面的太平日子。因此，当费尽心思的补天支柱也灰心放弃的时候，也就是贾府加速毁灭、同归于尽的时候。

仔细推敲第五回太虚幻境中，《红楼梦曲》所说：

〔聪明累〕机关算尽太聪明，反算了卿卿性命。**生前心已碎**，死后性空灵。家富人宁，终有个家亡人散各奔腾。**枉费了，意悬悬半世心**；好一似、荡悠悠三更梦。忽喇喇似大厦倾，昏惨惨似灯将尽。呀！一场欢喜忽悲辛。叹人世，终难定！

从整段曲文来看，凤姐的"机关算尽太聪明""生前心已碎""意悬悬半世心"都是贡献在家族的利益上，曲文其他处所说的无论是"家富人宁，终有个家亡人散各奔腾"还是"忽喇喇似大厦倾"，指的都是家族而不是她自己；并且，贾府集体命运的"忽喇喇似大厦倾"与凤姐个人命运的"昏惨惨似灯将尽"彼此结合、同步为一，更说明了凤姐就是贾府的命脉所在。参照图谶上所画的"一片冰山，上面有一只雌凤"，"冰山"即为"末世"的形象化比喻，可见巍巍挺立在冰山上的王熙凤最是贾府末世的最大功臣。因此，把"机关算尽太聪明，反算了卿卿性命"这两句孤立出来，视为对凤姐弄权牟利的讽刺，其实是不符合曲文的原意的；真正的意思乃适得其反，凤姐是为了贾府而机关算尽、心碎殒命,这一阕《聪明累》正是对凤姐的致敬与哀挽!

至于第十三回的回末诗"金紫万千谁治国,裙钗一二可齐家",更是小说家给予凤姐的盖棺定论,其齐家的巨大贡献堪比治国的英雄,体现了大母神"健妇持门户,亦胜一丈夫"的伟大内涵。虽然她来不及活到长辈的岁数与辈分,透过更丰富的历练而转化出宽厚慈悲的母性力量,但却提前以准母神的姿态延续家族命脉,比其他的家族母神担当了更艰巨的任务,悲壮伟丽,光芒万丈,贬尽世上所有束带顶冠的男子。"裙钗一二可齐家"正是镌刻在凤姐坟头的墓志铭,在小说家与无数读者的遥思遐想中永远栩栩如生,令人低头礼赞。

第十一章
李纨论

《红楼梦》中的李纨,并不引人注目,一般读者也匆匆忽略她的存在,于是一直停留在次要人物的扁平形象上。但实际上全非如此。

李纨固然是曹雪芹透过人物特征之重复与累积,而塑造出槁木死灰的整体形象,但其实他还经由对比与转变的策略,进一步将李纨扩充为辩证发展式的立体人物,以完整的生命史与全部的复杂心理内涵存在于小说中,让我们看到人性的深不可测,也看到传统中华历史文化不为现今所知的真实面。

一、成长背景与性格基调

在小说开场前五回的楔子中,曹雪芹已经对这位表面平淡的女性作了隆重的介绍,给予简略却完整的生命史,这是除宝玉、黛玉、宝钗等少数要角之外,其他人物所罕见的待遇。当第四回李纨首度出场时,作者描述道:

> 这李氏即贾珠之妻。珠虽夭亡,幸存一子,取名贾兰,今方五岁,已入学攻书。这李氏亦系金陵名宦之女,父名李守

中,曾为国子监祭酒,族中男女无有不诵诗读书者。至李守中承继以来,便说"女子无才便有德",故生了李氏时,便不十分令其读书,只不过将些《女四书》《列女传》《贤媛集》等三四种书,使他认得几个字,记得前朝这几个贤女便罢了,却只以纺绩井臼为要,因取名为李纨,字宫裁。因此这李纨虽青春丧偶,居家处膏粱锦绣之中,竟如槁木死灰一般,一概无见无闻,惟知侍亲养子,外则陪侍小姑等针黹诵读而已。

这段话言简意赅,涉及李纨的家世背景、成长教育、婚姻情况、目前现状,尤其是价值观与生存理念,可以说是理解李纨的关键。

(一)命名的深义

荷兰学者米克·巴尔从创作的一般层面指出:"当人物被赋予名字时,这就不仅确定其性别(作为一条规则),而且还有其社会地位、籍贯,以及其他更多的东西。名字也可以是有目的的(motivated),可以与人物的某些特征发生联系。"① 显然分析命名艺术乃是掌握创作者匠心寓意的一条门径。而曹雪芹更是将命名艺术充分发展到足以构成《红楼梦》创作特色的一门学问,如清人洪秋蕃所指出:

《红楼》妙处,又莫如命名之切。他书姓名皆随笔杂凑,

---

① [荷]米克·巴尔著,谭君强译,万千校:《叙述学:叙事理论导论》,页95。

间有一二有意义者,非失之浅率,即不能周详,岂若《红楼》一姓一名皆具精意,惟囫囵读之,则不觉耳。①

又如稍早于洪秋蕃的周春亦云:

> 看《红楼梦》有不可缺者二,就二者之中,通官话京腔尚易,谙文献典故尤难。倘十二钗册、十三灯谜、中秋即景联句,及一切从姓氏上着想处,全不理会,非但辜负作者之苦心,且何以异于市井之看小说者乎?②

必须说,诚如洪秋蕃所言,一般小说中人物的姓名大多是随笔杂凑而成的,即使偶有一两个姓名是有意义者,往往也失之浅率。因此,如果只是以一般读小说消闲娱乐的态度,"市井之看小说者"只能从《红楼梦》得到最粗浅的阅读快感,但若能"谙文献典故",便可以对小说家"从姓氏上着想处"的深刻用意有所体认。

就曹雪芹如此之苦心设计的姓名,探索与"李纨"这个与其"某些特征发生联系"的命名含义,必须从她的父亲谈起。因为父权的关系,李纨的名字是由其父亲所命定,而其父亲李守中的姓名又是曹雪芹所安排,环环相扣地呈现出一脉相承的命意。脂砚斋在"父名李守中"一语上批道:

---

① (清)洪秋蕃:《红楼梦抉隐》,一粟编:《红楼梦资料汇编》,卷3,页238。
② (清)周春:《阅红楼梦随笔》,一粟编:《红楼梦资料汇编》,卷3,页67。

妙,盖云人能以理自守,安得为情所陷哉。

在此"以理自守"的家庭背景中成长的李纨,所受到的便是以"女子无才便有德"为准则的教育,因此"以纺绩井臼为要",这也反映在李纨名字中的"纨"与字"宫裁"的"裁",都来自于传统女性价值的女红。"李纨"之名乃出自李白《拟古诗十二首》之一的"闺人理纨素"一句①,表现出女性身处"闺中"——幽闭隔绝的存在处境,以及埋首于"理纨素"——秉持"只以纺绩井臼为要"的生活形态。

很显然,透过父女一脉相承的血缘关系与教育熏陶,以及同归于传统礼教原则的命名原理,形成了李纨恪遵传统礼教的出身背景,并透过姓名体现出来。

(二)家庭教育对人格的塑造与影响

李纨出身于金陵名宦,原本这类簪缨之家就极注重教育,因此"族中男女无有不诵诗读书者";而继承家业的李守中,所曾经担任的国子监祭酒,乃是执掌国家教育的最高负责人。国子监,是从隋代以后朝廷教育体系的最高学府;祭酒则是中央政府官职之一,为主管国子监或太学的教育行政长官,主要的任务是掌理大学之法与教学考试,于清朝时职等为从四品,就此而言,更应该是学富五

---

① 此一渊源关系见金启琮:《〈红楼梦〉人名研究》,《红楼梦学刊》1980年第1辑,页156。

车的硕学鸿儒。但不知何故，李守中的教育观念却有了很大的改变，采用明清时期开始广泛流行的"女子无才便有德"，而不十分令李纨读书，于是李纨的主要学习内容就是《女四书》《列女传》《贤媛集》等三四种书，具备认得几个字的基础教育，也以前朝的贤女为模范，专注于纺绩井臼等家务操持的能力。如此一来，在书香门第中成长的李纨，也就完全以三从四德为圭臬，并且偏重在四德中的妇德、妇功上，平常表现为"尚德不尚才"（第五十五回），"浑名叫作'大菩萨'，第一个善德人"（第六十五回），至于另外的妇言、妇容则在丧夫后完全遭到漠视。

必须特别注意的是，当小说家介绍李纨的家世背景时，其实同时说明了那是影响李纨性格的主要因素。从"至李守中承继以来"一段的婚前时期，到"这李纨虽青春丧偶"一段的守寡情境，中间是以"因此"一词作为承接的，很明显地，这个用来表示因果逻辑关系的词汇，说明了李纨婚前的教育内容是她在守寡后得以"居家处膏粱锦绣之中，竟如槁木死灰一般，一概无见无闻"的原因，由此确实肯定了教育对于塑造人格性情的重大影响力。李纨因此并没有成为明清精英家庭中常见的才媛，而是在青春丧偶之后成为一个完美的寡妇，探本溯源，必须归因于家庭教育的深刻影响。

这样的教育理念所产生的人格塑造力量，构成了李纨"能以理自守，安得为情所陷"的性格，使她可以做到"青春丧偶，居家处膏粱锦绣之中，竟如槁木死灰一般"，不为人间的爱憎所动。脂砚斋对此有一段批语，云：

>　　此时处此境，最能越理生事，彼竟不然，实罕见者。（第四回夹批）

由此可见，李纨的贞定自守是极为难能可贵的情操，并不是一般所以为的礼教压迫。虽然从历史的外部环境而言，清政府措施确实是表彰节妇，如学者所指出，"满族在一六四四年入主中原，立刻开始颁布诏书，对于妇女行为与性别关系订立规范。由于在这些政策中，有些是延续并扩展前几朝所建立起来的法案制度，因此它们似乎意味着清政府致力于实现儒家的治道。举例来说，伊懋可（Mark Elvin）曾指出，清政府在平民百姓中提倡儒家理想的同时，也将长久以来施行于前朝的制度推广至极，譬如表彰品德高尚的妇女。"① 这样的官方态度，成为现代人对于传统女性贞节观的主要印象，又因为自五四时期以来，基于当时改革立新的时代需要，对传统的家族制度和女性地位给予猛烈抨击，视之为迫害女性的历史罪恶，寡妇的形象便成为礼教吃人的代表之一。

　　但实际上，真实的妇女待遇存在着各种复杂多元的状况，绝不是如此简单，历史学的客观考察也呈现了另一类全然不同的寡妇形象，不仅明清时期存在着许多寡妇被强迫再婚的状况②，并非一

---

① ［美］曼素恩著，杨雅婷译：《兰闺宝录：晚明至盛清时的中国妇女》，第 2 章"性别"，页 76。

② Jennifer Holmgren, "The Economic Foundations of Virtue: Widow-Remarriage in Early and Modern China," *The Australian Journal of Chinese Affairs*, 13, 1985, pp. 12-14; T'ien Ju-Kang, *Male Anxiety and Female Chastity: A Comparative Study of Chinese Ethical Values in Ming-Ch'ing Times*, 1988, pp. 31-36.

般所以为的一律强迫守节；并且，日本学者对中国家族法的研究更指出，旧中国的寡妇在丈夫死后，"享有丈夫原有地位"，若亡夫没有亲生儿子或其他继承人，即没有后嗣的情况下，其妻子只要不再婚，那么"丈夫所有的财产权以及为夫妻双方选立养子的权利，可以全部转交至寡妇。任何人都不可侵犯寡妇的这一权利"，"寡妻拥有的立嗣权，这已经是被确立的法律原则"，此外，这些寡妇还能决定自己再婚与否："改嫁（即再婚），必须由寡妇自己的意志决定，这是自古以来的法律规定和习俗。"① 这些观点改写了寡妇在整个家族构造中所占的地位及意义，后来学者又进一步讨论寡妇被逼嫁的三种情况及其原因②，让我们更加实事求是地贴近历史真相。

通过以上的新认识，反观李纨的守节表现，便不能说是被迫害的牺牲者，甚至刚好相反，那是李纨自主的选择，而且是出于高尚的情操。第四十九回提及：

> 贾母王夫人因素喜李纨贤惠，且年轻守节，令人敬伏，今见他寡婶来了，便不肯令他外头去住。那李婶虽十分不肯，无奈贾母执意不从，只得带着李纹李绮在稻香村住下来。

---

① ［日］滋贺秀三：《中国家族法の原理》（东京：创文社，1967），页134、333、423。若干类似的见解亦见诸［日］仁井田升：《中国の农村家族》（东京：东京大学出版会，1952），页45、47、193、215。

② ［日］夫马进著，周萍译、余新忠校：《明清时期寡妇的地位及逼嫁习俗》，张国刚、余新志主编：《新近海外中国社会史论文选译》（天津：天津古籍出版社，2010），页46—47。本段关于滋贺秀三的论述中译，亦见此文，页47。

所谓"李纨贤惠,且年轻守节,令人敬伏",正意味着李纨是自愿守节的,是自幼所受到的思想观念与品格德性的外在体现,也因此才能获得族人的敬伏,以及贾母对她的刻意补偿,坚持要留下远道而来的李家亲人为伴,既能聊解日常的寂寞,同时也抚慰了嫁女思家的心怀,这分殊遇完全是她自己所挣来的尊重与善意。

二、白梅:心如止水的年轻寡妇

李纨以金陵名宦之女的身分嫁到荣国府中来,属于门当户对的联姻。第二回冷子兴演说荣国府时,对此介绍道:

> 这政老爹的夫人王氏,头胎生的公子,名唤贾珠,十四岁进学,不到二十岁就娶了妻生了子,一病死了。

第四回当李纨首度出场时,作者又描述道:"这李氏即贾珠之妻。珠虽夭亡,幸存一子,取名贾兰,今方五岁,已入学攻书。"由此可见,李纨是贾政的长媳,丈夫贾珠大约年仅弱冠即不幸病逝,留下一个幼子贾兰,则李纨丧夫时更只有十八九岁左右。贾兰五岁时,李纨也不过二十三四岁,诚所谓的"青春丧偶",从此过着"一概无见无闻,惟知侍亲养子,外则陪侍小姑等针黹诵读而已"的寡居生活。第七回也写道:"近日贾母说孙女儿们太多了,一处挤着倒不方便,只留宝玉黛玉二人这边解闷,却将迎、探、惜三人移到王夫人这边房后三间小抱厦内居住,令李纨陪伴照管。"则这些小姑们也成为李纨的生活重心之一。

（一）大家规矩

当李纨做了不再改嫁的选择后，在贾府这样的簪缨世家中，也必然会受到礼法的限制，据第六十五回兴儿所言道：

> 我们家的规矩又大，寡妇奶奶们不管事，只宜清净守节。妙在姑娘又多，只把姑娘们交给他，看书写字，学针线，学道理，这是他的责任。除此问事不知，说事不管。

从"我们家的规矩又大，寡妇奶奶们不管事，只宜清净守节"可知，李纨的"尚德不尚才"也是家规门风所致，恰好与她从小受到"女子无才便有德"的教育相一致，使得"守节"成为一种自然的心性实践而不是外力的压迫，才能达到"竹篱茅舍自甘心"的境界。在此一"清净守节"的生活中，李纨虽然不问家务世事，但以长嫂的伦理身份，仍然肩负着"陪侍小姑等针黹诵读"的责任，小说中对此再四致意，除前引的两段说法之外，还包括以下的两个表示：

- 黛玉……指着李纨道："这是叫你带着我们作针线教道理呢，你反招我们来大顽大笑的。"（第四十二回）
- 凤姐儿笑道："亏你是个大嫂子呢！把姑娘们原交给你带着念书学规矩针线的，他们不好，你要劝。"（第四十五回）

如此之众口一辞，可见李纨形同少女们的闺塾师，平日必须担任这些小姑的教育工作，包括念书、学规矩、教道理的"妇德"项目，以及作女红针线的"妇功"项目，引导她们成为端庄娴雅的大家闺秀，这两项目恰恰是李纨最熟悉而专长的，其胜任尽职自不必言。因此当黛玉领头大玩大笑，却赖给李纨说她有亏职守，李纨才会忍不住反控黛玉刁蛮。

事实上，当李纨由衷实践寡妇应有的节操时，平日是绝不会大玩大笑的。第七十回描写道：这日清晨宝玉方醒，外间房内传来咭咭呱呱的笑声不断，原来晴雯和麝月两个人按住芳官膈肢搔痒，芳官仰在炕上笑得喘不过气来，宝玉连忙上去助阵，也上床来膈肢晴雯，晴雯触痒，忙丢下雄奴转和宝玉对抓，结果四人裹在一处笑闹不休。这时李纨打发碧月来找昨晚所掉失的手帕，碧月见他四人乱滚，因笑道：

"倒是这里热闹，大清早起就咭咭呱呱的顽到一处。"宝玉笑道："你们那里人也不少，怎么不顽？"碧月道："**我们奶奶不顽**，把两个姨娘和琴姑娘也宾住了。如今琴姑娘又跟了老太太前头去了，更寂寞了。两个姨娘今年过了，到明年冬天都去了，又更寂寞呢。"

碧月的羡慕是有道理的，因为李纨从不玩闹，于是寄住的李纹、李绮、薛宝琴也一并受到无形的拘束，整个稻香村的青春少女都不得不勉强忍住好玩的心性，等到作客的姑娘们离开后，竹篱茅舍的生活就更寂寞了。

李纨既然不玩,当然更不化妆,毕竟寡居女性不宜打扮,以免启人疑窦、落入嫌疑。第四十二回众钗在稻香村讨论惜春请假的问题时,黛玉领着大家玩笑,于是两鬓略松了些,有失闺秀的端庄,在宝玉使眼色的提醒下,"忙开了李纨的妆奁,拿出抿子来,对镜抿了两抿,仍旧收拾好了,方出来",可见李纨是有化妆箱的,但其中只有整理仪容时最基本的梳子等用品,参照第七十五回写到尤氏来到稻香村后,其丫头媳妇们因问:

"奶奶今日中晌尚未洗脸,这会子趁便可净一净好?"尤氏点头。李纨忙命素云来取自己妆奁。素云一面取来,一面将自己的胭粉拿来,笑道:"**我们奶奶就少这个**。奶奶不嫌脏,这是我的,能着用些。"李纨道:"我虽没有,你就该往姑娘们那里取去。怎么公然拿出你的来。幸而是他,若是别人,岂不恼呢。"

可见丧夫的李纨也丧失妆扮的权利与兴趣,从而家居坐卧时完全没有胭脂香粉的踪迹,妆奁里便只有梳子、抿子以及面部清洁等生活必需用品,由此显示丧夫后的李纨将四德中的"妇容"也放弃了。连带地衣着也十分朴素,第四十九回写道:

只见众姊妹都在那边,都是一色大红猩猩毡与羽毛缎斗篷,独李纨穿一件青哆罗呢对襟褂子,薛宝钗穿一件莲青斗纹锦上添花洋线番䎱丝的鹤氅。

在众姊妹一色大红的映照之下，李纨与宝钗的青色便显得低调黯淡，无非也是恬淡自甘所致。

再看四德中的最后一项"妇言"，第三十五回贾母中肯地指出："不大说话的又有不大说话的可疼之处，嘴乖的也有一宗可嫌的，倒不如不说话的好。"宝玉听了立刻举例证明，笑道：

> 这就是了。我说大嫂子倒不大说话呢，老太太也是和凤姐姐的一样看待。

李纨的"不大说话"或许是贞静的妇德表现，也或许是守节女子的自我克制，总之，"妇言"这一项也遭到漠视。于是，在"女子无才便有德"的家训下，已经使得李纨偏重在四德中的妇德、妇功上，再加上贾府"寡妇奶奶们不管事"的大规矩，以至于对"妇容""妇言"更是消极以对，在治家干才方面更是完全缺乏培养、发挥的环境。

如此一来，一旦面临治家所需时，李纨便往往因为"尚德不尚才"，而待下浑厚慈柔如"大菩萨"（第六十五回），"未免逞纵了下人"，"是个佛爷，也不中用"（第五十五回），无法发挥整治家务的功能。当凤姐生病休养，王夫人委托李纨代替凤姐暂时治理大观园时，实质的改革整顿都是由辅佐的探春拟订执行，可见一斑。但从另一个角度来说，李纨虽然只是挂名，却不可或缺的原因，就在于以其长嫂的伦理身分成为团队的领袖，守护其他治理者的名正言顺，让未出阁的探春得以充分落实各项措施，据此说来，李纨的身分也有其实质意义，不可一概抹煞。

（二）真爱的基础

但是，让李纨能够"以理自守，安得为情所陷"的力量，应该不只是礼教规矩而已，而是在品性节操之中，还有着深厚的爱情为内里，如此更提升了礼教道德的高度与厚度。

李纨是否爱着贾珠呢？文本中提供了一段情节，告诉我们这个问题的答案是肯定的。第三十三回描述贾宝玉捱打受到重创，身为生母的王夫人痛在娘心：

> 王夫人抱着宝玉，只见他面白气弱，底下穿着一条绿纱小衣皆是血渍，禁不住解下汗巾看，由臀至胫，或青或紫，或整或破，竟无一点好处，不觉失声大哭起来，"苦命的儿吓！"因哭出"苦命儿"来，忽又想起贾珠来，便叫着贾珠哭道："若有你活着，便死一百个我也不管了。"此时里面的人闻得王夫人出来，那李宫裁王熙凤与迎春姊妹早已出来了。王夫人哭着贾珠的名字，别人还可，**惟有宫裁禁不住也放声哭了**。贾政听了，那泪珠更似滚瓜一般滚了下来。

这里李纨会"禁不住也放声哭了"，不只是出于现实处境的考虑，有感于丧夫之后下半辈子的无依无靠所致，而是来自由衷的真情，使之对早逝的丈夫无限怀念，也因丧失挚爱而悲痛万分，虽则传统的爱情不完全等于现代的爱情，但都是出自纯净心灵的真爱，甚且与恩义结合的传统爱情还更为深厚持久。从这个角度而言，李纨的守节就绝不能说是"礼教吃人"，反而是爱情的最高境界，犹如印度诗人泰戈尔所说：

贞节是一种财富，因着丰沛的爱而来。①

也是因为这分丰沛的爱，让李纨可以坚定守住已成空心的婚姻，就这一点，可以比较贾珠其他的妾室而更加突显。

第三十九回李纨对平儿说道：

"你倒是有造化的。凤丫头也是有造化的。想当初你珠大爷在日，何曾也没两个人。你们看我还是那容不下人的？天天只见他两个不自在。所以你珠大爷一没了，趁年轻我都打发了。**若有一个守得住，我到有个膀臂**。"说着滴下泪来。

对凤姐和平儿所谓的"造化"，指的是妻妾之间和平共处、相辅相成的姊妹关系，甚至可以在夫婿过世后成为相濡以沫、相依为命的亲人关系。李纨是一个宽和大度、容得下其他侍妾的正妻，可惜贾

---

① ［印度］拉宾德拉纳·泰戈尔著，陈琳秀译：《漂鸟集》（台北：崇文馆，2005），第73则，页57。

珠所纳的两个侍妾都是守不住的轻薄之辈，当贾珠还在世时就"天天不自在"，有一些或争风吃醋、或较劲勃谿的猜忌角力，让这一房不得安宁，更难以指望贾珠死后可以恬淡一生，因此李纨才会趁她们还年轻就打发出去，自寻另外的出路，以免徒增困扰。从而只剩李纨一人独守空闺，无怪乎会羡慕凤姐和平儿的彼此扶持，称之为难能可贵的"造化"。

从这个角度来说，在古代父权中心制之下的妻妾关系，并不是只有敌对斗争的一种形态，而还可以是同心协力的情感互联，至于要能达到这种境界，正妻本身的贤德固然是不可或缺的主要因素，除要能容人，更要能服人，李纨本身自无问题；但此外还得要有值得信赖的人选，这就必须诉诸天命，靠的是运气，李纨所感叹落泪的便是所遇非人，以致形单影只，独力守护贾珠这一房。如此说来，稻香村的寂寞就不单纯只是寡居所造成，也来自其他因素。

（三）梅妻虎子

整体而言，小说家以梅花作为李纨的代表花，必然是以高贵的气节为着眼点，贾珠在门当户对的金玉良姻中，拥有了真正的"梅妻虎子"，即使过早地撒手人寰，在妻贤子肖的这一点上却是圆满无缺，据此真足以含笑九泉。

第六十三回众人掣花名签一段，轮到李纨时，小说家描写道：

> 李氏摇了一摇，掣出一根来一看，笑道："好极。你们瞧瞧，这劳什子竟有些意思。"众人瞧那签上，画着一枝老梅，

是写着"霜晓寒姿"四字,那一面旧诗是:

> 竹篱茅舍自甘心。

注云:"自饮一杯,下家掷骰。"李纨笑道:"真有趣,你们掷去罢。我只自吃一杯,不问你们的废与兴。"说着,便吃酒,将骰过与黛玉。

对于所抽得的"霜晓寒姿"的老梅,以及签上所题"竹篱茅舍自甘心"的诗句,李纨一再表示"好极""有些意思""真有趣",足见这支签完全道中心事,说出了李纨的肺腑之言,因此接着说了一段几乎就是"如槁木死灰一般,一概无见无闻"之翻版的话语:"你们掷去罢。我只自吃一杯,不问你们的废与兴。"再加上签诗所节录的"竹篱茅舍自甘心"一句,原出自宋朝王淇的《梅》诗:

> 不受尘埃半点侵,竹篱茅舍自甘心。只因误识林和靖,惹得诗人说到今。①

就曹雪芹"冰山一角式"的引诗手法②所暗藏的用意,则"竹篱茅舍自甘心"一句固然已能明示其幽居若素之情态,但还必须配合原诗首句的"不受尘埃半点侵",才更能表现出她那心如止水、波澜

---

① 傅璇琮等主编:《全宋诗》第 67 册(北京:北京大学出版社,1998),卷 3521,页 42054。

② 详参欧丽娟:《诗论红楼梦》,第 7 章"《红楼梦》使用旧诗之情形与用意"第 5 节,页 385—392。

不兴的彻底沉寂。从签花、签诗、签意都环绕着梅花,恰恰反映出"静中只捻梅花嗅,不问人间是与非"①的姿态。

这株"霜晓寒姿"的老梅,安身立命之处正是"竹篱茅舍"。从第十七回可知,安排给李纨居住的稻香村,乃是以茅屋为主体,坐落在一片乡野田园之中:

> 一面走,一面说,倏尔青山斜阻。转过山怀中,隐隐露出一带黄泥筑就矮墙,墙头皆用稻茎掩护。有几百株杏花,如喷火蒸霞一般。里面数楹茅屋。外面却是桑、榆、槿、柘,各色树稚新条,随其曲折,编就两溜青篱。篱外山坡之下,有一土井,旁有桔槔辘轳之属。下面分畦列亩,佳蔬菜花,漫然无际。……路旁有一石碣,亦为留题之备。

明显是以乡村的田野风光为主体,寻常农家随处可见的桑榆槿柘稻稗菜蔬被充分复制于此,且除了周遭的田舍景致之外,茅屋内部的装潢设计也是"里面纸窗木榻,富贵气象一洗皆尽",可以说是里外如一。就此,宝玉猛烈地抨击道:

> **此处置一田庄,分明见得人力穿凿扭捏而成。**远无邻村,近不负郭,背山山无脉,临水水无源,高无隐寺之塔,下无通

---

① (清)高士奇:《归田集》,卷1,《四库未收书辑刊》第9辑(北京:北京出版社,2000),第16册,《自题嗅香图》,页699。

市之桥,**峭然孤出,似非大观**。争似先处有自然之理,得自然之气,虽种竹引泉,亦不伤于穿凿。古人云"天然图画"四字,正畏非其地而强为地,非其山而强为山,虽百般精而终不相宜。

其所临之水乃是流经园中各处的沁芳溪,作为一条与女儿互相定义的青春之泉,到了稻香村却失去了源头活水,则这处水塘即是一滩死水,容易枯竭干涸,正是心如止水的具体呈现。而这段话历来被视为小说家借宝玉之口,传达对封建礼教压抑人性的批判,稻香村也俨然成为把寡妇活埋的坟墓。

但经过仔细研究,宝玉的看法其实是出于对"价值"的单一执着,也是对"大观"的片面认识,反倒不符合真正的大观精神[①],相较之下,还是贾政的评论比较均衡周延,他说道:

> 倒是此处有些道理。固然系人力穿凿,此时一见,未免勾引起我归农之意。……你只朱楼画栋、恶赖富丽为佳,那里知道这清幽气象。

也就说,"人力穿凿"之处固然存在,但其中仍"有些道理",并不能一概抹煞。其实单单只就宝玉所看重的"天然图画"而言,大观

---

① 详见欧丽娟:《何以为"大观"——大观园的寓意另论》,香港大学《东方文化》(*Journal of Oriental Studies*) 第 47 卷第 2 期 (2014 年 12 月),页 1—35。

园中的其他处所也都并不是完全的天然，连大观园本身也都是经过费心规画、人力营造而成，因此，宝玉不以为然的地方主要是"峭然孤出"，与整体环境的不协调。但是从另一个角度来看，稻香村自成一个小世界，而且内外如一，本身就是一个微型的人格造型，洗尽铅华、反璞归真，清幽而不死寂，朴素而不苍白，这片铺满了大地原色的农庄并非死气沉沉，随着四季流转的韵律，稻禾吐穗、菜叶抽绿、新枝萌芽，在低调安静中默默含蕴着生机，因此贾政才会以"清幽气象"给予肯定。大观园也正是有了这一处地方，才使得大观精神更为完整丰满。

特别是，从稻香村得以孕育出贾兰这样的栋梁人才，就可以知道其母必定不凡，因为一个悲伤含怨、全无生机活力的不幸母亲，是培养不出优秀的儿子的。确实，李纨虽只剩下一个独子相依为命，却没有像小说中常见的其他母亲一样，以宠溺代替教育，而毁坏了孩子的品格与未来；相反地，她给予贾兰极为优良的母教，培育出贾府唯一足以复兴家业的纯根正苗，清末评点家姚燮甚至说："赦老纯乎官派气，政老纯乎书腐气，珍儿纯乎财主气，琏儿纯乎荡子气，蓉儿纯乎油头气，宝玉纯乎傻子气，环儿纯乎村俗气，我唯取兰哥一人。"① 虽然没有具体说明慧眼取中的原因，但至少可以推知贾兰并无家中男丁的那些缺点。进一步来说，贾兰小小年纪便与生俱来自尊自重的一副傲骨，第二十二回元宵节家族聚会，大家长贾政正巧在家，阖府团圆热闹非常，制灯谜为乐时，贾政因不见贾兰，便问：

---

① （清）姚燮：《读红楼梦纲领》，一粟编：《红楼梦资料汇编》，卷3，页169。

"怎么不见兰哥?"地下婆娘忙进里间问李氏,李氏起身笑着回道:"他说方才老爷并没去叫他,他不肯来。"婆娘回覆了贾政。众人都笑说:"天生的牛心古怪。"贾政忙遣贾环与两个婆娘将贾兰唤来。贾母命他在身旁坐了,抓果品与他吃。大家说笑取乐。

其中显示了贾兰虽然年龄尚幼,却拥有一种不愿被轻率对待、不肯迎合屈就的高傲心性,即使是在亲人之间,仍极为在意这一点,完全不像一般只管玩乐而没有尊严问题的小孩,出乎家长的意料之外,所以被称为"天生的牛心古怪",意指这种需要被尊重的傲骨是与生俱来的,因此特别派年龄最接近的小叔叔贾环去把他找来,等于给了他平等的礼遇;随后贾母命他在自己身旁坐了,更给了他最高的地位,都莫不是对这个孩子的另眼相看。但更应该注意的是,身为母亲的李纨却没有加以强迫,像大部分的母亲一样直接把贾兰带过来,反倒尊重他的意愿,反映出对如此清傲性格的包容与肯定,无形中也护持了贾兰的自重品行。

更进一步地,贾兰果然十分好学求进、文武双全。第二十六回描写宝玉百无聊赖地四处闲晃,在回廊上调弄了一回鸟雀,出到院外又顺着沁芳溪看了一回金鱼,忽见那边山坡上两只小鹿箭也似地跑来,原来是贾兰在后面拿着一张小弓追了下来,一见宝玉在前面,便站住了,宝玉问道:

"你又淘气了。好好的射他作什么?"贾兰笑道:"这会子不念书，闲着作什么？所以演习演习骑射。"

一经对照便清楚可见，当宝玉还在园中过着无忧无虑的悠闲生活时，年纪更小、辈分更低的贾兰已经在为园外的未来作足准备，对旗人世家教育中与诗书诵读同等重要的"骑射"①，也都自动自发地积极练习，家族子弟可谓无出其右，若无母亲从旁督课，单靠天赋岂能致此？从第七十一回宝玉劝探春道："谁都像三妹妹好多心。事事我常劝你，总别听那些俗语，想那俗事，只管安富尊荣才是。"尤氏听了立刻批评宝玉："谁都像你，真是一心无挂碍，只知道和姊妹们顽笑，饿了吃，困了睡，再过几年，不过还是这样，一点后事也不虑。"据此可以合理地推知，李纨绝不会让儿子步上宝玉的后尘，沦为"安富尊荣"的不肖子孙。

于是，贾兰便在清傲的天赋、后天的优良母教之下，成长为一个有为的青年，最终在家族危难中承担了复兴的职责，堪称自六朝以来，凡绵延数代的世家大族都十分渴望培养出来的"佳子弟""贤子弟"②，是李纨对贾家的最大贡献，稻香村也就成为祖灵眷顾的所在。

---

① 如曹雪芹之祖父曹寅《西园种柳述感》诗中道："再命承恩重，趋庭训敢忘？把书堪过日，学射自为郎。"又有题为《射堂柳已成行，命儿辈习射，作三捷句寄子猷》之诗，可见此亦曹家传统。二诗分见（清）曹寅：《楝亭诗钞》，（清）曹寅：《楝亭集》（北京：北京图书馆出版社，2007 年 11 月），卷 2，页 92；卷 3，页 126。
② 所谓："门第之所赖以维系而久在者，则必在上有贤父兄，在下有贤子弟。若此二者俱无，政治上之权势，经济上之丰盈，岂可支持此门第几百年而不弊不败？""欲保门第，不得不期有好子弟。"见钱穆：《略论魏晋南北朝学术文化与当时门第之关系》，《中国学术思想史论丛（三）》（台北：东大图书公司，1977），页 155、159。

三、红杏：灰烬中的余火残光

可以说，在李纨身上，借由人物特征之重复、累积所呈现的是一般对寡妇的刻板形象，常常以"类型"出现。再看进入稻香村之前，首先入眼的便是一道"青山斜阻"，必须"转过山怀中"才能见到"隐隐露出一带黄泥筑就矮墙"的村居全貌，这样的设计已然表现出一种与外界隔绝而造成围困的意味；此外，李纨在传统礼教的淘洗之下，既已成为绮罗世界万艳丛中的一点死灰、繁华场里的一片空白，于精致华贵的大观园中，独独突兀地建造一处"失于人力穿凿"而又"背山山无脉，临水水无源"的稻香村安排她居住，目的就在彰显这一类型特征。

但实际上，没有人可以完全地去除自我，"青春丧偶"的女性本大大不必然就会对人生灰心丧志，真正的道德也绝不迂腐。就算李纨已经是一塘无源之水、一口无波之井，可门外依然临水，稻禾犹且散发芬芳，因此宝玉援引"柴门临水稻花香"的诗句，为此处命名为稻香村，这就足以显示此地、此人绝不呆板无趣。何况，即使李纨的青春已烧成灰烬，然而其中仍不时闪烁着余火残光，可以说是一座很少喷发的休火山。

试看在一片大地原色的泥黄色调之中，竟然"有几百株杏花，如喷火蒸霞一般"，在春天灿烂地盛开着，构成一幅突兀的景观。如果说稻香村是大观园的反差，则作为反差中的反差，稻香村在泥黄色的单调背景下竟又盛开着如喷火蒸霞一般的几百株杏花，抢眼至极，形成视觉上极其强烈的对比乃至于对立的效果，岂非同样的突兀不谐？红杏宜于奔放的青春，所谓"红杏枝头春意闹""春色满园关不住，一枝红杏出墙来"，却大量种在寡妇槁木死灰的竹篱茅舍中，其中的象征意义自然十分耐人寻味。

"喷火蒸霞"一词原来是对桃花的形容，韩愈曾描绘道：

种桃处处惟开花，川原近远蒸红霞。(《桃源图》,《全唐诗》卷338）

宋代的诗评家还盛赞此一形容的杰出无人能及："状花卉之盛，古今无人道此语。"[1] 其红艳四射的缤纷奔放之姿，已然极度绚丽耀眼，何况此处所移用形容的对象，又是文士常常于诗词中用来点染春色的杏花，如宋代词人宋祁《玉楼春·春景》中描绘的"红杏枝头春意闹"[2]，以及叶绍翁《游园不值》诗所说的"春色满园关不住，一枝红杏出墙来"[3] 等等名句，无不可见红杏以其娇红之颜色与繁茂之花枝，给予人一种充满生命力的春意盎然的撩动；从而两相结合所成的"喷火蒸霞一般的数百株杏花"之景致，便相乘相加地展现出扑面袭来、令人难以逼视的炫目效果。

以之与周遭素黄枯淡的主调并观对照，巧妙而隐微地形成了"死灰中的一丛红艳""空白里的一片繁华"，岂非正暗示着：这一

---

[1] （宋）许顗：《彦周诗话》，（清）何文焕编：《历代诗话》，页387。

[2] 唐圭璋编：《全宋词》第1册（北京：中华书局，1965），页116。

[3] 傅璇琮等主编：《全宋诗》第56册（北京：北京大学出版社，1998），卷2949，页35235。

处槁木死灰的残余灰烬里,在表面看不见的幽暗底层中,其实犹然冒着炫目耀眼的红光余热!生命的本能并没有完全灭绝,对春天的追寻依然存在;生命的活火山不死,只是变成长久沉眠的休火山,极其偶然地喷发一下,宣告自己未死的春心,与那一息犹存而尚未全然枯竭的生机。

当我们意识到这样一株"竹篱茅舍自甘心"的老梅,却在那竹篱茅舍的旁边,同时绽放着无比红艳灿烂的大片杏花,此际李纨的类型框架就已经稍稍松动了,不再只是台面上平铺直叙的一幅平面人物画;如果再经过细读,遍观《红楼梦》高低掩映的情节丘壑,将可以发现到一些绽露李纨心中波澜的蛛丝马迹,让这位独特的金钗传神写照、画龙点睛,真正有血有肉地立体起来。

(一)优雅的生活情趣

首先,李纨身为金陵名宦之女,自幼成长于富贵世家中,耳濡目染之下,对于生活必然拥有优雅的品味与欣赏的能力,即使因为寡居的关系,住处力求素淡朴实,但这并没有取消既有的审美精神与审美眼光。一旦外在机缘巧合,便能引发李纨的兴致,成为审美活动的一大赞助者。

1. 诗社之邀集与凝聚

最先可以注意到的是,李纨虽然在"女子无才便有德"的教育之下成长,也确实缺乏干才与诗才,因此在第十八回的省亲大典中,众钗因元妃的谕令应制作诗时,不仅探春是勉强随众塞责而已,李纨也是"勉强凑成一律"。从第三十七回李纨所自承的"我又不会作诗""我虽不能作诗",可见她是《老子》第三三章所谓的"自知者明"之辈。但这并不妨碍李纨对于诗歌的喜爱与欣赏,虽然不能成为一流的创作者,却可以是一流的读者、品鉴者与推动者。

一般人往往忽略的是,"诗才"并不仅是创作能力,还包括评论鉴赏的分析能力,善于创作的是诗人,黛玉便属之;而善于评论分析的则是诗评家,李纨即为众钗之佼佼者。创作与诠释所需要的是不同的能力,清代诗论家吴乔便提出此一看法:

> 读诗与作诗,用心各别。读诗心须细,密察作者用意如何,布局如何,措词如何,如织者机梭,一丝不紊,而后有得。于古人只取好句,无益也。作诗须将古今人诗,一帚扫却,空旷其心,于茫然中忽得一意,而后成篇,定有可观。①

此外,陈仅更进一步透过历史经验,归纳出"鉴赏"与"创作"这两种能力非但彼此性质不同,因此一个好的作家并不等于好的批评家,尚且两者还具有排挤互斥的关系,认为一人往往不能兼容善作与善看的才性:

> 问:钟嵘《诗品》为千古评诗之祖,而记室之诗不传,岂善评诗者反不能诗乎?
> 非特善评者不能诗,即善吟诗者多不能评诗。……因知人

---

① (清)吴乔:《围炉诗话》,卷4,郭绍虞辑:《清诗话续编》,上册,页591。

各有能不能也。①

这些说法厘清了"读诗"与"作诗"的层次差异,让往往被混为一谈而模糊分际的"评论"与"创作"这两种不同的能力或概念得以真正区分开来,也为鉴赏分析与批评的独立性与专业性提供了可贵的认知。甚至应该说,文学批评者对文本的阐释权还要高过于创作者本身,加拿大学者诺思罗普·弗莱(Northrop Frye, 1912—1991)就曾有一段发人深省的见解,所谓:

> 批评的要义是,诗人不是不知道他要说什么,而是他不能说他所知道的。因为,为了从根本上维护批评的存在权,就要**假定批评是一种思想和知识的结构,自有其存在的理由,就其所讨论的艺术而言有某种程度的独立性**。诗人当然可以有他自己的某种批评能力,因而可以谈论他自己的作品。但是但丁为自己的《天堂》的第一章写评论的时候,他只不过是许多但丁批评家中的一员。但丁的评论自然有其特别的价值,但却没有特别的权威性。**人们普遍接受的一个说法是,对于确定一首诗的价值,批评家是比诗的创造者更好的法官**。②

从这个角度来说,让大观园充分洋溢审美气息的诗社,真正的灵魂

---

① (清)陈仅:《竹林答问》,郭绍虞辑:《清诗话续编》,下册,页2250。
② [加]诺思罗普·弗莱著,陈慧等译:《批评的剖析》(天津:百花文艺出版社,1998),页4—5。

人物其实是李纨,因为她最具有诗歌批评所需要的"思想和知识的结构",最了解诗歌的价值,这也体现于诗社的成形与运作上。

在《红楼梦》中,诗社的倡议与成立的过程,备见于第三十七回的"秋爽斋偶结海棠社"一段。其中记载探春病愈后,送与宝玉的一副花笺里提出竖词坛、开吟社的建议,结果登高一呼,四方便如响斯应地附和欣诺,除了表示早就该起社的宝玉、李纨之外,众姊妹也都跟着参与雅会而成为诗翁,接着便依黛玉的建议各自起了别号雅称,当天随即开社即景咏诗,并由探春为诗社起了"海棠社"之名。只是,大观园最早之海棠诗社的发起人虽是探春,实际担任主盟的却另有其人。既然海棠诗社也属于聚集众人组合而成的诗人团体,便也不能例外地必须有主宾之分以免群龙无首,于是前儿春天原就有意发起诗社的李纨闻讯而来之后,首先就毛遂自荐道:

> 雅的紧!要起诗社,我自荐我掌坛。前儿春天我原有这个意思的。我想了一想,我又不会作诗,瞎乱些什么,因而也忘了,就没有说得。既是三妹妹高兴,我就帮你作兴起来。……序齿我大,你们都要依我的主意,管情说了大家合意。我们七个人起社,我和二姑娘四姑娘都不会作诗,须得让出我们三个人去。我们三个各分一件事。……立定了社,再定罚约。我那里地方大,竟在我那里作社。我虽不能作诗,这些诗人竟不厌俗客,我作个东道主人,我自然也清雅起来了。若是要推我作社长,我一个社长自然不够,必要再请两位副社长,就请菱洲藕榭二位学究来,一位出题限韵,一位誊录监场。亦不可拘定

了我们三个人不作,若遇见容易些的题目韵脚,我们也随便作一首。你们四个却是要限定的。若如此便起,若不依我,我也不敢附骥了。

于是这位"潜在的发起人"便被公推为海棠诗社的社长,主管开社日期、提供场地、出题限韵、选择格式、誊录监场、品第评论、维持秩序及立定罚约,甚至还护卫群钗,直接向手握荣国府经济大权的王熙凤争取财源(此点见第四十五回)。如此则李纨乃是诗社正宗的"主盟"。

从宋代发端,到明清时期发展到鼎盛的诗社活动,有如下几个运作特色或说是条件:

其一,诗社活动必有其发起人及组织者,称做主盟,或谓之"社头""社首",一般多为在文学上或政治上有成就、有影响的人。

其次,诗社的主盟大多具有自觉的盟主意识;另一方面,对诗社的参加者来说,则具有比较自觉的对盟主的尊崇意识和服膺意识,而这两种意识其实都是群体意识的体现,是产生群体凝聚力的重要因素。

第三,透过唱和、品第、标榜等诗社常见的活动形式,可以进一步强化社员之间的凝聚性并发挥诗社的影响力。就"品第"来说,乃是诗社主盟对社员的诗作进行评论优劣、裁断高下的活动,是盟主权威的具体体现,同时也是对盟主权威的进一步强化;可是当诗社于品第活动中隐含竞赛评比的性质时,高下之论断却不能以盟主的个人喜好为依归,此点则显示某种评比依据的设定足以成为社员一致接受的共同标准。①

以这三项来衡量，基于海棠诗社只是闺阁中的文艺小团体，其盟主的担任资格当然就不是一般所谓"在文学上或政治上有成就、有影响的人"，从李纨自荐的理由，所谓"序齿我大，你们都要依我的主意，管情说了大家合意"，似乎比起学养、诗艺、才思等内在品质而言，年龄、辈分之类的外在条件更是盟主的担任标准，因此序齿最大的李纨才会如此当仁不让。但显然事实并非如此，自荐掌坛的李纨之所以拥有担当诗社盟主的资格，最根本的原因乃是宝玉所指出的：

> 稻香老农虽不善作却善看，又最公道，你就评阅优劣，我们都服的。（第三十七回）

由随后众人对此话的应和，所谓众人都道："自然。"可知李纨品第评阅的眼光与客观公正的态度早已受到众人一致的认可，正是她所谓的"管情说了大家合意"，因此才具备了盟主威服众人、一言九鼎的权威。可见李纨具有自觉的盟主意识，而社员也对盟主表现出尊崇意识和服膺意识，这才构成了产生群体凝聚力的重要因素，所以说，诗社真正的灵魂人物其实是李纨。

据此，也有学者已经注意到：一、李纨对诗社的成立表现出热

---

① 这三项内容，系综合自欧阳光：《宋元诗社研究丛稿》（广州：广东高等教育出版社，1998），上编，页9—14。

中、支持与带动。二、在第一次诗社活动时,李纨能给予全方位的考虑、谨慎的安排,因此评宝钗为第一。三、通过评诗,小说家深沉地展现了李纨的思想性格之丰厚内蕴。当宝钗对宝琴的两首怀古诗公然要求抹倒时,李纨又再一次表现出社长之才能,在她权衡平异的长篇议论中,李纨并没有简单化,她不但有论据、有论证,而且滴水不漏,不留把柄,最终的结论也是平实有力的:"这竟无妨,只管留着。"宝钗无可反驳,只得作罢。这场文艺思想的冲突,经李纨的处理,既分清了是非,又没有导致矛盾的表面化,可以说结局是理想的。可见这位年轻寡妇相当充分地体现了长嫂兼社长的那种非权力权威的风范。四、认为所谓"李纨论诗,依孔门诗教,主张温柔敦厚"之论有误,声言从诗评中,可以发现李纨是一个知识相当广博、内蕴相当丰富的少妇,是一个相当有社会活动潜在能量的女子。通过诗评,李纨的性格丰富起来了。① 这可以说是对李纨的极佳阐述。

2. 美的欣赏与兴致

李纨不仅是雅好诗歌之美,对于人文艺术具有高度的品鉴能力,自然界中的美丽精灵也必然吸引她的目光,花卉最是深受青睐。第三十七回诗社刚刚成立时,李纨便建议道:

> 方才我来时,看见他们抬进两盆白海棠来,倒是好花。你

---

① 季学原:《诗与梅:李纨的精神向度》,《红楼梦学刊》1998年第2辑,页8—11。

们何不就咏起他来?

贾芸用来孝敬宝玉的这两盆海棠花,从园中后门送进来后,便直接抬进怡红院,李纨应该是前往秋爽斋讨论成立诗社时,在路上恰巧遇到,一瞥之间竟能如此惊艳,还惦念不忘,当大家确定要起诗社,也各自取了别号,并分派职责、订立规约,一切底定就绪后,李纨因探春拣日不如撞日的主张,当下就建议以白海棠花作为歌咏的题目,可见印象之深刻。也因为如此,诗社的开社之作就是由白海棠花担任揭幕式,也由此得名为海棠诗社,探本溯源,都必须归因于李纨那一眼的惊艳难忘,以致成为诗社的灵魂,花之美、李纨之赏爱,都可想而知。

再则,第五十回叙述众人于芦雪庵联诗之后,身为诗社盟主的李纨处分又落第的宝玉时,出了一道罚则,说道:

"今日必罚你。我才看见栊翠庵的红梅有趣,我要折一枝来插瓶。可厌妙玉为人,我不理他。如今罚你去取一枝来。"众人都道这罚的又雅又有趣。

李纨会对红梅觉得有趣,显然为一种审美心理上移情作用的表现,既有透过花朵的欣赏而婉转表现的对青春之美的依稀眷恋,同时也寓含一种春心不死的微妙表示。同样地,李纨也是像宝玉一样,在前往芦雪庵的路上受到胭脂红梅的吸引,宝玉既然是:

> 走至山坡之下，顺着山脚刚转过去，已闻得一股寒香拂鼻。回头一看，恰是妙玉门前栊翠庵中有十数枝红梅如胭脂一般，映着雪色，分外显得精神，好不有趣！宝玉便立住，细细的赏玩一回方走。（第四十九回）

则"我才看见栊翠庵的红梅有趣"的李纨自是不遑多让，对那白雪红梅之鲜丽景致的领略又何曾稍减于宝玉！甚至可以说，李纨不但是现场诸钗中宝玉唯一的审美同道，从她想折一枝回来插瓶，将那份美从户外延续到屋内，从一时路过的赏玩到家居多日的盘桓流连，对红梅花的喜爱其实还比宝玉更有过之。

由此可见，无论是淡雅的白海棠，还是艳丽的红梅花，李纨都堪称是一位真正的惜花人，比起宝玉的爱花以致不忍践踏，黛玉的怜花以致葬花悲吟，或许不那么鲜明感人，但实际上却更为隽永有味。李纨敏锐地感知偶遇的美丽风光，没有忽略稍纵即逝的惊艳邂逅，积极撷取一时的花容胜景，为平淡的生活画龙点睛，说她是真正的惜花人，谁曰不宜？

3. 姊妹的幽默诙谐

李纨懂得诗、欣赏花，对平辈的姑嫂姊妹也可以是幽默诙谐的。例如第四十二回惜春被赋予绘大观园图的任务，十分为难，于是要求诗社放她一年的假，众钗在讨论过程中，黛玉不断地嘲笑惜春、讥讽刘姥姥，让场面笑料不断，却赖给李纨道：

"这是叫你带着我们作针线教道理呢，你反招我们来大顽大笑的。"李纨笑道:"你们听他这刁话。他领着头儿闹,引着人笑了,倒赖我的不是。真真恨的我只保佑明儿你得一个利害婆婆,再得几个千刁万恶的大姑子小姑子,试试你那会子还这么刁不刁了。"林黛玉早红了脸,拉着宝钗说:"咱们放他一年的假罢。"

李纨不甘示弱地反击,用的是女孩儿家最羞怯的婚姻之事,才使得黛玉红了脸转移话题,等于是间接认错,堪称谑而不虐。再者,第六十三回"寿怡红群芳开夜宴"一段中,探春掣了一根杏花签,附注云:"得此签者,必得贵婿,大家恭贺一杯,共同饮一杯。"众人皆笑道:"我们家已有了个王妃,难道你也是王妃不成。大喜,大喜。"等到最后袭人取了一支桃花签,依据附注,在座必须陪饮的有同庚者香菱、晴雯、宝钗三人,以及同辰的黛玉,

  于是大家斟了酒,黛玉因向探春笑道:"命中该着招贵婿的,你是杏花,快喝了,我们好喝。"探春笑道:"这是个什么,大嫂子顺手给他一下子。"李纨笑道:"人家不得贵婿反挨打,我也不忍的。"说的众人都笑了。

三人之间也是以婚姻之事互相调侃,将这个禁忌话题融入无伤大雅、不失分寸的活泼,李纨这位长嫂的不迂腐而收放自如,可以说是最佳调味。

(二）理性客观的公正判断

其实，李纨对于诗歌"善看"的功力，以及诗社竞赛评比之论断不以盟主的个人喜好为依归的公正客观，也表现在《老子》第三三章所谓的"知人者智"上。她的眼光既可以捕捉花之美，更可以洞察人之心，第三十九回有一段对平儿的怜惜赞美，最为典型：

> 李纨拉着他笑道："偏要你坐。"拉着他身旁坐下，端了一杯酒送到他嘴边。平儿忙喝了一口就要走。李纨道："偏不许你去。显见得只有凤丫头，就不听我的话了。"说着又命嬷嬷们："先送了盒子去，就说我留下平儿了。"……李纨搂着他笑道："可惜这么个好体面模样儿，命却平常，只落得屋里使唤。不知道的人，谁不拿你当作奶奶太太看。"平儿一面和宝钗湘云等吃喝，一面回头笑道："奶奶，别只摸的我怪痒的。"李氏道："嗳哟！这硬的是什么？"平儿道："钥匙。"李氏道："什么钥匙？要紧梯己东西怕人偷了去，却带在身上。我成日家和人说笑，有个唐僧取经，就有个白马来驮他；刘智远打天下，就有个瓜精来送盔甲；有个凤丫头，就有个你。你就是你奶奶的一把总钥匙，还要这钥匙作什么。"平儿笑道："奶奶吃了酒，又拿了我来打趣着取笑儿了。"宝钗笑道："这倒是真话。我们没事儿评论起人来，你们这几个都是百个里头挑不出一个来，妙在各人有各人的好处。"李纨道："大小都有个天理。比如老太太屋里，要没那个鸳鸯如何使得。从太太起，那一个敢驳老太太的回，现在他敢驳回。偏老太太只听他一个人的话。老太

太那些穿戴的,别人不记得,他都记得,要不是他经管着,不知叫人诓骗了多少去呢。那孩子心也公道,虽然这样,倒常替人说好话儿,还倒不依势欺人的。"惜春笑道:"老太太昨儿还说,他比我们还强呢。"平儿道:"那原是个好的,我们那里比的上他。"……李纨道:"那也罢了。"指着宝玉道:"这一个小爷屋里要不是袭人,你们度量到个什么田地!凤丫头就是楚霸王,也得这两只膀子好举千斤鼎。他不是这丫头,就得这么周到了!"

首先,李纨对身为仆妾的平儿是另眼相看、亲爱无间的,其友好一则是了解平儿的优点与不幸,为她的命运深深惋惜,比起宝玉来,更早地表现出知己的情意。而除了言论上的赞誉之外,在行动上还伸手揽住平儿,此一作为犹如凤姐所说的:"在园里去,个个姊妹我们都肯拉拉扯扯。"(第七十四回)正是一种超越主仆的姊妹情谊的表现,是对平儿的珍惜与肯定,毕竟在讲究尊卑主从的等级制社会里,连平起平坐都有失规矩,何况伸手相揽?也因为视同姊妹,才会以行动表示彼此平等一体,并在揽住平儿之后随手摸到钥匙,由此展开对众婢的高度评价。

整段引文中,除宝玉、探春提到彩霞之外,主要都是李纨接连发表对平儿、鸳鸯、袭人的赞扬,而且句句中肯,对每一个人优点与贡献了若指掌,可见李纨岂是真的"一概无见无闻"?再从第七十五回写尤氏主仆等人到了稻香村,趁便洗脸净面的一段情节可知,宁府内部的纲纪败坏,已经是普遍到了根基动摇的地步,连基本礼法都无以维持：

> （尤氏）一面说，一面盘膝坐在炕沿上。银蝶上来忙代为卸去腕镯戒指，又将一大袱手巾盖在下截，将衣裳护严。小丫鬟炒豆儿捧了一大盆温水走至尤氏跟前，只弯腰捧着。李纨道："怎么这样没规矩。"银蝶笑道："说一个个没机变的，说一个葫芦就是一个瓢。奶奶不过待咱们宽些，在家里不管怎样罢了，你就得了意，不管在家出外，当着亲戚也只随着便了。"尤氏道："你随他去罢，横竖洗了就完事了。"炒豆儿忙赶着跪下。

对于这样的管理松散、人员散漫轻忽，李纨以其"是个尚德不尚才的，未免逞纵了下人"的好脾气，都忍不住当场批评"怎么这样没规矩"，既证明了宁国府脱序出轨的严重程度，也可见李纨又岂是真的"不问你们的废与兴"？

由此种种，李纨虽然固守清净守节的大家规矩，平素"问事不知，说事不管"，但那清明如水的眼光仍是将诸般人事尽收眼底，给予理性客观的公正判断，显示出其妇德绝非来自迂腐呆板的教条，而是情理兼备的智慧，只是表现的机会不多而已。

四、沉默的大财主

当然，在如此一位寡居女子的心如止水上掀起波澜的，不只是上述那些正面的事物，"如喷火蒸霞一般"的红杏花所泄漏的，还包括任何人都不能免除的人性中根深蒂固的爱憎之情，有如暗潮汹涌的潜流汩汩流经心灵的幽暗水域。

（一）收支的单向模式

第一道流经李纨心中的暗潮潜流，见于第四十五回的记载：大观园起了诗社之后，李纨带领众家姊妹往凤姐处来商请相关事宜，表面上是请凤姐做个铁面无私的"监社御史"，好让诗社之运作上轨道，但具有"穿心透肺的识力"①的王熙凤，立刻就准确无比地猜中她们真正的意图："你们别哄我，我猜着了，那里是请我作监社御史！分明是叫我作个进钱的铜商。你们弄什么社，必是要轮流作东道的。你们的月钱不够花了，想出这个法子来拗了我去，好和我要钱。可是这个主意？"一席话说得众人都笑起来，因而李纨笑道："真真你是个水晶心肝玻璃人。"一句话就无异自承"求财"的目的，结果立刻便成了凤姐奚落的对象：

> 亏你是个大嫂子呢！……这会子他们起诗社，能用几个钱，你就不管了？老太太、太太罢了，原是老封君。你一个月十两银子的月钱，比我们多两倍银子。老太太、太太还说你寡妇失业的，可怜，不够用，又有个小子，足的又添了十两，和老太太、太太平等。又给你园子地，各人取租子。年终分年

---

① 吕启祥：《"凤辣子"辣味解——关于凤姐性格的文化反思》，《红楼梦会心录》，页205。

例，你又是上上分儿。你娘儿们，主子奴才共总没十个人，吃的穿的仍旧是官中的。一年通共算起来，也有四五百银子。这会子你就每年拿出一二百两银子来陪他们顽顽，能几年的限？他们各人出了阁，难道还要你赔不成？**这会子你怕花钱**，调唆他们来闹我，我乐得去吃一个河涸海干，我还通不知道呢！

王熙凤是一个"帐也清楚，理也公道"（第三十六回）的精明人物，这段精打细算、秤斤论两的算盘，全面显示出李纨的收纳帐目是如何财力雄厚，各个收入项目都是最高所得，包括：

1. 二十两月钱：李纨的等级原应和凤姐一样，月钱五两；之所以变成一个月十两银子，是因为接收贾珠的那一份，不因贾珠夭亡而取消，这一房的所得总额不变。再加上贾母、王夫人对她年轻守节的敬伏与怜惜，于是又加了一倍，共二十两，与贾母、王夫人同等。相对于王熙凤的五两月钱，以及大观园中一般公子小姐一个月二两的分例①，李纨的二十两月银为其他金钗们的十倍，已经称得上是一笔巨款。

2. 园子地取租子：这很可能是专属的一笔收入，其他少爷、小姐们是没有的。

3. 年终分年例的上上分儿：类似年终分红或年终奖金之类，虽然也是人人皆有，然而李纨的上上分儿又是最优厚的等级，理应也

---

① 第五十六回探春道："我们一月有二两月银。"又第四十九回记载王熙凤怜惜邢岫烟家贫命苦，于是比照迎春每月的分例送她一分，接着在第五十七回便透过邢岫烟之口，明说此一月钱是二两银子，各处说法极为一致。

是高过其他姊妹数倍。

这三项收入加起来,"一年通共算起来,也有四五百银子",超过其他姊妹的一般所得恐怕达到二十倍,算得上是悬殊之别;如果再对照刘姥姥所提供当时一般人家经济规模的参照系,所谓:"一共倒有二十多两银子,阿弥陀佛!这一顿的钱够我们庄家人过一年了。"(第三十九回)则其一年四五百两的收入即足以充当庄家人二十年的生活用度,更可谓一笔庞大的数字。尤其是李纨一方面收入甚丰,另一方面却是全无开销支出,"你娘儿们,主子奴才共总没十个人,吃的穿的仍旧是官中的",意指稻香村中的生活所需都由公家支应,无须自费,有进无出、进的又多,则李纨的一年四五百两乃是不必扣除成本的净收入。

相比而言其他少女们不仅进得少又出得多,如探春的情况是:"这几个月,我又攒下有十来吊钱了。你还拿了去,明儿出门逛去的时候,或是好字画,好轻巧顽意儿,替我带些来。"(第二十七回)可见这些少女有限的积攒,还要用在各种用品的购置上,多半是所剩无几,相形之下,李纨的岁收实为一大笔巨款。并且,历史学者的研究发现,"不仅旗人寡妇可以管理财产,甚至部分的旗人姑奶奶也可以代管财产。第二是财产的所有权,从契约上来看孀妇可以典卖夫家所置房产"[①],如此一来,李纨一年四五百两,五年便有二千多两的财富,都归她自己所有,即使失去丈夫的终身依靠,未

---

① 赖惠敏,《但问旗民:清代的法律与社会》(台北:五南图书出版公司,2007),第2章"清代旗人妇女财产权之浅析",页54。

来的一生仍都能确保衣食无虞，贾府的宽厚可想而知。

如此一来，以诗社社长之身分带领众钗直捣"财政大臣之总部"的李纨，于此竟暴露了她隐藏在竹篱茅舍之下雄厚的经济基础，表面上身处于"纸窗木榻，富贵气象一洗皆尽"（第十七回）的稻香村，过着简淡素净的寡居生活，但她其实才是真正坐拥万贯家财的沉默财主。但李纨显然在财务上只入不出，对于"这会子他们起诗社，能用几个钱"的支出，却不愿承揽，既有失长嫂的义务，也显示"怕花钱"的吝啬，则王熙凤之所以拨打那一番"帐也清楚，理也公道"的算盘，便可以说是不平之鸣。

凤姐所谓"这会子他们起诗社，能用几个钱"，算起来确实如此。从曹雪芹在书中两次明确指出诗社花费的具体数额来看，诸钗开诗社之用度其实所费无多，一般不需要用到五六两银子。如第四十九回记载：为了薛宝琴诸钗之到来，众人凑社接风，顺便赏雪联诗，于是做东的李纨对众人道：

你们每人一两银子就够了，送到我这里来。……（指名宝钗、黛玉、探春、宝玉）你们四分子送了来，我包总五六两银子也尽够了。

这段话中提供了几个重要的讯息，其一，这次的诗社共有至少十人参加，除既有的当然成员之外，还包括客居在此的薛宝琴、邢岫烟、李纹、李绮，以及入园暂住的香菱等，后者是不用出钱的客人，而全部的活动费"包总五六两银子也尽够了"，则平均算来，一人支出约 0.5 两。以此为基准，推算贵客驾临前以园中七人为主的诗社花费，平常应该是三四两即已绰绰有余。至于第四十五回中，宝钗替初入诗社的湘云代办螃蟹宴还席时，所花费的二十多两银子①，实属一个非常态的特例，当时除诗社成员之外，连贾母、王夫人，以及各级丫鬟婆子在内的贾府上上下下数十人都共襄盛举，并个个珍馐醴酒饱足而归，可以说是办得热热闹闹，皆大欢喜，因此乃是特殊机缘之下绝无仅有的一次例外，不能以此作为推算的基准。

　　此外，虽然在诗社初成立之际，李纨曾指定"每月初二、十六这两日开社"（第三十六回），但实际上却往往因故迁延或取消，如第四十二回李纨道："社还没起，就有脱滑的。"以致才到第五十三回，便已经碍于种种不顺心之事故，"因此诗社之日，皆未有人作兴，便空了几社"；到得第七十回，湘云更是抱怨道："咱们的诗社散了一年，也没有人作兴。"因此建议林黛玉重建桃花社，但随后却又因为贾政要回家，黛玉怕宝玉分心而吃亏，"因此自己只装作不耐烦，把诗社便不起"。如此一来，终于导致"社也散了，诗也不作了"的结果（第七十六回）。显然自始至终，诗社的举办并不具备严谨的强制性，本质上就带有不定期的游戏性质，以至大部分时候是荒废虚旷，流于虎头蛇尾，属于可有可无的闺中娱乐。则其共总花费能有几多？一次三四两的活动费，一年至多三五十两，

---

① 第三十九回借刘姥姥口述道："这样螃蟹，……再搭上酒菜，一共倒有二十多两银子。阿弥陀佛！这一顿的钱够我们庄家人过一年了。"

对一年总净收入四五百两的李纨来说，仅仅是其整体收入的零头而已，真是何足道哉，又何吝惜之有？何况以李纨身为长嫂，平日享有权威与特惠，也就相对地要负担义务，为小姑们支付小额零钱，乃是传统社会中的应然，因此李纨不愿承揽不花几个钱的诗社经费，本身确实已经足以成为王熙凤的口实。

并且，既然李纨说"包总五六两银子也尽够了"，又指名宝钗、黛玉、探春、宝玉"每人一两银子……你们四分子送了来"，如此一来，所剩余的差额只有一二两银子，这才是李纨自己支付的款项，与其他姊妹所出的金额相当。然而，这个数字明显是表面上的齐头式平等，在所得悬殊的情况下却是实质上的不对等、不公平。单单以月银来看，那些仅有二两的姊妹们，一两的社费就占去一半，再支应其他琐碎花费后便所剩无几；而李纨的一两则只是二十分之一，还可以有十九两的存余。对照之下，具备伦理与经济之双重优势的李纨，竟然以一个月平均收入四十两的宽裕处境，以及长嫂领袖的身分地位，也只出一二两，完全与小姑们同级，这就实在未免守财奴的小器之嫌；甚且为此戋戋之数，而大张旗鼓地率领群钗直捣经济总部以争取财源，其撙节俭省之程度即此便不言可喻。则凤姐对李纨的指控完全合乎情理，所估算的"一二百两银子"，或许便是以过度夸大之方式来衬显李纨只进不出的滴水不漏，反讽意味十分浓厚。

只不过，在凤姐的揭发之下李纨依然不为所动，甚至以空前绝后的情绪、猛烈粗鄙的言词反击之后（见下文），凤姐也只能以和软的哀兵姿态求饶，而经过一番对话后，李纨直到最后仍然坚持原

意,笑道:

"你们听听,说的好不好?把他会说话的!我且问你,这诗社你到底管不管?"凤姐儿笑道:"这是什么话,我**不入社花几个钱,不成了大观园的反叛了**,还想在这里吃饭不成?明儿一早就到任,下马拜了印,**先放下五十两银子给你们慢慢作会社东道**。过后几天,我又不作诗作文,只不过是个俗人罢了。'监察'也罢,不'监察'也罢,有了钱了,你们还撵出我来!"说的众人又都笑起来。(第四十五回)

至此,"怕花钱"的李纨终于获得凤姐的挹注,以公款填补诗社活动"不够花"的缺口,自己依然只承担平均分摊的小额成本,顽强地守住稻香村的地下金库,实在是出人意料之外的性格深沉面。

(二)对物价的敏感

不仅如此,李纨心中对金钱的注意力还出现在另一段表面隐微不显、其实含义深远的情节中。第五十六回"敏探春兴利除宿弊"这一段情节描述到,探春规画分擘大观园各处之林庭水塘,而就其特产加以经营兴利时,曾与李纨发生一段意在言外的对话:

探春又笑道:"可惜,蘅芜苑和怡红院这两处大地方竟没有出利息之物。"李纨忙笑道:"蘅芜苑更利害。如今香料铺并大市大庙卖的各处香料香章儿,都不是这些东西?算起来比别的利息更大。怡红院别说别的,单只说春夏天一季玫瑰花,共下多少花?还有一带篱笆上蔷薇、月季、宝相、金银藤,单这没要紧的草花干了,卖到茶叶铺药铺去,也值几个钱。"探春笑道:"原来如此。"

细观整段对话的内容,可以观察到两个重点:

首先,一如史湘云、林黛玉、贾宝玉等人对当票的茫然不识①,贾宝玉与婢女麝月对戥子(一种秤量金银药材等贵重物品的器具)的一知半解②,探春也是在参观赖大家的花园之后,"才知道一个破荷叶,一根枯草根子,都是值钱的"(第五十六回);而且不仅如此,探春在后知后觉之余却又只知其一、不知其二,于整顿大观园以兴利除弊时,还是只懂得依样画葫芦地分擘林竹笋果、稻稗菜蔬等等一般农作物,此外对香花香草等非生存必需之物的货利价值则是一无所知,可谓完完全全符合侯门似海之生活

---

① 第五十七回记载邢岫烟当衣度日,当票恰巧为湘云拾得,"湘云走来,手里拿着一张当票,口内笑道:'这是个账篇子?'黛玉瞧了,也不认得。……湘云道:'什么是当票子?'众人都笑道:'真真是个呆子,连个当票子也不知道。'薛姨妈叹道:'怨不得他,真真是个侯门千金,而且又小,那里知道这个?那里去有这个?便是家下人有这个,他如何得见?'……众婆子笑道:'林姑娘方才也不认得,别说姑娘们。此刻宝玉他倒是外头常走出去的,只怕也还没见过呢。'"

② 第五十一回记载:胡庸医诊视受寒的晴雯之后,依例应得一两的轿马钱,取钱的麝月"拿了一块银子,提起戥子来问宝玉:'那是一两的星儿?'宝玉笑道:'你问我?有趣,你倒成了才来的了。'麝月也笑了,又要去问人。宝玉道:'拣那大的给他一块就是了。又不作买卖,算这些做什么!'"可见两人都是秤斤论两的门外汉。

形态所培养出来的闺秀表现。以上种种现象，正合于厨娘柳家的对司棋所说的："你们深宅大院，水来伸手，饭来张口，只知鸡蛋是平常物件，那里知道外头买卖的行市呢。"（第六十一回）

则两相对照之下，十分耐人寻味的是：李纨既已"如槁木死灰一般，一概无见无闻，惟知侍亲养子，外则陪侍小姑等针黹诵读"（第四回），成为一位不问世间废兴的寡妇，同时更恪遵妇德规范，因丧夫而不肯盛妆打扮，以至于连一般日常使用的胭脂香粉都付诸阙如；兼且又是生活在膏粱锦绣、不虞匮乏的豪门之中，一概"问事不知，说事不管"（第六十五回），婢仆成群而事事有人代劳，根本无须亲炙柴米油盐等生计琐事，那么，她为何关心这些个人生活中非必需品的商业价值，又如何得知大观园外茶叶铺、药铺、香料铺并大市大庙各处的买卖行情？连翻滚于现实尘俗中的众婆子，都认定那"倒是外头常走出去"的宝玉"只怕也还没见过"当票子（第五十七回），那么，那条通往现实外界的秘密路径，又是如何透过滴水穿石的方式一步步渗透到李纨的心里，使她对一草一花的市场价值了若指掌？

尤其是那些高价花卉，清初康熙之际东来中国，官至工部侍郎的比利时耶稣会传教士南怀仁（Ferdinand Verbiest, 1623—1688），曾与利类思（Luigi Buglio）、安文思（Gabriel de Magalhaens）奉诏节录意大利传教士艾儒略所著《西方答问》，编成《西方要纪》一卷以供国人了解西洋国土风俗，其中南怀仁写道："凡为香，以其花草作之，如蔷薇、木樨、茉莉、梅、莲之属；凡为味，以其花草作之，如薄荷茶、茴香、紫苏之属。诸香与味，同其水，皆胜其物。"① 此外还进一步谓:"花以香为美,其名玫瑰者最贵,取炼为露,可当香,亦可当药。"② 这些文字叙述,为香花香草(尤其是玫瑰)在西方世界的实用功能与市场流通的现象作了简要的说明,而将此移观于中国方面,类似的情形也同样存在。

就玫瑰花来说,至晚于北宋已有自大食国传来的香露"蔷薇水"③,时至乾隆以后,承德街市竟发展到有十余家制作鲜花玫瑰饼的铺子,而以铭远斋最为驰名。④ 至于"花露"本即是中国地方的土产,清人顾禄亦有苏州和尚蒸制花露加以贩售的记载:"花露,以沙甑蒸者为贵。吴市多以锡甑。虎丘仰苏楼、静月轩,多释氏制卖,驰名四远。开瓶香冽,为当世所艳称。"⑤ 而其所卖的四十多种花露中,便包括玫瑰花露、早桂花露、茉莉花露、野蔷薇露、鲜佛手露、木香花露、白莲须露、夏枯草露、佩兰叶露、芙蓉花露、

---

① 转引自何小颜:《花与中国文化》(北京:人民出版社,1999),页 166。
② 《西方要纪·土产》,《四库全书存目丛书·史部》第 256 册(台南:庄严文化公司,影印清康熙刻昭代丛书本,1997),页 3。其中的"可当药"之说,又见于同书《医学》篇:"有制药一家,专炼药草之露,如蔷薇露之类。特取其精华而弃其渣滓,则用药寡而得效速,不害脾胃。"页 5。
③ 所谓:"旧说蔷薇水,乃外国采蔷薇花上露水,殆不然。实用白金为甑,采蔷薇花蒸气成水,则屡采屡蒸,积而为香,此所以不败。但异域蔷薇花气,馨烈非常,故大食国蔷薇水虽贮琉璃缶中,蜡密封其外,然香犹透彻,闻数十步,洒着人衣袂,经十数日不歇也。至五羊效外国造香,则不能得蔷薇,第取素馨茉莉花为之,亦足袭人鼻观,但视大食国真蔷薇水,犹奴尔。"(北宋)蔡绦撰,冯惠民、沈锡麟点校:《铁围山丛谈》(北京:中华书局,1997),卷 5,页 97—98。
④ 见何小颜:《花与中国文化》,页 167。
⑤ (清)顾禄:《桐桥倚棹录》(上海:上海古籍出版社,1980),卷 10,页 146。

马兰根露、玉兰花露、绿叶梅花露、金银花露、白荷花露、杭菊花露、苏薄荷露、稀莶草露、黄海棠花露、栀子花露、鲜金柑露等等与香花香草有关的项目，正可以与《红楼梦》中所出现的相关情节相印证，如在第三十四回有糖腌的"玫瑰卤子""木樨清露"与"玫瑰清露"等香露，在第四十四回则有用"紫茉莉花种"研碎了兑上香料制成的玉簪花棒，和以"花露"蒸叠成的如玫瑰膏子一般的胭脂等化妆品，而这些以香花制成的名物，在小说叙述中无一不是上等名贵的珍品。凡此种种相关记载，都足以证明李纨的说法完完全全是外在现实世界的写照。

问题是，一如出身商人之家而遍历世故的薛姨妈，对湘云之不识当票所感叹的："真真是侯门千金，而且又小，那里知道这个？那里去有这个？便是家下人有这个，他如何得见？"（第五十七回）若将这段话中的"这个"物件由当票换作香花香草，人物对象由湘云转为李纨，陈述语气由感叹改成怀疑，则薛姨妈的话完完全全可以适用于此处：生活于槁木死灰之寡妇心态，以及侯门似海之深闺生活中的李纨，为何关心又如何得知大观园外那货利征逐的现实世界中，茶叶铺、药铺、香料铺并大市大庙各处的买卖行情？

固然传统社会中，母亲会在女儿出嫁前夕教授各种相关知识，以顺利进入主妇的实务运作状况，但在短时间之内实际只能给予大体上的一般概念，不可能具体到柴米油盐酱醋茶，详细到每一种货物品项都一一贴上价格标签；尤其是对这等世家大族的闺秀千金而言，为女儿于归所施予的母教，主要是言行举止的妇道礼规，例如敦煌出土的《崔氏夫人训女文》中，对临嫁女儿的婚前训勉就只是提到："教汝前头行妇礼,但依吾语莫相违""若能一一依吾语,何得翁婆不爱怜"[①],实在是不必也无暇进行帐簿式的市场知识传授。因此,李纨之所以对这些东西的市场行情了若指掌,毋宁说是来自个人对财物金钱的敏感,才能在生活中时时留心、样样注意,对各种财货累积出丰富而准确的知识,于日常对话中自然而然地流露出来。

换句话说,如果这些出自李纨的算计之辞,并非曹雪芹一时失察所造成的人称误植(我们认为这是不可能的),则其中奥妙似乎是在隐隐暗示着:因礼教之塑造而形成的"竹篱茅舍自甘心"之下,其内心却不免"一枝红杏出墙来"的闺阁越界,才能在深居简出的贾府中探得外界的东风消息,而对世俗的货利之事知之甚详。但这种性格是隐藏不外露的,只在特殊场合中,以极其微妙曲折的方式爆发出来。

必须说,对于一个失去丈夫依靠的寡妇而言,这种对于金钱的积聚与吝惜,其实是情有可原,毕竟贾府眼前所给的优待并没有终身的保障,存在着一些客观上的变数,包括:贾母、王夫人的寿命有限,贾府随代降等承袭的每况愈下,都注定了收入状况只可能减少、很难增加,不愿改嫁的李纨也应该未雨绸缪,为未来作足准备。于是,这孤儿寡母所构成的一房,便以滴水不漏的方式巩固自己的地基,增加对未来的安全感,李纨那藏在深处的惶然之心实也令人可悯。

---

① 敦煌遗书 P.2633、S.4129 等卷子,引自程蔷、董乃斌:《唐帝国的精神文明:民俗与文学》(北京:中国社会科学出版社,1996),页 246—247。

五、"投射心理"与"同类比较"

当然,"如喷火蒸霞一般"的红杏花所泄漏的爱憎之情,主要还是表现在人身上。就在替诗社争取财源的过程中,李纨与王熙凤之间针锋相对的一番对话,呈现出槁木死灰的李纨其实是王熙凤的同道者,在精于算计、秤斤论两的性格上异曲同工,这一点也同样令人惊讶。

(一)"投射心理":王熙凤的特质

值得深思的是,当李纨身怀"怕花钱"此一不足为人所道的心病,却乍然遇到王熙凤这位"水晶心肝玻璃人",当场赤裸裸地暴露其财务之隐私时,面对如此一针见血、洞彻肺腑的揭露,情何以堪的李纨为自己辩护的方式实在算不得高明,称得上是气急败坏而口不择言:

> 你们听听,我说了一句,他就疯了,说了两车的无赖泥腿市俗专会打细算盘分斤拨两的话出来。这东西亏他托生在诗书大宦名门之家做小姐,出了嫁又是这样,他还是这么着;若是生在贫寒小户人家,作个小子,还不知怎么下作贫嘴恶舌的呢!天下人都被你算计了去!昨儿还打平儿呢,亏你伸的出手来!那黄汤难道灌丧了狗肚子里去了?气的我只要给平儿打报不平儿。……你今日又招我来了。给平儿拾鞋也不要,你们两个只该换一个过子才是。

一般红学家对这段情节所蕴含的意义,历来都是正面肯定的赞誉有加,如清代评点家的认知是:

> 以谑代骂,令人胸中一快,不特为平儿吐气也,真抵得骆临川讨武后一檄。此日李纨独豪爽,凤姐独和软,皆为仅见。①

这显然是将焦点放在"为平儿吐气"上,因而将李纨的疾言厉色、出言不逊与惩奸锄强、济弱扶倾的侠义行为相连结,乃至视同唐代徐敬业起兵声讨武后时,骆宾王为之撰述的那一篇大义凛然的《讨武曌檄》,遂尔感到"胸中一快"而许之为"豪爽"。另外,当今学者也以称赏的语气说道:在李纨向凤姐要资助之过程中,"立刻形成一种英雄与英雄交手、强女人与强女人对话的阵势。……这简直是神来之笔——原来纨凤都是'脂粉队里的英雄'!人们既欣赏凤姐的绝顶聪明、狡黠,又欣赏李纨的柔中带刚,刚时直如狮子搏兔,雄风飙起,势不可挡。李纨性格中显现出了奇光异彩。"②如此种种说法,都是以当时势均力敌的态势,来肯定李纨足以和凤姐分庭抗礼的能力与勇气。

然而,这样的肯定仅仅只能解释双方一来一往的表面形式而已,如果注意到李纨在论事说理的过程中,所展现的强烈错综的情绪纠葛与严重错榫的思考理路,事实上她还是远逊于思路清晰、切中要

---

① 冯其庸纂校订定,陈其欣助纂:《八家评批红楼梦》,第四十五回眉批,中册,卷5,页1079。

② 季学原:《诗与梅:李纨的精神向度》,页11。

点的王熙凤。因为那"狮子搏兔,雄风飙起"般的强悍之气并不是来自英雄无畏的至大至刚,而是来自情急反扑的蛮横无理;不是出于锄强伐恶的大义凛然,而是出于恼羞成怒的意气用事,如脂砚斋所言:

心直口拙之人急了,恨不得将万句话来并成一句,说死那人。(第四十五回批语)

可谓切中其实。因此,若不夹缠平儿受屈之事,将其中代弱者声讨的成分加以去除;也不被表面上性情一辣一软、一强一和的人物,却竟然可以面对面针锋相接的反常情况所蒙蔽,而不带成见地纯就事理以论之,则细察其中的描述,我们可以看到李纨的表现其实已不仅止于"谑"之诙谐嘲弄,而近乎"虐"之凌厉苛刻,其反应之激烈更非"豪爽"一词所寓含的率直不羁所能形容。尤其所谓"无赖泥腿市俗""下作贫嘴恶舌""黄汤难道灌丧了狗肚子里去"之类的骂语纷呈迭出,比诸凤姐的市井粗话恐怕已是有过之而无不及,绝不类出于诗书簪缨之家、闺阁芳闱之女的声口。

固然王熙凤是"专会打细算盘分斤拨两"的世俗之人,否则也不会施放高利贷或坐收贿款,而得到"机关算尽太聪明"(第五回判词)的评价,但她对李纨一年进帐丰厚的计算却丝毫不差,正所谓"帐也清楚,理也公道";对李纨以长嫂之尊而应该担当诗社东道的看法,于情于理亦无不合,就传统社会而言更属名正言顺,在此又为何必须承受"无赖泥腿市俗"的骂语?固然王熙凤揭露李纨吝财惜费的私心时,毫不委婉避讳的方式的确过于直接,然而其说词却毫无诬陷冤枉之处,则李纨"下作贫嘴恶舌""黄汤灌丧了狗肚子里去"之斥责岂非更为过火?而且李纨的恚骂是长篇大论、淋漓尽致,整部小说中,李纨总是安静木讷如宝玉所说的"大嫂子倒不大说话呢",何尝有此伶俐的口才表现?

因此毋宁说:其话泼辣,其势窘迫,其态则情急万分,至于所反击的内容更是强辞夺理,非但没有任何说服力,只是以模糊焦点、声东击西的攻心之术,拉出与此事毫不相干的平儿挨打之事来瓦解凤姐逼人的犀利,有如恼羞成怒的负隅顽抗乃至狗急跳墙,其激烈之程度本已近乎"虐"与"骂"的攻击性质;而所举以反击的平儿挨打之事,又恰恰是一生抓尖要强的凤姐负咎亏欠最深的痛处,如此才挫断了凤姐穿心透肺的气焰,挣得对自己的有利情势,致使凤姐在被迫转换战场之后,因情势发生变化而自觉心虚理亏,只得改以"和软"的态度,担承原本与诗社无关的罪愆,并进而应允:

> 竟不是为诗为画来找我,这脸子竟是为平儿来报仇的。……明儿一早就到任,下马拜了印,先放下五十两银子给你们慢慢作会社东道。过后几天,……"监察"也罢,不"监察"也罢,有了钱了,你们还撵出我来!

试问平儿挨打之事与此何干?风马牛不相及的逻辑谬误,真真莫此为甚。因此玲珑剔透的王熙凤才会接着说:"竟不是为诗为画来找我,这脸子竟是为平儿来报仇的。"一语便清楚点出李纨反击时混淆视听、移花接木的性质,果然是具有穿心透肺之识力的"水晶心肝玻璃人"!

至于李纨之反应如此强烈的深层意义，一则是口骂"黄汤难道灌丧了狗肚子里去"之类的市井粗话，以嗔怒厉责、奋力反击的雷霆之势，首度突破了死水无波、不问世事的妇德形象，与她后来在第五十回毫不掩饰地对孤洁冷僻的"槛外人"妙玉表示厌憎之感，都是枯井静水上随风翻涌的浪涛波澜，显示出身为人者内在实存实有的血肉之气；二则是在她与凤姐这般高手当面较劲的严酷过程中，虽然不乏恼羞成怒、气急败坏的狼狈，却也展现出那攻心为上、欺敌之弱的战略智慧，由声东击西、偷天换日之类的防御策略，把论辩上的逻辑谬误转化为情感上的有效利器，将被动挨打的颓势扭转为主动攻击的胜场，从而在交手的最后阶段让对方俯首称臣，圆满达成为诗社争取财源的任务。

然而，李纨这样过度反应的意义，更重要的乃是显现出一种来自无意识投射心理的作用。作为分析心理学家荣格的理论之一，冯·弗兰茨（von Franze）对"心理投射"加以说明道：投射"是一种在他人身上所看到的行为的独特性和行为方式的倾向性，我们自己同样表现出这些独特性和行为方式，但我们却没有意识到……（它）是把我们自身的某些潜意识的东西不自觉地转移到一个外部物体上去"。而当投射发生时，我们常常在投射者身上发现强烈的情绪、言语或行为反应。[①] 一般说来，我们把自身的某些潜意识的东西不自觉地转移到一个外部物体上去的"外部物体"，主要都是"他人"，再参考另一个现代心理分析家所作的说明，可以更清楚了

---

① 参见杨韶刚：《精神的追求：神秘的荣格》，页 71—74。

解投射心理的机制运作：

> 如果人们在他人身上看到自己没意识到的倾向，那就是"投射"。……投射是一种无意识的心理机制，每当我们的某个与意识无关的人格特征被激活之际，投射心理便趁势登场。在无意识投射的作用之下，我们往往从他人身上看到这个未被承认的个人特征，并作出反应。我们在他人身上看到的某些东西。事实上也存在于我们身上，然而我们却没有察觉自己身上也有。

就是因为无意识投射的作用，使我们往往从他人身上看到不被自己承认的个人特征，以至于"不论何时，只要我们对他人的反应包含了过度的情绪或反应过度，我们就可以确信，我们体内的某种无意识的东西受到了刺激，正在被激活"[①]。准此以观之，则李纨被王熙凤一语点出"怕花钱"的心态后，反应是如此过度情绪化而展现非理性的防御态势，故而在反击的措施中遍布着逻辑的谬误，既有移花接木的混淆视听，也有声东击西的假公济私，而使用的语言更是在几近口不择言的情况下，或有粗野鄙俗、市井下流之虞，这正可以显示出在无意识投射的作用中，李纨所具有的那一直未被承认或意识到，但其实却与王熙凤同类的"无赖泥腿市俗专会打细算盘分斤拨两"的个人特征，而间接证明李纨对于钱财偏嗜吝惜的特殊心理。

---

① ［美］康妮·茨威格、杰里迈亚·亚伯拉姆斯合编，文衡、廖瑞雯译：《人性阴暗面》，页39、44、45。

（二）"同类比较"：对妙玉的不满

此外，这位"一概无见无闻""不问废兴""问事不知，说事不管"的寡居女子，如止水之心还隐藏了对妙玉的厌恶上。第五十回叙述众人于芦雪庵联诗之后，因宝玉又落了第，于是身为诗社盟主的李纨出了一道罚则，对宝玉说道：

> 我才看见栊翠庵的红梅有趣，我要折一枝来插瓶。可厌妙玉为人，我不理他。如今罚你去取一枝来。

这个"可厌妙玉为人"的反应，不仅是整部小说中李纨唯一仅见的嫌恶表示，就妙玉而言，也是唯一仅见的被嫌恶表示。尤其当贾府上下对妙玉都依然采取礼遇与包容的态度时，相较之下，李纨的反应就显得非常特殊。

此点由第四十一回贾母等至栊翠庵一段即可见一斑。当时妙玉笑往里让，贾母道："我们才都吃了酒肉，你这里头有菩萨，冲了罪过。我们这里坐坐，把你的好茶拿来，我们吃一杯就去了。"最后贾母已经出庵要回去，妙玉亦不甚留，送出山门，回身便将门闭了。在这个过程中，连黛玉遭到妙玉当面冷笑呛她道："你这么个人，竟是大俗人，连水也尝不出来。"黛玉竟然也不以为忤，完全没有平日的多愁善感和尖锐反击，只是平淡地"知他天性怪僻，不好多话，亦不好多坐，吃完茶，便约着宝钗走了出来"，毫无风波。

再者，连丫鬟们对她的态度也都是并不在意甚至漠不关心，第六十三回怡红院在庆生后从醉梦中醒来，发生一段"发现妙玉贺卡"的事件：

> 这里宝玉梳洗了正吃茶，忽然一眼看见砚台底下压着一张纸，因说道："你们这随便混压东西也不好。"……晴雯忙启砚拿了出来，却是一张字帖儿，递与宝玉看时，原来是一张粉笺子，上面写着"槛外人妙玉恭肃遥叩芳辰"。宝玉看毕，直跳了起来，忙问："这是谁接了来的？也不告诉。"袭人晴雯等见了这般，不知当是那个要紧的人来的帖子，忙一齐问："昨儿谁接下了一个帖子？"四儿忙飞跑进来，笑说："昨儿妙玉并没亲来，只打发个妈妈送来。**我就搁在那里，谁知一顿酒就忘了。**"众人听了，道："我当谁的，这样大惊小怪。这也不值的。"

不仅接帖子的四儿随手一放，过后就忘，当因为宝玉十分惊慌而跟着紧张的众婢一知道对方是妙玉时，大家的反应是立刻松懈下来，而且觉得宝玉太大惊小怪，一点也不值得，诚所谓"爱的相反不是恨，而是漠不关心"。然而，平常号称"一概无见无闻""尚德不尚才""不问你们的废与兴""问事不知，说事不管"的李纨，素日待人浑厚慈柔如"大菩萨"，"未免逞纵了下人"，在这里却一反常态，独独以罕见的坦率无讳和尖锐的措词直抒不满之意，显然其反感之强烈实在非比寻常，不能用一般的情理来解释。若进一步探究其故，则李纨心中应该是存在着对同类才会产生的不满。

就李纨与妙玉的同类性而言：

1. 一个是礼教下的寡妇，一个是宗教上的道姑，都是应该要放弃红尘、断绝世俗的身分；两人又都是年轻女子，同时住在大观园里，可以说是伦理位置与身心状态最相近似的同道者。

2. 因而稻香村那"青山斜阻"与"竹篱茅舍边喷火蒸霞一般数百株杏花"的安排，恰恰与妙玉所居栊翠庵的"幽闭山怀"与"皑皑白雪中胭脂般十数枝红梅"的构图有着异曲同工之妙，显示出与世隔绝的社会位置，以及依然默默跃动的心灵。

3. 两人都以梅花为代表花，是为出世的象征。

然则，虽然同样都是梅花，但一个是褪尽风华的老梅、白梅，一个却是如胭脂一般的红梅。李纨是"竹篱茅舍自甘心"，彻底接受槁木死灰的命运，妙玉却是任性地往极端的放诞诡僻发展，犹如第六十三回岫烟的一番话所示：

> 岫烟笑道："他这脾气竟不能改，竟是生成这等放诞诡僻了。从来没见拜帖上下别号的，这可是俗语说的'僧不僧，俗不俗，女不女，男不男'，成个什么道理。"

此话道尽了妙玉虽然身处宗教出世之圣地，却依然心系俗世之生活情趣；虽然纵身入道了断尘缘，却又未舍一股朦朦胧胧的儿女情愫，结果就有如"带发修行"这样的形象一般，在性别上一身双绾男性与女性之异质组合，在宗教上同时横跨出世与入世之悖反统一，以致造成道姑/名流这样矛盾综合的独特处境，并公然地越界逾轨，而彻底模糊了"槛外"与"槛内"的分际。

但即使妙玉"僧不僧，俗不俗，女不女，男不男"的性格和作为，造成了传统礼教所不容的性别越界与身份越界的双重叛逆，由此展现出一种横跨两个世界的逾分或僭越，成为一种英国人类学家玛丽·道格拉斯（Mary Douglas, 1921—2007）所谓超越社会所设立的事物之间的界限（boundaries），而被定义为"不纯"（impurity）的"异常物"（anomalities）①，这种"位置不当"是引发谴责的具体因素，本来就很容易引起排斥。然而，这只能解释李纨之所以讨厌妙玉的部分原因，因为同样的情况对于别人也可以成立，但所有的别人却都没有表现出类似的反感，可见李纨的反应是特殊的，必定具有对她才存在的特殊因素。那就是进行价值攀比时的同类意识。

事实上，带给人们痛苦不甘、嫉妒怨恨或进步动力的比较行为，并不是任意或偶然发生的，关键在于"对象"，也就是被意识或无意识认定为"同类"的人，例如：同学、同侪、同事、同僚、同行、同业、同梯、同辈，彼此具有类似的身份条件并且在同一个圈子里，由此才产生比较乃至竞争的心理。而这就是嫉妒或怨恨的根源。

犹如斯宾诺莎（Baruch de Spinoza, 1632—1677）的洞察，嫉妒只在同辈或势位相等者中发生，"他只嫉妒一个地位与他相等，性

---

① Mary Douglas, *Purity and Danger: an Analysis of the Concepts of Pollution and Taboo* (London: Routledge, 1966), pp. 114-129. 中译见 [英] 玛丽·道格拉斯（Mary Douglas）著，黄剑波等译：《洁净与危险》（北京：民族出版社，2008）。

质与他相同的人";①又如舍勒(Max Scheler, 1874—1928)所指出:"怨恨的根源都与一种特殊的、把自身与别人进行价值攀比的方式有关。"而在传统等级社会,这种价值攀比往往是在等级内进行的,"在这样的历史时期,上帝或天命给予的'位置'使每个人都觉得自己的位置是'安置好的',他必须在给自己安定的位置上履行自己的特别义务,这类观念处处支配着所有的生活关系。他的自我价值感和他的要求都只是在这一位置的价值的内部打转"②。一旦在攀比过程中发现对方逾越其应然的位置,便引发了道德建构上的怨恨。据此便清楚解释了何以妙玉如此之怪诞,但看在其他人的眼中,只能引起一般性的不以为然而不屑一顾,所以众人的反应都是懒得理会;但对李纨却是刺眼难当,关键就在于那是一种对"同类"才会产生的比较心理,以及由比较所引发的道德怨恨。

(三)"白梅／红杏"的立体统一

可以说,李纨钟爱雪中红梅如胭脂一般的嫣妍姹艳,又厌憎孤洁冷僻的"槛外人"妙玉,爱憎之情交杂混糅,在死水般的心井中激荡出少见的波涛,显露出平静无波的外表之下,其实还蕴藏着将会掀腾翻涌的伏脉潜流。从整体来看,其隐微不显的生命跃动,表现在优雅的生活情趣、高度的审美眼光、幽默诙谐的活泼、公正客观的判

---

① [荷兰]斯宾诺莎著,贺麟译:《伦理学》(北京:商务印书馆,2009),第三部分"论情感的起源和性质",页143—144。
② [德]舍勒:《道德建构中的怨恨》,刘小枫选编:《舍勒选集》上册(上海:上海三联书店,1999),页409、412。

断,属于对存在的欣然追求;也表现在对妙玉的嫌恶、对王熙凤的口出骂语,以及对钱财的特殊计较与非常熟悉上,属于人性中的本能面相。如此都在在绽放出灰烬中的余火残光,红杏便是那不死的心灵。

由此,李纨身上便形成了白梅/红杏的矛盾统一关系,也就是意识与潜意识之间的拉锯关系:

1. 在意识的地表层次上,李纨是"竹篱茅舍自甘心"的一株老梅,安于槁木死灰的礼教枯井,同时以正统妇德的维护者自居,因而一方面总是表现得沉默谦退、无欲无求,一方面也成为《红楼梦》中唯一公然以言行显露对妙玉不满之情的人物。

2. 但在无意识的幽暗层次上,她却是"喷火蒸霞一般"的数百株杏花,一方面同类相求地趋近于"如胭脂一般的红梅"的吸引,显露出对自己已然被深深埋藏的青春的眷恋,另一方面则不免有对同类者大胆越界而得以风华灿烂的青春的嫉妒;再加上一场流于市井粗鄙的口角纷争,以及两度对钱财特殊的敏感与吝惜,终究还是泄漏了她那爱憎贪嗔之情欲依然潜跃躁动的灵魂。

因此,红杏是表面上平静如槁灰的稻香村中,李纨的内在表露。

六、在缺憾中自足

李纨以她特殊的形态演绎了一场女性人生,也像所有的生命一样,终究要走向终点。对于李纨的终场,第五回太虚幻境的神谕已经作了预告,其中关于她的图谶是画着一盆茂兰,旁边有一位凤冠霞帔的美人,也有判词云:

> 桃李春风结子完,到头谁似一盆兰。如冰水好空相妒,枉与他人作笑谈。

配合后来上演的《红楼梦曲·晚韶华》,完全道出李纨的一生变化:

> 〔晚韶华〕镜里恩情,更那堪梦里功名!那美韶华去之何迅!再休提绣帐鸳衾。只这带珠冠,披凤袄,也抵不了无常性命。虽说是,人生莫受老来贫,也须要阴骘积儿孙。气昂昂头戴簪缨,气昂昂头戴簪缨;光灿灿胸悬金印;威赫赫爵禄高登,威赫赫爵禄高登;昏惨惨黄泉路近。问古来将相可还存?也只是虚名儿与后人钦敬。

图上画的"一盆茂兰"与判词中的"一盆兰",指的是李纨之独子贾兰。从判词与曲文比对可知,判词的第一句"桃李春风结子完",是以"李""完"谐音点出图主的"李纨",并且双关李纨的人生幸福在结婚生子后就完结了,意谓李纨结婚生子后不久就丧夫寡居的遭遇,即《晚韶华》中所说的"镜里恩情,更那堪梦里功名!那美韶华去之何迅!再休提绣帐鸳衾"。

第二句"到头谁似一盆兰"意谓最终贾府的子孙们没有一个像贾兰一样,是可以担负复兴家业的"佳子弟",宝玉的"于国于家无望"(第三回)完全辜负了宁荣二公规引入正的苦心,其余包括贾琏、贾环、贾珍等玉字辈一代,更是安富尊荣的败家子。然而,由第一回甄士隐《好了歌注》中"昨怜破袄寒,今嫌紫蟒长"之句,脂砚斋批云:"贾兰贾菌一干人。"可知贾兰是唯一的例外,李纨苦心教导独子,以"令人敬伏"的贤德操守庇荫子孙,于是贾兰成为贾族唯一的"佳子弟",其品行才学与功名富贵被解释为李纨所积的"阴鸷"护佑所致。尤其是,当贾家败落后,一切都落了片白茫茫大地真干净,宝玉落得"寒冬噎酸齑,雪夜围破毡"(第十九回脂批)的贫困处境,李纨母子也应该相去不远,正所谓的"昨怜破袄寒";幸而李纨教子有成,贾兰长大后功成名就,也反过来使李纨在贾府败落后不致落入"老来贫"的悲惨境地,也算是善有善报,这应该就是《晚韶华》所谓"人生莫受老来贫,也须要阴鸷积儿孙"的意思。

青春早早凋谢的李纨,守寡一生终于获得了佳子弟的荣耀回馈,有子若此的安慰也免除了"老来贫"的悲哀可怕,图谶中"茂兰旁有一位凤冠霞帔的美人",指的正是母以子贵的李纨,随着朝廷封赏诰命的品爵等级而按品大妆,与《晚韶华》中的"带珠冠,披凤袄"相吻合,而"气昂昂头戴簪缨""光灿灿胸悬金印""威赫赫爵禄高登"正是贾兰加官进爵、飞黄腾达的写照。就此,"晚韶华"之曲名便是指失去了青春幸福的李纨却在晚年重获光彩,母以子贵扬眉吐气而"凤冠霞帔",这是她一生寡居守节,全力养育幼子成人成材的回报。

但这晚来的韶华却只是短暂的昙花一现,《晚韶华》中的"只这带珠冠,披凤袄,也抵不了无常性命"和"威赫赫爵禄高登,昏惨惨黄泉路近",都明示了李纨随着儿子才攀上荣华高峰不久,便面临死亡的到来。从这个发展来看,判词第三句的"如冰水好空相妒"就比较可以理解,应该与"死亡"有关,或者是化用唐朝寒山的《无题》诗：

> 欲识生死譬，且将冰水比。水结即成冰，冰消返成水。已死必应生，出生还复死。冰水不相伤，生死还双美。（《全唐诗》卷806）

诗中对生死进行譬喻，视生与死的关系如同水与冰，本为一体的两面，彼此循环相依：水遇冷结成冰，冰遇热便融化为水，一如在佛教轮回观念里，已死的生命必然会重生，出生后也还是会再度死亡，生与死是一个存在体的外在变化，并非截然敌对的不同状态，而是来自同一个本质，并且同样圆满，在彼此成就对方的情况下两全其美。只有死亡才会使得生命可贵，也才能维系世界的完善运作，否则"不死"的生命必然很快地让世界壅塞不堪，也剥夺了更多其他生命的存活，本质反倒是一种罪恶。这首诗偈表现出对生死的通透豁达[①]，化用此诗的判词则是偏取其意，单用"死亡"之义，因此在"如冰水好"的原用法之后，接以"空相妒"来加以否定，意谓着对凡人而言，生死的齐一双美是不存在的，"死亡"仍然是以极为负面的意义降临，似乎是嫉妒李纨的苦尽甘来，以致横加剥夺，于是最终也"只是虚名儿与后人钦敬"，甚至"枉与他人作笑谈"，令人叹惋。

[①] 有学者从轮回的角度，将"生""死"分别解释为人类和动物，以人与动物都在轮回中，宣扬不杀生的素食观。见（唐）寒山子著，钱学烈校注：《寒山诗校注》（广州：广东高等教育出版社，1991），页109。

从一般的角度来看，李纨的图谶、曲文似乎都是在感慨女性守寡便注定不幸，即使母以子贵，也补偿不了青春的虚度，判词的第四句"枉与他人作笑谈"与《晚韶华》曲终的"也只是虚名儿与后人钦敬"，意指人世的荣华名位都是"枉""虚"不实的，毕竟生命的实质意义与真正价值在于"过程"，一路上的春花秋月与凄风苦雨，才是决定幸福与否的关键；迟来的补偿不是真正的幸福，在"盛年不重来"的单程定律之下，那漫长的空洞虚度已经标记了华年的浪掷，终身阴霾之后的阳光乍现固然璀璨亮眼，却终究难免"夕阳无限好，只是近黄昏"的遗憾，何况这道阳光又一闪即逝，瞬间落入比阴霾更暗沉的死亡黑洞。于是李纨最后即使教子有成荣显于世，但整个人生其实是空虚寂寞又短暂的，此即其悲剧之所在。

但或许还可以进一步思索的是，死亡是人人都必得面对的生命终结，无人能够例外；无论荣枯得失，也都终有消散的一天，李纨的死亡所蕴含的悲剧，并不只是从富贵短暂而言。试看《晚韶华》曲终的"问古来将相可还存？也只是虚名儿与后人钦敬"，恰恰呼应了第一回跛足道人《好了歌》所说的"古今将相在何方？荒冢一堆草没了"，意谓着对任何人而言，权势名位都只是外在的装饰，而不是人生的实质，李纨的母以子贵当然更是如此。"虚名儿与后人钦敬"指的是李纨的人生留下了妇德的成果，在教子有方的情况下获得朝廷诰命的褒崇，令人敬佩；然而，人生大起大落的刻骨铭心只不过别人茶余饭后的下酒菜，第二回冷子兴演说荣国府时，岂不云："说着别人家的闲话，正好下酒，既多吃几杯何妨。"对任何人而言，他者的得失荣枯都只不过是随口闲聊的谈资，往往并不在意，也不用负责地臧否褒贬，甚至加油添醋、改编重写，不怕与事实相去甚远，反正满足了发表欲与批评欲之后，一阵说说笑笑就抛诸脑后，当事人的苦乐悲喜又有谁能真正放在心上，诚挚地感同身受？李纨的待遇也必然如此，故谓"枉与他人作笑谈"。

据此，则曹雪芹并不是讽刺李纨的努力白费、守节无益，正如同并不否定"古今将相"的价值，而是在郑重提醒："存在"本身就是意义，"非将相"的人生一样有价值，"竹篱茅舍自甘心"的生活平淡而真实，那就是意义所在。若是忽略这一点，把爵禄高登的珠冠凤袄、簪缨金印当作界定存在意义的标准，把幸福寄托在子孙显达上，那才真的是抹煞人生的本末倒置了。

第十二章
妙玉论

妙玉是太虚幻境正册十二金钗之中，出现次数最少的一位，就连自缢提早退场的秦可卿、幽居禁中的元妃、年幼的巧姐儿，被提到的机会都比她多一些。但就在屈指可数的仅仅五次之中，妙玉每一次的显影都精彩万分，淋漓尽致地绽放出鲜明的形象，比起其他金钗既毫不逊色，更远远胜过巧姐儿的蜻蜓点水、一笔带到，令人印象深刻。

作为一位被王夫人礼遇而来到贾府寄居的妙龄少女，妙玉既是李纨的对照组，又是惜春的参照系，还是黛玉的重像之一。然而在与其他的金钗交光互映之际，妙玉却又和小说中的其他人物一样，都是独一无二的个体，具备全然独立完整的个性，也拥有自己的个人生命史与全部的人性复杂度，以此建构出特属于她个人的人生轨迹与绝无仅有的生命风采。

作为专收贵族女性的正册十二钗之一，妙玉必然也是出身高贵、才性不凡。在第五回太虚幻境的人物簿册中，小说家赞美她是"气质美如兰，才华阜比仙"（《红楼梦曲·世难容》），具有高贵的"金玉质"（人物判词），与所有的金钗一样，都受到无比的尊重与了解，同时也从中反思人性的种种复杂问题。

一、生命史的轨迹：五个阶段

首先可以注意到，妙玉是太虚幻境薄命司正册十二钗中最后一位出场的青春少女，直到第十八回为了元妃省亲的盛大活动才中途登场，以此也将她的出身背景、生平履历给予扼要的交代，可以一窥其人的性格特质与环境成因。

第十八回载述，贾府为了迎接元妃省亲，在各种准备中包括典礼仪式所需的宗教人员，已出家为尼姑的妙玉便因缘际会地来到大观园，相关的描述十分详尽：

> 林之孝家的来回："采访聘买得十个小尼姑、小道姑都有了，连新作的二十分道袍也有了。外有一个带发修行的，本是苏州人氏，祖上也是读书仕宦之家。因生了这位姑娘自小多病，买了许多替身儿皆不中用，到底这位姑娘亲自入了空门，方才好了，所以带发修行，今年才十八岁，法名妙玉。如今父母俱已亡故，身边只有两个老嬷嬷、一个小丫头伏侍。文墨也极通，经文也不用学了，模样儿又极好。因听见'长安'都中有观音遗迹并贝叶遗文，去岁随了师父上来，现在西门外牟尼院住着。他师父极精演先天神数，于去冬圆寂了。妙玉本欲扶灵回乡，他师父临寂遗言，说他'衣食起居不宜回乡，在此静居，后来自然有你的结果。'所以他竟未回乡。"王夫人不等回完，便说："既这样，我们何不接了他来。"林之孝家的回道："请他，他说'侯门公府，必以贵势压人，我再不去的。'"王

夫人笑道:"他既是官宦小姐,自然骄傲些,就下个帖子请他何妨。"林之孝家的答应了出去,命书启相公写请帖去请妙玉。次日遣人备车轿去接……

从这段描写中,清楚可见包括出身籍贯、家世背景、多病体质、疗治方式、孤伶处境、名字带玉、高傲性格、诗书才华等等,妙玉都是林黛玉的翻版,唯一的差别只在于是否真的出家而已。而王夫人对这位林黛玉的分身是大表欣赏与热诚欢迎的,还没有听完林之孝家的回话,就立刻表示要接她过来,可见"祖上也是读书仕宦之家",这便优先赢得了王夫人的好感,因为此一家世背景意味着妙玉出身上层精英家庭,与贾府都是世代涵养的诗礼簪缨之族,与一般的出家女尼不同①,其作为官宦小姐所具备的高雅的知识教养与品貌风度,所谓"气质美如兰,才华阜比仙"最能与贾家相衬,也足以融入贾家的生活而不致扞格,由此便受到王夫人的青睐,愿意以高规格的礼遇迎接过来。

再者,从这段描述中也可以推论出王夫人对黛玉是喜爱而怜惜的,才会对雷同至极的妙玉敞开欢迎的膀臂,急着把人接回家来,即使得知妙玉的高傲拒绝也不以为忤,反而百般迁就,给予最高规格的礼遇,下帖子邀请、备车轿迎接,对于贾府这等国勋门第的贵族世家而言,诚为富而好礼的降格以求。因为在当时的社会礼仪

---

① 曼素恩指出,在18世纪的中国,尼庵被认为是贫穷女孩最后的求助对象。[美]曼素恩著,杨雅婷译:《兰闺宝录:晚明至盛清时的中国妇女》,第3章"生命历程",页137。

中,"名帖"就相当于本人,上面必须书写正式的姓名,以贾府的地位,"下个帖子请他"就等同于王夫人亲自上门邀请,可谓隆重至极,因此才请动了高傲的妙玉来到贾府。并且在请动了妙玉后,"次日遣人备车轿去接",更是倍加礼遇的进一步延续,因为从明代以来,轿子已经不只是一种交通工具,而是意谓着崇高的身分阶级。轿子在宋代出现以后,渐渐地取代了骑马的地位,而在南宋曾流行一时,上层阶级常以之为代步的工具;明朝中期以后又复兴乘轿的风气,并且持续到清代,必须说,"轿子本身与乘轿的行为,在明代已发展成为一种具有社会、政治与文化的象征,其实也就是权力的象征"。① 如此一来,无形中这也等于是给予妙玉一种彼此平等的地位,孤身一人寄居贾府的妙玉成为可与贾府平起平坐的客卿,堪称宽宏礼遇之至。

在此可以注意到,固然这是妙玉第一次在小说故事中的登场,但妙玉在来到贾府之前,已经度过了十八年的人生,并非一张白纸;并且这十八年的生命旅程既不是平顺如一条直线,其中更包含了性格养成的关键期,因此,若要了解妙玉的性情特质,就必须仔细追踪她的生命史以及期间经历所产生的影响。整体说来,妙玉的人生有五个阶段:俗家时期、出家时期、京城时期、贾府时期、流落时期。

1. 俗家时期。首先,妙玉出生在苏州的一个读书仕宦之家,是

---

① 见巫仁恕:《品味奢华:晚明的消费社会与士大夫》(台北:联经出版公司,2007),第 2 章"消费与权力象征——以乘轿文化为例",页 115。

为王夫人所谓的"既是官宦小姐，自然骄傲些"。这个精英阶级必然重视女儿的教育，因而妙玉"文墨也极通"，具有相当的高雅文化涵养。其次，从父母不惜花费巨资买了许多"替身"代替她出家，以期救治与生俱来的疾病，可见妙玉自幼便是深受疼爱的掌上明珠，正所谓的爱如珍宝。并且，虽然小说中并没有交代妙玉是否还有兄弟姊妹，不过，从妙玉在大观园的栊翠庵中竟然珍藏了诸多贵重的骨董茶具，而那又不可能是贾府馈赠的物品，则应该是来自原生家庭的财产，在父母双亡之后由妙玉所继承，随身携带到贾府。据此以观之，妙玉又像黛玉一样，都是家庭中唯一的孩子，父母的爱如珍宝更是合情合理。

如此一来，出身上层阶级，深受宠爱呵护、拥有博雅的高等教育，因而性情上"自然骄傲些"，便不仅合乎情理，也如实道出妙玉性格的一个重要成因，王夫人的推论可以说是深谙个中之理的有得之见。

2. 出家时期。然而，"替身"的诡计终究蒙骗不了神佛，这个备受爱宠的美丽女孩仍然病体孱弱，在生离与死别的天秤上，万般不舍的父母也只好忍痛选择生离，让宝贝女儿亲自出家，至少还可以留得性命。

但妙玉虽然入了空门，却也并未真正地完全剃度，"带发修行"意味着保有一种尘世联系，这或许便是来自父母的不舍，不愿真正断绝亲子的血脉情深，也埋下了妙玉横跨二界的开端。并且，妙玉出家后的修行之所并不是人迹罕至的荒山野岭，而是香火鼎盛的名寺宝刹，小说中一共提到两次，妙玉是在玄墓山蟠香寺修炼，玄墓山位于今天的苏州吴中区,据说是因为东晋郁泰玄死后葬于此处,因此得名,后因避康熙帝玄烨之名讳而改称元墓。清代顾禄引《府志》描述道:"元墓之西为弹山,……山不甚高,四面皆树梅。康熙中,巡抚宋荦题'香雪海'三字于崖壁,其名遂著。"并说二月时至元墓看梅花,"暖风入林,元墓梅花吐蕊,迤逦至香雪海,红英绿萼,相间万重。郡人舣舟虎山桥畔,幞被邀游,夜以继日"[①]。实为风景名胜之地。蟠香寺或即圣恩寺,同以多梅闻名,每到冬春之际即形成了"香雪海"的赏梅胜景。由第四十一回妙玉说她用以招待钗、黛的烹茶之水,是"五年前我在玄墓蟠香寺住着,收的梅花上的雪",诚为符合地利之便的就地取材。而这样一个风景如画、香火鼎盛的名寺,理应也是父母费心苦寻的殊胜宝地,以妥善安置幼弱的掌上明珠,则妙玉出家后所过的也不会是水月庵的智通与地藏庵的圆信"拐两个女孩子去作活使唤"(第七十七回)之类的苦修生活。

至于妙玉出家的年纪,或许也可以大略掌握。小说中第二次提到妙玉的出家地,是第六十三回岫烟对宝玉所说:

> 我和他做过十年的邻居,只一墙之隔。他在蟠香寺修炼,我家原寒素,赁的是他庙里的房子,住了十年,无事到他庙里去作伴。……因我们投亲去了,闻得他因不合时宜,权势不容,竟投到这里来。

[①] (清)顾禄撰,王迈校点:《清嘉录》,卷 2,页 42—43。

可见妙玉到蟠香寺出家至少十年。保守地估计，若岫烟大致上是与妙玉同时来到蟠香寺，也没有早一步离开，约略同时一个投亲去了，一个随师父到长安，参照"去岁随了师父上来"这一句话来看，妙玉离开蟠香寺时芳龄十七岁，那么出家时最多只有七岁。若岫烟比较晚到，又或比较早离开，则妙玉出家时的年龄应该更小，还要再减一两岁，仅仅五六岁而已。

既然这座蟠香寺香火鼎盛，还有可以赁租给平民的庙产，自是资源富饶，寺中的出家人无须耕种自给、托钵化缘；所在地风光明媚，有如世外仙境，身在其中，除读经修炼之外，还有赏花收雪的风雅，可以推测出家后的妙玉在蟠香寺的十年光阴，应该是平静自如的。再就妙玉本身的优越资质而言，从她得以单独随师父进京探访观音遗迹并贝叶遗文，为求道更进一层，可见也应该是师父有意传其衣钵的爱徒。尤其是参照岫烟所言："因我们投亲去了，闻得他因不合时宜，权势不容，竟投到这里来。"显示那"既是官宦小姐，自然骄傲些"的性情并未因出家而涤净，还进一步养成了"不合时宜，权势不容"的性格，其兀傲激矫甚至到了权势不容的地步。据此显然可以推断，妙玉即使出了家，依然是在一种自我发达的状态里，维持了"官宦小姐自然骄傲些"的性情，也算是一种独特的际遇。

3. 京城时期。十七岁的妙玉终于离开了蟠香寺这个安全的庇护所，"去岁随了师父上来"，到了以长安为代名的北京寻访观音遗迹并贝叶遗文，一直到次年被王夫人礼聘入府，为时仅约半年到一年；并且其中大部分的时间仍有师父的照拂，只有在师父入冬圆寂后独自在京城生活，才开始感受到一些现实压力，所谓的"不合时宜，权势不容"，便是妙玉遵照师父嘱咐留在北京时所出现的紧张冲突。一般而言，人如果经历过重大挫折，个性多多少少都会有所改变和收敛，但由于妙玉很快便得到王夫人的高规格礼遇，接入宽柔的贾府中安顿，这段产生现实压力的时间太过短暂，因此并没有对她的性格发生影响，依然保有"侯门公府，必以贵势压人，我再不去的"之类的兀傲不屈。

4. 贾府时期。就像所有的金钗们一样，在贾府尤其是大观园的生活堪称是生命中的黄金岁月，妙玉也是如此，不仅她的高傲性格获得了充分发展，以至于走向极端（见下文），人生中所有值得眷恋的故事都是在此发生；就其师父临终遗言所说，她"衣食起居不宜回乡，在此静居，后来自然有你的结果"，其中的"衣食起居不宜回乡"似乎暗示着，留在京都是与"衣食起居"有关的一种选择。从后来妙玉果然受到贾府的接请，住进大观园主持栊翠庵，其"衣食起居"因此维持了名流的高度精致，符合其师父"极精演先天神数"的预卜。整体而言，妙玉独特的性格内涵与心灵图像，都在这个时期充分开显。

5. 流落时期。依据脂砚斋的批语，妙玉最后也像所有的金钗们一样，在贾府崩溃、被迫离开大观园之后，便面临人生的悲惨处境。失去了父母的羽翼、师父的保护、贾家的庇荫，赤裸裸地在人海茫茫中独自暴露于风吹雨打之中，无所归依的妙玉为了生存下去，只能大幅改变原来的性格而"屈从枯骨"，委身于老男人为妾，从此进入到人生的黑暗期，大观园的梦幻岁月只能追忆、不可复寻。

二、先天禀赋：冰霜之下的善良柔软

妙玉的五个人生阶段，太虚幻境中的警幻仙姑早已通过《红楼梦曲》的预告给予大体的暗示：

〔世难容〕气质美如兰，才华阜比仙。天生成孤癖人皆罕。你道是啖肉食腥膻，视绮罗俗厌；却不知太高人愈妒，过洁世同嫌。可叹这，青灯古殿人将老；辜负了，红粉朱楼春色阑。到头来，依旧是风尘肮脏违心愿。好一似，无瑕白玉遭泥陷；又何须，王孙公子叹无缘！

从上一节的概述，已经大略可以感受到性格与环境的关联，但人的性格再怎样受环境的影响，仍必然有其与生俱来的天赋气性，《世难容》便清楚指出"天生成孤癖人皆罕"乃是妙玉的先天特质，后天的际遇则是给予加强的助力。但妙玉虽然是以"太高""过洁"作为最主要的人格特质，若进一步仔细观察，妙玉某些被忽视的优点也应该是来自天然本质，足以重塑妙玉的整体形象，也切中小说家之所以欣赏、怜惜这位特殊女子的真正原因。

很多读者都忽略，除"天生成孤癖人皆罕"的精神基因之外，妙玉的本质是善良的，就如她的重像黛玉一样，若非有这个前提，她们过度的率直、高傲、多心都难以受到宽谅甚至转化为赞赏。而妙玉的善良隐藏在一些很小的细节里，首先是念旧，由此超越了世俗的浮沉荣枯，焕发着深厚不移的真情。

第六十三回描述道：

> 刚过了沁芳亭，忽见岫烟颤颤巍巍的迎面走来。宝玉忙问："姐姐那里去？"岫烟笑道："我找妙玉说话。"宝玉听了诧异，说道："他为人孤癖，不合时宜，万人不入他目。原来他推重姐姐，竟知姐姐不是我们一流的俗人。"岫烟笑道："他也未必真心重我，但我和他做过十年的邻居，只一墙之隔。他在蟠香寺修炼，我家原寒素，赁的是他庙里的房子，住了十年，无事到他庙里去作伴。我所认的字都是承他所授。我和他又是贫贱之交，又有半师之分。因我们投亲去了，闻得他因不合时宜，权势不容，竟投到这里来。如今又天缘凑合，我们得遇，**旧情竟未易**。承他青目，更胜当日。"宝玉听了，恍如听了焦雷一般，喜的笑道："怪道姐姐举止言谈，超然如野鹤闲云，原来有本而来。"

犹如黛玉教导香菱学诗一样，妙玉也具有高度的知识能力足以担任闺阁中的女性教师，这正是学者所谓的"闺塾师"[①]，对于岫烟这位"家原寒素"的邻居女孩，妙玉不仅没有轻贱歧视，还愿意传授知识给予教导，这固然是因为岫烟"心性为人……是温厚可疼的人"（第四十九回），足以赢得他人的尊重喜爱，但妙玉这位"骄傲些"

[①] 可参[美]高彦颐著，李志生译：《闺塾师：明末清初江南的才女文化》；Ellen Widmer & Kang-i Sun Chang (eds.), *Writing Women in Late Imperial China* (Stanford, California: Stanford University Press, 1997)。

的官宦小姐，对于寒素的岫烟竟无势利的差别心，不以贫富论交，岂非也一样难能可贵？并且，妙玉不只是义务担任了岫烟的知识启蒙者，还成为她的生活良伴，彼此在日积月累的相处中培养了知交情谊，建立珍贵的"贫贱之交"，可见心性端良不俗。

"贫贱之交"语出《后汉书·宋弘传》，光武帝的姐姐湖阳公主丧夫后，其第二春属意于朝臣宋弘，于是光武帝出面试探宋弘的心意，公主则隐身在屏风后等待直接的答案：

> 时帝姊湖阳公主新寡，帝与共论朝臣，微观其意。主曰："宋公威容德器，群臣莫及。"帝曰："方且图之。"后弘被引见，帝令主坐屏风后，因谓弘曰："谚言贵易交，富易妻，人情乎？"弘曰："臣闻贫贱之知不可忘，糟糠之妻不下堂。"帝顾谓主曰："事不谐矣。"①

光武帝引用了"贵易交，富易妻"的俗谚，问宋弘这样一种有钱有势之后就换掉朋友妻子的做法，是否为一般人情之常？借以探测宋弘的看法与态度，宋弘则引述了完全不同的观念加以反驳，表示自己顾惜贫贱之交与糟糠之妻的心意与原则，也间接否定了休妻再娶、攀附皇室的可能。据此而言，妙玉也拥有"贫贱之知不可忘"的高贵人格，因此当时移境迁，两人各奔东西之后再度相遇于贾府，岫烟寒素依旧，却又不见冷淡，妙玉对她是"旧情竟未易"，

---

① （南朝宋）范晔：《后汉书》，卷26《宋弘传》，页904—905。

也就是过去十年邻居的旧情竟然没有改变，这已经极为难能可贵；不仅如此，岫烟还"承他青目，更胜当日"，意思是受到妙玉更胜于往日的青眼相看，可见岫烟的优秀出众比起往日更有过之，妙玉的眼光不俗、念旧惜情也可想而知。

但妙玉不仅对岫烟这位故人珍惜备至，对于来到贾府后所遇到的新朋友们，主要是黛玉、宝钗和湘云，也都真心相待。第四十一回描述道：

> 那妙玉便把宝钗和黛玉的衣襟一拉，二人随他出去，宝玉悄悄的随后跟了来。只见妙玉让他二人在耳房内，宝钗坐在榻上，黛玉便坐在妙玉的蒲团上。妙玉自向风炉上扇滚了水，另泡一壶茶。

应该注意到，这位极端洁癖的女尼，却肯让宝钗坐在她日常坐卧的榻上，让黛玉坐在她打坐参禅的蒲团上，没有那种见外的隔阂，可见另眼相看，颇有我辈中人之同道者的意味；并以自己珍藏的绝妙佳茗加以招待，甚至还亲自烧水泡茶，毫无高傲的主人姿态，整个过程中默默呈现了一股惺惺相惜之情。

更有甚者，第七十六回中秋夜阖家于大观园团圆赏月时，湘云、黛玉两人脱队自去吟诗联句，当黛玉以苦思所得的"冷月葬花魂"对湘云的"寒塘渡鹤影"，不但湘云拍手赞道："果然好极！非此不能对。好个'葬花魂'！"因又叹道："诗固新奇，只是太颓丧了些。你现病着，不该作此过于清奇诡谲之语。"黛玉笑道："不如

此如何压倒你。下句竟还未得，只为用工在这一句了。"这时，

一语未了，只见栏外山石后转出一个人来，笑道："好诗，好诗，果然太悲凉了。不必再往下联，若底下只这样去，反不显这两句了，倒觉得堆砌牵强。"二人不防，倒唬了一跳。细看时，不是别人，却是妙玉。二人皆诧异，因问："你如何到了这里？"妙玉笑道："我听见你们大家赏月，又吹的好笛，我也出来玩赏这清池皓月。顺脚走到这里，忽听见你两个联诗，更觉清雅异常，故此听住了。只是方才我听见这一首中，有几句虽好，只是过于颓败凄楚。此亦关人之气数而有，所以我出来止住。如今老太太都已早散了，满园的人想俱已睡熟了，你两个的丫头还不知在那里找你们呢。你们也不怕冷了？快同我来，到我那里去吃杯茶，只怕就天亮了。"黛玉笑道："谁知道就这个时候了。"三人遂一同来至栊翠庵中。只见龛焰犹青，炉香未烬。几个老嬷嬷也都睡了，只有小丫鬟在蒲团上垂头打盹。妙玉唤他起来，现去烹茶。……自取了笔砚纸墨出来，将方才的诗命他二人念着，遂从头写出来。黛玉见他今日十分高兴，便笑道："从来没见你这样高兴。我也不敢唐突请教，这还可以见教否？若不堪时，便就烧了；若还可改，即请改正改正。"妙玉笑道："也不敢妄加评赞。只是这才有了二十二韵。我意思想着你二位警句已出，再若续时，恐后力不加。我竟要续貂，又恐有玷。"黛玉从没见妙玉作过诗，今见他高兴如此，忙说："果然如此，我们的虽不好，亦可以带好了。"妙玉道："如

今收结,到底还该归到本来面目上去。若只管丢了真情真事且去搜奇捡怪,一则失了咱们的闺阁面目,二则也与题目无涉了。"二人皆道极是。妙玉遂提笔一挥而就,递与他二人道:"休要见笑。依我必须如此,方翻转过来。虽前头有凄楚之句,亦无甚碍了。"二人接了看时,只见他续道:

香篆销金鼎,脂冰腻玉盆。箫增嫠妇泣,衾倩侍儿温。
空帐悬文凤,闲屏掩彩鸳。露浓苔更滑,霜重竹难扪。
犹步萦纡沼,还登寂历原。石奇神鬼搏,木怪虎狼蹲。
赑屃朝光透,罘罳晓露屯。振林千树鸟,啼谷一声猿。
歧熟焉忘径,泉知不问源。钟鸣栊翠寺,鸡唱稻香村。
有兴悲何继,无愁意岂烦。芳情只自遣,雅趣向谁言。
彻旦休云倦,烹茶更细论。

后书:《右中秋夜大观园即景联句三十五韵》。

黛玉湘云二人皆赞赏不已,说:"可见我们天天是舍近而求远。现有这样诗仙在此,却天天去纸上谈兵。"妙玉笑道:"明日再润色。此时想也快天亮了,到底要歇息歇息才是。"林史二人听说,便起身告辞,带领丫鬟出来。妙玉送至门外,看他们去远,方掩门进来。不在话下。

可见在湘、黛联句到了精锐尽出的时候,才女之间的脑力激荡虽然撞击出精彩的火花,却也耗尽心神,黛玉在对出"冷月葬花魂"的警句之后便遇到瓶颈,无以为继,这便是妙玉现身的绝佳时刻。但妙玉之所以出面,最主要的并不是露才扬己,而是关心她们的命运,不忍两人的未来受到这些不祥诗句的牵引,因此才现身出面,试图给予转圜。所谓"这一首中,有几句虽好,只是过于颓败凄楚。此亦关人之气数而有,所以我出来止住",接着在她的努力之下,透过续诗"方翻转过来,虽前头有凄楚之句,亦无甚碍了",显示出妙玉担心两人的命运不济,意欲加以翻转而趋吉避凶,这和宝钗作《临江仙·咏柳絮》以抵消众钗的凄楚哀音,道理是一样的。

当完成扭转命运的续诗之后,已经到了快要天亮的破晓时分,妙玉提醒两人该回去歇息,湘、黛便起身告辞,"妙玉送至门外,看他们去远,方掩门进来",这样的恭送相较于第四十一回刘姥姥逛大观园时,贾母一行人盘桓片刻后告辞离去,"妙玉亦不甚留,送出山门,回身便将门闭了"的情况,其差别不言可喻。

由此可见,妙玉固然冷若冰霜、硬如钢铁,但其中却隐藏着一缕慈善温柔,只要能碰触到她的心,就可以领略到被珍惜的情意。但当然,冰雪难化、钢铁难熔,只有宝玉、宝钗、黛玉、湘云、岫烟等这些非凡之辈才能打开一道门缝而得其青睐,在精致优雅的文化背景下吟诗、品茶、谈学、说道、论艺,只有性灵而没有日常,若刘姥姥者流便有如污秽的泥泞一般,甚至只要出现在眼前都构成视觉污染,所谓"你那里和他说话授受去,越发连你也脏了"(第四十一回),连当面说话授受都会遭到病菌传染,以致被无情驱逐出她的王国。这当然是过犹不及、流于偏执了。

第七十六回的这一大段情节,是妙玉继刘姥姥逛大观园之后,第二次参与情节铺展的主要场面,除了对湘、黛二人的情谊表现之外,也落实了妙玉"气质美如兰,才华阜比仙"的比仙才华,并非作者夸大谬赞的虚言。单单那一大段续诗就显示妙玉的文艺才能不仅是"文墨也极通"而已,从"中秋夜大观园即景联句三十五韵"全篇共三十五韵、七十句,扣除前面湘、黛共同合作的二十二韵、四十四句,妙玉一人的手笔就有十三韵、二十六句,超过湘、黛任何一人,这两位起头的诗家各自作了十一韵、二十二句,都略逊于妙玉,此乃数字上量的优胜;就作品的内容品质而言,妙玉的续诗被黛玉、湘云二人异口同声地赞赏为"诗仙",与李白比肩,也应该不是应酬的场面话而已。

此外,在这一段情节中,妙玉所展现的并不只是诗歌的创作才华,从她所说:"我听见你们大家赏月,又吹的好笛,我也出来玩赏这清池皓月。顺脚走到这里,忽听见你两个联诗,更觉清雅异常,故此听住了。"足证妙玉同样能够领略好笛悠扬、清池皓月的清华之美。则综合可见,无论是天上的月色清光、地面的清池皓月、笛管的清扬悠远、联诗的清雅异常,再加上烹煮的茗茶是清淡轻浮的,可见妙玉的审美眼光多元而丰富,并以"清"的脱俗为核心,体现出高雅文化的品味不凡。而这与她出身于"读书仕宦之家"的官宦小姐密不可分。

三、太高、过洁:性格的极端化发展

关于清淡轻浮的茗茶一段,最能展现妙玉身为官宦小姐的精致生活,也呈显出妙玉最主要的性格特质。第四十一回描述道:

当下贾母等吃过茶,又带了刘姥姥至栊翠庵来。妙玉忙接了进去。……一面往东禅堂来。妙玉笑往里让,贾母道:"我们才都吃了酒肉,你这里头有菩萨,冲了罪过。我们这里坐坐,把你的好茶拿来,我们吃一杯就去了。"妙玉听了,忙去烹了茶来。宝玉留神看他是怎么行事。只见妙玉亲自捧了一**个海棠花式雕漆填金云龙献寿的小茶盘**,里面放一个**成窑五彩小盖钟**,捧与贾母。贾母道:"我不吃六安茶。"妙玉笑说:"知道。这是老君眉。"贾母接了,又问是什么水。妙玉笑回"是旧年蠲的雨水。"贾母便吃了半盏,……然后众人都是一色**官窑脱胎填白盖碗**。

那妙玉便把宝钗和黛玉的衣襟一拉,二人随他出去,宝玉悄悄的随后跟了来。只见妙玉让他二人在耳房内,宝钗坐在榻上,黛玉便坐在妙玉的蒲团上。妙玉自向风炉上扇滚了水,另泡一壶茶。宝玉便走了进来,笑道:"偏你们吃梯己茶呢。"……妙玉另拿出两只杯来。一个旁边有一耳,杯上镌着"瓟斝"三个隶字,后有一行小真字是"晋王恺珍玩",又有"宋元丰五年四月眉山苏轼见于秘府"一行小字。妙玉便斟了一斝,递与宝钗。那一只形似钵而小,也有三个垂珠篆字,镌着"点犀䀉"。妙玉斟了一䀉与黛玉。仍将前番自己常日吃茶的那只绿玉斗来斟与宝玉。宝玉笑道:"常言'世法平等',他两个就用那样古玩奇珍,我就是个俗器了。"妙玉道:"这是俗器?不是我说狂话,只怕你家里未必找的出这么一个俗器来呢。"宝玉笑道:"俗说'随乡入乡',到了你这里,自然把那金玉珠宝一概贬为俗器了。"妙玉听如此说，十分欢喜，……妙玉执壶，只向海内斟了约有一杯。宝玉细细吃了。果觉轻浮无比，赏赞不绝。……黛玉因问："这也是旧年的雨水？"妙玉冷笑道："你这么个人，竟是大俗人，连水也尝不出来。这是五年前我在玄墓蟠香寺住着，收的梅花上的雪，共得了那一鬼脸青的花瓮一瓮，总舍不得吃，埋在地下，今年夏天才开了。我只吃过一回，这是第二回了。你怎么尝不出来？隔年蠲的雨水那有这样轻浮，如何吃得。"黛玉知他天性怪僻，不好多话，亦不好多坐，吃完茶，便约着宝钗走了出来。

这一大段情节才是妙玉第一次参与情节铺展的主要场面，最是理解妙玉的重要依据，其中隐含了众多讯息。

（一）出身等级的惯习品味与文化排斥

首先，妙玉于栊翠庵中收藏了大量足以专柜典藏的古董精品，单单是茶杯的清单上，就包括：给贾母的一个海棠花式雕漆填金云龙献寿的小茶盘、一个成窑五彩小盖钟，给众人约十个的一色官窑脱胎填白盖碗，给宝钗的一只瓠瓟斝，给黛玉的一只点犀䀉，给宝玉的一只绿玉斗，另外则有一只九曲十环一百二十节蟠虬整雕竹根的一个大盉，其中的绿玉斗还是贾府"家里未必找的出这么一个"的无上精品。而烹茶的水更讲究到了匪夷所思的地步，连招待贾母而且贾母也接受的"旧年蠲的雨水"都属不堪，只有"梅花上的雪"才能入口，显然是奇癖至极的名士之流。

就此而言，这固然说明了妙玉即使出家进入宗教世界，依然还保有"读书仕宦之家"的出身所相应的经济条件与文化品味，为其尘心未断的一个证明，其中涉及人的社会处境对性格禀赋的深刻影响。

一般以为，区分人类、造成等级差异的主要因素是经济条件，其实不然，除经济资本之外，还有所谓的文化资本，同时构成一切区分社会的两大基本区分原则（deux principles de differenciation fondamentale），文化资本系指语言、意义、思考、行为模式、价值与禀性（disposition），它是属于语言学的、风格学的（stylistique）与知识特质的，因此可称为"讯息资本"（informational capital）。[1] 自韦伯（Max Weber, 1864—1920）以来的社会学传统，认为"经济阶级"（economic class）并不只是社会分层化（social stratification）的唯一衡量标准；通过教育或文化建立起威望的"地位群体"（status group），他们的特权具体化在法律与经济上，比经济阶级来得更为重要。[2] 并且，在教育与文化中所塑造的高雅品味可与"庸俗"区隔，实为身分区隔的工具。

据此而言，真正将人们区隔分出高下的不是财富，而是教育或文化，并且由此所形成的社会等级对人的各种影响才是根深蒂固，终其一生难以改变。乔治·奥威尔（George Orwell, 1903—1950）

---

[1] 参邱天助：《布尔迪厄文化再制理论》（台北：桂冠图书公司，2002），第 5 章"再制理论的建构"，页 131。

[2] 参见［英］布赖恩·特纳（Bryan Stanley Turner）著，慧民、王星译：《地位》（台北：桂冠图书公司，1991），页 1—11。

便认为:"从经济上说,毫无疑问只有两种等级,富人和穷人。但从社会角度看,有一整个由各种阶层组成的等级制度。每一个等级的成员从各自的童年时代习得的风范和传统不但大相径庭——这一点非常重要——而且,他们终其一生都很难改变这些东西。要从自己出身的等级逃离,从文化意义上讲,非常困难。"① 从这个角度思考妙玉的作为,就可以发现其中的意义并不只是性格洁癖又不能忘俗这么简单。

更深沉地说,出身"读书仕宦之家"的妙玉,自幼以官宦小姐教育所形成的性格涵养,已经形成了根深蒂固的惯习(habitus),作为一种"生存的方式",它"是一套禀性(disposition)系统,促使行动主体以某种方式行动和反应,也就是人们知觉和鉴赏的基模,一切行动均由此而衍生。这种生存心态是在特定的历史条件下,个人无意识内化社会结构影响的结果,特别是特定社会中教育系统在个人意识的内化和象征结构化的结果",② 而妙玉果然也没有从那些知觉和鉴赏的基模中逃离,加上即使出家都受到尊重甚至优待,就更无须改变。

于是乎,相较于贾府的消费与品味一定程度仍属于"尊贵者的义务"(Obligation of the Noble),是在社会监督之下的不得不然,以免"多省俭了,外人又笑话"(第五十五回)、"失了大体统"(第

---

① 引自[美]保罗·福塞尔(Paul Fussell)著,梁丽真、乐涛、石涛译:《格调:社会等级与生活品味》(北京:世界图书出版公司,2011),第 2 章"解剖等级",页 23—24。

② 邱天助:《布尔迪厄文化再制理论》,第 5 章"再制理论的建构",页 110—111。

五十六回),则妙玉身为出家人,在已经豁免了社会责任,甚至被要求应该超离物质牵绊的情况下,却依然将日常生活安排得有如上层社会的名流雅士,则显然另外还有特殊的心理原因。那就是妙玉借以表征社会分层化之下,自己身为上层少数拥有特权的地位群体,以特殊的行为模式和品味格调来彰显崇高的社会地位。而这一点,仍然是她用以贬低俗众的一种方式。

犹如布尔迪厄(Pierre Bourdieu, 1930—2002)针对文化消费与品味这方面所言,文化消费如同破译、解码的活动,拥有编码的人才能鉴赏,所以艺术与文化消费的品味鉴赏能力,天生就倾向具有实现使社会区分合法化的社会功能。[①] 因此,妙玉对富贵场中成长起来的宝玉依然傲然宣称:"这是俗器?不是我说狂话,只怕你家里未必找的出这么一个俗器来呢。"连"孤高自许,目无下尘"的同类林黛玉,都被当面毫不客气地呛为"大俗人",此时便满足了一种睥睨王侯的优越感,其人之骄矜便可想而知。

但毕竟贾母、黛玉等贾府成员同在她的身份等级中,因此栊翠庵所珍藏的精美茶杯还容许分享使用,不构成禁忌;至于来自乡野的粗鄙村妇刘姥姥便完全不同了,虽然都是用茶杯吃茶,也因此茶杯都难免碰触到些微口水,但贾母喝剩的半盏茶转交给刘姥姥后,却发生了天壤之别的差别对待,落到了被驱逐出境的下场。第

---

① Pierre Bourdieu, *Distinction: A Social Critique of the Judgement of Taste*, translated by Richard Nice (London: Routledge & Kegan Paul, 1984), pp. 1-7. 中译见 [法] 皮埃尔·布尔迪厄著,黄伟、郭于华译:《〈区分〉导言》,参见罗钢、王中忱主编:《消费文化读本》(北京:中国社会科学出版社,2003),页41—50。

四十一回描述道：

> 妙玉刚要去取杯，只见道婆收了上面的茶盏来。妙玉忙命："将那成窑的茶杯别收了，搁在外头去罢。"宝玉会意，知为刘姥姥吃了，他嫌脏不要了。……宝玉和妙玉陪笑道："那茶杯虽然脏了，白撂了岂不可惜？依我说，不如就给那贫婆子罢，他卖了也可以度日。你道可使得。"妙玉听了，想了一想，点头说道："这也罢了。幸而那杯子是我没吃过的，若我使过，我就砸碎了也不能给他。你要给他，我也不管你，只交给你，快拿了去罢。"宝玉笑道："自然如此，你那里和他说话授受去，越发连你也脏了。只交与我就是了。"妙玉便命人拿来递与宝玉。宝玉接了，又道："等我们出去了，我叫几个小么儿来河里打几桶水来洗地如何？"妙玉笑道："这更好了，只是你嘱咐他们，抬了水只搁在山门外头墙根下，别进门来。"宝玉道："这是自然的。"

显然这只价值不菲的茶杯瞬间贬值，从珍品宝物一变而为破铜烂铁，被弃之如敝屣。贬值的原因当然不是生理性的唾液污染，因为这在贾母身上并未造成问题，而是心理上的斥弃厌憎反应，启动此一心理机制的关键就在于：当给贾母使用的同一只茶杯又沾上了刘姥姥的口唇，便等同于逾越此一严明的社会分层，模糊了她执拗地建立起来的贵贱区隔，也有如对其地位的一种亵渎。因此，妙玉才会宁愿舍弃这个被污染的物品，以继续维持高高在上的优越感。

可以说，其中带有一种透过文化排斥（cultural exclusiveness）以造成地位差异或身份分化（status differentiated）的现象①，展现出"对低级、粗鄙、庸俗、腐败、奴性的——一句话，自然享乐活动的拒斥（这构成了文化的神圣领域），意谓着对那些人——他们欣赏崇高的、高雅的、非功利的、天然的、气度超凡的、永远隔绝于俗众（the profane）的愉悦——的优势地位的肯定。这就是为什么艺术和文化消费天生就倾向于，有意或无意地，实现使社会差别合法化的社会功能的原因"②。连带地，在饮食方面，对于纯"果腹"和最经济的食物也产生了排斥，因为那是最初级的生物性层次，包括黛玉贬斥刘姥姥为母蝗虫、妙玉贬斥刘姥姥为饮牛饮骡，都是出于类似的心理反应：

妙玉听如此说，十分欢喜，遂又寻出一只九曲十环一百二十节蟠虬整雕竹根的一个大盏出来，笑道："就剩了这一个，你可吃的了这一海？"宝玉喜的忙道："吃的了。"妙玉笑道："你虽吃的了，也没这些茶遭塌。岂不闻'一杯为品，二杯即是解渴的蠢物，三杯便是饮牛饮骡了'。你吃这一海便成什么？"说的宝钗、黛玉、宝玉都笑了。妙玉执壶，只向海

---

① 参见［英］布赖恩·特纳（Bryan Stanley Turner）著，慧民、王星译，顾晓鸣校阅：《地位》，第1章"关于地位的争论：马克思和韦伯"，页8。
② Pierre Bourdieu, *Distinction: A Social Critique of the Judgement of Taste*, translated by Richard Nice, pp. 1-7. 中译见［法］皮埃尔·布尔迪厄著，黄伟、郭于华译：《〈区分〉导言》，罗钢、王中忱主编：《消费文化读本》，页50。

内斟了约有一杯。宝玉细细吃了,果觉轻浮无比,赏赞不绝。

既然"三杯便是饮牛饮骡",在这个定义下,一路猛吃海喝的刘姥姥早已非牛、驴莫属,间接地被贬低为动物,犹如被黛玉讥讽为秋风扫落叶的过境蝗虫一样。就此种种,都显示了妙玉所要维系的不仅是一般意义的高洁心态,而更是要巩固一种高雅身份的姿态,目的是建立与众不同的超俗地位,第五回人物判词中所谓的"太高""过洁"这两个用语的深层意义其实是在这里。换句话说,妙玉的高洁并非高超的品德,而是阶级意识下的目中无人。

这种执拗地建立起来的人我区隔、高下之别,妙玉还自觉地刻意以各种方式加以强化,例如第六十三回所载:

> 这里宝玉梳洗了正吃茶,忽然一眼看见砚台底下压着一张纸,因说道:"你们这随便混压东西也不好。"袭人晴雯等忙问:"又怎么了,谁又有了不是了?"宝玉指道:"砚台下是什么?一定又是那位的样子忘记了收的。"晴雯忙启砚拿了出来,却是一张字帖儿,递与宝玉看时,原来是一张粉笺子,上面写着"槛外人妙玉恭肃遥叩芳辰"。宝玉看毕,……忙命:"快拿纸来。"当时拿了纸,研了墨,看他下着"槛外人"三字,自己竟不知回帖上回个什么字样才相敌。只管提笔出神,半天仍没主意。因又想:"若问宝钗去,他必又批评怪诞,不如问黛玉去。"

可见妙玉的做法实属"怪诞",这是因为在社会交际活动中,名帖、拜帖都代表本人，属于一种正式的文书形式，因此必须签署正式姓名以示郑重，在帖子上使用别号、外号都是超越常轨的非正式做法，既突兀怪诞，更容易令人感到轻慢。而妙玉竟然加上"槛外人"这个额外的自称，从一般礼俗来看，实属不得体已极，因此宝玉研墨提笔写回帖时，看着"槛外人"三字思索半天，仍不知如何下笔。

在此必须注意到，妙玉在名帖上下别号的"怪诞"做法，不可能是出于无知或不小心的疏漏，而必然是刻意为之。作为读书仕宦之家出身的官宦小姐，妙玉自必娴熟于精英阶层的各种礼数教养，又是贾府下帖子邀请才首肯前来的，连被她教授的学生邢岫烟都知道"从来没见拜帖上下别号的"（见下引文），妙玉自己更不可能不知名帖的正式规格，足证这样的做法完全是一种自觉的标新立异之举。由此也可以推测，妙玉在师父死后独自留在京都时，应该都是表现出这类令人感到触犯的举止作风，以至于"不合时宜，权势不容"。宝玉之所以没有觉得轻慢无礼，一则是基于对女儿的珍重爱惜，能够接受各种怪奇的个性，甚至给予宽容与欣赏；一则是感受到妙玉送来拜帖的非常心意，既然"万人不入他目"却还特地遣人及时送来生日贺笺；其中已隐含着特殊情分，因而不但不以为忤，反倒将妙玉解释为"他原不在这些人中算，他原是世人意外之人"，并努力让回帖符合妙玉的风格，如此之体贴入微难怪会受到妙玉的青睐。

比较起来，妙玉的怪诞不为正统派的宝钗所认可，黛玉则相对较能接受，因为当宝玉极力想要依其人之道加以回报，以免抵触对方时，接下来便前往潇湘馆求助。路途上恰好遇到岫烟，始知岫烟与妙玉是半师半友的贫贱之交，于是宝玉如获甘霖，寻求指点迷津：

"正因他的一件事我为难，要请教别人去。如今遇见姐姐，真是天缘巧合，求姐姐指教。"说着，便将拜帖取与岫烟看。岫烟笑道："他这脾气竟不能改，竟是生成这等放诞诡僻了。从来没见拜帖上下别号的，这可是俗语说的'僧不僧，俗不俗，女不女，男不男'，成个什么道理。"宝玉听说，忙笑道："姐姐不知道，他原不在这些人中算，他原是世人意外之人。因取我是个些微有知识的，方给我这帖子。我因不知回什么字样才好，竟没了主意，正要去问林妹妹，可巧遇见了姐姐。"岫烟听了宝玉这话，且只顾用眼上下细细打量了半日，方笑道："怪道俗语说的'闻名不如见面'，又怪不得妙玉竟下这帖子给你，又怪不得上年竟给你那些梅花。既连他这样，少不得我告诉你原故。他常说：'古人中自汉晋五代唐宋以来皆无好诗，只有两句好，说道：'纵有千年铁门槛，终须一个土馒头。''所以他自称'槛外之人'。又常赞文是庄子的好，故又或称为'畸人'。他若帖子上是自称'畸人'的，你就还他个'世人'。畸人者，他自称是畸零之人；你谦自己乃世中扰扰之人，他便喜了。如今他自称'槛外之人'，是自谓蹈于铁槛之外了；故你如今只下'槛内人'，便合了他的心了。"宝玉听了，如醍醐灌顶，嗳哟了一声，方笑道："怪道我们家庙说是'铁槛寺'呢，原来有这一说。姐姐就请，让我去写回帖。"岫烟听了，便自往栊翠庵来。宝玉回房写了帖子，上面只写

"槛内人宝玉熏沐谨拜"几字，亲自拿了到栊翠庵，只隔门缝儿投进去便回来了。

故交旧友果然了解最深，岫烟对妙玉自取别号"槛外人"的原故做了最详尽的交待，也再度说明了妙玉的超俗确然是一种自觉坚持的姿态。其中，所谓"古人中自汉晋五代唐宋以来皆无好诗"的说法，将陶渊明、谢灵运都加以抹倒，连王维、李白、杜甫也都被否定，与黛玉教导香菱学诗时所给予的典范大唱反调，第四十八回黛玉对香菱说道：

你只听我说，你若真心要学，我这里有《王摩诘全集》，你且把他的五言律读一百首，细心揣摩透熟了，然后再读一二百首老杜的七言律，次再李青莲的七言绝句读一二百首。肚子里先有了这三个人作了底子，然后再把陶渊明、应玚、谢、阮、庾、鲍等人的一看。

这可以说是传统诗学"入门须正""取法乎上"的正统表述，其中所列举盛唐的王维、杜甫、李白，以及六朝的应玚、阮籍、陶渊明、谢灵运、鲍照、庾信，都是万古归宗的大家，笔下的篇章也是经典无数，故能成为指引初学入门者的最佳典范。就此而言，妙玉的"古人中自汉晋五代唐宋以来皆无好诗"已是骇人听闻的惊天之论，主观程度达到极端偏颇的地步。

再进一步来看，被妙玉标举为"自汉晋五代唐宋以来"唯一好诗的"纵有千年铁门槛,终须一个土馒头",引自南宋范成大《重九日行营寿藏之地》:"纵有千年铁门限,终须一个土馒头。"① 这是范成大于九月九日那一天,经过人们在生时预先所营建的墓圹(即"寿藏")时,有感而发所写的诗,曹雪芹引述时发生了"槛"与"限"的一字之差,属于义近之误,对于诗意的理解并没有影响。而这两句诗中的主要意象,包括"千年铁门限"的拒死意志与"土馒头"的坟墓比喻,又是出于初唐王梵志用来表达佛理的诗偈:

- 世无百年人,强作千年调。打铁作门限,鬼见拍手笑。
- 城外土馒头,馅草在城里。一人吃一个,莫嫌没滋味。②

第一首是"千年铁门限"的来源,意谓人们强求千年的长寿,因而建造坚固的铁门槛作长久的打算,其实生命短暂脆弱,终究必须走入状如土馒头的坟墓里,结束一生,没有人能够例外,对照之下,"千年铁门限"便显得无比讽刺,因此受到拘魂之鬼的拍手嘲笑。但必须说,"纵有千年铁门限,终须一个土馒头"虽然比喻新鲜有趣,却并无创意,而且言俚意浅,无论从文字艺术或哲理内涵,都难以担当"自汉晋五代唐宋以来"唯一"好诗"的评价。

至于庄子的文章传达了高妙的哲理智慧,文字的悠谬无涯与想象力的丰富生动,也是文学心灵的瑰宝、艺术精神的泉源,书中出

---

① (南宋)范成大著,富寿荪标校:《范石湖集》,卷28,页390。
② (唐)王梵志著,项楚校注:《王梵志诗校注》(上海:上海古籍出版社,1991),卷6,页751、758。

现的"畸人",如啮缺、支离疏等等,诚为庄子借以寄寓"形残而神全"的隐意,以反讽世人"形全而神残"的颠倒,并破除世人流于表面的迷妄,从困陷于种种差异比较的偏执中超越出来,如此才能达到齐物的逍遥境界。据此而言,妙玉"常赞文是庄子的好"则不算过分怪异,正常许多。但若深入地看,妙玉的这些褒贬其实都是经过个人主观诠释之后的创造性定义,在断章取义的情况下,词汇的使用也被转化为与原意有别的特殊指涉,必须从妙玉自己的表述脉络才能得到正确的理解,源出《庄子·大宗师》的"畸人"也是如此。

以"纵有千年铁门限,终须一个土馒头"而言,被妙玉青睐有加的,并不是生命的无常短暂与梦幻泡影,从中领略存在的虚幻而破除对生命的执着——这才是范成大的原意;却是片面地单独摘取"铁门限"的隔绝意象,并且将其原本作为时间上"生死之隔"的意义转化为空间上"世间与世外之隔"的用法,以与世人划分界限,"槛外之人"的自号就清楚说明了这一点。再以她从《庄子》借来自称的"畸人"来看,不但妙玉自身的形象与那些畸人完全不符,其心灵的趋向也背道而驰,从岫烟所描述的"他若帖子上是自称'畸人'的,你就还他个'世人'。……你谦自己乃世中扰扰之人,他便喜了。如今他自称'槛外之人',……你如今只下'槛内人',便合了他的心了",可见所谓的"畸人",真正的意思是"世人""世中扰扰之人"的对立面,是"出世者"之义,正与"槛外之人"的用法完全一致,重点在于"超脱世俗的清高",与庄子笔下行游于人间世中、藏身于丑怪残形的智者大为迥异。

这些语辞的共通意涵与相互定义，可以表列如下，更能清楚显示彼此的等同性：

畸人　＝　畸零之人　　＝　槛外人　＝　超脱、高贵优越
世人　＝　世中扰扰之人　＝　槛内人　＝　庸俗、低贱卑下

换言之，妙玉所喜爱的诗句与自定的别号，其实都不是对"道"或"真理"的推崇与追求，也不具有真正的自我超越，反倒恰恰相反，庄子原来对"畸人"所定义的"畸于人而侔于天"①，本是要以齐物的胸襟破除凡夫俗眼的差别观，以合乎超越性的天道，却被妙玉转化为"与众不同、高与天齐"的兀傲，那是在世俗的等级观念更为巩固、差别心与差别待遇都更为严重的情况下，一种自我标举、刻意与众不同的高傲姿态，以骄矜的"超俗"来贬低别人，"世俗"就成为她抬高自我的垫脚石。

如此一来，说妙玉"高洁""超俗"其实是不够正确的。明代洪应明《菜根谭》曾提醒道：

作人要脱俗，不可存一矫俗之心；应世要随时，不可起趋时之念。②

---

① （战国）庄子著，（清）郭庆藩撰，王孝鱼点校：《庄子集释》第1册，卷3《大宗师》，页273。

② （明）洪应明：《菜根谭》，"评议"，页47。

就妙玉之恃才更傲物而言，与其说是脱俗，不如说是矫俗；与其说是高洁，不如说是高傲。矫俗之"矫"表现在刻意与众不同的姿态，高傲之"傲"在于睥睨不屑的轻慢，都源于一种强烈之分别心。因此，只要他人自贬为世中俗人，便是有效的恭维而能够取悦她。以宝玉为例，当宝玉笑道："俗说'随乡入乡'，到了你这里，自然把那金玉珠宝一概贬为俗器了。"妙玉听如此说便十分欢喜；岫烟也说："你谦自己乃世中扰扰之人，他便喜了""你如今只下'槛内人'，便合了他的心"。可见这种"世外、世内"的二分法是在骄矜心理下所建构出来的贵贱之别，置身"世外"之目的并不是精神的超脱，而是用以对"世人"的鄙视，是妙玉锐意突现自我、将自己标定为与众不同的崇高姿态，从而得到一种凌驾于别人之上的优越感。这才是妙玉如此极端的严重过敏之源。

（二）放诞诡僻：栊翠庵的自由伸张

整体以观之，从妙玉种种的特立独行，尤其是在名帖上下别号的做法，都可以说是在选择之下所产生的习惯，由此泛化到一般的生活情境与日常行为中，成为人格结构的成分。

犹如波兰学者简·斯特里劳的气质心理学所指出："如果一个人经常不断地选择一定情境或活动，一段时间之后就会产生一定的习惯，一定的行为模式，把它们泛化到一定的情境与行为中，就可以成为人格结构的成分。"[①] 从这个角度而言，妙玉的"天性怪

---

① ［波兰］简·斯特里劳著，阎军译：《气质心理学》，页322。

僻""天生成孤癖"之所以能够一贯地形成"怪诞""放诞诡僻"的人格内涵,既是主体能动性的运作,因此朝向天性所趋的方向发展;但更应该注意到的是,此一性格发展之所以没有受阻,让妙玉可以一直不断地选择矫俗干奇的特定情境或活动,并不断地让这些特定的情境或活动反过来确立或强化矫俗干奇的性格,这又必须将环境因素考虑进来。

就此必须说,到了贾府之后的妙玉,才充分开展甚至进一步发展那"骄傲些"的小姐脾性,贾府尤其是大观园,不仅接纳了妙玉"不合时宜,权势不容"的性格,更是助长了妙玉率性放诞的自由环境,栊翠庵则是她的个人王国。由第六十三回宝玉与岫烟的一番对话,说道:

> 宝玉听了诧异,说道:"他为人孤癖,不合时宜,万人不入他目。原来他推重姐姐,竟知姐姐不是我们一流的俗人。"……说着,便将拜帖取与岫烟看。岫烟笑道:"他这脾气竟不能改,竟是生成这等放诞诡僻了。从来没见拜帖上下别号的,这可是俗语说的'僧不僧,俗不俗,女不女,男不男',成个什么道理。"

可知妙玉自幼从官宦之家所培养出来的"骄傲些"的性格,竟然可以一直保留下来而没有调整,不仅其"为人孤癖,不合时宜,万人不入他目"以致"权势不容"的"这脾气竟不能改",更有甚者,还进一步往极端化、纯粹化发展,"竟是生成这等放诞诡僻",成了

"僧不僧,俗不俗,女不女,男不男"的不成体统。岫烟之所言,是以她对妙玉的多年观察,对比过去与现在的差异而发,显示出妙玉不仅没有因为年龄增长与人事历练而圆融一点,反倒更加变本加厉,"生成"这个动词正清楚说明了"这等放诞诡僻"是到了贾府以后才产生的发展变化,足见贾府与大观园是何等地宽柔包容。

并且,此一说法无形中所传达的意涵,正显示出妙玉舍身出家的意义,并不是一般论者所以为的"被动走向佛门是精神禁锢"[1],毋宁说,在因病出家的最初理由随着疾愈而消失之后,她依然继续留居空门以安身立命,这点反倒可以被视为一种可以自由发展个性所做的绝佳选择。单单是在蟠香寺中带发修行,妙玉就已经免除了世俗的种种复杂纠葛,人际关系单纯许多,接着被王夫人礼遇到了贾府后,妙玉则是直接住进大观园中的栊翠庵,比起名山宝刹尚且要应付香客俗众的朝拜,要接受师父的指引教诲,也必然要和一干同侪互动,栊翠庵则因双重的与世隔绝,形成了完全由妙玉所主持的个人王国。

首先,大观园已经因为元妃省亲而成为皇家禁地,虽因元妃的好意而有条件地开放给一干少女进住,但绝非其他的等闲之辈所能染指,这已经是第一层次的大过滤;其次,这些少女们即使入住大观园,仍然一定程度地受到家族伦理的制约,每日都必须往返园里园外,向贾母、王夫人等长辈晨昏定省与共进三餐,彼此之间更是来往联谊不断,丫鬟们此去彼来络绎不绝,因此还是无法豁免人与

---

[1] 薛瑞生:《恼人最是戒珠圆——妙玉论》,《红楼梦学刊》1997年第1辑,页52。

人的牵制烦扰，就此而言，道观可说是第二层次的过滤，从而栊翠庵更是遗世独立，妙玉才能一无依傍地横空出世，极端发展自我个性。

进一步说，栊翠庵更是受到宗教的保护。第十七回描述道，贾政带领众人游园题联，一路行来，所见的各色建筑景观即包括："或清堂茅舍，或堆石为垣，或编花为牖，或山下得幽尼佛寺，或林中藏女道丹房，或长廊曲洞，或方厦圆亭，贾政皆不及进去。"栊翠庵便是藏身于山下林中，比起怡红院、潇湘馆等更为偏远僻静，与各处隔绝；尤其是栊翠庵作为菩萨坐镇的宗教圣地，连带地身为住持的妙玉也沾光而更加尊荣。第十八回写元妃回府省亲时，当一切正规礼仪与正式游幸结束后，

> 将未到之处复又游顽。忽见山环佛寺，忙另盥手进去焚香拜佛，又题一匾云："苦海慈航"。又额外加恩与一般幽尼女道。

可见即使是皇妃驾临，都是用"盥手进去焚香拜佛"的谦卑低姿态，遑论贾母带刘姥姥逛大观园时，来到此处也是不敢亵渎，理由正如贾母所说：

> 我们才都吃了酒肉，你这里头有菩萨，冲了罪过。我们这里坐坐，把你的好茶拿来，我们吃一杯就去了。

可见栊翠庵以其供奉菩萨的神圣空间，使得世俗权威到此也都大大

屈尊，反过来加以迁就，妙玉就更无须压抑个性了。

不仅如此，妙玉一方面受到当权者和平辈的宝玉黛玉等人的礼遇与包容，即使园中其他的人未必把她看在眼里，这也同样发挥纵容的作用。前引第六十三回就透露了其中讯息，当宝玉发现砚台下压着的竟是妙玉的拜帖时，深怕有所耽搁造成不敬，直跳了起来，忙问：

"这是谁接了来的？也不告诉。"袭人晴雯等见了这般，不知当是那个要紧的人来的帖子，忙一齐问："昨儿谁接下了一个帖子？"四儿忙飞跑进来，笑说："昨儿妙玉并没亲来，只打发个妈妈送来。**我就搁在那里，谁知一顿酒就忘了**。"众人听了，道："**我当谁的，这样大惊小怪。这也不值的**。"

这段情节清楚反映了对大观园中所有的人而言，妙玉根本只是一个无关紧要、无所牵连的化外陌生人，因此不但四儿接了帖子后随手一放，接着一顿酒也就忘了，全然没有放在心上；当惊慌急切的宝玉责备收件者竟没有回报时，袭人、晴雯等意识到宝玉的反应非比寻常，误以为是某个要紧的人来的帖子，忙一齐追问，四儿也忙飞跑进来说明情况，一副事态严重的样子；但大家一旦知道对方是妙玉后，则是立刻放松紧绷的心情，不当一回事，还觉得宝玉大惊小怪，一点也不值得。由此在在可见，妙玉并不是个"要紧的人"，甚至从实质上来说，她根本就等于不存在。

这一方面是妙玉的出家身分本就疏离于其他人，不在大观园的人际关系里，再则其怪僻性格更是难以亲近，让人感到非我族类，连黛玉都采取保持距离的方式,"不好多话,亦不好多坐",其他人势必更是敬谢不敏。但这种非我族类的懒得理会,如怡红院女婢们的不以为意,使得妙玉的突兀作风往往被轻轻带过,视为另一个世界的偶然干扰,不致认真地回应,也消弭了冲突的机会,如此一来便形同消极地鼓励妙玉的作风,更自由地活在自己的世界里。

据此而言,妙玉虽然牺牲了青春,将花样年华奉献在清寂的修行中,却可以得到世俗红尘所未曾提供的人生救赎,不但自幼以来的身体宿疾得以痊愈,同时精神心灵也获得净化与庇护,保全其或嫌太过而世所难容的好洁癖性。而深处大观园中的栊翠庵更有如一片化外之地,隔绝了一切的人际互动与性格角力,让妙玉以唯我独尊的姿态任性挥洒自我,因此不但不是妙玉的葬身之处,反而是她得以充分开展个性、取得主体实践的个人王国。

四、白雪红梅:道姑/名流的综合体

可以说,进住贾府大观园的妙玉一则受到皇家禁地的遮护,一则又受到宗教神佛的庇荫,尤其更受到贾府的礼遇包容,于是以"壁立万仞,有天子不臣、诸侯不友之概"[1]来睥睨众生,以孤高清洁的优越感来傲视群伦,此外还更在佛寺围墙与藏青袈裟的圈圈之中,于精致优雅的文化背景之下,随心所欲地过着烹茶、吟诗、谈学、说道、论艺、下棋的隐逸生活,种种风雅无一或缺,处在众女

---

[1] (清)涂瀛:《红楼梦论赞·妙玉赞》,一粟编:《红楼梦资料汇编》,卷3,页130。

儿之中反而更加取得了引人注目的突兀形象。

其中最令人印象深刻的是品茶一段。首先，妙玉奉茶予贾母时，所用的是"旧年蠲的雨水"，贾母听了便吃了半盏，可见对十分讲究品味的贾母而言，这是可以接受的等级。考察文献上的记载，可以推测这"旧年蠲的雨水"即是苏州特有的"梅水"：

> 居人于梅雨时，备缸瓮，收蓄雨水，以供烹茶之需，名曰梅水。

地方志称："梅天多雨，雨水极佳，蓄之瓮中，水味经年不变。"又《昆新合志》云："人于初交霉时，备缸瓮，贮雨，以其甘滑胜山泉，嗜茶者所珍也。"[①] 可见其质地之甘美。但比起所谓的"梅水"，接下来妙玉用以招待宝钗、黛玉等的茶水更高雅得多，来自"梅花上的雪"，虽然都有一个"梅"字，此"梅雨"的梅却非彼"梅花"的梅，雪所化成的水也远高于梅雨季节的雨水，因此招待贾母等所用的"旧年蠲的雨水"就被贬为"那有这样轻浮，如何吃得"。

妙玉用以招待钗、黛的烹茶之水，是"五年前我在玄墓蟠香寺住着，收的梅花上的雪，共得了那一鬼脸青的花瓮一瓮，总舍不得吃，埋在地下，今年夏天才开了"，而黛玉只不过没有喝出味道，问了一句："这也是旧年的雨水？"妙玉便冷笑道："你这么个人，竟是大俗人，连水也尝不出来。"这不仅表现出妙玉的兀傲非常至极，

---

① 见（清）顾禄撰，王迈校点：《清嘉录》，卷5，页119。

也反映出她的品味超凡至极,已经相当于晚明的张岱。早在唐代,茶圣陆羽对于泡茶之水就已经分为:山水上、江水中、井水下三等,到了晚明时饮家更注重水质,五十岁国破家亡之前过着纨袴生活的张岱即为个中翘楚,善于品茶、斗茶、辨泉,在所著《陶庵梦忆》一书中,有关煮水品茗的小品文便包括《禊泉》《兰雪茶》《阳和泉》《闵老子茶》《露兄》等多篇,也摸索出区别禊泉之法:"辨禊泉者无他法,取水入口,第挢舌舐颚,过颊即空若无水可咽者,是为禊泉。"①因此,他为"露兄茶馆"所写的《斗茶檄》中自称"水淫茶癖,爱有古风"。②

相较之下,妙玉能够分辨旧年的雨水、五年前的雪水,其功力已和张岱不相上下,而讲究的程度恐怕更有过之,毕竟以雪水烹茶更为罕见,历代的记载最早似乎是唐代白居易的诗篇:

- 吟咏霜毛句,闲尝雪水茶。(《吟元郎中白须诗兼饮雪水茶因题壁上》,《全唐诗》卷 442)
- 融雪煎香茗,调酥煮乳糜。(《晚起》,《全唐诗》卷 451)

再者则是五代王仁裕《开元天宝遗事》中所记载的"敲冰煮茗":

逸人王休,居太白山下,日与僧道异人往还,每至冬时,

---

① (明)张岱:《陶庵梦忆》(台北:台湾开明书局,1957),卷 3 "禊泉",页 31。
② (明)张岱:《陶庵梦忆》,卷 8 "露兄",页 114。

取溪冰敲其精莹者煮建茗，共宾客饮之。①

除这一两笔资料，之后还有宋代李虚己《建茶呈使君学士》的"试将梁苑雪，煎动建溪春"、②辛弃疾《六幺令》的"细写茶经煮香雪"③等，直到元朝又出现零零星星的一些诗句，如：

- 夜扫寒英煮绿尘。（谢宗可《雪煎茶》）④
- 老僧拨寒炉，旋煮雪水茶。（舒頔《前山寺》）⑤
- 枯枝旋拾带冰烧，雪水茶香滚夜涛。（叶颙《丁酉仲冬即景·雪水煎茶》）⑥

即使到了清代也没有更多记录，足证以雪水烹茶并不多见，何况妙玉是收集梅花上的雪，又比用雪水烹茶的文人雅士作高一层，其精美实无出其右。

因此，与其说妙玉是在道观尼寺中修行的出家人，不如说是以隐居的形式过着名流的生活，即使是每日必行的读经、诵经，也并

---

① （五代）王仁裕纂：《开元天宝遗事》，卷上，页6。
② 引自（明）田艺蘅：《煮泉小品》，《四库全书存目丛书》子部谱录类第80册（台南：庄严文化公司，1995），页8。
③ 唐圭璋编：《全宋词》第3册，页1877。
④ （元）谢宗可：《咏物诗》，《文津阁四库全书》第1220册（北京：商务印书馆，2006），页609。
⑤ （元）舒頔：《贞素斋集》，卷5，《景印文渊阁四库全书》第1217册，页621。
⑥ （元）叶颙：《樵云独唱》，卷4，《景印文渊阁四库全书》第1219册，页89。

不是求道体悟的必须功夫，反倒近似于文人雅士所展现的一种高雅脱俗的风格气质与价值信念，在有别于大众通俗的"高雅"（high）文化下，透过高度的知识学养与特殊品格，以经营出一个清高而超然的姿态，予人洁身自好、不沽名钓誉，对实际利益貌似"冷漠"（disinterested）的印象，① 犹如历代的诗人也多有这类的宗教经验一般。由此更呈现出对妙玉而言，出家其实是一个在治疗先天疾病、在维持孤傲性格上都很必要的生活形式，尤其是进入贾府以后，不但不是桎梏或压抑，反倒更使之远离凡尘世俗，在豪门与空门的双重隔绝下，能够以最纯粹的心理空间彰扬个性，在自成体系的精神世界里全力发展超现实的心灵面向，也把自己放大到比全世界还高，完成一种独特的存在姿态。

（一）少女情愫

至于第四十一回刘姥姥到栊翠庵一游的那一大段情节，所隐含的另外一个讯息，便是很多读者都已经察觉到的少女心事，也就是对宝玉的一分幽微情愫。

当妙玉拉拉宝钗、黛玉的衣襟，暗示她们一起到耳房内另享佳茗后，先是拿出"㼠瓟斝"给宝钗，又斟了一杯"点犀䀉"与黛玉，接着"仍将前番自己常日吃茶的那只绿玉斗来斟与宝玉"。对于一个极端洁癖，连被婆子喝过的茶杯都嫌脏不要的人，竟把自己常用的

---

① 关于"高雅"文化的意义，参 Pierre Bourdieu, "Field of Power, Literary Field and Habitus," *The Field of Cultural Production: Essays on Art and Literature*, edited and introduced by Randal Johnson (Cambridge: Polity Press, 1993), p. 75。

杯子与别人共用，堪称为非比寻常，就一个高傲的少女来说尤其如此，因为那有如间接的身体接触，甚至唾液交换，若非可心如意、全不见外之人，绝无法致此，而这通常就隐含着对异性的爱慕。

不只如此，妙玉把自己的日常茶杯给宝玉使用，还逾越了男女授受不亲的礼教之防。传统儒家典籍规定得很清楚："男女不杂坐，不同椸枷，不同巾栉，不亲授。"① 连衣架、布巾、梳子这类的贴身用品都不能共用，何况是口唇相接的杯子？就此而言，妙玉形同逾越了宗教与世俗礼教的双重界线，其情意在明眼人看来再清楚不过，因此妙玉才必须故作撇清的表白，刻意对宝玉（以及在场的宝钗、黛玉）正色道：

"你这遭吃的茶是托他两个福，独你来了，我是不给你吃的。"宝玉笑道："我深知道的，我也不领你的情，只谢他二人便是了。"妙玉听了，方说："这话明白。"

其实，比起单独招待佳茗，以自己的茶杯借饮还更加敏感、更触犯禁忌，守小忘大，颇有此地无银三百两的矫情意味，心思本就细腻的黛玉应该就是在这一刻发现的。并且，也应该是这类欲盖弥彰的故作姿态，妙玉的这分情意也被其他的园中人所察觉，就在第五十回诸钗在芦雪庵即景联诗时，宝玉又落了第，诗社社长李纨笑说今日必罚他，于是罚宝玉去栊翠庵取一枝红梅花来插瓶，众人都道这

---

① 《礼记》，《十三经注疏》，卷28"内则篇"，页538。

罚得又雅又有趣，宝玉也乐为，答应着就要冒雪而去。这时，

> 李纨命人好好跟着。黛玉忙拦说："不必，有了人反不得了。"李纨点头说："是。"

由此可见，黛玉最为敏感，早已意识到妙玉那分遮遮掩掩、故作姿态的微妙心思，了解到一旦有宝玉身旁还有别人，妙玉势必会因为有所顾忌而更加矜持，本来肯给的反倒不愿给了，于是连忙拦住李纨派人跟着宝玉一起去的指令，以免弄巧成拙；有趣的是，李纨一听黛玉的提醒，也立刻心领神会，表示同意，可见对于妙玉的心思也是了然在胸，只是乍然之间一下子没有想到而已。

当然，联诗现场中的其他人并非个个心细如斯，例如与妙玉做了十年邻居的岫烟当时就没有发现到这一点，直到第六十三回听宝玉说起收到妙玉那张怪诞的帖子，又百般回护妙玉的畸兀个性，才将两件事连在一起，蓦然醒觉原来妙玉对宝玉别有情衷，所谓：

> 岫烟听了宝玉这话，且只顾用眼上下细细打量了半日，方笑道："怪道俗语说的'闻名不如见面'，又怪不得妙玉竟下这帖子给你，又怪不得上年竟给你那些梅花。"

其中，在对宝玉细细打量半日之后所说的话，总计用了一个"怪道"、两次"怪不得"，充满了恍然大悟的意外之感，终于明白妙玉会向宝玉贺寿的原因，也同时解释了宝玉能够取得红梅的关键，原

来都在于那分难以言宣的爱恋之情。探究妙玉之所以倾心于宝玉，除宝玉已经长成为十六七岁的翩翩少年，其"神彩飘逸，秀色夺人"（第二十三回）自有一番魅力之外，那温柔体贴、作养女性的尊重护惜最是令人倾心，想必岫烟对宝玉之为闺阁良友的习性早已如雷贯耳，但凭空传闻究竟不如亲眼目睹，直接领略到宝玉的护花性格依然足以令人惊讶，因此才会忍不住引用"闻名不如见面"的俗语，并因此真切地了解到妙玉之所以赠梅花、下帖子的弦外之音，比起黛玉、李纨来，算是后知后觉。

若追踪妙玉的爱情发展史，可见妙玉对宝玉的淡淡情愫，最早是在栊翠庵喝体己茶一段暗透出来，接着便是赠送红梅、粉笺贺寿。第四十九回对盛开的红梅花描写道：

> （宝玉）出了院门，四顾一望，并无二色，远远的是青松翠竹，自己却如装在玻璃盒内一般。于是走至山坡之下，顺着山脚刚转过去，已闻得一股寒香拂鼻。回头一看，恰是妙玉门前栊翠庵中有十数株红梅如胭脂一般，映着雪色，分外显得精神，好不有趣！宝玉便立住，细细的赏玩一回方走。

古有所谓"梅之四贵"之说："贵老不贵嫩，贵瘦不贵肥，贵稀不贵繁，贵合不贵开"，如果说白雪代表洁净不染的宗教意境，梅花代表贞定不屈的意志节操，则染上胭脂的红梅则显得奇极、艳极[①]，

---

① 其品种也许是花色深红的红千鸟、桃红色的寒红梅。

在色彩的高反差之下更具有引人注目的非凡魅力，难怪宝玉在被扑鼻的寒香吸引回头后，会停下脚步细细赏玩良久。这些红梅或许是妙玉刻意选种，以延续早年在玄墓山出家时周遭香雪海的"红英绿萼，相间万重"，既是念旧之心的再次流露，也是尘间感性之美的遗留，那如胭脂、如鲜血的红艳梅花本就世间罕见，却盛开于清寂偏僻的栊翠庵中，有如令人惊艳的空谷佳人，可见栊翠庵实质上并不单调枯槁，在院中原本就花木繁盛，"比别处越发好看"（第四十一回）的一片生机洋溢里，白雪中的胭脂红梅更泄漏出妙龄女尼的一缕芳心。

但红梅再艳、再美，都仍然开在庵内的院子里，没有跨出大门一步；接着，便是那张上面写着"槛外人妙玉恭肃遥叩芳辰"的"粉笺子"②，为雪白的琉璃之心染上淡淡红晕，直接送到怡红院来，等于将心思昭示天下，连岫烟都知悉了然。

如此之以己杯斟茶借饮，以红梅相赠，以粉笺庆生贺寿，一再地独向宝玉微妙传情，尤其显出尘心未断、情根尚存的牵连纠葛。因此，清代姜祺曾赋一绝句云：

> 芳洁情怀入定中，浓春色相未全空。本来人较梅花淡，一着东风便染红。

---

② 固然帖子本为此色，但小说中几次写到了名帖，见第三回、第十回、第十一回、第十八回等，却仅有此次涉及颜色。参照第七十四回抄检大观园时，司棋与表哥偷情的信物中就有同心如意与"大红双喜笺帖"，可见非为无端，既不是纯然写实，更不是偶然。

下面并明言注曰:"芳洁中别饶春色,雪里红梅,正是中意。"① 这又呼应了周澍所说的:

> 一般溷迹在红尘,何事偏称槛外人?泥湿未沾风里絮,梅开已逗意中春。②

而无论是"春色中意"还是"意中春",都是善解弦外之意的知音之言。

整体来看,当妙玉最初入道时,"带发修行"就已经奠定了横跨出世与入世的双重综合,随着机缘的助成,更发展出"僧不僧,俗不俗,女不女,男不男"的性格和作为,造成了传统礼教所不容的性别越界与身分越界的双重叛逆,由此呈现出一种横跨两个世界的踰分或僭越。也就是妙玉虽然身处宗教出世之圣地,却依然心系俗世之生活情趣;虽然纵身入道了断尘缘,却又未舍一股朦朦胧胧的儿女情愫,结果就有如"带发修行"这样的形象一般,在性别上一身双绾男性与女性之异质组合,在宗教上同时横跨出世与入世之悖反统一,以至于造成道姑/名流这样矛盾综合的独特处境,而彻底模糊了"槛外"与"槛内"的分际。栊翠庵的红梅正象征了妙玉自觉的自我追求与个性实践。

---

① (清)姜祺:《红楼梦诗·缀锦十二梦·妙玉》,一粟编:《红楼梦资料汇编》,卷5,页481。

② (清)周澍:《红楼新咏·笑妙玉》,一粟编:《红楼梦资料汇编》;卷5,页493。

（二）李纨的同类相斥

这样的双重越界，就个人而言，固然是一种不受拘限的突破或超越，但就社会群体而言，则是一种模糊暧昧的逾越与破坏，妙玉个人判词里所谓的"云空未必空"（第五回），可以说是在繁华绮艳的大观园中，对那空门栊翠庵如孤岛一般的"死灰与空白"所做的背叛，并处处率意任性地透过多方行动加以实践。如此一来，妙玉就如同英国人类学家玛丽·道格拉斯所谓：超越社会所设立的事物之间的界限（boundaries）而被定义为"不纯"（impurity）的"异常物"（anomalies）[1]，本来就很容易引起别人的排斥。

不过，由于孤悬于山外，妙玉不与其他人发生互动，也就淡化了大部分的负面情绪，但唯独李纨这个同类无法视而不见，这朵红梅恰恰与李纨已然"竹篱茅舍自甘心"的白梅同质相斥，因此平常随和容众、如菩萨般温婉逞纵的李纨，才会一反常态地严厉斥之为"为人可厌"，而对她相应不理。第五十回李纨明白说道：

> 我才看见栊翠庵的红梅有趣，我要折一枝来插瓶。可厌妙玉为人，我不理他。

这固然暗透了审美心理上的移情作用，透过花朵的欣赏而婉转表现的对青春之美的依稀眷恋，但同时更在公然宣示的厌恶中，显出一

---

[1] Mary Douglas, *Purity and Danger: an Analysis of the Concepts of Pollution and Taboo* (London: Routledge, 1966), pp. 114-129.

种只有同类才会产生的情绪。

李纨与妙玉的同质关系，主要反映在居所的设计上。首先可以发现，于大观园各处园林的建筑规画中，李纨所居之稻香村与妙玉寄寓之栊翠庵其实是同质同构而彼此平行的双胞胎，稻香村前被一道青山斜阻的景观，以及于泥黄中兀现一片杏花灿红的抢眼设计，在栊翠庵那里也都有似曾相识的再现：

1. 青山阻隔

由贾宝玉的行踪，我们发现必须"走至山坡下，顺着山脚转过去"，始得以见闻到栊翠庵前红梅盛放的胭脂秾姿与拂鼻寒香，正呼应元春省亲而游逛园中各处时，"忽见山环佛寺，忙另盥手进去焚香拜佛"的景观描写。而这样一山横隔的造景，与稻香村前的"青山斜阻"契若针芥。可以说，李纨所居稻香村前的青山斜阻与妙玉栊翠庵外的山屏横亘，两者之间最具有本质性通联的近亲关系，无形中说明了两人各自因为出家与守寡这两种不同的理由，却都一并处于与世隔绝的幽居处境。

2. 高反差的色彩配置

栊翠庵前皑皑白雪中那"如胭脂一般"的十数枝红梅，一如稻香村槁木死灰里"喷火蒸霞一般"的数百株红杏，都以鲜明的红艳对比出枯索的灰白，以奔放的生机衬托出封锢的死寂，在寡妇的竹篱茅舍与道姑的清修禁地上怒放生姿，象征了依然跃动的人性本能。

其次，李纨与妙玉的同质关系，还表现在代表花都是梅花的安排上。梅花的道德象征体现于"岁寒三友"的概念中，自宋代注重气节以来，一改唐朝举国上上下下都热爱的牡丹，开始诞生《爱莲说》的名篇、林和靖"梅妻鹤子"的美谈，菊花也在这时大受重视。就此，李纨、妙玉因为受到礼教与宗教这类带有强大教规的规范，从而走入与世隔绝的心灵／生活处境，降低甚至免除人性的七情六欲，因此都以"梅花"为代表花。妙玉居处前绽放的红梅又恰恰与李纨掣花名签时抽中的"老梅"（第六十三回）同种，而且李纨对栊翠庵的红梅花也是出以觉得"有趣"的态度，这就恐怕不是偶然的暗合而已。

然而，李纨和妙玉这两位在处境上，因为宗教与礼教这两种不同的理由而同遭禁锢的女性，年龄也相差无几，原本应该是同病相怜、惺惺相惜的年轻女性，却发生了李纨在赏梅的同时，却又厌憎孤洁冷僻之妙玉的特殊情结。对于这个吊诡的情况，或许我们可以做出这样的解释：李纨对妙玉毫不掩饰的厌憎之情，应该便是一种在同类比较心理之下所产生的嫉妒与不满。妙玉的出家为尼有如李纨的守寡独居，本应六根清净，安于寂寞；但若仔细考察便可以发现，妙玉与李纨有着表面相近、实质却大为相反的地方。

就李纨而言，自一出生便受到三从四德的教育，婚后又处在婆媳、妯娌、姑嫂、母子、夫妻、姊妹等多重的人际关系中，形成了一张繁复绵密的网络，将其牢牢地定位在一个特定的稳固位置，不容易有所逾越，因此助成了"竹篱茅舍自甘心"的心灵处境；但妙玉则是自幼体弱多病、深受父母宠爱，从幼年出家后更一直过着与世隔绝的生活，实质上等于是父母双亡的孤儿，一旦师父死后更是一无依傍，一切全由自己作主，只要环境大致配合，没有太多的限制或压力,便很容易走上个人主义的道路,也果然形成了世所难容的"怪诞""放诞诡僻"。

因此同样是梅花,李纨始终都是老梅、白梅,全然守住应有的气节,即使不免仍有潜存的生活本能,也是转由红杏间接流露,既无伤大雅,也维持了老梅本身的完整一致;但妙玉则是红艳灿烂的一片胭脂红梅,"梅"的出世风范绾结了"红"的入世特征,以"僧不僧,俗不俗,女不女,男不男"的模糊暧昧构成矛盾统一的综合体,在那里面,不安的灵魂蠢蠢欲动,透过艳丽的花色直接透露出来。于是,李纨身上所构成的白梅/红杏(礼教/自然)的矛盾统一关系,便进一步转化为老梅/红梅(李纨/妙玉)的同质对立关系,妙玉这个理应和李纨最接近的人,竟反倒成为李纨最讨厌的人,其中实有幽意存焉。

五、淖泥的下场:自我的单薄狭隘

最后,更应该注意到,前引第四十一回刘姥姥到栊翠庵一游的一大段情节,所隐含的更发人省思的一个讯息,那便是个人主义的单薄与脆弱。

对于妙玉"太高""过洁"的性格成因,小说家充分把握到先天与后天这两个因素。就先天因素而言,《红楼梦曲·世难容》所称的"天生成孤癖人皆罕",以及第四十一回所言:"黛玉知他天性怪僻,不好多话,亦不好多坐,吃完茶,便约着宝钗走了出来。"都是以与生俱来的天赋给予解释。从人格形成的范畴来看,这种

"天性""天生"确实是塑造人格内涵的动力之一,赋予个人专属的、有别于其他人的特质,是主体赖以建立的某一种内在力量,让人类不只是"环境决定论"之下,在"挑战与回应"的过程中机械地沦为环境作用、控制的被动产物。

因此,对于这种"自然天性",尤其是与众不同的"孤傲天性",一般都认为是极为宝贵的资质,因为没有受到社会干扰,也未曾掩盖隐藏,更没有七折八扣而导致质变,因此是人性的最高体现。从《红楼梦》的人物接受史来看,便清楚呈现出这一判断取向,如清末评点家陈其泰曾云:

> 《红楼梦》中所传宝玉、黛玉、晴雯、妙玉诸人,虽非中道,而**率其天真,皎然泥而不滓。所谓不屑不洁之士者**非耶。[①]

很显然,一般人只见到并以为宝玉、黛玉、晴雯、妙玉四人为"本真"之代表,是对"不洁之士"的反动,因此给予带有人性论意义的价值赞扬。

但是,所谓的"本真"乃是一个抽象的概念,无法涵摄人性中具体而复杂的实然内容,也不应单独抽离出来作为人性的价值,即使它确实可以构成一种个人特质。例如,与妙玉有着相似之处的惜春,也是"天生成一种百折不回的廉介孤独僻性"(第七十四回)、

---

① (清)陈其泰:《红楼梦回评》,第三回评,朱一玄编:《红楼梦资料汇编》(天津:南开大学出版社,2001),页717。

"他的僻性，孤介太过"（第七十五回），雷同于妙玉的"天生成孤癖人皆罕""天性怪僻"，性格上都有"孤""僻"这两个字的特点，并且两人在命运上都是注定要出家，表面上应该是相近的同道者。然而，面对人世的态度，惜春与妙玉却又有着多么巨大的、甚至是本质上的不同！

妙玉对他人是高傲轻视的，却仍然安顿于红尘人世中，完全接受并极力追求精英文化中最高雅的品味，也存在着对男女之情的向往，因此，她的冷僻并不是与世俗的彻底决裂，反倒是与世俗若即若离、彼此暗通，虽然睥睨世俗却完全脱离不了世俗，甚至借由世俗来垫高自己的地位，"洁"是她所采取的外显姿态，"何曾洁""未必空"则是她内在牵缠未断的人性纠葛，终于在出世与入世的拉扯中构成了特定的悲剧。惜春则完全不是高傲轻视，而是一种对整个红尘人世的恐惧与逃避，既对精英文化、高雅品味毫无兴趣，更深怕受到情欲的污染，因此一心想要彻底脱离人世，把佛门的空无作为解脱的终极境界。因此两人之间其实是差异大于类同，不能笼统地一概而论。据此也清楚可见，单单以所谓的天性是无法精确把握一个人的性格内涵的。

其次，这种与生俱来的"天性"并不是孤立存在或单独地发挥作用，也不是以其初始的样态发生影响，必须说，此一纯然来自先天的禀赋可以维持甚至强化，依然有赖于个体在后天的情况下进行选择与实践，才能真正成为其性格结构的因素。即使所谓与生俱来的"天性"，或许是构成主体能动性的主要内涵，却绝不是构成性格的唯一力量，环境的影响至少一样重要，在妙玉身上，"贾府"

对其"太高""过洁"的性格养成就万万不可或缺。尤其当环境改变，所谓的"天性"是否还能维持原样，便足以呈现先天因素的脆弱，与后天因素的关键性。就此而言，妙玉可以说是一个发人省思的鲜明案例。

首先，对于评点家所赞美妙玉的"率其天真，嚼然泥而不滓。所谓不屑不洁之士"，是否确然如此，必须详加检验。荷兰学者米克·巴尔从叙事学的角度，对人物的建构提出四种方式：

> 人物是会变化的。人物所经受的变化或转变，有时会改变人物的整个结构。……（总而言之）重复、累积、与其他人物的关系，以及转变，是共同作用以构造人物形象的四条不同原则。①

从"与他人的关系"来看，妙玉就已经不纯然是"率其天真……不屑不洁之士"的这一形象所能涵括，如果再把后来的"转变"加进来，更确实改变了这个人物的整体结构。试看第四十一回贾母等来到栊翠庵的那一段情节：

> 当下贾母等吃过茶，又带了刘姥姥至栊翠庵来。妙玉忙接了进去。至院中见花木繁盛，贾母笑道："到底是他们修行的

---

① ［荷］米克·巴尔著，谭君强译，万千校：《叙述学：叙事理论导论》，页97—98。

人,没事常常修理,比别处越发好看。"一面说,一面往东禅堂来。妙玉笑往里让,贾母道:"我们才都吃了酒肉,你这里头有菩萨,冲了罪过。我们这里坐坐,把你的好茶拿来,我们吃一杯就去了。"妙玉听了,忙去烹了茶来。宝玉留神看他是怎么行事。只见妙玉亲自捧了一个海棠花式雕漆填金云龙献寿的小茶盘,里面放一个成窑五彩小盖钟,捧与贾母。贾母道:"我不吃六安茶。"妙玉笑说:"知道。这是老君眉。"贾母接了,又问是什么水。妙玉笑回"是旧年蠲的雨水。"贾母便吃了半盏。

整段描述中,妙玉面对贾母大驾光临,动作是"忙接了进去""忙去烹了茶来"的殷勤侍候,不敢怠慢,举止是"亲自捧了""捧与贾母"的谦谨卑屈,脸上则是"笑往里让""笑说""笑回"的笑意盈然,乃全书中绝无仅有的唯一一次;并且对于这位难得一见的贾府最高权威,其"不吃六安茶"的口味竟如此了若指掌,精准地奉上贾母能够接受的"老君眉",这时贾母才接了茶,并且妙玉更洞烛机先地使用"旧年蠲的雨水"加以烹煮,其绝妙的淡雅搭配才让品味不凡的贾母吃了半盏。可见妙玉对贾母的招待是体贴入微、毫无偏差,其中何尝有一丝的傲气?与王熙凤讨好老祖宗的表现又相差几希?而一个出家人却对至尊者的癖好如此了然于心,岂不也证明其心依然半在红尘,对权贵之士瞻望不遗,对乡野庶民则弃如敝屣,何尝是"矙然泥而不滓"?其判词所说的"欲洁何曾洁,云空未必空",毋宁才道出真正的本相。

值得注意的是,妙玉这一段逢迎权贵的情节可谓绝无仅有,先前元妃省亲时必然也有的相关情节被刻意隐藏,只用"盥手进去焚香拜佛"一语带过,然则,其情况必然与贾母莅临相类;同样地,黛玉面对比她更高傲强硬、不假辞色的妙玉时,竟一反其敏感好哭的性情,采取回避的方式不敢率性,改以轻描淡写、不以为意的退让态度,缓解很可能发生的剧烈冲突,不着痕迹地将眼下的尴尬轻松带过。则小说家将两个极端高傲、以自我为中心的人同时出现圆融世故的情节放在同一回,岂非也有耐人寻味的深刻用意?彼消此长、人进我退,在人际关系中又有谁真的可以永远率性而为?而这一段情节中的逢迎表现,既立体化了妙玉的多元性格,也使得妙玉最后的结局获得了一以贯之的合理依据。

确实,再从这位"太高""过洁"的女子最后的下场来看,所谓的"不屑不洁之士"更显得言之过甚。第五回太虚幻境中关于妙玉的图谶,是后面又画着一块美玉,落在泥垢之中。其断语云:

欲洁何曾洁,云空未必空。可怜金玉质,终陷淖泥中。

"欲洁何曾洁,云空未必空"指的是妙玉虽为出家人,但其实尘心未断、六根不净,不但贡高我慢、睥睨众生,对用品器物之讲究更是超乎寻常,因此被邢岫烟形容为"僧不僧,俗不俗,女不女,男不男,成个什么道理";尤其是对宝玉产生儿女之心,一再地以己杯斟茶借饮,以粉笺庆生贺寿,独向宝玉微妙传情,因此确实是"何曾洁,未必空"。结果就有如"带发修行"这样的形象一般,在性别上一身双绾男性与女性之异质组合,在宗教上同时横跨出世与入世之悖反统一,以致造成道姑／名流这样矛盾综合的独特处境,而彻底模糊了"槛外"与"槛内"的分际,并造成"太高人愈妒,过洁世同嫌"的处境。

可怜的是,这样一位"天生成孤癖人皆罕"而极端洁癖的年轻女子,最后的下场竟是"终陷淖泥中""到头来,依旧是风尘肮脏违心愿",遭到她最厌恶卑视的肮脏泥垢所污染,实在是令人怵目惊心。

妙玉在贾府败灭后的下落,不同于续书所写的遭盗匪挟持,应是第四十一回的脂批所言:"他日瓜州渡口劝惩不哀哉屈从红颜固能不枯骨□□□。"对这一段阙漏错乱的批语,周汝昌校读暂拟如下:

> 他日瓜州渡口,各示劝惩,红颜固不能不屈从枯骨,岂不哀哉![1]

其意可采。"枯骨"者,意谓老人,传统的身体医学认为:"气化为血,血化为精,精化为神,神化为液,液化为骨。"[2] 因此骨质的盈枯与气血的足缺、精力的强弱直接相关,也反映于不同的年龄阶段,故杜甫《垂老别》一诗即感叹"幸有牙齿存,所悲骨髓干"(《全唐诗》卷217),则"枯骨"应是用以比喻老朽之人。整段批语意谓在贾府抄没后,她所拥有的富饶资产也一并被充公或遭到掠夺私

---

[1] 参周汝昌:《红楼梦新证(增订本)》(北京:人民文学出版社,1976),页1052—1053。引自陈庆浩:《新编石头记脂砚斋评语辑校(增订本)》,页603。

[2] (宋)李昉:《太平广记》(北京:中华书局,2003),卷3《神仙三》,页15。

吞（所谓的发抄家财），失去庇荫的妙玉流落到了瓜州渡口，因生活已到无以为继的地步，只好"屈从枯骨"，也就是委身于年老官宦为妾，以求生存。就先前对乡野老妪刘姥姥饮过的茶杯犹且嫌脏的妙玉来说，其脏实在远远有过之而无不及，但为了活下去却必须吞忍，内心之苦楚亦不言可喻。

应该说，作者对此一下场虽是同情万分、无限悲悯，但从另一个角度而言，却也未尝没有感叹：当她幸运地在贾府受到礼遇时，就放任个性以至于"这脾气竟不能改，竟是生成这等放诞诡僻"；当丧失庇荫，必须独自面对现实的严酷考验时，就放弃坚持而学会忍辱偷生，岂非表示了其高傲洁癖的性格其实是因为命太好，得到别人的支持与环境的包容乃至纵容所养成？一旦失去了保护伞，孤立无援的妙玉焉能依然蔑视世俗，傲立于雪泥之中？

贾府的抄家，等于是用最大的力量、最激烈的方式，把她变成一个肉胎浊躯的凡人，从槛外走入槛内，在呛鼻的人间烟火中接受现实泥泞的试炼，赤裸裸地领受"求生"这种生命最本能的痛苦与挣扎，了解存在的辛酸，由此也深刻明白：世事多艰，人生难料，一个人能够任性通常只是因为幸运，并不是自己真的天生比别人优越，在能力与品德上超越别人，天生就该拥有特权和优越感。因此，对自己多一点自我控制的要求，对世人多抱持一些的慈悲宽容，岂不是理所应当？到了这时，妙玉也许就能把对刘姥姥的鄙夷不屑转变为尊敬赞叹。

由此也可见所谓"个人主义"的单薄脆弱，这些"率其天真"的"不屑不洁之士"，他们的"真率"只是一种人生初期未加雕琢的天然样态,在后天环境的纵容之下顺其自然的发展,既未经考验,也完全谈不上是"造次必于是,颠沛必于是"的坚持,因此一旦面临环境剧变,失去了放纵自我的条件,便会立刻改变,成为和其他人一样努力适应环境的存在者。从而,将这些人物一般性的"人格特质"高扬为具有人性论意涵的"人格价值",许之为"反正统"之类的"本真性"代表,其实是言过其实的。

六、高傲的小鸟

并且,应该进一步追问的是,即使这种"率性任真"具有所谓"反正统"之类的"本真性",但它的价值是否就是最高、最重要的人性内涵?也许在个人主义当道的现代思维中答案是肯定的,但如果超越以"个人"为核心的思考框架,必须说,人的无限性是建立在"超越个人"上的。无论是儒家经由"正心、诚意、修身、齐家、治国、平天下"的工夫,而达到内圣外王的境界,因此倡言"毋意、毋必、毋固、毋我"(《论语·子罕》);或佛家透过断舍出离的修为,如《大乘起信论》所云:"一切邪执,皆依我见,若离于我,则无邪执。"[1]破除"人我攻中,忘大守小"的陷溺,以追求"身心相离,理事俱如,则何往而不适"[2]的出世;还是道家也同样借"吾

---

[1] 马鸣菩萨造,(梁)天竺三藏法师真谛译:《大乘起信论》(台北:新文丰出版公司,1993),页43。

[2] (唐)王维著,陈铁民校注:《王维集校注》(北京:中华书局,1997),卷11《与魏居士书》,页1095—1096。

丧我"①的心斋坐忘,以臻及齐物逍遥的精神自由,无不可见任何一种宏大人格的塑造,都必须从超越自我开始,而远远断离那个天然的、血气性情、较低层次的"我"。

然而,包括黛玉、妙玉、晴雯在内的这些所谓"本真性人物",却都恰恰是建立在自我中心上的,最执着也最摆脱不掉的就是她们自己,也因此深深为自我的习性所束缚,落入自矜自是的个人张扬;这固然谈不上儒家的圣贤气象,也与庄子的逍遥自适相去甚远。《庄子·逍遥游》写一只小鸟和大鹏的对话,发人深省:

> 故九万里,则风斯在下矣,而后乃今培风;背负青天而莫之夭阏者,而后乃今将图南。蜩与学鸠笑之曰:"我决起而飞,枪榆枋,时则不至而控于地而已矣,奚以之九万里而南为?"……之二虫又何知!小知不及大知,小年不及大年。奚以知其然也?朝菌不知晦朔,蟪蛄不知春秋,此小年也。楚之南有冥灵者,以五百岁为春,五百岁为秋;上古有大椿者,以八千岁为春,八千岁为秋。而彭祖乃今以久特闻,众人匹之,不亦悲乎!②

---

① (战国)庄子著,(清)郭庆藩撰,王孝鱼点校:《庄子集释》第1册,卷1(齐物论),页45。
② (战国)庄子著,(清)郭庆藩撰,王孝鱼点校:《庄子集释》第1册,卷1,页7—11。

就此而言，刘禹锡的"谈笑有鸿儒，往来无白丁"[1]比起苏轼的"上可以陪玉皇大帝，下可以陪悲田院乞儿"，[2]就显得骄矜狭隘；而妙玉自喻为"畸人"，也确确实实是一种"小知"的表现，带有聪明人的沾沾自喜，却没有智者的宏大深沉，都固着于自我的优越感，而缺乏超越个人的宽广。归根究底，人的率性任真都只能是庄子所写的小鸟的恣意适志，有小才而未见君子之大道。若不想只做小鸟，还是少率性任真的好。

---

[1] （唐）刘禹锡：《陋室铭》，（清）董诰等奉敕编：《钦定全唐文》第13册（京都：中文出版社，1976），卷608，页7804。

[2] （宋）高文虎：《蓼花洲闲录》引《沧浪野录》载苏轼自言，《丛书集成初编》第2867册（台北：新文丰出版公司，1936），页11。

第十三章
秦可卿论

一、另类的海棠花

在《红楼梦》中，秦可卿这位人物极为独特。她是小说家修改最多的一位，又在故事开始后不久即死亡退出，总共只出现了七回，包括：第五回、第六回、第七回、第八回、第十回、第十一回、第十三回，而第十三回一开始便是死前的托梦留言，仍属于人物形象建构的必要部分，但接下来直到第十五回都是盛大铺张的丧礼，真正的线索不多，又往往暧昧不明，其人之难解可想而知，无怪乎成为最具争议的金钗之一。①

就此一特殊的个案，恰好可以提示一种分析的态度：以文学批评而言，一切的根据都必须来自文本本身，即使文本已经经过作者的增删改动，但仍必须以现有的面貌作为全部的分析基础。依《红楼梦》的特殊性，则至多还再加上脂砚斋的批语，作为深知曹雪芹创作底蕴的特殊评点家，其所留下的若干线索可以视为文本的延

---

① 可参崔莹：《20 世纪秦可卿研究综述》，《河南教育学院学报（哲学社会科学版）》2005 年第 6 期，页 9—17。

伸；但除此之外，一旦牵涉到如何增删、为何改动的问题，乃至现实蓝本的索隐考订，那便属于版本学、作者创作心态历程的范畴，都已脱离于文学分析之外。

尤其是，单就既有的文本而言，秦可卿这个人物不仅引起种种的争议，关于她的故事也仍有一些被忽略的地方。例如，一般论者似乎都没有注意到，《红楼梦》中的金钗大多配有专属的代表花，可卿也为其中之一，并且寓意良深，或为解答其争议性的一把钥匙。道光十二年（1832）刊行的"王希廉本"，于卷首所绘六十四个女性的肖像分别附带相应的花卉，搭配秦可卿的是"海棠"，这应该是从秦氏房中墙壁上挂着唐伯虎画的《海棠春睡图》所得来的灵感。然而，据第六十三回众钗掣花签一段情节，海棠花又确定是属史湘云所有，如此一来，王希廉的配属关系或者是勉强所致，或者是有理可循；若真是有理可循，则可卿与湘云同为海棠的"一花二用"，其理安在？

王希廉并未就此一配属关系提出说明，我们仔细推敲的结果，认为此一配属关系是可以成立的，而严格来说，可卿与湘云之所以同为海棠，仅仅是建立于"海棠春睡"的这一特点上。从确切可稽的文本记述来说，"海棠春睡"的画面也属湘云最动人的造型之一，第六十二回"憨湘云醉眠芍药裀"一段，就是湘云的醉态特写：

> 湘云卧于山石僻处一个凳子上，业经香梦沉酣，四面芍药花飞了一身，满头脸衣襟上皆是红香散乱，手中的扇子在地下，也半被落花埋了。

而第六十三回众钗掣花签一段情节,又承此给予进一步加强:

> 湘云笑着,揎拳掳袖的伸手掣了一根出来。大家看时,一面画着一枝海棠,题着"香梦沉酣"四字,那面诗道是:
> 只恐夜深花睡去。

整体呈现的正是一幅"海棠春睡图",据此而言,秦可卿确实是与史湘云共用了同一种代表花。只是有别于黛玉与晴雯之共用芙蓉之具有高度的共同基础而形成重像叠影,基于秦可卿性格的复杂性与情节的不完整性,与湘云之间实在难以找出相通之处,则两人是否可以单单据"春睡"即确立重像关系,还需谨慎保留;且此"春睡"是否即彼"春睡",也大可斟酌,属于一花二用的特殊手法。

二、低微的出身与优异的天赋

在太虚幻境正册十二钗中,秦可卿是出身最低微的一个。但此一出身对于其性格、处境的影响,却不能简单地一概而论,必须从当时的社会背景、身分的变化仔细探讨,由此将会对此一金钗产生不同的认识。

(一)独特的向上阶级流动

第八回对可卿的出身来历说明道:

他父亲秦业现任营缮郎，年近七十，夫人早亡。因当年无儿女，便向养生堂抱了一个儿子并一个女儿。谁知儿子又死了，只剩女儿，小名唤可儿，长大时，生的形容袅娜，性格风流。因素与贾家有些瓜葛，故结了亲，许与贾蓉为妻。

单单这一段描述，便隐含了诸多讯息密码，只有回到传统社会文化背景才能掌握。首先，养生堂即清初时普遍设立的育婴堂，是专门收容初生弃婴（几乎都是女婴）的慈善机构，士人基于道德意识、追求理想社会秩序，以此作为解决弃婴、溺婴问题的救济措施，因此绝大部分是由邑绅邑商与地方官所私办，以长江下游之大市镇最为稠密①，无子的秦业从此处收养儿女，似乎是顺理成章。然而，其中暗藏的玄机在于：自西周的宗法制度以来，收养之目的从"为宗"到"为家"②，都是出于子嗣承继、宗祧延续的需求，因此一般而言，抱养者都是以男婴为多，女婴则极少；甚且在正常的家庭中，于确保香火的传统观念下，不具备此一功能的女婴有时还会遭到弃杀的厄运，形成了从先秦战国以来历代常见的"溺女"习

---

① 详见梁其姿：《十七、十八世纪长江下游之育婴堂》，《中国海洋发展史论文集》第一辑（台北："中央研究院"三民主义研究所，1984），页97—130；Leung, AKC, "Relief Institutions for Children in 19th Century China," *Chinese Views of Childhood*. A. Kinney ed. (University of Hawaii Press, 1995), pp. 251-278.

② 李甲孚：《古代、现代收养制度与台湾收养养女问题的综合研究》，《法学丛刊》第24卷第2期（1979年6月），页7—32；黄宗乐：《亲子法之研究》（台北：三民书局，1980）；史尚宽：《亲属法论》（北京：中国政法大学出版社，2000），第4章"父母子女·养子女"，页585—586。

俗。① 因此像秦业般专程到养生堂收养女婴，实属罕见。

这种男女大有别的观念与现象自古已然，如《诗经·小雅·斯干》即有"乃生男子，载寝之床，载衣之裳，载弄之璋"以及"乃生女子，载寝之地，载衣之裼，载弄之瓦"的差别待遇，《韩非子·内储说·六反》甚至说："父母之于子也，产男则相贺，产女则杀之。"② 自此以后，史册中溺杀女婴之悲剧便载记不绝，都是源自同一性别价值观的结果，无怪乎到了宋代，司马光亦言："世俗生男则喜，生女则戚，至有不举其女者。"③ 可以说，当一个家庭遇到经济压力、香火存续问题而必须取舍时，女婴是最早也是最容易被牺牲的对象，至清代犹然，江南地区如江苏、江西、浙江、福建、安徽等尤盛，苏州、金陵皆属之。④ 且不仅民间如此，据李中清等学者对《玉牒》这份清代皇室人口资料进行统计之后，得出一些很出人意料的结论，其中即包括："宗室女子在出生时虽与男子人数基本相等，但成活率却仅为男子的八分之一。他们认为这是贫寒宗室为生计所迫而溺婴的结果，虽然证据不足，却揭示了旗人女子人数少的

---

① 李长年：《女婴杀害与中国两性不均问题》，《东方杂志》第32卷第11期（1935年6月），页97—101，收入鲍家麟编：《中国妇女史论集》（台北：牧童出版社，1979），页212—220；［日］曾我部静雄著，郑清茂译：《溺女考》，《文星》第10卷第1期（1962年5月），页52—57。

② （战国）韩非著，陈奇猷校注：《韩非子集释》（台北：华正书局，1982），页949。

③ （宋）司马光：《书仪》，《景印文渊阁四库全书》第142册，卷7《婚仪上·亲迎》，页476。

④ 参冯尔康：《生活在清朝的人们：清代社会生活图记》（北京：中华书局，2005），第一部"世态剪影"第13节"溺女风习与育婴堂的建立"，页113—118。

一个原因,那就是除了在人口统计时有意或无意的漏报之外,可能存在着人为的抛弃、虐待,至少当饥荒、瘟疫袭来之时,人们所重点保护和哺育的,首先是男婴,这种情况当然并不仅仅存在于旗人之中。"①

由此可见,在讲究血缘关系的文化下,连亲生女儿都可以牺牲,又何苦费事收养一个来历不明的女婴来增加家庭负担,等于完全为人作嫁?因此女婴通常不会在收养的考虑内,除非有实际的利用价值,例如作为童养媳;甚至是有不得已的特殊关联,如必须掩人耳目的私生女。从秦业的状况来看,因资讯不足,尚无法判断是哪一种,但若一定要勉强揣酌的话,就其命名"可儿"的心态而言(详下文),以无法见容于正妻之私生女的可能性较高,而通过同时抱养一个儿子的方式所产生的遮蔽效应,可卿这个女婴的收养就不会显得那么突兀。

可卿的被收养确实是社会常态下罕见的特例,但无论如何,可卿来到了秦家,在完成收继的程序之后,便不再是一个无名的弃婴,而是比照养子,从养家之姓,与养家发生拟制血亲关系,成为营缮郎之女。营缮郎是曹雪芹虚拟的官衔,据脂砚斋所言,与秦业之姓名皆是别有寄寓所致:

---

① James Lee and Wang Feng: "Male nuptiality and male fertility among the Qing nobility: Polygyny or serial monogamy." in *Fertility and the Male Life Cycle in the Era of Fertility Decline*, ed. Caroline Bledsoe, Susana Lerner, Jane Guyer (Oxford: Oxford University Press, 2000), pp. 188-206. 引自定宜庄:《满族的妇女生活与婚姻制度研究》,第7章"满汉民族的通婚",页346—347。

> 业者,孽也,盖云情因孽而生也。
> 官职更妙,设云因情孽而缮此一书之意。(第八回批语)

换言之,用意与"秦"之谐音"情"同出一辙,若追究其寓意,或即暗指秦可卿乃秦业之"情孽"——不正当的情欲关系所生,与其私生女的来历相吻合。不过,遵守写实逻辑的小说再如何虚拟以寄托象征,都不能脱离当代的职官系统,犹如第二回说黛玉之父林如海"乃是前科的探花,今已升至兰台寺大夫",脂砚斋便批云:

> 官制半遵古名亦好。余最喜此等半有半无,半古半今,事之所无,理之必有。

同样地,第十三回写到宁府世系的历代官衔,包括"一等神威将军"贾代化、"三品爵威烈将军"贾珍,以及同为八公的齐国公之孙"三品威镇将军"陈瑞文、治国公之孙"三品威远将军"马尚,乃至贾蓉买官所得的"五品龙禁尉"等等,也都属于"事之所无,理之必有"的拟真之称,足以传达出相应的身份地位。从这个角度来说,秦业的营缮郎也透露出重要的意义。

明清两代工部设有营缮清吏司,主管皇家宫廷、陵寝建造、修理等事,司设正五品之郎中、从五品之员外郎、主事等官,秦业的营缮郎应相当于贾政的"现任工部员外郎"(第三回)。如此一来,可卿虽然出身于养生堂的弃婴,但既被担任营缮郎之秦业收养,其社会身分就不是一般的孤女,而是朝廷五品官员之女,清白高华,绝不能称为寒素低贱。许嫁给宁府的并不是养生堂的弃婴,而是朝廷五品官员的女儿,这是一般在探讨秦可卿的相关问题时,普遍忽略的一大重点。

固然第七回宝玉、秦钟初见时,彼此互相惊艳的心思透露出双方家世的悬殊,所谓:

> 宝玉自见了秦钟的人品出众,心中似有所失,痴了半日,自己心中又起了呆意,乃自思道:"天下竟有这等人物!如今看来,我竟成了泥猪癞狗了。可恨我为什么生在这侯门公府之家,若也生在寒门薄宦之家,早得与他交结,也不枉生了一世。……"秦钟自见了宝玉形容出众,举止不凡,更兼金冠绣服,骄婢侈童,秦钟心中亦自思道:"果然这宝玉怨不得人溺爱他。可恨我偏生于清寒之家,不能与他耳鬓交接,可知'贫窭'二字限人,亦世间之大不快事。"二人一样的胡思乱想。

其中关于秦家的认知都是"寒门薄宦之家""清寒之家",秦钟的"贫窭"之怨也呼应了第八回秦业自感"只是宦囊羞涩",十分一致。不过,这样的差距其实是相较于贾府的荣耀显赫所言,其"富"自不能与拥有庄田与房产地租的贾府相比,更完全无法企及贾府作为国勋门第之"贵",因此两家一旦面对面便不免产生荣枯之差距;而且这两个天真少年都处于一种相见恨晚的心理,因此过于夸大家世所造成的迁延或阻隔,也更不免言过其实。是故,既然秦业之职任可与贾政相当,其身后"还有留积下的三四千两银子"(第十六

回),便绝不能说是"清寒贫窭",也并不妨碍彼此的亲近关系。再参照小说中其他的例子就更清楚了,如第三十五回提及:

> 通判傅试家的嬷嬷来了。那傅试原是贾政的门生,历年来都赖贾家的名势得意,贾政也着实看待,故与别个门生不同,他那里常遣人来走动。……傅试安心仗着妹妹要与豪门贵族结姻,不肯轻意许人,……争奈那些豪门贵族又嫌他穷酸,根基浅薄,不肯求配。

清代的通判为正六品,还比秦业的营缮郎更低一等级,然而豪门贵族之所以嫌傅试穷酸,是就联姻时讲究门当户对的标准而言,并不是一般意义的低贱寒素,因此既没有妨碍与贾政的互动,也仍存有高攀的盘算。则宁府一方面在婚姻上并不如荣府般严格讲究门当户对①,

---

① 学者注意到:在贾府,作为已婚者,其配偶可以分作截然相反的两类,一类是出身地位尊贵的,如贾代善、贾政、贾敏、贾琏、贾珠、宝玉、元春、探春,凡是西府(荣国府)其配偶均出于有身份和地位的家庭,血统高贵,来历清楚,护官符"四大家族"中跟贾家各自有亲的另三家全都属荣府;另一类是来历不明或低微贫寒的,如贾敬、贾赦、贾珍、迎春、贾蓉,皆属东府(宁国府,"贾赦本是荣国府一支,但他已单独住在荣府之东,靠近宁府的单门独院,其院子跟荣国府不通,若要来往,须绕道大街,作者将其归东府一类")。胡文炜:《秦可卿出身论》,《明清小说研究》1997年第4期,页204—209。但此文一再声称"秦可卿的出身不是显赫尊贵,而是低贱寒微""秦可卿以寒微的出身来匹配贾府这样的公侯之家的子孙",则是忽略了收继后的身份改变,直接与弃婴混为一谈;并且贾赦之妻邢夫人实为"世家夫人",第七十三回的脂批已有明言;而迎春所嫁的孙家虽是暴发户,却属朝廷新贵,都不是来历不明更绝不能称为低贱寒微,因此,这种二分法必须稍微保留。

另一方面在清朝爵位世袭制度中随代降等的情况下，第五代的贾蓉已只是一个"江南江宁府江宁县监生"（第十三回），其迎娶五品官员的女儿，也就合情合理而不算奇怪了。至于秦业"素与贾家有些瓜葛"的所谓"瓜葛"，或如通判傅试之类，或如农妇刘姥姥"小小一个人家，因与荣府略有些瓜葛，这日正往荣府中来"（第六回）之类，因小说中并未交待，自属无关紧要，无须在缺乏文本证据的情况下穿凿附会。

更值得注意的是，秦可卿的身份变化在嫁入宁府之后又进一步向上升级，成为"世袭宁国公冢孙妇"（第十三回榜文），即嫡长孙之正妻，从一般官宦之女晋身为贵族成员。试看太虚幻境薄命司中命运册簿的分类依据乃是阶级身份，以贵贱等级决定橱柜的上下位置，以及各自的分册归属，因此，上等的正册中所收的全属贵族女性，连很少出现的年幼巧姐儿都在其中；而"婢女贱流，例入又副册"，[①]即所谓"下等"，被归入"又副册"的晴雯、袭人恰恰都是"身为下贱"的女婢，这就很明显是以阶级身份，而不是以对宝玉的重要性为划分原则。也正因为如此，秦可卿嫁入宁府后都是以"秦氏"之名活动，由她对宝玉的梦中呼唤纳闷道："我的小名这里从没人知道的，他如何知道，在梦里叫出来？"（第五回）所谓的既嫁从夫，婚姻的门槛抹除了女性在室时的身份标记，纳入新的伦理体系，如此一来，更证明了秦可卿虽然出身低微，但经过秦业的收养以及贾府的迎娶，已完全改变了她的阶级属性，由此才能列入"上等"的正册中。

[①] （清）周春：《阅红楼梦随笔》，一粟编：《红楼梦资料汇编》，卷3，页69。

换句话说，对于秦可卿的种种处境问题，绝不能偏执于"弃婴出身"，将已成为贾府嫡派正妻的女性解释为一个市井庶民的可怜小媳妇，所谓身份低微、心理自卑、委曲求全等等的解释，都是胶着在"弃婴出身"所作的扩大性的延伸。事实上，可卿在官员之家成长，按理对养生堂的婴幼儿时期已不复记忆，一般情况下家属也多会避谈此事，至少小说文本完全没有涉及可卿的成长状况，缺乏她受到负面影响的证据；何况以小名为"可儿"来看，典出《世说新语》：

桓温行经王敦墓边过，望之云："可儿！可儿！"①

意即"可人""可人儿"，是对性情可取或有才德之人的赞美，故放在《赏誉》篇。则可卿本是很可爱的女婴，秦业之所以破例收养，也应该是这个原因，若再加上私生女的可能性②，则可卿更必然是受到疼爱的，如此一来，秦业理当会避免在这个可人儿心中留下弃婴的阴影。据此，可卿也应接受了正常的教育，由此才能将其天赋中的优异禀性发展出来，出嫁后在复杂的世家大族中充分发挥，得

---

① （南朝宋）刘义庆撰，余嘉锡笺疏：《世说新语笺疏》（台北：华正书局，1984），中卷《赏誉》，页466。

② 第八回说：秦业"年近七十，夫人早亡。……那秦业至五旬之上方得了秦钟"。则秦钟似乎不是这位早亡的夫人所生；即使是，从可卿与秦钟都长得极为秀丽出众，可卿是"形容袅娜，性格风流"，秦钟则是"眉清目秀，粉面朱唇，身材俊俏，举止风流，似在宝玉之上"，把宝玉都"比下去了"（第七回），贾母也欣赏他的"形容标致，举止温柔"（第八回），两人十分雷同，则这对姊弟同出一源的可能性很高，或为同父异母，甚或是同胞所出。

到上下的宠爱与一致的肯定,完美地胜任贵族女性的角色。其优点绝不仅是美丽而已。

(二)兼钗、黛、凤三人之长

当然秦可卿是极为美丽的。对于可卿的美丽,小说家于短短的几回中不断地重复强调,包括:"生的袅娜纤巧"(第五回),"长大时,生的形容袅娜"(第八回),第七回又出现了一段特别的描述:

> 只见香菱笑嘻嘻的走来。周瑞家的便拉了他的手,细细的看了一会,因向金钏儿笑道:"倒好个模样儿,竟有些像咱们东府里蓉大奶奶的品格儿。"金钏儿笑道:"我也是这们说呢。"

借"生得不俗"(第四回)而导致人命官司的香菱加以烘托,如脂砚斋所言:

> 一击两鸣法,二人之美,并可知矣。

如此超凡脱俗的美自可以进一步仙化,比诸圣界的女神,果然太虚幻境中就有一位同名的仙子,且还是统领整个太虚幻境的警幻仙姑之妹。第五回描述道:

> 警幻便命撤去残席,送宝玉至一香闺绣阁之中,其间铺陈之盛,乃素所未见之物。更可骇者,早有一位女子在内,其鲜

艳妩媚，有似乎宝钗，风流袅娜，则又如黛玉。正不知何意，忽警幻道："……再将吾妹一人，乳名兼美字可卿者，许配于汝。今夕良时，即可成姻。"

通过同名所隐含的重像关系，兼美的造型投映于秦可卿身上，使得秦可卿的人物内涵更加丰富饱满。首先，就形貌容态而言，秦可卿实际上是兼香菱、宝钗、黛玉等三人之美，比起神界的兼美更有过之，可见非凡绝伦。

其次更重要的是，兼美所融合的钗、黛二人之美，并不止于"鲜艳妩媚""风流袅娜"的外相，还包括宝钗的性格特质。第五回在秦可卿安顿宝玉去睡中觉一段，叙述道：

> 贾母素知秦氏是个极妥当的人，生的袅娜纤巧，行事又温柔和平，乃重孙媳中第一个得意之人。

其中"生的袅娜纤巧"固然对应了黛玉，"行事又温柔和平"则恰恰是宝钗的移植，呼应第二十二回所说的"贾母自见宝钗来了，喜他稳重和平"，足证秦氏确实是神界兼美的人间投影。

果然，宝钗"稳重和平"的好人缘也对映于秦可卿身上，第八回道："众人因素爱秦氏，今见了秦钟是这般人品，也都欢喜，临去时都有表礼。"可见甚至爱屋及乌，移情于其弟秦钟。无怪乎第十回当可卿罹病时，婆婆尤氏便对儿子贾蓉说道：

我说:"……倘或他有个好和歹,你再要娶这么一个媳妇,这么个模样儿,这么个性情的人儿,打着灯笼也没地方找去。"他这为人行事,那个亲戚,那个一家的长辈不喜欢他?所以我这两日好不烦心,焦的我了不得。……我想到他这病上,我心里倒像针扎似的。

随着病势越发沉重,到了第十一回,连贾母都不舍地说:"可是呢,好个孩子,要是有些原故,可不叫人疼死。"说着,一阵心酸,还对凤姐说道:"你们娘儿两个也好了一场,明日大初一,过了明日,你后日再去看一看他去。你细细的瞧瞧他那光景,倘或好些儿,你回来告诉我,我也喜欢喜欢。那孩子素日爱吃的,你也常叫人做些给他送过去。"凤姐一一答应了。这时,病重的可卿预感自己已不久人世,所抒发的感受也完全一致:

秦氏拉着凤姐儿的手,强笑道:"这都是我没福。这样人家,公公婆婆当自己的女孩儿似的待。……就是一家子的长辈同辈之中,除了婶子倒不用说了,别人也从无不疼我的,也无不和我好的。"

最后不敌病魔,溘然长逝时,举家上下陷入一片哀戚,第十三回描述道:

那长一辈的想他素日孝顺,平一辈的想他素日和睦亲密,下一辈的想他素日慈爱，以及家中仆从老小想他素日怜贫惜贱、慈老爱幼之恩，莫不悲嚎痛哭者。

这段话中，一连重复了四次"素日"，将其对上孝顺、平辈亲睦、对下慈爱、对仆恩怜的赤诚挚情充分传示，其为人之温柔体恤不言可喻。

当然，在贾府这样注重伦理的世家大族，秦可卿能够获得上下一致的推崇喜爱，自有其聪慧明智的心性与出类拔萃的才干，绝不仅是人际互动上的孝顺和睦、慈爱怜惜而已。以聪慧明智的心性而言，正如第十回尤氏对贾璜之妻金氏所说道：

婶子，你是知道那媳妇的：虽则见了人有说有笑，会行事儿，他可心细，心又重，不拘听见个什么话儿，都要度量个三日五夜才罢。这病就是打这个秉性上头思虑出来的。

张友士的诊断也是：

据我看这脉息：大奶奶是个心性高强聪明不过的人；聪明忒过，则不如意事常有；不如意事常有，则思虑太过。此病是忧虑伤脾，肝木忒旺，经血所以不能按时而至。

就此而言，那心细、心重、思虑太过与其说是自卑，不如说是好强，如其重病后所感叹的："这如今得了这个病，把我那要强的心一分也没有了。"凤姐也道:"我说他不是十分支持不住,今日这样的日子,再也不肯不扎挣着上来。"(第十一回)而要强之心未必就是出于自卑,也可以是出于完美主义或高度责任感,如同小说中写到王熙凤是"本性要强,不肯落人褒贬"(第十九回),袭人亦是"他的那一种行事大方,说话见人和气里头带着刚硬要强,这个实在难得"(第三十六回),而这都只是说明性格上追求完美,务求尽善,可卿的思虑心重仿若王熙凤的"少说些有一万个心眼子"(第六回),正所谓"心性高强"者也;再加上"聪明不过",便养成了出类拔萃的治事才干与处办能力。

甚且不仅绝色之美、行事才干周全可靠,可卿的眼光见识也不亚于王熙凤。脂砚斋于"贾母素知秦氏是个极妥当的人"一句夹批云:

借贾母心中定评。

以贾母高度的识人之明①,复有脂砚斋的"定评"之断,"极妥当"确属秦可卿的人格评价,由此乃成为"重孙媳中第一个得意之人"(第五回),也是绝对可以成立的正面赞美。唯许多人都以贾母的"重孙媳妇"就只有一个秦可卿,因唯一而得第一,可谓胜之不武,并非真正的赞美而给予保留。但这个质疑是不能成立的,应该注意到,小说中的贾府固然是指宁、荣二府,实际上贾家乃是一个涵括许多嫡派旁支的大氏族,例如第九回提道:

---

① 相关举证说明,详参欧丽娟:《大观红楼(母神卷)》,第 4 章"贾母:爱与美的幸运之神",页 228—234。

第十三章 秦可卿论

- 原来这一个名唤贾蔷,亦系宁府中之正派玄孙,父母早亡,从小儿跟着贾珍过活。
- 这贾菌亦系荣国府近派的重孙,其母亦少寡,独守着贾菌。这贾菌与贾兰最好,所以二人同桌而坐。

第十回又写到金荣的姑妈:

> 原聘给的是贾家玉字辈的嫡派,名唤贾璜。但其族人那里皆能像宁荣二府的富势,原不用细说。

可见除宁荣二府之外,连玉字辈、草字辈都还有正派、嫡派、近派的子孙,皆属贾氏子弟。在小说中,他们主要是出现在为全族所设的义学家塾上,第七回宝玉说:"我们却有个家塾,合族中有不能延师的,便可入塾读书。"第九回进一步说明贾家之义学:"原系始祖所立,恐族中子弟有贫穷不能请师者,即入此中肄业。凡族中有官爵之人,皆供给银两,按俸之多寡帮助,为学中之费。"这才构成贾氏一族的人员全貌。

因此,在秦可卿的丧礼上合族人员到齐,"贾代儒、代修、贾敕、贾效、贾敦、贾赦、贾政、贾琮、贾䗥、贾珩、贾珖、贾琛、贾琼、贾璘、贾蔷、贾菖、贾菱、贾芸、贾芹、贾蓁、贾萍、贾藻、贾蘅、贾芬、贾芳、贾兰、贾菌、贾芝等都来了"(第十三回),代字辈、文字辈、玉字辈、草字辈四代同堂,在人口滋多、枝繁叶茂的情况下,草字辈的一代包括贾蓉在内甚至多达十五个,其中大可以有如贾蓉般已经娶妻者。如此一来，身为全族之女性大家长的贾母，当然不只有秦可卿一个重孙媳，因而秦可卿之丧礼上便透过这些无名女眷突显凤姐的卓越出众：

> 合族中虽有许多妯娌，但或有羞口的，或有羞脚的，或有不惯见人的，或有惧贵怯官的，种种之类，俱不及凤姐举止舒徐，言语慷慨，珍贵宽大。（第十四回）

所谓"合族中虽有许多妯娌"即足以为证，她们既可以突显凤姐的光芒万丈，当然也可以对比出可卿是贾母"重孙媳中第一个得意之人"，可卿也因此受到贾母的喜爱，一如凤姐的得宠。至于贾珍和贾代儒等所说的："合家大小，远近亲友，谁不知我这媳妇比儿子还强十倍。如今伸腿去了，可见这长房内绝灭无人了。"（第十三回）就其作为当众发抒的公共评价，不宜掺杂悖德非礼的私情因素，其重点也实在于此。

于是，同为贾家媳妇的凤姐、可卿才会成为知交密友，第七回提到"平儿知道凤姐与秦氏厚密"，第十一回则浓墨重彩地描绘其具体情景，尤氏对凤姐说道：

> "你是初三日在这里见他的，他强扎挣了半天，也是因你们娘儿两个好的上头，他才恋恋的舍不得去。"凤姐儿听了，眼圈儿红了半天，……这里凤姐儿又劝解了秦氏一番，又低低的说了许多衷肠话儿。

尤氏打发人请了两三遍，凤姐儿才依依作别，听了秦氏请求她常来坐坐多说话，又眼圈儿一红，承诺道："我得了闲儿必常来看你。"也确实"此后凤姐儿不时亲自来看秦氏"，因此连贾母都说"你们娘儿两个也好了一场"。直到第十三回可卿死前托梦时，说的都是："因娘儿们素日相好，我舍不得婶子，故来别你一别。"可以说，整个贾府中，能获得凤姐敬畏的只有探春（见第五十五回），而能同时获得凤姐的敬畏与真情的，则只有秦可卿。

事实上，可卿的胸襟见识恐怕还略胜凤姐一筹，这主要是表现于第十三回的死前托梦。当生命走到尽头之际，脱离躯壳的一缕幽魂仍记挂着贾家的未来，悠悠来到王熙凤梦中，言及尚有一心愿未了，在托付锦囊遗策之前，先引述世间无常的永恒之理，说道：

常言"月满则亏，水满则溢"；又道是"登高必跌重"。如今我们家赫赫扬扬，已将百载，一日倘或乐极悲生，若应了那句"树倒猢狲散"的俗语，岂不虚称了一世的诗书旧族了！

凤姐听了，"心胸大快，十分敬畏"，询问有何永保无虞的方法，可卿接着便具体指点根本之道：

"否极泰来，荣辱自古周而复始，岂人力能可保常的。但如今能于荣时筹画下将来衰时的世业，亦可谓常保永全了。即如今日诸事都妥，只有两件未妥，若把此事如此一行，则后日可保永全了。"凤姐便问何事。秦氏道:"目今祖茔虽四时祭祀,只是无一定的钱粮;第二,家塾虽立,无一定的供给。依我想来,如今盛时固不缺祭祀供给,但将来败落之时,此二项有何出处?莫若依我定见,趁今日富贵,将祖茔附近多置田庄房舍地亩,以备祭祀供给之费皆出自此处,将家塾亦设于此。合同族中长幼,大家定了则例,日后按房掌管这一年的地亩、钱粮、祭祀、供给之事。如此周流,又无争竞,亦不有典卖诸弊。便是有了罪,凡物可入官,这祭祀产业连官也不入的。便败落下来,子孙回家读书务农,也有个退步,祭祀又可永继。……此时若不早为后虑,临期只恐后悔无益了。"

面对无常的方法,只有厚植根柢、保留希望,而稳定的产业是最重要的基础,秦可卿建议于祖茔附近购置的田庄、房舍、地亩,称作"祭田",其用途主要是支应与祭祀有关的花费,宗室富勋提及:"坟茔留有余地,令坟丁耕种,按季交租,作为祭品供物用费。"[①] 其次,还用来修理坟茔、建造家祠等[②],这也正是秦可卿所着眼的重点。显然这笔收益属于特定用途,作为抄家时也不入官的恒产,确属家族立于不败之地的最后支柱。其深谋远虑之处,在于:

一、"祖茔"的祭祀永继:对于中国传统观念而言,生命的价

---

① 光绪五年(1879)《宗人府堂稿来文》(北京:中国第一历史档案馆藏),第534包。
② 赖惠敏:《天潢贵胄——清皇族的阶层结构与经济生活》,第3章"皇族的公产",页142。

值在于家族的永续，香火绵延是最重要的考虑，因此才会有"不孝有三，无后为大"的箴言，而祠堂也才会是具备了超越性的神圣空间，成为崇天敬祖之血脉圣殿与家族精神中心；祖茔为先人埋骨之处，更是全族的根源，购置祭田可以确保家族的凝聚、传承。此乃家族存在的消极层次。

二、"家塾"的迁立：教育是高成本的投资，读书所费不赀，贾府还设有全族的义学，"凡族中有官爵之人，皆供给银两，按俸之多寡帮助，为学中之费"（第九回），可见义学的经费来源是靠官爵之俸禄支应。将既有的家塾改设于此，有了祭田稳定的供给，便无虑失去官爵后的断炊问题，"子孙回家读书务农，也有个退步"，如此则是创造东山再起的机会，子孙经过读书，可由科举复兴家业，是家族在基本的生存之外更进一步发展的积极目标。

足见可卿的建议不仅是经济上的自保，更重要的是让家族可以永续的根本，因此才能让凤姐这位"脂粉队里的英雄，连那些束带顶冠的男子也不能过"（第十三回）的杰出女性感到"心胸大快，十分敬畏"。必须说，第十三回的回末诗"金紫万千谁治国，裙钗一二可齐家"，其所谓"齐家"的裙钗应该是包括这一回中临终托梦、授予机宜的秦可卿，以及可卿死后协理宁国府的王熙凤，两位女性巾帼不让须眉，力挽狂澜的晶华光辉令人称叹。

至此可以说，脂砚斋为可卿所题的"十二花容色最新"（第七回回前总批回首诗），应该便是对可卿容貌之兼美如仙、性格之和平可靠、心智之深谋远虑，集黛玉、宝钗、凤姐三人之长的总评价。

三、爱欲女神：春睡的海棠

然而，可卿这位齐家之能才，却也同时是促进末世的败家之源，两者矛盾并存，呈现出世事的吊诡与人性的复杂。

从第七十五回写尤氏主仆等人到了稻香村，趁便洗脸净面的一段情节可知，宁府内部的纲纪败坏，已经普遍到了根基动摇的地步，连基本礼法都无以维持：

> （尤氏）一面说，一面盘膝坐在炕沿上。银蝶上来忙代为卸去腕镯戒指，又将一大袱手巾盖在下截，将衣裳护严。小丫鬟炒豆儿捧了一大盆温水走至尤氏跟前，只弯腰捧着。李纨道："怎么这样没规矩。"银蝶笑道："说一个个没机变的，说一个葫芦就是一个瓢。**奶奶不过待咱们宽些，在家里不管怎样罢了，你就得了意，不管在家出外，当着亲戚也只随着便了。**"尤氏道："你随他去罢，横竖洗了就完事了。"炒豆儿忙赶着跪下。

可见宁国府的管理松散导致仪节失度，人员散漫轻忽，看在荣府的成员眼中，连李纨"是个菩萨""是个尚德不尚才的，未免逞纵了下人"（第五十五回），"浑名叫作'大菩萨'，第一个善德人"（第六十五回）的好脾气，都忍不住当场批评"怎么这样没规矩"，可见其脱序的严重程度。一叶知秋、见微知著，"这样没规矩"也正是宁府种种败德失格的根源，可卿身为尤氏的子媳，自不能逾越分际，采凤姐治家的严厉手法而与婆婆唱反调，所以在这一点上，可卿谈不上败家之罪。但如同脂砚斋所感叹的：

> 尤氏亦可谓有才矣。论有德比阿凤高十倍，惜乎不能谏夫治家，所谓人各有当也。（第四十三回批语）

尤氏之缺点只在于"不能谏夫治家"，有失妇职，其个人品德却没有问题；可卿则不然，以其兼具钗、黛、凤三者之长的情况下，竟因无法把持情、淫的分际，在爱欲的本能主宰下对宁府产生积极的、毁灭性的伤害，可以说是"这样没规矩"的极致，其罪孽实无可逭。

（一）月貌风情与爱欲细节

第五回《红楼梦曲·好事终》的歌词中，曹雪芹已经明示：

> 擅风情，秉月貌，便是败家的根本。

第八回说可卿长大后"生的形容袅娜，性格风流"，脂砚斋则于"性格风流"一句夹批云：

> 四字便有隐意。春秋字法。

据此可见，女性风情实为秦可卿的重要特质，而这也清楚反映在她的闺房布置上。第五回描述道：

大家来至秦氏房中。刚至房门,便有一股细细的甜香袭人而来。宝玉觉得眼饧骨软,连说:"好香!"入房向壁上看时,有唐伯虎画的《海棠春睡图》,两边有宋学士秦太虚写的一副对联,其联云:

　　　　嫩寒锁梦因春冷,芳气笼人是酒香。

　　案上设着武则天当日镜室中设的宝镜,一边摆着飞燕立着舞过的金盘,盘内盛着安禄山掷过伤了太真乳的木瓜。上面设着寿昌公主于含章殿下卧的榻,悬的是同昌公主制的联珠帐。宝玉含笑连说:"这里好!"秦氏笑道:"我这屋子大约神仙也可以住得了。"说着亲自展开了西子浣过的纱衾,移了红娘抱过的鸳枕。于是众奶母伏侍宝玉卧好,款款散了,只留袭人、媚人、晴雯、麝月四个丫鬟为伴。秦氏便吩咐小丫鬟们,好生在廊檐下看着猫儿狗儿打架。

　　精神分析早已指出,一个人的房子即是他自己的一种延伸,具有自我表征的意义,荣格便说"房子象征了我的人格及其意识层面的兴趣"①,

---

① [瑞士]卡尔·荣格:《潜意识探微》,[瑞士]卡尔·荣格主编,龚卓军译:《人及其象征:荣格思想精华的总结》(台北:立绪文化公司,1999),页40—41。虽然此处说的是梦中出现的房子,但适用于一般的住处,古柏(C. Cooper)便采用荣格的原型理论来解释住宅的象征作用,指出住宅是自我的基本象征,透过社会科学文献、文学与梦的分析,说明住房反映了人们如何正视自己为一个独立个人及其与外在世界的关系。Clare Cooper, "The House as Symbol of Self," in J. Lang, C. Burnette, W. Moleski & D. Vachon (eds.), *Designing for Human Behavior* (Stroudsburg, PA: Dowden, Hutchinson and Ross, 1974), pp. 130-146.

其中的种种摆设,固然都以古董宝物的珍稀价值展现出宁府的豪奢,因此"大约神仙也可以住得了";但这只是无关紧要的一个意义,因为能够用来炫富的用品很多,妙玉的茶具就与此处的迥然有别,因此,这些摆设真正的意义是铺陈出人物性格与生活面向的爱欲细节(erotic details),所有的物品都与历史上的知名女性有关,而这些女性又多具有情色爱欲的面相,至少都以床榻寝具睡姿而间接关涉,形成一个香艳骀荡的欲望空间。

例如,寿昌公主于含章殿下卧的榻①、同昌公主制的联珠帐②,都是闺房中的寝具;西施虽然以其纤弱多病成为黛玉的历史重像,但此处则是以其浣纱作成的衾被为说,重点在于美人计的女主角。至于《海棠春睡图》画的是杨贵妃的醉态,据《杨妃外传》记载:

> 明皇登沉香亭,诏妃子,妃子时卯酒未醒,命力士从侍儿扶掖而至。妃子醉歆残妆,钗横鬓乱,不能再拜。明皇笑曰:

---

① 寿昌公主应作寿阳公主,《杂五行书》载:"宋武帝女寿阳公主,人日卧于含章殿,檐下梅花落公主额上,成五出花,拂之不去。皇后留之,看得几时,经三日,洗之乃落。宫女奇其异,竟效之,今梅花妆是也。"(宋)李昉等奉敕纂:《太平御览》第 1 册(台北:新兴书局,1959),卷 30《时序部》,页 260。

② 同昌公主为唐懿宗之女,唐代苏鹗载:"咸通九年,同昌公主出降(嫁),宅于广化里,赐钱五百万贯,仍罄内库宝货,以实其宅。……堂中设连珠之帐,却寒之帘,犀簟牙席,龙罽凤褥,连珠帐续贞珠为之也。"(唐)苏鹗:《杜阳杂编》,页 22。

>是岂妃子醉邪？海棠睡未足耳。①

象喻了女子慵软无力、风情万种的娇媚。而武则天当日镜室中设的宝镜，更是一种色情装置，源于"春画"：

>春画之起，当始于汉广川王。……唐高宗镜殿成，刘仁轨惊下殿，谓一时乃有数天子。至武后时，则用以宣淫。杨铁厓诗云："镜殿青春秘戏多，玉肌相照影相摹。六郎酣战明空笑，队队鸳鸯浴锦波。"而秘戏之能事毕矣。②

又李商隐有《镜槛》一诗，据清代朱鹤龄的题解，乃是：唐"高宗时，武后作镜殿，四壁皆安镜，为白昼秘戏之须。镜槛当是镜殿中栏槛耳。"③其恣情纵欲可想而知。

再看一边摆着的金盘，选的不是汉武帝的金铜仙人捧露盘，而是"飞燕立着舞过的金盘"，已经可以引人遐想，又加上"盘内盛着安禄山掷过伤了太真乳的木瓜"，则确定是情色隐喻无疑。因为历史中风行着杨贵妃与安禄山有染的流言，虽属穿凿附会的无稽之谈，却是脍炙人口的逸闻传说，且原故事仅说："贵妃之乳服诃子，

---

① 引自（宋）胡仔：《苕溪渔隐丛话》，《前集》，卷38，页256。
② （明）沈德符：《万历野获编》下册（北京：中华书局，1978），卷26"春画"条，页659。
③ （清）朱鹤龄注，（清）程梦星删补：《李义山诗集笺注》（台北：广文书局，1972），卷中，页450。

为禄山之爪所伤。"①小说家援用时又巧妙增加"木瓜"作为道具,更强化了形象联想。

此外还有"红娘抱过的鸳枕",而红娘恰恰是曹雪芹批判才子佳人小说时点名的对象之一。作为小姐身旁那"紧跟的一个丫鬟",红娘是担任了"传书递简,或寄丝帕,或投诗笺"②之务的代表人物,于整部《红楼梦》中共被提到五次,从第一回开宗明义的"那些胡牵乱扯,忽离忽遇,满纸才人淑女、子建文君红娘小玉等通共熟套之旧稿",显系将红娘的角色定位为胡牵乱扯之熟套旧稿的结构因素与陈滥符码之一,与全书对才子佳人小说的批判态度相一致,也奠立了此一角色的根本定位。尤其是第五十一回薛宝琴《蒲东寺怀古》一诗道:

小红骨贱最身轻,私掖偷携强撮成。虽被夫人时吊起,已经勾引彼同行。

首句的"轻贱"先提出对其人其行的盖棺定论,接下来则分别以"私掖偷携""勾引"表述其不正当行为,更以"强撮成"点出其大力

---

① (明)程登吉著,(清)邹圣脉增补,胡遐之点校:《幼学琼林》(长沙:岳麓书社,1986),卷2"衣服类",页101。清唐训方《俚语征实》引《隋唐遗史》云:"唐天宝间,杨贵妃私通安禄山,被爪伤乳。妃恐帝见之,乃绣胸服掩蔽曰诃子。即今之抱肚。"

② 刘大杰:《中国文学发展史》(台北:华正书局,2003),第26章"水浒传与明代的小说",页1184。

参与的主导性地位，所扮演的堪称为淫媒的角色。① 如此一来，"红娘抱过的鸳枕"即隐约带出色情媒介的意涵。

当然，上述的这些用品都是脂批所说的"设譬调侃"，并非真正的历史名物，主要是透过隐喻的角度寄寓象征之意，即"艳极，淫极"。有一种说法认为：这些香艳的氛围来自宝玉的幻想而非可卿本人的布设，"宝玉可能是在梦幻般的状态中看到那些极不真实的物品的，那些物品与过去的或虚构的美女相联系，并且充满情欲色彩，宝玉则在踏进房间的那一刻而不是睡着以后才进入那种梦幻般状态的，因而，在此情况下那些物品更可能是宝玉情欲的投射而不是可卿淫荡本质的表现"。② 然而，从宝玉进房后的情况，并看不出是在迷梦的状态，房中的摆设应是宝玉入睡前清醒所见，更关键的是，此时宝玉尚在天真无邪之境，完全不解性事，否则便不需要警幻接下来于梦中秘授云雨之术，因此难以产生如此露骨的情欲投射，此其一。

其次，这些摆设的种种色情意味必须要有相关的知识才能诱发联想，单单只是宝镜、金盘、木瓜、卧榻、联珠帐、纱衾、鸳枕，只不过是日常生活上的各个平常物件，固然精致华丽，但若没有相关知识的人实在想象不出其中的情色意味，乃得以在这些物品上添加"武则天当日镜室中设的""飞燕立着舞过的""安禄山掷过伤了

---

① 详参欧丽娟：《〈红楼梦〉中的情／欲论述——以"才子佳人模式"之反思为中心》，《台大文史哲学报》第 78 期（2013 年 5 月），页 1—43。

② ［挪威］艾皓德著，胡晴译：《秦可卿之死——〈红楼梦〉中的情、淫与毁灭》，《红楼梦学刊》2003 年第 4 辑，页 247。

太真乳的""西子浣过的""红娘抱过的"之类的修辞描述。而让宝玉储备了相关知识的偷窥外传野史之举,却要到第二十三回搬进大观园之后才发生,所谓:

> 茗烟见他这样,因想与他开心,……便走去到书坊内,把那古今小说并那飞燕、合德、武则天、杨贵妃的外传与那传奇角本买了许多来,引宝玉看。宝玉何曾见过这些书,一看见了便如得了珍宝。

这时宝玉是十二三岁,经历了包括兴建大观园、省亲活动等等旷日费时的几度春秋,则第五回的宝玉无论是年龄还是经验,都纯然是一个天真的小孩子,即使到了生理开始发育的阶段,但也只是朦胧的、不明所以的本能,否则无须后面警幻的秘授与兼美的演练,这样的状态实不足以进行如此强烈大胆的色情投射。因此,与其说这些摆设是宝玉的性幻想,不如说是可卿之自我内在的真实展现。

并且退一步言之,这些摆设即使不与情色相关联,却也完全不符合贾府这种贵族世家的品味要求。参考出身睿亲王府的王爷之子金寄水所说的:"因母亲房中布置淡雅,案头陈设,多属文玩,架上图书,无非古籍。由于耳濡目染,故对于纸笔墨砚,有了一些鉴别能力。"[①] 果然,荣府当家女主王夫人时常居坐宴息的正室东边的三间耳房,是"临窗大炕上铺着猩红洋罽,正面设着大红金钱蟒

---

① 金寄水、周沙尘:《王府生活实录》,第2章"四时节令",页88。

靠背，石青金钱蟒引枕，秋香色金钱蟒大条褥。两边设一对梅花式洋漆小几。左边几上文王鼎匙箸香盒；右边几上汝窑美人觚——觚内插着时鲜花卉，并茗碗痰盒等物。地下面西一溜四张椅上，都搭着银红撒花椅搭，底下四副脚踏。椅之两边，也有一对高几，几上茗碗瓶花俱备"，另外，接见黛玉的东廊三间小正房，"正房炕上横设一张炕桌，桌上磊着书籍茶具，靠东壁面西设着半旧的青缎靠背引枕。王夫人却坐在西边下首，亦是半旧的青缎靠背坐褥"（第三回），展现出贵族妇女的真正面貌。

　　再看与可卿交好也同为少妇的王熙凤，小说中唯一写到其住处内部的，是第六回："门外鏨铜上悬钓着大红撒花软帘，南窗下是炕，炕上大红毡条，靠东边板壁立着一个锁子锦靠背与一个引枕，铺着金心绿闪缎大坐褥，旁边有雕漆痰盒。"这两代当家的女主人，同为已婚身份，都不见任何类似于秦可卿的香艳布置，遑论其他未婚的闺秀少女，如宝钗的蘅芜苑素净有如雪洞，黛玉的潇湘馆是"窗下案上设着笔砚，又见书架上磊着满满的书"，因此刘姥姥看了说道："这那像个小姐的绣房，竟比那上等的书房还好。"（第四十回）探春的秋爽斋则是：

　　　　放着一张花梨大理石大案，案上磊着各种名人法帖，并数十方宝砚，各色笔筒，笔海内插的笔如树林一般。那一边设着斗大的一个汝窑花囊，插着满满的一囊水晶球儿的白菊。西墙上当中挂着一大幅米襄阳"烟雨图"，左右挂着一副对联，乃是颜鲁公墨迹，其词云：

第十三章 秦可卿论

烟霞闲骨格　泉石野生涯

案上设着大鼎。左边紫檀架上放着一个大观窑的大盘，盘内盛着数十个娇黄玲珑大佛手。右边洋漆架上悬着一个白玉比目磬，旁边挂着小锤。（第四十回）

完全是文士的大器风范，从挂图、对联、摆设都迥异于可卿的上房，对比最为鲜明。连真正具有女性化风格的怡红院，被刘姥姥赞叹为"这是那个小姐的绣房，这样精致？我就像到了天宫里的一样"，却也是"四面墙壁玲珑剔透，琴剑瓶炉皆贴在墙上，锦笼纱罩，金彩珠光，连地下踩的砖，皆是碧绿凿花"（第四十一回），都与可卿的香艳风格大异其趣。

极为显然地，可卿的卧室与她自己的性格密不可分，是她内在自我的外显与具体化，有人主张可卿的卧室不能由她自己随心所欲地布置，一则没有文本的根据，再则也不合情理。既然"这屋子大约神仙也可以住得了"，则屋主秦可卿岂非就是神仙，也接近于太虚幻境里，处在"香闺绣阁之中，其间铺陈之盛，乃素所未见之物"（第五回）的那位同名女神？必须说，神、俗二界两位可卿的共通性便是建立在情色之上，她们都是爱欲（Eros）女神。神界的可卿到了俗界，冠上了"秦"的姓氏，所谐音影射的"情"绝不是形上的、精神层面的纯情，而是形下的、肉体层次的情欲。就此，脂砚斋的指点甚多，也最为清楚，如第七回回前总批回首诗云：

题曰：十二花容色最新，不知谁是惜花人？相逢若问名何氏,家住江南姓本秦。

第八回于"只剩女儿,小名唤可儿"又评道:

> 出名秦氏,究竟不知系出何氏,所谓寓褒贬别善恶是也。秉刀斧之笔,具菩萨之心,亦甚难矣。

可见这个无名无姓的孤女,被安排收继于秦业家,完全是为了"秦"字所谐音的"情",不仅其父秦业是取义于"业者,孽也,盖云情因孽而生也"(第八回批语),可卿的弟弟秦钟也是谐音"情种",而这并不等于宝玉之类生于公侯富贵之家的"情痴情种"(见第二回)。[①]试看第十五回描述秦钟于乃姐的大殡过程中,先是就一个十七八岁的陌生丫头暗拉宝玉道:"此卿大有意趣。"其心术之不正,连始终对他怀抱钦敬之情的宝玉都忍不住将他一把推开,严正抗议道:"该死的!再胡说,我就打了。"更有甚者,继之则是"得趣馒头庵",以"我已急死了。你今儿再不依,我就死在这里"和"远水救不得近渴"的急色心态,强拉小尼姑智能儿就范于云雨之欲。

整个过程中,秦钟于亲姐之死毫无悲戚之情,反倒借机于出殡过程中专注于猎取女色;于情人则缺乏尊重与顾惜之意,全然未曾考虑对方之现实处境与可能危机,纯粹视对方为一时泄欲的性对

[①] 详参欧丽娟:《论〈红楼梦〉中人格形塑之后天成因观——以"情痴情种"为中心》,《成大中文学报》第45期(2014年6月),页287—338。

象,并终致智能儿的流落失所,则其所名"秦钟"之谐音为"情种",实大有反讽的意味。因此,脂砚斋针对"秦钟"所作的解释,其意义与"情孽"乃出于一贯:

> 设云秦钟(有正本"秦钟"作"情种")。古诗云:"未嫁先名玉,来时本姓秦。"二语便是此书大纲目、大比托、大讽刺处。(第七回批语)

其中所引的两句诗出自南朝梁刘缓《敬酬刘长史咏名士悦倾城诗》①,加以巧妙转换后乃形成情(秦)和欲(玉)的谐音双关,透过"未嫁先名欲(玉),来时本姓情(秦)"——"未嫁"前先以"欲"为"名","来时"已以"情"为"姓",综合起来便是嫁来之前以"情欲"为"姓名",言外之意即等同于抛父忘母、失姓无名的缺乏家教,既呼应了"出名秦氏,究竟不知系出何氏"的批语,也完全合乎第五十四回"史太君破陈腐旧套"中,贾母所斥责的"父母也忘了,书礼也忘了,鬼不成鬼,贼不成贼",可以说是对情之泛滥、欲之非正所给予的最辛辣的批判,故谓"秉刀斧之笔"。

既然对"非正"之情的批判是"此书大纲目、大比托、大讽刺处",则无怪乎尤二姐虽获贾母首肯而为贾琏正式所纳之妾,在"尚未圆房"之名义下,却仍免不了"先奸后娶没汉子要的娼妇"之讥

---

① (南朝陈)徐陵编,(清)吴兆宜注,(清)程琰删补,穆克宏点校:《玉台新咏笺注》(北京:中华书局,1999),卷8,页345。

（第六十九回），则出身大家的闺秀千金更不言可喻。有人认为：作者尽量将秦氏一家抽象化、象征化，秦可卿代表了欲情，其职守是欲神大司命①，可谓有见。

（二）与宝玉的清白无瑕

这样的情色取向，也使得宝玉与秦可卿之间出现了启人疑窦的暧昧。第五回宝玉随贾母等至宁府赏梅，一时倦怠，欲睡中觉，贾母乃交由秦可卿安置，第一间上房因挂有展示道德训诫的《燃藜图》以及"世事洞明皆学问，人情练达即文章"的对联，故而被宝玉拒绝，秦氏乃笑道："这里不好，可往那里去呢？不然往我屋里去吧。"宝玉点头微笑。有一个嬷嬷提出异议："那里有个叔叔往侄儿房里睡觉的礼？"秦氏笑道："嗳哟哟！不怕他恼。他能多大呢，就忌讳这些个！上月你没看见我那个兄弟来了，虽然与宝叔同年，两个人若站在一处，只怕那个还高些呢。"就此而言，秦氏之说并非强词夺理，盖宝玉此时年龄尚幼，属于"无性""中性"的状态而超越性别，因此可以和黛玉一起留在贾母身边，"两个一桌吃，一床睡"（第二十回），"一桌子吃饭，一床上睡觉"（第二十八回），直到第七回才分房②，则第五回的宝玉亦无两性忌讳，连带也无辈分讲究，于是在众人围侍下入房歇眠。

---

① 水晶：《秦可卿的争议》，《私语红楼梦》（台北：九歌出版社，2002），页69—70。

② 第七回写道："此时黛玉不在自己房中，却在宝玉房中大家解九连环顽呢。"脂砚斋夹批云："此时二玉已隔房矣。"

接着，进入睡梦中的宝玉神游太虚幻境时，警幻仙姑透过"令其再历饮馔声色之幻，或冀将来一悟"的启蒙方式，于"饮馔""声色"接连失效之后，最终采取"情欲"的最后手段，为宝玉提供了性启蒙的仪式，对宝玉道：

"今既遇令祖宁荣二公剖腹深嘱，吾不忍君独为我闺阁增光，见弃于世道，是以特引前来，醉以灵酒，沁以仙茗，警以妙曲，再将吾妹一人，乳名兼美字可卿者，许配于汝。今夕良时，即可成姻。不过令汝领略此仙闺幻境之风光尚如此，何况尘境之情景哉？而今后万万解释，改悟前情，留意于孔孟之间，委身于经济之道。"说毕便秘授以云雨之事，推宝玉入房，将门掩上自去。那宝玉恍恍惚惚，依警幻所嘱之言，未免有儿女之事，难以尽述。至次日，便柔情缱绻，软语温存，与可卿难解难分。因二人携手出去游顽之时，忽至一个所在，……只听迷津内水响如雷，竟有许多夜叉海鬼将宝玉拖将下去。吓得宝玉汗下如雨，一面失声喊叫："可卿救我！"吓得袭人辈众丫鬟忙上来搂住，叫："宝玉别怕，我们在这里！"却说秦氏正在房外嘱咐小丫头们好生看着猫儿狗儿打架，忽听宝玉在梦中唤他的小名，因纳闷道："我的小名这里从没人知道的，他如何知道，在梦里叫出来？"

给予宝玉性启蒙的兼美，字可卿，恰恰正是秦氏的小名，并且一虚一实，同时在宝玉的梦里梦外出现，两人之间必然存在着某种关联。但必须说,这层关系是象征性的,而不是彼此等同为一,从这段描述清楚可见,宝玉神游太虚幻境实际的时间只有短短数秒,从宝玉入睡前到梦醒时,自始至终秦可卿都在吩咐小丫鬟们好生在廊檐下看着猫儿狗儿打架,忽听宝玉在梦中唤她的小名,因此才感到纳闷,可见做梦只在须臾之间。

做梦所需的真实时间很短,如同唐代沈既济于《枕中记》这篇传奇小说中,描写卢生在邯郸旅店中梦入枕窍尽历一生的富贵荣华,醒来时厨灶上锅子里的黄粱仍未炊熟,推算起来不过半小时左右而已,所以才会有"黄粱一梦"的故事和成语;并且宝玉入睡时,床边一直伴随着袭人、媚人、晴雯、麝月四个丫鬟,周遭还有一些小丫头,因此宝玉噩梦一醒便围上来搂住安慰,岂有偷情的空间?

虽然后来就秦可卿的病与死,宝玉的反应都过于强烈,但也没有证据是出于特殊关系所致。第十一回写秦氏对凤姐诉说衷肠,宝玉在旁看望聆听,秦氏说道:

"这如今得了这个病,把我那要强的心一分也没有了。公婆跟前未得孝顺一天;就是婶娘这样疼我,我就有十分孝顺的心,如今也不能够了。我自想着,未必熬的过年去呢。"宝玉正眼瞅着那《海棠春睡图》并那秦太虚写的"嫩寒锁梦因春冷,芳气笼人是酒香"的对联,不觉想起在这里睡晌觉梦到"太虚幻境"的事来。正自出神,听得秦氏说了这些话,如万箭攒心,那眼泪不知不觉就流下来了。

第十三回当死讯传来时,宝玉更是泪化为血,直破胸臆:

> 如今从梦中听见说秦氏死了,连忙翻身爬起来,只觉心中似戳了一刀的不忍,哇的一声,直奔出一口血来。袭人等慌慌忙忙来搊扶,问是怎么样,又要回贾母来请大夫。宝玉笑道:"不用忙,不相干,这是急火攻心,血不归经。"说着便爬起来,要衣服换了,来见贾母,即时要过去。

万箭攒心、心如刀戳,眼中落泪、口中吐血,实仅次于失去黛玉而强过于晴雯之死,导致不少人怀疑,与宝玉梦交的兼美可卿即是秦可卿。如清代评点家王希廉认为:"秦氏房中,是宝玉初试云雨,与袭人偷试,却是重演,读者勿被瞒过。"① 但我们同意另一位评点家野鹤所采取的谨慎态度:

> 人亦有言警幻仙子即可卿,故后来视疾如万箭攒心。野鹤曰:此却是全书关键,不可随意穿凿,存而不论为是。②

事实上,脂砚斋的解释便截然不同,说道:

> 宝玉早已看定可继家务事者,可卿也,今闻死了,大失所

---

① (清)王希廉:《增评补图石头记》,第六回评,参冯其庸纂校订定,陈其欣助纂:《八家评批红楼梦》,上册,卷1,页165。
② (清)野鹤:《读红楼札记》,一粟编:《红楼梦资料汇编》,卷3,页288。

望。急火攻心,焉得不有此血。为玉一叹。

据此,宝玉的强烈反应更与情欲无关,反倒与事后向贾珍推荐凤姐协理宁国府相一致,显出宝玉的知人之明与寄望之深,关心家族命运的深层面。

只是,宝玉固然无与于秦可卿的"情孽",却也确实牵涉到她作为爱欲女神的那一面,因此,将宝玉规引入正的性启蒙仪式就被安排在可卿房中,且由秦氏担任引梦人,如脂砚斋所说:

> 此梦文情固佳,然必用秦氏引梦,又用秦氏出梦,竟不知立意何属。惟批书人知之。(第五回夹批)

批书人所知的"立意"大约即此。从秦家所有成员的命名喻意来看,则秦可卿也应该是按同一理路,透过谐音取义于"情可轻",而非"情可亲",更不是"情可钦"。至于何以致此,当然是非"爬灰"的乱伦情事莫属。

四、情、欲的复合

第七回写国公爷之旧仆焦大恃功而骄,因不满任务指派而借酒发挥,醉闹一顿:

> 众小厮见他太撒野了,只得上来几个,揪翻捆倒,拖往马

圈里去。焦大越发连贾珍都说出来，乱嚷乱叫说："我要往祠堂里哭太爷去。那里承望到如今生下这些畜牲来！每日家偷狗戏鸡，爬灰的爬灰，养小叔子的养小叔子，我什么不知道？咱们'胳膊折了往袖子里藏'！"众小厮听他说出这些没天日的话来，唬的魂飞魄散，也不顾别的了，便把他捆起来，用土和马粪满满的填了他一嘴。凤姐和贾蓉等也遥遥的闻得，便都装作没听见。宝玉在车上见这般醉闹，倒也有趣，因问凤姐道："姊姊，你听他说'爬灰的爬灰'，什么是'爬灰'？"凤姐听了，连忙立眉嗔目断喝道："少胡说！那是醉汉嘴里混吣，你是什么样的人，不说没听见，还倒细问！等我回去回了太太，仔细捶你不捶你！"唬的宝玉忙央告道："好姊姊，我再不敢了。"

所谓的爬灰，亦作"扒灰"，即公媳通奸的乱伦，据清代王有光所言："翁私其媳，俗称扒灰。鲜知其义。按昔有神庙，香火特盛，锡箔镪焚炉中，灰积日多，淘出其锡，市得厚利。庙邻知之，扒取其灰，盗淘其锡以为常。扒灰，偷锡也。锡、媳同音，以为隐语。"① 既属"越发连贾珍都说出来"的内容，身为贾珍子媳的可卿自是嫌疑最大。唯相关情节因为遭到删除，最后的版本疑云重重，迷雾中的影影绰绰，令人频生猜测。第十三回回前有脂砚斋总批云：

---

① （清）王有光：《吴下谚联》，卷1，《笔记小说大观（三十三编）》第3册（台北：新兴书局，1983)，页5。一说"意为污膝，谐音污媳"，见季学原：《秦氏——一个朦胧的意象》，《红楼梦学刊》1996年第1辑，页85。

"秦可卿淫丧天香楼"，作者用史笔也。老朽因有魂托凤姐贾家后事二件，岂是安富尊荣坐享人能想得到者，其言其意，令人悲切感服，姑赦之，因命芹溪删去"遗簪""更衣"诸文。是以此回只十页，删去天香楼一节，少去四五页也。

可见"爬灰"确有其事，"秦可卿淫丧天香楼""遗簪""更衣"等便是原定的相关情节。

  对于如此严重的伤风败俗之行，竟发生在一个如此美好的女性身上，连持刀斧史笔的小说家与评点家都为之不忍，读者更是切切难以接受，故予以回护辩解，最常见的主张是贾珍以其贵族地位与家长权威，对出身寒微的秦可卿片面强逼，无力反抗的可卿只好屈从，为求安全而苟合，并维护蓉大奶奶的地位。至于具体情况，有人认为因秦可卿之"遗簪"被贾珍捡拾，送还之际见秦氏"更衣"，贾珍侵犯秦可卿之丑事因而发生[1]，就此，红学历史小说采取传记索隐的思路，推测这是以李煦偷窥并强暴了儿子李鼎媳妇之事为据。[2]

  然而，这样的主张都是从一般常态揣摩得来，忽略了传统社会的几个重要特征，亦即经过阶级的向上流动，嫁入宁府的并不是养生堂的弃婴，而是朝廷五品的官员之女，清白高华；嫁入宁国府后更纳进贾府的伦理体系，身为"世袭宁国公冢孙妇"，即嫡长孙之

---

[1] 赵冈、陈钟毅：《红楼梦研究新编》（台北：联经出版公司，1975），第3章"红楼梦的素材与创作"，页173。

[2] 高阳：《秭陵春·〈红楼梦断〉第一部》（台北：联经出版公司，1994），页1—15。

妻，其身份地位便受到贵族世家礼法的保障，父子、长幼、公媳都有礼法的规范，非一般平民乃至普通官宦之家所能比，其待遇亦属尊荣优渥。顺理成章地，生病时才会有一群大夫"三四个人一日轮流着倒有四五遍来看脉，……弄得一日换四五遍衣裳"（第十回），犹如凤姐流产时，也是"天天两三个太医用药"（第五十五回）；死后丧礼也才会如此之铺张豪奢，八公皆至送殡，连郡王等都设路奠，北静王甚至亲来吊祭，这和贾敬寿辰时，"南安郡王、东平郡王、西宁郡王、北静郡王四家王爷，并镇国公牛府等六家，忠靖侯史府等八家，都差人持了名帖送寿礼来"（第十一回）一样，都是相应于贾府的地位所致。

至于第六十四回写贾敬的丧礼，只有"是日，丧仪焜耀，宾客如云，自铁槛寺至宁府，夹路看的何止数万人"这几句简单的描述，此乃出于叙事艺术上"不犯"①"无一笔相重，一事合掌"②——也就是不重复描写，以避免冗赘的缘故，其实从"夹路看的何止数万人"就足以概括其盛况，特因可卿之丧发生在先，故铺张其笔墨，而贾敬之死出现在后，始以简笔带过而已，犹如小说家既全力刻画凤姐之才干，可卿不遑多让的能力就避开不写，正是"一

---

① 如第三十七回写探春邀集诗社，宝玉收到花笺后往秋爽斋来，中途又获得贾芸送来的字帖，看完后继续前进，"只见宝钗、黛玉、迎春已都在那里了"，于此脂批云："却因芸之一字工夫，已将诸艳请来，省却多少闲文。不然，必云如何请，如何来，则必至有犯宝玉，终成重复之文矣。"可视为举一反三之法，使行文更为精练。

② 第十六回脂砚斋批云："宝玉之李嬷，此处偏又写一李（赵）嬷，持（特）犯不犯。先有梨香院一回，今又写此一回，两两遥对，却无一笔相重，一事合掌。"

击两鸣"之法。则可卿身为"世袭宁国公冢孙妇"的地位,可想而知。

尤其是贾府极重孝道、母权高张,凡老祖宗贾母所信爱者,何人敢加以侵犯?连一个粗使的大脚小丫头傻大姐,都已经是"他纵有失礼之处,见贾母喜欢他,众人也就不去苛责"(第七十三回),何况是初病时,贾母心疼之余不时关心叮咛,日日差人看望的秦可卿?连贾赦想要纳鸳鸯为妾,都引起贾母的无比震怒,使贾赦在府中的地位更形尴尬疏离,何况方式是私下强逼而不是正式纳娶,对象不是丫鬟而是其"重孙媳中第一个得意之人"?由贾府以贾母为核心、为依归的人情伦理,如何可能不构成贾珍在心理上的坚固障碍,而节制此一犯行?

于此,一味强调"弃婴"的出身,便是忽略社会阶级、身份地位是可以流动、改变的,一如香菱出身于苏州望族,却也因被拐卖而沦落贱籍,就属于另一种相反的例子。何况,可卿受到自贾母以下所有家人的喜爱,是宁国府众望所归的当家媳妇,相当于荣国府的王熙凤,就此说来,贾珍与可卿并非社会上豪主、贫民的一般性接触,两人之间实难以形成压迫/受迫的关系,片面逼奸之不大可能,此其一。其次,片面强逼之不大可能的另一原因,在于此种贵族世家的生活形态是人口众多、紧密相连,日夜起坐都在人群之中,如此严重的侵犯事件难以隐藏或持续,请参下文"丫鬟的角色"一节的说明。如此说来,只有双方合意、彼此配合的情况才能合理地解决这些问题,何况,小说的问题本应该回到文本的世界中寻求解释,而小说中也确实提供了明确的迹证,值得把握推敲。

（一）"爬灰"的真情基础

可卿与贾珍的乱伦关系是双方合意、两情相悦所致，其实在第五回太虚幻境的人物判词中就已清楚明示：

> 情天情海幻情身，情既相逢必主淫。漫言不肖皆荣出，造衅开端实在宁。

其中"情"字凡四见，再加上《红楼梦曲·好事终》的"宿孽总因情"，都可见秦可卿与"情"密切相关。但由于"情"字至少具有"真情、纯情"与"情欲、情色"这两种不同层次的意涵，秦可卿的"情"字是哪一种，仍必须仔细检视。从"情既相逢必主淫"一句可知，"情"和"淫"是分开有别的，却又有着相关的因果关系——男女互动的一般发展过程，多为先有情而生欲，或欲在情中，如第五回警幻仙姑所言："巫山之会，云雨之欢，皆由既悦其色、复恋其情所致也。"则可卿与贾珍乃是在"情既相逢"的前提下走入"淫"的结果，而作为一种严重道德败坏的乱伦情欲，也产生了罪无可逭的"宿孽"。仅此"情既相逢必主淫"一句，即足以推翻一般常见的"贾珍逼奸说"，事实则是双方都建立在"两情相悦"上的淫欲满足，秦可卿房中盈目可见的充满情色想象的爱欲细节，也暗示了两人的情欲需求。

至于构成"两情相悦"的基础是什么？固然爱情的发生并不一定会有特定理由，但透过足以吸引彼此的优点与特质，也许可以找出两人之所以甘冒大不韪，尤其是可卿身为女性更须以命赌注的可能原因。

贾珍方面,以其皮肤淫滥的风流成性,连一丘之貉的薛蟠都要小心防范,以免爱妾香菱被染指,所谓:"独有薛蟠更比诸人忙到十分去:又恐薛姨妈被人挤倒,又恐薛宝钗被人瞧见,又恐香菱被人臊皮,——知道贾珍等是在女人身上做功夫的,因此忙的不堪"(第二十五回),可见这位猎艳高手的侵略性与危险性。则贾珍对秦可卿之所以动情,原因应该是非常庸俗的,即秦可卿十分美丽,具有倾城绝色之姿,并且其美丽又带着女性风情的诱惑力,《红楼梦曲・好事终》所谓的"擅风情,秉月貌",显示了可卿自觉或不自觉地散发出女性吸引力。如此一来,在日常接触中很容易便能注意到可卿的魅力,只要色心一起,将"公公看媳妇的伦理眼光"转变为"男人看女人的情欲眼光"(male gaze),贾珍要跨越道德的障碍并不困难。

最值得探究的是秦可卿的心态。公媳通奸为乱伦之尤,即使风气开放的当今都难以接受,更为传统礼教风纪所不容,女性一方往往必须付出生命的代价,故脂砚斋感叹道:"一步行来错,回头已百年,古今风月鉴,多少泣黄泉。"(第十三回回前总批)若非具有强大的、不可遏抑的驱动力,委实不容易接受这样的风险。判词既说是"情既相逢必主淫",表示双方伊始是互有好感,则贾珍对可卿的吸引力何在?小说中既未曾明说,只能从常理来推测,或有几个原因:

其一,"心灵"是最微妙的关卡,情之所钟可以心比金坚,抵得过海枯石烂;但若情意淡薄或甚至无情可言,则连蜂蝶飞过都可以轻易撩动。可卿与贾蓉的婚姻应该是情感薄弱的，就脂砚斋于第七回回前总批所题的"十二花容色最新，不知谁是惜花人？"此一提问已隐含着可卿并未受到疼惜深爱，作为丈夫的贾蓉并不是这位可儿的惜花人；参照第十一回可卿对凤姐所说的："婶娘的侄儿虽说年轻，却也是他敬我，我敬他，从来没有红过脸儿。"则两人的夫妻关系确是礼貌客气的相敬如宾，而不是浓烈的男女之爱，缺乏宝、黛之间"既熟惯，则更觉亲密；既亲密，则不免一时有求全之毁，不虞之隙"（第五回）的热烈碰撞。再从可卿自罹病到死后，始终没有看到贾蓉的心情反应，除一次是被动回应凤姐儿问道："蓉哥儿，你且站住。你媳妇今日到底是怎么着？"贾蓉皱皱眉说道："不好么！婶子回来瞧瞧去就知道了。"说完便出去了，语气在无奈中似乎还有些厌烦不耐，至于表达出担心忧虑的仅有的一次，是"秦氏也有几日好些，也有几日仍是那样。贾珍、尤氏、贾蓉好不焦心"（第十一回），附带性的笔法更显得简略空泛，也隐隐可以证明对可卿并无真爱。

　　基于"肉必自腐而后虫生"，渴望爱情的寂寞芳心乃使他人有机可乘，成为外力趁虚而入的先天弱点。而贾珍正是深懂女人心的浪荡子，所谓"贾珍等是在女人身上做功夫的"（第二十五回），"本是风月场中耍惯的"（第六十五回），习于风月的猎艳高手自娴熟于攻掠诱引之道，当他以惜花人的温柔出现时，自懂得针对女性心理体贴入微而令人倾心。一需一求，自然契合。

　　其次，贾珍的条件不只是深谙女人心，懂得用手腕、下功夫，就外在容貌而言，其实也是年轻俊秀之辈，仍具有相当的异性吸引力。以长相而言，富贵之家可以透过绝佳的择偶条件，以娇妻美妾带来基因改良，因此两三代之后的子女多可以英俊娇美，如贾蓉是"一个十七八岁的少年，面目清秀，身材俊俏，轻裘宝带，美服华冠"（第六回），贾蔷"亦系宁府中之正派玄孙，……如今长了十六岁，比贾蓉生的还风流俊俏"（第九回），这是最晚一代草字辈的状况。至于玉字辈这一代亦然，宝玉的相貌自毋庸赘言，同辈的贾珍、贾琏大体也应该是相去不远。

尤其是，"年轻"可以为容貌增色，贾珍虽已作人父且娶儿媳，但在早婚的传统社会中其实年纪仍轻，第五十八回写宫中老太妃薨逝，凡诰命等皆入朝随班，按爵守制，因此贾府众内眷每日入朝随祭，家中无主，于是计议之下"便报了尤氏产育，将他腾挪出来，协理荣宁两处事体"，可知此时还很有生育能力，提供了留在家里的合适理由。再看第七十六回其妻尤氏对贾母说道："我们虽然年轻，已经是十来年的夫妻，也奔四十岁的人了。"可见当时夫妻俩年仅三十多、不到四十岁，推算回去，爬灰情事约发生于第七回到第十回之间，还要早个几年，则秦氏在世时，贾珍约略三十五岁左右，正当青壮之龄。犹如贾珠是"不到二十岁就娶了妻生了子"（第二回），则贾珍之子贾蓉当时值十七八岁（第六回），所娶的秦可卿相当于此龄，实属完全合情合理的现象。则一为成熟俊秀的男性，一为豆蔻年华的少妇，彼此相恋诚合乎常理。

其三，容貌是外在的，男性往往会因财富、权位、经验、见识等等而更增加吸引力，就此而言，三十五岁左右的青壮之士已多年承担家事、国事的种种责任，拥有一定程度的阅历，贾珍的族长身分更促进了这方面的仪表风采。第四回说道:"现任族长乃是贾珍,彼乃宁府长孙,又现袭职,凡族中事,自有他掌管。"而族长不仅是一家之长,乃是全族之长,如瞿同祖所指出:"族既是家的综合体,族居的大家族自更需一人来统治全族的人口,此即我们所谓族长。便是不族居的团体,族只代表一种亲属关系时,族长仍是需要的,一则有许多属于家族的事务,须他处理,例如族祭、祖墓、族产管理一类事务,再则每一个家虽已有家长负统治之责,但家际之间必有一共同的法律,一最高主权,来调整家际之间的社会关系,尤其是在有冲突时。没有族长,家际之间的凝固完整,以及家际之间的社会秩序是无法维持的。族长权在族内的行使实可说是父权的伸延。"① 如此一来,贾珍便具有统筹管理、指挥决策的领袖气魄,比起十七八岁不谙世事的稚嫩少年,更产生一种成熟的魅力。

在上述的种种条件下,如若纯粹以两性的眼光以观之,贾珍其实是具有高度魅力的。基于同为一家的主要成员,虽有男外女内的空间之分,但各种家族事务仍提供了近水楼台的接触机会,在流水有意、落花有情的情况下,秦可卿与贾珍便一拍即合。

当然,由于改写的缘故,秦可卿与贾珍的互动情况被刻意淡化,其情实不得而知,但从并未删改彻底的遗痕来看,仍可见双方的情感关系是非比寻常的,尤其在可卿死后,贾珍的表现已经达到失格、失态的程度。诸如:"贾珍哭的泪人一般""恨不能代秦氏之死""过于悲痛了,因拄个拐踱了进来",都远远超出一般常情,比

---

① 瞿同祖:《中国法律与中国社会》,第1章"家族",页18。

起丈夫对亡妻的哀恸更有过之而无不及；又当众人劝他节哀，且商议如何料理时，贾珍拍手道："如何料理，不过尽我所有罢了！"（第十三回）就此，脂砚斋即批云：

> "尽我所有"为媳妇，是非礼之谈，父母又将何以代之。故前此有恶奴酒后狂言，及今复见此语，含而不露，吾不能为贾珍隐讳。

正因为"尽我所有"的决心，在父亲贾敬撒手不管的情况下确实"亦发恣意奢华"，姑且不论拜忏诵经等等基本难免的繁文缛节、劳民伤财，某些用度还大大逾越礼制，自然也所费不赀。例如为秦可卿准备的棺木材质过度珍奢：

> 可巧薛蟠来吊问，因见贾珍寻好板，便说道："我们木店里有一副板，叫作什么樯木，出在潢海铁网山上，作了棺材，万年不坏。这还是当年先父带来，原系义忠亲王老千岁要的，因他坏了事，就不曾拿去。现在还封在店内，也没有人出价敢买。你若要，就抬来使罢。"贾珍听说，喜之不尽，即命人抬来。大家看时，只见帮底皆厚八寸，纹若槟榔，味若檀麝，以手扣之，玎珰如金玉。大家都奇异称赞。……贾政因劝道："此物恐非常人可享者，殓以上等杉木也就是了。"此时贾珍恨不能代秦氏之死，这话如何肯听。（第十三回）

棺木随死者入土，不见天日，都已是珍稀至极，展演于社会公众面前的丧礼更必然力求铺张醒目，而"名"的提升对死者的尊崇最为有效，于是又在职衔称号上多下功夫：

> 贾珍因想着贾蓉不过是个黉门监，灵幡经榜上写时不好看，便是执事也不多，因此心下甚不自在。可巧这日正是首七第四日，早有大明宫掌宫内相戴权，先备了祭礼遣人来，次后坐了大轿，打伞鸣锣，亲来上祭。贾珍忙接着，让至逗蜂轩献茶。贾珍心中打算定了主意，因而趁便就说要与贾蓉捐个前程的话。戴权会意，因笑道："想是为丧礼上风光些。"贾珍忙笑道："老内相所见不差。"戴权道："事倒凑巧，正有个美缺。如今三百员龙禁尉短了两员，……既是咱们的孩子要捐，快写个履历来。……起一张五品龙禁尉的票，再给个执照，就把那履历填上，……不如平准一千二百银子，送到我家就完了。"贾珍感谢不尽。

透过向太监买官，贾蓉从一个小小的黉门监生升为五品龙禁尉，妻以夫贵，回目上乃作"**秦可卿死封龙禁尉**"。就此，以明清时五品官员之妻称为"宜人"，因社会人情对死者的敬惜，旧俗于丧礼上可将品级提高一级，于是可卿之衔称采用了三品官员之妻的"恭人"：①

---

① 关于品级的差误问题，可参俞平伯：《读〈红楼梦〉随笔》，第23节"秦可卿死封龙禁尉"，《俞平伯论红楼梦》（上海：上海古籍出版社，1988)，页696—699。

贾珍命贾蓉次日换了吉服,领凭回来。灵前供用执事等物,俱按五品职例。灵牌疏上皆写"天朝诰授贾门秦氏恭人之灵位"。……更有两面朱红销金大字牌对竖在门外,上面大书:"防护内廷紫禁道御前侍卫龙禁尉"。对面高起着宣坛,僧道对坛榜文,榜上大书:"世袭宁国公冢孙妇、防护内廷御前侍卫龙禁尉贾门秦氏恭人之丧。"

至此,贾珍才感到心满意足。这般倾家荡产式的治丧亦未始没有内疚赎罪的意味,既不能"善其生",便必得"善其死",其中自有惜花人的一番真心挚情。

(二)失落的情节

由于大幅删减的缘故,真正涉及乱伦情节的具体内容都已无法察考,唯独深深介入创作的脂砚斋在此留下一段批语,提供了若干线索,第十三回回前总批云:

"秦可卿淫丧天香楼",作者用史笔也。……姑赦之,因命芹溪删去"遗簪""更衣"诸文。是以此回只十页,删去天香楼一节,少去四五页也。

可见"天香楼"固然是可卿上吊自尽的淫丧之处,但也是被删的那四五页的重要场地,与"遗簪""更衣"诸文有关。再参考"秦氏之丫鬟名唤瑞珠者,见秦氏死了,他也触柱而亡"一段,脂砚斋又批云：

> 补天香楼未删之文。

则天香楼也应是两人的幽会之处，"遗簪""更衣"便是偷情的相关事件。

就"遗簪"而言，写的是秦可卿遗落了发簪，无论是无意掉失或刻意为之，为贾珍捡拾后，这支发簪都成为两人之间的私情信物，符合传统社会中男女建立情、欲关系的基本行为模式。例如才子佳人故事中，双方都透过丫鬟帮忙"传书递简，或寄丝帕，或投诗笺"，因此第三十二回即写林黛玉"心下忖度着，近日宝玉弄来的外传野史，多半才子佳人都因小巧玩物上撮合，或有鸳鸯，或有凤凰，或玉环金佩，或鲛帕鸾绦，皆由小物而遂终身。今忽见宝玉亦有麒麟，便恐借此生隙，同史湘云也做出那些风流佳事来"，而"擅风情"的可卿的发簪便属于这一类。再参照第六十四回"浪荡子情遗九龙佩"一段，写贾琏与尤二姐之间彼此试探示意的暧昧情节，同样是家族成员间的情色乱伦，也都以贴身物件建立关系，从中可以隐隐约约看到类似的影像，不妨作为具体内容的补充。

可卿的发簪是为"更衣"的先导。这些贵族成员连日常出入移动都要因应不同的场合而多次换穿衣裳，还不包括各种节庆礼制之所需，所谓的繁文缛节以此为最，因此可卿卧病时，才会因应医生看诊"弄得一日换四五遍衣裳"，宝玉也几次对此表达出不耐烦；而每一次的换穿都需要几个丫鬟协助，包括准备替换之衣物、协助穿戴、处理脱下之衣物等,"更衣"有可能就是直接涉及幽会的情节。至于"更衣"的所在地,应该不是可卿那充满爱欲细节的上房,毕竟那是与夫婿贾蓉同住之处,诸多不便,以另觅地点较为合理;推究起来,应该就是建筑于会芳园中的天香楼,花园中既浪漫又隐密,最为适宜。

学者曾指出:"以偷情来说,此一活动的进行几乎都要先刻意布置一隐蔽的空间场景,此一领域依男女关系、偷情时机的不同,可以从房内延伸到房外。值得注意的是艳情小说中私密空间的打造多由女子负责,再引导男子进入。……而主人丫鬟、奴婢所形成本尊、分身的关系,则提供了私领域之内情欲分享的社会基础。"[1] 据此更可以强化天香楼作为偷情幽会之所的可能性,则"天香楼"既是可卿与贾珍的不伦所在,也是可卿悔悟自责之后上吊自尽的场所,脂砚斋所谓的"淫丧"二字两义兼备,该处同时是"行淫"与"丧命"的双重空间,故冤业最深,必须特别在此举办隆重的法事以为消解,请见下文。

至于将天香楼打造为情色空间的布置工作,理应是由丫鬟所担任,可卿贴身的丫鬟瑞珠、宝珠乃当之不让。

(三)丫鬟的角色

第五十四回"史太君破陈腐旧套"中,贾母对《凤求鸾》的批

---

[1] 黄克武:《暗通款曲:明清艳情小说中的情欲与空间》,熊秉真主编:《欲掩弥彰:中国历史文化中的"私"与"情"——私情篇》(台北:汉学研究中心,2003),页270–271。

评清楚点出世家大家的生活特点,指出:

> 既说是世宦书香大家小姐都知礼读书,连夫人都知书识礼,便是告老还家,自然这样大家人口不少,奶母丫鬟伏侍小姐的人也不少,怎么这些书上,凡有这样的事,就只小姐和紧跟的一个丫鬟?你们白想想,那些人都是管什么的,可是前言不答后语?

因此,要在贾府这种人口众多的大家庭中单方面用强逼奸,是有着现实上的困难的,连小小年纪的宝玉被带到可卿的房中午休,身旁都围绕着一大群人,还被一个嬷嬷质疑:"那里有个叔叔往侄儿房里睡觉的礼?"(第五回)何况翁媳二人都是成人,皆为家长?不仅片面逼奸之大有困难,即使是双方配合的和奸,也并不是容易的事,必须要有贴身丫鬟的配合甚至协助。

必须说,贾母"破陈腐旧套"时,固然是质疑才子佳人小说中"凡有这样的事,就只小姐和紧跟的一个丫鬟"的不合理,然而,这"紧跟的一个丫鬟"却诚然是不可或缺,尤其在古代大家庭中,闺房性事的参与者本就包含贴身丫头。荷兰汉学家高罗佩(R. H. van Gulik, 1910—1967)对十二本约300幅明代春宫版画的观察,便发现:"这些版画之中约有一半只描绘一对男女,另有一半则除了一对男女之外,还有一个或几个女人在观察或协助他们。"① 这类

---

① R. H. van Gulik, *Sexual Life in Ancient China* (Leiden: E. J. Brill, 1974). p. 331.

完全因应于性消费市场而制作的产品，自有若干程度的生活再现，反映了当时人们不被张扬的隐密面相。

就此而言，《红楼梦》也提供了绝无仅有的一个例子。第七回"送宫花贾琏戏熙凤"一段描写道：

> 周瑞家的悄问奶子道："姐儿睡中觉呢？也该清醒了。"奶子摇头儿。正说着，只听那边一阵笑声，却有贾琏的声音。接着房门响处，平儿拿着大铜盆出来，叫丰儿舀水进去。平儿便到这边来，一见了周瑞家的便问："你老人家又跑了来作什么？"周瑞家的忙起身，拿匣子与他，说送花儿一事。

脂砚斋就此提示道：

> 阿凤之为人岂有不着意于风月二字之理哉。若直以明笔写之，不但唐突阿凤声价，亦且无妙文可赏。若不写之，又万万不可。故只用"柳藏鹦鹉语方知"之法，略一皴染，不独文字有隐微，亦且不至污渎阿凤之英风俊骨。所谓此书无一不妙。

可见"贾琏戏熙凤"指的是房中风月之事，拿大铜盆叫人舀水进去，便与此有关，且显然平儿一直都在房中，乃是闺帏秘戏的参与者，符合这类大家族的情欲运作模式。然则琏、凤二人乃正式夫妻，唯一可以落人訾议者，乃触犯了性观念中不得白日行房的"光禁忌"①,此外并无有亏德行之处;至于男女之间不合礼法的私情秘爱,因为必须避人耳目的关系,更必须有媒合促进的第三者,贴身丫鬟、书僮、家奴等皆为其选②,红娘所扮演的便堪称为淫媒的角色。就贾珍、可卿的案例而言,则是可卿的丫鬟瑞珠与宝珠。

如此说来,回顾秦氏房中的摆设,之所以包括"红娘抱过的鸳枕",便是小说家精密不遗的完整安排,绝非信手拈来的随意铺陈,而秦氏房中各种摆设所涉及的人物,也可以大略建构出以下的关联:

春睡的海棠 = 杨贵妃 = 秦可卿
安禄山 = 贾珍
红娘 = 瑞珠、宝珠

因此可卿死后,瑞珠与宝珠这两个丫鬟的反应才会如此之强烈而出乎寻常。第十三回记述道:

> 忽又听得秦氏之丫鬟名唤瑞珠者,见秦氏死了,他也触柱而亡。此事可罕,合族人也都称叹。贾珍遂以孙女之礼殓殡,一并停灵于会芳园中之登仙阁。小丫鬟名宝珠者,因见秦氏身

---

① 李楯:《性与法》,页282。
② 有关艳情小说以贴身丫鬟、书僮、家奴、邻居、朋友与三姑六婆等发挥淫媒功能的情况,详参黄克武:《暗通款曲:明清艳情小说中的情欲与空间》,熊秉真主编:《欲掩弥彰:中国历史文化中的"私"与"情"——私情篇》,页261—263。

无所出，乃甘心愿为义女，誓任摔丧驾灵之任。贾珍喜之不尽，即时传下，从此皆呼宝珠为小姐。那宝珠按未嫁女之丧，在灵前哀哀欲绝。

不仅瑞珠的殉主之举令人震惊，属于为主赴死的"义婢"①，小丫鬟宝珠的表现也非比一般。就宝珠之主动做义女而言，既可以弥补可卿一生无后的缺憾，也可以成全丧礼的圆满，因此贾珍才会喜之不尽；而"宝珠自行未嫁女之礼外，摔丧驾灵，十分哀苦"（第十四回），出殡到了铁槛寺后，"安灵于内殿偏室之中，宝珠安于里寝室相伴"，最后是"宝珠执意不肯回家，贾珍只得派妇女相伴"（第十五回），比起瑞珠的以死殉主已相去不远。

然而，瑞珠的触柱而亡实属"此事可罕"，宝珠作为年纪轻轻的小丫鬟，却愿意长期守墓，将青春年华葬送于清冷度日，也同样可罕。虽然脂砚斋于"那宝珠按未嫁女之丧，在灵前哀哀欲绝"批云："非恩惠爱人，那能如是，惜哉可卿，惜哉可卿！"足见可卿确实赢得下人的敬爱，但所谓"此事可罕"仍暗示了其中蹊跷，因为主仆之情再深，实难以达到以死相殉的地步，连高鹗续书所写林黛玉死后，与她情同姊妹的紫鹃也仅是做到扶柩回乡、出家为尼，就足以令人感佩其赤胆忠心的真诚深情，瑞珠与秦可卿之间则未曾显出这般的情分，随着秦氏之死也触柱而亡，其过度逾分之处诚然是"可罕"而启人疑窦。

---

① 参王雪萍：《16—18世纪婢女生存状态研究》（哈尔滨：黑龙江大学出版社，2008），第5章"'义婢'研究"第2节"义婢现象的实态考察"，页199—200。

据脂砚斋就瑞珠触柱而亡所下的批语："补天香楼未删之文。"则较合理的解释，应是瑞珠身为贴身侍候的丫鬟，在如此伤风败俗唯恐人知的隐密过程中，必然担任了心腹之类的角色，甚至非自主地参与了这场扒灰的乱伦事件，一旦可卿自尽，就成为最关键的证人，从此握有贾珍的把柄。以贾珍之性格，未必没有灭口的可能，因此瑞珠身为最核心、介入最深的贴身大丫鬟，不如此时自尽反而能博得义名与厚葬。至于宝珠，应是以较外围、较低层的小丫鬟身份，则不至于以死避祸，而以义女身分守墓，也形同出家，可终身脱离宁府，免于后患。这种辛酸无奈，具体地补充了丫鬟这一类人少见的另一种悲剧面相。

五、暧昧的死亡

秦可卿的死亡暧昧不明，显示出复杂的面貌而导致各种不同的揣测，但重新检视相关文献，也许真相只有一个。

（一）上吊自缢与慢性消耗

关于秦可卿之死，小说家的创作原意是上吊自尽，第五回太虚幻境中，正册十二钗最后的一幅图谶清楚作了预告：

> 后面又画着高楼大厦，有一美人悬梁自缢。

接着上演的《红楼梦曲》也延伸道：

〔好事终〕画梁春尽落香尘。擅风情，秉月貌，便是败家的根本。箕裘颓堕皆从敬，家事消亡首罪宁。宿孽总因情。

这一座可卿悬梁自缢的高楼大厦，便是天香楼，在可卿悬绳投缳的时候"落香尘"，情景吻合。作为自尽横死之处，阴气最重，因此在停灵四十九天中进行种种法事时，也特别在此设坛打醮："单请一百单八众禅僧在大厅上拜大悲忏，超度前亡后化诸魂，以免亡者之罪；另设一坛于天香楼上，是九十九位全真道士，打四十九日解冤洗业醮"（第十三回），就"另设一坛于天香楼上"这一句有脂批云：

删却，是未删之笔。

可见天香楼确实是秦可卿的死亡地点，所以才需要另设与大厅同等规模的正式法事，并且打的是"解冤洗业醮"，其所造之"冤业"也昭然若揭。再配合出殡当天，六十四名青衣请灵队伍前面铭旌上大书："奉天洪建兆年不易之朝诰封一等宁国公冢孙妇防护内廷紫禁道御前侍卫龙禁尉享强寿贾门秦氏恭人之灵柩"，其中的"享强寿"意同"强死"，《左传·文公十年》载"三君皆将强死"，孔颖达疏云："强，健也，无病而死，谓被杀也。"[①] 则"享强寿"或许也暗示了

---

① （周）左丘明传，（晋）杜预注，（唐）孔颖达疏：《春秋左传正义》，《十三经注疏》（台北：艺文印书馆，1982），卷19，页322。

秦氏的横死。

不过，在这个突兀的意外死亡之前，可卿还面临了慢性疾病的消耗摧残，其发病情况都是由婆婆尤氏所交代：

- 他这些日子不知怎么着，经期有两个多月没来。叫大夫瞧了，又说并不是喜。那两日，到了下半天就懒待动，话也懒待说，眼神也发眩。（第十回）
- 他这个病得的也奇。上月中秋还跟着老太太、太太们顽了半夜，回家来好好的。到了二十后，一日比一日觉懒，也懒待吃东西，这将近有半个多月了。经期又有两个月没来。（第十一回）

历经延医察视的多方折腾，终于在张友士的高明医术下确诊，竟是一种长期发展、足以致命的大症候，贾蓉直接问道：

"还要请教先生，这病与性命终久有妨无妨？"先生笑道："大爷是最高明的人。人病到这个地位，非一朝一夕的症候，吃了这药也要看医缘了。依小弟看来，今年一冬是不相干的。总是过了春分，就可望全愈了。"贾蓉也是个聪明人，也不往下细问了。（第十回）

这段话的玄机在于：表面上似乎给了乐观的答案，然而从"这病尚有三分治得""也要看医缘""今年一冬是不相干的"，其实暗含了高度不确定的凶险,最多只保证这个冬天可以无恙,因此,同样娴于世故、懂得社会话术的贾蓉便不再追问下去。这和病患可卿自觉"我自想着,未必熬的过年去呢",也是一致的。

果然,随着时间流逝,可卿病势的发展越发沉重,到了年底腊月二日已经消瘦到不成人形。小说描述道:

> (凤姐)到了初二日,吃了早饭,来到宁府,看见秦氏的光景,虽未甚添病,但是那脸上身上的肉全瘦干了。……到了尤氏上房坐下。尤氏道:"你冷眼瞧媳妇是怎么样?"凤姐儿低了半日头,说道:"这实在没法儿了。你也该将一应的后事用的东西给他料理料理,冲一冲也好。"尤氏道:"我也叫人暗暗的预备了。就是那件东西不得好木头,暂且慢慢的办罢。"(第十一回)

所见"脸上身上的肉全瘦干了",正是一种医学上用指重症病人慢性消耗所产生的"恶体质"(cachexia),作为严重疾病的并发症,主因疾病末期产生身体代谢障碍,缺乏食欲、营养吸收不良,抑制脂肪的蓄积也减少蛋白质的合成,而造成肌肉及脂肪的大量消耗,导致体重减轻以及肌肉量减少,呈现衰弱的状态;但此时病人仍然具有活动能力,甚至可以生活自理。印证第十一回中所描述的,可卿自言:"昨日老太太赏的那枣泥馅的山药糕,我倒吃了两块,倒像克化的动似的。"可见食欲不振,难以消化吸收,在缺乏营养的情况下,更使体质恶化,导致极度的消瘦;再看所谓"秦氏也有几日好些,也有几日仍是那样""这几日也未见添病,也不见甚好",显示秦氏的病况维持在一种虽有起伏但大致稳定的状态,如此皆符合恶体质的症状。因此贾府众人多已有所准备,若就此发展,则可卿应如张太医所预言的,"过了春分,就可望全愈了"——"全愈"其实是"不治"的反话,可卿死于发病后的次年春天,病程将近半年。

有学者便据此推论,可卿乃是因为对封建大家族衰败趋势的敏锐觉察而忧虑成疾,因门第的巨大差异所形成的心理矛盾以致恶化,终于致死,出于小说家对人物形象的重大修改。① 但从现有的文本并看不出可卿是因忧虑家族衰败而成疾,上文也已经指出门第差异不构成关键因素,最特别的是,小说家并没有针对慢性病的自然终结来发展后续的情节,反而仍以突兀的笔墨来呈现可卿之死。第十三回描述道:

> 只听二门上传事云板连叩四下,将凤姐惊醒。人回:"东府蓉大奶奶没了。"凤姐闻听,吓了一身冷汗,出了一回神,只得忙忙的穿衣,往王夫人处来。彼时合家皆知,无不纳罕,都有些疑心。

"四"谐音"死",连叩四下,正是丧音,传达可卿的死讯。疑窦就

---

① 丁广惠:《秦可卿是什么人?》,《红楼梦研究集刊》第6辑(上海:上海古籍出版社,1981),页107—128。

在于,自张太医论究病源后,大家对这个重症病患都有了不治的心理准备,何以阖家闻知死讯时是"无不纳罕,都有些疑心"?所谓:

> 久病之人,后事已备,其死乃在意中,有何闷可纳,又有何疑?(夹注)①

此一矛盾反常,正如脂砚斋的眉批所提示:

> 九个字写尽天香楼事,是不写之写。

换言之,这便是小说家刻意没有删除而保留下来的若干痕迹之一,仍然要读者回扣第五回的图谶,保持"淫丧天香楼"的魅影。既然无论怎么删改都要保留这一点,且构成了定稿后的文本全貌,那么我们就必须接受"淫丧天香楼"是关于可卿之死的必要环节——她终究是死于上吊自缢,并且与爬灰有关。

目前对于可卿自缢的诸多重要考证,最早是臞蝯所提出:"又有人谓秦可卿之死,实以与贾珍私通,为二婢窥破,故羞愤自缢,书中言可卿死后,一婢殉之,一婢披麻作孝女,即此二婢也。"②俞

---

① 引自俞平伯:《论秦可卿之死(附录)》,《红楼梦辨》(北京:商务印书馆,2010),页185。
② 臞蝯:《红楼佚话》,《晶报》1921年5月18日。见吕启祥、林东海主编:《红楼梦研究稀见资料汇编》,页62。

平伯赞成之①,但此一主张之难以成立,已如前面所述,以丫鬟必然参与其中的角色而言,应没有这种问题。另有一种推论认为,爬灰之事既已人尽皆知,连上三代的旧仆焦大都听闻其事,为此还公开叫嚷要往祠堂里哭太爷去,再从王熙凤的反应,似乎也知其事,所以禁喝宝玉不得追问,则这件事的揭发与否就没有那么大的差别,也因此不构成自尽的直接因素,于是艾皓德(Halvor Eifring)考察秦可卿的症状与怀孕的相似之处,由此推测造成可卿不得不死的理由只有"怀孕"比较可能。②

只不过,从现存的版本面貌而言,一方面可卿死于自缢,是可以确定的;另一方面却也有慢性病症在身,且业经张友士断言非喜,并不是怀孕,明确可征,表面上的不一致是导致聚讼纷纭的原因。但事实上这两者之间未必是冲突,而是可以相容并存,尤其应该注意的是,脂砚斋介入这段情节的方式与结果,只是"删"而没有"补",所谓:

> 删去"遗簪""更衣"诸文。是以此回只十页,删去天香楼一节,少去四五页。(回前总批)

换言之,删去的情节有三段:1."遗簪"一段,2."更衣"一段,3."天香楼"一节,这三段情节都与不伦的幽会有关。再参照另一段脂批:

---

① 俞平伯:《论秦可卿之死》,参见《俞平伯论红楼梦》,页521。
② (挪威)艾皓德著,胡晴译:《秦可卿之死——〈红楼梦〉中的情、淫与毁灭》,《红楼梦学刊》2003年第4辑,页244—245。

通回将可卿如何死故隐去，是大发慈悲心也，叹叹。(回末总评)

则"天香楼"一节主要是可卿自缢的描述，共少去四五页，只剩十页。除此之外，未删的部分便都是原有文稿的内容，慢性病症并不是改变可卿的死因后所另外添补的，而是原本就和自缢并存的情节，亦即无论小说家经历怎样的修订过程与心态变化，原有与现有的文本全貌都包括了慢性消耗的病症、死得突兀，尤其是自缢在内，这才构成了可卿之死的整体。因此在探讨可卿之死的问题时，必须全部考虑进来，每一项都不可或缺。

(二)纵欲而亡：贾瑞的同步性

就此我们以为，可卿那半年的慢性病症必须与贾瑞之病相提并论，才能真正获得解答。必须注意到，秦可卿出现于第五回至第十三回，这段时间也恰恰是贾瑞的登场与落幕：贾瑞的故事始于第九回、终于第十二回，全然涵摄于可卿的叙事范围内，并且与可卿之发病过程完全重叠，二人的同步性具有某种象征意义的关联。

虽然也有学者注意到可卿与贾瑞之病症的相关性，如俞平伯认为此一关联是用以交代两人都病了一年，以合理化可卿的非病而死与大家的纳罕疑心；① 或者指出两人都是"淫人"，唯其论证一则是

---

① 俞平伯：《读〈红楼梦〉随笔》，第18节"贾瑞之病与秦可卿之病"，《俞平伯论红楼梦》，页683—685。

将淫字作扩大化的解释,连黛玉、晴雯都包含在内,二则是对两人的病症集中于医理、药理的说明,忽略症状的象征意义,三则是对此二人又分别对待,认为可卿是妇科病,且其致病原因乃是不得所爱、不甘蹂躏的长期抑郁所致,属于"色淫",贾瑞才是真正的好色滥淫;① 亦有从版本考证着手,认为贾瑞之病症"不上一年都添全了"是误将"月"字写成"年"字,且主张其中的时间差错是为了让宝玉等的年龄适合住进大观园。② 如此等等,皆与本书的观点大不相同。

如同宝钗的宿疾与冷香丸、黛玉的宿疾与出家固然也都有医理的根据,但主要还是服膺于小说的艺术法则,以文学的象征意义为主,可卿的病症也是如此。我们以为,秦可卿之病是源于过度纵欲,尤其与贾瑞的病症相参照,就更为明显:贾瑞对凤姐起淫心之后,乃是"诸如此症,不上一年都添全了。……百般请医疗治,诸如肉桂、附子、鳖甲、麦冬、玉竹等药,吃了有几十斤下去,也不见个动静。倏又腊尽春回,这病更又沉重"(第十二回),可卿的情况也大略相当。再比较两者的病况,除性别的专属特征之外,其他的生理现象简直如出一辙,双方的高度近似性,正说明了可卿的疾病本质与贾瑞完全一致:

---

① 刘晓林:《秦可卿与贾瑞死因破译》,《衡阳师范学院学报》第 22 卷第 1 期(2001 年 2 月),页 61—64。

② 观武:《也谈贾瑞和秦可卿的病程与死期》,《中州大学学报(综合版)》1997 年第 2 期,页 24—31 转 41。

秦可卿的病症（第十回）	贾瑞的病症（第十二回）
经期不调	下溺连精
夜间不寐	黑夜作烧
心中发热	心内发膨胀
如坐舟中，四肢酸软	脚下如绵
不思饮食	口中无滋味
精神倦怠	白昼常倦

可以说，贾瑞提供了文本的内部参照系，以时间重叠、病征类似而形成了合一性，足以证明可卿和贾瑞一样，都是过度纵欲而酿成重症。再加上可卿卧室中有"武则天当日镜室中设的宝镜"，贾瑞则有道士送来的"风月宝鉴"，都以正面照出冶荡的春色欲景，二人之同病同命已是昭然若揭。

此外，第十回"张太医论病细穷源"中，张友士的一段诊断也非常值得注意，他说：

> 大奶奶这个症候，可是那众位耽搁了。**要在初次行经的日期就用药治起来**，不但断无今日之患，而且此时已全愈了。如今既是把病耽误到这个地位，也是应有此灾。……**从前若能够以养心调经之药服之**，何至于此。

足见可卿的病与"行经"有关，而那正是女孩进入性成熟的标记，且"初次行经"之时即种下病根，若非用药治疗，以后即持续恶化，故谓"人病到这个地位，非一朝一夕的症候"，不过几年便足以致死。从真实的医学来说,也许确有某些妇科病是少女开始发育、进入青春期时便发病,没几年即严重到致命的程度,又只要在"初次行经的日期就用药治起"便可以痊愈;然而一则是,可卿的初次行经无论是在婚前或婚后,在毫无病征的情况下,都只是再正常不过的女性生理变化,谁能及时地诊断出"这个症候"并"就用药治起来"?再从文学的象征手法而言,结合所有的人物特质与故事情节,更应该说,可卿的病肇始于性成熟、恶化于性放纵、致命于性丑闻,"性"是一切问题的根源所在。秦可卿确实是一位爱欲女神。

因此,"在初次行经的日期就用药治起来"作为可卿之病的根治之道,毋宁意味着:对可卿这样的爱欲女神,当她一进入性成熟的阶段便调解、压制或根除其性欲望,便不会有后来的乱伦纵欲,也就不会有"淫丧天香楼"的悲惨下场,确为釜底抽薪之计。"养心调经之药"的药名,也是取义于此,正属道士送来风月宝鉴时所说的"专治邪思妄动之症"也。

再进一步参照可卿的临终托梦与其弟秦钟的死前遗言,可以发现其中的高度相通[①],都属于人之将死其言也善的由衷心声。则不同于贾瑞始终执迷不悟,终究脱精而亡,"心性高强聪明不过"的可卿在病势沉重的阶段,借此痛定思痛,省思个人与家族的种种问题,既对过往的失格作为深自忏悔,从而拟订家族的救世良策,作

---

① 第十六回秦钟临死前对宝玉的叮嘱是:"并无别话。以前你我见识自为高过世人,我今日才知自误了。以后还该立志功名,以荣耀显达为是。"说毕,便长叹一声,萧然长逝了。

为赎罪之方,再以自尽了结一生情孽,足见良知未泯。评点家洪秋蕃便认为:

> 间尝论之,秦氏秀外慧中,上和下睦,若守妇道,自是可儿。无如滥情而淫,不审所处,墙茨莫扫,贻中冓之羞;咸施是从,冒新台之丑。盖由袅娜纤巧,既类冶容;而又温柔和平,不为峻拒:遂使一时艳质,堕为千古罪人,不亦重可惜乎?虽然,纵欲渎伦,固为闺闱之辱,而因而投缳殒命,尚有羞恶之良,核其情罪,似可轻于乃翁,故曰秦可卿。①

至于让合家"无不纳罕,都有些疑心"者,不是她的死亡,而是她死亡的方式和地点。当深夜的丧音传来之前,完全没有交代任何关于可卿临终的状况,此一空白即脂砚斋所说的"删去天香楼一节",源于小说家出以菩萨之心的删减隐讳所致,若将自缢于天香楼以迄遗体被发现移置的过程填补进来,一切便都合情合理。

总结而言,秦可卿那半年的慢性病症来自于长期纵欲所造成的精气耗损,其病况之严重固然让家人都有了心理准备,但并不妨碍她在良知的挣扎折磨之下,以"脸上身上的肉全瘦干了"的恶体质所仍拥有的活动能力,缓步走向天香楼。这朵孽海情花终于枯萎凋零,在死亡中获得净化,是为人性演绎的特殊个案。

---

① (清)洪秋蕃:《红楼梦抉隐》,第十三回评,参冯其庸纂校订定,陈其欣助纂:《八家评批红楼梦》,上册,卷2,页297—298。

六、殿后的批判

俞平伯认为:"既兼钗黛之美,即为钗黛二人之合影,(书中秦氏从不与钗黛对话办交涉,这点很可注意)其当为十二钗之首,实无可疑者。此诗以可卿名氏领十二花容即此意耳。"[①] 然而实际上,在第五回太虚幻境中,无论是薄命司正册十二钗的图谶排序还是《红楼梦曲》的演奏顺次,秦可卿都非但不是十二钗之首,反倒是十二钗之末。这不是压轴而是殿后,不是赞美而是批判。

就第七回回前总批所题的"十二花容色最新"而言,固然是对可卿容貌之兼美如仙、性格之和平可靠、心智之深谋远虑,集黛玉、宝钗、凤姐三人之长的总评价;但"容色最新"的这朵花却没有在正册十二钗中独占鳌头,反倒敬陪末座,原因就在于落入淫滥,这是女性最致命的污点。一如后来贾琏偷娶的尤二姐,小说家清楚表示道:

> 二姐倒是个多情人,……若论起温柔和顺,凡事必商必议,不敢恃才自专,实较凤姐高十倍;若论标致,言谈行事,也胜五分。虽然如今改过,但已经失了脚,有了一个"淫"字,凭他有甚好处也不算了。(第六十五回)

---

① 俞平伯:《读〈红楼梦〉随笔》,第12节"送宫花与金陵十二钗",《俞平伯论红楼梦》,页672。

这段话可以说是秦可卿的绝佳注脚:尤二姐同样具备了大可称道的"温柔和顺""标致""言谈行事",集各种优点于一身,因而远胜过凤姐,但只要烙上一个"淫"字便足以抹煞所有的优点,无论有什么好处都不算数,秦可卿亦然。就此,评点家洪秋蕃对于秦可卿的评论,堪称切中肯綮:

> 不如反求诸己。一己贤,与物无忤,则虽有不贤者,亦与我式好无尤矣。秦氏殆操此术欤!惜犯"淫"字,有乖妇道,纵有令德,未足盖愆。①

于是这位贾母"重孙媳中第一个得意之人"只能屈居十二钗之末,正是隐而未显的春秋笔法,批判正在其中。

必须说,秦可卿与贾珍之间的乱伦是有情感为基础,在两情相悦的情况下进入淫欲关系,才形成了不为道德法律所容的"宿孽",并不全然是一般的皮肤滥淫;但放任这种不正当的情感而陷入败德至极的乱伦,则必须给予严厉谴责,因为这个现象意谓着精神力量的薄弱与堕落,完全丧失了自我控制的意志与努力,连带危及家族生命,故以死给予惩罚,不假宽贷。太虚幻境人物判词中所谓的"漫言不肖皆荣出,造衅开端实在宁",其实已经显示作者的真正态度:即使是"情既相逢",但"情"不受节制而逾越道德界线,就

---

① (清)洪秋蕃:《红楼梦抉隐》,第十一回评,参冯其庸纂校订定、陈其欣助纂:《八家评批红楼梦》,上册,卷2,页262。

会成为堕落腐烂的开端。秦可卿与贾珍之间的乱伦正显示了这个家族来到末世时的精神颓靡,因此说她是导致"家事消亡"的"败家的根本",评点家王希廉也认为"秦氏为宁府淫乱之魁"①,至于"擅风情,秉月貌"更被视为女性败德的罪魁祸首。就这一点,秦可卿与其弟秦钟是一样的,评点家洪秋蕃便对这对姊弟的"淫"批评道:

> 女中秦可卿,男中秦鲸卿,皆滥情而淫,皆首先授命。言情之书,深寓戒淫之意。善哉书乎!②

如此一来,被津津乐道的一段脂批:"作者是欲天下人共来哭此情字。"恐怕并不是对情的正面的歌颂与哀挽,如多数引述者的用法;从这句话的针对性与全段脉络,可知其实适得其反。

第八回中,脂砚斋针对"只剩女儿,小名唤可儿"所作的完整批语是:

> 出名秦氏,究竟不知系出何氏,所谓寓褒贬别善恶是也。秉刀斧之笔,具菩萨之心,亦甚难矣。如此写出,可见来历亦甚苦矣。又知作者是欲天下人共来哭此情字。

---

① (清)王希廉:《红楼梦总评》,参冯其庸纂校订定、陈其欣助纂:《八家评批红楼梦》,上册,页1。
② (清)洪秋蕃:《红楼梦抉隐》,第十六回评,参冯其庸纂校订定、陈其欣助纂:《八家评批红楼梦》,上册,卷2,页355。

对于秦可卿这位复杂争议的女性人物，作者虽以菩萨之心使得她的死变得暧昧不明，并由临终托梦而焕发出庄严的光辉，以模糊、稀释"滥情而淫"的致命污点，但其刀斧之笔却也毫不含混地给予应有的惩罚，完成了兼具刀斧之笔、菩萨之心的高难度挑战。因此下文所接续的"作者是欲天下人共来哭此情字"一句中的"情"，绝不是对情的正面的歌颂与哀挽，更不能囫囵等同于宝、黛之恋的情，或本书"大旨谈情"的创作主旨；相反地，"哭此情字"是悲叹于情被滥用、被误导、被用来屏障种种悖德行径，以为只要有情便可为所欲为，以致情产生了变质，成为淫欲的掩护，流于第一回所批判的"假拟妄称，一味淫邀艳约，私订偷盟"。脂砚斋便说：

> 余叹世人不识情字，常把淫字当作情字；殊不知淫里有情，情里无淫，淫必伤情，情必戒淫，情断处淫生，淫断处情生。……再看他书，则全是淫，不是情了。（第六十六回回前总批）

后来道光、咸丰时期的刘熙载亦感叹道：

> 流俗误以欲为情，欲长情消，患在世道。[①]

[①] （清）刘熙载著，袁津琥校注：《艺概注稿》（北京：中华书局，2009），《词曲概》，下册，卷4，页577。

他们都清楚认识到,"情"的真正意蕴与"欲"迥不相侔,却又常被流俗混为一谈,因此愤慨万千。借德国学者布鲁格（Walter Brugger, 1904—1990）的分析,可知其差别在于:爱（Love）乃是心灵的整体状态,"尤其不应该把爱与纯本能的冲动（即使是升华的冲动）视为一事,……冲动本身原以满足其嗜欲为能事,而把对方视为满足嗜欲的方法,爱则是以肯定价值及创造价值的态度把自己转向对方"。① 这个区隔从本质上将情与欲断然二分,让人们可以更清楚地判断、良好地决定,不被似是而非的模糊概念甚至居心不良的恶意引诱所误导,进而领受真情对生命所带来的美善。具体地说,会导致破坏与毁灭的情便不是真情,非法的、不正的情也绝不能称为至情,"滥情而淫"更不是情而是淫,不容混淆。

但天下鱼目混珠、紫之夺朱者比比皆是,在自欺欺人太过容易的情况下偷天换日、暗度陈仓之事更所在多有,"真情"被"淫欲"所取代,却仍以"秦/情"为姓氏,这便隐隐暗讽"情"沦为欺人耳目、招摇撞骗的幌子,而《红楼梦》要如此之批判才子佳人故事,也是出于同一理由。据此言之,秦可卿的谐音确是"情可轻"无疑。而可卿之悖德纵欲,其实质非但不是自由的体现,反倒是深受奴役而不自知,根据荷兰哲学家斯宾诺莎的说法:

> 人类的限制就是受这种欲望或激情——我们较低的本

---

① ［德］布鲁格编著,项退结编译:《西洋哲学辞典》（台北:编译馆,1976）,页243。

性——所奴役。人类的自由——道德自由——乃在于以理性控制这种激情，以伦理美德束缚住这种激情，以后天获得的习惯性倾向去做正确的选择。①

这就清楚提醒了我们，"人性"是复杂的构成，至少存在着欲望或激情这类较低的本性，以及品德或智慧这类较高的层级；并且"自由"绝对不是放任欲望或激情这类较低的本性，而是以理性控制这种激情或欲望，透过后天的努力作出正确的抉择，这种道德自由才是人类真正的自由。秦可卿的道德问题，可以从这个层次获得更深刻的意义。

当然必须特别注意的是，在这场惊世骇俗的乱伦事件中，相对于男方贾珍的始终安然无事，可卿则必须面对以死赎罪的惨烈后果，这也证明了男女在性待遇上的严重不平等，而反映了现实社会在性别意识上的双重标准，曹雪芹实际上并没有反对这一点，并客观地加以呈现。就此来说，"滥情而淫"就不只是道德问题而已，还涉及生存处境的问题，女性身为生理的、法律的、观念的弱势者既是事实，便应该慎思熟虑，懂得保护自己、维护尊严，既不天真地混淆情、欲，更不受食色之本能所驱使，这才是真正地掌握身体的自主权，也才能真正地做自己的主宰。秦可卿作为一个怵目惊心的前车之鉴，戒莫大焉。

---

① 转引自[美]M.L.艾德勒（Mortimer L. Adler）著，蔡坤鸿译：《六大观念：真、善、美——我们据以作判断的观念；自由、平等、正义——我们据以行动的观念》，第19章"随自己快乐而行动的自由"，页152。

妙玉，改琦绘：《红楼梦图咏》，风俗绘卷图画刊行会重刊本，1916。

第十四章
总结：性格、环境、命运及其反思

小说中这些精彩绝伦的年轻女性们，是深刻的回忆、温馨的眷恋，再加上精密的洞察、高超的艺术所共同塑造出来的。

就深刻的回忆、温馨的眷恋而言，曹雪芹于小说伊始开宗明义的作者序言，就明确地提到："忽念及当日所有之女子，一一细考较去，觉其行止见识，皆出于我之上。何我堂堂须眉，诚不若彼裙钗哉？……我之罪固不免，然闺阁中本自历历有人，万不可因我之不肖，自护己短，一并使其泯灭也。"明示对其笔下的金钗们都是怜惜、怀念、悲悯，所谓"闺阁中本自历历有人"，伴随着自己成长的往日记忆里，那些晨昏朝夕的耳鬓厮磨、音容笑貌，是如此之生动流转、亲切温暖，故小说中又处处指出其创作目的是"怀金悼玉"（第五回《红楼梦曲·引子》）。

就深刻的洞察、高超的艺术而言，小说家固然对这些青春少女们赞叹不已，却也同时承认了这些超胜不凡的"异样女子"，其优点乃是"小才微善"，因此也免不了各自的局限甚至缺失，形诸笔下时亦毫无隐讳，如鲁迅所说的："其要点在敢于如实描写，并无讳饰，和从前的小说叙好人完全是好，坏人完全是坏的，大不相同，所以其中所叙的人物，都是真的人物。"① 因此每一位女子都活色生香、历历如绘，在小说家的脑海中与读者的眼前言笑呼吸，一饮一食、一颦一笑都仿如自己的朋友般令人留连依恋；种种不足乃至缺点，也因为彼此共同交织的人生轨迹与刻骨铭心的深厚情感，而显得无伤大雅。必须说，曹雪芹在传神写照的过程中，并没有辜负小说家探索人性、观照世情的责任与能力，"在这已然成为陷阱的世界里探索人类的生活"② 之际，依然维持着客观、理性的洞察力，达到"爱而知其恶，憎而知其善"（《礼记·曲礼》）的境界。

但更重要的是，对如许之复杂而多样的人性百态，小说家不只是"知其然"，更是"知其所以然"，除了细腻写真、如在目前之外，更切就每一个独立的个体，全程深入其动态发展的生命史，既把握到先天的气质禀赋，更没有素朴地以为这就是构成性格的唯一真实或全部内容，而能充分洞视到这份天赋的基底必待后天环境的导引、激发、调整，始能具体塑造出如是的整体人格样态。就这个意义而言，曹雪芹才是一个真正懂得人性的人。

一、人格养成的先天性

在一般常识里，几乎都以为人类共同具备了一种与生俱来的

---

① 鲁迅：《中国小说的历史的变迁》，第6讲，《鲁迅全集》第9卷，页348。
② ［法］米兰·昆德拉著，尉迟秀译：《小说的艺术》，第2部分"关于小说艺术的对话"，页36。

固有的本质，称之为"真"与"自然"，并体现在未曾社会化的孩童身上，是为个人的真正主体所在；由此产生二元对立的推论，认定"社会"就是减损、戕害这份天性的外力，随之所启动的自我调节便是假、是作伪，是人性的异化。进而在此基础上增加了价值褒贬，形成了"个人—真—美善""社会—假—丑恶"的人物论述法则与是非判断标准。

但这种常见逻辑可以说是太过简单化。单单对于是否有"人的天性"问题，就已经是一个难有定论的复杂议题，心理学家弗洛姆考察这个看法的演变史，指出：

> 从希腊的哲学家以来，大部分思想家都认为确实有这么一种东西叫做人类的天性，有这么一种构成人之本质的东西，并且认为这个看法是不证自明的。……到了最近，这个传统看法遭到怀疑。原因之一，是大家对人类史的研究越来越注重。从历史的研究看来，现代的人跟以前各个时代的人是那么不同，以致于，如果认为每个时代的人类都共同具有这么一种东西，叫做"人的天性"，似乎是很不实际的看法。人类史的研究复受到文化人类学的助阵，这一点在美国尤甚。研究原始人的结果，发现在风俗、价值、情感与思想上，不同时地的人是那么不同，以致于许多人类学家产生了这么一个概念：人生下来是一张白纸，每种社会文化在上面各写上它的文采。另外还有一种因素，使人反对人有固定的天性，因为"人性"常被滥用，

把它用来做为屏障，掩饰种种非人性的行为。①

这可以说是现代心理学等人文学科的高度进展下，对于人性的更深入的洞察，发现了并非每个时代的人类都共同具有一种本质性的、固定的"人的天性"，甚且应该说，实际上并没有所谓的"天性"，人的性格都是在社会环境中逐渐塑造出来的，即使是在"食、色，性也"的本能层次上，食、色的意义与样态也是千千万万种，怎样地食、如何地色，都因人而异，更因时因地而异，并不是"天性"的抽象概念就可以一概而论。何况本能并不能等于天性，用来满足本能的做法更是在社会中养成的，有的放纵，有的病态，如何能因为"食、色，性也"就全部得到合理化？

然而，确实有一大主流是以此为当然的价值，尤其将肉欲等于爱情，把"色"的满足视为自我觉醒的身体解放，以至于产生了价值扭曲。这种"人性"被滥用来作为屏障，掩饰种种非人性的行为的情况，秦可卿可以说是绝佳的例子，固然她的欲望是来自人性中的本能，但乱伦的行为却是非人性的；可竟有一些评论视之为惨遭文明否定的自然爱欲女神，反过来指控社会礼法的不当压抑，或者声称那代表了一种超越礼教的"未来性"，可以说是混淆至甚，无怪乎会引发"人有固定的天性"的反对主张。

就《红楼梦》而言，据小说家借贾雨村之口所言，乃是书写"正

---

① [美]E.弗洛姆著，孟祥森译：《人类破坏性之剖析》，下册，第10章"恶性侵犯：前提"，页53—54。

邪两赋"之辈的故事,乍看之下似乎是走上"人有固定的天性"的老路,也因此有很多人认为小说的主旨在于刻画真与假的冲突、天性与社会的对抗,以至此一"绝假纯真"的天性惨遭摧折毁灭的悲剧。但实际上这是极为粗略的以偏概全,第二回中关于"正邪两赋"的陈述非常完整明白,说的是:

> 使男女偶秉此气而生者,……若生于公侯富贵之家,则为情痴情种;若生于诗书清贫之族,则为逸士高人;纵再偶生于薄祚寒门,断不能为走卒健仆,甘遭庸人驱制驾驭,必为奇优名倡。

足见这些特异分子之先天禀赋虽皆同源于正邪二气,而形成一种非正非邪、亦正亦邪,无法在一般才性类型范畴中归类的特殊质性;但在进入现世社会后,仍必须依照"公侯富贵之家""诗书清贫之族""薄祚寒门"等不同的后天环境,而落实分殊为"情痴情种""逸士高人""奇优名倡"这三种表现型,各自具备不同的阶层性(hierarchies),单单"正邪两赋"并不足以完全涵括"情痴情种"这类人物的人格表现形态,所谓的"情痴情种"也必须端赖后天的"公侯富贵之家"始能养成,这就已经实实在在地推翻了真/假、天性/社会的对立冲突观。

可见曹雪芹犹如现代的心学家,所肯定的只是一种无法解释、不明来历的先天心理特质(包括基因),但从未把一切性格内容都等同于这分天性,更绝不把生理本能混淆为性格内涵;同时一样地强调后天的环境影响与教育塑模具有高度的导引力量，社会场域是先天禀赋得以充分开显的辅助甚至导引，包括阶级身份、读书教养、性别意识、亲子关系、家庭伦理等重心有别，却又互有关联的多重文化议题，由此解释了个体进行类型分化、偏向发展的多元情况。

既然赫克尔（Ernst Haeckel, 1834—1919）说："人和人之差，有时比类人猿和原人之差还远。"[①] 而文化人类学家也发现了事实上"风俗、价值、情感与思想上，不同时地的人是那么不同"，对于异时异地的人们便应该给予尊重和了解，而不是拿一把自己所信仰的量尺去削足适履。这就呼应了本书第一章所引述的苏联学者伊·谢·科恩的说法，所谓：

> 一知半解者读古代希腊悲剧，天真地以为古代希腊人的思想感受方式和我们完全一样，放心大胆地议论着俄狄浦斯王的良心折磨和"悲剧过失"等等。可是专家们知道，这样做是不行的，古人回答的不是我们的问题，而是**自己的**问题。

同样地，《红楼梦》所面对、所回答的，是它自己的问题，是在帝制时期的传统社会文化中产生的种种问题；而小说中每一个人物所面对、所回答的，也都是她们自己的问题，是在她们的家庭环境中、成长过程里所产生的不同问题。就此而言，所谓的"正邪两赋"其实并不是用来褒扬这些人的与众不同，而主要是在强调这些人以

---

① 引自鲁迅：《论睁了眼看》，《鲁迅全集》，第1卷《坟》，页253。

其独特的整个生命史所面对、所回答的问题,一个个都是与众不同,绝不能用"天地生人,除大仁大恶两种,余者皆无大异"之庸常大众的通俗性格来囫囵套用。

所谓人格,乃一个人存在整体的统称,精细地说,"'人格'一词,来自拉丁文 Persona,意指面具。用于人的独特行为方式和多种素质,以表现人的外显形象及内在品质。……一般认为它由需要、动机、兴趣、价值观、信念、能力、气质、性格等成分组成",① 或如杨国枢所言,"人格是个体与其环境交互作用的过程中所形成的一种独特的身心组织,而此一变动缓慢的组织使个体适应环境时,在需要动机、兴趣、态度、价值观念、气质、性向、外形及生理等诸方面,各有其不同于其他个体之处"。②

由此可见,"人格"并非与生俱来的天性所能涵括,必然是在与环境的互动中所逐渐形成。从这个角度而言,人类学家本尼迪克特(Ruth Benedict, 1887—1948)即指出:一般人认为社会与个人必然是对立的,"这套19世纪二元观念所导致的最错误见解,厥为认为:社会减少一分,个人即增加一分;个人减少一分,社会即增加一分","由于我们向来认为社会与个人是对立的两极,因此,强调文化行为之重要性者,常被看做是个人自主性的否认者",但实际上,"所谓社会,绝不是超离于个人之上的单元。若无文化的指

---

① 《中国百科大辞典》(北京:中国大百科全书出版社,1999),"人格"条,页4429。

② 引自陈仲庚、张雨新编著:《人格心理学》(台北:五南图书出版公司,1990),页44—45。

引,个人则丝毫不能发挥其潜力;反过来说,文化所包含的任何因素,归根究底都是个人的贡献",因此,"文化与个人的关系,一向是相互影响的。一味强调文化与个人的对立,并不能厘清个人的问题;只有强调两者的相互影响,才能掌握个人的真相"。① 由此可以说,在西方起支配作用的个人主义的霸权是虚假的,它无法说明世界上大多数文化和民族的情况。②

这在惯于主张"《红楼梦》只可言情,不可言法。若言法,则《红楼梦》可不作矣"③,"特拈出一情字作主,遂别开出一情色世界"④ 的红学诠释史中,更是发人深省之见。

二、家庭、环境的关键性

从前文对十位金钗的具体分析,清楚地指向一个事实:自幼生长的家庭、主要的生活环境,是影响人物性格的更关键因素。

整体而言,这些金钗们无论贵贱贫富,凡较具个人主义者,诸如:林黛玉、妙玉、晴雯、龄官等,出身背景都是孤儿兼具宠儿,也就是成长过程中缺乏至亲的伦理管束,又处于备受宠爱或高度尊

---

① [美]本尼迪克特著,黄道琳译:《文化模式》(台北:巨流图书公司,1993),第8章"个人与文化模式",页299—301。
② [美]许烺光(Francis L. K. Hsu)著,许木柱译:《彻底个人主义的省思:心理人类学论文集》(台北:南天书局,2002)。
③ (清)涂瀛:《红楼梦问答》、(清)野鹤:《读红楼梦札记》,一粟编:《红楼梦资料汇编》,卷3,分见页145、287。
④ (清)方玉润:《星烈日记》,卷70,一粟编:《红楼梦资料汇编》,卷4,页375。

重的生活环境。林黛玉自毋庸赘言,从妙玉的"他这脾气竟不能改,竟是生成这等放诞诡僻"、晴雯的"性子越发惯娇","生成""越发"都说明了两人的个人主义式性格是在贾府中逐渐发展出来的;再看龄官,作为梨香院十二个女孩子中"最是唱的好"的佼佼者,在元妃省亲时就已经非常突显其自我个性:

> 贾蔷忙答应了,因命龄官作《游园》《惊梦》二出。龄官自为此二出原非本角之戏,执意不作,定要作《相约》《相骂》二出。贾蔷扭他不过,只得依他作了。贾妃甚喜,命"不可难为了这女孩子,好生教习",额外赏了两匹宫缎、两个荷包并金银锞子、食物之类。(第十八回)

既有皇妃命"不可难为了这女孩子"的谕令,谁还敢为难?以致从此之后更无所压抑,连宝玉都不被放在眼里。

特别的是,这些人物都是林黛玉的重像,而她们共同的特征是:美丽绝伦、才华出众、备受爱宠、口齿伶俐、个性鲜明、家世单薄的特征(见第三章)。但从现实界的人情世态而言,其中大部分的条件都极其容易为当事人召祸,单单只是美丽绝伦的容貌,便足以遭嫉被诼,所谓"美女入室,恶女之仇"[①],亦即屈原《离骚》所说的"众女嫉余之蛾眉兮,谣诼谓余以善淫",构成了箭靶人物的第一个因素;而才华出众这一点更是让同侪相形见绌,一样是遭

---

① 见逯钦立辑校:《先秦汉魏晋南北朝诗》,《汉诗》卷3,页132。

嫉的常见原因。一个女子若兼具这两项出类拔萃的优点，就已经注定树敌无数，如果再加上个性鲜明、伶牙俐齿，几乎必然是无立足之地。然而，这些女子却未曾收敛自制，反倒素以放纵见称，形成性格的一大特色，这不能不说是全赖环境的配合，给予包容甚至助长。可以说，这类任真率性的性灵人物，多属于人际关系中片面的单边主义（Unilateralism）者，在贾府所提供的特定环境中可以不考虑现实因素，获得最大限度的言行自由，而不涉及对等尊重、互相配合以致自我节制的问题。

对比于史湘云、香菱、平儿这三人，同样都身为孤儿，却是真正的寄人篱下，必须看人脸色、压抑自己，时时刻刻受命行事、配合别人，甚至受到不公的欺凌，身处此等严苛的环境，如何可能流于自我中心？再加上三人都幸而天性豪爽磊落，也因此不曾培养出自恋、自怜乃至自虐的性情。由此可证，正是贾府提供了发展自我取向之性格的大好环境，使黛玉等天生本就比较不受压抑的性格脾气往极端化的自我中心趋近。

再参照其他较为恣意任性的末世子弟，诸如：薛蟠所娶的夏金桂，虽才貌双全，"只吃亏了一件，从小时父亲去世的早，又无同胞弟兄，寡母独守此女，娇养溺爱，不啻珍宝，凡女儿一举一动，彼母皆百依百随，因此未免娇养太过，竟酿成个盗跖的性气"（第七十九回），姑不论其邪佞暴虐完全不堪与黛玉、妙玉、晴雯之辈相比，但就性格养成的环境因素而言，却是相近的。更如冯渊、柳湘莲，都属于拥有极大自主性的男性，冯渊是"自幼父母早亡，又无兄弟，只他一个人守着些薄产过日子"（第四回），柳湘莲则"原是世家子弟，读书不成，父母早丧，素性爽侠，不拘细事，酷好耍枪舞剑，赌博吃酒，以至眠花卧柳，吹笛弹筝，无所不为"（第四十七回），没有多重、稳固的伦理限制，可以任意自为、不受约束，因此才能发展出率性的个人风格，道理类似。

至于小说中比较以群体为优先考虑的性格圆融者，包括薛宝钗、袭人等，则都是成长于温暖健全的家庭中，自幼有父母手足一起生活，受到家人的关爱也深爱着家人，甚至愿意为家人而牺牲。如宝钗"自父亲死后，见哥哥不能依贴母怀，他便不以书字为事，只留心针黹家计等事，好为母亲分忧解劳"（第四回），袭人则是"当日原是你们没饭吃，就剩我还值几两银子，若不叫你们卖，没有个看着老子娘饿死的理"（第十九回），因此便养成顾全大局的成熟性格，乐于分享，也愿意自我退让。尤其是她们都拥有良好的母子关系，在这个人际关系的雏型里发展出健全的社会意识，而对他人怀有一种"社会兴趣"，体现了与他人和谐生活、友好相处的内在需要，因此保持着"给多于取"的倾向，也表现出对他人的思想、情感、经验给予理解的能力。家庭对一个人影响之深远、之彻底，由此便不言可喻。

当然，还必须补充说明的是，即使是所谓的性灵人物，也都具备传统伦理所肯定的优点，包括念旧、孝顺、敬长、尊君，绝无偏离正统道德的邪佞之处，那些偷看禁书、焚书毁儒的做法，与其说是信念上的反封建礼教，不如说是无伤大雅时行为上的小小放纵，所谓："大德不逾闲，小德出入可也。"（《论语·子张》）犹如贾母所提示的根本原则：

> 你我这样人家的孩子们,凭他们有什么刁钻古怪的毛病儿,见了外人,必是要还出正经礼数来的。若他不还正经礼数,也断不容他刁钻去了。就是大人溺爱的,是他一则生的得人意,二则见人礼数竟比大人行出来的不错,使人见了可爱可怜,背地里所以才纵他一点子。若一味他只管没里没外,不与大人争光,凭他生的怎样,也是该打死的。(第五十六回)

换句话说,小说中这些世家子弟的种种率性之举,其实都只是私底下的"纵他一点子",是在无伤大雅的情况下,基于亲昵爱怜的情感所给予的网开一面,此即所谓"正邪两赋"中的邪气之所在。

至于他们在私领域之外的"还正经礼数",也绝非一概都是出于虚伪作假。固然因为过于繁文缛节而偶尔感到勉强无奈,但大多数时候都是出于自发的赤诚,毕竟如同乔治·奥威尔所指出,"每一个等级的成员从各自的童年时代习得的风范和传统不但大相径庭——这一点非常重要——而且,他们终其一生都很难改变这些东西。要从自己出身的等级逃离,从文化意义上讲,非常困难"。[①] 而贵族世家所给予其子弟的风范、品味和认知水平,正是传统文化核心的"礼"的精神。更重要的是,"礼"的活动并非仅为外在的行为表现,《白虎通·性情》说道:"礼者,履也。履道,成文也。" 其实质乃是一种道的实践,因此与"体"之间具有同语源的关系。

---

① 引自[美]保罗·福塞尔(Paul Fussell)著,梁丽真、乐涛、石涛译:《格调:社会等级与生活品味》,第2章"解剖等级",页23—24。

正如彼得·布德堡（卜弼德，Peter A. Boodberg, 1903—1972）所说，在常用的中国字中，只有两个字发"豊"——一种礼器——的音，并且指出：

> 把这两个字联系在一起的是有机的形式而不是几何的形式。中国古代学者在他们的评注中，一再用"体"（體）来定义"礼"，即是明证。①

可以说，"礼"是构成文化传统的意义和价值的体现或形式化。② 据此而言，其完整的意义可简言如下：

> 礼义即其含蕴伦理道德的内在价值，而礼器、礼数、礼文即其表现实践精神的外在价值。③

由内而外，宝玉之辈在"还正经礼数"的时候，正是对伦理道德的内在价值的显性实践，此即"正邪两赋"中的正气之所在。这也才是他们与贾珍、贾蓉之类"只会讲外面假礼假体面，究竟作出来的

---

① ［美］彼得·布德堡：《孔子基本概念的语义学》，《东西方哲学》1952 年第 2 期。
② 详参［美］郝大维（David Hall）、［美］安乐哲（Roger T. Ames）著，蒋弋为、李志林译：《孔子哲学思微》，第 2 章"人格论之比较"第 2 节"礼和义之相互关系"，页 63。
③ 周何：《何以"不学礼无以立"》，《孔孟月刊》第 9 卷第 7 期（1971 年 3 月），页 24—28；引文见页 26。

事都够使的了"（第七十五回）具有根本性差异的原因。

因此，即使宝玉、黛玉、妙玉、晴雯这些宠儿的任性表现，其实也都还是在伦理规范所允许的范围内，并不具备破坏既有秩序的革命意义，或抗拒传统价值的批判意图。其中，宝玉自不待言，在为大观园题咏的时候，甚至比贾政等大人们更严格谨守"此处虽云省亲驻跸别墅，亦当入于应制之例""这是第一处行幸之处，必须颂圣方可"的礼法（第十七回）；连贾政长期不在家，经过空无一人的书房时也还是坚持要遵礼下马而过（第五十二回）。黛玉在元妃省亲时，即使因为"安心今夜大展奇才，将众人压倒，不想贾妃只命一匾一咏，倒不好违谕多作，只胡乱作一首五言律应景罢了""未得展其抱负，自是不快"，而稍稍流露出孤高的情态，但所作的应制诗仍然符合颂圣的基本原则，所谓"何幸邀恩宠，宫车过往频""盛世无饥馁，何须耕织忙"，都并无逾越。还有妙玉，当贾母来到栊翠庵时，其当面的行为表现也是殷勤服侍，实与王熙凤并无二致。

就以黛玉的倾力作诗而言，固然是金钗之中十分醒目的一个，因为她赢得"诗的化身"的赞叹，但严格说来，其实真正以诗为命的人，首推"诗疯子"史湘云和"诗呆子"香菱；并且如此的性灵表现，往往也是名门才媛少女时代的阶段性常态，林黛玉等人并非罕见的特例。例如明末才女叶纨纨在婚后的诗歌创作并不多，"展其箧笥，篇什无几"[①]，这是明清时期大部分才女常面临的情况，

---

① 见（明）叶绍袁：《愁言·序》，《午梦堂集》，页237。

她们在少女时期接受教育,并且在鼓励之下写诗,直到结婚为止;等到成为婆婆或寡妇时,才又再度从事写作。① 由这个角度来说,这些少女们的爱好诗词也不具备颠覆传统妇德的意义。

再如晴雯,她的率性更完全是在怡红院这处别有洞天的小世界里展现的,由于王夫人不认识她,所谓:"宝玉房里常见我的只有袭人麝月,这两个笨笨的倒好。"(第七十四回)可见晴雯主要是活动于大观园中,罕有与上层接触的机会,王夫人在未曾目睹其骄纵言行的情况下,自然没有机会施加任何要求,而唯一的上层贾宝玉则是服低做小,全然顺任她的脾性,于是更缺乏抵制与抗衡其自我中心的力量,使之一直处在独霸的状态。但即使如此,晴雯也还不乏"又懒又笨,性子又不好"(第六十二回)的自觉,一旦王夫人发现她的存在时,情况便为之丕变:晴雯不仅在面见王夫人时刻意不事装扮,以免触犯禁忌,已属于能屈能伸的明哲保身;在王夫人的怒火下,"虽然着恼,只不敢作声",同样是逆来顺受,何曾有一丁点"心比天高"的抗议或辩白? 接着所应答的言谈更是不尽不实,在"不肯以实话对"的见风转舵下,整篇说辞全属违反事实的谎话,虽是出于自保不得不然,但也更突显出晴雯的种种惯娇放纵,都只是私领域的"小德出入可也"。

可以说,即使对晴雯的火爆骄纵,小说家与宝玉也是以一种兴味盎然的角度加以看待,近乎《世说新语》对王蓝田"忿食鸡子"

---

① [美]曼素恩著,杨雅婷译:《兰闺宝录:晚明至盛清时的中国妇女》,第4章"书写",页184。

的传神写照。换句话说,晴雯的性格是以其独特的先天禀气与后天环境所塑造出来的样貌,独一无二,却不是以"价值"为主的宣扬,请参《大观红楼4》的分析。

就此应该注意的是,这些金钗包括了又副册的婢女,而其意义并非反对阶级,恰恰相反,所表明的乃是上层环境对人的提升作用,也等于是对贾府这类贵族世家的赞扬。王熙凤曾说:

> 如今有一种轻狂人,先要打听姑娘是正出庶出,多有为庶出不要的。殊不知别说庶出,**便是我们的丫头,比人家的小姐还强呢**。(第五十五回)

这些被放进太虚幻境的丫鬟们,如袭人、晴雯、平儿、鸳鸯等等,之所以能有"百个里头挑不出一个来"(第三十九回)的杰出能耐,除自身的优异禀赋之外,实际上还有赖于贾府的大族环境,才能获得作高一层的锻炼打磨,而见多识广、周全干练。犹如林红玉愿意从怡红院移转到王熙凤手下,原因之一就是"跟着奶奶,我们也学些眉眼高低,出入上下,大小的事也得见识见识"(第二十七回),同理,小门小户的小家碧玉便缺乏这样的养成条件,于是贾府的丫头才会"比人家的小姐还强"。

另一方面,从三春身上还可以看到一个共同的困扰,那就是"血缘"所带来的人格问题,而三个人的反应模式和解决方法完全不同:迎春是透过自我牺牲,为家人消灾解厄、积福求报;探春则是坚持以父权为中心的宗法制度,杜绝生母赵姨娘的血缘勒索;惜春乃是索性以出家脱离血缘关系，完全摆脱家庭以及整个社会。这三种方式都是当时社会制度文化中合法的管道，就像小说里的其他人物一样，并没有所谓的"革命式"的解离作为。所谓"礼不下庶人"，那带有"庶民的风气"的自我意识、个性主义，被当作一种人格价值加以张扬的可能性应该是很低的。

再者，即使是单纯的个人追忆之作，其中也不可能完全采用个人的主观意识，保罗·康纳顿（Paul Connerton）便批判了将记忆视为纯粹个人经验的观点，他认为："群体给个人提供了他们在其中定位记忆的框架，记忆是通过一种映射来定位的。我们把记忆定位在群体提供的心理空间里。"① 因而，"怀旧作为一种记忆方式，无论它多么个人化，都同样和社会群体所拥有的'一整套概念'相关共生，是由群体提供的心理空间定位的。这里所说的'群体提供的心理空间'既是特定社会文化的产物，又是历时性的历史积淀，受制于集体无意识，并和家族、种族经验相关联"。② 如此一来，贵族阶级的意识形态与思想价值观正提供了《红楼梦》的心理空间，欲掌握其中人物的人格内涵，舍此无他。

据此言之，众多人物论褒贬的核心——真/假、社会/个人、群体/自我的二元对立，使得玉字辈人物的"率其天真"成为他们的人格价值所在，既有违《红楼梦》所处贵族世家的阶层性，更忽

---

① ［美］保罗·康纳顿著，纳日碧力戈译：《社会如何记忆》（上海：上海人民出版社，2000），页37。

② 马大康、叶世祥、孙鹏程著：《文学时间研究》（北京：中国社会科学出版社，2008），第3章"反抗时间：文学与怀旧"，页64。

略了"纯真"毕竟难免单薄,因为那仅止于对某一种性格价值或世界成分的理解,难以成就深厚完善的宏大人格。所谓"大士涉俗,小士真居",小士之所以仅能处真的原因,在于他们局限于个人的世界,以自我为中心地放射生命的能量;至于大士能够涉俗的原因,便在于他们超越了自我,以鸟瞰全局的宏观视野优游人间,一如《庄子·天下篇》所说:"独与天地精神往来而不敖倪于万物,不谴是非,以与世俗处。"则"小士真居"者流顶多只是达到"独与天地精神往来"的地步,而"大士涉俗"之辈所达到的,却是"不谴是非,以与世俗处"的"和光同尘"的境界。这或许也是崇真立场所应该思考的问题。

三、人性样貌的复杂变异

从整体而言,小说家所做的工作是活生生地呈现一个人的血肉情理,让读者看到他的心理复杂度与世事的奥妙,也确实,曹雪芹善尽小说家的洞察力与表现力,将人性的多样性与复杂性呈示出来,更将这些多样性与复杂性的成因给予合情合理的演绎,细腻而深入地刻画何以致此的种种先、后天因素,然后始得以具现出如此形形色色、生动传神的人物典型,故谓"真是人人俱尽,人人俱尽,个个活跳,吾不知作者胸中埋伏多少裙钗"(第二十一回脂批)。换句话说,每一个人物所现身的每一个片段,都是建立在完整的生命史上的展演,其言行举止背后都有看不见却真实的有机性,知其然亦知其所以然,诚然堪称"曹雪芹可谓能通生命情性之玄微矣"。

最特别的是，从前面所谈到的十个金钗身上，可以看到具体看待每一个生命之个别处境的重要性。例如：主子小姐未必高高在上、作威作福，如迎春的卑屈自抑、湘云的劳作压榨，高等丫鬟婢女反倒可以恃宠而骄、率性而为，如晴雯、芳官等即是；而宗法制度固然对某些人造成了情感上的压抑甚至伤害，但就探春来说，却是保障人格不可或缺的合法力量，这便颠覆了一般的成见。并且，每一个人都有她的独特遭遇，所面对的也是专属于她自己的独特问题，彼此迥然有别，因此，对每一位金钗都必须仔细观看、个别分析，不能一概而论，更不可笼统地套用抽象的概念。

其次，人性是在成长过程中逐渐确立的，但我们往往因为这些人物鲜明独特的性格，而忽略了除凤姐、李纨、可卿这几位已婚少妇，乃至已过及笄之年的宝钗、袭人等之外，其余的金钗们其实都还是成长中的少女，存在着转变的空间。单单从宝玉的角度以观之，一则"心中品度黛玉，越发出落的超逸了"（第十六回），另则湘云也是"几日不见，越发高了"（第三十一回），其他姊妹也就可想而知。直到第四十九回，小说家仍然说："此时大观园中比先更热闹了多少。李纨为首，余者迎春、探春、惜春、宝钗、黛玉、湘云、李纹、李绮、宝琴、邢岫烟，再添上凤姐儿和宝玉，一共十三人。叙起年庚，除李纨年纪最长，他十二个人皆不过十五六七岁。"因此，曹雪芹自序中说其笔下的闺阁女子是"小才微善"，也应该考虑到她们大多年纪轻轻，甚至只是十几岁的未婚少女，其才、其善还没有足够的时间和历练去充分发展；并且，当小说中对这些少女的刻画出现了随时间变化的情况时，也蕴含了小说家洞视人性奥妙的苦心,林黛玉就是最典型的一个案例,却历来最被读者们忽视。

当然,不是每一位金钗都有类似的大幅转变,大部分的人物都以一种大体稳定的内涵现身,但因为性格永远是一个复杂多面的有机组合,会因时因地而略有差异、甚至完全不同,所以更必须审慎辨识。因此晴雯固然有着若干黛玉的踪影,却也同时具备薛蟠的特征,形成了奇妙的统一;香菱既禀赋了优异血统与清雅天性,却也以"呆"的性质与薛蟠合拍;李纨则在古井无波的心境之下,潜藏着对金钱的吝惜与敏感,以及如同凤姐的市井恶赖之言;遑论秦可卿既是一位高瞻远瞩、才智过人的齐家女性,又同时是放纵情欲、爬灰乱伦的败家祸水,集矛盾于一身。如此种种,可以说,每一个人物都是由各种不同的性格元素依照主从轻重的比例所构成的奇妙组合,正是歌德(J. W. von Goethe, 1749—1832)所指出:"人是一个整体,一个多方面的内在联系着的能力的统一体。艺术作品必须向人的这个整体说话,必须适应人的这种丰富的统一体,这种单一的杂多。"① 因此,唯有整体地观看、仔细地推敲,才能深入掌握每一个"丰富的统一体""单一的杂多",以及各自完全有别的独特的人格内涵。

此外还应该注意到,黛玉面对比她更高傲强硬、不假辞色的妙玉时,竟一反其敏感好哭的性情,采取回避的方式不敢率性,改以轻描淡写、不以为意的包容态度,缓解很可能发生的剧烈冲突,不着痕迹地将眼下的尴尬轻松带过;晴雯在怡红院受到宝玉的纵

---

① 引自朱光潜:《西方美学史(下卷)》,第13章"歌德",页431。

容，养成娇生惯养、受不得一些委屈的强悍心性，挑衣拣食、口角锋芒，但被撵逐出府后，则是将苦涩低劣的茶水视如甘露，一口气都灌了下去。同样地，当妙玉幸运地在贾府受到礼遇时，就放任个性到"竟是生成这等放诞诡僻"，一旦丧失庇荫，必须独自面对现实的严酷考验后，便放弃洁癖而学会忍辱偷生。如此种种，岂非表示了高傲的性格其实是因为命太好，得到环境的包容乃至纵容所养成？一旦失去了保护伞，孤立无援的人焉能依然蔑视世俗，傲立于雪泥之中？

则小说家将黛玉、妙玉这两个极端高傲、以自我为中心的人，却同时出现圆融世故的情节放在同一回（第四十一回），岂非也有耐人寻味的深刻用意？彼消此长、人进我退，在人际关系中又有谁真可以永远率性而为？如此种种，都体现了米兰·昆德拉所说的：

> 小说的精神是复杂的精神。每一部小说都对读者说："事情比你想像的复杂。"这是小说的永恒真理。①

小说家既然已经"向人的这个整体说话"，我们也必须适应每一个存在个体"这种丰富的统一体，这种单一的杂多"，并领悟其中所蕴涵的复杂的精神，才能探索到文本中所隐藏的人性奥秘。

---

① ［法］米兰·昆德拉著，尉迟秀译：《小说的艺术》，第1部分"被贬低的塞万提斯传承"，页27。